新日本古典文学大系 8

後拾遺和歌集

久保田淳
平田喜信 校注

岩波書店刊行

目次

付　録

凡例

一　本文は、宮内庁書陵部蔵『後拾遺和歌抄』（四〇五／八七）を底本とした。

二　本文の校訂は、底本の明らかな誤写、誤脱と認められるものに限った。他本によって補入する場合には〔　〕、校注者の意によって補入する場合には（　）を付した。その場合、校訂に用いた諸本および底本のもとの形を脚注に記した。校訂に用いた諸本は左の通り。

陽明文庫蔵伝為家卿筆本
陽明文庫蔵甲八代集本（陽明甲本）
陽明文庫蔵乙八代集本（陽明乙本）
太山寺蔵本（太山寺本）
正保四年（一六四七）刊二十一代集本（正保版本）
北村季吟八代集抄本（八代集抄本）
安政五年（一八五八）刊本（安政版本）

三　本文の翻刻は左の方針に拠った。

1　字体は、仮名・漢字ともに通行の字体に改めた。

2　仮名遣いは底本のままとし、歴史的仮名遣いと異なる場合には、歴史的仮名遣いを（　）にいれて右側に傍記した。

3　底本の仮名には清濁の区別がないが、校注者の見解によって、適宜、濁点を施した。

4　仮名には、適宜、漢字を当てて読解の便をはかったが、その場合、もとの仮名を振り仮名の形で残した。

5　反復記号「ゝ」「ゞ」「〳〵」は、原則として底本のままとした。ただし、品詞を異にする場合と、漢字を当てたために送り仮名扱いとした場合は、仮名に改め、反復記号を振り仮名の位置に残した。

6　難読漢字その他には、（　）にいれて読みを記した。

7　底本にある振り仮名は〈　〉で括った。

8　序や詞書には、適宜、句読点を施した。また、詞書の漢文体の箇所には訓点を施した。

四　本文の歌番号は、『新編国歌大観』に従った。

五　脚注は、大意、出典(出典となった可能性のある諸資料)、語釈(○)、参考事項(▽)の順に掲げた。人名・地名の解説は、概ね巻末の人名索引・地名索引に譲る。

六　本文および脚注は、巻一―十を平田喜信が、序・巻十一―二十を久保田淳がそれぞれ分担執筆した。なお、平田の分担部分に関しては武田早苗が、久保田の分担部分に関しては船崎多恵子が、それぞれ先行注との対照作業に当たった。

七　人名索引は、作者名索引を近藤みゆき・武田早苗が、詞書等人名索引を松本真奈美が、地名索引は、安村史子が、それぞれ分担執筆した。

後拾遺和歌集

解題

第四番目の勅撰和歌集『後拾遺和歌集』は白河天皇の勅を奉じて、参議兼右大弁正四位上藤原通俊が応徳三年(一〇八六)九月十六日撰進するという形で成立した。ほぼ十世紀後半から十一世紀の末頃まで、およそ一三〇年間に詠まれた歌一二一八首を二十巻に編んでいる。

この一三〇年間は、村上天皇から白河天皇に至る十一代の治世に相当する。醍醐天皇の皇子源高明(西宮左大臣)が安和の変で失脚し、同じく左大臣まで昇ったその弟兼明は親王とされて閑職に追いやられる(前中書王兼明親王)という形で、皇親が政治の場から遠ざけられて、藤原氏が政権を壟断するに至る。その藤原氏九条流の内部で熾烈な抗争がくり広げられ、一時は不遇をかこっていた兼家は、花山天皇の衝動的な出家、一条天皇の践祚を機に政権の中枢を占め、東三条太政大臣と呼ばれるようになる。その一条天皇の代には兼家の子供達が次々に主役を交替していった。一時は娘の定子を入内させた中関白家の道隆が隆盛を極めるが、彼が壮年で世を早くし、その子伊周の代になると、叔父道長と争って敗れ、中関白家は没落する。道長は娘彰子(上東門院)所生の後一条天皇の践祚を実現させ、三条院の皇子敦明親王(小一条院)をも東宮を退位する状況に追い込み、同じく彰子を母とする後朱雀天皇へと帝位を引き継ぐ布石を打って、栄花の裡に世を去った。子息頼通(宇治太政大臣)の代にもその栄花は続くかに思われたが、藤原氏を外戚としない後三条天皇の即位によって、かげりが見えてくる。そして、側近を重用しつつ親政を執ろうとする白河天皇の治世に至るのである。それはほとんど歴史物語である『栄花物語』四十巻が語る時代に重なるといってよい。

広く文学史を見わたせば、この時期兼家の側室、藤原道綱母は『蜻蛉日記』で女の苦悩を吐露した。一条天皇の中宮定子に仕えた清少納言は『枕草子』で才筆を揮って中関白家の繁栄を描き出し、同じく中宮彰子付きの女房紫式部は道長の栄花を目のあたりにし、その現実に想を仰ぎつつ、それを超える壮大な虚構世界で人間の運命を凝視しようとして、『源氏物語』を構想し、結実させた。和泉式部が帥宮敦道親王との情熱的な恋を叙した『和泉式部日記』も、物語の世界への憧れを抱き続けながら受領の妻として家に逼塞させられた菅原孝標女の『更級日記』も、この時期の所産である。

一方、和歌の世界でいうと、この一世紀余りはいわゆる三十六歌仙の歌人達が次第に退場し、中古三十六歌仙の主要メンバーが詞華を競い、やがて能因や良暹などの僧侶歌人、そして和歌六人党を結成した受領層歌人達がそれを受け継ぎ、さらに後三条院や白河天皇の近臣達が新たな詠み人として登場してくる時期ということになる。そして、この『後拾遺集』には三十六歌仙の女歌人五名のうち、斎宮女御と小大君が作者として名を連ねている。馬内侍・和泉式部ら中古三十六歌仙の九人の女歌人はもとよりすべてこの集の作者である。道綱母の歌は兼家との間に交された、『蜻蛉日記』所載の作品が大部分を占める。清少納言の二首も『枕草子』に見出されるものである。この集の巻頭歌は小大君の作で、巻軸には赤染衛門の歌が置かれている。それらの点に注目すると、この集は女歌の集とも言えそうである。

中世、藤原定家とその周辺において『小倉百人一首』が撰ばれた。百首から成るこの秀歌選のうち十四首が『後拾遺集』を出典とする。その原撰本とされる『百人秀歌』には定子皇后の遺詠、「夜もすがら契りしことを忘れずは恋ひむ涙の色ぞゆかしき」(哀傷・五三六)も選ばれていた。『百人一首』の十四首には、清原元輔など九人の男の歌人達の作も含まれている。元輔は専門歌人にふさわしく、心変りした女に贈る怨みの歌を代作し、義孝・実方・道信ら藤原氏の公達も女とのやりとりで詞華を磨いた。藤原道雅に至っては、前斎宮との絶望的な恋に身を焦した。一方、三条院は不如意な状態で帝位にある悩みを洩らし、能因は紅葉の錦の散り敷く竜田川を、大江匡房は高砂の尾上に咲きほこる桜を、ともに題詠という方法によって幻視する。良暹は草庵の外に出でて、世を広くおし包む秋の寂寥に身を委ねる。男達の歌の世界もさまざまである。

初めに述べた、非情な歴史の展開に伴って急転する運命に翻弄された人々——たとえば伊周や隆家の兄弟、小一条院とその妃堀河女御の詠なども収められている。『後拾遺和歌集』は日本の貴族社会が、藤原摂関時代から院政期へと大きく転換する時期の文化を、明暗の両面にわたって凝集しているのである。

（久保田　淳）

後拾遺和歌抄序

我《わ》[一]が君天《きみあめ》の下《した》しろしめしてよりこのかた、四《よ》[二]の海波《うみなみ》[三]の声《こゑ》聞《き》こえず、九《こゝのつ》[四]の国貢《くにみつ》[五]き物絶《ものた》ゆることとなし。

おほよそ、日[六]のうちによろづのことわざ多《おほ》かる中《なか》に、花《はな》[七]の春《はる》、月の秋《あき》、折《をり》につけ、事《こと》にのぞみて、むなしく過《す》ぐしがたくなんおはします。これによりて、近《ちか》[八]くさぶらひ、遠《とほ》く聞《き》く人、月[九]にあざけり、風《かぜ》にあざけること絶《た》えず、花《はな》[一〇]をもてあそび、鳥《とり》をあはればずといふことなし。つゐ《(ひ)》におほむ[一一]遊《あそ》びのあまりに、敷島《しきしま》[一二]のやまとうた集《あつ》めさせ給《たま》ふことあり。拾[一三]遺集に入《い》らざる中《なか》[一四]ごろのをかしき言《こと》の葉《は》、藻汐草《もしをぐさ》[一五]かき集《あつ》むべ

当代が平和に治まり、文運隆昌であること

一 白河天皇。後三条天皇の皇子。延久四年(一〇七二)十二月八日践祚。本集の下命者で作者でもある。

二 四方の海の内。海内。

三 平和に治まって。「海」の縁語で「波」という。

四 古代中国で全土を九つの州に分けたことから、ここでは「四の海」の対として、日本国内の諸国をいう。

五 帝威が行き渡っていることをいう。「みつきもの運ぶ船瀬のかけはしに駒のひづめの音ぞ絶えせぬ」(江帥集・承保元年〔一〇七四〕大嘗会主基方・風俗歌)。

六 天子として一日のうちに執り行うべき多くの政事。「万機」を和らげて「よろづのことわざ」と言った。

七 四季の風物を春秋で代表させ、対句的に述べた。古今集・仮名序の「春の花のあした、秋の月の夜ごとに、さぶらふ人々を召して、事につけつつ、歌を奉らしめ給ふ」に倣った行文。

八 近侍する臣や遠い地方で帝のことを聞く人。

九 月や風に対して勝手気ままに歌を口ずさむことが絶えない。

一〇 花や鳥を愛玩しいつくしんで歌を詠む。「月にあざけり…」と対になる文章。

勅撰集を撰進すべき由の下命があったこと

一一 御遊。

一二 和歌。「敷島の」は「やまと」に掛る枕詞。

一三 拾遺和歌集。第三の勅撰和歌集。

一四 少し以前のすぐれた和歌。具体的には、天暦(九四七―九五七)の末年以降をさすか。

一五 「かき集む」を起す序詞。詠草の比喩としても用いられる。「もしほ草かき集めたる絵島には花

きよしをなむありける。

仰《おほ》せをうけたまはる[一六]我《われ》ら、[一七]朝《あした》に詔《みことのり》をうけたまはり、夕《ゆふ》べにのべのたぶこと、まことに繁《しげ》し。この仰《おほ》せ、心《こゝろ》にかゝりて思《おも》ひながら、年《とし》を送《おく》ること、[一八]こゝのかへりの春秋《はるあき》になりにけり。

[一九]いぬる応徳のはじめの年《とし》の夏《なつ》、水無《みな》月の二十日《はつか》あまりのころほひ、[二〇]八座《やくら》の官《つかさ》にそなはりて、[二一]いつしかの暇《いとま》も妨《さまた》げなし。そのかみの仰《おほ》せを[二二]老曾《おいそ》の森《もり》に思《おも》うたまへて、[二三]ちり〴〵になる言《こと》の葉《は》書《か》き出《い》づる中《なか》に、[二四]石上《いそのかみ》ふりにたることは、拾遺集に載《の》せてひとつものこさず。そのほかの歌《うた》、[二五]秋《あき》の虫《むし》のさせるふしなく、[二六]蘆間《あしま》の舟《ふね》の障《さは》り多《おほ》かれど、[二七]中《なか》ごろよりこのかた、今《いま》にいたるまでの歌《うた》の中《なか》に、とりもてあそぶべきもあり。

咲く春ぞ色はとりける」(定頼集)、「恨みわび涙絶えせぬ藻塩草かきあつめても潮垂れぞます」(成尋阿闍梨母集)。

勅命を奉じて本集を撰進したこと、その経緯

一六 私。「ら」は卑下の気味を表す。 一七 朝に詔勅を承り、夕にこれを宣下するという公務が繁多である。 一八 九年になった。これによれば、承保三年(一〇七六)勅命を受けたことになる。「承保之比、予為㆓侍中㆒、季秋之天、夜閑風涼矣、于㆑時艾漏漸転、松容日奏、事及㆓和語㆒」(目録序)。

一九 去る応徳元年(一〇八四)六月二十日余り。

二〇 参議。通俊の任参議は同年六月二十三日。

二一 顕昭は「いつかのいとま」の本文により、陰陽家で出行を忌む道虚日(どうこにち)=毎月六日・十二日・十八日・二十四日・晦日をいうのことかという。「イツカノイトマハ、毎月五ケ度ノ道虚日ハ、太政官ノ休日也。ソレヲカケルニヤ」(後拾遺抄注)。「いつかたのいとま」の異文もある。

二二 近江国の歌枕。「老いの身に」の意でいうか。

二三 散らばっている歌。「言の葉」の「葉」の縁で「ちり〴〵になる」という。

二四 大和国の歌枕。「ふりにたる」を起す序詞。

二五 「させるふしなく」を起す序詞としていう。顕昭は「秋風にほころびぬらし藤袴つづりさせてふきりぎりす鳴く」(古今・雑体・在原棟梁)をも引き、「或書ニ、蛬(きりぎりす)ヲバ、サセトイフ。…蛬ヲ秋虫ノサセトツヾケテ、指ト云詞ニソヘタル也。是秘蔵説也。且此集撰者礼部納言通俊卿所注ノ書中ニミエタル事也」(後拾遺抄注)という。

二六 「障り多かれど」を起す序詞。「湊入りの蘆別小舟障り多み吾が思ふ君に逢はぬ頃かも」(万葉集十一・寄物陳思、拾遺・恋四・柿本人麻呂)。

二七 「中ごろ」は余り遠くない昔をさす語。

一天暦の末《すゑ》より今日《けふ》にいたるまで、世《よ》二は十《と》つぎあまり一《ひと》つぎ、年《とし》三は百《もゝ》とせあまりみそぢになん過《す》ぎにける。四住吉《すみよし》の松久《ひさ》しく、五あらたまの年《とし》も過《す》ぎて、六浜《はま》のまさごの数知《かずし》らぬまで、七家《いへ》〳〵の言《こと》の葉《は》多《おほ》く積《つも》りにけり。

八言《こと》を撰《えら》ぶ道《みち》、九すべらきのかしこきしわざとてもさらず、一〇誉《ほま》れをとる時《とき》、一一山がつのいやしき言《こと》ゝとても捨《す》つることなし。一二すがた一三秋《あき》の月のほがらかに、一四ことば一五春の花《はな》のにほひあるをば、一六千うた二《ふた》もゝち十《とを》あまり八《や》つを撰《えら》びてはたまきとせり。名《な》づけて一七後拾遺和歌抄といふ。

おほよそ、一八古今・後撰二《ふた》つの集《しふ》に歌入《うたい》りたるともがらの家《いへ》の集《しふ》をば、一九世《よ》もあがり、人《ひと》もかしこくて、二〇難波江《なにはえ》のあしよし定《さだ》めむこともはゞかりあれば、これに除《のぞ》きたり。

一「天暦」は村上天皇の年号。九四七―九五七年。村上天皇の治世の終りから今上天皇の当代までの意。 二 時代は村上・冷泉・円融・花山・一条・三条・後一条・後朱雀・後冷泉・後三条・今上(白河)の十一代。 三 年数は一三〇年。本集を撰進した応徳三年は天暦十年(九五六)から一三〇年後にあたる。 四 住吉神社は摂津国。「我見ても久しくなりぬ住の江の岸の姫松幾代へぬらん」(古今・雑上・よみ人しらず)の古歌などにより、「久しく」を起す序詞としていう。 五「年」の枕詞。 六「数知らぬ」の序詞としていう。「ありそ海の浜のまさごと頼めしは忘るることの数にぞありける」(古今・恋五・よみ人しらず)。 七 歌人達が詠んだ和歌の集。家集。詠草。

本集の撰集方針

八 撰歌の方針として。 九 天皇の御製であるからといって採録することを避けない。白河天皇の詠は七首載っている。 一〇 名歌の誉れを取った場合は。 一一 身分の低い者の歌。「略不レ避二之至尊一、無レ嫌二之疋夫一」(目録序)。 一二 歌の姿。歌の風体。 一三「秋の月の」は「ほがらかに」(円満な姿の歌)の序としていう。 一四 歌の表現。措辞。 一五「春の花の」は「にほひある」(美しさがある歌)の序としていう。「にほひ」は、長所、美点。 一六 一二一八首。本集奏覧本の歌数と一致する。 一七 拾遺抄を念頭において、これを正式な書名としたか。 一八 具体的には六歌仙から古今集撰者時代の歌人達。 一九 時代も古く、歌人も高名で。 二〇 摂津国の歌枕。蘆が名物であることから、同音の「悪(あ)し」の序詞としていう。 二一 後撰和歌集の撰者達。同集が撰ばれた撰和歌所が梨壺(内裏五舎の一、昭陽舎)に置かれていたのでいう。 二二 歌の真髄を理解して。 二三 竹は節

昔《むかし》、梨壺《なしつぼ》[二一]の五つ《いつゝ》の人《ひとゝ》といひて、歌《うた》に巧《たく》みなる者《もの》あり。いはゆる大中臣能宣、清原元輔、源順、紀時文、坂上望城等これなり。さきに歌《うた》[二二]の心を得《え》て、呉竹《くれたけ》[二三]のよゝに、池水《いけみづ》[二四]の言《い》ひふるされたる人《ひと》なり。これらの人《ひと》の歌《うた》をさきとして、今《いま》の世《よ》のこと[二五]を好《この》むともがらに至《いた》るまで、目《め》につき、心にかなふをば入《い》れたり。世《よ》にある人《ひと》、聞《き》[二六]くことをかしこしとし、見《み》ることをいやしとすることわざによりて、近《ちか》[二七]き世《よ》の歌《うた》に、心をとゞめむことかたくなむあるべき。しかはあれど、のち[二八]見《み》むために、吉野《よしの》[二九]川《がは》よしと言《い》ひ流《なが》さむ人《ひと》に、近江《あふみ》[三〇]のいさら川《がは》いさゝかにこの集《しふ》を撰《えら》べり。

[三一]このこと、今日《けふ》にはじまれることにあらず、奈良《なら》[三二]の帝《みかど》は[三三]万葉集廿巻を撰《えら》びて、常《つね》のもてあそびものとしたまへり。かの集《しふ》の心は、[三四]やすき

(よ)があることから、同音の「代々(よゝ)」を起す序詞。「この人〳〵をおきて、又すぐれたる人も、呉竹の世ゝにきこえ、片糸のよりよりに絶えずぞありける」(古今・仮名序)、「ちはやぶる 神の御代より 呉竹の 世ゝにも絶えず」(古今・雑体・紀貫之)。 二四 池には「楲」(いひ)。池の水を流すため地中に埋めた箱)があることから、「言ひ」を起す序詞。「池水の言ひ出づることのかたければ水ごもりながら年ぞ経にける」(後撰・恋四・藤原敦忠)。なお、→一〇三。 二五 風流を好む手合い。 二六 伝え聞いている昔を貴いとし、実際に見ている今をつまらないとするのが常であるから。「世咸尊レ古、卑レ今、貴レ所レ聞、賤レ所レ見」(文選三・東京賦・薛綜注所引桓子新論)、「設雖レ有下伝二此道一者上、以貴レ耳賤レ目、偏為二人之大情一」(能因集・序)。 二七 最近の歌に関心を抱くことは困難であろう。 二八 後見に備えるために。 二九 大和国の歌枕。同音の「よし」を起す序詞。「吉野川よしや人こそつらからめ早く言ひてしことは忘れじ」(古今・恋五・凡河内躬恒)。 三〇 「いさゝか」を起す序詞。近江国の歌枕。「いさや川」を「いさら川」とも言ったか。「犬上の鳥籠(とこ)の山にある不知也(いさや)川いさとを聞こせわが名告(の)らすな」(万葉集十一・寄物陳思)。顕昭は「わがこと(「かど」の誤りか)のいさらをがはの真清水のましてぞ思ふ君ひとりをば」(古今六帖五)を「古歌云、カキネユク…」として引き、「此歌ハ近江トモ不レ見歟」(後拾遺抄注)という。

勅撰集の沿革

三一 勅撰集を撰集すること。 三二 目録序に「平城天子、修二万葉集一」というので、通俊自身は平城天皇を考えていたと知られる。「いにしへよりかく伝はるうちにも、奈良の御時よりぞ広まりにけ

ことを隠《かく》し、かたきことを表《あら》はせり。そのかみのこと、一今《いま》の世《よ》にかなはずして、まどへる者多《ものおほ》し。

二延喜のひじりの帝《みかど》は、万葉集のほかの歌《うた》廿巻を撰《えら》びて、世《よ》に伝《つた》へ給《たま》へり。いはゆる今《いま》の三古今和歌集これなり。四村上《むらかみ》のかしこき御代《みよ》には、また古今和歌集に入《い》らざる歌《うた》はたまきを撰《えら》び出《い》でゝ、五後撰集と名《な》づく。又、六花山法王は先《さき》の二《ふた》つの集《しふ》に入《い》らざる歌《うた》をとり拾《ひろ》ひて、七拾遺集と名《な》づけ給《たま》へり。かの四《よ》つの集《しふ》は、ことば八ぬものゝごとくにて、九心《こゝろ》、海《うみ》よりも深《ふか》し。

このほか、一〇大納言公任朝臣、一一みそぢあまり六《む》つの歌《うた》人を抜《ぬ》き出《い》でゝ、かれが妙《たへ》なる歌《うた》、もゝちあまりいそぢを書《か》き出《い》だし、又、一二十《とを》あまり五《い》つ番《ゝが》ひの歌《うた》を合《あは》せて、世《よ》に伝《つた》へたり。しかるのみにあらず。一三やまとも

る」(古今・仮名序)。二三 万葉集は勅撰集であるとする立場で述べる。藤原清輔の袋草紙、顕昭の万葉集時代難事など、この問題は院政期歌学でもしばしば論じられた。二四 万葉仮名による表記が難解なことをいうか。藤原俊成は古来風躰抄でこの部分を引き、時代が隔ったので言葉や風体が変遷したのにすぎないと、通俊の意見に異を唱えつつ、万葉仮名の難解さに言及する。

一 現代には適合しないので迷っている者が多い。
二 醍醐天皇。「醍醐の聖帝とまして、世の中に天の下めでたき例に引き奉るなれ」(栄花物語・月の宴)。
三 最初の勅撰和歌集。
四 村上天皇。「醍醐の聖帝よにめでたくおはしましけるに、又このみかど、尭の子の尭ならむやうに、大方の御心ばへのをしう気高く、かしこうおはしますものから、御才も限りなし」(栄花物語・月の宴)。
五 後撰和歌集。第二番目の勅撰和歌集。
六 花山法皇。その拾遺集との関係については、本大系『拾遺和歌集』解説参照。
七 拾遺和歌集。第三番目の勅撰和歌集。後拾遺抄注に拾遺集の歌四首が本集に入れられている(四四五・五五五・八九〇・一〇三一)ことを指摘する。袋草紙ではこれを「失錯歟」という。
八 「縫ひ物」で、刺繡の意でいうか。後拾遺抄注に「ヌモノハ繡也。ウルハシクハヌモノトヨメリ。世俗ノ詞ニヌヒモノトハ云也」と注し、藤原教長が後拾遺集を書写した際、「ヌヒモノ」の「ヒ文字」が落ちたのかと、数本と見合せたが、すべて同じであった、院(後白河院か)から惟宗広言を通じて下問あり、顕昭が「ヌモノ、詞可レ然之由注進」したという話を記す。
九 「棹させど底ひも知らぬわたつ海の深き心を君は知らなん」(古今六帖三・作者未詳)、「わたつ海の深き心はありながら恨みられぬるものにぞあり

ろこしのをかしきこと二巻《ふたまき》を撰《えら》びて、ものにつけ、ことによそへて、一四 人《ひと》の心《こゝろ》をゆかさしむ。又、一五 ここのしなのやまとうたを撰《えら》びて、人にさ一六 とし、わが心《こゝろ》にかなへる歌一巻《うたひとまき》を集《あつ》めて一七 深《ふか》き窓《まど》にかくす集《しふ》といへり。今《いま》も古《いにし》へもすぐれたる中《なか》にすぐれたる歌《うた》を書《か》き出《い》だして、一八 こがね玉《たま》の集《しふ》となむ名《な》づけたる。そのことば名《な》にあらはれて、その歌《うた》なさけ多《おほ》し。おほよそこの六《む》くさの集《しふ》は、かしこきもいやしきも、知《し》れるも知《し》らざるも、一九 玉《たま》くしげあけくれの二〇 心をやるなかだちとせずといふことなし。

又、近《ちか》く二一 能因法師といふ者《もの》あり。心、二二 花《はな》の山の二三 跡《あと》を願《ねが》ひて、ことば、人《ひと》に知《し》られたり。二四 わが世《よ》にあひとしあひたる人《ひと》の歌《うた》を撰《えら》びて二五 玄ゝ集と名《な》づけたり。これらの集《しふ》に入《い》りたる歌《うた》は、二六 あまの栲縄《たくなは》くり返《かへ》し、同《おな》じことを抜《ぬ》き出《い》づべきにもあらざれば、二七 この集《しふ》に載《の》することなし。

ける」(拾遺・恋五・よみ人しらず)。

私撰集と本集との関係

一〇 藤原公任。 一一 三十六人撰のことをいう。同書は柿本人麻呂・紀貫之などの三十六歌仙の秀歌選。具平親王が没した寛弘六年(一〇〇九)七月後まもなくの成立かと考えられている。 一二 十五番歌合。古今・後撰時代の歌人を中心とする前十五番歌合と拾遺集時代の歌人を作者とする後十五番歌合がある。後十五番歌合は公任撰を疑う説もある。 一三 和漢朗詠集。二巻。 一四 人の心を満足させる。 一五 底本「みのしな」、他本により改める。和歌九品。九品往生になぞらえて、上品上から下品下まで、九段階に分かち、例歌を掲げて説いた歌論書。 一六 歌のよしあしを教え。 一七 深窓秘抄。一〇一首を部類して収める私撰集。 一八 金玉集。一巻。約七十首を部類して収める私撰集。 一九 「あけ」を起す序詞。「玉くしげ明けば君が名立ちぬべみ夜深く来しを人見けんかも」(古今・恋三・よみ人しらず)。 二〇 日常の心を慰める手段としている。 二一 俗名橘永愷。文章生だったが出家した。和歌を藤原長能に学んだ。本集の作者でもある。 二二 僧正遍昭。古今集の作者で六歌仙の一人。寛平二年(八九〇)没、七十五歳。 二三 足跡にならうことを念願して。「山」の縁で「跡」という。「能因法師といふ者、身幽玄を好みて歌よみのよし振舞へど、それも花山の跡に及びがたし」(八雲御抄六)。 二四 自分と同じ時代の人々すべて。 二五 一巻。私撰集。序に「今予所レ撰者、永延已来寛徳以往篇什也」と述べ、作者ごとに歌を掲げ、一六八首を収める。 二六 「くり返し」を起す序詞。「疑ひになほも頼むか伊勢の海のあまのたく縄くりかへしつつ」(元真集)。 二七 実際は藤原範永・大江正言・源兼澄などの、玄々集の歌三首(後拾遺二五八・四九六・

また、一うるわ《(は)》しき花《はな》の集《しふ》といひ、あしひきの二山伏《ぶし》がしわざと名《な》づけ、三うゐ樹《き》の下《もと》の集と言《い》ひ集《あつ》めて、四言《こと》の葉《は》いやしく、姿《すがた》だびたるものあり。これらのたぐひは誰《たれ》がしわざとも知《し》らず、また、歌《うた》の出《い》でどころ五つばひらかならず。たとへば山川《がは》の流《なが》れを見《み》て六水上《みなかみ》ゆかしく、霧《きり》のうちに梢《こずゑ》をのぞみて七いづれのうゐ樹《き》と知《し》らざるがごとし。しかれば、これらの集に載《の》せたる歌《うた》は必《かなら》ずしも八さらず、九土《つち》の中《なか》にもこがねをとり、石《いし》の中《なか》にも玉《たま》のまじはれることとあれば、さもありぬべき歌《うた》はところ〴〵載《の》せたり。

このうちに、一〇自《みづか》らのつたなきことの葉《は》も、たび〳〵の一一仰《おほ》せそむきがたくして、一二はゞかりの関《せき》のはゞかりながら、ところ〴〵載《の》せたることあり。一三この集《しふ》もてやつすなかだちとなむあるべき。

八三二)が載っている。袋草紙に「此集拾遺集并玄々集歌等少々載レ之。失錯歟」と述べ、後拾遺抄注ではこの三首を掲げる。

一 麗花集。撰者未詳の私撰集。八幡切(伝小野道風筆)・香紙切(伝小大君筆)など、断簡が存するのみ、十巻であったか。
二 山伏集。「あしひきの」は「山伏」にかかる枕詞。八雲御抄・家々撰集の項に「山伏集〈撰者不レ知〉」。
三 樹下集。後拾遺抄注に「源賢法眼撰レ之云々」、和歌色葉・私集口伝物語の項に「源賢〈多田法眼〉が樹下集」、八雲御抄に「樹下集二十巻〈多々法眼源賢撰、有二仮名序一〉」と見える。代集では「一説、多田法眼源賢撰。一説、蓮敏法師撰」という。源賢、連敏とも本集作者。
四 表現は卑陋で、風体のなまっているものがある。
五 はっきりしない。
六 水源を知りたく。 七 どんな種類の立木かわからないようなものである。 八 重複を避けず。
九 ともにつまらない作品、取るに足りない作品の中に秀歌が混っていることの比喩としていう。

本集の特色と撰者としての抱負

一〇 撰者通俊の自詠は五首載っている。 一一 白河天皇の仰せ。 一二 陸奥国の歌枕。「はゞかり」を起す序としていう。→六九四・一二三六。 一三 この撰集をわざとみすぼらしくするきっかけとなるであろう。
一四 「み熊野の浦」は紀伊国の歌枕。浜木綿は熊野灘沿いの海岸に多い。浜木綿は茎を包む表皮が重なっていることから、「世を重ね」を起す序詞としていう。「み熊野の浦の浜木綿百重なす心は思へどただに逢はぬかも」(万葉集四、拾遺・恋一・柿本人麻呂)。→八六五。
一五 「み熊野の浦」の縁語で、「うち聞く」の「うち」

おほよそ、このほかの歌《うた》、[一四]み熊野《くまの》の浦《うら》の浜木綿《はまゆふ》世《よ》を重《かさ》ねて、[一五]白波《しらなみ》の[一六]うち聞《き》くこと、[一七]鴫《しぎ》の羽掻《はねが》き書《か》き[一八]集《あつ》めたる[一九]色好《いろごの》みの家《いへ》〴〵あれど、[二〇]埋木《むもれぎ》の隠《かく》れて見《み》ることかたし。[二一]今《いま》の撰《えら》べる心《こゝろ》は、それしかにはあらず。[二二]身《み》は隠《かく》れぬれど、名《な》は朽《く》ちせぬものなれば、古《いにしへ》も今《いま》も情《なさけ》ある心ばせをば、行《ゆ》く末《すゑ》にも伝《つた》へむことを思《おも》ひて[二三]撰《えら》べるならし。しからずは、[二四]妙《たへ》なる言葉《ことば》も風《かぜ》の前《まへ》に散《ち》り果《は》て、光《ひかり》ある玉《たま》のことばも、露《つゆ》とともに消《き》え失《う》せなんことによりて、[二五]菅《すが》の根《ね》の長《なが》き秋の夜《よ》、[二六]筑波嶺《つくばね》のつく〴〵と、[二七]白《しら》糸《いと》の思《おも》ひ乱《みだ》れつゝ、[二八]三年《みとせ》になりぬれば、[二九]同《おな》じき三《み》つの年《とし》の暮《く》れ秋《あき》のいさよひのころほひ、撰《えら》び終《を》はりぬることになんありけるといへり。

を起す序詞としていう。「白浪の打ち出づる浜の浜千鳥跡や尋ぬるしるべなるらん」(後撰・恋四・藤原朝忠)。

一六 打聞、すなわち私撰集。

一七 「掻き」「書き」が同音であることから、「書き」を起す序詞としていう。「暁の鴫の羽がき百羽がき君が来ぬ夜は我ぞ数書く」(古今・恋五・よみ人しらず)。

一八 私家集を意味するか。

一九 好士達。数寄者達。「色好みの家に埋木の人知れぬこととなりて」(古今・仮名序)を念頭に置いて綴る。

二〇 「隠れ」を起す序詞。「真鉇(まかな)持ち弓削の河原の埋木の顕るましじきことにあらなくに」(万葉集七・譬喩歌)。

二一 今この集を撰んだ趣旨はそれらとは異なっている。

二二 肉体は滅びても名声は不朽だから。「遺文三十軸、軸々金玉声、竜門原上土、埋レ骨不レ埋レ名」(和漢朗詠集・文詞付遺文・白楽天)などを念頭に置くか。

二三 「ならし」は「なるらし」の意。「撰べるなり」と断定的にいうことを避けて、推量表現を用いた。

二四 以下、「言葉」の「葉」と「風」「散り」、「光」と「玉」「露」「消え」はそれぞれ縁語。

二五 「長き」の序詞。→三八。

二六 常陸国の歌枕。「つく〴〵と」を起す序詞としていう。

二七 「乱れ」を起す序詞。「夏引の糸の乱れも隠れなくこやの篠屋を照らす月影」(顕輔集)のごとく、「糸の乱れ」という言い方がある。

二八 撰集に着手してから三年になったので。

二九 応徳三年(一〇八六)九月十六日。

後拾遺和歌抄第一　春上

正月一日よみ侍《はべ》りける　　小大君

1 いかに寝《ね》て起《お》くる朝《あした》にいふことぞ昨日《きのふ》をこぞと今日《けふ》をことしと

みちのくにに侍《はべ》りける時《とき》、春立《はるた》つ日《ひ》よみ侍《（はべり）》ける　　光朝法師母

2 出《い》でて見《み》よいまは霞《かすみ》も立《た》ちぬらん春《はる》はこれより過《す》ぐとこそ聞《き》け

1　どのように寝て起きた朝だというので、特に区別して言うのでしょうか。昨日を去年と、そして今日を今年と。小大君集。○いかに寝て　多くは恋歌の中で、それも夢との結び付きで用いられる女歌的な表現。「いかに寝て見えしなるらむうたたねの夢よりのちは物をこそ思へ」(新古今・恋五・赤染衛門)。▽「今日明けて昨日に似ぬはみな人の心に春ぞ立ちぬべらなる」(貫之集)、「近うて遠きもの…十二月のつごもりの日、正月のついたちの日のほど」(枕草子)などと同様、客観的な時の流れと暦日上の時間意識の差異にあらためて驚いた詠。「正月一日」の詠を巻頭に据え、立春詠を持ってこなかったのは、この集の暦日意識の表れ。

2　外に出てごらんなさい。都では霞も立ったころでしょう。春はここ東国を通って西の方に通りすぎて行くと聞いています。○みちのくにに侍りける時　作者は、陸奥守橘則光(清少納言の元の夫)の妻であったので、夫に随伴し、陸奥国の国府に住んだ時か。○いまは霞も立ちぬらん　霞を立春の象徴と見る常套的な発想。▽「みやこへといそぎて春は過ぎにしをいかなる霞たちとまるらん」(散木奇歌集)などに見るように、春は東から到来するという中国の五行思想に基づいて歌う。二から七まで、春の来る道のりに関する歌が連続する。

3　東国路には、「来るな」という名の勿来の関もあるというのに、どのようにして春はこの都まで越えてやって来たのだろうか。○春は東より来たる　礼記・月令の「迎二春於東郊一」、和漢朗詠集の「誰言春色従レ東到、露暖南枝花始開」(菅原文時)などの影響を受けた発想。○なこその関　底本「なこそせき」、他本により改む。▽この題・歌

春は東《ひむがし》より来《き》たるといふ心をよみ侍《(はべり)》ける　源師賢朝臣

3 東路《あづまぢ》はなこそ［の］関《せき》もあるものをいかでか春の越《こ》えて来《き》つらん

立春日《(はるたつひ)》よみ侍《はべ》りける　橘俊綱朝臣

4 逢坂《あふさか》の関《せき》をや春《はる》も越《こ》えつらん音羽《おとは》の山の今日はかすめる

寛和二年花山院歌合によみ侍《(はべり)》ける　大中臣能宣朝臣

5 春《はる》の来《く》る道《みち》のしるべはみ吉野《よしの》の山《やま》にたなびく霞《かすみ》なりけり

年《とし》ごもりに山寺《でら》に侍《はべ》りけるに、今日《けふ》はいかゞと人のとひて侍《はべ》りければ

6 人知《し》れず入《い》りぬと思《おも》ひしかひもなく年《とし》も山路《ち》を越《こ》ゆるなりけり

ともに二と同想。東国の地で都を詠む三と、都で東国の地を想う三とが対置されている。

4 （人が越えるだけでなく）逢坂の関を春も越えたのだろうか。それというのは、音羽の山が今日は霞んでいるよ。経衡集。○逢坂の関　近江国の歌枕。○音羽の山　山城国の歌枕。逢坂の関のすぐ南にあるので、それが霞んでいるのは、春が東から訪れた証と見たもの。▽経衡集には経衡との贈答の形で載る。経衡は「君がかく音せざりせば音羽山霞める春をいかで知らまし」と返している。

5 春のやって来る道のしるべは、吉野の山にたなびく霞であったのだなあ（あの霞を目当てに春はやって来たのであったよ）。寛和二年（九八六）内裏歌合。○春の来る道　季節を擬人化して、道を辿って到来し、また道を通って去って行くと考えた。「春の来る道や浜名の橋ならん今日も霞の立ちわたりつつ」（能宣集）。○道のしるべ　春の来る道の道案内。道しるべ。「春の来る道のしるべに立つものは峰よりわたる霞なりけり」（大弐三位集）。▽春がすでに来ていることの証である霞に、春に先立つ「しるべ」としての役割を付加した点が新味。

6 人に知られず、こっそりと山峡(やまかい)の寺にこもったと思ったそのかいもなく、新しい年の方も山路を越えて来たのだなあ。能宣集、下句「年も越えゆく山路なりけり」。○年ごもり　大晦日の夜、社寺に参籠して越年すること。○人のとひて　家集によれば、「人」は法師。○かひ「かひ(甲斐)もなく」に「峡」を掛ける。○年も山路を　自分が越えて来ただけでなく、新年までもの意。▽「春霞立てるを見ればあらたまの年は山より越ゆるなりけり」（拾遺・春・紀文幹）を連想させる。山寺での春は七に連接する。

山寺《でら》に正月に雪《ゆき》の降《ふ》れるをよめる　平　兼盛

7 雪降《ゆきふ》りて道《みち》ふみまどふ山里《ざと》にいかにしてかは春《ゝる》の来《き》つらん

題《だい》しらず　加賀左衛門

8 新《あたら》しき春《はる》は来《く》れども身にとまる年《とし》はかへらぬものにぞありける

天暦三年、太政大臣の七十賀し侍《はべ》りける屛風によめる　大中臣能宣朝臣

9 たづのすむ沢《さは》べの蘆《あし》の下根《したね》とけ汀萌《みぎはも》えいづる春は来《き》にけり

一条院御時、殿上人、春《はる》の歌《うた》とて請《こ》ひ侍《はべ》りければよめる　紫《むらさき》式《しき》部《ぶ》

7 雪が降り積って、人も道を求めて踏みまようこの山里に、いったいどのようにして春は訪ねて来たのだろうか。〇春の来つらん　「らん」は「いかにしてかは」の「かは」を受けて連体形。原因の推量。▽上句は、同じ作者の「山里は雪降りつみて道もなし今日来ん人をあはれとは見ん」(拾遺・冬)を想起させる。両首とも現存兼盛集に不載。

8 新しい春は、年ごとにあらたまりやって来るけれども、身にとどまる年、よわいは、春とはちがって立ち返らぬものであることだなあ。〇新しき春は来れども　「来る」と下句の「かへる(返る)」とが対比される。〇身にとまる年　春が暦年を示すのに対し、わが身の年齢を言う。「はてはみなやらひてすぐす年月のものおそろしや身にとまるらむ」(相模集)。▽新春と共に我が身の老いを嘆く。

9 鶴が住む沢のほとりの蘆の下根の氷もとけ、その水際に蘆の新芽が生え出るめでたい春はやってきたことだ。能宣集。麗花集。〇太政大臣　貞信公藤原忠平。基経の男。〇七十賀　七十歳を祝う宴。天暦三年(九四九)三月十日に行われた(日本紀略)。〇たづのすむ　鶴は雲居のものだが、降り立って汀・沢辺・河辺などの低湿地にも住むとも考えられていた。→九〇。▽賀の屛風にふさわしく鶴が画中に描きこまれていたか。なお、難後拾遺では、「沢べ」「汀」の同心病を指摘し、「上手の歌」とするには「いとおそろし」と酷評する。

10 吉野は、もう春の景色で霞んではいるが、ここでは、まだ凍りついたままの雪におおわれた下草であることだ。紫式部集「正月十日のほどに、春の歌たてまつれとありければ、まだ出で立ちもせぬかくれがにて」。〇一条院御時　一条天皇の御代。寛和二年(九八六)から寛弘八年(一〇一一)ま

10 み吉野《よしの》は春《ゝる》のけしきにかすめどもむすぼほれたる雪《ゆき》の下草《したくさ》

花山院歌合に霞《かすみ》をよみ侍《(はべり)》ける　　藤原長能

11 谷川《たにがは》の氷《こほり》もいまだ消《き》えあへぬに峰《みね》の霞《かすみ》はたなびきにけり

題《だい》しらず　　藤原隆経朝臣

12 春《はる》ごとに野辺《のべ》のけしきの変《かは》らぬはおなじ霞《かすみ》や立《た》ちかへるらん

和泉《いづみ》式《しき》部《ぶ》

13 春霞《はるがすみ》立《た》つやおそきと山川《がは》の岩間《いはま》をくゝる音《おと》きこゆなり

で在位。○春のけしき　「けしき」は歌語としては新しい。勅撰集では後拾遺集が初出、集中に十三例見出せる。○むすぼほれたる　(氷などで)凝固・凝結する。▽家集では、出仕を彰子から何度も促されながらも、里住みを続けていた折の詠。下句に心晴れぬ作者の心境を重ねる。

11 谷川の氷もまだ消えきらないというのに、峰の霞はもうたなびいていることだ。長能集「花山院の、歌合に召しゝかば」。○花山院歌合　不詳。花山院は内裏歌合以外にも何度か歌合を計画したらしい。長能集、道命阿闍梨集、和泉式部集などにその痕跡が認められる。○谷川の氷　谷川は陽光もとどかず、春の到来の遅い場所として詠まれる。ここは「峰」との対比。「世の憂きは春にぞ遭はぬ深山辺の埋もれて行かぬ谷川の水」(曾丹集)。▽時節の微妙な移ろいを、変化しきらないものとの比較で歌う点が一〇と共通。

12 春が来るごとに、野辺の景色が少しも変らないのは、毎年同じ霞が春とともに野辺に立ち戻って立っているからなのだろうか。○野辺のけしき　袋草紙・上に、本来「空のけしき」とあった本文が「野辺のけしき」と改められたとする。○おなじ霞や立ちかへるらん　「立ち」は、霞が立つの「立ち」と「立ちかへる」の「立ち」とを掛ける。▽「空のけしき」の改作とするよりも、「野辺のけしき」の方が具象性に富み、初春の詠にふさわしい。

13 春霞がたつやいなや、(氷が解けたのであろう)山川の岩の間を潜り流れる水の音が聞えてくるよ。和泉式部集。○立つやおそきと　立つやいなやの意の慣用句。「来鳴くべきうぐひすだにも春霞たつやおそきとおとづれやする」(出羽弁集)。○きこゆなり　「なり」は音源などを推定する助動詞。▽和泉式部百首の冒頭歌。春の到来の喜びを聴覚イメージを用いて表出する。

鷹司殿《たかつかさどの》の七十賀の月令《(つきなみ)》の屏風に臨時客の所《ところ》をよめる

赤染衛門

14 紫《むらさき》の袖《そで》をつらねて来《き》たるかな春《はる》たつことはこれぞうれしき

臨時客をよめる

小弁

15 むれてくる大宮《おほみや》人は春《ゝる》を経《へ》て変《かは》らずながらめづらしきかな

入道前太政大臣、大饗し侍《はべ》りける屏風に、臨時客のかたかきたる所《ところ》をよめる

藤原輔尹朝臣

16 むらさきもあけもみどりもうれしきは春《ゝる》のはじめにきたるなりけり

同屏風に、大饗のかたかきたる所《ところ》をよみ侍《はべ》りける

入道前太政大臣

14 (臨時客が)紫の袍の袖を連ね連れ立ってやって来たことよ。立春を迎えたということは、こういう情景が見られるからこそなんとも嬉しいことです。赤染衛門集。栄花物語・歌合。〇鷹司殿の七十賀 「鷹司殿」は藤原道長の室、倫子。その七十歳の祝い(七十賀)は、長元六年(一〇三三)十一月、賀陽院において行われた(日本紀略)。〇月令の屏風 毎月の行事や景物を描いた屏風。〇臨時客 正月の二日に摂政・関白等の家で行う私的な饗宴。〇紫の袖 上達部の紫色の袍。〇春たつこと 「たつ」は「立つ」と「裁つ」とを掛ける。「裁つ」は「袖」の縁語。▽はなやかな公卿たちの出立ちに立春の心はずむ気分を重ねて歌う。「ひきつれて大宮人のきませれば春うれしくも思ほゆるかな」(兼盛集)。

15 (臨時客のために)連れ立ってやって来る廷臣たちの様子は、幾春を経ても同じだが、新春にはやはり新鮮な光景と見えることだ。〇大宮人 宮中に仕える人。ここでは、臨時客に集う貴人たち。〇春を経て 「変らず」にかかる。今まで幾年も。▽詞書によれば藤原頼通邸の実景を祝意を込めて詠んだものか。前後の作と同じく、屏風が介在した歌ともとれる。

16 紫の衣、朱(あけ)の衣、緑の衣、誰もが浮き立つように嬉しそうに見えるのは、春のはじめに晴れ着を着て、やって来たからなのだなあ。輔尹集「入道前太政大臣大饗の屏風に、臨時客かたかきたる所に」。〇入道前太政大臣 藤原道長。〇大饗 年初めの饗宴。ここは大臣の大饗。〇むらさきもあけもみどりも 紫は四位の参議以上の上達部、朱は五位、緑は六位の蔵人の袍の色。〇きたるなりけり 「来たる」と「着たる」とを掛ける。〇「なりけり」は気付き。▽臨時客をながめる第三者の視座からの詠。

17 君《きみ》ませとやりつる使来《つかひき》にけらし野辺《のべ》の雉《きゞす》はとりやしつらん

民部卿泰憲、近江守にて侍《はべ》りける時《とき》、三井寺にて歌合し侍《はべ》りけるによめる

よみ人しらず

18 春立《はるた》ちてふる白雪《しらゆき》をうぐひすの花散《はなち》りぬとやいそぎいづらん

鶯《うぐひす》をよみ侍《(はべり)》ける

大中臣能宣朝臣

19 山たかみ雪《ゆき》ふるすよりうぐひすのいづる初音《はつね》は今日《けふ》ぞ鳴《な》くなる

正月二日、逢坂《あふさか》にて鶯《うぐひす》の声《こゑ》を聞《き》きてよみ侍《はべ》りける

源　兼　澄

20 ふるさとへゆく人あらば言《こと》つてむ今日うぐひすの初音聞《はつねき》きつと

17 どうぞお越しくださいと(招客を迎えるため)遣わした使は戻って来たらしい。もてなしに供する野辺の雉はもう捕り終えたのだろうか。栄花物語・ゆふしで。○同屏風に　前歌を受ける詞書であるが、正しくは頼通の大饗に道長が詠んだ作。頼通大饗は寛仁二年(一〇一八)一月二十三日(左経記、御堂関白記、小右記など)。○君ませと「君」はここでは、大饗の主客・賓客。「ませ」は「行く」「来る」意の尊敬語の命令形。○野辺の雉　大饗には雉を用い、食用に供するのが常。▽頼通主催ではあるが、事実上の大臣家の「あるじ」の立場で詠んだものか。

18 鶯は春を迎えて降る白雪を見て、(白梅の)花が散ってしまうと、あわてて谷から出て来るのだろうか。○民部卿泰憲　藤原泰憲。寛徳三年(一〇四六)二月より、天喜二年二月まで近江守。○三井寺　近江国、園城寺の別称。○歌合　この歌合は天喜元年(一〇五三)五月に行われたが、証本は伝存しない。▽春告鳥としての鶯をよむ。「春立てば花とや見らむ白雪のかかれる枝に鶯ぞ鳴く」(古今・春上・素性)。

19 ここは山が高いので、雪が降る古巣から出て来た鶯の初音は、今日はじめて聞えてきたことだ。能宣集。○雪ふるすより　「ふる」に「降る」と「古巣」を掛ける。○鳴くなる　「なる」は推定。正保版本には、「けふぞきゝつる」とある。▽山深い地で里より先に鶯の初音に接した喜び。

20 ふるさとである都へ帰る人がもしいるなら言づけよう。今日この逢坂の関で鶯の初音をたしかに聞いたと。恵慶法師集。○ふるさと　もと住んでいた所。ここでは都。○今日うぐひすの初音聞きつと　「待つ人に語り伝へむ時鳥まだ春ながら初音聞きつと」(四条宮下野集)。▽倒置法を用いて初音を耳にしたはずむ心を強調する。この

21 選子内親王、斎院《いつき》ときこえける時《とき》、正月三日、上達部《かむだちめ》あまたまい《(ゐ)》りて、梅《むめ》が枝《え》といふ歌《うた》をうたひて遊《あそ》び侍《はべ》りけるに、内《うち》よりかはらけ出《いだ》すとてよみ侍《はべ》りける

よみ人しらず

ふりつもる雪《ゆき》消えがたき山里《ざと》に春《はる》をしらする鶯の声

22 加階申《かゝいまう》しけるに、たまはらで、鶯《うぐひす》の鳴《な》くを聞《き》きてよみ侍《はべ》りける

清原元輔

うぐひすの鳴《な》く音《ね》許《(ばかり)》ぞきこえける春のいたらぬ人の宿《やど》にも

23 俊綱朝臣の家《いへ》にて、春山里《はるやまざと》に人を訪《たづ》ぬといふ心《こゝろ》をよめる

藤原範永朝臣

たづねつる宿《やど》は霞《かすみ》にうづもれて谷《たに》の鶯一声《(ひとこゑ)》ぞする

詠、兼澄集にはなく、恵慶法師集に載る。

21 降り積った雪が、いつまでも消えないでいる山里に、春が来たことを知らせるのは鶯の声であることだ。大斎院御集「むつきのふつかの日…」。○選子内親王　村上天皇皇女。○梅が枝　催馬楽の曲名。○ふりつもる　陽明文庫伝為家筆本「ふりつらん」。○山里　ここは斎院御所。○鶯の声　「梅が枝」を歌う上達部の声をなぞらえている。▽訪れた上達部に対する挨拶の歌。詠者は斎院女房であろう。

22 (朗報は伝わらず)鶯の鳴く声だけは聞えて来るのだなあ。この心楽しむ春のやって来ない人(私)の住居にまでも。元輔集。○加階申しける　「加階」は位階の昇進のこと。「申しける」は申文などで申請する意。○うぐひすの鳴く音許　「許(ばかり)」は限定。加階の報せはなく、鶯の声だけが。○春のいたらぬ　位階昇進にあずからないことを暗に示す。▽鶯のおとずれに、自らの不遇を重ねて詠む。

23 探し求めてやって来た宿は、春霞にすっかり覆われて、ただ谷の鶯の一声が聞えることだ。範永朝臣集。○俊綱朝臣の家　伏見にあった橘俊綱の邸宅。数奇を凝らした豪奢なもので、ここに歌人たちが集まり、しばしば歌会が催された。○一声ぞする　「一声」が意識されるのは、時鳥の場合が多く、鶯について歌う例は少ない。「花だにもまだ咲かなくに鶯の鳴く一声を春と思はむ」(後撰・春上・よみ人しらず)。▽春霞の中の鶯の声というありふれたイメージを、その声を「一声」と絞ることによって、山里の静寂さを効果的に強調する。

24 千年も栄え続くであろうこの家の子の日の松だからこそ、それにあやかろうと、他の家でも栄える例として引こうとすることだ。元輔集。

小《を》野《のゝ》宮の太政大臣の家《いへ》に子日《(ねのひ)》し侍《はべ》りけるに、
よみ侍《はべ》りける　清原元輔

24 千年《ちとせ》へむ宿《やど》の子《ね》の日の松《まつ》をこそほかのためしに引《ひ》かむとすらめ

題《だい》しらず　和泉《いづみ》式《しき》部《ぶ》

25 ひきつれて今日《けふ》は子《ね》の日の松《まつ》にまたいま千年《ちとせ》をぞのべにいでつる

正月子日《(ねのひ)》、庭《には》にを《(お)》りて、松《まつ》など手《て》すさびに引《ひ》き侍《はべ》りけるを見《み》てよめる　よみ人しらず

26 春《はる》の野《ゝ》に出《いで》ぬ子《ね》の日はもろひとの心ばかりをやるにぞありける

正月子日《(ねのひ)》にあたりて侍《はべ》りけるに、良暹法師のもとより子日しになん出《い》づる、いざなどいひ

○小野宮の太政大臣　藤原実頼。○子日　正月最初の子(ね)の日、通常野の小松を引き、遊宴して千代を祈る行事。○千年へむ　「宿」にかかる。○宿　実頼邸。「子日する野辺ならねども我が宿の松も千歳の松にやはあらぬ」(朝忠集)。○ほかのためし　他家にとっても、小野宮家の繁栄にあやかり、栄えるという例。○引かむ　「引く」に「例に引く」「松を引く」の両意を込める。▽家集には、実頼に身の不遇を直接訴える歌も見え、元輔は小野宮邸に頻繁に出入りしてその庇護のもとにあったらしい。これより三まで、子の日の歌が続く。

25　人々と連れだって、今日は子の日の松を引くことによって、さらに千年の寿命を延ばそうと、野辺に出てきたことです。和泉式部集。○ひきつれて　「のべにいでつる」にかかる。「ひき」に小松を「引き」の意を掛ける。○のべにいでつる　「のべ」は「野辺」と「延べ」とを掛ける。「万代をのべにと聞きし松なれば…」(円融院御集)。▽和泉式部百首の第三首。二首めの正月七日の若菜摘みの後に配しているので、若菜摘みの延寿に続いて、今日子の日にさらに千年の延寿を期した詠であったか。

26　春の野に出かけない子の日は、大勢の人々はただその心だけを野辺に馳せ、心を慰めていることだなあ。○手すさびに　手なぐさみに。○春の野に出ぬ子の日　野に出ない理由は記されていないが、「内の女房子日せむと侍りしに、中宮なやませ給ふとて俄にとまりたれば…」(元輔集・詞書)など、子の日が中止されたことを詠ずる作は多く見られる。○もろひとの　「の」は主格。○心ばかりをやる　「やる」は野辺に「遣る」の意と、「(心を)やる(気晴らしをする)」の意とを重ねる。▽野辺の子の日の行事が行われない無念さをにじませる。

におこせて侍《はべ》りけるに、またも音《おと》せで、日暮《く》れにければ、よみてつかはしける　賀茂成助

27 けふは君《きみ》いかなる野《の》辺《べ》に子《ね》の日《ひ》して人のまつをば知《し》らぬなるらん

28 今上《(きんじやう)》、六条におはしまして、上達部、うへのをのこども中島《なかじま》にわたりて、子日《(ねのひ)》し侍《はべ》りけるによみ侍《はべ》りける　右大臣北方

袖《そで》かけてひきぞやられぬ小《こ》松原《まつばら》いづれともなき千代《ちよ》のけしきに

29 三条院御時に、上達部・殿上人など子日《(ねのひ)》せんとし侍《(はべり)》けるに、斎院女房、船岡《ふなをか》にもの見《み》むとし侍けるを、とゞまりにければ、そのつとめて斎院にたてまつれ侍ける　堀川右大臣

とまりにし子《ね》の日《ひ》の松をけふよりは引《ひ》かぬためしにひかるべきかな

27 今日はあなたは、どのような(すばらしい)野辺で子の日の行事をして、(松の「まつ」ではないが、)私が待っていたのを忘れたままであったのであろう。成助集(断簡)、二句「いづれの野辺に」。○正月子日にあたりて　他本「正月一日、子日にあたりて」。○いざなど　太山寺本「いざなへと」。○またも音せで　二度と何とも言って来ないで。○人のまつをば　「まつ」に「待つ」と「松」とを掛ける。▽誘っておきながら約束を果さなかった友達への恨み言。

28 (どの小松と)袖をかけて、引くことができないことです、この小松原の小松は。どれも皆千年のよわいをたたえている様子に見えて。○今上　白河天皇。○六条　右大臣源顕房(和歌の作者の夫)の邸。白河帝中宮賢子は顕房の娘なので、ここは中宮の里邸。永保二年(一〇八二)の内裏火災により、一時里内裏となる。○中島　寝殿の前の池の中に造られた島。○袖かけて　袖を小松にかけて。引いたり、手折ったりする時の姿態。▽いずれもすばらしい小松の様子に、廷臣たちの未来を重ねて詠む。応徳元年(一〇八四)、白河帝が顕房邸に滞在中の子の日、中宮母の立場からの詠。

29 中止になってしまった、この子の日の行事のことが、今日からは松を引かなかった子の日の例として、(いつまでも)引かれることであろうよ。入道右大臣集、二句「子の日の松も」。○三条院御時　三条天皇の御代。寛弘八年(一〇一一)から長和五年(一〇一六)まで在位。○斎院女房　京都紫野にあった斎院御所に仕える女房。○船岡　船岡山。京都市紫野にある丘陵。永観三年(九八五)二月の円融院子の日の遊びを始めとして、野遊の舞台となることが多かった。○とゞまりにければ　中止になってしまったので。→二六。○斎院　選子内親王。○引かぬためしにひかる　初めの「引く」は松を引

題《だい》しらず　民部卿経信

30 浅緑《あさみどり》のべの霞《かすみ》のたなびくにけふの小《こ》松をまかせつるかな

承暦二年内裏歌合によみ侍《はべ》りける　左近中将公実朝臣

31 君《きみ》が代《よ》にひきくらぶれば子日《ねのひ》する松の千年《ちとせ》も数《かず》ならぬかな

正月七日、子日《ねのひ》にあたりて雪降《ゆきふ》り侍《はべ》りければよめる　伊勢大輔

32 人《ひと》はみな野辺《のべ》の小松《こまつ》を引《ひ》きにゆくけさの若菜《わかな》は雪《ゆき》やつむらん

正月七日、卯日《うのひ》にあたりて侍《はべ》りけるに、今日《けふ》は卯杖《うづゑ》つきてやなど、通宗朝臣のもとより言《い》

く、後の「引く」は例証として引くの意。▽重語としての「引く」が趣向の中心。

30 浅緑色に野辺の霞がたなびいているので、その「引く」霞に、今日子の日の小松引きの行事をすっかりまかせてしまったことだ。大納言経信集。○浅緑　うす緑色。「たなびく」にかかる。「浅緑野辺の霞はつつめどもこぼれてにほふ花桜かな」(拾遺・春・よみ人しらず)。○たなびくに小松を「引く」の意を重ねる。▽霞につつまれた春の野辺の情景を、たなびく霞を擬人化することによって強調する。

31 君の御代の長さと引き比べると、子の日に引く松の千年のよわいものの数ではないことです。承暦二年(一〇七八)内裏歌合。四月二十八日、白河天皇の主催。判者は源顕房。○君が代　天皇の御代。○ひきくらぶれば　「ひき」に小松の縁で「引き」を重ねる。▽歌合の当日、当歌「負」の判には右方から不満の声があがったと伝える。後拾遺集撰者藤原通俊も歌人として参加。

32 人はみな子の日の小松を引きに野辺に出かけて行きます。今朝摘む若菜には雪が積っているのでしょうか。伊勢大輔集。○正月七日　この日、若菜を摘み、七種の若菜を羹(あつもの)として食す習慣があった。○子日にあたりて　若菜摘みの七日と小松引きの子の日とが重なって。○野辺の小松を　陽明乙本「けふのわかな」。○けさの若菜　正保版本「ねのひの松を」。○雪やつむらん　「つむ」に「積む」と「摘む」とを掛ける。▽「七日、雪間の若菜摘み」(枕草子・正月一日は)とあるように、七日や子の日の早春の野遊びは、残雪を踏みしめながら行われることが多かった。子の日と七日とが重なる詠を配して三七までの「若菜」の歌群に繋ぐ。

33 卯杖をつきながらも摘みたいのは、たまたま(孫の)あなたが問うてくれた、その「問ふ日」

ひにおこせて侍《はべ》りければよめる

33 卯杖《うづゑ》つきつまほしきはたまさかに君がとふひの若菜《わかな》なりけり

題不知《(しらず)》　大中臣能宣朝臣

34 白雪《しらゆき》のまだふるさとの春日野《かすがの》にいざうちはらひ若菜《わかな》つみてん

和泉《いづみ》式部《しきぶ》

35 春日野《かすがの》は雪《ゆき》のみつむと見《み》しかども生《お》い《(ひ)》づるものは若菜《わかな》なりけり

後冷泉院御時皇后宮歌合によみ侍《(はべり)》ける　中原頼成妻

36 つみにくる人《ひと》はたれともなかりけり我《わ》がしめし野《の》の若菜《わかな》なれども

ではないが、飛火野の若菜だったのですよ。伊勢大輔集。〇卯日　正月初卯の日。〇卯杖つきてや　卯杖をつきましたか。「卯杖」は初卯の日に諸衛府から天皇、皇后、東宮などに献上した杖。当日、この卯杖で地面を叩いて悪鬼を払う習慣があった。〇通宗朝臣　藤原通宗。母は伊勢大輔の娘。〇とふひの　「問ふ日の」と「飛火野」とを掛ける。飛火野は、奈良市春日山のふもとの野。▽難後拾遺では、卯杖をつきながら、若菜を摘むという動作を有りえないこととして非難する。

34　白雪がまだ降り続いている古い都の春日野で、さあ、雪をうち払って若菜を摘むことにしよう。能宣集「(ある所の歌合)わかな」。〇ふるさと　雪が「降る」と「古里」とを掛ける。「ふるさと」はここでは旧都の意。〇春日野　大和国の歌枕。若菜摘みの場所として、屏風歌などに多く詠まれた。▽「春日野の飛ぶ火の野守いでて見よいまいくかありて若菜摘みてむ」(古今・春上・よみ人しらず)を踏まえた詠。能宣は特に「春日野」という歌枕を好み、「春日野の野辺の秋萩」、「春日野の木高き松」などと多様な詠み方をしている。

35　春日野は雪が積っているとばかり見ていたが、(その間から)生え出てきたものは何と若菜であったよ。和泉式部集。麗花集。〇春日野　→三四。〇つむ　「積む」と「摘む」とを掛ける。〇若菜なりけり　「けり」は断定の助動詞「なり」に付いて、若菜の存在にはじめて気付いた感動を表す。▽雪の間に若菜を見出し、春の到来を実感できた喜び。

36　摘みに来る人は誰ということもなく立ち入っていることよ。せっかく私がしめを結ってしるしを付けた野の若菜ですのに。天喜四年(一〇五六)皇后宮春秋歌合。〇後冷泉院御時　後冷泉天皇の御代。寛徳二年(一〇四五)から治暦四年(一〇六八)まで在位。〇皇后宮歌合　天喜四年四月三十日皇后宮寛

正月七日、周防内侍のもとへつかはしける　藤三位

37 数《かず》しらずかさなる年《とし》をうぐひすの声するかたの若菜《わかな》ともがな

長楽寺にて、ふるさとの霞《かすみ》の心をよみ侍《はべ》りける　大江正言

38 山たかみ都《みやこ》の春《はる》を見《み》わたせばたゞひとむらの霞《かすみ》なりけり

能因法師

39 よそにてぞ霞《かすみ》たなびくふるさとの都《みやこ》の春《はる》は見《み》るべかりける

題《だい》しらず　選子内親王

40 春《はる》はまづ霞《かすみ》にまどふ山里《ざと》をたちよりてとふ人のなきかな

子が主催した春秋歌合。〇我がしめし野　「しむ(占む)」は自分の場所としてしるしを付けること。▽春秋を競い合う歌合の先蹤としては、延喜年間(九〇一―九二三)の論春秋歌合がある。

37　数も知らないほど多く重ねた年を、鶯の声のする方向の若菜のように、(その声に聞き惚れて)摘むことを忘れる若菜と思いたいものです(積み重なることのない齢でありたいものです)。周防内侍集。〇周防内侍　周防守平棟仲女。〇うぐひすの声するかた　鶯の美声によって、若菜を摘む手が思わず止まってしまうような所。▽「つみたむることのかたきはうぐひすの声する野辺の若菜なりけり」(拾遺・春・よみ人しらず)と同発想の詠。

38　山が高いので、この場所から都の春の様子を見わたすと、ただ一かたまりの春霞であったよ。能因集。〇長楽寺　京都市東山区、八坂神社の東にある寺。〇ふるさとの霞　都の霞。当時長楽寺のある東山のあたりは、すでに洛外と考えられていたらしい。〇山たかみ　山が高いので。小高い場所にある長楽寺の位置をやや大仰に表現。〇ひとむらの霞　都を包む霞を見下ろしての印象。▽長楽寺において、能因や大江嘉言らと共に詠じた作。

39　春霞のたなびいているふるさと、都の春はこうして外(そと)から眺めるのがよかったのだなあ。能因集。〇よそにてぞ　都に対して「よそ」。「見るべかりける」にかかる。▽難後拾遺では、「よそにて」という表現を過剰な言いまわしであると難じている。

40　春がやって来ると、まず霞が立ちこめてそのため道に迷ってしまうこの山里を、立ち寄って訪れる人もないことよ。大斎院前の御集、初・二句「春はまた霞にまがふ」。〇春はまづ　「まど

41 春《はる》、難波《なには》といふ所《ところ》に網引《あみひ》くを見《み》てよみ侍《(はべり)》ける　藤原節信

はる〴〵とやへのしほぢにおく網《あみ》をたなびく物は霞《かすみ》なりけり

42 題不知《(しらず)》　曾禰好忠

三島江《みしまえ》につのぐみわたる蘆《あし》の根《ね》のひとよのほどに春《はる》めきにけり

正月許《(ばかり)》に津《つ》の国に《くにゝ》侍《はべ》りける頃《ころ》、人のもとに言《い》ひつかはしける　能因法師

43 心《こゝろ》あらむ人に見《み》せばや津《つ》の国《くに》の難波《なには》わたりの春《はる》のけしきを

題不知《(しらず)》　読人不知《(よみびとしらず)》

ふ」にかかる。○霞にまどふ　他本「霞にまがふ」。○山里　ここでは紫野の斎院御所を指す。▽「おぼつかなくらまの山の道知らで霞の中にまどふ今日かな」(拾遺・雑春・安法)。

41　はるばると遠くまで続く海路に、置いている網を「引く」ように、「たなびく」のは春霞であったなあ。○難波　ここでは難波潟のこと。○やへのしほぢ　はるかに遠い海路。「さりともとやへのしほぢに入りしかどそこにも老いの波は寄りけり」(登蓮法師集)。○たなびく　網を「引く」を掛ける。▽難後拾遺などに、この作を貫之詠の酷似歌と指摘する。

42　三島江に(まるで角が出るように)一面に丸く芽ぐみ始めている蘆、その根の「ひとよ」(一節)ではないが、わずか「ひとよ」(一夜)のうちに、春めいたことだなあ。曾丹集。○三島江　摂津国の歌枕。今の高槻市の南部、淀川沿いの地。○つのぐみわたる　「つのぐむ」は角のように新芽が丸まって出はじめること。「わたる」は角ぐむ様子が一面に広がっている状態を表す。「難波女につのぐみわたる蘆の根は寝はひたづねてよをたのむかな」(重之集)。○ひとよ　「一節」と「一夜」とを掛ける。▽上句は「ひとよ」を導く序詞。典型的な有心の序。

43　情趣を解する心があるであろう人に見せたいものだ。津の国の難波あたりのこの美しい景色を。能因集、四句「なにはの浦の」。○津の国　摂津国。○心あらむ人　「もののあはれ」を解する心のある人。「心あらむ人に見せばや朝露にぬれてはまさる撫子の花」(大江嘉言集)。▽無名抄ではこの作を「限りなく遠白くなどはあらねど、優深くたをやかなり。例へば、能書のかける仮名のし文字のごとし」と賞讃する。

44 難波潟《なにはがた》浦吹《うらふ》く風《かぜ》に波《なみ》たてばつのぐむ蘆《あし》の見《み》えみ見《み》えずみ

春駒《はるこま》をよめる　　権僧正静円

45 粟津野《あはづの》の《ゝ》すぐろのすゝきつのぐめば冬《ふゆ》たちなづむ駒《こま》ぞいばゆる

長久二年弘徽殿女御、歌合し侍《(はべり)》けるに、春駒をよめる　　源兼長

46 たちはなれさわ《(は)》べになるる春駒《はるこま》はおのが影《ゝげ》をや友《とも》と見《み》るらん

屏風絵に、鳥《とり》おほく群《む》れゐて、旅人《たびゞと》の眺望する所《ところ》をよめる　　藤原長能

47 狩《かり》に来《こ》ばゆきてもみまし片岡《かたおか》の朝《あした》の原《はら》にきゞす鳴《な》くなり

44 難波潟の浦を吹く春風によって波が立つと、丸く芽を出し始めている蘆の先が見えたり、見えなかったりすることだよ。○難波潟　摂津国の歌枕。○浦吹く風　海辺を吹く春の風。○見えみ見えずみ　見えたり見えなかったり。▽難波潟に寄せる波の水面に見え隠れする蘆の穂先の微細な様子を捉えたもの。

45 粟津野の野焼きのあとの黒い薄の芽が出始めると、冬には立ち渋っていた駒が元気にいななくことだ。○春駒　春の野の馬。荒々しく気力に満ちた馬として詠まれる。○粟津野　近江国の歌枕。○すぐろのすゝき　「すぐろ」は末黒の略。春の野焼きのあとの黒く焦げ残っている薄。○たちなづむ　寒さのために立ち動くのに難渋する。○いばゆる　いななく。▽「つのぐむ」という語で四四とつながり、「春駒」の主題は、四六に及んでいる。

46 群れから離れて、水辺になじんでいる春の野の馬は、水に映った自分の姿を友と見ているのだろうか。長久二年(一〇四一)弘徽殿女御歌合・重成、二句「沢辺に荒るる」。弘徽殿女御生子(藤原教通女)主催。判者、藤原義忠。○なるる　陽明乙本「あるゝ」。▽春駒の孤影を描出。

47 もし、狩に来たのであったなら、近くに行ってたしかめるところなのに。片岡の朝の原に雉(きじ)の鳴く声が聞えるよ。○狩に来ば…まし　反実仮想。○片岡の朝の原　「片岡」「朝の原」はともに大和国の歌枕。「霧たちて雁ぞ鳴くなる片岡の朝の原は紅葉しぬらむ」(古今・秋下・よみ人しらず)。○きゞす　雉をさす歌語。▽画中の旅人の立場で詠じたもの。難後拾遺では「鳥おほく群れゐ」るという画題は、水鳥などを指したもので、雉にはふさわしくないと難じている。

題不知《(しらず)》　　　　和泉式部

48 秋《あき》までの命《いのち》も知《し》らず春《はる》の野に萩《はぎ》の古根《ふるね》を焼《や》くと焼《や》くかな

後冷泉院御時、后宮《きさいのみや》の歌合《うたあはせ》に残雪《のこりのゆき》をよめる　　藤原範永朝臣

49 花《はな》ならで折《を》らまほしきは難波《なには》江《え》の蘆《あし》の若葉《わかば》に降《ふ》れる白雪《しらゆき》

屏風絵に梅花ある家に、男来《をとこき》たる所《ところ》をよめる　　平兼盛

50 梅《むめ》が香をたよりの風《かぜ》や吹《ふ》きつらん春《はる》めづらしく君が来《き》ませる

ある所《ところ》の歌合に梅をよめる　　大中臣能宣朝臣

48 秋まで生きられるかどうか、その命もわからないのに、春の野で、(美しい花を咲かせようと)萩の古根をただひたすら焼くことよ。和泉式部集、三・四句「春の野の花のふるねを」。○命も知らず　八代集抄本「あはれもしらず」。○古根を　正保版本「ふるえを」。○焼くと焼くかな　動詞を重ねて、その動作に没頭するようすをあらわす。▽百首歌中の一首。曾丹集の、「花見むと命も知らず春の野に萩の古ねを焼かぬ日ぞなき」を踏まえる。

49 花ではないのに折りたく思うのは、難波江の蘆の若葉に降りつもっている(白い花のような)白雪であるよ。範永朝臣集。天喜四年(一〇五六)皇后宮春秋歌合・範永妻。栄花物語・根合・但馬。○残雪　ここでは、春になって降り、消え残っている雪。○難波江　淀川の河口付近。▽「花ならで」と認識しながらも、「折らまほし」と、「白雪」を「花」と見立てて歌う。

50 梅の薫香を乗せて伝える風がちょうど今吹いているのでしょうか。この春珍しくあなたがおいでくださったことよ。兼盛集、三・四句「つげつらん春めづらしき」。○梅花ある家　男が訪ねて来た、女の家。一首はその女の立場で詠んだもの。○たよりの風　知らせをもたらす風。ここは初句を受けて、梅の香を伝える風。▽女の「めづらしく君が来ませる」という口ぶりに、梅の香に誘われての来訪であろうと軽くすねた気分が漂う。「わがやどの梅の立枝や見えつらん思ひのほかに君が来ませる」(拾遺・春・平兼盛)に似る。これより空まで「梅花」の歌群。

51 梅の花が匂うこのあたり一帯の夕暮には、むなしいことに、訪ねて来る人の薫香と何度も間違えてしまうことだ。能宣集。○あやなく　無駄なことに。第五句にかかる。○あやまたれつ

51 梅《むめ》の花にほふあたりの夕暮《ゆふぐれ》はあやなく人にあやまたれつゝ

春《はる》の夜《よ》の闇《やみ》はあやなし、といふことをよみ侍《はべ》りける　　前大納言公任

52 春《はる》の夜《よ》の闇《やみ》にしあればにほひくる梅《むめ》よりほかの花なかりけり

題不知《(しらず)》　　大江嘉言

53 梅《むめ》が香《か》をよはの嵐《あらし》の吹《ふ》きためて真木《まき》の板戸《いたど》のあくる待《ま》ちける

村上御時、御前の紅梅を女蔵人《(にょくらうど)》どもによませさせたまひけるに、代《かは》りてよめる　　清原元輔

54 梅《むめ》の花香《はなか》はこと〴〵に匂《にほ》はねどうすくこくこそ色《いろ》は咲《さ》きけれ

ゝ「れ」は自発。▽「春の夜の闇はあやなし梅の花色こそ見えね香やはかくるる」(古今・春上・凡河内躬恒)や「やど近く梅の花植ゑじあぢきなく待つ人の香にあやまたれけり」(古今・春上・よみ人しらず)を踏まえた詠。

52 春の夜の闇夜だからこそ、匂ってくるのは梅の花のみで、それ以外の花は何もないことだなあ。公任集「闇はあやなしといふ題を」。○春の夜の闇はあやなし　春の夜の闇は役にも立たない。「春の夜の闇はあやなし梅の花色こそ見えね香やはかくるる」(古今・春上・凡河内躬恒)の初・二句。○梅よりほかの花なかりけり　梅だけは匂いによって知られるが、その他の花はないのも同然だ。▽躬恒詠を下敷きにして、梅香のみが匂ってくることを強調。古今歌の一部が歌会における歌題として用いられた例。

53 梅の香を夜半の嵐が吹きためていて、真木の板戸が開くのを待っていたのだなあ。長承二年(一一三三)相撲立詩歌合。○梅が香　難後拾遺は、「梅の香」とある方がまさっているとする。他本「梅の香」。○よはの嵐　夜中に吹いた激しい風。▽戸を開けるとともに、流れ込む朝の梅香。「嵐」を擬人化して詠む。

54 梅の花の香は木毎に別々の香に匂ったりはしないが、色の方は薄くも濃くもさまざまに咲いたことだ。元輔集、五句「色は見えけれ」。○村上御時　村上天皇の御代。天慶九年(九四六)から康保四年(九六七)まで在位。○よませさせたまひけるに　天皇がお詠ませになった時に。○代りてよめる　女蔵人に代って詠んだ歌。○こと〴〵に　木によってとりどりに。「梅」の文字、「木」「毎」を踏まえた洒落。「雪降れば木毎に花ぞ咲きにけるいづれを梅とわきて折らまし」(古今・冬・紀友則)。▽「紅に色をばかへて梅の花香ぞことごとににほ

山里《ざと》に住《す》み侍《はべ》りけるころ、梅《むめ》の花《はな》をよめる　読人不知《しらず》

55 わが宿《やど》の垣根《かきね》の梅《むめ》の移《うつ》り香《が》にひとり寝《ね》もせぬ心地こそすれ

題《だい》しらず　前大納言公任

56 わが宿《やど》の梅《むめ》のさかりに来《く》る人《ひと》はおどろくばかり袖《そで》ぞにほへる

和泉《いづみ》式部《しきぶ》

57 春《はる》はたゞわが宿《やど》にのみ梅咲《むめさ》かばかれにし人も見《み》にときなまし

山里《ざと》の梅花をよみ侍《はべ》りける　賀茂成助

58 梅《むめ》の花《はな》かきねにゝほふ山里《ざと》はゆきかふ人《ひと》の心《こゝろ》をぞ見《み》る

はざりける」(後撰・春上・凡河内躬恒)を踏まえる。

55 我が家の庭の垣根の所で咲いた梅の移り香によって、まるで独り寝をしていないような気持がすることだ。〇移り香　袖などに移り残った香り。ここでは想う相手のたきしめた薫香を想起している。▽山里での孤独な心境を、「ひとり寝もせぬ心地」と艶な気分を漂わせて歌う。以下三首は「宿の梅」の詠。

56 我が家の庭の梅の花盛りの頃にやって来る人は、こちらがはっとするくらい袖が匂っていることだ。公任集。〇おどろくばかり　はっとするほど。口語的言いまわしではあるが、強調表現として歌中でも用いられる。→三九。「秋来てのほどは経ぬれどこのくれにおどろくばかり風は吹きぬる」(元真集)。▽我が家の梅の匂いにあらためて驚く。家集には、白河の山荘に咲く梅花が多く詠まれている。

57 春にはただ私の家の庭にのみ梅が咲くのであったら、私から離れてしまったあの人も花見に来るであろうに。和泉式部集。〇かれにし人　別れてしまった人。「かれ」は「離《か》る」の連用形。▽百首歌中の一首。去っていった相手への慕情を表出。

58 梅の花が垣根のもとで咲き匂っている山里は、外を行き来する人の心の中を(風流心があるかどうかと)見ていることだ。〇人の心をぞ見る　「見る」の主語は「山里」。通り過ぎる人が梅を顧みるかどうかで風流心の有無を量ろうとしている意。▽山里を擬人化してその立場からの詠。

春風夜芳《(かんば)シ》といふ心をよめる

藤原顕綱朝臣

59 梅《むめ》の花《はな》かばかりにほふ春《はる》の夜《よ》の闇《やみ》は風《かぜ》こそうれしかりけれ

梅花を折りてよみ侍《はべ》りける

素意法師

60 梅《むめ》が枝《え》を折ればつゞれる衣手《ころもで》に思《(おもひ)》もかけぬ移《うつ》り香《が》ぞする

太皇太后宮、東三条にて后《きさき》に立《た》た《ゝ》せ給《(たまひ)》けるに、家の紅梅を移《うつ》し植《う》へ《(ゑ)》られて、花《はな》の盛《さか》りに忍《しの》びにまかりて、いとおもしろく咲《さ》きたる枝《えだ》に結《むす》び付《つ》け侍《(はべり)》ける

弁乳母《めのと》

61 かばかりのにほひなりとも梅《むめ》の花《はな》しづの垣根《かきね》を思《(おもひ)》わするな

59 梅の花がこんなに馥郁と、香のみ匂ってくる春の夜の闇には、(香りを乗せて)吹いてくる風がうれしいことだなあ。○かばかり　これほどまでに。「香ばかり」(香りだけ)の意を重ねる。「色見えぬ梅のかばかりにほふかな夜吹く風のたよりうれしく」(四条宮下野集)。▽闇夜の薫香を賞でる。↓五三。

60 梅の枝をふと折ると、自分の継ぎ合せの僧衣の袖に、(出家の身には)思いもかけなかった移り香がすることだ。○つゞれる衣手　布を継ぎ合せてかがった粗末な衣服の袖。黒川本色葉字類抄に「褐衣 ツヽリ」とあり、僧衣の袖のこと。「つづりの袖」とも。○移り香　ここは梅香の染み移ったかおり。人のたきしめた薫香の「移り香」を連想させる。「追ひ風のこしげき梅の原ゆけば妹がたもとの移り香ぞする」(恵慶法師集)。▽僧籍にありながら、梅の移り香にふと女性の薫香を感じとった風情を詠む。

61 これほどの美しさで咲きほこっているにしても、梅の花よ、いやしい旧居である我が家の垣根を忘れないでおくれ。弁乳母集。○太皇太后宮　家集には、「四条宮」とあり、藤原寛子か。寛子が立后本宮の儀に際して東三条殿に赴いたことが、栄花物語・根合に見える。○東三条　旧藤原兼家邸。○移し植へられて　弁乳母の家から、東三条殿へと移植されて。○忍びにまかりて　こっそりと出かけて。「忍びに」は副詞。「人をしのびに相知りて」(古今・恋四・詞書)。○かばかりの　これほどの。「か」に「香」をかける。▽かつての花の持主の立場からの愛惜の想い。大鏡・昔物語の「鶯宿梅」の故事を連想させる。

62 題《だい》しらず　　大江嘉言

わが宿《やど》に植《う》ゑぬばかりぞ梅《むめ》の花あるじなりともかばかりぞ見《み》ん

清基法師

63 風吹《かぜふ》けばをちの垣根《かきね》の梅《むめ》の花香《か》はわが宿《やど》のものにぞありける

道雅三位の八条家の障子に、人《ひと》の家《いへ》に梅《むめ》の木《き》ある所《ところ》に、水流《みづなが》れて客人来《き》たれる所《ところ》をよめる　　藤原経衡

64 たづねくる人《ひと》にも見《み》せん梅《むめ》の花散《ち》るとも水《みづ》に流《なが》れざらなん

水辺ノ梅花といふ心を　　平経章朝臣

65 末《すゑ》むすぶ人の手《て》さへや匂《にほ》ふらん梅《むめ》の下行《したゆ》く水《みづ》の流《なが》れは

62 我が家の庭に植えないだけのことなのだ、この梅の花を。たとえ、花の持主であったとしても、今の私と同じ心のほどで賞美し眺めることであろうよ。〇かばかり　これほどの心で。「か」には「香」を掛ける。▽持主以上に梅花を愛する思いを強調。

63 風が吹くと、遠方の垣根の梅の花の香りだけは、我が家の庭のものであったよ。〇をちの垣根　遠く離れた家の垣根。「梅咲かぬ宿はうらみじ春風ををちの垣根の香をさそひけり」(正治初度百首・藤原季経)。〇香は　「は」は他と区別する副助詞。梅の花そのものは「をち」ではあっても、香りの方はの意。▽風に乗って運ばれる梅花の香りを、我が庭のものと詠む飄逸な詠。

64 訪ねて来る人にも見せよう、この梅の花を。たとえ散っても川の水に流れないでいてほしいものだ。経衡集「人家の前に梅の木あり。花散りて遣水に流れ下る所をながめて、女(おんな)あり」。左京大夫八条山庄障子絵合。〇道雅三位　藤原道雅。伊周の男。〇八条家の障子　「八条家」は道雅の八条にあった山荘。「障子」は襖(ふすま)障子。▽水面に浮ぶ梅花に向かって、流れないでほしいと願う。一首中の静止した花片のイメージは、障子絵の絵柄を前提にしたもの。

65 下流で水をすくい上げる人の手までも匂うことであろうか。この梅の花の下を流れる川水の流れは。〇末むすぶ　流れの下流ですくい上げる。▽立ちこめている梅の香りが川水にまで移り、さらにその水をすくう人の手まで匂うかと、梅の芳香を強調する。

66 思いやってみてください。霞が立ちこめた山里での、(桜の)花が開くのを待つ春のこのや

長楽寺に住《す》み侍《はべ》りけるころ、二月許《ばかり》に人のもとに言《い》ひつかはしける

上東門院中将

66 思《おも》ひやれ霞《かすみ》こめたる山里《ざと》の花《はな》まつほどの春《はる》のつれ〴〵

題不知《しらず》

小弁

67 ほにいでゝ秋と見《み》しまに小《を》山田《やまだ》をまた打《う》ち返《かへ》す春《はる》も来《き》にけり

帰《かへ》る雁《かり》をよめる

赤染衛門

68 帰《かへ》る雁雲居《かりくもゐ》はるかになりぬなりまた来《こ》ん秋も遠《とを》しと思《おも》ふに

藤原道信朝臣

69 ゆきかへる旅《たび》に年《とし》ふるかりがねはいくその春《はる》をよそに見《み》るらん

るせない所在なさを。経衡集。〇長楽寺　→三六。〇山里　東山にあった長楽寺付近は、当時洛外と考えられていた。〇花まつほどの　桜の開花を待つ間の。▽霞に閉ざされた山里で、ただでも都より遅い花の季節の到来を待ちわびる心情を詠んだ作。この一首は経衡集に見え、真の作者は不詳。

67 稲穂となって、秋の気配だなあと見ているうちに、いつしか山田を再び耕し返す春もやってきたことだよ。〇ほにいでて　穂になって出て。表面にあらわれる、の意をも込める。〇小山田　山あいの田。「小(を)」は語調を整える接頭語。▽稔りの秋と思っていたら、もう早くも春耕の季節を迎えてしまったと、あらためて時の推移の速さに驚く。「きのふこそ早苗とりしかいつのまに稲葉そよぎて秋風の吹く」(古今・秋上・よみ人しらず)。

68 (鳴き声からすると)帰って行く雁はもう雲のかなたの空遠くになってしまったようだ。再び帰ってくる秋も、まだまだほど遠いと思うのに。長久二年(一〇四一)弘徽殿女御歌合。〇帰る雁　雁は秋飛来し、春には北国に向かって帰る。〇雲居　遠くの空。〇また来ん秋　雁が再び来る意と「来ん秋」(来秋)の意を重ねる。▽歌合では、伊勢大輔の「行く空もなくなく帰るかりがねの聞えぬほどになりにけるかな」と番えられて「勝」となる。

69 往来する旅の中で年を重ねる雁は、いったいどれほど多くの春を、自分とは無関係のものとして見てきたのだろう。道信朝臣集。〇ゆきかへる旅　春に北国に帰り、秋再びやって来る旅。〇いくその春を　どれほど多くの春を。「いくそ」は「幾十」。▽「春霞立つを見すててゆく雁は花なき里に住みやならへる」(古今・春上・伊勢)と同発想の詠。難後拾遺は、「春」とあって「花」とないことを批判する。

70 とゞまらぬ心ぞ見《み》えん帰《かへ》る雁花《かりはな》のさかりを人にかたるな

馬内侍

71 薄墨《うすゞみ》にかく玉梓《たまづさ》と見《み》ゆるかな霞《かす》める空《そら》に帰《かへ》るかりがね

津守国基

72 をりしもあれいかに契《ちぎ》りてかりがねの花《はな》の盛《さか》りに帰《かへ》りそめけん

弁の乳母《めのと》

屛風に、二月山田《だ》打つ所《ところ》に帰《かへ》る雁《かり》などある所《ところ》をよみ侍《はべ》りける

大中臣能宣朝臣

73 かりがねぞ今日帰《かへ》るなる小《を》山田《だ》の苗代水《なはしろみづ》の引《ひ》きもとめなん

70 せっかくの花の季節にここにとどまらない無風流な心が見破られてしまうだろう。帰る雁よ、花の盛りのさまを人に語るではない。馬内侍集「衰へはてて宇治院に住むに、帰る雁をききて」。○とゞまらぬ心　花を見捨てて帰って行く、風流心に欠ける雁の心。▽前歌と同じく、花の盛りに帰る雁を詠んだもの。同主題は七二にも及ぶ。

71 薄墨紙に書いた手紙のように見えることだ。霞んでいる空を(文字の形をして)帰っていく雁の姿は。津守国基集。○薄墨　薄墨紙。京都の紙屋川でさらした薄いねずみ色の紙。○玉梓　便り。手紙。もと使者の杖が梓(あずさ)の木であったことから生じた語。「かへるさぞあはれなりける雁がねは緑の紙に書ける玉梓」(大斎院御集)。▽「雁飛二碧落一書二青紙一」(和漢朗詠集・雁)などを踏まえ、空を薄墨の料紙に見立て、雁の列をなして飛ぶ姿にしたためた文字の字形を連想して詠じたもの。

72 折も折、どんなに固い約束を交して雁は、花の盛りの時に帰ることとしはじめたのであろう。弁乳母集。○をりしもあれ　外に折もあろうに、ちょうどこんな折に。▽古今集の伊勢の詠(→六九)、七〇などと同趣向の歌。

73 雁がいよいよ今日帰って行くようだ(その声が聞える)。小山田の苗代水を引くように、雁を引き止めてほしいものだ。能宣集、二句「今かへるなる」。○小山田の苗代水の　「引き」を導き出す序詞。○引きもとめなん　引き止めてほしい。水を「引き」と雁を「引きとめ」とを重ねる。「なん」は誂えの終助詞。▽小山田の苗代水に向かって「雁を引き止めてほしい」と願う。

天徳四年内裏歌合に柳をよめる　　坂上望城

74 あらたまの年《とし》をへつゝも青柳《あをやぎ》の糸《いと》はいづれの春《はる》か絶《た》ゆべき

柳《やなぎ》、池《いけ》の水《みづ》を払《はら》ふ、といふ心をよめる　　藤原経衡

75 池水《いけみづ》のみくさもとらで青柳《あをやぎ》の払《はら》ふしづえにまかせてぞ見《み》る

題《だい》しらず　　藤原元真

76 あさみどり乱《みだ》れてなびく青柳《あをやぎ》の色《いろ》にぞ春《はる》の風《かぜ》も見《み》えける

二月許《(ばかり)》、良暹法師のもとに、ありやとおとづれて侍《はべ》りければ、人《ひと》〴〵具《ぐ》して花見《はなみ》になむ

74　どんなに年を経ても、青柳の糸は、いったいいつの年の春に絶えてしまうというのだろう(いつまでも絶えることはないことだ)。天徳四年(九六〇)内裏歌合。〇天徳四年内裏歌合　三月三十日、村上天皇主催による内裏歌合。判者は藤原実頼。十二題二十番。〇あらたまの　「年」にかかる枕詞。〇年をへつゝも　「へ」には「経(へ)」と「綜(へ)」(経糸を延ばして織機にかけること)とを掛ける。「綜」「絶ゆ」は「青柳の糸」の縁語。▽歌合では、「佐保姫の糸染めかくる青柳を吹きな乱りそ春の山風」という平兼盛の右歌と番われて負となっている。毎春、決ったように芽ぶく柳を「糸」と見立てて祝意を込める。

75　池水の水草も取らないで、青柳が水面に触れ水草を払ってくれている、その下枝の動きにまかせたまま、その様子をただ見続けることだ。経衡集、初句「いけみづに」。〇みくさ　水辺や水中の草。〇しづえ　下枝。〇まかせてぞ見る　「見る」の主語は詠者。柳にまかせたままで、じっと見ている。▽春風が青柳の下枝を揺らし、その先が水面を払う様子を帚のような掃除具の動きに見立てる。

76　うすい緑色に風に乱れてなびく青柳の色によって、(見えないはずの)春風の色も目に見えたことだ。元真集「(同じ年二月三日内裏の御歌合、方々のをよめる)左」、二句「みだれてみゆる」。〇あさみどり　うすい緑色。〇乱れてなびく　風によって乱れ揺れている。〇風も見えける　春風の動きも浅緑色に見えることだ。▽視覚では捉えられないはずの風が、青柳の動きによって、浅緑色のものとして「見えける」と言い切り、風と柳の揺れ動くさまを視覚的に重ねた表現が新鮮。

77 出《い》でぬると聞《き》きて、つねは誘《いざな》ふものをと思《おも》ひてたづねて遣《(つかはし)》ける　　藤原孝善

春霞《はるがすみ》へだつる山のふもとまで思《おも》ひしらずもゆく心《こゝろ》かな

78 人〳〵、花見《はなみ》にまかりけるを、かくとも告《つ》げざりければ、つかはしける　　藤原隆経朝臣

山ざくら見《み》にゆく道《みち》をへだつれば人《ひと》の心《こゝろ》ぞかすみなりける

79 きさらぎのころほひ、花見《はなみ》に俊綱朝臣の伏見《ふしみ》の家《いへ》に人〳〵まかれりけるに、誰《たれ》とも知《し》られでさしおかせ侍《はべ》りける　　皇后宮美作

うらやましいる身《み》ともがな梓弓《あづさゆみ》ふしみの里《さと》の花《はな》のまとゐに

77 春霞が隔てている(桜の花の咲く)山のふもとまで、あなたの隔て心も知らず、(身を離れ)馳せおもむく私の心であったよ。○ありやとおとづれて侍りければ　「ご在宅ですか」と便りしましたところ。○たづねて　(誘ってくれなかったわけを)聞き尋ねて。○春霞へだつる山の　「へだつる」は、霞が山を隔てる意と、良暹が詠者(孝善)を隔てる意とを掛ける。○思ひしらずも　良暹の隔て心にも気付かず。○ゆく心かな　ふもとまで訪ねる心よ。「心」は「身」と対比して言う。花のもとに赴く「心」は八六・八七・九七などにも出る。▽花見に誘われなかった恨み言。ここから「桜」が主題となる。

78 あなたは、山桜を見に行く道を霞が隔てるように、私を隔ててしまったので、あなたの心こそが霞であったのだなあ。○かくとも　「花見に出かけますよ」とも。○見にゆく道をへだつれば　霞同様、私に対し隔て心を持ち、花見に行くことを教えてくれなかったので。○人の心ぞかすみなりける　山桜を隠し隔てる点で、霞とあなたの心は同じであったよ。▽七七と似通った詠歌事情。花見に誘われず、置いて行かれた恨みを、「人の心」がすなわち「霞」であったのだと直喩法で表白。

79 うらやましいこと、私も入り加わる身になりたいものです。伏見の里での花の団欒のもとに。○俊綱朝臣の伏見の家　橘俊綱の伏見の里邸。数奇をこらしたこの邸内では、しばしば歌会、歌合が開かれた。○誰とも知られで　誰の歌であるとも知られないようにして。○いる　「入る」と「射る」とを掛ける。○梓弓　「いる(射る)」を出す枕詞。ここでは、倒置して掛る。○まとゐ　円居。「的射」と掛ける。▽「梓弓」という枕詞から「射る」「的射」という縁語を抽き出し、イメージの重層化をはかっている。

80 花見《はなみ》にまかりけるに、嵯峨《さが》野《の》を焼《や》きけるを見てよみ侍《(はべり)》ける　　賀茂成助

小《こ》萩《はぎ》咲《さ》く秋《あき》まであらば思《おも》ひいでむ嵯峨《さが》野《の》を焼《や》きし春《はる》はその日と

81 題不知《(しらず)》　　永源法師

桜花《さくらばな》咲《さ》かば散《ち》りなんと思《おも》ふよりかねても風《かぜ》のいとはしきかな

82 　　中原致時朝臣

梅《むめ》が香《か》を桜《さくら》の花《はな》ににほはせて柳《やなぎ》が枝《えだ》に咲《さ》かせてしがな

83 　　橘元任

明《あ》けばまづたづねに行《ゆ》かむ山桜《ざくら》こればかりだに人にを《(お)》くれじ

80 小萩の花が咲く秋まで私の命があったら思い出すことであろう、(萩の花を美しく咲かせようと)嵯峨野を焼いていた春の日は(花見に出かけた)今日という日であったと。○嵯峨野　京都市右京区嵯峨一帯の野。○小萩　小さな萩。○秋まであらば　秋までもし存命ならば。○焼きし春はその日と　野焼きをしていた春の日は、花見に行った当日であったと。▽萩のための野焼きは、四八に既出。桜と野焼きの風情を強調するために、萩の咲く秋に「今」を振り返ることになるであろうと、時間を交錯させて歌う。

81 桜の花が咲いたらきっと風に散るであろうと思うと、花の咲く前の今からすでに風がいとわしく感じられることだ。○かねても　前もって。▽花を惜しむ心を、咲く前の心情として詠む。現在から未来へと向かう時間意識は、未来から現在を照射する六〇と対照的。

82 梅の香を、(目に美しい)桜の花に匂わせ、(しなやかな枝ぶりの)柳の枝に咲かせたいものだ。○にほはせて　「にほふ」はここでは嗅覚イメージ。▽春の植物である「梅」「桜」「柳」の特性をそれぞれ「香り」「花」「枝」と捉えて、それらが一体となれば、さぞすばらしいであろうとの夢想。

83 夜が明けたなら、まず訪ねて行こう。山桜のもとに。せめてこれだけは人に遅れないようにしたいものだ。○こればかりだに　「これ」は山桜を見に出かけること。「だに」は「せめて…なりとも」の意。▽下句は他に人に立ち遅れたものがあることを前提にした表現であるが、ここは花を求める心が誰にも劣らないことを強調するための言いまわしか。八代集抄では「官位才覚等、人におくるる述懐なるべし」と沈淪の嘆きを重ねて解そうとしている。

一条院御時、殿上の人〻花見にまかりて、女《をんな》のもとにつかはしける　源雅通朝臣

84 折《を》らばをし折《を》らではいかゞ山桜《ざくら》けふをすぐさず君《きみ》に見《み》すべき

返《かへ》し　盛《さかり》少将

85 お《(を)》らでたゞ語《かた》りに語《かた》れ山桜《ざくら》風《かぜ》に散《ち》るだにをしきにほひを

後冷泉院御時、上《うへ》のお《(を)》のこども花見《はなみ》にまかりて、歌《うた》などよみて、高倉《たかくら》の一宮の御方《かた》にもてまい《(ゐ)》りて侍《はべ》りけるに　一宮駿河

86 思《おも》ひやる心ばかりは桜花《さくらばな》たづぬる人におくれやはする

今上御時、殿上の人〻花見《はなみ》にまかり出《い》でける道《みち》に、中宮の御方《かた》よりとて、人に代《かは》りてつか

84 折るのは惜しい。しかし、折らないと、どのようにしてこの山桜を今日という日を過さずあなたに見せることができようか。〇一条院御時　一条天皇の御代。→一〇。〇いかゞ　「見すべき」に掛る。▽難後拾遺では、折ろうか折るまいかと逡巡する詠者の態度を難じている。花の枝によって、満開の様子を伝えたいとする発想は一〇〇などにも共通。

85 折らないで、ただひたすら私に語り聞かせてください。山桜が風に散るのさえ惜しい、この満開の美しい様子を。〇語りに語れ　難後拾遺では「ただ人のものいふやうにこそおぼゆれ」と、口語的な歌い口を難じている。〇にほひ　ここでは視覚で捉えた美しさ。〇山桜　主語として「散る」に掛る。▽ただでさえ惜しまれる桜の花を、手折るのはいっそう惜しいことよと風流を解する心で応じる。

86 (実際に出かけこそしませんでしたが)桜を遥かに思いやる私の心だけは、花のもとを訪ねた方々に立ち遅れたことでしょうか(ずっと添っていたことです)。〇後冷泉院御時　後冷泉天皇の御代。→三六。〇高倉の一宮　後朱雀天皇第三皇女、祐子内親王。〇思ひやる　桜のもとに思いをはせる。〇心ばかりは　「身」は赴かなかったが「心」だけは。〇おくれやはする　(心は)桜を訪ねた人々に遅れをとったことであろうか。「やは」は反語。▽花見に同道できなかった側からの花に寄せる心。難後拾遺は「人に遅る」という表現を、死別を連想させ「いまいまし(忌々し)」と評している。

87 (実際に出かけなくても)花にあこがれ浮かれ出る私の心だけは、山桜を訪ねる人々に添えて赴かせることです。〇今上御時　白河天皇の御

はしける　右大臣北方

87 あくがるゝ心ばかりは山桜《ざくら》たづぬる人にたぐへてぞやる

障子絵に、花多《はなおほ》かる山里《ざと》に、女《をんな》ある所《ところ》をよみ侍《はべ》りける　源兼澄

88 いま来《こ》むとちぎりし人のおなじくは花《はな》のさかりをすぐさゞらなん

題不知《しらず》　祭主輔親

89 いづれをかわきて折《を》らまし山桜《ざくら》心《こゝろ》うつらぬ枝《えだ》しなければ

菅原為言《ノブ》

90 ゆきとまる所《ところ》ぞ春《はる》はなかりける花に心のあかぬかぎりは

代。延久四年(一〇七二)から応徳三年(一〇八六)まで在位。○中宮　藤原賢子。→六八。○あくがるゝ心　身を抜け出しさまよう心。▽八六と同趣向、表現もほとんど重なる。

88 「今すぐにうかがおう」と私と約束したあの方は、同じことなら、花の盛りの時期を過さず来てほしいものです。○いま来む　いますぐ行こう。「来(く)」はここは相手の立場になってそこに近づく意。「今こむと言ひしばかりに長月の有明の月を待ち出でつるかな」(古今・恋四・素性)。○おなじくは　どうせ来て下さるのなら。▽画中の女の立場で詠んだ詠。花を口実に男の来訪を心待ちする気分を詠む。

89 どの枝を特に選んで折るとしようか。この山桜のどの枝にも心が惹かれないこととてないので。輔親卿集「三月ばかりに、花見るに」。○いづれをかわきて折らまし　「か」は疑問。「まし」はためらいの気持を込める。「いづれをかわきてを らまし梅の花枝もたわわに降れる白雪」(躬恒集)。○心うつらぬ枝　「心うつる」は心が惹かれそこに心がのり移る意。▽どの枝々の花も揃って美しく咲き誇っている様子を賞でた表現。

90 春には、落ち着いてたたずむ場所とてないことだ。花に心が満ち足りることなく浮かれさまよっている間は。○ゆきとまる所　行き着いて留まる所。「世の中はいづれかさしてわがならむ行きとまるをぞ宿と定むる」(古今・雑下・よみ人しらず)。○春はなかりける　春という季節には、(ゆきとまる所が)ないことだ。○あかぬかぎりは　「飽く」は十分満足する意。「かぎり」は、ある範囲内の時間、あいだ。▽上・下句倒置して花に浮かれ出る気分を表出する。

遠《とを》き山花をたづぬといふ心をよめる　　小弁

91 山桜《ざくら》心のまゝにたづね来《き》てかへさぞ道《みち》のほどは知《し》らるゝ

長楽寺に侍《はべ》りけるころ、斎院より山里《ざと》の桜《さくら》は
いかゞとありければ、よみ侍《(はべり)》ける　　上東門院中将

92 にほふらん花《はな》のみやこのこひしくてをるにものうき山桜《ざくら》かな

白河院にて花を見て読侍《(よみはべり)》ける　　民部卿長家

93 東路《あづまぢ》の人にとはばゝや白河《しらかは》の関《せき》にもかくや花《はな》はにほふと

南殿の桜を見て　　高岳頼言

94 見《み》るからに花《はな》の名《な》だての身《み》なれども心は雲《くも》の上《うへ》までぞゆく

91 山桜を心の赴くままに訪ねて来て、帰り道になってはじめて道の遠さが知られることだ。○かへさ「帰るさ」(帰り途)の転。○知らるゝ「るゝ」は自発。▽道の遠さも忘れ、花に魅かれてさまよった逍遥を歌う。

92 今、美しく咲いているであろう桜花に包まれた都のことが恋しくしのばれて、手折っても心の晴れない山の桜であることよ。○長楽寺 ↓三六。○斎院 禖子内親王か。選子内親王とする説もある。○にほふらん 離れた都では今ごろはの意。○花のみやこ 桜の花咲く都。平安中期の歌人に愛好された歌語で、後拾遺集中にも多く見出される。○をるにものうき「をる」は「折る」と「居る」とを掛ける。▽近郊の長楽寺から都を想う。三六と同じく憂愁に閉ざされた心境を重ねる。

93 東国に旅をしている人に尋ねたいものだ。ここ白河院と同じ名を持つ白河の関にも、このように花は美しく咲くのだろうかと。○白河院 もと藤原良房の別邸。京都市北部の白河の地にあり、この歌の当時は藤原教通の別荘となっていた。後には白河天皇の御所ともなる。○東路の人 東国に至る海道を旅している人。↓二三六。○白河の関 福島県白河市旗宿付近にあった関所。▽都の地名である白河と東路の関所の白河とを重ねて興じる。

94 桜を見るだけで花を引き立てることになる(みすぼらしい)我が身ではあるが、心だけは雲の上(宮中)の南殿の桜まで馳せて行くことだ。○南殿の桜 内裏、紫宸殿の左近の桜。○見るからに ただ見るだけで。○花の名だて ここは花の引き立て役になること。名折れ。↓一二四。○雲の上 宮中。▽八代集抄本、安政版本では詞書に「南殿のさくらを見るといふことを」とある。

上《うへ》のをのこども歌《うた》よみ侍《(はべり)》けるに、春心花に寄《よ》すといふことをよみ侍《はべ》りける

大弐実政

95 春《はる》ごとに見《み》るとはすれど桜《さくら》花あかでも年《とし》のつもりぬるかな

花を惜しむ心をよめる

大中臣能宣朝臣

96 桜花《さくらばな》にほふなごりにおほかたの春《はる》さへ惜《を》しくおもほゆるかな

河原院にて、遥《はる》かに山桜を見《み》てよめる

平兼盛

97 道《みち》とをみ《(ほ)》行《ゆ》きては見《み》ねど桜《さくら》花心《こゝろ》をやりて今日はくらしつ

夜、桜《さくら》を思《おも》ふといふ心をよめる

能因法師

98 桜《さくら》さへ春《はる》は夜《よる》だになかりせば夢《ゆめ》にもものは思《おも》はざらまし

95 毎春桜を見ることにするのだが、(咲いている時期が短く)満ち足りる思いもなく年が積ったことだ。○上のをのこ　殿上人。▽桜花を見飽きることのない思いを、加齢の述懐と重ねて詠出。

96 桜の花が美しく咲きほこった残色の漂う中で、季節としての春が去ることまでもが惜しく思われることだ。○なごり　ここでは、桜の盛りが過ぎて、わずかに散り残った様子。○おほかたの春　桜花の開花期とは限らない、季節としての春。▽この詠は能宣集には載らないが、集中、「散り果つる花を惜しめばおほかたの春さへ暮るることをしぞ思ふ」などの同発想の作が見出される。

97 道のりが遠いので、行って間近にながめはしなかったが、あの山桜に心をはせて、今日という一日を過したことだ。兼盛集、五句「けふはかへりぬ」。恵慶法師集。○河原院　左大臣源融(八三―八九五)の邸宅。融の死後は寺となり荒廃したが、伝領した安法法師のもとにしばしば風流隠士が集い、往時を偲ぶ交雅の場となった。○道とをみ　道のりが遠いので。○心をやりて　我が身はこのまま、心だけを花のもとに行かせて。「心をやる」には、「気晴らしをする」の意をも掛ける。○今日はくらしつ　他本「今日はかへりぬ」。▽恵慶法師集では、清原元輔・平兼盛・源兼澄らと散策して河原院に帰り着いての作とする。

98 桜の咲く春には、もしも夜がなかったとしたら、夢の中までも物思いをすることはないであろうに。能因集。○桜さへ　他本「さくらさく」。○夢にも　「夢」に副詞の「ゆめ」を掛ける。▽歌題から見ても、夜の物思いの中心は花の散ることへの不安感であったのだろう。

桜をうへ《(ゑ)》おきて、主《ぬし》亡《な》くなり侍《(はべり)》にければよめる

読人不知《(しらず)》

99 うへ《(ゑ)》おきし人なき宿《やど》の桜《さくら》花にほひばかりぞ変《かは》らざりける

遠《とを》き所《ところ》にまうでて帰《かへ》る道《みち》に、山の桜を見《み》やりてよめる

和泉《いづみ》式《しき》部《ぶ》

100 みやこ人いかゞと問はば見《み》せもせむこの山桜《ざくら》一《ひと》えだもがな

題《だい》しらず

101 人も見《み》ぬ宿《やど》に桜《さくら》をうへ《(ゑ)》たれば花《はな》もてやつす身《み》とぞなりぬる

102 我《わ》が宿《やど》の桜《さくら》はかひもなかりけりあるじからこそ人も見《み》にくれ

99 植え残した人のもういないこの家の桜花は、その美しさだけは以前と少しも変らないことだ。○にほひばかりぞ　花の美しさだけは。「にほひ」はここは視覚でとらえた美。▽人の世の無常を、花の変らぬ美しさと対比させて詠む。「うゑおきし主なき宿の花桜散りつもるとも誰かきよめん」(赤染衛門集)。

100 都の人が山の桜はどうでしたと尋ねたら見せもしたい。あの山桜の一枝が欲しいものだ。和泉式部集「石山より帰るに、遠き山の桜を見て」。○みやこ人いかゞと問はば　都を離れた旅中にあっての慣用的な問いかけ。「都人いかがととはば山高み晴れぬ雲居にわぶとこたへよ」(古今・雑下・小野貞樹)。→一〇四一。○この山桜　底本「か」の上に「こ」と重ね書き。他本「かの山桜」。▽花の枝を手折る行為については八四・八五・八九に既出。

101 誰も訪ねて来ず、人もふり返って見ることのない我が家に桜を植えたので、花によってますますみすぼらしさの思い知らされる我が身となったことよ。和泉式部集、五句「身にぞなりぬる」。○花もてやつす　「もて」は「もちて」の転。手段、材料を表す。「やつす」はみすぼらしく装うの意。ここは、美しい花の存在が、対比的に自分を目立たぬ姿にするという意か。▽百首歌中の一首。美しく咲き誇る花の蔭にやつし姿ともおぼしき自分を配して、花をながめる孤独な心を詠出。「花もてやつす」を花によってめかす、飾り立てるという意とする解が一般的だが、近世以前にこの用法は見出せず、無理な解か。

102 我が家の庭の桜は咲いても甲斐のないことでした。主人の魅力次第で人も見にくるのですから。和泉式部集。○かひもなかりけり　花は美しく咲いても眺める人はなく、何の甲斐もないこ

103 花見《はなみ》にと人は山辺《べ》に入《い》りはてゝ春《はる》は都《みやこ》ぞさびしかりける

道命法師

104 世《よ》の中《なか》をなになげかまし山桜《ざくら》花見《み》るほどの心《こゝろ》なりせば

紫式部

なげかしきこと侍《はべ》りけるころ、花を見《み》てよめる

藤原公経朝臣

105 花《はな》見てぞ身《み》のうきことも忘《わす》らるゝ春《はる》はかぎりのなからましかば

堀川右大臣の九条家にて、山ごとに春《はる》ありといふ心《こゝろ》をよみ侍《はべ》りける

前中納言顕基

106 わが宿《やど》の梢《こずゑ》ばかりと見《み》しほどによもの山辺《べ》に春《はる》は来《き》にけり

とだ。○あるじからこそ　主人の人望の有無によって。▽百首歌中の一首。花の魅力を中心に詠じた点が「春来てぞ人も訪ひける山里は花こそ宿の主なりけれ」(公任集)などと同発想。

103 花見のために人々は山辺に入ってしまって、春は都がかえって寂しいことだ。○花見にと　三句の「入りはてて」に掛る。○春は都ぞ　春という季節にあっては、いつもは賑やかな都が。▽花見にと繰り出す都人の動きとその頃の洛中の寂しさをやや誇張ぎみによむ。

104 自分の身の上をどうして嘆くことがあろう。いつも、山桜の花をながめるような心でいられたとしたら。紫式部集。○世の中　ここは自分を取り巻く境遇。身の上。○花見るほどの心　花を見る時のような忘我の境地。▽倒置の歌。現実の嘆きを前提に、常に花を見る時のような気分でいられるとしたらと仮想する。紫式部日記における作者の自照の姿勢と通うものがある。

105 花を見ることによって、我が身のつらさもおのずと忘れてしまうことだ。(花の咲く)春に終りがないとしたら、どんなによいことだろう。○春はかぎりのなからましかば　反実仮想の条件部分。以下に「よからまし」などを省略。▽三句切れ。上、下句の倒置ではない。

106 我が家の庭の(花のついた)梢にだけ春が来たと見ているうちに、いつのまにかまわりの山辺一帯に(花が咲き)春が来たことだなあ。○堀川右大臣　藤原頼宗。○九条家　頼宗の九条にあった別邸。○山ごとに春あり　安政版本「毎山有春」。○梢ばかりと見しほどに　桜の咲いた梢にだけ春が来たと見ていたのに。▽「梢」から「よもの山辺」へと詠者の視野は一転してひろがる。

題不知《しらず》　藤原元真

107 思《おも》ひつゝ夢《ゆめ》にぞ見《み》つる桜《さくら》花春《はる》はねざめのなからましかば

承暦二年内裏歌合によめる　右大弁通俊

108 春《はる》のうちは散《ち》らぬ桜《さくら》と見《み》てしがなさてもや風《かぜ》のうしろめたなき

屏風に、旅客見ルレ花ヲといふ(と)ころをよめる　平兼盛

109 花見《はなみ》ると家路《いへぢ》におそく帰《かへ》るかな待《ま》ち時《どき》すぐと妹《いも》やいふらん

屏風の絵《ゑ》に、三月花宴《はなのえん》する所《ところ》に、客人《まら(うと)》来《き》たる所《ところ》をよめる

110 ひとゝせにふたゝびも来《こ》ぬ春《はる》なればいとなく今日《けふ》は花をこそ見《み》れ

107 思いながら寝たので夢の中で見たのであった桜の花よ。春には寝覚めがなければよかったのに。○思ひつゝ夢にぞ見つる 「思ひつつ寝ればや人の見えつらん夢と知りせば覚めざらましを」(古今・恋二・小野小町)に依った表現。○ねざめのなからましかば 「寝覚め」は夜中の目覚め。「ましかば」は反実仮想、下に「よからまし」などを省略。▽小町詠を本歌とし、紀貫之の「やどりして春の山べに寝たる夜は夢のうちにも花ぞ散りける」(古今・春下)などから夢中の桜のイメージを借りる。

108 春の間は散らない桜として見たいものだ。それでもなお、吹く風がこんなにも気がかりに思えるものかと。承暦二年(一〇七八)内裏歌合(→三二)、五句「うしろめたきと」。○散らぬ桜 散らないはずの桜。現実の散る桜とは異なる「散らない桜」を仮想。○さてもや そうあっても…かどうか。「わがごとく我を思はん人もがなさてもやうきと世をこころみん」(古今・恋五・凡河内躬恒)。○うしろめたなき 他本「うしろめたきと」。▽後拾遺集撰者自身の作。

109 花に見入っていると、つい家路につくのが遅れたことだよ。今ごろは家では、帰りの刻限を過ぎたと妻が言っていることだろうか。兼盛集「三月、旅人の花見るところを」、五句「妹やなげかん」。○といふ(と)ころ 底本「と〈いふ〉ころ」、他本「ところ」。○家路 家への道。「家路に帰る」は家へ帰ると同義。○待ち時 (妻が夫の帰りを)待っている時刻。▽月次屏風の歌。画中の人物の立場で歌う。

110 一年に二度もは来ない春なので、ひたすら今日は花を見続けることだ。兼盛集。○花宴 桜花のもとの宴。○ひとゝせにふたゝびも来ぬ春 「声絶えず鳴けや鶯ひととせにふたたびとだ

後冷泉院、東宮と申《(まうし)》ける時《とき》、上《うへ》のお《(を)》のこども花見《み》んとて雲林院にまかれりけるに、よみてつかはしける

良暹法師

111 うらやまし春《はる》の宮人《みやびと》うちむれておのがものとや花《はな》を見《み》るらん

通宗朝臣能登守《のとのかみ》にて侍《はべ》りける時《とき》、国にて歌合《うたあはせ》し侍《(はべり)》けるによめる

源縁法師

112 山ざくら白雲《しらくも》にのみまがへばや春《はる》の心のそらになる覧《(らん)》

宇治前太政大臣、花見《み》になむと聞《きゝ》きてつかはしける

民部卿斉信

113 いにしへの花見《はなみ》し人はたづねしを老《お》いは春《ゝる》にも知《し》られざりけり

に来べき春かは」(古今・春下・藤原興風)に依る。○いとなく　暇(いとま)なく。▽一〇九と同じく月次屏風の歌。

111 うらやましいことです。春宮に仕える方々が連れ立ってお出かけになり、(春という名のゆかりで)自分たちのものと花を見ていることでしょうか。○雲林院　京都紫野にあった天台宗の大寺。桜花の名所。○春の宮人　春宮(東宮)に仕える人々。▽「春の宮人」は、「春」の花である桜を我がもの顔に眺めているであろうとの着想が一首の眼目。袋草紙では作者が「うらやまし雲の上人うちむれておのがものとや月を見るらん」という既成の作を自作に取り込んだものとする。

112 山桜が白雲に見まちがえるほど紛らわしいせいで、春の人の心は落ち着かずうわの空になるのであろうか。延久四年(一〇七二)三月十九日気多宮歌合。○通宗朝臣　藤原通宗。○国　能登国。○春の心　春における人の心。「世の中にたえて桜のなかりせば春の心はのどけからまし」(古今・春上・在原業平)。○そらになる覧　「そら」には天空の意と心のうわのそらの状態を重ねる。「秋風は身を分けてしも吹かなくに人の心の空になるらん」(古今・恋五・紀友則)。▽桜の見立てとしての白雲から「そら」を導き出す。奥義抄の「盗古歌証歌」の項には「春ごとに心をそらになすものは雲井に咲ける桜なりけり」(玄々集・戒秀)を盗むとする。

113 以前に、花見に同道したあなたは今度も花のもとに赴かれたが、我が身に負う老いは(あなたからはもとより)春からも顧みられないことになってしまったことです。栄花物語・殿上の花見、五句「わすられにけり」。○宇治前太政大臣　藤原頼通。○いにしへの花見し人　「人」は頼通。「いにしへ」は道長在世中のことを指すか。○春にも　(あなたにはもとより)春にまで。▽花見に誘

つゝしむべき年《とし》なれば、歩《ある》くまじきよし言《い》ひ侍《はべ》りけれど、三月許《（ばかり）》に白河にまかりけるを聞き《きゝ》て、相模《さがみ》がもとより、かくもありけるはと言《い》ひにおこせて侍《はべ》りければよめる　　中納言定頼

114 桜《さくら》花さかりになればふるさとのむぐらの門《かど》も鎖さ《さゝ》れざりけり

遠花誰家《ガ》ぞといふ心をよめる　　坂上定成《シゲ》

115 よそながらをしき桜《さくら》のにほひかなたれわが宿《やど》の花と見《み》るらん

年《とし》ごとに花を見《み》るといふ心をよめる　　源縁法師

116 春《はる》ごとに見《み》れどもあかず山桜《やまざくら》年《とし》にや花の咲《さ》きまさるらん

われなかったことへの恨みに嘆老の思いを重ねている。

114 桜花が花盛りになると、都の我が家の葎の生い茂った門も閉ざしたままにもできなかったことです。○つゝしむべき年　厄年のことを言うか。○言ひ侍りけれど　「言ふ」の主語は定頼。○白河　京都市北部の地名。○相模がもとより　歌人の相模のもとから。○かくもありけるは　これは一体どうしたことですか。「かく」は白河に出かけたことを指す。○ふるさと　白河の地から洛中の我が家を指して言う。○むぐらの門　八重葎などの雑草の生え絡んだ門。▽白河に外出したことの言いわけ。定頼と相模とは、きわめて親密に交際していたらしい。

115 よそながらも惜しまれる桜の美しさであるよ。（羨ましいことに）誰が我が庭の花として見ていることであろう。○遠花誰家ぞ　遠く見える花は誰の家の花かという意の歌題。○よそながらをしき　余所ながら見ても惜しく感じられる。▽花を独占している者への羨望の心を詠む。

116 春が来るごとにいくら眺めても飽きることがないよ、山桜は。それというのも、年ごとに花がより美しく咲くからなのだろうか。○年ごとに花を見る　安政版本「毎年見花」。○見れどもあかず　万葉以来、頻出する表現。○年にや　その年その年に。「や」は疑問。▽年々花が美しく咲きまさるという、現実にはあり得ないことを想定して歌う。「春ごとに咲きまさるべき花なれば今年をもまだ飽かずとぞ見る」（後撰・春上・藤原兼輔）。

賀陽院の花盛《はなざか》りに、忍《しの》びて東面《ひむがしおもて》の山の花見《み》にまかりありければ、宇治前太政大臣聞《きゝ》きつけて、この程《ほど》いかなる歌《うた》かよみたるなど問《ゝ》はせて侍《はべ》りければ、久《ひさ》しく田舎《ゐなか》に侍《はべ》りてさるべき歌《うた》などもよみ侍《はべ》らず、今日かくなむおぼゆるとてよみて侍《はべ》りける

能因法師

117 世《よ》の中《なか》を思《おも》ひすてて《ゝ》し身《み》なれども心よは《(わ)》しと花《はな》に見《み》えぬる

これを聞《きゝ》きて、太政大臣、いとあはれなりと言《い》ひて、被物《かづけもの》などして侍《(はべり)》けりとなん言《い》ひ伝《つた》へたる

美作《みまさか》にまかりくだりけるに、大《(おほい)》まうちぎみの、被物《かづけもの》の《ゝ》事《こと》を思《おも》ひ出《い》でて《ゝ》、範永朝臣のもとにつかはしける

118 世《よ》ゝふともわれ忘《わす》れめや桜《さくら》花苔《こけ》のたもとに散《ち》りてかゝりし

117 この世の中をすっかり思い捨ててしまった出家の身なのですが、修行の心が弱いと花に見られてしまったことです。能因法師歌集、二句「おもひすてにし」、五句「花にいでけり」。○賀陽院　高陽院に同じ。藤原頼通の邸宅。○東面の山　「高陽院の築山也」(八代集抄)。○宇治前太政大臣　藤原頼通。○世の中を思ひすてゝし身　出家の身。「世の中」はここは俗世を指す。○心よはし　意志の力が弱い。本来は恋の心に関して言うことが多い。「つれなきを今は恋じと思へども心よわくも落つる涙か」(古今・恋五・菅野忠臣)。▽西行の「心なき身にもあはれは知られけり鴫立つ沢の秋の夕暮」(新古今・秋上)と同じく、修行の身の「あはれを知る心」が歌われる。

118 どんなに時がたっても、私はけっして忘れはしません。(あの時)桜花の花びらが私の僧衣に散りかかったことを(宇治前太政大臣から被け物を戴いたことを)。○美作　現在の岡山県北部。○大まうちぎみ　ここは宇治前太政大臣頼通。○被物の事　二七の左注に記された内容を指す。○範永朝臣　藤原範永。○世ゝふとも　どれほどの時代を経ても。経過する時の長さを強調。○忘れめや　「や」は反語。○苔のたもと　僧侶・隠者の衣。苔の衣・苔の袖とも言う。▽前歌を承ける。三句以下の落花がたもとに散り掛るイメージが、そのまま頼通から被け物を賜ったことの比喩となる。

119
高倉《たかくら》の一宮の女房、花見《み》に白河にまかれりけるに、よみ侍《はべ》りける　　伊賀少将
なにごとを春《はる》のかたみに思《おも》はまし今日白河《しらかは》の花見《み》ざりせば

120
内大《（うちのおほい）》まうちぎみの家《いへ》にて、人〳〵酒《さけ》たうべて歌《うた》よみ侍《（はべり）》けるに、遥《はる》かに山桜《ざくら》を望《のぞ》むといふ心をよめる　　大江匡房朝臣
高砂《たかさご》の尾上《をのへ》の桜咲《さくらさ》きにけり外《と》山の霞《かすみ》たゝずもあらなん

121
遠山ノ桜といふ心をよめる　　藤原清家
吉野《よしの》山八重《やまやへ》たつ峰《みね》の白雲《しらくも》にかさねて見《み》ゆる花桜かな

119　いったい外の何事を春のかたみ、春を偲ぶよすがと思うことであろうか。もし、今日、白河の桜の花を見なかったとしたら。〇白河　京都市北部の地名。〇高倉の一宮　祐子内親王。〇春のかたみ　過ぎ去った春を思い出すよすが。〇「暮れぬべき春のかたみと思ひつつ花のしづくにぬるる今宵を」（能宣集）。〇白河の花　白河の地に咲く桜花。▽上、下句倒置の歌。今日の白河の花こそ春の思い出ぐさになるに違いないとの思いを反実仮想の表現を用いて強調する。

120　高砂の高い峰の桜は咲いたことだなあ。まわりの人里近い山々の霞は立たないでほしいものだ。江帥集。〇内大まうちぎみ　ここは藤原師通。〇高砂　播磨国の歌枕。兵庫県高砂市、加古川河口付近の地名。ここは、「高」が掛詞となって高い山の意を添える。〇尾上　山の峰。〇外山　奥山の外縁の、人里に近い山。▽師通邸での歌会の折の詠。西行上人談抄には「又、古今の外にもよき歌ども少々ありとて」としてこの歌を挙げている。

121　吉野山に幾重にも重なって立つ峰の白雲の上に、さらに重なって見える花桜よ。〇八重たつ　何重にも重なって立つ。「白雲」の形容。「白雲の八重たつ山の山桜散りくる時や花を見るらむ」（大納言経信集）。〇かさねて見ゆる　白い桜の花が白雲の上にさらに重ねたように見える。「重ぬ」は「八重」の縁。▽白雲は桜花の見立て、比喩として一般に用いられるが、この一首は雲と桜とが重なって同時に見える情景を詠む。

周防にまかりくだらんとしけるに、家《いへ》の花惜《はなを》しむ心《こゝろ》、人ゝよみ侍《はべ》りけるによめる

藤原通宗朝臣

122 思《おも》ひおくことなからまし庭桜《にはざくら》散《ち》りてのの《ゝ》ちの船出《ふなで》なりせば

花《ノ》下《ニ》忘《ル》レ帰《ランコトヲ》といふ心をよめる

良暹法師

123 問《と》ふ人も宿《やど》にはあらじ山桜ちらでかへりし春《はる》しなければ

基長中納言、東山に花見《み》侍《(はべり)》けるに、布衣着《ぬのごろもき》たる小《こ》法師して、誰《たれ》とも知《し》らせでとらせ侍ける

〔加〕賀左衛門

124 散《ち》るまでは旅寝《たびね》をせなむ木《こ》のもとに帰《かへ》らば花の名《な》だてなるべし

122 思いを残すこともないであろうに。もしも、庭の桜が散ってから後の船出であったとしたら。○周防　現在の山口県の東部。○庭桜　詞書に言う「家の花」。家の庭の桜。「朝ごとに我が掃く宿の庭ざくら花散る程は手もふれで見む」(拾遺・春・よみ人しらず)。○船出なりせば　「船出」は難波津から海路周防へ向かう旅なので言う。「せば」は二句の「まし」で結ぶ反実仮想の構文。▽二句切れ。倒置の歌。周防守として赴任するに際して、我が家の庭の桜に対する未練の思いを述べる。

123 (誰も皆花に夢中で)我が家に訪ねる人もありはしないだろう。(私だって)山桜が散らないうちに家に帰り着いた春など一度もないのだから。○花下忘帰　花のもとにあって、家に帰ることを思わず忘れてしまうという意の歌題。○ちらでかへりし春　まだ散らない間に帰った、そういう春。▽二句切れ、倒置の歌。花に浮かれて山野をさまよう自分の状態から、他の人々も同様であろうと類推する。

124 桜の花が散るまでは旅寝をしていただきたいものです、その木のもとで。もし、そのままにお帰りになったら、それは花の名折れというものでしょう。○基長中納言　藤原基長。永保二年(一〇八二)権中納言。○東山　京都市の鴨川以東に南北に連なる丘陵一帯。○布衣　「ぬのぎぬ」とも。布(絹に対して、麻・楮・苧などの繊維で織った粗い織物)で作った衣服。○木のもとに　倒置。「旅寝をせなむ」に掛る。○花の名だて　ここは悪い評判。名折れ。▽女歌と知られるようにと「旅寝」「名だて」など、恋歌的風情を織り込む。

東三条院の御屏風に、旅人《たび》山の桜《さくら》を見《み》る所《ところ》を
よめる
源　道済

125 散《ち》りはてゝのちや帰《かへ》らんふるさとも忘《わす》られぬべき山桜《ざくら》かな

同御屏風の絵に、桜《さくら》の花多《はなおほ》く咲《さ》ける所に人
〳〵のあるをよめる

126 わが宿《やど》に咲《さ》きみちにけり桜花《さくらばな》ほかには春《はる》もあらじとぞ思《おも》ふ

大納言公任、花《はな》の盛《さか》りに来《こ》むと言《い》ひて、訪《おとづ》れ
侍《はべ》らざりければ
中務卿具平親王

127 花《はな》もみな散《ち》りなんのちはわが宿《やど》になにゝつけてか人を待《ま》つべき

125　山桜が散り果ててしまってから帰るとしようか。もとの住い、我が家のこともつい忘れてしまいそうなこの山桜だなあ。道済集。○東三条院の御屏風　「東三条院」は円融院后藤原詮子(九六二―一〇〇二)。「御屏風」は長保三年(一〇〇一)十月の東三条院四十賀の際の屏風。○ふるさと　花の下から見て、もとの住い。ここは自分の家を指す。▽画中の人物の立場で詠む。

126　我が家の庭にはいっぱいに咲きあふれたことだなあ、桜花よ。これほど花が集まると、ほかの場所には春もあるまいと思うよ。道済集。○同御屏風　家集では、一二五とはかなり離れた箇所に収採されており、同じ折の屏風とは特定できない。○ほかには　わが宿以外の場所には。▽画中の「人〳〵」の中で、特にこの宿のあるじの立場になっての詠。春がこの宿にすべて集まりあふれたように見え、他の場所の春までもすっかり奪ってしまったようだと歌う。祝意の籠った誇張表現が算賀などの屏風にふさわしい。

127　花もすべて散ってしまっての後となると、我が住いでは、いったい何に事寄せて人を待てばよいのだろうか(咲いている内に来てほしいものです)。為頼集「中務の宮の御」、五句「人を見るべき」。○大納言公任　藤原公任。○散りなんのちは　これから散ってしまうであろう、その後は。▽為頼集によれば、この一首は具平親王から為頼に贈ったものであるらしい。七七からの「桜」歌群の中で、一二三から巻末までは、すべて花の散ることをあらかじめ想定する詠が配されている。

後拾遺和歌抄第二　春下

三月三日、桃《もゝ》の花《はな》を御覧《ご》じて　　花山院御製

128 三千代《みちよ》へてなりけるものをなどてかはもゝとしもはた名付《なづ》けそめけん

天暦御時御屏風に、桃《もゝ》の花《はな》ある所《ところ》をよめる　　清原元輔

129 あかざらば千代《ちよ》までかざせ桃《もゝ》の花花《はな》も変《かは》らじ春《はる》もたえねば

128 桃の実は、三千年に一度なるというのに、どうして「千」ではなく「もも(百)」などとまた名付けはじめたのであろうか。○三月三日　上巳の節句(三月最初の巳の日が後に三月三日に固定)。この日と桃花との結び付きは「三月三日、或所にてかはらけとりて／三千歳経てなるてふ桃の今年より花咲く春になりにけるかな」(忠岑集)などにすでに見える。○三千代へてなりける　西王母の故事(中国崑崙山に住むとされる仙人、西王母の園には三千年に一度実のなる桃の木があり、漢の武帝にこの仙桃が贈られたという)を踏まえる。○もゝとしもはた　「もゝ」は桃と「百(もも)」とを掛ける。「三千代」の「千(ち)」と対照させる。「はた」は副詞で「また」に同じ。▽春下の巻頭に「三月三日」の桃の花を配したのは、後拾遺集の暦日意識のあらわれ。春上を一・二月、春下を三月として部類したため両巻の歌数に不均衡が生じている。

129 もし花に飽きないのなら、千年の先まで挿頭(かざし)として髪に挿してください、桃の花を。この花は(三千年に一度の実を付けるように)花も変らないでしょうし、春も絶えないのですから。元輔集「三月、桃の花あるところ」、三句「桜花」、五句「春も越えなば」。中務集「さくら」、三句「桜花」、五句「春も絶えずは」。○天暦御時　村上天皇の御代。天慶九年(九四六)から康保四年(九六七)まで在位。○かざせ　「かざす」は花の枝などを、髪や冠に装飾として挿す意。○桃の花　桃に「もも(百)」を重ね、「千代」の「千」と対照させている。▽これも西王母の故事の「三千年」を響かす。実がなるまで花は咲き続けるだろうとの着想で歌う。

130 このゆかりの地の桃の花がもしものを言う世であったとしたなら、どんなにか昔のことを尋ねたでしょうに。○世尊寺　京都一条北、大宮西にあった寺。もと清和天皇第六皇子貞純親王の

世尊寺の桃《もゝ》の花《はな》をよみ侍《はべ》りける　　出羽弁

130 ふるさとの花《はな》のものいふ世《よ》なりせばいかに昔《むかし》のことを問《と》はまし

永承五年六月、祐子内親王家歌合し侍《はべ》りけるに、この中《なか》の題を人《ひと》〴〵よみ侍《はべ》りけるによめる　　堀川右大臣

131 桜花《さくらばな》あかぬあまりに思《おも》ふかな散《ち》らずは人《ひと》や惜《を》しまざらまし

題不知《(しらず)》

天徳四年歌合に　　平兼盛

132 惜《を》しめども散《ち》りもとまらぬ花《はな》ゆへ《(ゑ)》に春は山辺《べ》をすみかにぞする

邸宅(桃園第)であったが、長保三年(一〇〇一)藤原行成が寺とした。寺域一帯に桃園が広がっていた。○ふるさと　由緒ある場所。○花のものいふ世「桃李不ㇾ言下自成ㇾ蹊」(史記)をふまえる。▽これも、前二首と同じく桃を「三千年」のものとして捉え、千寿の松に昔を問い掛けるような姿勢で桃に詠みかけている。

131 桜花は見飽きることもなく賞美しつくせないあまりに思うことだ。もし花が散らなかったとしたら、人は惜しまないのであろうか(そんなことはないはずだ)。入道右大臣集「歌合の日の桜の歌」。○永承五年六月、祐子内親王家歌合　永承五年(一〇五〇)六月五日に行われた祐子内親王(後朱雀天皇第三皇女)主催の歌合。○この中の題　歌合に実際に出された歌題。○人〴〵よみ侍りけるに　歌合のあとの後宴において、歌合題で人々が歌をよみ合った行事をさす。○あかぬあまりに　花に満ち足りるということがない、そのあげくに。○人や　「や」は反語。▽歌合の判者を務めた藤原頼宗自身の後宴の詠。これより「散る花(桜)」の歌が続く。

132 惜しんでも散り止むこともない花のせいで、春の間は山辺を住みかにしていることだよ。入道右大臣集「殿上人々、尋花所不定といふ題を」。○春は山辺をすみかにぞする　花のある春のうちは、自邸にとどまることなく、始終山辺にあって花に親しんでいるよの意。▽花にあくがれさまよう風流な境地。

133 ずっといつまでも散らないでいてほしい、桜花よ。花に満ち足りない人の心はいつ絶えるというのであろうか、いつまでも絶えることなどありはしない。天徳四年(九六〇)内裏歌合・元輔(二十巻本)、元実(十巻本)。元真集。兼盛集。○よとともに　いつまでも。○いつかたゆべき　「か」

133 よともに散《ち》らずもあらなむ桜《さくら》花あかぬ心はいつかたゆべき

大中臣能宣朝臣

134 桜花《さくらばな》まだきな散《ち》りそ何《なに》により春《はる》をば人の惜《を》しむならぬに

屏風の絵《ゑ》に、桜《さくら》の花《はな》の散《ち》るを惜しみ顔《がほ》なる所《ところ》を、よみ侍《はべ》りける

源　道　済

135 山里《ざと》に散《ち》りはてぬべき花ゆへ《(ゑ)》に誰《たれ》とはなくて人ぞ待《ま》たるゝ

大神宮の焼《や》けて侍《はべ》りけることとしるしに、伊勢国に下《くだ》りて侍《はべ》りけるに、斎《いつきの》宮のぼり侍《はべ》りて、この宮《みや》、人もなくて、桜《さくら》いとおもしろく散《ち》り

は反語。▽作者は種々伝えられ特定できない。天徳歌合には、元輔・元真・兼盛ともに歌人として参加しており、混同はこの事実に起因するらしい。この作は、歌合では、藤原朝忠作「あだなりと常は知りにき桜花惜しむほどだにのどけからなむ」と番えられて「負」となる。

134 桜花よ。そんなに早く散らないでくれ。ほかの何によって、人は春を惜しむというのか、桜花以外のもので惜しむということなどないのに。西本願寺本能宣集、三句以下「春過ぎて後のかたみと人も見るべく」、歌仙家集本、五句「をしむなるにか」、書陵部本、五句「をしむならぬを」。○惜しむならぬに　八代集抄本、正保版本では「をしむとかしる」。八代集抄本校異本文に「をしむならひぞ」。底本本文では、「何により」の係受けがやや不明瞭。飛躍ある表現で、花ゆえに春を惜しむ思いを強調したものか。▽一首前の詞書を受けると、天徳内裏歌合の詠ということになるが、家集の伝えによっても明らかなように、後拾遺側の瑕瑾であろう。

135 山里でこのまま散り果ててしまいそうな花のせいで、誰ということもなく、(共に花を惜しむ)人が自然と待たれることだ。道済集。○惜しみ顔　(花が散るのを)惜しんでいる風情、様子。○誰とはなくて　具体的に誰ということもなく。共に花を惜しむ風流人士なら誰でもの意。▽落花のもとにたたずむ、画中の人物になっての詠。訪ねてくる人があれば、この人目に立たない花の散る様を共に惜しみ合う事ができるのにという想いを詠む。

136 もしもこれが、しめ縄を結いめぐらしていた当時であったなら、(目前の)桜花は人々に惜しまれながら今日は散っていたことであろうか。○大神宮の焼けて侍りけること　承暦三年(一〇七九)

ければ、たちとまりてよみ侍《(はべり)》ける　右大弁通俊

136 しめゆひしそのかみならば桜花《さくらばな》をしまれつゝや今日《けふ》は散《ち》らまし

山路ノ落花をよめる　橘成元

137 桜花道《さくらばなみち》みえぬまで散《ち》りにけりいかゞはすべき志賀《しが》の山越《やまごえ》

隣ノ花をよめる　坂上定成

138 桜散《さくらち》るとなりにいとふ春風《はるかぜ》は花なき宿《やど》ぞうれしかりける

花《はな》の、庭《には》に散《ち》りて侍《はべ》りける所《ところ》にてよめる　清原元輔

139 花の蔭《かげ》たゝまく惜《を》しき今宵《こよひ》かな錦《にしき》をさらす庭《には》と見《み》えつゝ

二月十八日の伊勢大神宮・内宮外院の火災(扶桑略記)。同二十五日、右中弁であった通俊は検分のため現地に派遣されている。○斎宮　白河天皇皇女媞子内親王。○この宮　斎宮の館。○しめゆひしそのかみ　神域を示すしめ縄を張りめぐらしてあった、斎宮がここにおられた当時。「かみ」に「神」を掛ける。▽撰者自身の作。花を惜しむ人影もない現実を前に、反実仮想の「まし」を用いて焼失前の斎宮の賑やかなさまを偲んでいる。

137 桜の花が道も見えないまでに散ってしまったことだ。(辿る道がわからないでは)どうすればいいのだろうか、志賀の山越えは。○志賀の山越え　京都北白川から志賀峠、崇福寺(志賀寺)を経て、大津に抜ける峠道。志賀寺詣での都人がよく利用した道。▽「梓弓春の山辺を越え来れば道もさりあへず花ぞ散りける」(古今・春下・紀貫之)などを連想させる。

138 桜が散る隣家で嫌っている春風は、花の咲かない我が家ではかえって嬉しいことだなあ。○となりにいとふ春風　隣で、隣人がいやがる春風。春風が花を散らすからである。○うれしかりける　嬉しいことだ。春風が隣家の花片を散らし運んでくれるから。▽「いとふ」「うれし」という対比を用いた、諧謔味のある作。

139 花のもとを立ち離れるのも惜しく思われる今宵だなあ。(庭に散り敷いた花びらが)さながら錦を晒している庭のように見えて…。元輔集。○たゝまく　「たつ」は「立つ」と「裁つ」とを掛ける。「裁つ」は「錦」の縁語。○錦をさらす　「錦」は美しい厚地の絹織物。「さらす(晒す)」は、布地などを広げて日に当てること。「錦」は、紅葉の比喩として詠まれることが多いが、ここは庭一面の花片について言う。▽「思ふどちまとゐせる夜は唐錦たたまく惜しきものにぞありける」(古今・雑上・よみ

承暦二年内裏後番の歌合に、桜をよみ侍《はべ》りける　　藤原通宗朝臣

140 惜《を》しむには散《ち》りもとまらで桜花《さくら》あかぬ心ぞときはなりける

題不知《しらず》　　永源法師

141 心からものをこそ思《おも》へ山桜《ざくら》たづねざりせば散《ち》るを見《み》ましや

三月許《ばかり》に花の散《ち》るを見《み》てよみ侍《はべり》ける　　土御門御匣《くしげ》殿

142 うらやましいかなる花《はな》か散《ち》りにけむ物思《ものおもふみ》　身しも世《よ》には残《のこ》りて

永承五年六月五日、祐子内親王の家に歌合し侍《はべり》けるによめる　　大弐三位

143 吹《ふ》く風《かぜ》ぞ思《おも》へばつらき桜《さくら》花心と散《ち》れる春《はる》しなければ

人しらず)を踏まえるか。

140 どんなに惜しんでも散りやむこともなくて、桜花よ。花に飽くことのない(人の)心ばかりは変らないことだ。承暦二年(一〇七八)内裏後番歌合。○承暦二年内裏後番の歌合　四月二十八日の内裏歌合に続いて同題同番で行われた歌合。○ときは　常磐(ときわ)の意から、永遠に変ることのないさま。▽「散りもとまらで」と「ときはなりける」との対比で、花を惜しむ心を歌う。

141 自分から進んでもの思いをすることだ。山桜をもしわざわざ訪ねなかったとしたら、散る様子を見たことだろうか。○心から　自分の心がもとで。「心からうきたる舟に乗りそめてひと日も浪に濡れぬ日ぞなき」(小町集)。○散るを見ましや　「たづねざりせば」を受けて、「まし」で結ぶ反実仮想。「や」は反語。▽散るのを見るくらいなら花の下を訪ねなかったらよかったとの思い。

142 うらやましいこと。いったいどれほどの花が散ってしまったのでしょう。つらい物思いをしている我が身ばかりはこの世に残ったままで。○物思身　もの思いにふける我が身。「しも」は強め。▽初句切れ・三句切れの歌。自己の憂情を落花に対する羨望の思いに託して歌う。

143 思えば吹く風は薄情なことだ。桜花にとっては自分から散ろうとして散った春とてないのだから。永承五年(一〇五〇)祐子内親王家歌合。大弐三位集「かやう院歌合に、桜を」。○思へばつらき　「つらし」とは、相手の動作・状態を受けての、主体の側の反応。この場合は、詠者の「吹く風」に対する思い。▽花の散るのは、花の意志ではないとする点が新味。

144 毎年毎年、花のために心をくだくことだ。惜しんだからとてとどまる春はないのだけれど。○年を定頼集「春ごとに花を惜しむといふ心を」。○年を

題不知《しらず》　中納言定頼

144 年《とし》を経《へ》て花《はな》に心をくだくかな惜《を》しむにとまる春《はる》はなけれど

家《いへ》の桜《さくら》の散《ち》りて水《みづ》に流《なが》るゝをよめる　大江嘉言

145 こゝに来《こ》ぬ人も見《み》よとて桜花《さくらばな》水の心にまかせてぞやる

白河にて、花《はな》の散《ち》りて流《なが》れけるをよみ侍《はべり》ける　土御門右大臣

146 ゆく末《すゑ》をせきとゞめばや白河《しらかは》の水《みづ》とと《ゝ》もにぞ春《はる》もゆきける

粟田右大臣の家に、人ゝのこりの花惜《を》しみ侍《はべり》けるによめる　藤原為時

147 おくれても咲《さ》くべき花は咲《さ》きにけり身《み》をかぎりとも思《おもひ》けるかな

経て　長い年月ずっと。○心をくだく　花がいつ散るかいつ散るかと心をいため、心配する。▽三句切れ、倒置の歌。

145　ここに花を訪ねて来ない人も見よと、桜花を川水の流れにまかせて(下流へと)流すことだ。大江嘉言集、五句「まかせてぞ見る」。○こゝに来ぬ人　我が家に訪ねてこない人。○水の心にまかせて　川水の思うがままに(落花を)まかせて。「もみぢ葉を水の心にまかすれば大井河をやせきとめて見ん」(小大君集)。▽下流から山の花・紅葉を思う歌は多いが、ここは反対に花のもとから下流の人へと思いを馳せている。

146　流れて行く先を堰きとどめたいものだ。白河の流れと共に春も行ってしまったなあ。○ゆく末を　他本「ゆく末も」。○白河の水　洛北・洛東を流れる鴨川の支流の名。○春もゆきける　「も」は並列。「水」も「春」もの意。▽散り流れる桜に、「惜春」の思いを重ねる。

147　たとえ咲き遅れても、咲くはずの花は、やはり(ちらほらと)咲いたことであったよ。それにつけても私は、自分の身をもうこれまでと思い込んでしまっていたなあ。○粟田右大臣　藤原道兼。○のこりの花　時期遅れに咲いた花。○身をかぎりとも思けるかな　栄達の道からは程遠く、我が身をここまでと思っていたことだった。「身をかぎりとは　思ひにき　…」(拾遺・雑下・藤原兼家)。▽上句・下句の間に発想の上でやや飛躍がある。下句は述懐。残花に比して、自分は栄達昇進の花を咲かせることをはやくあきらめすぎていたとの思い。

148　風だけでもせめて吹き払わないのなら、庭の(散り敷いた)桜は、たとえ枝から散ったとしても春のあいだは見続けていられたのに。○風だにも　せめて「風」だけでも。一般に庭は「人」が払

庭《には》に桜《さくら》の多《おほ》く散《ち》りて侍《はべ》りければよめる　和泉式部

148 風だにも吹《ふ》きはらはずは庭桜《にはざくら》散《ち》るとも春のほどは見《み》てまし

三月許《(ばかり)》、野草をよみ侍《(はべり)》ける　藤原義孝

149 野辺《のべ》見《み》ればやよひの月のはつかまでまだうら若《わか》きさゐ《(い)》たづまかな

つゝじをよめる　和泉式部

150 岩《いは》つゝじ折《を》りもてぞ見《み》るせこが着《き》しくれなゐ染《ぞ》めの色《いろ》に似《に》たれば

藤原義孝

151 わぎもこがくれなゐ染《ぞ》めの色《いろ》と見《み》てなづさはれぬる岩《いは》つゝじかな

う(清掃する)ものとの前提でよむ。○庭桜　庭にある桜。▽風に散る落花を惜しむのではなく、散り落ちた地上の花びらが風に吹き払われることを惜しむ珍しい趣向の歌。「朝ごとにわが掃く宿の庭ざくら花散るほどは手もふれで見む」(拾遺・春・よみ人しらず)。→一三九。

149 野辺を見ると、弥生三月の二十日になるまで、まだ若々しさを保っている「さいたづま」の草であるよ。○やよひの月のはつか　三月二十日の頃。春の暮れ方を指す。○まだうら若きさゐたづま　「さゐたづま」は植物名。イタドリの古名か。「つま」に「妻」を掛ける。「まだうら若き」は「妻」と草の状態を同時に形容。植物については、暮春なのに「まだ」の意。▽「まだうら若き」という人間味のある言いまわしが一首の眼目。

150 岩つつじを折り持ってふと見入ることだ。いとしいあの人が着ていた紅染めの色に似ているので。和泉式部集、五句「衣に似たれば」。○岩つゝじ　岩の間などに自生する躑躅(じっ)の総称。躑躅の品種名とする説もある。○せこ　女性から男性に向けて親愛を込めて呼ぶ語。平安時代にはすでに死語化していたが、初期の百首や定数歌では多用される。○くれなゐ染めの色　ベニバナで染めた衣の色。衣は緋色の五位の袍であるとも、緋色の単衣であるとも言う。▽百首歌中の一首。あざやかな花の色から男の衣、さらに男との全生活を想起する官能的な詠。

151 いとしい彼女の紅染めの衣の色と見ると、自然と親しく思われるこの岩つつじだなあ。○わぎもこ　男性から恋人・妻に向けて呼ぶ語。○なづさはれぬる　「なづさふ」は「水に漂う」意から「馴れ親しむ」「まつわる」の意とも。▽一五〇の影響歌。女の立場を男に代えて歌う。「くれなゐ染め」はここは単衣の緋色を指す。

月の輪といふ所《ところ》にまかりて、元輔、恵慶などともに庭《ゝは》の藤花をもてあそびて、よみ侍《（はべり）》ける　大中臣能宣朝臣

152 藤《ふぢ》の花さかりとなれば庭《には》の面《おも》に思《おも》ひもかけぬ波《なみ》ぞたちける

題不知《（しらず）》　斎宮女御

153 紫《むらさき》にやしほ染《そ》めたる藤《ふぢ》の花池《いけ》にはひさす物にぞありける

154 藤《ふぢ》の花折《はなを》りてかざせばこむらさきわが元結《もとゆひ》の色《いろ》やそふらん　源為善朝臣

承暦二年内裏歌合に藤花をよめる　大納言実季

155 水底《みなそこ》も紫《むらさき》ふかく見《み》ゆるかな岸《きし》の岩根《いはね》にかゝる藤波《ふぢなみ》

152 藤の花が盛りの時期になると(水面ではなく)庭の上に、思いがけない藤波という波が立ったことだ。〇月の輪といふ所　ここは洛西愛宕山のふもとの月輪寺あたりか。元輔の住いもここにあったらしく、清少納言も晩年はこの地に住んだという(公任集)。〇庭の面　庭上。→七九四。〇思ひもかけぬ　波など立つはずもない庭の上に、思いもかけないの意。〇波ぞたちける　「波」は「藤波」。藤の花房が風に揺れている様子を波に喩えた言い方。▽能宣の元輔や恵慶などとの雅交のようすがしのばれる。これより一五六まで藤花の歌。

153 紫色に幾度も染めた藤の花は、池に這うように咲いているよ。なるほど、灰を注(さ)し加えて色を濃くした美しさだなあ。斎宮女御集、五句「物にざりける」。〇やしほ　何度も染め汁に浸してよく染めること。〇池にはひさす　「池に這ふ」と「灰注す」とを掛ける。灰は紫色を濃くするために、椿の灰を用いて染め汁に加える。「紫は灰さすものそ…」(万葉集十二・問答歌)。▽難後拾遺は「池に咲きかかるともなくて、池にはひさすとあれば、いかがあらん」と非難。

154 藤の花を手折って挿し飾ると、花の色によって、濃い紫色の私の元結の紫はいっそう色が増すことだろうか。〇折りてかざせば　「かざす」は髪挿すの意で、髪や冠に飾りとして挿すこと。〇こむらさき　濃紫。黒みがかった紫。ここは元結の色。〇元結　髪のもとどり(髻)を結い束ねる糸。▽「濃紫」「元結」の語が用いられたのは、「君来ずは閨へも入らじ濃紫我が元結に霜は置くとも」(古今・恋四・よみ人しらず)を踏まえたものか。

155 水の底までも紫色深く見えることだ。岸の大きな岩に咲きかかる藤の花房の波よ。承暦二年(一〇七八)内裏歌合・丹後守仲実。〇水底も　(藤の咲く)岸ばかりか花の姿が水に映って水底までも。

民部卿泰憲、近江守に侍《はべ》りける時、三井寺にて歌合し侍《(はべり)》けるに、藤花をよみ侍《はべ》りける

読人不知《(よみびとしらず)》

156 住《すみ》の江《え》の松の緑《みどり》もむらさきの色《いろ》にぞかくる岸《きし》の藤波《ふぢなみ》

題不知《(しらず)》

藤原伊家

157 道《みち》とを《(ほ)》み井手《ゐで》へもゆかじこの里《さと》も八重《やへ》やは咲《さ》かぬ山吹《ぶき》の花

大弐高遠

158 沼水《ぬまみづ》にかはづなくなりむべしこそ岸《きし》の山吹《ぶき》さかりなりけれ

長久二年弘徽殿女御家歌合にかはづをよめる

良暹法師

159 みがくれてすだくかはづのもろ声《ごゑ》にさわぎぞわたる池《ゐけ》の浮草《うきくさ》

○紫ふかく　紫色が濃く。「ふかく」は「水底」の縁語。○岩根　根を下したような大きな岩。磐根。○かゝる　垂れ下がる。ここは、藤が松ではなく岩根に懸るところが新鮮。「かかる」は「波」の縁語。▽歌合に伝える作者丹後守仲実は、実季の子に当る。父親による代詠などといった事情が介在するか。

156 住吉の松の緑も、(藤の花の)紫色で隠れてしまったように見える、岸の藤の花波よ。○民部卿泰憲　→一六。○歌合　この歌合は天喜元年(一〇五三)五月に行われたが、証本は伝存しない。○住の江　住吉。住吉神社付近の入江。○むらさき　藤の花の色あい。○色にぞかくる　「隠る」と「懸く」の意を掛けるか。他本「色にて」。▽松に懸る藤波を色彩感豊かに表出。

157 道のりが遠いので井手へも行くまい。この里でも八重に咲かないことがあろうか、見事に咲いているではないか、山吹の花は。○井手　山城国の歌枕。京都府綴喜郡井手町。木津川東岸にあった山吹の名所。▽「春深み所もよかず咲きにけり井手ならねども山吹の花」(重之女集)。

158 沼水で蛙の鳴く声が聞えてくる。なるほどそれで、岸の山吹は今花盛りであったのだ。大弐高遠集。○かはづなくなり　「かはづ」は、河鹿のこととも蛙のこととも いうが、ここは蛙。○むべしこそ　なるほど。道理で。▽和歌に頻出する「かはづ」と「山吹」という類型により山吹の花盛りを納得。

159 水中に隠れて群がっている蛙が声を合せて鳴き騒ぎ、それにつれて一面にふるえ動く池の浮草であることだ。長久二年(一〇四一)弘徽殿女御歌合、五句「井手の浮草」。○弘徽殿女御　後朱雀天皇女御、藤原生子。○みがくれて　水隠れて。水中に隠れて。○すだく　群がる。集まる。「我が

題不知《しらず》

藤原長能

160 声絶《こゑた》えずさへづれ野辺《のべ》の百千鳥《もゝちどり》のこりすくなき春《はる》にやはあらぬ

法輪に道命法師の侍《はべ》りけるとぶらひにまかりたる夜《よ》、呼子鳥《よぶこどり》の鳴《な》き侍《はべ》りければよめる

法円法師

161 われひとり聞《き》くものならば呼子鳥《よぶこどり》ふた声《こゑ》までは鳴《な》かせざらまし

三月尽日《つごもり》にほとゝぎすの鳴《な》くを聞《き》きてよみ侍《はべり》ける

中納言定頼

162 ほとゝぎす思《おも》ひもかけぬ春《はる》なけば今年《ことし》ぞ待《ま》たで初音《はつね》聞《き》きつる

三月尽日、惜《ム》レ春《ヲ》心を人〳〵よみ侍《はべ》りけるによめる

大中臣能宣朝臣

やどにいたゐの水やぬるむらん底のかはづぞ声すだくなる」(曾丹集)。▽蛙が声を合せて騒ぐ様子と池の浮草がざわめく景を重ねた点が新鮮。

160 声絶えることなくさえずるがよい、野辺の百千鳥よ。今となっては残り少ない春ではないか。長能集「人の屏風のれうに」。○百千鳥　古今伝授三鳥の一。ここでは数多くの小鳥の意か。▽さえずる鳥に向かって、惜春の思いを託して呼び掛ける。「声絶えず鳴けやうぐひす一とせにふたたびとだに来べき春かは」(古今・春下・藤原興風)と同想。

161 私一人が聞いているのなら、(私を呼んでいるのだと思い、すぐに返事して)呼子鳥に二声までは鳴かせないであろうに。○法輪　法輪寺。京都市西京区嵐山にある寺。○呼子鳥　郭公(かっこう)の異名。人を呼ぶように鳴く鳥の意。古今伝授三鳥の一。▽百千鳥・呼子鳥はともに春の鳥と考えられていたらしく、古今集でも「春上」に並べて配列されている。

162 ほととぎすが思いもかけなかった春の内に鳴くので、今年は待ちこがれることもなく初音が聞けたことだ。定頼集、四句「今年はまたで」。○三月尽日　三月の下旬、月末。○思ひもかけぬ春なけば　ほととぎすは、夏、五月に鳴く鳥とされる。「いつの間に五月来ぬらむあしひきの山ほととぎす今ぞ鳴くなる」(古今・夏・よみ人しらず)。底本「なけば」の「け」を見せ消ちにして「れ」と記すが、他本、定頼集により改む。○今年ぞ待たで　普通の年はほととぎすの声を待ちこがれるのだが、今年は待つ必要もなく。▽思いがけなくほととぎすの初音を耳にした喜び。

163 (夏の)ほととぎすは鳴かないのなら鳴かなくてもいい。(それより)暮れて行く春をもう一

163 ほと〻ぎす鳴《な》かずは鳴《な》かずいかにして暮《く》れゆく春をまたもくはへん

三月尽日、親《おや》の墓《はか》にまかりてよめる　　永胤法師

164 思《おも》ひ出《い》づることのみしげき野辺《のべ》に来《き》てまた春《はる》にさへ別《わか》れぬるかな

度加えたいものだ。西本願寺本能宣集、三句「いかでなほ」、五句「かさねてしがな」、書陵部本「三月二つありける年ののちの月のつごもりの日、あるところにて人々歌詠む。かはらけとりて」。○鳴かずは鳴かず　鳴かないのなら鳴かなくても、それでも結構だの意。○暮れゆく春をまたもくはへん　「暮れゆく春」は月次題では、「三月」として詠まれる。ここも閏三月（家集〔書陵部本〕）に加えて「またも」三月を重ねようとの意か。▽春を惜しむ気持を、ほととぎすを待つ心と対比させ、春を惜しむ心の強さをうったえる。ここまで四首、鳥にちなむ歌が連続。

164 思い出すことばかり多い緑濃い野辺にやって来て、（親との別れだけでなく）春という季節にまで別れてしまうことだ。○しげき　思い出すことが多くある意の「しげし（密し）」に野辺の草木が茂る意の「しげし（繁し）」を掛ける。○春にさへ　春にまで。親との死別ばかりか、春にまでも。▽たんに季の節目の三月尽の心だけでなく、亡き親に対する哀惜の思いをも重ねて春との別れを余情深く歌う。

後拾遺和歌抄第三　夏

四月ついたちの日よめる　　　和泉式部

165 桜色《さくらいろ》に染《そ》めし衣《ころも》をぬぎかへて山ほとゝぎす今日よりぞ待《ま》つ

四月一日、ほとゝぎす待《ま》つ心をよめる　　　藤原明衡朝臣

166 昨日《きのふ》まで惜《を》しみし花も忘《わす》られて今日《けふ》は待《ま》たるゝほとゝぎすかな

165 桜色に染めていた春着を夏の衣に脱ぎ換えて、山ほととぎすの訪れを今日からは待つことだ。和泉式部集。○桜色に染めし衣 「桜色」は春の襲(かさね)の色目。「桜色に衣は深く染めて着ん花の散りなん後のかたみに」(古今六帖六・桜)。○山ほとゝぎす 山に住むほととぎす。ほととぎすは、山から里に出て鳴くと考えられていた。▽「更衣」の歌。春の「桜」と夏の「ほととぎす」を配して、季の節目を歌う。詞書に「四月ついたちの日」と明記するのは、この集の暦日意識の表れ。

166 昨日まで散るのを惜しんでいた花のことも自然と忘れてしまい、(夏を迎えた)今日は、今度は心待たれるほととぎすであることだ。○今日は待たるゝ 夏になった四月一日の今日は、おのずと待たれる。「今日」は「昨日」の対。▽前歌と同趣の作。新しい季節の到来によって、気分の方まで一新してしまう自分に驚く風情をにじませる。

167 我が家の庭の木々の梢が、夏になって茂るようになると、だんだんと生駒の山は見えなくなっていくことだ。能因集、五句「やまがくれける」。○古曾部 現在の大阪府高槻市古曾部町。能因は出家後この地に隠棲したため、「古曾部入道」とも呼ばれる。○こずゑの夏になるときは「夏になる」は茂って夏の状態になる。○生駒の山 生駒山。大阪府と奈良県にまたがる生駒山地の主峰。▽夏の到来を梢の葉の茂りに見出し、「こずゑの夏になるときは」と詠じたところが新味。「種レ樹当ニ前軒一、樹高柯葉繁、惜哉遠山色、隠ニ此蒙籠間一」(白氏文集・截レ樹)によるか。

168 夏草は結んで道しるべとするほどに伸びたなあ。野に放ち飼いにしていた馬は今ごろ道に迷いさまよっていることであろうか。重之集。○冷泉院、春宮と申ける時 冷泉院は天暦四年(九五〇)から康保四年(九六七)まで皇太子。○むすぶ許

167　津《つ》の国《くに》の古曾部《こそべ》といふ所《ところ》にてよめる　　　能因法師

わが宿《やど》のこずゑの夏になるときは生《い》駒《こま》の山ぞ見《み》えずなりゆく

168　冷泉院、春宮と申《（まうし）》ける時、百首の歌奉《たてまつ》りける中《なか》に　　　源重之

夏草《なつくさ》はむすぶ許《（ばかり）》になりにけり野《の》がひし駒《こま》もあくがれぬらん

169　題不知《（しらず）》　　　曾禰好忠

榊《さかき》とる卯月《うづき》になれば神山の楢《なら》の葉柏《はがしは》もとつ葉《は》もなし

170　山里《ざと》の水鶏《くひな》をよみ侍《（はべり）》ける　　　大中臣輔弘

八重《やへ》繁《しげ》るむぐらの門《かど》のいぶせさに鎖《さゝ》さずや何《なに》をたゝく水鶏《ゝひな》ぞ

に　夏草が繁茂して、草の葉を結んで道標としなくてはならないほどに。○野がひし駒　野原に放しておいた放し飼いの馬。○あくがれぬらん「あくがる」はさまよい歩く。「あくがれてゆくへもしらぬ春駒のおもかげならで見ゆる夜ぞなき」(馬内侍集)。▽百首歌中の一首。眼前の夏草の高く繁った様子から、行方も知れずさまよう駒に思いを馳せる。

169　(賀茂の夏祭のための)榊を採る四月になると、賀茂の神山の楢の木の葉は、(全山若葉して)古葉も見当らないことだ。曾丹集、二句「うづきになりぬ」、五句「もとつはもあらじ」。○榊とる卯月　神事のための榊葉を採る四月。四月、中の酉の日には賀茂神社の夏祭(葵祭)が行われた。「榊とる我にな聞かせほととぎす願ひなまめく君がおほきみ」(賀茂保憲女集・夏)。○神山　上賀茂神社の背後の山。「その神山」とも。○楢の葉柏　楢の木の葉。○もとつ葉　元つ葉。古葉。▽「楢の葉柏」「もとつ葉」という珍しい歌語は、後に藤原定家の「梢より冬の山風払ふらしもとつ葉残る楢の葉柏」(拾遺愚草)などに摂取されている。

170　雑草が幾重にも絡み繁った門のうっとうしさ故に閉ざさずにおいたというのに、いったい何を叩く水鶏の声なのか。○むぐらの門　葎のからんだ門。荒廃した宿の象徴。○たゝく水鶏「くひな(水鶏)」は秋から冬にかけて渡来する水鳥。鳴き声が戸を叩く音に似ているので、鳴く様子を「たたく」と表現する。▽「おしなべて叩く水鶏におどろかばうはの空なる月もこそ入れ」(源氏物語・澪標)。

171　人跡が絶えて、訪ねて来る人もいないこの山里で、この私だけが見よとばかりに咲いている卯の花よ。○跡絶えて　「跡」は人の足跡。「絶えて」に副詞の「たえて」(下の打消と呼応)を響か

山里《ざと》の卯花をよめる　藤原通宗朝臣

171 跡絶《あとた》えて来《く》る人《ひと》もなき山里《ざと》にわれのみ見よと咲《さ》ける卯《う》の花《はな》

民部卿泰憲、近江守に侍《はべ》りける時《とき》、三井寺にて歌合し侍《はべ》りけるに、卯花をよめる　読人不知《(よみびとしらず)》

172 白波《しらなみ》の音《おと》せで立《た》つと見《み》えつるは卯《う》の花咲《さ》ける垣根《かきね》なりけり

題不知《(しらず)》

173 月かげを色《いろ》にて咲《さ》ける卯《う》の花《はな》はあけば有明《ありあけ》の心地こそせめ

ある所《ところ》の歌合に、卯花をよみ侍《(はべり)》ける　大中臣能宣朝臣

174 卯《う》の花《はな》の咲《さ》けるあたりは時《とき》ならぬ雪《ゆき》ふる里《さと》の垣根《かきね》とぞ見《み》る

す。○われのみ見よ　「われ」は詠者である自分。▽ここから一七八まで「卯の花」の歌群。

172 白波が音もしないで立つと見えたのは、卯の花が咲いている垣根であったよ。○民部卿泰憲　↓一六。○歌合　この歌合は天喜元年(一〇五三)五月に行われたが、証本は伝存しない。○白波　卯の花を波と見立てた表現。▽「卯の花」の白さを「雪」や「雲」ではなく、「波」の白さに見立てた趣向が新鮮。「卯の花の咲ける垣根はみちのくのまがきの島の波かとぞみる」(拾遺・夏・よみ人しらず)。

173 月の光の白さをその色として咲いている卯の花は、夜が明けると、有明の月の光がさしているような気持がすることだろう。○月かげ　月光。○色にて咲ける　「月かげを色にて咲ける桜花くもがくるれば散りぬとや言はん」(檜垣嫗集)。○あけば　夜が明けると。○有明の心地　まるで有明の月が照らしているような気分。▽「卯の花」の白さを「月光」の白さに見立てる。

174 卯の花が咲いているあたりは、時節はずれの雪が降る、古びた里の垣根と見ることだ。能宣集。○ある所の歌合　不詳。○時ならぬ雪　季節はずれの雪。○ふる里　「ふる」に「降る」と「古」とを掛ける。「古里」は古びた荒れた里。家集には同じ折の歌合詠に「我が宿の雪につけてぞふるさとの吉野の山は思ひやらるる」(拾遺・冬)があり、本歌もあるいは吉野の里などを想起したものか。▽「卯の花」を垣根の「雪」に見立てる。

175 見渡すと、一面に白波が立って作った柵(しがらみ)がかけてあるよ。卯の花が咲いているこの玉川の里では。永承五年(一〇五〇)前麗景殿女御歌合。○正子内親王　後朱雀天皇皇女。○絵合　世に「正子内親王絵合」「正子内親王造紙合」などという名で知られる現存最古の絵合。○かねの冊子　銀箔を張った冊子。○波のしがらみ　波の

正子内親王の、絵合《ゑあはせ》し侍《(はべり)》ける、かねの冊子《さうし》に書《か》き侍ける

相　模

175 見《み》わたせば波《なみ》のしがらみかけてけり卯《う》の花咲《さ》ける玉川《たまがは》の里《さと》

伊勢大輔

176 卯《う》の花《はな》の咲《さ》けるさかりは白波《しらなみ》のたつたの川《かは》のゐせきとぞ見《み》る

卯花をよみ侍《はべ》りける

源　道　済

177 雪《ゆき》とのみあやまたれつゝ卯《う》の花に冬《ふゆ》ごもれりと見《み》ゆる山里《やまざと》

筑紫《つくし》の大山寺といふ所《ところ》にて、歌合《うたあはせ》し侍《はべ》りけるに、よめる

元慶法師

178 わが宿《やど》の垣根《かきね》な過《す》ぎそほとゝぎすいづれの里《さと》もおなじ卯《う》の花

立っている所を、柵と見立てた表現。○玉川の里　八雲御抄に「卯の花咲けるは摂津国か」とある。▽川波の波濤を柵に見立てて、さらに「卯の花」の白さをその「波の柵」の白さに重ねて歌う。

176 卯の花の咲いている花盛りは、白波の立つ竜田川の堰と見ることだ。永承五年前麗景殿女御歌合。伊勢大輔集、二句「にほふあたりは」。「卯の花の咲けるさかりは　正保版本「かきねは」。「卯の花の咲けるさかりは山がつの垣根はなれぬ月かとぞ見る」(大江嘉言集)。○たつたの川　「竜田の川」に「立つ」を掛ける。○ゐせき　流れをせき止める川中の堰。▽歌合では、一去と番えられる。「卯の花」の白さを白波との連想で詠み、波を「柵」や「井堰」と見立てる方法が共通する。

177 ついつい雪と見違えてしまうばかりで…。(一面に白い)卯の花によって、冬籠りをしているように見えるこの山里であることだ。道済集。○冬ごもれり　「冬ごもる」は、冬の間中、人々が家の中に閉じ籠るさま。▽「卯の花」を「雪」に見立てる。

178 我が家の垣根のもとを過ぎて行かないでくれ、ほととぎすよ。どこの里でも、同じ卯の花が咲いているのだから。○筑紫の大山寺　不詳。○歌合し侍りけるに　催された時期、規模など不詳。難後拾遺には、源資通が大宰大弐在任中の歌合と読める記述があり、永承五年(一〇五〇)九月から天喜二年(一〇五四)十一月までの間の作か。○垣根な過ぎそ　卯の花の咲いている垣根のもとを素通りするな。▽万葉集以来の「卯の花」と「ほととぎす」という類型に依る詠。なお、袋草紙には、良暹の作であったものを、元慶法師が自作として盗んだとする説を載せる。

179 ほととぎすよ。私は心待ちしないで(鳴くかどうかを)試すことにしよう。(期待しても)

題不知《(しらず)》　　慶範法師

179 ほとゝぎす我《われ》は待《ま》たでぞ心《(こころ)》みる思《おも》ふことのみたがふ身なれば

四月のつごもりに、右近の馬場にほとゝぎす聞《き》かむとてまかりて侍《はべ》りけるに、夜《よ》ふくるまで鳴《な》き侍《はべ》らざりければ　　堀川右大臣

180 ほとゝぎすたづぬばかりの名《な》のみして聞《き》かずはさてや宿《やど》に帰《かへ》らん

道命法師、山寺《でら》に侍《(はべり)》けるにつかはしける　　藤原尚忠

181 こゝにわが聞《き》かまほしきをあしひきの山ほとゝぎすいかに鳴《な》く覧《(らん)》

返《かへ》し　　道命法師

思うことがいつも違う我が身なので。○待たでぞ心みる　待たないで鳴くかどうかを見とどける。○思ふことのみたがふ身　「我が身だに思ふにたがふ物なればことわりなりや人のつらきは」(太皇太后宮大進清輔朝臣家歌合・恋・源師光)。▽下句の述懐的な言いまわしが一首の特色となる。ほとゝぎすは、「ほとゝぎすいたくな鳴きそひとり居て寝(ぃ)の寝られぬに聞けば苦しも」(拾遺・夏・大伴坂上郎女)など孤独・孤愁の思いとともに歌われることが多い。

180　ほととぎすを訪ねて出かけたという評判を立てただけで、その声を聞かないのなら、おめおめとそのまま宿に帰れようか。いや帰れはしない。入道右大臣集。○四月のつごもりに　四月の下旬に。家集には「五月のつごもりに」とある。○右近の馬場　京都の北野にあった右近衛府に属する馬場。○ほとゝぎす聞かむとて　「つれづれなるを、ほととぎすの声たづねに行かばや」(枕草子・五月の御精進のほど)。○たづぬばかりの名　「たづぬ」はほととぎすの声を求めて探す。「名」は評判。○さてや　「や」は反語。「帰らん」に係る。▽ほととぎすの声を聞くための外出は当時きわめて風流な行為とされた。

181　ここ都で私は早く聞きたいものです。今ごろ山のほととぎすは、どんなふうに鳴いていることでしょうか。道命阿闍梨集「山寺に侍しに、なをたかがもとより、四月つごもりがたにかくいひたりし」、二句「きかまくほしき」。○こゝ　近称で、この場合は都を指す。○あしひきの　「山ほとゝぎす」の「山」を導く枕詞。▽都の作者が山寺でのほととぎすに思いを馳せた歌。

182　(あなたのおっしゃる)山ほととぎすばかりでなく、他の普通の鳥の声も聞えない寂しいこの地です。道命阿闍梨集、四句「おほよそ鳥の」。

182 あしひきの山ほとゝぎすのみならずおほかた鳥《とり》の声《こゑ》も聞《きこ》えず

183 禖子内親王賀茂《かも》の斎院《いつき》と聞《きこ》えける〔時、女房にて侍ける〕を、年経《としへ》て、後三条院の御時、斎院に侍《はべ》りける人のもとに、昔《むかし》を思《おも》ひいでゝ祭《まつり》のかへさの日、神館《かむだち》につかはしける

皇后宮美作

聞《き》かばやなそのかみ山のほとゝぎすありし昔《むかし》のおなじ声《こゑ》かと

184 祭《まつり》の使《つかひ》して、神館《かむだち》に侍《はべ》りけるに、人《ひと》〴〵多《おほ》くとぶらひにおとなひ侍《(はべり)》けるを、大蔵卿長房見《み》え侍《はべ》らざりければつかはしける

備前典侍

ほとゝぎす名告《なの》りしてこそ知《し》らるなれ訪《たづ》ねぬ人に告《つ》げやゝらまし

○おほかた　おしなべて。▽山寺における寂しさを、どの鳥の声も聞えないと嘆く。

183 聞きたいものです。そちらの神山のほととぎすは、以前お仕えしていた昔と同じ声なのかどうかと。○禖子内親王　後朱雀天皇第四皇女。○賀茂の斎院と聞えける時　禖子内親王は寛徳三年(一〇四六)から天喜六年(一〇五八)まで、賀茂の斎院の地位にあった。○女房にて侍ける　作者である皇后宮美作がかつて斎院女房として出仕していたことを指す。○後三条院の御時　後三条天皇の御代。治暦四年(一〇六八)から延久四年(一〇七二)まで在位。○斎院に侍りける人　斎院にお仕えしていました人。「斎院」は佳子内親王。○祭のかへさの日　賀茂神社の祭礼の翌日、斎院(斎王)が列をなして上社から紫野に戻る日。○神館　神殿の傍の、神官などの人々が参籠するための館(やかた)。○そのかみ山　その当時の意の「そのかみ」と「神山」とを掛ける。「神山」→一六九。▽倒置の歌。懐旧の心情を卒直に詠出する。

184 ほととぎすは鳴いて名告りをして、はじめてその存在が知られると言います。(ほととぎすのようには)訪ねてくださらないあなたに、こちらから声をかけましょうかしら。○祭の使　葵祭に遣される奉幣のための宮中からの使い。○神館　→一八三。○大蔵卿長房　藤原長房。○名告りしてこそ　「あしひきの山ほととぎす里なれてたそかれ時に名告りすらしも」(拾遺・雑春・大中臣輔親)。○訪ねぬ人　長房を指す。○告げややらまし　「や」は疑問。「まし」は疑問語を伴ったためらいを表す。▽長房を賀茂、神山の「ほととぎす」になぞらえ、声をかけてほしいと呼びかける。

185 あなたが聞き捨てにしたまま来たというほととぎすの声をたずねて、今度は私が山路を越えてみることにしよう。能宣集。輔親卿集、二句

四月ばかり、有馬《ありま》の湯《ゆ》より帰《かへ》り侍《はべ》りて、ほとゝぎすをなむ聞《き》き《ゝ》つると、人の言《い》ひにおこせて侍《はべ》りければ

大中臣能宣朝臣

185 聞《き》き《ゝ》捨《す》てて《ゝ》君《きみ》が来《き》にけんほとゝぎすたづねに我《われ》は山地《(やまぢ)》越《こ》えみん

いにしへを恋《こ》ふること侍《(はべり)》けるころ、田舎《ゐなか》にて
ほとゝぎすを聞《き》き《ゝ》てよめる

増基法師

186 このごろは寝《ね》でのみぞ待《ま》つほとゝぎすしばし都《みやこ》の物語《ものがた》りせよ

題不知《(しらず)》

橘資成《(シゲ)》

187 宵《よひ》の間《ま》はまどろみなましほとゝぎす明《あ》けて来《き》鳴《な》くとかねて知《し》りせば

「君が来にける」、下句「声よいづれの山路なりけん」。〇有馬の湯　摂津国有馬郡(現、神戸市北区有馬町)の温泉。〇君が来にけん　「けん」は過去推量。詞書の「人の言ひにおこせて」を受けて、伝聞による事実であることを示す。▽能宣・輔親親子の家集に重出。詞書の有馬の湯から帰り着いた「人」とは、「兵庫の頭とも時の朝臣」であるという。

186 このところ、寝ないでひたすら待つばかりであったことだ。ほととぎすよ。しばらく、都の話題を聞かせておくれ。増基法師集。〇いにしへを恋ふる　都での往時を恋しく思う。〇田舎にて　家集では、遠江の浜名の橋のさらに東方での詠とわかる。▽旅中での望郷の想いをほととぎすにうったえる。

187 宵の間は仮眠しておればよかったのに。もしも、ほととぎすが、夜が明けてこうしてやって来て鳴くと初めから知っていたならば。〇まどろみなまし　「まどろむ」は、うとうとする。仮睡をとる。「な」は完了、「まし」は反実仮想。▽ほととぎすを夜通し待って、明け方にその声を聞き得た風情。

188 聞いたとも聞かなかったともはっきりしないで、ほととぎすよ、(人の)心を迷わす、夜の一声であるなあ。伊勢大輔集。永承五年(一〇五〇)六月五日祐子内親王家歌合。〇聞きつとも聞かずともなく　「心まどはす」に掛る。〇小夜のひと声　八代集抄本「夜半のひと声」。▽遠くほのかに聞えたほととぎすの一声のはかなさを歌う。「五月闇くらまの山のほととぎすおぼつかなしや夜半の一声」(清正集)。難後拾遺では、一九七を倣った作であると非難する。

189 夜さえ明けたら、たずねて行って聞くことにしよう。ほととぎすがあの信太の森の方向で鳴いているようだ。永承五年祐子内親王家歌合。

永承五年六月五日祐子内親王家の歌合によめる

伊勢大輔

188 聞《き》き《ゝ》つとも聞《き》かずともなくほとゝぎす心まどはす小夜《さよ》のひと声《こゑ》

能因法師

189 夜だに明《あ》けばたづねて聞《き》かむほとゝぎす信太《しのだ》の森《もり》のかたに鳴《な》くなり

藤原兼房朝臣

190 夏《なつ》の夜《よ》はさてもや寝《ね》ぬとほとゝぎすふた声聞《こゑき》ける人に問《と》はば《ゝ》や

小弁

191 寝《ね》ぬ夜《よ》こそ数《かず》つもりぬれほとゝぎす聞《き》くほどもなきひと声《こゑ》により

能因法師歌集。○信太の森　大阪府和泉市にあった森。葛の名所。▽「たづね来る信太の森のほととぎすわれ待ちがほに今ぞ鳴くなる」(永久四年〔一一一六〕鳥羽殿北面歌合)のように、平安後期では、信太の森とほととぎすとの結び付きが顕著になる。

190 夏の夜には、それでも寝なかったのかと、ほととぎすを二声聞いた人に尋ねたいものだ。永承五年祐子内親王家歌合。○寝ぬ　「ぬ」は打消の助動詞連体形。○ほとゝぎすふた声聞ける人　ほととぎすの声は一声を聞くのがやっとで、二声と聞くのは難しいとする発想から、その声を聞いた幸運な人の意。「ふた声と聞くとはなしにほととぎす夜深く目をもさましつるかな」(後撰・夏・伊勢)。▽ほととぎすの一声を聞いた人物が、二声まで聞けた人を羨む風情。

191 寝ることのできない夜が数多く重なり積ったことだ。ほととぎすの、聞いたとも言えない(かすかな)一声によって。永承五年祐子内親王家歌合。○寝ぬ夜　ほととぎすの声を待って寝られない夜。○聞くほどもなきひと声　聞えたか聞えないかはっきりしない程の、かすかな一声。▽もう一度、今度ははっきりとした声を聞きたいものと、寝ぬ夜の続くことを嘆く。「待つほどに一声鳴きて過ぎぬればなごり恋しきほととぎすかな」(藤原経衡)と番われ「勝」となる。

192 せめて有明の月だけでもあればなあ。(そうすれば)ほととぎすがただ一声鳴いて飛び去る行方をこの目で見ようのに。永承五年〔一〇五〇〕六月五日祐子内親王家歌合・後宴歌。○歌合など…よみ侍りけるに　歌合の後宴において、頼通以下の上達部たちが歌合と同題で和歌を詠み合った事実が文献により知られる。内親王の外祖父頼通は、この歌合の実質上の主催者でもあった。▽ほととぎすの存在を聴覚だけでなく視覚で確かめようと

祐子内親王家に歌合《うたあはせ》し侍《(はべり)》けるに、歌合《うたあはせ》など
果《は》てて《ゝ》のち、人ゝ同《おな》じ題《だい》をよみ侍《はべ》りけるに

宇治前太政大臣

192 有明《ありあけ》の月だにあれやほとゝぎすたゞひと声《こゑ》のゆくかたも見《み》ん

宇治前大政大臣卅講後、歌合し侍《はべ》りけるに
郭公《(ほととぎす)》をよめる

赤染衛門

193 鳴《な》かぬ夜《よ》も鳴《な》く夜《よ》もさらにほとゝぎす待《ま》つとて安《やす》くいやはねらるゝ

相模守にてのぼり侍《はべ》りけるに、老曾《おいそ》の森《もり》のも
とにてほとゝぎすを聞《き》き《ゝ》てよめる

大江公資《〈より〉》朝臣

194 夜《よ》もすがら待《ま》ちつるものをほとゝぎすまただ《ゝ》に鳴《な》かで過《す》ぎぬなるかな

する詠みぶりが珍しい。ここまで同一歌合から五首連続して採入されている。

193 ほととぎすが鳴かない夜も、また鳴く夜も、ほととぎすを待つことのために、安眠ができようか。妨げられてまったく眠れないことだ。長元八年(一〇三五)五月十六日賀陽院水閣歌合・衛門(十巻本)、良経(二十巻本)。栄花物語・歌合。○宇治前大政大臣　藤原頼通。○卅講　法華三十講の法会。○さらに　けっして。下の「いやはねらるゝ」と呼応する。○安く　他本「安き」。▽作者には歌合本文などによっても疑問が残る。難後拾遺は、二句中の「さらに」について、藤原公任の批判的な評語を伝える。

194 一晩中(寝ないで)待っていたのに、ほととぎすはもう一声さえも鳴き聞かせないで、飛び去って行ったようだよ。長元八年賀陽院水閣歌合。栄花物語・歌合。○まただに鳴かで　一声だけで、二声とさえ鳴かないままで。○過ぎぬなるかな「なる」は推定の助動詞。耳を傾けて、過ぎて行ったことを確認している。▽難後拾遺は、「またに鳴かで」を口語的であると難じている。

195 この東国からの道のりの思い出にしよう。老曾の森で聞いたほととぎすの夜半の一声を。○相模守にて　大江公資は寛仁四年(一〇二〇)相模守として任地に赴任。女流歌人の相模を妻として随伴した。○老曾の森　近江国の歌枕。滋賀県蒲生郡安土町にある森。「わすれにし人をぞさらにふみなる老曾の森と思ひ出でつる」(古今六帖五・作者未詳)。○東路　京都から東国に至る道のり。ここは上洛の路。▽旅中にほととぎすの一声を聞きえた喜び。老曾の森は中世にかけてほととぎすの名所として定着する。

196 たしかに聞いたあれは、初音だったのであろうか。ほととぎすよ。老いた身には、寝覚め

195 東路《あづまぢ》のおもひいでにせんほとゝぎす老曾《おいそ》の森《もり》の夜半《よは》の一《(ひと)》こゑ

時鳥《(ほとゝぎす)》を聞《きゝ》きてよめる　　　　法橋忠命

196 聞《きゝ》きつるや初音《はつね》なるらんほとゝぎす老《お》いは寝覚《ねざ》めぞうれしかりける

長保五年五月十五日、入道前大政大臣家歌合に、遥ニ聞ク二郭公ヲ一といふ心《こゝろ》をよめる　　　　大江嘉言

197 いづかたと聞《きゝ》きだにわかずほとゝぎすたゞひと声《こゑ》の心《こゝろ》まどひに

五月許《(ばかり)》赤染がもとにつかはしける　　　　道命法師

198 ほとゝぎす待《ま》つほどとこそ思《(おもひ)》つれ聞《きゝ》きての後《ゝち》も寝《ね》られざりけり

がかえって嬉しいことだなあ。○老いは　老いた我が身は。▽ここは恋の苦悩ゆえの「寝覚め」ではなく、老人特有の「寝覚め」。老境における寝覚めは、後には「老いの寝覚め」という表現として固定化する。「ほととぎす昔をかけて忍べとや老いの寝覚めに一声ぞする」(新古今・後出歌・顕昭)。

197　どの方向で鳴いたと聞き分けることさえできないことだ。ほととぎすの、ただ一声に心が乱れてしまって。長保五年(一〇〇三)五月十五日左大臣(道長)家歌合。大江嘉言集、初句「いつしかと」、下句「ただ一声ぞ鳴きわたるなり」。麗花集。○入道前大政大臣家歌合　法華三十講の際の歌合。○聞きだにわかず　聞き分けることさえできない。▽遥かに聞えたほととぎすの一声によって、心が乱れて上の空になってしまった様子。

198　寝られないのはほととぎすを待つ間のことと思っていましたのに、聞いた後も寝られないことでしたよ。赤染衛門集。○赤染　赤染衛門。○聞きての後も　聞けば聞いたで、さらにもう一声と期待して。▽家集には、この贈歌に対し、「まことにぞうちだにふさで明かしつる山ほととぎす鳴くや鳴くやと」という赤染の返歌を載せる。

199　ほととぎすの深夜の鳴き声を聞くことができるのだけが、「物を思う人」である私の取り柄であることだ。道命阿闍梨集。○物思人　深い物思いに苦しんでいる人。ここでは自分を指す。○とりどころ　取るべきよい点。長所。取り柄。「山里にかかるすまひはうぐひすの声まづ聞くぞとりどころなる」(相模集)。▽家集によれば、花山院喪中の悲しみを込めた作か。一首の持つ独詠歌的雰囲気からは、一九八の詞書の伝えるような赤染への贈歌とは特定し難い。

200　(都では)一声を聞くのも難しかったほととぎすよ。(今では)その鳴く音と声を合せて泣く

199 ほとゝぎす夜深《よぶか》き声《こゑ》を聞《き》くのみぞ物思《(ものおもふ)》人のとりどころなる

おほやけの御かしこまりにて山寺に侍《はべ》りけるに、ほとゝぎすを聞《き》きてよめる　律師長済

200 ひと声《こゑ》も聞《き》きがたかりしほとゝぎすともになく身《み》となりにけるかな

ほとゝぎすをよめる　能因法師

201 ほとゝぎす来鳴《きな》かぬ宵《よひ》のしるからば寝《ぬ》る夜《よ》もひと夜《よ》あらまし物《(もの)》を

大弐三位

202 待《ま》たぬ夜《よ》も待《ま》つ夜《よ》も聞《き》きつほとゝぎす花橘《たちばな》のにほふあたりは

我が身の上となってしまったことだ。○おほやけの御かしこまり　天皇からのお咎め。勅勘。○ともになく身　「なく」には「鳴く」と「泣く」とを重ねる。「身」は、詠者自身の身の上。運命。▽ほととぎすの鳴く音に我が身の境遇への心情を込める。

201　ほととぎすが来て鳴くということのない宵であると、(あらかじめ)はっきりしているのなら、寝ることのできる夜も一夜ぐらいはあるであろうに。長元八年(一〇三五)五月十六日賀陽院水閣歌合・選外歌。能因集。○来鳴かぬ宵　「来鳴く」は飛来して鳴く。「ぬ」は打消。▽ほととぎすの声が待たれて、一夜も安眠することがないと嘆く。

202　特に待っているというわけでもない夜も、また待ち受けている夜も、いつも聞いたことでした。ほととぎす(の鳴く声)を。橘の花が美しく咲き匂うあたりでは。治暦二年(一〇六八)皇后宮歌合。四条宮下野集。○花橘のにほふあたりは　「花橘」をほととぎすの宿と見なして詠む。「宿りせし花橘も枯れなくになどほととぎす声たえぬらん」(古今・夏・大江千里)。▽難後拾遺では、「(ほととぎすを)待たぬ夜」という言いまわしを不自然として難じている。

203　寝ながらも、人はほととぎすを待っているというのだろうか。物を思い寝られない私の宿では、その声を聞かない夜とてないことです。○もの思ふ宿　物を思い苦しむ人の住む家。↓三九三。▽物思うゆえに、寝られない夜を重ねる人のみがほととぎすの声を聞き得るとする発想は、一九九とも重なる。ここまでほととぎすの歌群。

204　田を守る番人よ。今日はもう五月になってしまったことだ。さあ田植を急ぎなさいよ。早苗が伸び切ってしまってはいけないから。曾丹集。○早苗　苗代から田に移し植える稲の苗。○御田屋守　「御田屋」は、神領の田を守る番人の居る小

203
寝《ね》てのみや人は待《ま》つらんほとゝぎすもの思《おも》ふ宿《やど》は聞《き》かぬ夜《よ》ぞなき

小弁

早苗《さなへ》をよめる

曾禰好忠

204
御田屋守《みたやもり》けふは五月《さ》になりにけり急《いそ》げや早苗《さなへ》老《お》いもこそすれ

永承六年五月、殿上根合に早苗《さなへ》をよめる

藤原隆資〈より〉

205
さみだれに日《ひ》も暮《く》れぬめり道《みち》とほみ山田《だ》の早苗《さなへ》とりも果《は》てぬに

宇治前大政大臣家にて卅講の後《のち》、歌合《うたあはせ》し侍《はべ》りけるに五月雨《さみだれ》をよめる

相模《さがみ》

206
さみだれは美豆《みづ》の御牧《みまき》の真菰草《まこもぐさ》刈《か》りほすひまもあらじとぞ思（おもふ）

屋。「御田屋守」はそこで警備する番人。○老いもこそすれ　伸びすぎてはいけないので。「もこそ」は危惧の念を表す。▽暦日意識の明確な歌。

205　五月雨が降り続くうちに日も暮れてしまったようだ。ここまでの道が遠いので、山田の早苗を苗代から採り終らないのに。永承六年(一〇五一)五月五日内裏根合・藤原惟綱(書陵部本)。栄花物語・根合。○殿上根合　後冷泉天皇の御前において行われた内裏根合。○道とほみ　道のりがあり、遠いので。我が家から山田までの距離をいう。○早苗とりも果てぬに　まだ早苗を手にとり終りもしないうちに。「早苗とる」は田植をする動作。▽この根合の様子は、栄花物語にも詳しい。

206　五月雨の頃は、(降り続く雨のために)美豆の御牧の真菰草を刈り取って干す晴間もないだろうと思うことだ。長元八年(一〇三五)五月十六日賀陽院水閣歌合。栄花物語・歌合。○宇治前大政大臣　藤原頼通。○卅講の後、歌合し侍りけるに↓一九三。○美豆の御牧　山城国の歌枕。京都府久世郡から伏見区淀美豆町にかけての地にあった皇室の牧場。「淀野なる美豆の御牧に放ち飼ふ駒いばへたり春めきぬらし」(恵慶法師集)。○真菰草　水辺に生える、イネ科の多年草。食用となる。○刈りほすひま　刈って干す晴間。▽袋草紙によると、歌合においてこの歌が披講されるや、「満座殿中鼓動、及二郭外一云々」というほどの反響であったという。

207　五月雨の降る頃は、これまで見えていた小笹の原はどこにも見えなくなってしまったことだ。ただ安積の沼を目の前に見る気持がするばかりで…。範永朝臣集。○宮内卿経長　源経長。○小笹の原　丈の低い笹の生い茂った原。○安積の沼　陸奥国の歌枕。▽五月雨による増水の景を歌枕などを比喩に用いて表出。

宮内卿経長が桂《ゝつら》の山庄《(さんさう)》にて、五月雨《さみだれ》をよめる

藤原範永朝臣

207 さみだれは見《み》えし小笹《おざゝ》の原《はら》もなし安積《あさか》の沼《ぬま》の心地のみして

橘俊綱

208 つれ〴〵と音絶《おとた》えせぬはさみだれの軒《ゝき》のあやめのしづくなりけり

題不知《(しらず)》

叡覚法師

209 さみだれのをやむけしきの見《み》えぬかな庭《には》たづみのみ数《かず》まさりつゝ

五月五日に、はじめたる所《ところ》にまかりてよみ侍《はべ》りける

恵慶法師

208 しんみりと、音が絶えずしているのは、軒に掛けたあやめに伝う五月雨のしずくの音であったのだなあ。○つれ〴〵と　しんみりと寂しい状態が長く続く様子。○さみだれの　下の「しづく」にかかる。「五月雨のいつかすぎてもあやめ草軒のしづくは雨と見えけり」(赤染衛門集)。▽降り続く五月雨の所在なさを、視覚・聴覚のイメージを交錯させて歌う。

209 五月雨の降り止む様子の見えぬことだ。庭の水たまりの数がまさるばかりで。○庭たづみ　雨が降って、地上に溜った水。▽「庭たづ(つ)み」は、上代以来の古い語だが、勅撰集では、「世とともに雨降る宿の庭たづみすまぬに影は見ゆるものかは」(拾遺・雑恋・よみ人しらず)が初出。

210 香を求めて訪ねる人もあるというのに、あやめ草を、腑に落ちないことに、馬が顧みて口にすることもないのだなあ。恵慶法師集。○はじめたる所　初めての場所。○香をとめて　香りを求めて。「とむ」は求む。○あやしく　「すさめざりける」にかかる。「あやめ草」の「あや」を同音で重ねた技巧。○駒のすさめざりける　「すさむ」は心に留めて愛着する。ここでは、食すこと。▽「大荒木の森の下草老いぬれば駒もすさめず刈る人もなし」(古今・雑上・よみ人しらず)を下に踏まえた作。なお、恵慶法師集には、「香をとめて我はむつぶるあやめ草よそ目に駒の見るがあやしさ」という同想の作が存する。

211 筑摩江の底の深さがどれほどかを、こうして離れて居ながら、その江で引いたあやめの根の長さで知ることだよ。永承六年(一〇五一)内裏根合・源信房(二十巻本)。→二〇五。栄花物語・根合。○筑摩江　近江国の歌枕。琵琶湖の東北端。○底の深さ　筑摩江の深さは、「筑摩江の底ひも知らぬ淵なれどあさましきにや思ひなすらん」(一条摂

210 香《か》をとめてとふ人あるをあやめ草《ぐさ》あやしく駒《こま》のすさめざりける

永承六年五月五日殿上根合によめる　良暹法師

211 筑摩江《つくまえ》の底《そこ》の深《ふか》さをよそながら引《ひ》けるあやめの根《ね》にて知《し》るかな

右大臣中将に侍《はべ》りける時、歌合しけるによめる　大中臣輔弘

212 ねやの上《うへ》に根《ね》ざし留《とゞ》めよあやめ草《ぐさ》たづねて引《ひ》くもおなじよどのを

年《とし》ごろ住《す》み侍《はべ》りける所離《ところはな》れて、ほかにわたりて、又《また》の年《とし》の五月五日によめる　伊勢大輔

213 けふも今日あやめもあやめ変《かは》らぬに宿《やど》こそありし宿《やど》とおぼえね

政御集)とも歌われている。▽二〇五と同じく作者に異伝があり、源信房との伝もあるが、良暹の代作か。

212 寝屋の上に、根付いて止まってほしい、あやめ草よ。訪ねて行って引く場所も「夜殿」と同じ「淀野」なのだから。天喜四年(一〇五六)五月六条右大臣家歌合・大輔。○右大臣　源顕房。○中将に侍りける時　顕房は天喜四年から康平四年(一〇六一)まで、蔵人頭と近衛中将を兼ねた。○歌合しけるに　顕房が私邸で試みた夏十題十五番からなる歌合。成立時期は夫木抄に「天喜四年五月」と伝える。○ねやの上に根ざし留めよ　「根ざす」は根をさし伸ばす。邪気を払うため、端午の節句に菖蒲を軒に差す習慣を踏まえていう。○引く　あやめ草を引く意と相手の心を引く意とを重ねる。○よどの　「淀野」と「夜殿」を掛ける。▽季節を詠みながら、「ねや(閨)」「根ざす」「訪ぬ」「引く」「夜殿」など恋のイメージを含む語を多用して、女から「あやめ草」(男)に向かって呼び掛けている。

213 今日という日も、去年と同じ五月五日という日、あやめ草も同じあやめ草で少しも変ってはいないのに、この住いだけは以前の住いとは思われないことです。伊勢大輔集「年ごろ同じ所に住みし人の居変りにしかば、その人はほかにありて、又の年の五月五日言ひたりし」。○年ごろ住み侍りける所離れて　作者自身が住いを変えてと取れるが、家集の詞書だと「同じ所に住んだ人」が転居したことになる。○けふも今日　去年と同じ今日。○ありし宿　今までの住い。▽端午の節句も、あやめ草も変りはないのに、人の住いだけは変ってしまったという感慨。

214 五月雨の空に心ひかれる匂いがたちこめているよ。どこかの花橘のもとに、今、風が吹いているのだろうか。○さみだれの空なつかしく匂

花橘《はなたちばな》をよめる　相模

214 さみだれの空《そら》なつかしく匂《にほ》ふかな花たち花に風や吹《ふ》くらん

大弐高遠

215 昔《むかし》をば花橘《たちばな》のなかりせば何《なにゝ》につけてか思《おも》ひいでまし

蛍《ほたる》をよみ侍《はべ》りける　源重之

216 音《おと》もせで思《おも》ひにもゆる蛍《ほたる》こそ鳴《な》く虫《むし》よりもあはれなりけれ

宇治前太政大臣卅講の後《ゝち》、歌合《うたあはせ》し侍《はべ》りけるに、蛍《ほたる》をよめる　藤原良経朝臣

217 沢水《さはみづ》に空《そら》なる星《ほし》のうつるかと見《み》ゆるは夜半《よは》の蛍《ほたる》なりけり

ふかな　「さみだれの空」は、五月雨時の空。○風や吹くらん　「らん」は現在推量。離れた所に咲いている花橘のもとに、ちょうど今、吹いている風を想像する。「五月闇花橘に吹く風は誰が里までかにほひゆくらん」(詞花・夏・良暹)。▽あたりにたちこめる橘の芳香を「空なつかしく匂ふかな」と大きくとらえ、それを根拠に、雨中の橘に吹く風に想いを馳せる新鮮な詠みぶり。

215　昔のことを、もしこの花橘がなかったとしたら、いったい何につけて思い出すことができようか。大弐高遠集。○昔をば　下の「思ひいでまし」にかかる。「五月待つ花橘の香をかげば昔の人の袖の香ぞする」(古今・夏・よみ人しらず)を踏まえる。○花橘のなかりせば　もし花橘がこの世になかったとしたら。事実に反する仮定。▽古今集歌の影響下に詠まれた作。

216　声も立てないで、「思ひ」の「ひ(火)」に燃える蛍こそ、声に出して鳴く一般の虫よりも、しみじみとあわれが深いことだ。重之集・百首歌・秋廿。○音もせで　声にも出さないで。鳴き声を出さない蛍の特性を言う。○鳴く虫　秋の虫に代表される声を立てて鳴く虫。▽蛍に寄せて、秘めた恋心の哀れさを歌う。「恋に焦がれて鳴く蟬よりも鳴かぬ蛍が身を焦がす」(山家鳥虫歌)など、後代の俚謡にまで引かれる。重之百首のように蛍を夏虫とせず秋のものとするのは、漢詩文からの影響か。

217　沢の水に、空にある星が映っているのかと見えるのは、実は夜中に飛び交う蛍だったのだ。長元八年(一〇三五)五月十六日賀陽院水閣歌合。栄花物語・歌合。○宇治前太政大臣　藤原頼通。○沢水　低地の湿地帯にある水。○夜半の蛍　夜中に飛ぶ蛍。「玉だれの御簾の間とほりさやけきは星にはあらじ夜半の蛍か」(大弐高遠集)。▽蛍の光

題《だい》しらず　　能因法師

218 ひとへなる蟬《せみ》の羽衣《はごろも》夏《なつ》はなを《(ほ)》うすしといへどあつくぞありける

源重之

219 夏刈《なつかり》の玉江《たまえ》の蘆《あし》を踏《ふ》みしだき群《む》れゐる鳥《とり》のたつ空《そら》ぞなき

曾禰好忠

220 夏衣《なつごろも》たつた川原《かはら》の柳《やなぎ》かげ涼《すゞ》みにきつゝならすころかな

氷室《(ひ)むろ》をよめる　　源頼実

221 夏《なつ》の日《ひ》になるまで消《き》えぬ冬氷《ふゆごほり》春立《た》つ風やよきて吹《ふ》きけん

を星に見立てた作。

218 単衣の、蟬の羽衣のような生絹(すず)は、「薄い」とはいっても、夏はやはりあついことだなあ。能因集「夏の衣」、五句「あつくもあるかな」。○ひとへ　単衣(ひとえぎぬ)。一重で裏の付いていない衣。○蟬の羽衣　蟬衣。紗(しゃ)や絽(ろ)などで作った、蟬の羽のように薄い夏衣。○あつくぞありける　「あつく」は「厚く」と「暑く」とを掛ける。「薄し」から「厚し」を引き出している。▽「薄し」と「厚し」との対比が一首の中心。

219 玉江潟の蘆を踏み散らして、群れ集まっている鳥は、(いつまでも留まって)飛び立つ空がないことだ。歌仙家集本重之集。古今六帖六・鳥・作者未詳。○夏刈の　「玉江の蘆」の「蘆」にかかる枕詞。○玉江　越前国の歌枕。蘆の名所。○たつ空ぞなき　五月雨が降り続いて晴間のないことを指すか。「夏刈の蘆のまろやの煙だに立つ空もなき五月雨の頃」(続古今・夏・九条教実)。▽結句「(鳥の)たつ空ぞなき」は飛躍のある表現で難解。

220 竜田川の川のほとりの柳の木陰に、夏衣を着慣らしながら、涼みにやって来るころとなったことだ。曾丹集、二句以下「たつたの河のこの風に今は行きつつ涼むばかりぞ」。○夏衣たつた川原　「夏衣」は「裁つ・竜」の掛詞を引き出すための枕詞。「たつた(竜田)川」は大和国の歌枕。○柳かげ　柳の木陰。○きつゝならす　「き」に「来」と「着」とを掛ける。「ならす」は着慣らしてならよらかにする。▽「裁つ」「着(る)」「萎る」は「夏衣」の縁語。現存家集の伝える本文とはかなりの隔たりがある。

221 夏の日になるまで溶けて消えることのないこの冬の氷は、春を迎えて立つ風がよけて吹いたのだろうか。故侍中左金吾(頼実)集。○氷室　冬の氷を天然のまま夏まで貯蔵する室。▽「袖ひちてむすびし水のこほれるを春立つ今日の風やと

夏夜月といふ心をよみ侍《はべ》りける
土御門右大臣

222 夏《なつ》の夜《よ》の月はほどなく入《い》りぬともやどれる水に影《かげ》をとめなん

大弐資通

223 何《なに》をかは明《あ》くるしるしと思《（おもふ）》べき昼《ひる》にかはらぬ夏夜《（なつのよ）》の月《つき》

宇治前太政大臣家に卅講の後《ゝち》、歌合し侍《（はべり）》ける
によみ侍ける
民部卿長家

224 夏の夜も涼《すゞ》しかりけり月影《かげ》は庭《には》しろたへの霜《しも》と見《み》えつゝ

中納言定頼

225 常夏《とこなつ》のにほへる庭《にはゝ》は唐国《からくにゝ》におれる錦《にしき》もしかじとぞ見《み》る

くらん」(古今・春上・紀貫之)を踏まえて歌った。

222 (短い)夏の夜の月はすぐに西の山に入ったとしても、水に映った月の姿だけはいつまでも留めてほしいものだ。○夏夜月といふ心 「夏の夜の月」という歌題。○夏の夜の月 夏の月は短夜のはかない月として詠まれる。○やどれる水 月影が映っている池水など。▽眺め足りない夏の月への感懐を、折からの夏の短夜のはかなさと重ねて詠出。

223 いったい何を夜が明けたしるしと思ったらよいのか。昼と明るさの少しも変らぬ夏の夜の月であることだ。○何をかは 「かは」は反語。下の「思べき」に係る。○明くるしるし 夜が明ける兆候。○昼にかはらぬ 昼の日の光と少しも変らない。月の明るさを強調。▽三句切れの歌。夜明けとまがう夏の夜の月明りを強調。

224 暑い夏の夜も涼しいことだったよ。月の光は、まるで庭一面真っ白な霜が置いたように見えて。長元八年(一〇三五)五月十六日賀陽院水閣歌合・行経(二十巻本)。栄花物語・歌合・四位少将行経。○宇治前太政大臣 藤原頼通。○しろたへの 「霜」にかかる枕詞。○霜と見えつゝ 月光を霜に見立てる。「月影になべてまさごの照りぬれば夏の夜降れる霜かとぞ見る」(大江千里集)。▽作者については異伝がある。後拾遺集の詠者藤原長家は、権大納言として当日列席していたことはたしかだが、左方読師をつとめる藤原行経の歌の代作を行なったとは考えられず、詳しい経緯は不詳。

225 なでしこの花が美しく咲いている庭は、唐の国で織ったという錦の織物も及ぶまいと見ることだ。長元八年賀陽院水閣歌合。定頼集。栄花物語・歌合。○常夏 なでしこの古名。○唐国におれる錦 中国渡来の錦で、美しい物の代表とされた。唐錦。○見る 太山寺本、定頼集「おもふ」。

道済が家にて、雨《ノ》夜常夏《とこなつ》を思《おも》ふといふ心をよめる

226 いかならむ今宵《こよひ》の雨《あめ》に常夏《とこなつ》の今朝《けさ》だに露《つゆ》の重《おも》げなりつる

能因法師

題不知《（しらず）》

曾禰好忠

227 来《き》て見《み》よと妹《いも》が家路《いへぢ》に告《つ》げやらむわがひとり寝《ぬ》るとこなつの花

228 夏深《なつふか》くなりぞしにける大荒木《おほあらき》の森《もり》の下草《したくさ》なべて人刈《か》る

平兼盛

夏《なつ》の涼《すゞ》しき心をよみ侍《（はべり）》ける

堀川右大臣

229 ほどもなく夏《なつ》の涼《すゞ》しくなりぬるは人に知《し》られで秋や来《き》ぬらん

▽歌合では、赤染衛門の「庭の面に唐の錦を織るものはなほ常夏の花にぞありける」という、同趣向の歌と番えられ、勝。

226 今夜の雨に打たれて、どんな状態なのであろうか。常夏の花は、今朝でさえ露が重たげであったのになあ。能因集。○道済　源道済。○いかならむ今宵の雨に　初・二句倒置の形で強調。○今朝だに　雨がまだ降らなかった今朝でさえ。▽家集には、道済との親交ぶりがうかがえる。当時「雨中瞿麦」は歌題としてもよくとりあげられた。

227 やって来て見てごらんとあの子の家に告げてやろう。私がさびしく独り寝している「床」という名の、我が家に咲く常夏の花を。曾丹集。○来て見よ　我が家に来て常夏の花を見よの意。○妹が家路に　彼女の家に。「家路」はここは、家に向かう路から転じて、家そのものを指す。○わがひとり寝るとこなつの花　「とこ」に「床」と「常夏」の「常」を掛ける。▽三百六十首和歌の一首。難後拾遺は我が家の妻に「つげやる」不自然さを指摘するが、好忠の定数歌では、「妹」「背」と呼び掛ける歌は多く、いずれも古代的な場を設定しての詠。

228 夏が深まったことだなあ。すっかり繁った大荒木の森の下草を、一面に人が出て刈り取っているよ。天徳四年(九六〇)内裏歌合。兼盛集。麗花集。○大荒木の森の下草　「大荒木の森」は山城国の歌枕。「下草」は木の下に生えている草。▽「大荒木の森の下草老いぬれば駒もすさめず刈る人もなし」(古今・雑上・よみ人しらず)を踏まえ、「下草老ゆ」「刈る人もなし」という内容を正反対にして詠じた作。

229 時を置かず、いつの間にか夏が涼しくなってしまったのは、人に気付かれないで、ひっそりと秋がやって来たせいなのであろうか。○ほどもなく　「ほどもなく明けぬる夏の月かげもひと

くれの夏有明《なつありあけ》の月をよみ侍《(はべり)》ける　内大臣

230 夏《なつ》の夜《よ》の有明《ありあけ》の月を見《み》るほどに秋をも待《ま》たで風ぞ涼《すゞ》しき

俊綱朝臣のもとにて、晩涼如シレ秋ノといふをよみ侍《(はべり)》ける　源頼綱朝臣

231 夏山《なつやま》の楢《なら》の葉《は》そよぐ夕暮《ゆふぐれ》はことしも秋の心地こそすれ

屏風絵に、夏《なつ》の末《すゑ》に小倉《おぐら》の山のかた描《か》きたる所《ところ》をよめる　大中臣能宣朝臣

232 紅葉《もみぢ》せばあかくなりなむ小倉《おぐら》山秋待《ま》つほどの名《な》にこそありけれ

り見る夜は久しかりけり」(家経朝臣集)。▽忍び寄る秋の気配を詠む。「待ちかねてうつろふ枝のあたりには人に知られぬ秋や来ぬらん」(中務集)。

230 夏の夜の、西の空に残る有明の月を眺めているうちに、秋の来るのも待たないで、早くも風が涼しく感じられることだ。〇くれの夏　晩夏。〇有明の月　夜明けになっても空に残る陰暦十六日以後の月。ここでは六月下旬であることを示す。〇秋をも待たで　秋の到来よりも早く。▽前歌と同じく、晩夏の涼風に秋を感じ取った作。

231 夏の山の楢の葉がそよぐ夕暮時は、(例年そう感じるように)一際涼しく、今年も早くも秋を迎えたような気持がすることだ。〇俊綱朝臣のもとにて　伏見の橘俊綱邸か。〇晩涼如秋といふを　他本「といふ心を」。安政版本のみ「といふことを」。〇夏山　(木々の繁った)夏の山。〇楢の葉そよぐ　「楢」はブナ科の落葉高木。「我が宿の外面に立てる楢の葉の茂みに涼む夏は来にけり」(恵慶法師集、新古今・夏)。〇秋の心地　まるで秋がやって来たような気持。「河風に吹きかへさるる衣手は秋来てのちの心地こそすれ」(橘為仲朝臣集)。▽夏山の楢の葉風に秋の到来を予感した詠。今鏡にも載り、当時世評の高い作であった。

232 秋になり紅葉したら、赤く色付き明るくなることだろう、小倉山も。小倉山が小暗いという名を持つのも、紅葉の秋を待つ間だけの名であったのだなあ。西本願寺本能宣集「夏、小倉の山を過ぎはべりとて」、歌仙家集本「夏季、小倉の山」、五句「名にこそあるらし」。拾遺・夏・題しらず・よみ人しらず。〇小倉の山のかた　小倉山の絵。〇あかく　「(紅葉が)赤く」の意に「暗し」の対語の「明《(あか)》く」を重ねる。〇小倉山　紅葉の名所。〇秋待つほどの名　秋になるまでの間だけに通用する名称。▽やがて紅葉に照り映えるであろう小

泉《いづみ》、夜《よ》に入《い》りて寒《さむ》しといふ心をよみ侍《はべ》りける　源師賢朝臣

233 さ夜《よ》ふかき泉《いづみ》の水の音《おと》きけばむすばぬ袖《そで》も涼《すゞ》しかりけり

六月祓をよめる　伊勢大輔

234 水上《みなかみ》も荒《あら》ぶる心《こゝろ》あらじかし波《なみ》もなごしのはらへしつれば

倉山を思い、秋を心待ちする。西本願寺本の詞書によれば、屏風歌ではなく嘱目の詠ということになる。拾遺集に、よみ人しらず詠として重出。

233 夜ふけた湧水の水音を聞いていると、手で直接掬って濡らしたわけでもない袖までが涼しく感じられることだなあ。○泉、夜に入りて寒し「泉こゑよに入てさむし」(太山寺本)、「泉声入夜寒」(安政版本)など他本は「泉の声」と伝える。「寒し」は、正保版本には「涼しき」。○さ夜ふかき「さ」は接頭語。「さ夜ふかみ帰りし空もなかりしをいづこより置く露にかあるらん」(元輔集)。○泉の水　他本「岩井の水」。○むすばぬ袖「むすぶ」は水を手で掬う意。▽歌題に即しての詠であるが、「水の音」という聴覚イメージから、袖に涼気を感じとる想の展開が新鮮。→二三五。

234 川上の水の神も荒々しくふるまう心はないことでしょうよ。波も穏やかにと、夏越(なご)しのお祓いをしたのですから。伊勢大輔集。○六月祓　水無月祓(みなづきばら)え。陰暦六月晦日に行われる、半年間の罪や穢れを除くための祓いの行事。祓えに先立って川の水などで禊を行う。○水上　川の上流を言う「水上」と、水を支配する神、「水神」とを掛ける。「水神に祈るかひなく涙川うきても人をよそに見るかな」(後撰・恋一・よみ人しらず)。○荒ぶる心　「荒ぶる」は、上二段動詞「荒ぶ」の連体形。「荒ぶる神」と、神の性状について言うことが多い。「さばへなす荒ぶる神もおしなべて今日はなごしの祓なりけり」(拾遺・夏・藤原長能)。○なごしのはらへ　「なごし」は「波も」を受けて、「和(なご)し」と「夏越しの祓」の「夏越し」とを掛ける。「水無月のなごしと思ふ心には荒ぶる神ぞかなはざりける」(曾丹集)。▽夏、巻末にふさわしく「六月祓(夏越しの祓)」の歌を配す。「夏越し」に「和し」を掛けるのは、当時の常套的技巧。

後拾遺和歌抄第四　秋上

秋立《た》つ日《ひ》よめる

235 うちつけに袂《たもと》涼《すゞ》しくおぼゆるは衣《ころも》に秋はきたるなりけり

よみ人しらず

236 浅茅《あさち》原《はら》玉《たま》まく葛《くず》の裏《うら》風のうらがなしかる秋《あき》は来《き》にけり

恵慶法師

235 不意に袂が涼しく感じられるのは、衣にこそ秋はやって来たのであったよ。〇秋立つ日　立秋の日。〇うちつけに　突然に。下の「おぼゆる」に係る。「うちつけにものぞ悲しき木の葉散る秋のはじめを今日ぞと思へば」(後撰・秋上・よみ人しらず)。〇袂涼しく　「袂」は古代後期以後はもっぱら衣の「袖」の意と同義に用いられる。「秋立ちて幾日もあらねどこの寝ぬる朝明けの風はたもと涼しも」(拾遺・秋・安貴王。万葉集八)。〇きたる　「着」と「来」とを掛ける。▽秋の到来を、袖に吹く涼風によって知る。

236 茅萱(ちがや)の生えている野原の、葉先が玉のように巻いている葛の葉を裏返して吹く裏風の「うら」ではないが、うらがなしい秋がやってきたことだ。恵慶法師集「秋」。〇浅茅原　丈の低い茅萱の生えている野原。〇玉まく　葛の葉の先が美しい玉のように丸まっている様子。「こなたしもなびきおとれる花薄玉まく葛のまくるなるべし」(順集)。〇裏風　葛の葉を裏返して吹く風。▽百首歌中の一首。「浅茅原…裏風の」は、「うらがなし」の「うら」を導く序詞。葛の葉が秋風に裏返る情景が、そのまま悲秋の思いへとつながる。

237 どこにもやって来る秋という季節の到来とともに、身近に置いて夏中使い慣らした扇の風が急に涼しく感じられることだ。〇おほかたの秋　おしなべての秋。「おほかた」は特殊な事柄に対し一般的な事柄について言う。「おほかたの秋来るからに我が身こそ悲しきものと思ひ知りぬれ」(古今・秋上・よみ人しらず。赤人集、大江千里集にも)。〇身に近く慣らす扇の風　「身に近く慣れし扇の風なれば秋は来ぬともいかがわたらむ」(大弐高遠集)。▽夏の物である扇の風の涼気に、季節としての秋をあらためて知るという風情。

扇《あふぎ》の歌《うた》よみ侍《はべ》りけるに　藤原為頼朝臣

237 おほかたの秋《あき》くるからに身に近《ちか》く慣《な》らす扇《あふぎ》の風《かぜ》ぞ涼《すゞ》しき

七月六日よめる　小弁

238 一《ひとゝ》とせの過《す》ぎつるよりも織女《たなばた》の今宵《こよひ》をいかに明《あ》かしかぬらん

七月七日、庚申《(かうしん)》にあたりて侍《(はべり)》けるによめる　大江佐経

239 いとゞしく露《つゆ》けかるらん織女《たなばた》の寝《ね》ぬ夜《よ》にあへるあまの羽衣《はごろも》

七月七日よめる　小左近

240 織女《たなばた》はあさひく糸《いと》の乱《みだ》れつゝとくとやけふの暮《くれ》を待《ま》つらん

238 去年の逢瀬から一年間を過してきたその待ち遠しさよりも、織女は(明日を控えての)今宵一夜をどのような思いで明かしかねているのであろうか。〇七月六日　七夕(七月七日)の前日。〇一とせ　ここでは、去年の七夕から今までの丸一年。〇織女の　「たなばた」はここは七夕祭の行事ではなく「たなばたつめ(織女・棚機津女)」の意。▽「一とせを待ちつることもあるものを今日の暮るるぞ久しかりける」(貫之集)などの発想を承けた作か。これより、二四七まで七夕に関する歌群。

239 まれな逢瀬のため、ただでさえ涙がちなのが、ますます濡れそぼっていることだろう。織女星の、寝てはならない夜(庚申)に逢瀬を持っている、その天の羽衣は。〇庚申にあたりて　「庚申」は庚申待ちの略。「かのえさる」の日に、三尸虫が体外に出るのを恐れて、夜明しをする風習。〇いとゞしく　ふつうでも涙で衣が濡れがちなのに、ますます。〇寝ぬ夜　共寝のできない夜。〇あまの羽衣　天人の衣。ここは、織女星の衣。「たつとこそ思ひやらるれたなばたの明けゆく空の天の羽衣」(重之集)。▽二句切れの歌。初句は「いとどしく妹寝ざるらむと思ふかな今日の今宵に逢へるたなばた」(拾遺・秋・清原元輔)を意識したものか。

240 織女星は、朝から心が乱れて、はやく会いたいものと今日の日暮れを、今ごろは待っていることだろうか。〇あさひく糸　二星をまつる五色の麻の糸。「麻」に「朝」を掛ける。〇乱れつゝ　糸の「乱れ」に心の「乱れ」を掛ける。〇とく　「(糸を)解く」と「疾く」とを掛ける。▽「糸」の縁語「麻」「乱れ」「解く」が、それぞれ掛詞となって、地上の七夕の行事と天上の織女の心情とを重ねて表出。

241 織女星は、雲の衣を重ねて寝て、裏返しにしないで寝ることができるのは、今宵なのだろうか。入道右大臣集。〇宇治前太政大臣　藤原頼

七月七日、宇治前太政大臣の賀陽院の家にて、人〳〵酒《さけ》などたうべて遊《あそ》びけるに、憶《ヒテ》㆓牛女《ヲ》㆒言《フ》㆑志《ヲ》心をよみ侍《(はべり)》けるに　堀川右大臣

241 織女《たなばた》は雲《くも》の衣《ころも》をひきかさねかへさで寝《ぬ》るやこよひなるらん

七月七日、梶《かぢ》の葉《は》に書《か》き付《つ》け侍《はべ》りける　上総乳母

242 天《あま》の川《がは》とわたる舟《ふね》のかぢの葉《は》に思《おも》ふことをも書《か》き付《つ》くるかな

長能が家にて七夕をよめる　能因法師

243 秋の夜《よ》を長《なが》きものとは星《ほし》あひのかげ見《み》ぬ人のいふにぞありける

通。○賀陽院　→二七。○牛女　牽牛星と織女星。○雲の衣　二星の衣。「天の川霧立ち上るたなばたの雲の衣のかへる袖かも」(万葉集十・作者未詳)。○かへさで寝る　「かへす」は衣を裏返す意。夢の中で逢うことを願う俗信。「いとせめて恋しき時はむばたまの夜の衣を返してぞ着る」(古今・恋二・小野小町)。▽俗信を踏まえて逢瀬の当夜に思いを馳せる。

242 天の川の瀬戸を渡る舟の楫、それと同音の(乞巧奠に供える)梶の葉に、自分の思うことを書き付けることです。○梶の葉に書き付け侍りける　七夕の折には、梶の木の葉に歌を書いて供える風習があった。○とわたる　川の瀬戸を舟で渡る。「と」は水門(みと)の「門(と)」で、岸と岸とが両側から迫った所を指す。○かぢ　「楫」と「梶」との掛詞。▽「我が上に露ぞ置くなる天の川とわたる舟の櫂のしづくか」(古今・雑上・よみ人しらず)の三・四句を同音の語を引き出す序詞として転用、七夕の日の天上の景と地上での営みを重ねている。

243 秋の夜を長いものとは、二星の逢瀬の光を見ない人の言うことであったのだ。能因集。○長能　藤原長能。○星あひのかげ　「星あひ」は、七夕の夜、牽牛・織女の二星が逢うこと。「かげ」は星の光(かげ)。▽牽牛・織女の逢瀬のはかなさを、この夜ばかりは夜長には感じられないだろうと、天上の二星の心中に思いを馳せて詠む。「七月七日盥に水入れて影見るところ」(伊勢集)などとあるように、この詠も盥に星影を映す七夕行事を踏まえたものか。

244 織女の逢う夜の数が、それでもなお不満であろうが、せめて毎月七日ごとであればよかったのになあ。○逢ふ夜の数の　下の「来る月ごとのなぬかなりせば」に係る。「いたづらに過ぐる月日をたなばたの逢ふ夜の数と思はましかば」(拾

七月七日によめる　橘元任

244 織女《たなばた》の逢《あ》ふ夜《よ》の数《かず》のわびつゝも来《く》る月ごとのなぬかなりせば

右大将通房

245 待《ま》ちえたる一夜《ひとよ》許《(ばかり)》を織女《たなばた》のあひみぬ夜半《よは》と思《おも》はましかば

七月七日に、男《をとこ》の、今日《けふ》のことはかけても言《い》はじなど忌《い》み侍《はべ》りけるに、忘《わす》られにければ、ゆきあひの空《そら》を見てよみ侍《はべ》りける　新左衛門

246 忘《わす》れにし人に見《み》せばや天《あま》の川忌《がはい》まれし星《ほし》の心《こゝろ》ながさを

遺・秋・恵慶)。○来る月ごとのなぬか　巡って来る毎月の七日の日。○なりせば　下に「よからまし」などの意を省略。▽逢瀬がせめて月に一度の割合ならばと、素朴な感覚で織女に同情を寄せる。

245 待ち迎えた七月七日の一夜だけを、(逆に)織女の逢わない一夜と思えたら、どんなによかったことだろうに。○待ちえたる　「待ち得(う)」は、待っていてそれがかなうの意。ここは七夕を迎え得たことを指す。○あひみぬ夜半　「夜半」は、他本「ほど」。○思はましかば　下に「うれしからまし」などの意を省略。▽年に一夜の逢瀬ではなく、一年で逢えないのが一夜だけであればよいのにと仮想する。

246 私のことを忘れたあの人に見せたいものです。天の川の、あの人から嫌われた牽牛・織女二星の愛情の息の長さをこそ。○七月七日に　下の「よみ侍りける」に係る。○今日のことはかけても言はじ　七月七日の星合のことはけっして口に出すまい。めったに逢えなくなるといけないからである。「わびぬれば常はゆゆしき七夕もうらやまれぬる物にぞありける」(深養父集)。○ゆきあひの空　七夕の空。「ゆきあひ」は出会うこと。○忌まれし星　(あの人から)忌み言葉にして避けられた星。○心ながさ　たとえ年に一度であっても、毎年逢い続ける二星の恋の気長さを言う。▽二星を引き合いに出して、相手の薄情さをうらむ。

247 年に一度だけまれに逢うことよりも、七夕星は八日の今日になって祭ることを珍しいと見ていることだろうか。○斎院　禖子内親王。○さてあるべきにあらず　中止のままにしておくべきではない。○七夕は　七夕の二星はの意。下の「見る」に係る。○今日祭るをや　七月八日の今日祭るのを。「や」は疑問。▽詞書に伝える八日の七夕祭の珍しさを歌う。ここまで七夕歌群。

247 七月七日、風などいたく吹《ふ》きて、斎院に七夕《たなばた》祭《まつり》など止《ゝま》りて、八日さてあるべきにあらずとて、祭《まつ》り侍《はべ》りけるによめる

小弁

たまさかに逢《あ》ふことよりも七夕《たなばた》は今日《けふ》祭《まつ》るをやめづらしと見《み》る

248 居易初メテ 到ル二香山ニ一心をよみ侍《はべ》りける

藤原家経朝臣

急《いそ》ぎつゝ我《われ》こそ来《き》つれ山里《ざと》にいつよりすめる秋の月ぞも

249 客依テレ月ニ来ルといふ心を上《うへ》のをのこどもよみ侍《はべ》りけるによめる

左近中将公実

忘《わす》れにし人も訪《と》ひけり秋の夜《よ》は月出《い》でばとこそ待《ま》つべかりける

248 (明月に出会うべく)急ぎながら私はやって来たのに、この山里には、いったいいつから澄んだ秋の月が住みついているのだろうか。家経朝臣集。○居易初到香山心 「居易」は中唐の詩人白居易。「香山」は中国河南省洛陽県の竜門山の東にある山。○すめる 「澄める」と「住める」とを掛ける。▽難後拾遺には、白詩によりながら、老いての心境に全く触れないことを批判し、「いと見苦しき歌かな」と評している。

249 私のことを忘れてしまった人も訪ねてくれたことだ。秋の夜は、月が出るともしやと待つべきだったのだなあ。○客依月来 客は月に誘われてやって来るという意の題。○上のをのこども 殿上人たち。○秋の夜は 下の「待つべかりける」に係る。○月出でば 下に、人も訪ねてくれるであろうの意を省略。○待つべかりける 待つべきだったのだなあ。「べかり」は適当。▽秋月に誘われて立ち寄る風流な客人を、出迎えた主人の立場から詠じた作。

250 秋の夜の月見に外に出て夜は更けてしまった。私も有明の月が入らず西の空に残るように、家に入らず夜を明かすことにしよう。大弐高遠集。○花山院東宮と申ける時 花山天皇は安和二年(九六九)、生後十か月で立太子。○閑院 もとは藤原冬嗣の邸宅。二条大路南、西洞院西の方を占めた。○もてあそび給ひける 興じ楽しみなさる。○いでて 屋外に出て。○ありあけの入らで 「ありあけの」は「入る」を引き出す枕詞的用法。「いる」は有明の月が「入る」の意と人が「入る」意とを重ねる。▽難後拾遺は、歌中の「いづ」は「家を出て月見にありく」と思わせるのに対し、「入らで」は、端(簀子など)に「出で入る」ことを想起させてイメージに統一感がないことを非難する。

花山院東宮と申《(まうし)》ける時《とき》、閑院におはしまして、秋月をもてあそび給《たま》ひけるによみ侍《はべ》りける　大弐高遠

250 秋《あき》の夜《よ》の月見《み》にいでて《ゝ》夜《よ》はふけぬ我《われ》もありあけの入《い》らで明《あ》かさん

三条太政大臣、左右をかたわきて、前栽植《う》へ《(ゑ)》侍《はべ》りて、歌《うた》に心得《え》たるもの十六人を選《えら》びて、歌《うた》よみ侍《はべ》りけるに、水上の秋の月といふ心《こゝろ》をよみ侍《(はべり)》ける　平兼盛

251 にごりなく千代《ちよ》をかぞへてすむ水に光《ひかり》をそふる秋夜《(あきのよ)》の月

土御門右大臣家に歌合し侍《(はべり)》けるに、秋の月をよめる　源為善朝臣

252 おほ空《ぞら》の月の光《ひかり》しあかければ真木《まき》の板戸《いたど》も秋はさゝれず

251 濁りなく、澄んでいる池水、永く住み続けるであろうこの御殿の池の水面に、光を添え加える秋の夜の月よ。貞元二年(九七七)三条左大臣殿前栽歌合、五句「秋の月影」(十巻本)、「秋の月かな」(二十巻本)。兼盛集。○三条太政大臣　藤原頼忠。○左右をかたわきて　左方、右方に分けて。○十六人　陽明乙本「十二人」。○千代をかぞへてすむ水　黄河が千年に一度澄んで聖人が生れるという故事を踏まえた表現か。「たまさかに千代にひとたびすむ水をいくかへりとは君ぞ数へん」(夫木抄三十六・賀・藤原通憲)。「すむ」には「澄む」と「住む」とを掛ける。▽「光」には、歌合の主催者、三条左大臣頼忠の威光の意が込められ、一首を賀歌的な気分で統一している。

252 大空の月の光は明るいので、真木の板戸も秋にはとざすことができないことだ。長暦二年(一〇三八)九月源大納言(師房)家歌合、初・二句「大空に月の光のあかき夜は」、五句「さゝれざりけり」。○土御門右大臣　源師房。○真木の板戸　「君や来ん我や行かむのいさよひに真木の板戸も鎖さず寝にけり」(古今・恋四・よみ人しらず)。○さゝれず　鎖す(閉ざす)ことができない。「れ」は可能。▽板戸を洩れて差し込む月の光に、ほのかに人を待つ気分を重ねる。

253 ここに集い、交遊したであろう昔の人も見当らないこの宿に、ただ光影のみがたたずむのは、秋の夜の月であるよ。恵慶法師集「同じ頃、河原院にて、荒れたる心」。○河原院　→九七。○すだきけん　「すだく」はふつう虫・鳥などが多く集まる。人が群れ集まる意に用いられる例は歌中には少ない。○昔の人　源融のもとに集まった風流人たち。在原行平・業平、紀有常、源至などを指すのであろう。○影するは　「影す」は光が宿る。「宿ごとに寝ぬ夜の月はながむれど共に見し夜の

河原院にてよみ侍《はべ》りける　恵慶法師

253 すだきけん昔《むかし》の人もなき宿《やど》にたゞ影《かげ》するは秋夜（あきのよ）の月

題不知（しらず）　永源法師

254 身をつめば入《い》るも惜《を》しまじ秋の月山のあなたの人《ひと》も待《ま》つらん

蔵人になりての秋《あき》、南殿の月をもてあそびて、よみ侍《はべ》りける　源道済朝臣

255 よそなりし雲《くも》の上《うへ》にて見《み》る時《とき》も秋《あき》の月にはあかずぞありける

寛和元年八月十日、内裏歌合によみ侍（はべり）ける　藤原長能

256 いつも見《み》る月ぞと思《おも》へど秋《あき》の夜《よ》はいかなる影《かげ》をそふるなるらん

影はせざりき」（馬内侍集）。▽荒廃した河原院にあって、往時の風流韻事を偲んで詠んだもの。

254 我が身によそえて思うと、秋の月が西の山に入るのも惜しんだりはしないことにしよう。山の向う側の人も、月の出を待っているであろうから。○身をつめば　「身をつ（抓）む」は、我が身を抓って、他人の痛さを知ること。「身をつめばあはれとぞ思ふ初雪のふりぬることも誰に言はまし」（後撰・恋六・右近）。○山のあなたの人　月の沈む山の向うで、人が月の出を待っているという発想。▽月に対する名残惜しさを逆説的に表出。「月の入る山のあなたの里人と今宵ばかりは身をやなさまし」（恵慶法師集）などの影響下に成った作か。

255 今までは他所として見上げていた雲の上（宮中）で眺める時も、秋の月には（いくら眺めても）見飽きるということはないことだなあ。道済集。○蔵人になりての秋　源道済は長保三年（一〇〇一）三月に蔵人（家集勘物）。○南殿　→二五四。○よそなりし雲の上　地下（げ）のときは自分とは関係のない場所と思っていた宮中。「雲の上」は宮中の意に、実際の天空の雲の上の意を重ねる。▽「雲の上」の二義を響かせて、秋の月夜の感興を表出。

256 いつも見る見なれた月だと思うが、秋の夜はいったいどういう光を添え加えているのだろうか（今夜の月は格別であることだ）。寛和元年（九八五）内裏歌合。公任集。○いかなる影をそふる「影」は光。「影をそ（添）ふ」はここでは主催者の花山天皇の威光の意を重ねるか。「宰相元輔の朝臣の娘の裳着侍りしに／結びあぐる君が玉もの光にはさやけき月の影ぞ添ふらん」（元輔集）。▽作者の藤原長能は、寛和元年内裏歌合の方人・歌人の一人ではあったが、歌合証本ではこの歌の作者として藤原公任の名を伝える。公任集にも載るので

八月許《(ばかり)》、月雲隠《くもがく》れけるをよめる　　前大納言公任

257 すむとてもいくよもすまじ世《よ》の中《なか》に曇《くも》りがちなる秋夜《(あきのよ)》の月

広沢の月を見てよめる　　藤原範永朝臣

258 すむ人もなき山里《やまざと》の秋《あき》の夜《よ》は月の光《ひかり》もさびしかりけり

山寺に侍《はべ》りけるに、人〳〵まうで来《き》て、帰《かへ》りけるによめる　　素意法師

259 とふ人《ひと》も暮《く》るれば帰《かへ》る山里《ざと》にもろともにすむ秋夜《(あきのよ)》の月

題《だい》しらず　　藤原国行

260 白妙《しろたへ》の衣《ころも》の袖《そで》を霜《しも》かとて払《はら》へば月《つき》の光《ひかり》なりけり

後拾遺撰者の側の過誤か。

257 月が澄むといっても、幾夜も澄み続けることはないであろう(人もまた、この世に幾世も住み続けることはできまい)。雲に隠れて(心も)曇りがちなこの秋の夜の月よ。公任集。〇すむとてもいくよもすまじ　二か所の「すむ」には共に「澄む」と「住む」とを掛ける。「いくよ」は「幾夜」と「幾世」とを掛ける。〇曇りがちなる　月が雲に隠れて曇りがちである意に、人が無常を感じて暗澹としているさまを込める。▽第三句の「世の中に」によって、きわめて述懐的に歌われたことが知れる。この作は今昔物語集にも引かれる。

258 住む人さえいない山里の秋の夜は、月の光までもが寂しく感じられることだなあ。範永朝臣集。定頼集「広沢に人々行きて、月のいみじうあかう池にうつりたりけるに」。〇広沢　京都嵯峨の広沢池。観月の名所。〇すむ人もなき山里　広沢池のほとりは、当時、荒涼とした人少なの地として知られていた。「すむ」は月の縁語。〇月の光も　山里のさびしさに加えて月光までもの意。▽この歌は三奏本金葉集・秋にも、範永の作として載る。範永朝臣集のほかには、定頼集にも載り、伝承された作者と作歌事情はかなり輻輳している。

259 訪れた人も、日が暮れると帰って行くこの山里に、ともに住むのは、ただこの澄んだ秋の夜の月であるよ。〇山寺に　正保版本、八代集抄本「山里に」。〇もろともにすむ　月を擬人的に言う。「すむ」は「住む」と「澄む」とを掛ける。「もろともにすむべきかげのなかりせば都のともに誰をせましな」(大弐高遠集)。▽月のみを相手にせざるを得ない山里の侘び住い。

260 真っ白の衣の袖を霜が置いてあるのかと払ってみると、それは月の光であったよ。〇白妙の衣　ここでは白地の衣の意。▽月の光を霜に見

八月十五夜によめる　惟宗為経

261 いにしへの月かゝりせば葛城《かづらき》の神は夜《よる》ともちぎらざらまし

262 夜もすがら空《そら》すむ月をながむれば秋は明《あ》くるも知《し》られざりけり　堀川右大臣

263 憂《う》きまゝにいとひし身こそ惜《を》しまるれあればぞ見《み》ける秋《あき》の夜《よ》の月《つき》　藤原隆成

264 今宵《こよひ》こそ世《よ》にある人《ひと》はゆかしけれいづこもかくや月《つき》を見《み》るらん　赤染衛門

立てる。それも白妙の衣の袖に映る月光を歌い、袖・霜・月の白色を際立たせている。

261 もしもその昔、今宵の仲秋の月のような月が空に懸っていたとしたら、葛城の一言主神（ひとことぬしのかみ）は夜に働こうなどと約束しなかったであろうに。○いにしへの　昔の。一言主神の故事を踏まえる。○葛城の神　葛城山に住むという一言主神。役の行者に吉野の金峰山との間に岩橋を懸けることを命ぜられたが、自分の容貌を恥じて、夜間だけしか働かなかったという。「岩橋のよるの契もたえぬべしあくるわびしき葛城の神」（拾遺・雑賀・春宮女蔵人左近）。▽秋月の昼を思わせるような明るさを、葛城の神の故事を絡めて強調する。

262 一晩中、空が澄みわたっている月を（物思いにふけって）ながめていると、秋は、夜が明けるのさえ気付かなかったことだ。入道右大臣集。栄花物語・御裳着。○空すむ月　空が月によって澄む、その月。▽「知られざりけり」には、名月を眺め続けているうちに時を忘れる意と、澄む空の明るさで、夜明けに気付かない意とを込めている。

263 つらい思いのままに、自ら厭（いと）い嘆いた我が身のことが、今では悔やまれることだ。生きていたからこそ、見ることができたのだった。この美しい秋の夜の月を。▽辛い日々を顧みながら眼前の秋の夜の月の美しさを強調。

264 十五夜の今夜に限っては、世の人々の様子を知りたいことです。どこでも、私のように月を眺めているのでしょうか。赤染衛門集「久しく訪れぬ人の来て、前近き荻に結び付けていにけるを、つとめて見てやりし人に代りて」。○今宵こそ　八月十五夜の今宵こそ。○世にある人　ありとある世の人。▽「いづこもかくや」と問いかけたくなるほどに、名月を堪能している自分を歌う。

題不知《(しらず)》　　　　読人不知《(よみびとしらず)》

265 秋も秋《あき》こよひもこよひ月も月ところもところ見《み》る君も君《きみ》

或人云、賀陽院にて八月十五夜月おもしろく侍《はべ》りけるに、宇治前太政大臣歌よめと侍《はべ》りければ、覚源法師のよみけると言《い》へり

清原元輔

266 いろ〳〵の花《はな》のひもとく夕暮《ゆふぐれ》に千代《ちよ》松《(まつ)》むしの声《こゑ》ぞ聞《き》こゆる

鈴虫《すゞむし》の声《こゑ》を聞《き》きてよめる　　　　大江公資朝臣

267 とやがへり我《わ》が手《て》ならしし鶺《はしたか》の来《く》ると聞《き》こゆる鈴虫《すゞむし》〔の〕声《こゑ》

265 秋も仲秋、今宵も十五夜の今宵、空の月もまさに名月、所もここ賀陽院、月を眺めておられる君も関白頼通殿(申し分のない今宵であることだ)。○秋も秋　秋という季節にあって、もっとも秋らしい秋の最中。○こよひもこよひ　ちょうど八月十五夜の当夜。○月も月　仲秋の望の月。○ところもところ　観月にもっともふさわしいこの賀陽院。○見る君も君　他でもないこの邸のお方。藤原頼通を指す。○賀陽院　→一七。○覚源法師　他本「光源法師」。▽各句とも先ずそれぞれの語(句)の持つ一般的な意義を提示し、次いで助詞「も」の後に、季・時・所・人などの個別的な状況を示して名月の夜の感興を強調。

266 色とりどりの花が咲き開く夕暮時に、千代を待つという名の松虫の声が聞えることだ。元輔集、(一首前の詞書)「八月十五夜、前栽(せざい)などうゝるところ」。○花のひもとく　花の蕾(つぼみ)がほころびる。花が開く。「ひもとく」は、もとは、男女が逢って紐を解く意の語。「もも草の花のひもとく秋の野に思ひたはれむ人なとがめそ」(古今・秋上・よみ人しらず)。○千代松むし　松虫の「松」に「待つ」を掛ける。「千代まつ」は、千年もの年月を待ち受けるの意で、屏風歌の主への祝意を込める。▽賀的な内容に、「ひもとく」「夕暮」「夜(代)」「待つ」などの語から醸し出される、恋の雰囲気を添える。これより、秋の虫。

267 羽毛がすっかり抜け替って、私の手なずけた鶺(はしたか)が来るように聞える、(鷹の尾に付いた鈴を思わせる)鈴虫の声であることだ。○とやがへり　動詞「とやがへる」の連用形。「とや」は鳥屋(=鳥を飼う小屋)。「とやがへる」には、古来、鷹が鳥屋に帰って来る意とする説、鳥屋の鷹の羽毛が抜け替るとする説など諸説がある。「はし鷹のとかへる山の椎柴の葉がへはすとも君はかへせ

268
年経《としへ》ぬる秋にもあかず鈴虫《すゞむし》のふりゆくまゝに声《こゑ》のまされば
前大納言公任

返《かへ》し
四条中宮

269
訪《たつ》ね来《く》る人もあらなん年《とし》を経《へ》てわがふる里《さと》の鈴虫《すゞむし》「の」声《こゑ》

長恨歌の絵に、玄宗もとの所《ところ》に帰《かへ》りて、虫《むし》ども鳴《な》き、草《くさ》も枯《か》れわたりて、帝《みかど》歎《なげ》き給《たま》へるかたある所《ところ》をよめる
道命法師

270
ふるさとは浅茅《あさぢ》が原《はら》と荒《あ》れはてゝ夜すがら虫《むし》の音《ね》をのみぞ鳴《な》く

じ」(拾遺・雑恋・よみ人しらず)。→三九三。○鷂　鷹狩に用いる小型の鷹。「はいたか」とも。○鈴虫「鈴」は、はし鷹の尾に鈴を付けたことから、「鷹」の縁語。▽鈴虫の鈴を鳴らすような鳴き声から、鈴を付けた鷹を連想。

268　幾年秋を経ても聞き飽きることはないことだ。鈴が、振れば振るほど音色がまさるように、鈴虫は、年とともに声がよくなって行くので。公任集「鈴虫の年経て鳴くに」。○ふりゆくまゝに「(鈴を)振る」と「古る」とを掛ける。▽二句切れの歌。毎秋、新鮮に耳に響く鈴虫の声。

269　ここを訪ねて来る人もいてほしいものです。長い年月の間住み古してきた私の家では、鈴虫の声が聞えていることです。公任集「女御にやありけん」。○返し　家集では、詠者が朧化されているが、ここでは二六八・二六九を一組の贈答として扱う。○年を経てわがふる里　「ふる里」に、「経る」と、「古里」の「古」とを掛ける。また鈴虫の縁で、鈴を振る意をも掛ける。▽公任・諟子姉弟の唱和か。虫の音に囲まれたわび住い。

270　もとの居所は、浅茅が原となってすっかり荒れ果ててしまって、夜通し虫の声を聞き続けることだ。道命阿闍梨集。○長恨歌の絵　白居易の「長恨歌」を絵にしたもの。「長恨歌」は、唐の玄宗皇帝の、楊貴妃を失った嘆きが叙されている。○もとの所　再び帰ってきた長安の宮殿。○ふるさと　もと住んでいた場所。▽長恨歌だけでなくその絵は、伊勢集や源氏物語、夜の寝覚にも記述があり、当時広く享受されていたらしい。

271　茅萱が一面に生えた野の秋の夕暮時に鳴く虫は、私と同じく、心の底でもの悲しく思っているのであろうか。兼盛集「秋の夕暮に虫のいとあはれに鳴くに」。○鳴く虫　「鳴く」に「(人が)泣く」の意を響かせる。○わがごと　私が悲しく涙

題不知《(しらず)》　　　　平　兼　盛

271 浅茅生《あさぢふ》の秋《あき》の夕暮《ゆふぐれな》鳴く虫《むし》はわがごと下《した》に物《(もの)》や悲《かな》しき

大江匡衡朝臣

272 秋風に声弱《こゑよは》りゆく鈴虫《すゞむし》のつゐ《(ひ)》にはいかゞならんとすらん

曾　禰　好　忠

273 なけやなけ蓬《よもぎ》が杣《そま》のきり〴〵す過ぎゆく秋はげにぞかなしき

寛和元年八月十日、内裏歌合によめる　　　　藤　原　長　能

274 わぎもこがかけて待《ま》つらん玉《たま》づさをかきつらねたる初雁《はつかり》の声《こゑ》

するように。「秋の夜の明くるも知らず鳴く虫はわがごとものや悲しかるらむ」(古今・秋上・藤原敏行)。○下に　心の中で。○物や悲しき　「物」は「何となく」などの意を添える。「もの悲し」に割って入る「や」は疑問。▽二亖などと同じく、鳴く虫に自己を同化させて、秋の悲愁を表出する。

272 秋風によって声がしだいに弱っていく鈴虫は、このまま弱り続けて、最後にはどうなっていくのだろうか。匡衡集。○秋風に　秋風によって。▽命のはかなさを歌う。「人は来ず風に木の葉はさそはれぬ夜な夜な虫は声弱りゆく」(曾丹集)。

273 鳴けよ、鳴け。杣木のように繁る蓬のもとに鳴くきりぎりすよ。過ぎ去ってゆく秋は、おまえの嘆くようにほんとうに悲しいことだ。曾丹集。○蓬が杣　「杣」は、材木にするために植林した木。蓬を杣山の杣に見立てた表現。藤原長能は、この表現を「狂惑のやつ也、蓬が杣といふ事やはある」と非難したという(袋草紙)。○きり〴〵す　今のコオロギ。○げに　なるほど、おまえが鳴くのも道理での意。▽作者の造語と思われる「蓬が杣」のイメージが一首の眼目。周囲の蓬を杣と見あげる視座は、そのままきりぎりすのそれにほかならず、去りゆく秋の悲しみを人・虫共に嘆く体をあらわす。ここまで「虫」歌群。

274 今頃はいとしいあの子が心にかけて待っていることであろう(私の)手紙の、文字を書き連ねたように見える初雁の、その声が聞えることだ。寛和元年(九八五)内裏歌合・作者名なし。公任集。○かけて　心に留めて。○待つらん　「らん」は連体形、「玉づさ」に係る。○玉づさ　ここは消息。手紙。→七一。○かきつらねたる　「初雁」に係る。「つらね」は文字を連ねる意と雁が列をなす意とを重ねる。「問ふかとて緑の紙にひまもなくかき連ねたる雁がねを聞く」(和泉式部続集)。▽「初雁の

275 久《ひさ》しくわづらひけるころ、雁《かり》の鳴《な》きけるを聞《き》きてよめる

赤染衛門

起《お》きもゐぬわがとこよこそ悲《かな》しけれ春《はる》かへりにし雁《かり》も鳴《な》くなり

276 後冷泉院の御時、后の宮の歌合によめる

伊勢大輔

さ夜《よ》ふかく旅《たび》の空《そら》にて鳴《な》く雁《かり》はおのが羽《は》風や夜《よ》寒《さむ》なるらん

277 八月許《(ばかり)》に、殿上のお《(を)》のこどもを召《め》して歌《うた》よませ給《(たまひ)》けるに、旅中聞《ニク》レ雁《ヲ》といふ心《こゝろ》を

御製

さして行《ゆ》く道《みち》も忘《わす》れてかりがねの聞《き》こゆる方《かた》に心をぞやる

声」と、体言で止めて詠嘆する。歌合本文(十巻本)には、この歌にのみ作者名が付されない。作者の伝えが本集、公任集で揺れるのは、右方の作者が長能・公任の二人のみであったためか。

275 起きもしないで臥せったままの私の床は悲しいこと。春、常世をさして帰って行った雁も、又来て鳴いている声が聞えてくるよ。赤染衛門集。○久しくわづらひけるころ　家集、一首前の詞書に「春より秋になるまで、月日のゆくへも知らぬに…」とあり、この折の病臥はかなり長期にわたったらしい。○わがとこよ　「我が床」に、「常世」を掛ける。「常世」は、不老不死の地とされる想像上の仙郷。渡り鳥である雁の故郷とされた。○春かへりにし雁　今春、帰って行った雁。▽長い病臥の心中を、去来する雁に託して歌う。

276 夜深く旅の空で鳴いている雁は、今ごろは自分自身の羽風を夜寒と感じていることだろうか。天喜四年(一〇五六)皇后宮春秋歌合、初句「さよふけて」。伊勢大輔集、初句「衣薄み」(彰考館本)、「秋ごとに」(書陵部本)。栄花物語・根合。○後冷泉院の御時　→三六。○后の宮　中宮藤原寛子。○おのが羽風　雁の羽ばたきで起る風。「月影を待つらん里もあるものを雁の羽風のぬるく聞こゆる」(重之集)。○夜寒　秋、夜の寒さを身に感じること。また、その寒さ。▽歌合では、判詞に「まことに身にしむ歌也、内殿(=内大臣藤原頼宗)をかしがらせ給ふ、されど左、夜二つと申す」とあり、一首中に「夜」の語が二度出ることが非難されて負となった経緯が語られる。

277 目指して行く道の行く手も忘れて、雁の声の聞える方向に心を馳せてしまうことだ。○殿上のおのこども　殿上人たち。○さして行く　目指して行く。「船岡に花摘む人の摘み果ててさして行く方いかでたづねむ」(躬恒集)。▽旅中に雁

八月、駒迎《こまむか》へをよめる　良暹法師

278 逢坂《あふさか》の杉《すぎ》の群立《むらだ》ち牽《ひ》くほどはをぶちに見《み》ゆる望月《もち》の駒《こま》

源縁法師

279 みちのくの安《あ》達《だち》の駒《こま》はなづめどもけふ逢坂《あふさか》の関《せき》までは来《き》ぬ

屏風絵に、駒迎《こまむか》へしたる所《ところ》を読侍《(よみはべり)》ける　恵慶法師

280 望月《もち》の駒《こま》ひく時《とき》は逢坂《あふさか》の木《こ》の下《した》やみも見《み》えずぞありける

禅林寺に人〳〵まかりて、山家ノ秋ノ晩《(ゆふべ)》といふ

心をよみ侍《はべ》りける　源頼家朝臣

281 暮《く》れゆけば浅茅《あさぢ》が原《はら》の虫《むし》の音《ね》も尾上《をのへ》の鹿《しか》も声《こゑ》たてつなり

を聞く風情は、旅中で聞くほととぎすの声とともに歌人たちに愛好された。ここまで「雁」の歌群。

278 逢坂の関の杉の木が群がって生えている所を牽いて行く時は、毛色がまだらな斑(ぶち)馬に見える望月の駒であるよ。〇駒迎へ　旧暦の八月十五夜に、左馬寮の使が諸国から朝廷へ献上する馬を、逢坂の関まで出迎える行事。〇杉の群立ち　群がって立っている杉の林。八代集抄本、正保版本「関の杉むら」。「逢坂の関まで月は照らさなむ杉のむら立ち木暗らかるらん」(公任集・ゆきより)。〇をぶち　地名の尾駮(青森県下北半島太平洋側)と「を斑」(「を」は接頭語)とを掛けるか。「陸奥の尾駮の駒も野飼ふには荒れこそまされなつくものかは」(後撰・雑四・よみ人しらず)。〇望月の駒　望月の御牧産の馬。「望月」は駒の産地。信濃国の歌枕。「望月」に満月のイメージを重ねる。「逢坂の関の清水に影見えて今や引くらん望月の駒」(拾遺・秋・紀貫之)。▽杉の木の影が駒に映り、まだら模様に見えるとの趣向。

279 陸奥の安達の駒は、難渋しながらも今日は逢坂の関までやって来たことだ。〇安達　駒の産地。陸奥国。〇なづめども　進むにも難儀したが。「なづむ」は物事が停滞する意。▽安達の御牧からの駒の旅路の遠さを想う。

280 信濃の望月の駒を牽いて過ぎる時は、折からの望月(満月)の光で、逢坂の関の木陰の暗がりもなくなったことだ。恵慶法師集。〇望月の駒　→二七八。〇木の下やみ　木の葉が茂り、木下が暗くなるその暗がり。「五月山木の下やみに灯す火は鹿の立ちどのしるべなりけり」(拾遺・夏・紀貫之)。▽仲秋の名月に照らしだされた駒牽きの様子。ここまで「駒迎え」の歌群。

281 秋の日が暮れて行くと、ここでは、浅茅が生い繁った野原で鳴く虫の音も、山の峰で立て

公基朝臣、丹後守にて侍《はべ》りける時、国にて歌合し侍《(はべり)》けるによめる

涼《すゞしき》

282 鹿《しか》の音《ね》に秋を知《し》るかな高砂《たかさご》の尾上《をのへ》の松《まつ》はみどりなれども

萩盛《ニシテ》待《ツ》㆑鹿《ヲ》といふ心を

御製

283 かひもなき心地こそすれさ雄鹿《をしか》のたつ声《こゑ》もせぬ萩《はぎ》の錦《にしき》は

山里《ざと》に鹿《しか》を聞《き》き《ゝ》てよめる

大中臣能宣朝臣

284 秋萩《あきはぎ》の咲《さ》くにしもなど鹿《しか》の鳴《な》くうつろふ花《はな》はおのが妻《つま》かも

土御門右大臣家歌合によみ侍《はべ》りける

源為善朝臣

285 秋萩《あきはぎ》をしがらみふする鹿《しか》の音《ね》をねたきものからまづぞ聞《き》き《ゝ》つる

る鹿の声も、合わさって聞えてくることだ。○禅林寺　京都市左京区にある寺。○浅茅が原　→三六。○尾上の鹿　「をのへ」は「を(峰)の上」の約。▽「秋の夕の虫のね、鹿の声、取集めたる山家の様也」(八代集抄)。

282 鹿の声によって秋を知ることだ。高砂の峰に生えている松は、変らず緑色であるけれども。天喜六年(一〇五八)丹後守公基朝臣歌合。○公基朝臣　藤原公基。○丹後守にて侍りける時　康平三年(一〇六〇)までは藤原師成がこの任にあり、公基はその後着任したらしい。○鹿の音に　雌鹿を求めて鳴く牡鹿の声によって。○秋を知るかな　季節の秋を知ることだ。○高砂　播磨国の歌枕。○尾上　→二八二。▽歌枕「高砂」の代表的景物である「鹿」と「松」とを一首中に配する。「かくしつつ世をや尽くさん高砂の尾上に立てる松ならなくに」(古今・雑上・よみ人しらず)。

283 (こうして萩が咲いても)かいのない気持がすることだ。牡鹿の立つ声もしないこの錦のように美しい萩のあたりでは。○かひもなき　萩は鹿がいないので、咲きがいがない。萩は鹿の花妻であるとする発想。○さ雄鹿　雄の鹿。「小(さ)」は接頭語。○萩の錦　萩の花盛りを錦に見立てた隠喩的表現。「秋の野の萩の錦は女郎花たちまじりつつ織れるなりけり」(貫之集)。▽ふつう鳴く鹿の側から歌われることが多いが、ここは萩の側から詠む。

284 秋萩が咲いているというのに、どうして鹿は鳴いているのだろう。はらはらと散る花は、心変りした自分の妻だというのであろうか。能宣集。○咲くにしも　「に」は逆接の接続助詞。○うつろふ　花の「移ろふ」意と、心が「移ろふ」意とを重ねる。○おのが妻　鹿の妻。▽萩の「うつろひ」は、下葉については色の変化を、花自体について

題不知《(しらず)》　安法法師

286 籬《まがき》なる萩《はぎ》の下葉《したば》の色《いろ》を見て思《おも》ひやりつる鹿《しか》ぞ鳴《な》くなる

287 秋《あき》はなを《(ほ)》わが身《み》ならねど高砂《たかさご》の尾上《をのへ》の鹿《しか》も妻《つま》ぞこふらし　能因法師

夜宿《ス》二野亭《ニ》一といふ心をよめる　叡覚法師

288 今宵《こよひ》こそ鹿《しか》の音《ね》ちかく聞《き》こゆなれやがて垣穂《かきほ》は秋《あき》の野なれば

題不知《(しらず)》　藤原長能

289 宮城野《みやぎの》に妻《つま》よぶ鹿《しか》ぞさけぶなるもとあらの萩《はぎ》に露《つゆ》や寒《さむ》けき

は散る様を歌うことが多い。

285 秋萩をからみ倒して進む鹿の声を、(美しい花を倒して)憎らしいと思いながらも、まず最初に聞いたことだ。〇土御門右大臣　源師房。〇しがらみふする　からみつけて踏み倒す。「秋萩をしがらみ伏せて鳴く鹿の目には見えずて音のさやけさ」(古今・秋上・よみ人しらず)。〇ねたきものから　悔しいものの。萩の花が荒らされるのを嘆く。〇まづぞ聞きつる　「まづ」は誰よりも早くまっ先にの意。▽古今集歌を踏まえる。鹿の音だけでなく萩花への心よせを加えたのが新味。

286 垣根のもとの萩の下葉が色づいたのを見て鹿に思いを寄せていたが、その鹿が今、鳴いていることだよ。安法法師集「東山に鹿の初めて鳴くを聞きて」、三・四句「もみぢ見て思ひやりつつ」。〇籬　柴や竹などを編んで作った垣根。〇萩の下葉　萩の茎の下にある葉。「秋萩の下葉色づく今よりやひとりある人の寝ねがてにする」(古今・秋上・よみ人しらず)。〇色を見て　他本「紅葉見て」。▽萩の下葉の色づきから鹿を待ち受ける。

287 秋はやり、(俗界を離れた)我が身の上には関わりのないはずのことだが、高砂の峰の上の鹿も妻を恋うているらしいよ。能因集。〇わが身ならねど　僧籍の自分の身の上のことではないはずだが。ここでは妻を恋う人の情について言う。〇尾上の鹿も　人を恋しいのは自分だけでなく鹿もまたの意。▽「わが身ならねど」は、僧籍歌人の常套句。「鹿も」の「も」に人恋しさのつのる詠者の本音を潜める。

288 野中に宿をとった今宵は鹿の鳴く声が近く聞えてくるよ。ここはそのまま垣根に続いて秋の野となっているので。〇やがて垣穂は秋の野なれば　垣根がそのまま秋の野と一続きである様を指して言う。「我が庵は朝伏す鹿のなるるまで籬

祐子内親王家歌合によみ侍《はべ》りける　大弐三位

290 秋霧《あきゞり》の晴《は》れせぬ峰《みね》にたつ鹿《しか》は声《こゑ》許《(ばかり)》こそ人にしらるれ

藤原家経朝臣

291 鹿《しか》の音《ね》ぞ寝覚《ねざ》めの床《とこ》にかよふなる小《を》野《の》の《ゝ》草《くさ》ぶし露《つゆ》やおくらん

江侍従

292 小《を》倉《ぐら》山たちども見《み》えぬ夕霧《ゆふぎり》に妻《つま》ま《ゝ》どはせる鹿《しか》ぞ鳴《な》くなる

題不知《(しらず)》　和泉式部

293 晴《は》れずのみものぞ悲《かな》しき秋霧《ぎり》は心のうちに立《た》つにやあるらん

に続く岡の茅原」(新撰六帖二・まがき)。▽三句切れ、倒置の歌。

289 宮城野で妻を呼ぶ鹿が叫ぶ声がするよ。(今ごろは)根元の葉のまばらな萩に露が寒々と置いているのだろうか。長能集「(中宮御屛風に…)萩」。○宮城野　宮城県仙台市東方にあった萩の名所。○さけぶなる　叫ぶ声が聞える。○もとあらの萩　根元の方の葉がまばらな萩。▽「宮城野のもとあらの小萩露を重み風を待つごと君をこそ待て」(古今・恋四・よみ人しらず)の四句までを踏まえて詠む。

290 秋霧が立ち込めて晴れない峰に立っている鹿は、姿はせず声だけが人に知られることだ。永承五年(一〇五〇)祐子内親王家歌合。○晴れせぬ峰　「晴れす」は名詞化した「晴れ」にサ変の「す」の付いた動詞。「山桜散らぬかぎりは白雲の晴れせぬ峰と見えわたるかな」(若狭守通宗朝臣女子達歌合・作者名なし、通俊判)。通俊はこの判中で「晴れせぬ峰などいふほど…歌めきたり」とこの歌語に注目している。▽歌合では、藤原資業の「妻ごひに色にや出づるさを鹿の泣く声聞けば身にぞしみける」と番えられ「勝」となる。

291 鹿の鳴く声が寝覚めの床にも響いてくることだ。小野の草の上で臥している鹿の床には、今ごろは夜露が置いているのだろうか。永承五年祐子内親王家歌合。家経朝臣集。○寝覚めの床　「寝覚め」は夜、目が覚めること。恋情を底に置くことが多い。○かよふなる　正保版本「聞こゆなる」。○小野　ちょっとした野。○草ぶし　草の上に伏すこと。「さを鹿の小野の草伏いちしろくわが問はなくに人の知られく」(万葉集十・作者未詳、古今六帖五)。▽「小野の草ぶし」は万葉以来の表現であるが、平安初期にはあまり歌われない。

天台座主源心

294 残《のこ》りなき命《いのち》を惜しと思《(おもふ)》かな宿《やど》の秋萩散《はぎち》りはつるまで

伊勢大輔

物思《ものおも》ふことありけるころ、萩《はぎ》を見てよめる

295 起《お》きあかし見《み》つゝながむる萩《はぎ》の上《うへ》の露吹《つゆふ》きみだる秋《あき》の夜《よ》の風

能因法師

みなといふ所《ところ》を過《す》ぐとてよめる

296 思《おも》ふことなけれど濡《ぬ》れぬわが袖《そで》はうたゝある野辺《のべ》の萩《はぎ》の露《つゆ》かな

新左衛門

萩《はぎ》のねたるに、露《つゆ》のおきたるを、人〳〵よみ侍《はべ》りけるによめる

297 まだ宵《よひ》にねたる萩《はぎ》かな同《おな》じ枝《え》にやがておきゐる露《つゆ》もこそあれ

292 小倉山の暗くて立っている場所も見えない夕霧の中に、妻を見失った鹿が鳴いている声が聞えることだ。永承五年祐子内親王家歌合。○小倉山　山城国の歌枕。「をぐら」に「小暗」の意を掛ける。○たちど　立ち処。「小倉山鹿の立ちどの見ゆるかな峰の紅葉や散りまさるらん」(大弐高遠集)。○妻まどはせる　「まどはす」は迷わす。ここは妻を求めて見失う意。「夕霧に妻まどはせる鹿の音や夜寝る萩もおどろかすらん」(伊勢大輔集)。▽小倉山の鹿。「小倉山峰立ちならし鳴く鹿の経にけむ秋を知る人ぞなき」(古今・物名・紀貫之、拾遺・雑秋)。ここまで「鹿」の歌群。

293 心が晴れず、何となくもの悲しい思いがするばかりであるよ。秋霧は外だけでなく心の中に立っているせいなのだろうか。和泉式部集。○晴れずのみ　「のみ」は、下の「ものぞ悲しき」の「悲し」を限定して強調。「晴る」は「秋霧」の縁語。○立つにやあるらん　立っているゆえであろうか。「立つ」は「秋霧」の縁語。▽百首歌中の一首。眼前に立ちこめる秋霧に、自己の内面の姿を見る。

294 残り少ない余命をなおも惜しいと思うことだ。せめて我が家の庭の秋萩が散り果ててしまうまではと。▽萩への愛着を老いのはかなさの中で歌う。

295 起きて夜を明かし、物思いにふけって眺め続けている萩の上の露を、吹き乱れる秋の夜の風であることよ。伊勢大輔集「思ふことありしころ、萩を見て」。○起きあかし　起きたまま夜を明かし。「起き」に「置き」を掛ける。○見つゝながむる　「萩の上の露」に掛る。○吹きみだる　風が吹いて露が乱れ散るようにする。▽露が秋風に乱れるさまに、心の乱れを重ねて表出する。

296 思い悩むことはないはずの身なのに(涙で濡れるように)濡れてしまったことだ、私の袖

298　同《おな》じ心をよみ侍《はべ》りける　中納言女王

人《ひと》しれずものをや思《(おもふ)》秋萩《あきはぎ》のねたるがほにて露《つゆ》ぞこぼるゝ

299　八月つごもり、萩《はぎ》の枝《えだ》につけて人のもとにつかはしける　和泉式部

かぎりあらん仲《なか》はは《ゝ》かなくなりぬらん露けき萩《はぎ》の上《うへ》をだにとへ

300　はらからなる人の家《いへ》に住《す》み侍《はべ》りけるころ、萩《はぎ》のをかしう咲《さ》きて侍《はべ》りけるを、家《いへ》あるじはほかに侍《はべ》りて音《おと》せざりければ、言《い》ひつかはしける　筑前乳母

白露《しらつゆ》も心おきてや思《おも》ふらん主《ぬし》もたづねぬ宿《やど》の秋萩《はぎ》

は。困った野辺の萩の露であることよ。能因集。○みなといふ所　家集諸本には、「ゐなの」「ゐなか」「みなと」という地名をそれぞれ伝えて定まらない。○思ふことなければど　「心なき身」(西行)と同じく、僧籍に身を置く立場からのことば。○うたゝある　誤解を受けそうで、厄介な。具合の悪い。「うたてあり」の転か。▽初・二句と三句は倒置。野辺の萩を、韜晦した気分で賞でている。

297　まだ宵のうちに、(垂れて)寝てしまった萩であるよ。同じ枝にそのまま置いて、起きている露もあるというのに。○ねたる萩　垂れ伏している萩の枝。「ねたる」に、人の寝るさまを重ねる。○おきゐる　「おき」に「置き」と「起き」とを掛ける。▽「寝」と「起き」との対比で、萩を擬人的に扱う。

298　ひそかに物思いをしているのであろうか。秋萩は寝ているようなそぶりで、露の涙がこぼれていることだ。○同じ心を　前歌と同様の内容を。○ねたるがほ　寝ているような様子。萩の垂れるさまに人の寝るさまを重ねる。○露ぞこぼるゝ　萩の枝から露がこぼれ落ちる様を、涙を流す様子に見立てる。▽二句切れの歌。前歌と同様、萩を擬人化して花に思いを寄せる。

299　いつかは限りがあるであろうあなたと私との仲が、たとえむなしく途絶えてしまったとしても、せめて露の涙で濡れた萩の様子をお尋ねくださいな。和泉式部集。○露けき萩の上　露で濡れた萩の上。「露けき」は涙で濡れるさまを暗示し、「萩の上」で詠者自身の身の上を指している。▽露と萩を素材として、恋の嘆きを表出する。

300　花に置く白露も、気がねに思っていることでしょうか。家主も訪ねて来ないこの家の庭の秋萩よ。○はらからなる人　きょうだいにあたる人。作者は伊勢大輔の子。康資王母などの姉妹がいる。○心おきてや思ふらん　「心おく」は遠慮す

家《いへ》の花《はな》を人のこひ侍《はべ》りければよめる　　橘　則長

301 置《お》く露《つゆ》にたわむ枝《えだ》だにある物《もの》を如何《いか》でか折《を》らん宿《やど》の秋萩《はぎ》

題《だい》しらず　　源　時綱

302 君《きみ》なくて荒《あ》れたる宿《やど》の浅茅生《あさぢふ》にうづら鳴《な》くなり秋の夕暮《ゆふぐれ》

藤原通宗朝臣

303 秋風《あきかぜ》に下葉《したば》やさむく散《ち》りぬらん小萩《こはぎ》が原《はら》にうづら鳴《な》くなり

草《くさ》むらの露《つゆ》をよみ侍《はべ》りける　　藤原範永朝臣

304 今朝《けさき》来つる野原《のはら》の露《つゆ》にわれぬれぬうつりやしぬる萩《はぎ》が花摺《ず》り

る。気を使う。「や」は疑問。「置く」は白露の縁語。「女郎花にほふあたりにむつるればあやなく露や心置くらん」(能宣集)。▽「白露も」と、「白露」に詠者自身の存在を重ねて、家主に帰宅を呼び掛けている。

301 置く露によってたわむ枝さえあって気がもめるというのに。どうして折ったりしましょうか、我が庭の秋萩を。○たわむ枝だに 「だに」は程度の軽い「たわむ枝」をあげて、重い「折る」という行為を示す。▽三句切れ。花の風情を惜しんで、相手の申し出を婉曲に断る。「折りて見ば落ちぞしぬべき秋萩の枝もたわわに置ける白露」(古今・秋上・よみ人しらず)などを念頭に置いた詠か。

302 あなたがいなくて荒れ果てた住いの、茅萱の生え茂った場所で、鶉が鳴いている声がする。この秋の夕暮時よ。○君なくて 「君」は二人称の代名詞。男女いずれにも用いる。○うづら 鶉。万葉以来荒野で鳴く鳥として歌われる。「鶉鳴く古りにし郷ゆ思へども何ぞも妹に逢ふよしもなき」(万葉集四・大伴家持)。▽次第に「鶉鳴くなり」という言いまわしが定型化する。この一首、「萩」の主題から離れる。「宿」という語による連接か。

303 秋風によって(今ごろは)萩の下葉が寒々と散ってしまったのであろうか。小萩が生えている野原に鶉のなく声がするよ。○下葉 枝の下方にある葉。○散りぬらん 他本「なりぬらん」。○小萩が原 丈の低い萩が群生している野原。▽前歌との関連で「鶉」が歌われるが、再び「萩」の歌が連接する。

304 今朝歩いて来た野原の露に私は濡れてしまったことだ。萩の花で摺った美しい色合が衣にうつったのであろうか。範永朝臣集、四句「うつりやしなむ」。○野原の露 野原の萩などの草に置かれた露。「野の宮の野原の露のしげからば我

世《よ》をそむきてのち、磐余野《いはれの》といふ所《ところ》を過《す》ぎて
よめる　素意法師

305 磐余野《いはれの》の《ゝ》萩《はぎ》の朝露《あさつゆ》分《わ》けゆけば恋《こ》ひせし袖《そで》の心地こそすれ

題不知《（しらず）》　藤原長能

306 さゝがにの巣《す》がく浅茅《あさぢ》の末《すゑ》ごとに乱《みだ》れてぬける白露の玉

寛和元年八月七日、内裏歌合によみ侍《はべ》りける　橘為義《〈ノリ〉》朝臣

307 いかにして玉《たま》にもぬかむ夕《ゆふ》されば荻《をぎ》の葉《は》分《わ》きに結《むす》ぶ白露《つゆ》

題不知《（しらず）》　良暹法師

308 袖《そで》ふれば露《つゆ》こぼれけり秋の《ゝ》野はまくりでにてぞ行《ゆ》くべかりける

が衣でを思ひおこせよ」(江帥集)。○うつりやしぬる 「うつる」は色や香が他のものに付着する意。「や」は疑問。○萩が花摺り 萩の花を摺って染色した物。転じて、彩の美しい萩の花のようす。▽「萩が花摺り」は、「我が衣は 野原篠原 萩の花摺りや さきむだちや」と歌われた催馬楽に拠ったもの。

305 磐余(いわれ)野の萩に置いた朝露を分けながら行くと、昔恋をしていた頃の袖の涙のような気持がすることだ。○世をそむきてのち 出家してのち。素意法師は康平七年(一〇六四)、紀伊国粉河寺で出家したと伝える。○磐余野 大和国の歌枕。○萩の朝露分けゆけば 後朝の、朝の帰路などを連想させる。○恋ひせし袖 恋のために流した涙で濡れた袖。出家前の恋を回想しての言い方。▽朝の歩きに在俗時を思い、袖の「露」に恋ゆえの「涙」を見ている。

306 蜘蛛が巣を張っている丈の低い茅萱の葉末ごとに、乱れて糸が貫いている白露の玉よ。長能集「(いづれの年にかありけん、花山院に八月三日歌合せさせ給はんとありしかど、止まりにしに、歌どもはおのおのたてまつれと仰せられしかば…)露」(流布本)、「(いづれの年にかありけむ、花山院、九月九日歌合せさせ給はむとてありけると まりにけれど…)露」(桂宮本)。○さゝがに 蜘蛛。○巣がく 蜘蛛が巣を掛ける。○乱れてぬける 乱れ置く状態で、貫いている。浅茅の葉先を糸に見立て、白露を環に貫いて止めた宝石に見立てる。▽この作は花山院主催の歌合のために用意されたものであったが、歌合は何らかの事由で中止になったらしい。

307 どのようにして玉として糸を貫き通そうか。夕方になると、荻の葉ごとに結び置く白露よ。○寛和元年(九八五)八月十日内裏歌合・藤原長能。○寛

土御門右大臣家歌合によめる　源親範

309 秋《あき》の野《ゝ》は折《を》るべき花《はな》もなかりけりこぼれて消《き》えむ露のをしさに

秋、前栽の中《なか》にをり(お)ゐて酒《さけ》たうべて、世《よ》の中《なか》の常《つね》なきことなど言《い》ひてよめる　大中臣能宣朝臣

310 草《くさ》の上《うへ》におきてぞあかす秋の野《ゝゝ》のつゆことならぬわが身《み》と思《おも》へば

人《ひと》の家《いへ》の水《みづ》のほとりに女郎花《をみなへし》の侍《はべ》りけるをよみ侍《はべ》りける　堀川右大臣

311 女郎花《をみなへし》かげをうつせば心なき水《みづ》も色《いろ》なる物にぞありける

和元年八月七日　八月七日は八月十日の誤か。↓三六。○ぬかむ　「ぬく」は貫く。つらぬいて通す。○葉分きに　分れている葉ごとに。「葉分き」は「葉分け」に同じ。「見ればなほ野辺にかれせぬ玉笹の葉分きの露はいつも絶えせじ」(中務集)。▽詞書の伝える歌合の開催日や作者名はあるいは誤伝か。

308 袖が触れると露がこぼれ落ちてしまったよ。秋の野は袖まくりして行くべきだったなあ。○まくりで　袖の部分をまくりあげること。腕まくり。「深山路を越え行く人は寒からじ降る白雪をまくりでにして」(大納言経信集)。▽「まくりで」という俗語を大胆に詠み込む。袋草紙・雑談には、津守国基が「まくりでといふ詞やはある」と難じたのに対し、良暹が証歌を挙げて反論した逸話を載せている。次歌との関連で見れば、露の風情を惜しむ詠か。

309 秋の野は、折るような花もないことだ。(折ったら)こぼれて消えるであろう露が惜しく思われるので。長暦二年(一〇三八)九月源大納言家歌合。○土御門右大臣　源師房。○秋の野は　秋の野というものは。○こぼれて消えむ露　(手折った拍子に)こぼれ落ちて消えてしまうであろう露。▽花と露のはかない風情を愛惜。

310 草の上に置いている秋の野の露の存在と少しも変らない我が身と思うと、夜通し起きたままで夜を明かすことだ。能宣集、初句「草の葉に」、三句「秋の夜の」。○をりゐて　下りて座って。○酒たうべて　酒などを飲んで。○世の中の常なきこと　世の人々の命のはかなさ、死などの話題を指すのであろう。○おきて　「置き」と「起き」とを掛ける。「置く」は「露」の縁語。○つゆことならぬ　(露と)少しも変っていない。「つゆ」に「露」と副詞の「つゆ」とを掛ける。▽掛詞を用いて、草の

上《うへ》のお《(を)》のこども、前栽掘《ほ》りに野辺《のべ》にまかり出《い》でたりけるに、つかはしける　　橘　則　長

312 女郎花《をみなへし》おほかる野辺《のべ》に今日《けふ》しまれうしろめたくも思《(おもひ)》やるかな

題不知《(しらず)》　　前律師慶暹

313 秋風《あきかぜ》に折《を》れじとすまふ女郎花《をみなへし》いくたび野辺《のべ》にを《(お)》きふしぬらん

天暦御時の御屏風に、小鷹狩する野に、旅人《たびびと》のやどれる所《ところ》をよめる　　清原元輔

314 秋《あき》の野に狩《か》りぞ暮《く》れぬる女郎花《をみなへし》こよひばかりの宿《やど》も貸《か》さなん

上の「露」と前栽の中にある「わが身」のイメージを重ねる。

311 女郎花がその姿を水に映すと、無心の水もあだめいたものであったことだ。入道右大臣集。○人の家の…女郎花の侍りける　障子絵の絵柄。家集詞書に障子歌であることを記す。○女郎花　秋の七草の一。名の一部の「をみな」から女性を連想させる。○心なき水　心を動かすということのない水。「落花不ㇾ語空辞ㇾ樹、流水無ㇾ情自入ㇾ池」(白氏文集)。○色なる　あだっぽく風流な様子。▽「誰謂水無ㇾ心、濃艶臨兮波変ㇾ色」(本朝文粋十・菅原文時、和漢朗詠集)を典拠とするか(奥義抄)。これより、「女郎花」の歌群。

312 「をみな(女)」という名の女郎花が多く咲いている野辺に、男たちが出かけた今日という今日、心配な思いで(野辺を)思いやることだ。○前栽掘りに　前栽に植える草木を(根ごと)掘るために。○女郎花おほかる野辺に　下の「思やる」にかかる。「女郎花おほかる野辺に宿りせばあやなくあだの名をやたちなん」(古今・秋上・小野美材)を踏まえた表現。○うしろめたくも　気がかりにも。○今日しまれ　「今日しもあれ」の約。▽(色好みの)男たちが「をみな」のもとに出かけたことに対する気がかりな思いを、残った男の立場で歌う。

313 秋風によって折れまいとあらがう女郎花は、いったいいくたび野辺で起きたり伏したりしたことだろう。○すまふ　抵抗する。▽秋風に激しく揺れる女郎花の様子を、「おきふす」という擬人的な言いまわしで表現。女性の立ち居を連想させる。

314 秋の野で狩をして日が暮れたことだ。女郎花よ。今宵一夜だけの宿でも貸してほしいものだ。元輔集。貫之集。○天暦御時　→三九。○小鷹狩　小形の鷹を使った秋の鷹狩。正保版本「鷹

毎ニレ家有リレ秋といふ心《こゝろ》を　　　御製

315 宿《やど》ごとに同《おな》じ野辺《のべ》をやうつすらんおもがはりせぬ女郎花《をみなへし》かな

題不知《(しらず)》　　　源道済

316 よそにのみ見つゝはゆかじ女郎花《をみなへし》折《を》らん袂《たもと》は露《つゆ》にぬるとも

朝顔《あさがほ》をよめる　　　和泉式部

317 ありとてもたのむべきかは世《よ》の中《なか》を知《し》らする物は朝顔《あさがほ》の花

題不知《(しらず)》　　　源道済

318 いとゞしく慰《なぐさ》めがたき夕暮《ゆふぐれ》に秋とおぼゆる風《かぜ》ぞ吹《ふ》くなる

狩」。▽元輔集の屏風歌歌群中には、先人詠が混在しており、元輔作と特定することはできない。

315 どの家の庭にもそれぞれ、同じ野辺を移しているのであろうか。どこのも同じ顔をした女郎花だなあ。○同じ野辺をやうつすらん　同じ秋の野辺を移したせいであろうか。前栽などの様子。○おもがはりせぬ　外貌が少しも変らない。▽家々の秋の気配を、「いづくも同じ」(→三三)と見る。「おもがはりせぬ」と女郎花を擬人的に扱った点が眼目。

316 関わりのないものと眺めるのみで、通り過ぎて行くことはすまい。女郎花を。たとえ、手折る時の私の袖は露で濡れたとしても。道済集「左大臣殿の秋花ごらむぜし御供にて」。○よそにのみ見つゝは　「よそに見る」は、自分とは関係のないものとして見る。▽女郎花を「よそにのみ見つゝはゆかじ」と、恋の雰囲気をただよわせて歌う。

317 今現に生きているからといって、あてになどなりましょうか。世の中のはかなさを知らせるものは、朝顔の花であるよ。和泉式部集。○朝顔　牽牛子(けんごし)を指すか。今のキキョウ、ムクゲ、ヒルガオなどの別名とする説もある。○ありとても　生きているとしても。「あり」は命を保つの意。▽百首歌中の一首。「世の中を何にたとへん夕露も待たで消えぬる朝顔の花」(順集)。

318 ますます寂しさをなぐさめがたく思われる夕暮時に、いかにも秋と思える風が吹く音がすることだ。○いとゞしく　季節の秋の寂しさを前提に、ますます甚だしい。▽これより秋風を主題とする歌群。「秋とおぼゆる風」には、初秋のイメージがある。

319 村上御時、八月許《(ばかり)》、上《うへ》ひさしくわたらせ給《たま》はで、忍《しの》びてわたらせ給《(たまひ)》けるを、知《し》らず顔《がほ》にてことにひき侍《(はべり)》ける

斎宮女御

さらでだにあやしきほどの夕暮《ゆふぐれ》に荻吹《をぎふ》く風の音《おと》ぞ聞《き》こゆる

320 土御門右大臣の家に歌合し侍《はべ》りけるに、秋風《あきかぜ》をよめる

よみ人しらず

荻《をぎ》の葉《は》に吹《ふ》きすぎてゆく秋風《あきかぜ》のまた誰が里《さと》をおどろかすらん

321 資良朝臣、音《おと》し侍《はべ》らざりければ、つかはしける

三条小右近

さりともと思《おも》ひし人は音《おと》もせで荻《をぎ》の上葉《うはゞ》に風《かぜ》ぞ吹《ふ》くなる

319 そうでなくても不思議なほど心引かれるこの夕暮時に、荻を吹く風の音がしているよ。斎宮女御集、初句「秋の夜の」。村上御集、初句「秋の日の」。〇村上御時　村上天皇の御代。→五四。〇上　村上天皇。〇知らず顔　気づかぬ様子。〇さらでだに　そうでなくてさえ。「さらで」は「さあらで」の約。〇あやしき　不思議なほど心ひかれる。〇荻吹く風　荻の上葉をそよがせて吹く風。▽「いつとても恋しからずはあらねども秋の夕べはあやしかりけり」(古今・恋一・よみ人しらず)を踏まえての作か。

320 この荻の葉を吹きすぎてゆく秋風は、次にはまた誰の住む里に吹いて、はっと驚かせるのだろう。長暦二年(一〇三八)九月源大納言家歌合・作者名なし。〇土御門右大臣　源師房。〇吹きすぎてゆく秋風　風を移動するものとしてとらえた表現。「をみなへし吹きすぎてくる秋風は目には見えねど香こそしるけれ」(古今・秋上・凡河内躬恒)。▽「また誰が里を」という言いまわしで、自分の「おどろき」を言外に表出。

321 いくらなんでも今日こそはと思ったあの人は音沙汰もなくて、ただ荻の上葉に訪れる風が吹く音がすることだ。〇資良朝臣　藤原資良。四位尾張守。〇三条小右近　底本「二条小右近」。〇さりともと　そうはいってもと。いくらなんでも、今日という日は音信、あるいは訪れがあるであろうという意を込める。〇荻の上葉　荻の上の方の葉。▽訪れるのは秋風ばかりと、来ない男を怨む。

来《こ》むとたのめて侍《はべ》りける友《とも》だちの、まうで来《こ》ざりければ、秋風《あきかぜ》の涼《すゞ》しかりける夜《よ》、独《ひと》りごちゐて侍《はべ》りける

僧都実誓

322 荻《をぎ》の葉《は》に人だのめなる風《かぜ》の音《おと》をわが身《み》にしめてあかしつるかな

花山院歌合せさせ給《たま》はむとしけるに、とゞまり侍《はべ》りにけれど、歌《うた》をば奉《たてまつ》りけるに、秋風をよめる

藤原長能

323 荻風《をぎかぜ》もやゝ吹《ふ》きまさる声《こゑ》すなりあはれ秋こそ深《ふか》くなるらし

山里《ざと》の霧《きり》をよめる

大納言経信母

324 明《あ》けぬるか川瀬《ゝはせ》の霧《きり》の絶《た》え間《ま》より遠方《おちかた》人の袖《そで》の見《み》ゆるは

322 荻の葉に吹く、彼の訪れかとあてにさせる風の音を、我が身に深く染み込ませて夜を明かしたことだ。○来むとたのめて 「来よう」とあてにさせて。○独りごち 独り言を言って。○人だのめなる 人をあてにさせる。ここでは風音が友の来訪の音と聞きまがわされる意。○わが身にしめて 風の音を我が身に染み込ませて。「山里は松吹く風を身にしめて寝覚めがちなる床の寂しさ」(林下集)。▽秋風の中で友を心待ちする心境。

323 荻を吹く風も一段と強く吹いてくる音がすることだ。ああ、秋が深まるらしいよ。長能集。○花山院歌合 →二一。○やゝ吹きまさる 他本「やや吹きそむる」。「やや」は少しずつ程度が進むさま。「荻の葉もややうちそよぐほどなるをなどか雁がね音なかるらん」(恵慶法師集)。○あはれ 感動詞。▽荻を吹く風音の変化から、秋の深まりを強く推定し、実感している。

324 もう夜が明けてしまったのだろうか。川の浅瀬にかかる霧がところどころとぎれて、その絶え間から、遠くの人の袖が見えるのは。経信母集「七条に、河霧たちわたる暁、やうやう明くるほどに、人の行きかふを見て」、三句「絶え間より」。○川瀬の霧 川の浅瀬に立つ朝霧。○絶え間より 底本傍書「たえ〳〵に」。○遠方人 遠くの人。向う側にいる人。▽初句切れ、倒置の歌。賀茂川の早朝風景を印象的に叙す。

土御門右大臣の家歌合によめる　藤原経衡

325 さだめなき風《かぜ》の吹《ふ》かずは花すゝき心《こゝろ》となびくかたは見《み》てまし

野《の》ゝ花を翫《もてあそ》ぶといふ心をよみ侍《(はべり)》ける　源師賢朝臣

326 さらでだに心のとまる秋《あき》の野にいとゞも招《まね》く花すゝきかな

天暦御時、御屛風八月十五夜、前栽植《う》ゑたる所《ところ》をよめる　清原元輔

327 今《こ》年《とし》より植《う》ゑはじめつるわが宿《やど》の花《はな》はいづれの秋《あき》か見《み》ざらん

桂《かつら》にまかりて、水辺《ノ》秋花をよめる　大中臣能宣朝臣

328 水《みづ》の色《いろ》に花《はな》の匂《にほ》ひを今日《けふ》そへてちとせの秋のためしとぞ見《み》る

325 変りやすい風が吹かないならば、花すすきが自分の心から靡く方向を知ることができるだろうに。長暦二年(一〇三八)九月源大納言家歌合。経衡集、二句「風なかりせば」。○土御門右大臣　源師房。○さだめなき風　一定せず変りやすい風。「さだめなく風もこそ吹け花すすきいかにせむとかむすびおきけん」(義孝集)。○花すゝき　穂の出たすすき。尾花。○心と　自分の本心から。▽花すすきの風になびくさまを、擬人的に見立てて歌う。

326 そうでなくてさえ、心の留まる秋の野にますます(人を)招き寄せる花すすきであるなあ。○野の花を翫ぶといふ心　(秋の)野の花を慰み興ずるという内容の歌題。○いとゞも招く　ただでさえ心引かれているのに、ますます招き寄せる。▽「帰るさのものうき秋の夕暮にいとども招く花すすきかな」(兼澄集)の影響下に詠まれた作か。

327 今年から植え初めた我が家の庭の花は、いったいどの年の秋に見ないということがあろうか(毎年、秋にはその美しい花を見ることだろう)。元輔集。○天暦御時　→三九。○いづれの秋か　「か」は反語。▽「植ゑし植ゑば秋なき時や咲かざらむ花こそ散らめ根さへ枯れめや」(伊勢物語五十一段)などと同様、尽きることのない秋を予祝する。

328 (滔々と流れる)川水の色に、花の美しさを今日は映し加えて、これこそ千年も続く秋の例証と見ることだ。能宣集。○桂　京都市西京区の桂川に沿った地域。○花の匂ひ　(秋の)花の美しさ。「にほひ」はここでは、視覚的な美。○ちとせの秋　千年も続く秋。「ももしきに花の色々にほ

庭《ニ》移《ス》二秋花《ヲ》一といふ心《こゝろ》を　　関白前左大臣

329 わが宿《やど》に秋《あき》の野辺《のべ》をば移《うつ》せりと花見《はなみ》にゆかん人《ひと》につげばや

思《フ》二野《ノ》花《ヲ》一といふ心《こゝろ》をよめる　　良暹法師

330 朝夕《あさゆふ》に思《おも》ふ心は露《つゆ》なれやかゝらぬ花《はな》の上《うへ》しなければ

橘義清家歌合し侍《はべ》りけるに、庭《には》に秋花を尽《つく》すといふ心をよめる　　源頼家朝臣

331 わが宿《やど》に千種《ちぐさ》の花《はな》を植《う》ゑつれば鹿《しか》のねのみや野辺《のべ》にのこらん

源頼実朝臣

332 わが宿《やど》に花《はな》を残《のこ》さず移《うつ》し植《う》ゑて鹿《しか》〔の〕ね聞《き》かぬ野辺《のべ》となしつる

ひつつちとせの秋は君がまにまに」(清正集)。○ためし　証拠となる例。▽家集では、藤原実頼の桂の山荘での詠。主(あるじ)に対する祝意を込める。

329 我が家の庭にさながら秋の野辺のように草花を移し植えていると、花見にでかけようとしている人に告げたいものだ。古筆切師実集。○秋の野辺をば移せり　秋の野辺の草花を前栽に移し植えている。○花見にゆかん　秋の野の花を見に行こうとしている。▽わざわざ野辺に出向かなくても、秋の花を植えた我が家を訪ねてほしいとの意を含む。

330 朝に夕に野の花のことを思う我が心は露なのか。(露と同じく)心のかからない花の上とてないので。○思ふ心　題意から、野の花を思う心。○露なれや　(喩えて言えば)露なのだろうか。○かゝらぬ花の上　「かかる」には、露がかかる意と、心がかかる意とを重ねる。▽露と心とを、「かかる」という語を用いて重ねた点が眼目。

331 我が家の庭にいろいろの花々をすっかり植えたので、今では鹿の声だけが野辺に残っているのだろうか。○橘義清　橘義通の男。○庭に秋花を尽す　庭に秋の花をことごとく移すという意の歌題。○源頼家朝臣　底本「源頼宗朝臣」。○千種の花　多くの草花。▽この歌合の詠は、この一首と次の三三二が知られるのみ。下句の内容は、題意を受けて、やや誇張ぎみ。

332 我が家の庭に(野の)花を残さず移し植えて、鹿の声の聞えない野辺としてしまったことだ。故侍中左金吾(頼実)集。○鹿のね聞かぬ　花をすべて移したので秋の野には鹿が寄りつかない意をこめる。▽野辺の鹿の扱いが三三一とは対照的。

題不知（しらず）　　　良暹法師

333 さびしさに宿《やど》を立《た》ち出《い》でてながむればいづくも同《おな》じ秋《あき》の夕暮《ゆふぐれ》

山里《ざと》にあからさまにまかりて侍《はべ》りけるに、もの思《おも》ふころにて侍《はべ》りければよめる　　　和《い》泉《づみ》式《しき》部《ぶ》

334 なにしかは人も来《き》てみんいとゞしくもの思《おも》ひまさる秋《あき》の山里《やまざと》

333 寂しさに耐えかねて、住いを出てあたりをじっとながめていると、どこも同じようにわびしい秋の夕暮であるよ。○さびしさに 「に」は原因・理由を示す格助詞。○宿を立ち出でて 自分一人の寂寥感かと、家(庵)を出立って。▽百人一首。四周を取り巻く秋の夕暮時のさびしさを歌う。

334 どうして人もたずねて来てまで見ようとするだろうか、いや誰もしないだろう。来てみると、ますますもの思いがつのりまさるこの秋の山里よ。和泉式部集「もの思ふころ、山寺にて、かへるとて」、二句「又はきてみん」、五句「秋山寺に」。○あからさまに ほんのしばらくの間。○もの思ふころ 思い悩むころ。○なにしかは どうして、何のために。「かは」は反語。底本「なにゝかは」。他本「なにしかは」により改める。○いとゞしく 詞書によって、ただでさえものを思う頃なのに、ますますいっそうの意とわかる。○秋の山里 →三四。▽秋の山里の寂しさを詠む。○家集では「山里」は「山寺」となる。

後拾遺和歌抄第五　秋下

335
永承四年内裏歌合に擣衣をよみ侍《はべ》りける
中納言資綱

唐衣《からころも》ながき夜《よ》すがら打《う》つ声《こゑ》にわれさへ寝《ね》でもあかしつるかな

336
伊勢大輔

さ夜《よ》ふけて衣《ころも》しでうつ声《こゑ》きけばいそがぬ人も寝《ね》られざりけり

335 秋の夜長を夜通し、衣を打つ砧の音によって、(砧を打つ人だけでなく)私までも寝ないで夜を明かしたことだなあ。永承四年(一〇四九)内裏歌合。十一月九日後冷泉天皇の主催。○擣衣　砧で織布を打って柔らかくし、光沢を出すこと。○唐衣　唐風の衣服から転じて、ここは一般の衣。衣の縁語である「打つ」に掛ける。「唐衣打つ声聞けば月清みまだ寝ぬ人を空に知るかな」(貫之集)。○われさへ　「さへ」は添加。夜通し衣を打つ人だけでなく、自分までもの意。▽歌合では、三三六と番えられ、負となっている。

336 夜が更けて、衣を打ち続けている音を聞いていると、急ぎの用のない私までも寝られないことだなあ。永承四年内裏歌合。○しでうつ　砧を絶えず打つ。「しで」は「繁し」の意とも、二人対座した「四手」の意とも言う。「しげく打つ也。俊頼説。又、しづかにもかよへり。清輔説」(八雲御抄四)、「きりぎりすかた鳴きすれば妹が衣しで打ち合はせ声となふなり」(賀茂保憲女集)。この時代の用例は多くない。○いそがぬ人　擣衣に耳を傾けて別に急ぐこともない人。詠者自身を指す。▽自己を「いそがぬ人」と客体化して歌う点が新味。

337 うたゝねに夜《よ》や更《ふ》けぬらん唐衣《からころも》打《う》つ声《こゑ》たかくなりまさるなり

藤原兼房朝臣

花山院歌よませ給《たま》ひけるによみ侍《(はべり)》ける

藤原長能

338 菅《すが》の根《ね》のなが〱してふ秋《あき》の夜《よ》は月見《み》ぬ人のいふにぞありける

選子内親王、斎院《いつき》と聞《きこ》えける時《とき》、九月の十日《とうか》あまりに、あか月《(つき)》ちかうなるまで人〱ながむるに、来《き》し方行《かたゆ》く末《すゑ》もかゝる夜《よ》はあらじなど言《い》ひて、よみ侍《(はべり)》ける

斎院中務

339 月はよしはげしき風の音《おと》さへぞ身《み》にしむばかり秋はかなしき

337 うたたねのうちに、夜が更けてしまったのであろうか。衣を打つ音が一段と高く聞えてくることだ。永承四年(一〇四九)内裏歌合。○うたゝねに 仮睡をしているうちに。○唐衣 →三五。▽静まった夜更け時の、一際高く響く砧の音。「擣衣」を主題にした三首は、すべて同一歌合を出典としたことが注目される。

338 たいそう長いという秋の夜とは、月を見ない人の言うことであったよ。桂宮本長能集「月」。○花山院歌よませ給ひけるに →二・三三。○菅の根の 「ながながし(長々し)」にかかる枕詞。○てふ 「といふ」の約。▽「月」の題に合せ、秋の夜の情緒を強調。同発想の詠に二四三がある。

339 月はすばらしい。その上はげしく吹く風の音までもが、身に沁むほどの思いがして、秋は悲しいことだ。大斎院御集。○選子内親王 村上天皇皇女。○かゝる夜はあらじ このような趣深い夜はまたとないであろう。○風の音さへぞ (すばらしい月だけでなく)秋風の音までもが。○身にしむばかり 「秋吹くはいかなる色の風なれば身にしむばかりあはれなるらん」(興風集)。○秋はかなしき 「奥山に紅葉踏み分け鳴く鹿の声聞く時ぞ秋は悲しき」(古今・秋上・よみ人しらず)。▽月、秋風による秋の風情に「悲秋」の思いを重ねる。初句に「月はよし」と言い切る表現は、この時代にあっては珍しい。

340 山里のみすぼらしい住いの松の垣根は隙間が粗いので、激しく吹かないでくれ、寒々とした木枯しの風よ。○賤の松垣 身分の低い人の家の松の木で作った垣。○こがらしの風 秋の終り

340 山家《ノ》秋風といふ心をよめる　　大宮越前
山里《ざと》の賤《しづ》の松垣《がき》ひまをあらみいたくな吹《ふ》きそこがらしの風《かぜ》

341 題不知《(しらず)》　　源道済
見《み》渡《わた》せば紅葉《もみぢ》しにけり山里《ざと》にねたくぞ今日《けふ》はひとり来《き》にける

342 永承四年内裏歌合に　　堀川右大臣
いかなれば同《おな》じ時雨《ゝぐれ》に紅葉《もみぢ》する柞《はゝそ》の森《もり》のうすくこからん

343 宇治にて人〳〵紅葉《もみぢ》を翫《もてあそ》ぶ心をよみ侍《(はべり)》けるに　　藤原経衡
日《ひ》を経《へ》つゝ深《ふか》くなりゆく紅葉《もみぢ》ばの色《いろ》にぞ秋のほどは知《し》りぬる

から冬にかけて吹く強い風。▽山里の松垣は、「山里に葛はひかかる松垣のひまなく秋はものぞ悲しき」(曾丹集)や、「松垣にはひくる葛をとふ人は見るにかなしき秋の山里」(和泉式部集)などの先例がある。

341 あたりを見渡すとすっかり紅葉したことだなあ。この山里に、残念なことに今日は一人でやって来たことだ。道済集「朱雀院に参りたりしかば、山の紅葉いとおもしろかりしかば」。○山里に　家集詞書によれば、朱雀院のたたずまいを「山里」と言ったことになる。○ねたくぞ　悔しいことに。残念なことに。「ひとり来にける」にかかる。▽友を誘って、共に紅葉を愛でればよかったとの思い。前歌とは「山里」の語でつながる。

342 どうして、同じ時雨によって紅葉するはずの柞の森は色が薄かったり濃かったりするのであろうか。永承四年(一〇四九)内裏歌合(→三三五)。入道右大臣集。○いかなれば　下の「うすくこからん」にかかる。○同じ時雨に　等しく降り注ぐ時雨によって。○柞の森　山城国の歌枕。京都府相楽郡の祝園(ほうその)神社の森。「柞(ははそ)」は楢(なら)や櫟(くぬぎ)など、ブナ科の木々の総称。○うすくこからん　「薄く濃く時雨のそめしもみぢ葉にいまひといろを添ふる白雪」(四条宮下野集)。▽「同じ時雨」は仏教語「一味の雨」からの連想か。

343 日が経つごとに、次第に濃くなってゆく紅葉の色あいによって、秋の深まる程度をおのずから知ることだ。経衡集、四句「色にて秋の」。○翫ぶ　興ずる。賞翫する。○秋のほど　秋の深まった度合い、程度。▽日一日と深まる秋と、紅葉の色の深まりとを重ねる。

344 長楽寺に住《す》み侍《はべ》りけるころ、人のもとより、このごろ何事《なにごと》か、と問《と》ひて侍《はべ》りければよめる

上東門院中将

このごろは木《き》ゞの梢《こずゑ》にもみぢして鹿《しか》こそは鳴《な》け秋《あき》の山里《ざと》

345 屛風絵に車《くるま》おさへて紅葉見《もみぢみ》る所《ところ》をよめる

藤原兼房朝臣

ふるさとはまだ遠《とを》けれど紅葉《もみぢ》ばの色《いろ》に心《こゝろ》のとまりぬるかな

346 紅葉《もみぢ》なを《(ほ)》あさしといふ心《こゝろ》を、今上よませ給《たま》ふついでに、奉《たてまつ》り侍《はべ》りける

右大弁通俊

いかなれば舟木《ふなき》の山の紅葉《もみぢ》ばの秋《あき》はすぐれどこがれざるらん

344 この頃は、木々の梢で木の葉は紅葉し、鹿が鳴いていることだ。この秋の山里では。○長楽寺　→三六。○このごろ何事か　「このごろ何事か侍る」の約。この頃は(そちらは)どのようですか。○このごろは　詞書の問いかけを受けた形。ただし、「この頃」と歌い出すのは、朝明けの鹿の声や秋の風情を詠む際の万葉以来の常套。「この頃の朝明(あさけ)に聞けばあしひきの山呼びとよめさ男鹿鳴くも」(万葉集八・大伴家持)。▽長楽寺の秋を、万葉の伝統を踏まえて詠む。鹿に紅葉を配した点が新味。

345 帰るべき所はまだ遠いけれど、紅葉の色にすっかり心がとまり、道のりもはかどらないことだ。左京大夫八条山庄障子絵合。○ふるさと　目指すもとの場所。我が家を指すのであろう。歌合で番えられた右歌にも「我が宿に知らで待つらむもみぢ葉のあかぬ心に今日は暮らしつ」(藤原家経)とあり、「我が宿」が想起されている。○とまりぬるかな　「とまる」は、心が魅かれるさまと、牛車が留り進まないことを掛ける。▽画中の人物の心を詠じたもの。

346 どういうわけで、舟木の山のもみじの葉は、秋は深まり過ぎようというのに、色が濃く変化しないのだろうか。○今上　当帝。ここは白河天皇。○いかなれば　どうして。下の「こがれざるらん」にかかる。○舟木の山　美濃国の歌枕。近江国とも。○秋はすぐれど　秋は過ぎようとしているけれど。○こがれざるらん　「こがる」は舟の縁語の「漕がる」と「焦る」とを掛ける。「焦る」は、日の光に当って変色する意。「下紅葉秋も来なくに色づくは照る夏の日にこがれたるかも」(曾丹集)。▽「舟木の山」に「漕がる」を用いたのはいかにも撰者通俊らしい着想。

347
西《にし》の京に住《す》み侍《はべ》りける人の身罷《みまか》りて後《のち》、籬《まがき》の菊《きく》を見てよめる　　恵慶法師

植《う》ゑおきしあるじはなくて菊《きく》の花おのれひとりぞ露《つゆ》けかりける

348
中納言定頼、かれ〴〵になり侍《はべ》りけるに、菊《きく》の花《はな》にさしてつかはしける　　大弐三位

つらからんかたこそあらめ君ならで誰《たれ》にか見《み》せん白菊《しらぎく》の花《はな》

349
上東門院、菊合《きくあはせゝ》せさせ給《(たまひ)》けるに、左の頭《とう》つかまつるとてよめる　　伊勢大輔

目《め》もかれず見《み》つゝくらさむ白菊《しらぎく》の花よりのちの花《はな》しなければ

347　植えておいた、この家の主人はなくなって、菊の花がひとり露を置いて涙に濡れていることだ。恵慶法師集。○西の京　右京。○植ゑおきし　あるじが生前植えておいた。○おのれひとりぞ　菊の花、自分ひとりが。擬人的な言い方。○露けかりける　「露けし」は実際に露が置かれているさまと、涙で湿っぽいさまとを重ねる。▽菊を擬人化して故人への思いを表白。これより「菊」の歌群。

348　あなたには(私に対して)薄情な点はおありでしょう。しかし、あなたでなくて他の誰に見せましょう、この白菊の花を。大弐三位集。定頼集「越後の弁にかれがれになり給ひけるころ、菊の花をたてまつるとて」。○中納言定頼　藤原定頼。○かれ〴〵になり侍りけるに　定頼との関係が疎遠になりました時に。大弐三位は、高階成章と結婚する以前に、頼宗、定頼などと恋愛関係にあった。○つらからんかたこそあらめ　私に対して冷淡な点はあるにはありましょうが。下に逆接でつながる。○誰にか見せん　他の誰に見せようか(見せる人などはいない)。「か」は反語。▽下句は、「君ならで誰にか見せん梅の花色をも香をも知る人ぞ知る」(古今・春上・紀友則)に拠った作。

349　目も離れないように、じっと見続けて暮すことにしよう。この白菊の花から後に咲く花はもうないのだから。長元五年(一〇三二)上東門院菊合(十月十八日、彰子主催)。伊勢大輔集。○左の頭　主催者が任命する左の方人の代表。○目もかれず　目も離れないように。目も離さず。「かる」は「離る」と「枯る」(菊の縁語)とを掛ける。○花よりのちの花しなければ　元稹の詩「不ニ是花中偏愛レ菊、此花開後更無レ花」を踏まえる(奥義抄)か。▽菊の花を年内最後の花と見て詠じたもの。「年のうちにまた咲くなしと菊の花物思ふ時はおとら

350 紫《むらさき》にやしほ染《そ》めたる菊《きく》の花《はな》うつろふ色《いろ》と誰《たれ》かいひけん

藤原義忠朝臣

後冷泉院御時、后の宮の御方《かた》にて、人〳〵、翫《ブ》二庭《ノ》菊《ヲ》一〔題に〕てよみ侍《はべ》りける

大蔵卿長房

351 朝《あさ》まだき八重《やへ》咲《さ》く菊《きく》の九重《こゝのへ》に見《み》ゆるは霜《しも》のおけばなりけり

菊花おもしろき所《ところ》ありと聞《き》ゝて、見《み》にまかりたりける人の、遅《おそ》く帰《かへ》りければ、つかはしける

赤染衛門

352 きくにだに心はうつる花《はな》の色《いろ》を見《み》にゆく人はかへりしもせじ

ざりけり」(和泉式部続集)。

350 紫色に何度も染めた菊の花を、色変りした色などと誰が言ったのだろうか。長元五年(一〇三二)上東門院菊合。○紫にやしほ染めたる 「紫」はここでは菊の移ろいの色。→一三二。○うつろふ色 褪せてゆく色あい。菊ではその変化のさまを賞美した。▽あざやかな菊の変色を見て、「うつろふ」という語義にまで疑問を投げかける。初・二句は、藤を詠んだ一三二(斎宮女御)と合致する。

351 朝早く八重に咲く菊が九重に見えるのは(花の上に)霜が白く置いているからだったのだなあ(この宮廷の菊は)。○後冷泉院御時 →三六。○后の宮 中宮寛子か。○翫庭菊 他本「翫宮庭菊」。○朝まだき まだ朝早く。○八重咲く菊 八重菊。「八重菊のうつろひわたる庭の面にかねても結ぶ夜半の白露」(海人手古良集)。○九重 花びらの重なりに、宮中の意を掛ける。「いにしへの奈良の都の八重桜けふ九重ににほひぬるかな」(詞花・春・伊勢大輔)。▽霜を花の一重に見立て、宮中の九重に響かせた詠。長房はこの作を自らの秀歌として人に誇ったと伝える(袋草紙・上)。

352 (菊のことを)耳にするだけでも心は移るものです。菊の花を見に出かける人は、(すっかり夢中で)帰りもしないでしょうよ。赤染衛門集。○きくにだに 聞いただけでも。「きく」は「聞く」と「菊」とを掛ける。○心はうつる 「うつる」には「(心が惹かれて)移る」意と菊の色が「うつる」意とを掛ける。「花見れば心さへにぞうつりける色には出でじ人もこそ知れ」(古今・春下・凡河内躬恒)。○見にゆく人 「見にゆく」は、「聞く」に対して「見る」の方を重く捉えた言い方。▽「聞く」に「菊」を掛け、菊の縁語「うつる」を用いた技巧が利いている。

353 天暦御時御屏風に、菊《きく》を翫《もてあそ》ぶ家《いへ》ある所《ところ》をよめる

清原元輔

うすくこく色《いろ》ぞ見《み》えける菊《きく》の花露《はなつゆ》や心をわきて置《お》くらん

354 屏風絵に、菊《きく》の花咲《さ》きたる家《いへ》に鷹据《たかす》ゑたる人《ひと》宿借《やどか》る所《ところ》をよめる

大中臣能宣朝臣

かりに来《こ》ん人に折《お》らるな菊《きく》の花うつろひはてむ末《すゑ》までも見《み》む

355 いもうとに侍《はべ》りける人のもとに、男《をとこ》来ずなりにければ、九月許《(ばかり)》に菊《きく》のうつろひて侍《(はべり)》けるを見《み》てよめる

良暹法師

白菊《しらぎく》のうつろひゆくぞあはれなるかくしつゝこそ人もかれしか

353 薄くも、また濃くも、花の色が見えることだ。菊の花よ。露が分け隔ての心を持って置いたせいだろうか。貫之集「(延喜二年〔九〇二〕五月中宮の御屏風の和歌廿六首…)十月、菊の花」。古今六帖六・紀貫之。○天暦御時　村上天皇の御代。○うすくこく　菊の花の色が薄かったり濃かったり。ここは、花の色の濃淡をいう。↓五四。○心をわきて　区別した心で。▽菊花の濃淡の因を露の置き方に求めた着想が新しい。もとは貫之の作であったものが誤って伝わったものか。

354 鷹狩に宿を借りに来る人に手折られるな、菊の花よ。すっかり色変りする果てまで見ていたいものだ。能宣集「九月、山里なる人の家に女どもの侍る所に、鷹据ゑたる男まで来たり、菊の花侍り」。○鷹据ゑたる人　鷹を手にとまらせている人。鷹狩の人である。○かりに来ん　「かり」は「狩り」と「借り」とを掛ける。▽屏風絵の画中の菊に呼びかけた詠。

355 白菊の色が褪せて移ろって行くのはしみじみと悲しいことだ。このようにしながら菊は枯れ、人も離れてしまったことだよ。○いもうとに侍りける人　女きょうだい(姉妹)でありました人。「いもうと」は男性からその姉または妹を指す語。○うつろひゆく　「うつろふ」は白菊の色がうつろう意と、人の心が移ろう意とを重ねる。○かくしつゝ　このようにしながら。「かくしつつあるべきものか鵲の渡せる橋もへだたらなくに」(忠岑集)。○人もかれしか　人(姉妹の相手)も離れたことだ。「かれ」に「(白菊が)枯る」の「枯れ」を掛ける。▽良暹の肉親(女きょうだい)に対する深い情愛が込められている。

相模、公資に忘《わす》られて後《のち》、かれが家《いへ》にまかれりけるに、うつろひたる菊《きく》の侍《はべ》りければよめる

藤原経衡

356 植《う》ゑおきし人の心は白菊《しらぎく》の花《はな》よりさきにうつろひにけり

五条なる所《ところ》にわたりて住《す》み侍《はべ》りけるに、幼《をさな》き子《こ》どもの菊《きく》を翫《もてあそ》び侍《はべ》りければよめる

中納言定頼

357 われのみやかゝると思《おも》へばふるさとの籬《まがき》の菊《きく》もうつろひにけり

永承四年内裏歌合に残菊をよめる

中納言資綱

358 紫《むらさき》にうつろひにしを置《お》く霜《しも》のなを《(ほ)》白菊《しらぎく》と見《み》するなりけり

356 植えておいた人(公資)の心は、白菊の花が色変りするより早く、心変りしてしまったことだよ。相模集。○相模、公資に忘られて後　相模が(夫であった)大江公資(きんより)に去られて後。○かれが家　相模の家。底本「かれるい〈へ〉」。○植ゑおきし人　白菊を相模の家に植えて残した人。公資。○うつろひにけり　花が「うつろふ」意と人の心が変る意の「移ろふ」とを重ねる。▽相模集には、この歌の返歌として、「うつろひし残りの菊もをりをりにとふ人からぞあはれなりける」を載せる。和歌六人党の一人である経衡は、相模より十歳余りも年下の若者。範永などとともに、親しく和歌の指導を受けた仲であったらしい。相模集には「むつましきゆかりにて時々かよふ若き人のゆゐなからぬ」とある。

357 自分だけがここに移ってこうしているのかと思っていると、このなじみの地の垣根の菊も色変りし、うつろっているのだったよ。定頼集「五条の尼上の御もとに君達わたり給ひて…」。○五条なる所　定頼母、五条の尼上の居所か。○幼き子ども　定頼の子女か。○われのみやかゝる　「や」は疑問。「かかる」は「かくある」(このように移る)の意。○ふるさと　五条なる所。○うつろひにけり　「うつろふ」は、自分が五条なる所に移動する意の「移ろふ」と籬の菊の色の「うつろふ」意とを重ねる。▽同趣向の作に「咲き初めし宿しかはれば菊の花色さへにこそうつろひにけれ」(古今・秋下・紀貫之)がある。

358 紫色にすっかり色変りしてしまったのに、白く置いた霜が、やはり白菊が咲いていると見せているのであったよ。永承四年(一〇四九)内裏歌合。○紫にうつろひにしを　白菊が紫色にうつろう(変色する)さまをいう。○白菊と見する　(霜が白く置いて)もとの白菊と見せる。▽歌合では作

寛仁二年正月入道前大政大臣大饗し侍《はべ》りける屏風に、山里《ざと》の紅葉見《もみぢみ》る人来《ひとき》たる所《ところ》をよみ侍《はべ》りける

前大納言公任

359 山里《ざと》の紅葉見《もみぢみ》にとや思《おも》ふらん散《ち》りはててこそ訪《と》ふべかりけれ

屏風絵に、山家に男《をとこ》女《おんなこ》木の下《した》に紅葉《もみぢ》を翫《もてあそ》ぶ所《ところ》をよめる

平兼盛

360 唐《から》にしき色見《いろみ》えまがふ紅葉《もみぢ》ばの散《ち》る木《こ》の下《もと》は立《た》ち憂《う》かりけり

山里《ざと》にまかりてよみ侍《はべ》りける

清原元輔

361 紅葉《もみぢゝ》散るころなりけりな山里《ざと》のことぞともなく袖《そで》のぬるゝは

者名を藤原長房とする。霜におおわれた残菊を歌う。

359 私が折角訪れたのを、人は山里の紅葉を見るためだと思うことであろうか。いっそ紅葉が散り果ててから訪ねるべきであったなあ。公任集(勅撰集補遺)。栄花物語・ゆふしで。○寛仁二年正月入道前大政大臣大饗し侍りける屏風に　諸史料から、入道前太政大臣(道長)とするは誤り。寛仁二年(一〇一八)一月二十三日の頼通大饗の際の屏風に寄せた詠。↓一七。○紅葉見にとや思ふらん　実際はわざわざ山里の人に会いに来たのにという気持を含む言い方。▽画中の「山里の紅葉見る人」の立場からの詠。

360 唐織の錦と色が見分けられないほどの美しいもみじ葉が散る、この木のもとは立ち去るのがつらいことだ。兼盛集。○唐にしき　唐織の錦。紅色の混じる美しさのために、紅葉に喩えられることが多い。○色見えまがふ　色が唐錦か紅葉かと見まがうほどである。○散る木の下　紅葉が散っている木の下。「木の下」に「此処(ここ)」の意の「この許(とも)」を掛ける。○立ち憂かりけり　「たつ」は出発する、離れる意の「立つ」に、「唐にしき」の縁語「裁つ」を掛ける。「思ふどち円居せる夜は唐錦たたまくをしきものにぞありける」(古今・雑上・よみ人しらず)。▽家集では月次屏風、十月の詠。

361 紅葉が散るこの頃のことであるよ。山里でただ何と言うこともなく(涙で)袖が濡れるのは。元輔集、三句「山里に」。○山里の　「袖のぬるゝ」にかかる。他本、「山里に」とある。この方が自然か。○ことぞともなく　格別これということもなく。「秋の夜も名のみなりけりあふといへばことぞともなく明けぬるものを」(古今・恋三・小野小町)。▽二句切れ、倒置の歌。山里の秋の愁いを歌う。

月前ノ落葉といふ心《こゝろ》を　　御製

362 紅葉《もみぢ》ばの雨《あめ》と降《ふ》るなる木《こ》の間《ま》よりあやなく月の影《かげ》ぞもりくる

落葉道《みち》を隠《かく》すといふ心をよめる　　法印清成

363 紅葉《もみぢ》散《ゝ》る秋の山辺《べ》は白樫《しらかし》の下《した》ばかりこそ道《みち》は見《み》えけれ

故式部卿の親王《みこ》、大井にまかれりけるに紅葉《もみぢ》をよみ侍《はべ》りける　　堀川右大臣

364 水上《みなかみ》に紅葉《もみぢ》流《なが》れて大井川《がは》むらごに見《み》ゆる滝《たき》の白糸《しらいと》

大井川にてよみ侍《はべ》りける　　中納言定頼

365 水《みづ》もなく見《み》えこそわたれ大井《おほゐ》川岸《がはきし》の紅葉《もみぢ》は雨《あめ》と降《ふ》れども

362 もみじの葉が雨のように降る音のする木の間から、どうした訳でか月の光が漏れてくることだ。〇雨と降るなる　雨のように降る音が聞えてくる。〇あやなく　理屈に合わないことに。▽雨かとの幻聴をかき消してしまうように漏れてくる月光。視覚聴覚の交差する玄妙な歌境。

363 紅葉が散る秋の山辺は、落葉で道が辿れず、ただ、（葉を落とさない）白樫の木の下だけは道が見えることだ。〇紅葉散る秋の山辺　題意から、紅葉の落葉で道が隠されていることを言っている。〇白樫　ブナ科の常緑高木。〇道は見えけれ　白樫は落葉しないからである。▽「道を隠す」という題に「道は見えけれ」と詠じて、題意をはずさない点が新鮮。

364 川上で紅葉が散って多く流れてくる大井川よ。濃く薄く斑濃（むらご）に見える滝の白糸であることだ。入道右大臣集。〇故式部卿の親王　式部卿敦康親王。寛仁二年（一〇一八）十二月十七日没。〇水上に紅葉流れて　上流では紅葉が散って流れてきて。「水上に紅葉散るらし宇治河の瀬々さへ深くなりまさるなり」（元真集）。〇大井川　「多し」を掛けるか。〇むらご　斑濃。同じ色を濃淡を分けて染めたもの。〇滝の白糸　井堰を越える激流の比喩。「水上に風わたるらし大井川もみぢをむすぶ滝の白糸」（夫木抄十六・殷富門院大輔）。▽紅葉が流れに浮かぶさまを、斑濃染めに見立てる。

365 川一面紅葉で覆われて水もなく見えることだ、大井川は。岸の紅葉はまるで雨のように降っているけれども。定頼集、上句「大井河水の浅くも見ゆるかな」、四句「紅葉の色は」（定家本）。〇水もなく　紅葉が敷きつめたように浮かんで水面が見えないさま。〇見えこそわたれ　一面に見えわたされることだ。〇雨と　雨のように。▽二句切れ、倒置の歌。紅葉は「雨」となって降っている

永承四年内裏歌合によめる　　能因法師

366 あらし吹《ふ》くみ室《むろ》の山の紅葉《もみぢ》ばは竜田《たつた》の川《かは》の錦《にしき》なりけり

題《だい》しらず　　藤原範永朝臣

367 見《み》しよりも荒《あ》れぞしにけるいその神秋《あき》は時雨《しぐれ》の降《ふ》りまさりつゝ

後冷泉院御時后の宮の歌合によめる　　伊勢大輔

368 秋《あき》の夜《よ》は山田《だ》の庵《いほ》に稲妻《いなづま》の光《ひかり》のみこそもりあかしけれ

師賢朝臣、梅津の山庄にて、田家秋風といふ心《こゝろ》をよめる　　源頼家朝臣

369 宿近《やどちか》き山田《だ》の引板《ひた》に手《て》もかけで吹《ふ》く秋風にまかせてぞ見《み》る

のに、なぜか「水」(川水・雨水)も見えないという理屈を底に置く。

366 はげしい風が吹くみ室の山のもみじ葉は、(ふもとを流れる)竜田川のまるで錦であったよ。永承四年(一〇四九)内裏歌合。○あらし　強く激しい風。○み室の山　ここでは奈良県生駒郡の神奈備山。紅葉の名所。○竜田の川　み室の山の東のふもとを流れている川。▽川幅いっぱいに紅葉が浮かび流れる様を一筋の錦に見立てる。百人一首。「竜田川もみぢ葉流る神なびのみ室の山に時雨降るらし」(古今・秋下・よみ人しらず)に依る。

367 以前見た時よりもさらに荒れまさったことだ。ここ石上の地は。ここでは時雨がふりしきり、ますます古めかしい気配がしてきたことよ。範永朝臣集。○いその神　石上。大和国の歌枕。倒置の枕詞となって、ここでは「荒れ」を導く。○降りまさりつゝ　「降り」に「古り」を掛ける。▽「古る」を導く枕詞ともなる「石上」に、折からの秋の時雨を配して、古色を帯びた情景を浮かび上がらせる。

368 秋の夜は山間(ゐ)の田の庵では番人はいなくて、ただ稲妻の光だけが漏れて明るくし、朝まで守り通すことだなあ。天喜四年(一〇五六)皇后宮春秋歌合(→三六)。伊勢大輔集。栄花物語・根合。○後冷泉院御時　後冷泉天皇の御代。○山田の庵　山間の田の粗末な番小屋。○稲妻　いなびかり。○もりあかしけれ　「もり」に「漏り」と「守り」とを掛ける。「あかす」は明るくする意の「明かす」と、朝を迎える意の「明かす」を重ねる。▽歌合では、三六と番えられ「持」となっている。

369 住居に近い山間の田の引板に手もかけないで、ただ吹く秋風にまかせてそのさまを見ることだ。○梅津の山庄　京都市右京区梅津にあった源師賢の山荘。○引板　鳴子。▽引板の音を「聞く」のではなく、秋風の吹きつのるさまを「見る」詠者

土御門右大臣家歌合に、秋の田をよめる　　　相模

370 秋《あき》の田《た》になみよる稲《いね》は山川《やまがは》の水引《みづひ》き植《う》へ《(ゑ)》し早苗《さなへ》なりけり

題不知《(しらず)》　　　源頼綱朝臣

371 夕日《ゆふひ》さす裾野《その》のすゝき片《かた》よりに招《まね》くや秋《あき》を送《おく》るなるらん

九月尽日、秋を惜しむ心をよめる　　　藤〔原〕範永朝臣

372 明日《あす》よりはいとゞ時雨《しぐれ》や降《ふ》りそはん暮《く》れゆく秋《あき》を惜しむ袂《たもと》に

九月尽日、終夜惜《シム》レ秋《ヲ》心をよみ侍《(はべり)》ける

373 あけはてば野辺《のべ》をまづ見《み》む花すゝき招《まね》くけしきは秋に変《かは》らじ

の姿勢を歌う。

370　こうして秋の田に幾重にも寄せる稲は、春、山間の川水を引き入れて植えたあの早苗であったのだなあ。長暦二年(一〇三八)九月源大納言家歌合。→三一三。〇土御門右大臣　源師房。〇なみよる　「並み寄る」の意で、並んで一列に寄る。また「波寄る」の意で、波のように幾重にも寄せる意とも。「風吹けば門田の稲もなみよるにいかなる人か過ぎて行くらん」(和泉式部集)。〇山川　山の中のせせらぎ、小川。〇水引き植へし　田に水を引き入れて植えた。▽「昨日こそ早苗とりしかいつの間に稲葉そよぎて秋風の吹く」(古今・秋上・よみ人しらず)と同趣。歌合では作者を源頼家とする。

371　夕日のさしている山のふもとの野の薄が片方になびいて招いているのは、秋を見送って手を振っているのだろうか。〇夕日さす　中世期に多用された比較的新しい表現。「夕日さすかげに山とは見ゆれどもいらぬほだしになれるなるらん」(和泉式部続集)などが早い例。〇裾野のすゝき　山の麓の野に生えている薄。〇片よりに　片方にのみ寄ること。「秋の田の穂向けの寄するかたより(片縁)に我は物思ふつれなきものを」(万葉集十・作者未詳)。〇招く　薄の靡くさまを擬人的に言ったもの。▽晩秋の夕暮の情景を詠む。

372　明日よりはますます時雨が降り加わることであろう。暮れてゆく秋を惜しんで涙する私の袖の上に。範永朝臣集。〇明日よりは　冬に入る、明日十月一日からは。〇いとゞ時雨や降りそはん　「いとど」はますます、いっそうの意。秋を惜しむ涙と、冬の到来で時雨が降りつのる意とを重ねる。▽これより巻末まで「九月尽」の歌。

373　夜がすっかり明けてしまったら、野辺をまず見よう。尾花がそよいで人を招く景色だけは、

九月尽日よみ侍《はべ》りける　　法眼源賢

374 秋《あき》はたゞ今日《けふ》許《(ばかり)》ぞとながむれば夕暮《ゆふぐれ》にさへなりにけるかな

九月尽日、伊勢大輔がもとに遣《(つかはし)》ける　　大弐資通

375 年《とし》つもる人こそいとゞ惜《を》しまるれ今日《けふ》ばかりなる秋《あき》の夕暮《ゆふぐれ》

九月晦夜よみ侍《はべ》りける　　源兼長

376 夜《よ》もすがらながめてだにも慰《なぐさ》めむ明《あ》けて見《み》るべき秋《あき》の空《そら》かは

この秋と少しも変らないであろう。範永朝臣集。○花すゝき　穂の出ている薄。尾花。▽暦日を意識しながら、なお、冬になっても秋と変らぬ景を、期待している。

374　秋はただ今日一日だけであるよとしみじみと思いにふけっていると、その一日もとうとう夕暮時にまでなってしまったことだ。源賢法眼集。○夕暮にさへ　惜しいと思っていた今日一日も、遂に夕暮にまで。▽鋭敏な時間意識がうかがえる。三七三よりは時間的には早い頃合を歌った作。

375　齢(よはひ)の積もった人には、(時のうつろいが)ますます惜しまれます。とうとう今日だけになってしまった、しかもこの秋の夕暮よ。伊勢大輔集「九月尽くる日、資通の大弐のもとより」。○年つもる人　高齢の人。資通自身を指す。○いとゞ惜しまるれ　「いとゞ」は時が過ぎ歳が加わることに加えて、秋が過ぎることがいっそうの意。「るれ」は自発。○今日ばかりなる　今日だけになってしまった。「ばかり」は限定。▽伊勢大輔集には、「あはれかく暮れぬる秋の惜しさには立ち並ぶべき老いの波かも」という大輔の返歌を載せ、老いの秋をともに惜しんでいる。大輔は資通よりもかなりの年長。

376　夜通しせめて思いにふけり、ながめて心を慰めることにしよう。夜が明けたら、見ることのできる秋の空であろうか、そうではないのだから。○ながめてだにも　せめてながめるだけでも。○秋の空かは　秋の空であろうか、いやそうではない。「かは」は反語。▽過ぎ行く秋への哀惜の思いを、反語表現の形で強く表白。

後拾遺和歌抄第六　冬

377

十月のついたちに、上《うへ》のお《(を)》のこども大井川に
まかりて、歌《うた》よみ侍《はべ》りけるによめる

前大納言公任

落《を》ちつもる紅葉《もみぢ》を見《み》れば大井川《おほゐがは》ゐせきに秋もとまるなりけり

378

十月ついたちごろ、紅葉《もみぢ》の散《ち》るをよめる

僧正深覚

手向《たむけ》にもすべき紅葉《もみぢ》の錦《にしき》こそ神無《な》月にはかひなかりけれ

377　落ち積っている紅葉の葉を見ると、大井川では、井堰に水が堰き止められるだけでなく、秋という季節もここにとまるのであったなあ。公任集、下句「ゐせきにとまる秋にぞ有ける」。〇ついたち　月初め。〇上のおのこども　殿上人。〇大井川　→三六四。〇ゐせき　堰。川の流れを堰きとめた所。〇秋も　水だけでなく季節の秋もの意。▽落ち積る紅葉に秋のなごりを見る。「年ごとにもみぢ葉流すたつた河みなとや秋のとまりなる覧」(古今・秋下・紀貫之)。

378　手向けとして神にさしあげるにふさわしい錦のように美しい紅葉は、神のいない神無月にはかいのないことだ。〇手向　神仏に供えること。「秋の山紅葉をぬさとたむくればすむ我さへぞ旅心ちする」(古今・秋下・紀貫之)。〇紅葉の錦　錦の織物のように美しい紅葉。「秋霧のたたまくをしき山路かな紅葉の錦おりつもりつつ」(拾遺・秋・よみ人しらず)。〇神無月　もとは「神な(=の)月」、神祭りの月の意か。中古以降、「な」を「無し」と誤解して、諸国の神々が出雲に参集して、神の不在の月の意とされた。「何事も行きて祈らんと思ひしを社《やしろ》はありて神無月かな」(曾丹集)。▽月名の「神無」に着眼して歌う。

379　大井川の由緒ある流れを訪ねてやって来て、嵐山で風に散る紅葉を見ることだ。〇承保三年　一〇七六年。〇十月　行幸は十月二十四日の

承保三年十月、今上、御狩《みか》りのついでに、大井川に行幸《みゆき》せさせ給《(たまふ)》によませ給《たま》へる　　御製

379 大井《おほゐ》川《がは》ふるき流《なが》れをたづね来《き》て嵐《あらし》の山の紅葉《もみぢ》をぞ見《み》る

桂《かつら》の山庄にて、時雨《しぐれ》のいたう降《ふ》り侍《(はべり)》ければよめる　　藤〔原〕兼房朝臣

380 あはれにもたえず音《おと》する時雨《しぐれ》かなとふべき人もとはぬ住《す》みかに

山里《ざと》の時雨《しぐれ》をよみ侍《(はべり)》ける　　永胤法師

381 神無《な》月ふかくなりゆく梢《こずゑ》よりしぐれてわたる深《み》山辺《やまべ》の里《さと》

↓こと(今鏡)。○今上　白河天皇。○大井川　三六四。○ふるき流れ　延喜七年(九〇七)宇多法皇の大井川御幸などの先例を指す。「亭子院大井川に御幸ありて、行幸もありぬべき所なりとおほせ給ふに、ことのよし奏せんと申して／小倉山峰のもみぢ葉心あらばいま一たびの御幸またなむ」(拾遺・雑秋・藤原忠平)。○嵐の山　「嵐山」に「嵐」を掛ける。「風早みあらしの山のもみぢ葉もしもにはとまるものとこそ聞け」(実方朝臣集)。▽大井川行幸と初冬の散る紅葉を歌う。

380 しみじみと感にたえないことに、絶え間なく音のする時雨であることだ。おとずれるはずの人も訪ねてこないこの住みかでは。○桂　京都市西京区を流れる桂川付近の地。→二〇七。○音する　「音」がする意に、「音信」の意を込める。○とふべき人　様子を聞いてくるはずの人。「とふ」は、訪ねるの意とも安否を尋ねて音信する意とも解せる。▽三句切れ、倒置の歌。閑居のさびしさを、時雨の「音」とは異なり、人の「音信」(または訪れ)のないことで強調する。

381 神無月(十月)も深まり、紅葉の色が一段と深まる梢を、時雨が降り過ぎてゆく深山辺の里よ。○神無月ふかくなりゆく　「ふかくなりゆく」は神無月が深まる意と梢の紅葉の色が深まる意とを掛ける。「山めぐりしぐるるたびに見渡せば深くなりゆく峰のもみぢ葉」(前参議教長卿集)。○しぐれてわたる　時雨が降りそそいで、その雨脚が通り過ぎて行く。「春日野に朝ゐる雲も山風にしぐれてわたる冬は来にけり」(壬二集)。○深山辺の里　深い山のほとりの人里。山里。「都にも道踏みまよふ雪なればとふ人あらじ深山辺の里」(曾丹集)。▽山里の時雨と紅葉を詠む。「深山の紅葉」(大納言経信集など)という歌題も、当時愛好されたものであったらしい。

落葉如ㇾ雨といふ心をよめる　　源　頼　実

382 木《こ》の葉《は》散《ち》る宿《やど》は聞《き》き分《わ》くかたぞなき時雨《しぐれ》する夜《よ》も時雨《しぐれ》せぬ夜《よ》も

藤原家経朝臣

383 紅葉《もみぢ》散《ち》る音《おと》は時雨《しぐれ》の心地して梢《こずゑ》の空《そら》はくもらざりけり

十月許《ばかり》、山里《ざと》に夜《よる》とまりてよめる　　能　因　法　師

384 神無《な》月ねざめに聞《き》けば山里《ざと》のあらしの声《こゑ》は木《こ》の葉《は》なりけり

宇治にて、網代《あじろ》をよみ侍《はべり》ける　　橘　義　通　朝　臣

385 網代木《あじろぎ》に紅葉《もみぢ》こきまぜ寄《よ》る氷魚《ひを》は錦《にしき》を洗《あら》ふ心地こそすれ

382 木の葉が散る家では聞き分けることができないことだ。時雨が降る夜とも、時雨が降らない夜とも。故侍中左金吾(頼実)集。〇落葉如ㇾ雨「葉声落如ㇾ雨、月色白似ㇾ霜」(白氏文集)を踏まえた歌題。〇聞き分く　落葉の音と時雨の音とを耳で聞き分ける。「秋の夜に雨と聞えて降りつるは風に乱るる紅葉なりけり」(後撰・秋下・よみ人しらず)。▽三句切れ、倒置の歌。屋内にいて、葉音と時雨の音に聞き入る静謐な歌境。この歌は、作者の頼実が住吉神社に一命に替えて秀歌を詠むことを祈請し、この一首を得ることによって夭逝したという無名抄、袋草紙、今鏡などに伝える逸話で名高い。

383 紅葉の散る音は、時雨の降るような気がして、そのくせ梢の上の空は曇っていないことであったなあ。家経朝臣集。〇時雨の心地して　まるで時雨の降る音のようで。〇梢の空　紅葉の散った梢の上空。〇くもらざりけり　雨音のように聞えるのに、実際の空は曇ってはいなかったの意。▽前歌と同題の歌。聴覚的認識から視覚的な世界へと転じる詠みぶりが眼目。

384 十月のころにふと眠りから覚めて耳を傾けると、山里の嵐の音とは、木の葉の散る音であったよ。能因集。〇神無月　十月。歌中ではふつう「時雨」や「紅葉」を導く。ここは落葉の季節を明示している。〇木の葉　木の葉の散る音。「槇の屋に峰の木の葉の音ながら住む宿とふは嵐なりけり」(拾玉集)。▽落葉の音を嵐の音と聞き紛う。

385 紅葉をかき混ぜて網代木に寄って来る氷魚は、まるで錦を洗うような感じがすることだ。〇網代木に　「(氷魚が)寄る」に掛る。「網代」は冬、氷魚などを捕るために、川の瀬に竹や木などを編み連ねて立て、その端に簀をつけた仕掛け。〇紅葉こきまぜ　氷魚が堰かれて、浮かんだ紅葉をご

宇治にまかりて、網代《あじろ》のこぼれたるを見《み》てよ
める

中宮内侍

386 宇治川《うぢがは》のはやく網代《あじろ》はなかりけり何《なにゝ》によりてか日《ひ》をばくらさん

俊綱朝臣、讃岐《さぬき》にて、綾河の千鳥《ちどり》をよみ侍《はべ》り
けるによめる

藤原孝善

387 霧晴《きりは》れぬあやの川辺《かはべ》に鳴《な》く千鳥声《ちどりこゑ》にや友《とも》の行《ゆ》くかたを知《し》る

永承四年内裏歌合に千鳥《ちどり》をよみ侍《(はべり)》ける

堀川右大臣

388 さを河《(ほ)がは》の霧《きり》のあなたに鳴《な》く千鳥声《ちどりこゑ》はへだてぬものにぞありける

ちゃまぜにして。〇錦を洗ふ　「貝錦斐成濯二色江波一」(文選・蜀都賦)による。▽踊る氷魚に揺れる、水上の紅葉の美しさを歌う。「網代木にかけつつ洗ふ唐錦ひをへて寄する紅葉なりけり」(拾遺・冬・よみ人しらず)。

386 宇治川の流れの速いように早くも網代はなくなってしまったよ。氷魚もとれないで、これでは何の風情を見ながら日を暮そうか。〇はやく　「宇治川の速く」の「速く」と、「早く網代はなかりけり」の「早く」とを掛ける。〇日をば　「日を」と「氷魚」とを掛ける。「網代木に日を経て寄するもみぢ葉はたちど知られぬ錦なりけり」(兼澄集)。▽壊れた網代しかとどめていない宇治川の情景のはかなさ、物足りなさを歌う。

387 霧が立ちこめて晴れない綾の川のほとりに鳴く千鳥は、声で仲間の行方を知るのであろうか。〇俊綱朝臣、讃岐にて　橘俊綱が守として赴任していた讃岐で。〇綾河　讃岐国の歌枕。香川県綾歌郡を流れる川。〇友　群れる千鳥の仲間。「夕されば佐保の川原の川霧に友まどはせる千鳥鳴くなり」(拾遺・冬・紀友則)。▽以下三首、「千鳥」の歌。川霧の中で姿を見せず鳴く千鳥の風情。

388 佐保川に立つ霧の向うで鳴く千鳥よ。姿は見えなくても、声は隔てないものだなあ。永承四年(一〇四九)内裏歌合(→三三五)。入道右大臣集。〇さを河　佐保(ほさ)川。大和国の歌枕。〇声は　姿はともかく声の方は。「つくばねの山をばかすみこむれども声はへだてぬ谷の下水」(田多民治集)。▽歌合では、藤原兼房の「夕暮は空に千鳥ぞ聞ゆなる天の川原に鳴くにやあるらむ」と番えられ勝となる。

389 相模

難《な》波《には》潟《がた》朝《あさ》みつ潮《しほ》にたつ千《ち》鳥《どり》浦《うら》づたひする声《こゑ》きこゆなり

題不知《（しらず）》 和泉式部

390 さびしさに煙《けぶり》をだにもたゝじとて柴《しば》折《を》りくぶる冬《ふゆ》の山里《ざと》

冬《ノ》夜《ノ》月をよめる 大弐三位

391 山の端《は》は《ゝ》名《な》のみなりけり見《み》る人の心にぞ入《い》る冬《ふゆ》の夜《よ》の月

題不知《（しらず）》 増基法師

392 冬《ふゆ》の夜《よ》にいくたびばかり寝《ね》覚《ざ》めして物思《ものおも》ふ宿《やど》のひま白《しら》むらん

389 難波潟に朝満ちてくる潮のために飛び立つ千鳥、その千鳥が浦伝いしている声が聞えてくるよ。○難波潟　→四四。○浦づたひする　浦に沿って移動する。▽千鳥の動きはすべて聴覚によって喚起されたイメージ。永承四年(一〇四九)内裏歌合には、選外歌らしい作が十首以上も伝承されているが、これもその一首。

390 さびしさのために、せめて煙だけでも絶やすまいとして、柴を折って火に入れて焚く冬の山里よ。和泉式部集、四句「柴折りたける」。○くぶる　火の中に入れて焼く。▽百首歌中の一首。竈の煙のみが立ち上る、冬の山里の寂寥感あふれる情景。「柴木たく庵に煙立ちみちて絶えずもの思ふ冬の山里」(曾丹集)の影響を受けた作。

391 月の入る山の端というのは名ばかりであったなあ。見る人の心の方に深く入る冬の夜の月であるよ。大弐三位集「御堂の月見に人々まかりたりけるに」。○山の端　月が沈む場所である西山の稜線。「名」は評判。○心にぞ入る　深く印象に残る。「心に入る」と「月」が「入る」とを重ねる。「月影を心に入ると知らぬ身は濁れる水にうつるとぞ見る」(入道右大臣集)。▽冬の夜の月の風情を詠む。「いざかくてをり明かしてむ冬の月春の花にも劣らざりけり」(拾遺・雑秋・清原元輔)など、次第に冬月の美が重んじられるようになる。

392 冬の夜長には、いったい幾度寝覚めをくりかえして、物思いにふけるわが住いの板戸の隙間は白んでゆくのだろう。○寝覚めして　→一〇七。○物思ふ宿　物思う人の宿る住い。「鳴き渡る雁の涙や落ちつらむもの思ふ宿の萩の上の露」(古今・秋上・よみ人しらず)。○ひま　閉じた板戸の隙間。○白む　夜明けを迎えての外の曙光で明るくなる。▽冬の夜長の物思い。「夜もすがらもの思ふころは明けやらぬ閨のひまさへつれなかりけ

393　障子に、雪《ゆき》の朝《あした》、鷹狩《ゝかゞり》したる所をよみ侍《(はべり)》ける　　民部卿長家

とやがへるしらふの鷹《たか》の木居《こゐ》をなみ雪《ゆき》げの空《そら》にあはせつるかな

394　鷹狩《たかゞり》をよめる　　能因法師

打払《うちはら》ふ雪《ゆき》もやまなん御狩野《みかりの》のきゞすの跡《あと》もたづぬばかりに

395　萩原《はぎはら》も霜枯《しもが》れにけり御狩野《みかりの》はあさるきゞすのかくれなきまで　　律師長済

396　屛風絵に、十一月に女《をんな》の許《(もと)》に人《ひと》の音《おと》したる所《ところ》をよめる　　大中臣能宣朝臣

霜枯《しもが》れの草《くさ》のとざしはあだなれどなべての人《ひと》を入《い》るゝものかは

り」(千載・恋二・俊恵)。

393　羽毛が抜け替わった白い斑(まだら)の鷹のとまり木がないので、雪模様の空に獲物に向かって(鷹を)放ったことだ。○とやがへる　「鷹」を形容する語。その意義については諸説がある。→三六七。○しらふ　白色のまだら。○木居　とまり木。「御狩野の御園に立てる一つ松とがへる鷹の木居にかもせむ」(長能集)。○雪げの空　雪もよいの空。○あはせ　「あはす」は、鷹狩の用語。鷹を獲物の鳥に合せて放つ意。「夕まぐれ山片付きて立つ鳥の羽音に鷹をあはせつるかな」(千載・冬・源俊頼)。▽鷹狩の障子絵に寄せた歌。雪げの空に向かって飛び立つ白斑の鷹という、白を基調とした美。

394　払い落とす雪も止んでほしいものだ。御狩野の雉子の足跡もたどれるぐらいに。能因集。○打払ふ雪　払い落とさなければならないほど、今しきりに降っている雪。○きゞす　雉子。○御狩野　朝廷の領有する狩場。▽雪中での鷹狩の歌。

395　萩の生えている野原も霜枯れてしまったことだ、この御狩野は。餌を求める雉子の姿が隠れないぐらいに。○萩原　萩の生えている野原。○あさる　餌を捜し求める。「春の野にあさる雉(きぎし)の妻恋ひにおのがあたりを人に知れつつ」(万葉集八・大伴家持、拾遺・春)。▽三九四の詞書を受けて、「鷹狩」題の歌。霜枯れの萩原のイメージが以下の「霜枯れの草」の詠につながる。

396　霜枯れによって、草で閉ざされた戸は、何の役にも立たないものではあるが、それでもふつうの人を入れたりするでしょうか。入れたりはしません。能宣集。○草のとざし　草に覆われて閉ざされた門扉。「とざし」は「閉ざす」の名詞形。「秋の夜の草のとざしのわびしきはあくれどあけぬものにぞありける」(後撰・恋五・藤原兼輔)。○

霜枯《しもが》れの草《くさ》をよめる　　少輔

397 霜枯《しもが》れはひとつ色《いろ》にぞなりにける千《ち》ぐさに見《み》えし野辺《のべ》にあらずや

霜落葉を埋《うづ》むといふ心をよめる　　読人不知《よみびとしらず》

398 落《お》ちつもる庭《には》の木《こ》の葉《は》を夜《よ》のほどにはらひてけりと見《み》する朝霜《あさしも》

霰《あられ》をよめる　　大江公資朝臣

399 杉《すぎ》の板《いた》をまばらに葺《ふ》ける閨《ねや》の上《うへ》におどろくばかり霰降《あられふ》るらし

山里《ざと》の霰《あられ》をよめる　　橘俊綱朝臣

あだなれど　「草のとざし」の草が霜で枯れたため、閉鎖が解けて何のかいもないが。○なべての人　ふつうの人。○入るゝものかは　「かは」は反語。▽画中の女の立場での詠。女の「あだ」ではなく実のある心をうったえる。

397 霜枯れの野は、同じ一色になったことだ。ここはさまざまの色に見えたあの秋の野辺ではなかったのか。○ひとつ色　同じ色。「一つ」は「千種」の「千」と対。「ちぐさにも霜にもうつる菊の花ひとつ色にぞ月はそめける」(躬恒集)。○千ぐさに見えし　繁っていた時には種々の色に見えた。秋の花々の色をさす。「千ぐさ」は、種類の多い意の「千種」に「千草」を掛ける。▽一面色褪せた枯野の情景。

398 散り落ちて積った庭の木の葉を、夜の間にすっかり掃き払ったのかと見せている朝の霜であることだ。○夜のほどに　夜のうちに。○はらひ　掃いて取り除く。↓十五。▽霜に覆われて、一夜のうちに庭の落葉を隠した朝の景を、さながら掃き清めたようだとする見立て。

399 杉の板をまばらに葺いた寝屋の屋根の上に、はっとして目覚めるほどの音がして、霰が降り注いでいるらしいよ。○まばらに葺ける　粗く葺いている。荒廃した住いの屋根のようす。○おどろくばかり　はっと目覚めるぐらいに。「いとどしく目だにも合はじ独り寝におどろくばかり降る時雨かな」(赤染衛門集)。▽板葺きの屋根に降る音に目を覚し、「霰降るらし」と屋内から推定する。

400 訪れる人のない蘆葺きの我が住いは、(人ばかりか)降る霰まで、音を立てないことだ。○訪ふ人のなき　「わが宿」に掛る。「訪ふ」は「音

400 訪《と》ふ人のなき蘆葺《あしふ》きのわが宿《やど》は降《ふ》る霰《あられ》さへ音《おと》せざりけり

永承四年内裏歌合に、初雪をよめる　　相模

401 みやこにも初雪降《はつゆきふ》れば小野《おの》山の真木《まき》の炭竈焚《すみがまた》きまさるらん

埋火《うづみび》をよめる　　素意法師

402 埋火《うづみび》のあたりは春《ゝる》の心地して散《ち》りくる雪《ゆき》を花とこそ見《み》れ

染殿式部卿の親王《みこ》の家にて、松《まつ》の上《うへ》の雪《ゆき》といふ心《こゝろ》を人《ひと》〴〵よみ侍《はべ》りけるによめる　　藤原国行

403 淡雪《あはゆき》も松《まつ》の上《うへ》にし降《ふ》りぬれば久《ひさ》しく消《き》えぬ物《(もの)》にぞ有《(あり)》ける

なふ」「おとづる」に同じ。○蘆葺き　蘆を屋根に葺いた、山里の粗末な住いのようす。○降る霰さへ音せざりけり　「霰さへ」は訪う人はおろか、霰までもの意。「音す」は霰の音がする意に、人が訪れる(音なふ)の意の「音す」を掛ける。蘆葺きなので、板屋根のようには音がしない。▽山里のわび住いを、霰さえもおとずれないと嘆く。掛詞の「音す」が眼目。

401 都にも初雪が降っているので、大原の小野山の真木を焼く炭竈は、今ごろはますます燃えまさっていることであろう。永承四年(一〇四九)内裏歌合。→三五。○初雪降れば　初雪が降るので。「ば」は原因・理由を示す。○小野山　京都市左京区大原にある山。「炭竈の煙にむせぶ小野山は峰の霞もおもなれにけり」(顕輔集)。○真木の炭竈　真木を炭に焼く竈。▽初雪の降る都から、大原の小野山の炭焼の情景を推量。

402 埋火のあるあたりは春の気持がして、散り込んでくる雪を花と見ることだ。○埋火のあたり　埋火のある火桶・炭櫃の近く。「埋火」は灰の中に埋めた炭火。いけ火。「まとゐして袖やはさゆる埋火のあたりは春の心地こそすれ」(永承四年六条斎院歌合)。○春の心地　春を思わせる暖気。○散りくる雪　見立てた花の縁で「降る」を「散る」と表現。▽「此火応下鑽二花樹一取上、対来終夜有二春情一」(和漢朗詠集・炉火・菅原文時)に依る。

403 消えやすい淡雪も、松の上に降ったので、松の千寿にあやかって長い間消えないものであったよ。○染殿式部卿の親王　村上天皇第四皇子為平親王。▽「松上雪」は、千寿の松にかかるために消えがたいとする。「消えやすき露の命にくらぶればうらやまれぬる松の雪かな」(伊勢大輔集)。

隆経朝臣、甲斐守にて侍《(はべり)》ける時、たよりにつけてつかはしける
紀伊式部

404 いづかたと甲斐《かひ》の白根《しらね》はしらねども雪降《ゆきふ》るごとに思《おも》ひこそやれ

山の雪《ゆき》を見てよめる
能因法師

405 紅葉《もみぢ》ゆへ《(ゑ)》心《こゝろ》のうちにしめ結《ゆ》ひし山の高嶺《たかね》は雪降《ゆきふ》りにけり

題不知《(しらず)》
源道済

406 朝《あさ》ぼらけ雪降《ゆきふ》る里《さと》を見《み》わたせば山の端《は》ごとに月ぞ残《のこ》れる

慶尋法師

404 どのあたりかと、甲斐の白根山は知りませんが、雪が降るたびに、はるか甲斐の国に思いをはせることです。○隆経朝臣 藤原隆経。○甲斐の白根は 三句の「しらねども」に、「しら」という同音を重ねて続く。「甲斐の白根」は山梨・長野・静岡の県境付近の白根山。白根(白嶺)に、山にいただく雪が連想される。「ここにだにかばかり氷る年なれば甲斐の白根を思ひこそやれ」(曾丹集)。▽「思ひやる越の白山しらねども一夜も夢に越えぬ夜ぞなき」(古今・雑下・紀貫之)などに依った詠。以下、山の雪が続く。

405 紅葉のために、ひそかに心の中で標《(めし)》を結い、自分のものと決めていた山の高嶺には、いつのまにか(紅葉の季節も過ぎ)雪が降ったことだなあ。能因集。○心のうちにしめ結ひし 心の中で標縄を張って自分で独り占めするものと決めていた。「さを鹿の朝立ちすだく萩原に心のしめはいふかひもなし」(和泉式部集)。○山の高嶺 山の高い峰。▽季節の移ろいの早さを、山の嶺の雪に見る。難後拾遺は、「しめゆふとは何事にかあらん」と三句の表現に疑問を呈している。

406 ほのぼのとした夜明がた、雪が降る里をはるかに見渡すと、どの山の端にも月が残っている思いがすることだ。道済集、二句「雪ふるそら」。○朝ぼらけ 夜明がた。○雪降る里 底本「そら」を見せ消ち、「さと」。他本「雪降る空」。○山の端ごとに月ぞ残れる 雪が降ってどの山の稜線にも月の光が残っているように思える。▽雪の降る山並み、その稜線の白々とした風情を、有明の月に照らされた月光に見立てた作。「朝ぼらけ有明の月と見るまでに吉野の里に降れる白雪」(古今・冬・坂上是則)。

407 来《こ》し道《みち》も見《み》えず雪《ゆき》こそ降《ふ》りにけれ今《いま》やとくると人は待《ま》つらん

藤原国房

408 いかばかり降《ふ》る雪《ゆき》なればしなが鳥《どり》猪《ゐ》名《な》の柴山道《しばやまみち》まどふらん

旅宿の雪《ゆき》といふ心をよめる

津守国基

409 独《ひと》り寝《ぬ》る草《くさ》の枕《まくら》は冴《さ》ゆれども降《ふ》り積《つ》む雪《ゆき》をはらはでぞ見《み》る

屏風絵に、雪降《ゆきふ》りたる所《ところ》に、女《をんな》のながめしたる所《ところ》をよめる

赤染衛門

410 春《はる》や来《く》る人《ひと》や訪《と》ふらん待《ま》たれけり今朝《けさ》山里《ざと》の雪《ゆき》をながめて

407 やって来た道も見えないほどに雪が降り積ったことだ。もう雪が解けるか、もう来てくれるかと人は帰りを待っていることであろうよ。○来し道も見えず　山を分けてやって来た道も見えないぐらいに。「降りにけれ」にかかる。○降りにけれ　八代集抄本「つもりけれ」、安政版本「つもりぬれ」。○今やとくる　「とくる」は「解くる」と「…と来る」とを掛ける。○人　家人か。▽雪に閉ざされた山での住いを詠む。

408 どれほどの降る雪なので、猪名の柴山の山道を山人は道に迷ったというのであろうか。○いかばかり降る雪なれば　「いかばかり」という疑問語が、末句「道まどふらん」の「らん」に呼応。○しながが鳥　息長鳥。「かいつぶり」の古名とも。地名「猪名」にかかる枕詞。「しなが鳥猪名野を来れば有馬山夕霧立ちぬ宿りはなくて」(万葉集七・作者未詳)。○猪名の柴山　摂津国の歌枕。▽深い雪に難渋する山人を詠む作か。万葉歌や「しなが鳥猪名野を行けば有馬山雪降りしきて明けぬこのよは」(古今六帖二)など、猪名野は、道に苦しむ行人が多く歌われる。

409 独り寝の旅寝はこごえるほどの寒さであるが、周囲に降り積み、自分に降りかかる雪を払わないで眺めることだ。津守国基集「旅宿雪」。○草の枕　草を結んだ枕の意から旅寝を指す。○冴ゆれ　ここでは冷え凍る。▽旅宿の独り寝の凍て付く寒さと、降りかかる雪も払わず、雪の景に見入る執心のさまを表出。

410 春はもう来るかしら、人は訪ねてきてくれるかしらと待たれてならないことだ。今朝、山里の雪をながめていると。○ながめしたる　物思いにふけりながら、雪をながめている。○春や来る　「人や」の「や」と同じく、軽い疑問。○待たれけり　「れ」は自発。▽画中の女の立場での詠。

道雅三位の八条の家《いへ》の障子《さうじ》に、山里《ざと》の雪《ゆき》の朝《あした》、客人門《まらうとかど》にある所《ところ》をよめる　　藤原経衡

411 雪《ゆき》ふかき道《みち》にぞしるき山里《やまざと》は我《われ》より先《さき》に人こざりけり

源頼家朝臣

412 山里《ざと》は雪《ゆき》こそ深《ふか》くなりにけれ訪《と》はでも年《とし》の暮《く》れにけるかな

法師になりて、飯室《いゐむろ》に侍《はべ》りけるに、雪《ゆき》の朝《あした》人のもとにつかはしける　　信寂法師

413 思《おも》ひやれ雪《ゆき》も山路《やまぢ》も深《ふか》くして跡絶《あとた》えにける人の住《す》みかを

411 雪の深い道ではっきりとわかることだ。この山里は、私より先に誰も人は訪ねて来なかったのだったよ。経衡集、二句「道にて知りぬ」。左京大夫八条山庄障子絵合「暮の冬、山里に雪積もれり。門の前に人来たり」。○道雅三位の八条の家の障子に　→㐂。○雪ふかき道にぞしるき　雪深い道には、他の足跡がないことから歴然としている。二句切れ。▽画中の客人の立場での詠。「我が宿は雪降りしきて道もなし踏み分けてとふ人しなければ」（古今・冬・よみ人しらず）。

412 山里は雪が深くなってしまったことだ。今まで訪ねないでいて、こうして年が暮れてしまったよ。左京大夫八条山庄障子絵合「暮の冬、山里に雪積もれり。門の前に人来たり」。○訪はでも　今まで訪ねてこないでも。▽前歌と同じく、画中の客人の立場での詠。年の暮に雪をおして山居の友を訪ねた風情。絵合では前歌が左、本歌が右として番われる。

413 思ってもみてくれ。雪も深く、山路も深くて、人跡もすっかり絶えてしまった寂しいわが住いを。○飯室　比叡山横川の別所。当時多数の僧坊があった。○思ひやれ　そちらから想像してくれ。○跡　人の足跡。○人の住みか　ここは出家した自分の住居。▽倒置の歌。訪れる人のない出家後の孤愁を訴える。

414 薪を伐り集め真木の炭を焼いているあたりの大気はぬるんで暖かなので、大原山の雪がところどころ消えていることだ。和泉式部集、初句「見渡せば」。○こりつめて　樵り集めて。「深山木を朝な夕なにこりつめて寒さを恋ふる小野の炭焼き」（拾遺・雑秋・曾禰好忠）。○真木の炭やく　→四〇一。○けをぬるみ　炭焼く火で、周囲の大気

題不知《しらず》　　　　和泉式部

414 こりつめて真木《まき》の炭《すみ》やくけをぬるみ大原山《おほはら》の雪《ゆき》のむらぎえ

天暦御時の御屏風の歌に、十二月雪降《ゆきふ》る所《ところ》をよめる　　　　清原元輔

415 わが宿《やど》に降《ふ》りしく雪《ゆき》を春《はる》にまだ年越《としこ》えぬ間《ま》の花とこそ見《み》れ

雪降《ゆきふ》れるつとめて、大納言公任の許《もと》につかはしける　　　　入道前太政大臣

416 おなじくぞ雪《ゆき》つもるらんと思《おも》へども君《きみ》ふる里《さと》はまづぞとはるゝ

が温かなので。「け」は「気」。「けをさむみ冴えゆく冬の夜もすがら目だにもあはず衣うすれて」(曾丹集)。○大原山　京都市左京区大原にある山。西京区の大原山(四三七)とは異なる。「炭がまの煙は空にかよへども大原山の月ぞさやけき」(赤染衛門集)。○雪のむらぎえ　雪がまだらになってところどころ消える状態。▽百首歌中の一首。炭焼きによる暖気を、かすかに雪のむらぎえに見出した詠。

415 我が家に絶え間なく降り続ける雪を、春にはまだ至らない、年も越えない間の花として見ることだ。貫之集「年のはて、雪」、二句「降る白雪を」、五句「花かとぞみる」。元輔集にも。○天暦御時　村上天皇の御代。○降りしく　降り頻く。しきりに降る。○春にまだ年越えぬ間　春にまだ至らず、越年するまでの間。「年越えぬさのみは待たじしながが鳥…」(散木奇歌集)。▽雪を春の花に見立てる。元輔作とするのは、撰集資料に元輔集にある屏風歌群が用いられたためであろう。貫之作の誤入か。

416 こちらと同じように、今は雪が積っていることだろうと思うけれども、雪の降るあなたの里が気がかりで真っ先に見舞いたくなることだ。公任集「雪降りたるつとめて、大殿より」、二句「雪はつもらんと」。○大納言公任　藤原公任。○君ふる里　雪の降る、君が暮している里。「ふる」に「降る」と「経る」とを掛ける。○とはるゝ　自然と尋ねたくなる。「とふ」は、ここでは見舞いの声をかける。「るゝ」は自発。▽道長と公任との交遊の様子がうかがわれる。公任集には「白雪はとふ言の葉にかかりてぞふりくる宿もはる心地する」という公任の返歌を載せる。

417

雪降《ゆきふ》りて侍《はべ》りける朝《あした》、娘《むすめ》のもとに送《おく》り侍《はべ》りける

前大納言公任

降《ふ》る雪《ゆき》は年《とし》とと《ゝ》もにぞ積《つも》りけるいづれか高《たか》くなりまさる覧《(らん)》

418

薄氷《(うすごほり)》をよめる

頼慶法師

さむしろはむべ冴《さ》えけらし隠《かく》れ沼《ぬ》の蘆間《あしま》の氷《こほり》ひとへしにけり

419

題不知《(しらず)》

快覚法師

さ夜《よ》ふくるまゝに汀《みぎは》や氷《こほ》るらん遠《とほ》ざかりゆく志賀《しが》の浦波《うらなみ》

入道前大政大臣の修行のもとにて、冬夜の氷をよみ侍《(はべり)》ける

僧都長算

417 降る雪は、行く年とともに、私の年齢同様に積ったことだ。雪と齢とどちらが積ってより高くなるのであろうか。公任集。○娘のもとに　内大臣藤原教通の室となった公任女。○降る雪は　「降る」に「経る」を掛ける。○年とともにぞ　過ぎて行く年とともに。「年」に「齢」の意を掛ける。○いづれか高く　積る雪と自分の年齢とのいずれが高く。▽家集には、「雪つもる君が年をも数へつつ君が若菜を摘まむとぞ思ふ」という返歌を載せる。

418 寝床の狭筵《(さむしろ)》はどうりで冷え冷えとしているらしいよ。隠れ沼の蘆間の氷はこうして薄く張ったことだ。○さむしろ　狭いむしろ。「寒し」を掛ける。○隠れ沼　草などで覆われた沼。○蘆間の氷　蘆と蘆との間に張った氷。○ひとへしにけり　「一重す」は氷が薄く一重に張ること。「高瀬舟棹の音にぞ知られける蘆間の氷ひとへしにけり」(金葉・冬・藤原隆経)。▽蘆間の薄氷を目前にしている立場から、狭筵の寒さを納得する。以下、氷の歌。

419 夜が更けるにつれて、水際が今凍っているのであろうか。次第に遠ざかってゆく志賀の浦の波音よ。○遠ざかりゆく　湖面の氷は水際から沖合に向かって順次氷って行くという発想。○志賀の浦波　「志賀の浦」は琵琶湖湖西の志賀浦。▽聴覚による結氷のとらえ方は新鮮で、後代に大きな影響を与えた。特に「志賀の浦や遠ざかり行く波間よりこほりて出づる有明の月」(新古今・冬・藤原家隆)の本歌として名高い。

420 鷗は夜通って来なくなったらしいよ。猪名野にある昆陽の池の水面には薄い氷が張っていることだ。○入道前大政大臣　藤原道長。○修行のもとにて　他本「修行のともにて」。○冬夜の氷　歌題。○鷗　水鳥の一種。平安中期の歌材と

420 鷗《かもめ》こそ夜《よ》がれにけらし猪名野《ゐなの》なる昆陽《こや》の池《いけ》水うは氷《ごほり》せり

題不知《(しらず)》　　曾禰好忠

421 岩間《いはま》には氷《こほり》のくさび打《う》ちてけり玉《たま》ゐし水《みづ》も今《いま》はもりこず

氷逐テレ夜ヲ結ブ　　藤原孝善

422 むばたまの夜《よ》をへて氷《こほ》る原《はら》の池《いけ》は春《ゝる》と《ゝ》〔も〕にや波《なみ》も立《た》つべき

後三条院東宮と申《まう》しける時、殿上にて人〳〵年《とし》の暮《く》れぬるよしをよみ侍《(はべり)》けるに　　藤原明衡朝臣

423 白妙《しろたへ》にかしらの髪《かみ》はなりにけり我《わ》が身《み》に年《とし》の雪《ゆき》つもりつゝ

しては珍しい。○夜がれ　夜離れ。一般には夜男が通って来なくなることを言う。○猪名野　↓四一八。○昆陽の池水　「昆陽」は摂津国の歌枕。昆陽の池は「しなが鳥猪名のふし原風さえて昆陽の池水氷しにけり」(金葉・冬・藤原仲実)など、平安後期から多く詠まれる。○うは氷　表面に薄く張った氷。「たかせさす淀のみぎはのうは氷したにぞなげく常ならぬ世は」(曾丹集)。▽四一八と同じく、目前の結氷の景を前提に推定。

421　岩と岩の間には、氷の楔を打ち込んだように氷が張っているなあ。玉のような飛沫の見えていた水も今は洩れて来ないことだ。曾丹集。○氷のくさび　楔(くさび)の役を果す氷。「くさび」は木材をつなぐ金具。「鳴滝の落ち来る声の音なきは氷の楔さしてけるかも」(大弐高遠集)。○玉ゐし水　「玉」は飛沫や水滴。水の流れていた時の状態を指している。▽「氷の楔」という比喩が眼目。

422　幾夜も経て次第に氷っていく原の池は、立春とともに、もと通り波立つのであろうかなあ。○むばたまの　「夜」を導く枕詞。○原の池　和歌初学抄などに摂津国の歌枕とするが、不詳。枕草子・池は の段にも見える。○波も立つべき　「波も」は、「春も」の意を含む。「春ともに」を受けて「春立つ」と「波立つ」とを重ねる技巧。▽結氷の様子から、立春の解氷を想像する。

423　真っ白に頭髪はなってしまったことだ。わが身には、過ぎ行く年とともに齢が加わり、雪が降り積り続けて。○後三条院東宮と申しける時　後三条院は第七十一代天皇。東宮時代は寛徳二年(一〇四五)から治暦四年(一〇六八)。○年の雪つもりつゝ　「雪」に年の「行き」を掛ける。▽加齢と白髪を雪になぞらえてよむ。「年ふれば越の白山老いにけりおほくの冬の雪積もりつつ」(拾遺・冬・壬生忠見)。

十二月の晦《(つごもり)》ごろ、備前国より出羽弁がもとにつかはしける

源為善朝臣

424
都《みやこ》へは年《とし》と《ゝ》もにぞかへるべきやがて春《はる》をもむかへがてらに

424 都へは返る年とともに帰るとしよう。そのまま新春を迎えがてら。○備前国　源為善は長久(一〇四〇―四四)のころ備前守であった。○出羽弁　歌人。○年とともにぞかへるべき　「かへる」は年が「返る」意と都へ「帰る」意とを掛ける。「べき」はここは意志。○やがて　そのまま。○むかへがてらに　迎えることを兼ねて。春は東方から訪れるとする発想に依る。▽年と一緒に都へ帰ると、そのまま春の出迎えにもなるという機知を詠み込む。

後拾遺和歌抄第七　賀

天暦御時賀御屛風歌、立春日　　　源　順

425
今日《けふ》とくる氷《こほり》にかへてむすぶらしちとせの春《はる》にあはむ契《ちぎ》りを

入道摂政の賀し侍《はべ》りける屛風に、長柄《ながら》の橋《はし》のかたかきたる所《ところ》をよめる　　　平　兼　盛

426
朽《く》ちもせぬ長柄《ながら》の橋《はし》の橋柱《はしぐら》久《ひさ》しきほどの見《み》えもするかな

425　立春の今日、解ける氷とは違って反対に結ぶらしいよ、千年もの春にきっとめぐり合うであろう宿縁を。順集、二句「水にかけてぞ」。能宣集「右兵衛督ただきみの朝臣の月令の屛風のれう、早春、いへに人々すだれのまへにゐて□する所」(西本願寺本)。○天暦御時　村上天皇の御代。↓三九。○今日とくる氷にかへて　立春に「解ける」氷に代えて。「解く」の対義語の「結ぶ」を導く。○むすぶらし　三句切れ。「結ぶ」は下句を受けて、「契りを結ぶ」の意。○ちとせの春　毎年迎え、千年にも及ぶ春。▽「立春」の喜びに千寿を予祝する心を重ねる。この歌、順集のほか能宣集にも載り、真の作者が特定できない。

426　朽ち果てる事のない長柄の橋の橋柱のように、久しく続くあなた様の行く末が見えることだ。兼盛集。○入道摂政の賀　藤原兼家の六十賀。永延二年(九六八)。○長柄の橋　摂津国の歌枕。大阪市北区の淀川に架けられた橋。古い橋として、古今集以降詠まれる。「世の中にふりぬるものは津の国の長柄の橋と我となりけり」(古今・雑上・よみ人しらず)。その後も何度か架け直されたらしいが、古橋の橋脚(橋柱)だけはそのまま跡をとどめていたと見える。「天暦御時御屛風の絵に、長柄の橋柱のわづかに残れるかたありけるを／蘆間より見ゆる長柄の橋柱むかしの跡のしるべなりけり」(拾遺・雑上・藤原清正)。▽長柄の橋の橋柱に寄せて算賀の主の長寿を予祝する。

427　広々とした武蔵野を霧の絶え間に見わたすと、どこまでも行く先遠く見え、あなたの将来も果てしなく思えることだ。兼盛集。○同屛風　前歌の詞書を受ける。○武蔵野　武蔵国の歌枕。○霧の絶え間　他本「霧の晴れ間」。○行く末とをき　武蔵野の広大な様子と、あるじの長寿とを重ねる。さらに、武蔵野の地が遠隔の地であること

同屛風に武蔵野のかたをかきて侍《（はべり）》けるをよめる

427 武蔵野《むさしの》を霧《きり》の絶《た》え間《ま》に見わたせば行《ゆ》く末《すゑ》とを《（ほ）》き心地こそすれ

東三条院卌賀し侍《はべ》りけるに、屛風に子日《（ねのひ）》して男女《をとこをむな》、車《くるま》よりおりて小松《こまつ》引《ひ》く所《ところ》をよめる　　源　兼　澄

428 霞《かすみ》さへたなびく野辺《のべ》の松《まつ》なれば空《そら》にぞ君が千代《ちよ》は知《し》らるゝ

前僧正明尊、九十の賀し侍《（はべり）》けるに、宇治の前《さき》の大政大臣、竹《たけ》の杖《つゑ》つかはしける返《かへ》り事《ごと》によみ侍《はべ》りける　　前律師慶暹

429 君《きみ》を祈《いの》る年《とし》のひさしくなりぬれば老《おい》のさかゆく杖《つゑ》ぞうれしき

も響かすか。「逢坂の関こゆるだにあるものを武蔵野までにおもひやるかな」(能宣集)。▽屛風に描かれた、武蔵野の広々とした情景に寄せて、あるじの将来を寿ぐ。

428 (人が小松を引くだけでなく)霞までもが棚引く野辺の松なので、霞のかなたに広がる空に、あなた様の千年の齢(よわい)は知られることです。○東三条院卌賀　円融院后、詮子の四十賀。長保三年(一〇〇一)十月。○霞さへたなびく　人が子日の小松を引くだけでなく霞までもが。「棚引く」に、「小松を引く」の「引く」を掛ける。○野辺の松　小松引きに出かけた野辺の松。「あさみどり野辺の松引く子の日してつめる若菜は千世ぞはるけき」(元真集)。○空にぞ　「に」は場所を示す格助詞。▽春の野の小松引きの祝事に加えて、霞の棚引く広大な空によそえられるあるじの長寿を祝う。

429 あなた様の長寿を祈りながら、過す年月が久しくなってしまいましたので、(私の)老いの坂を栄えながら越えるための杖をいただき、嬉しいことです。伊勢大輔集「かへし、僧正」。○前僧正明尊　天台座主。小野道風の孫。○九十の賀し侍ける　康平三年(一〇六〇)十一月二十六日、白河院での賀の祝宴。藤原頼通が主催した。○宇治の前の大政大臣　藤原頼通。「つかはしける」に掛る。○竹の杖　算賀の祝儀として、竹の杖や鳩杖を贈るしきたりがあった。○君を祈る　「君」は、明尊の立場から、頼通を指す。○さかゆく　「坂行く」と「栄ゆく」とを掛ける。「今こそあれ我も昔はをとこ山さかゆく時もありこしものを」(古今・雑上・よみ人しらず)。▽自分の老いを、君の御世を祈るためであったとする。伊勢大輔集には、頼通に代って詠んだ大輔詠に対する僧正の返歌としてこの歌を載せる。作者を慶暹とするのは、僧正に代っての詠であったか。

内裏御屏風に、命《いのち》ながき人の家に、松鶴《つる》ある
所を
平　兼盛

430 春《はる》も秋《あき》も知《し》らで年《とし》ふるわが身《み》かな松《まつ》と鶴《つる》との年《とし》をかぞへて

屏風の絵に、海《うみ》のほとりに松一《ひと》もとある所《ところ》を
源　兼澄

431 ひともとの松《まつ》のしるしぞたのもしきふた心なき千代《ちよ》と見《み》つれば

題《だい》しらず
よみ人しらず

432 君《きみ》が代《よ》を何《なに》にたとへむときはなる松の緑《みどり》も千代《ちよ》をこそふれ

430 春も秋も、季節の推移も知らずに齢を重ねたわが身であるよ。ただ千寿の松と鶴との齢をかぞえるばかりで。兼盛集「命長き人の家に、松・竹、鶴・亀あり、池のつらに菊多かり」、四句「松と竹との」。○松鶴ある所　松に遊ぶ鶴の図。家集詞書によれば、更に詳細な図柄となる。○春も秋も知らで　春とも秋とも、季節の進行にも気付かず。常磐木の松、千年の鶴のみを見ていての意。○松と鶴との年をかぞへて　「年ふる」に掛る。▽千寿の松と鶴とを配した屏風絵に拠る。家集には、同じ絵柄から菊を詠んだ詠として、「年をへて菊の下水汲みしより老いといふことを知らでこそふれ」を収める。

431 一本の松の霊験のほどがたのもしいことだ。背くこともなく約束された千代の将来と見てとったので。○ひともとの松　一本の松。「ひと」は下の「ふた」「千(ち)」と呼応。○しるし　効験。○ふた心なき　底本「ふる心なき」。他に向かう心(浮気こころ)のない。裏切ることのない。○千代　松の千寿。▽三句切れ、倒置の歌。屏風の絵柄の「海辺に立つ一本の松」は和歌によく詠まれる。

432 あなたの長寿を何にたとえたらよいのか。変ることのない松の緑でさえも、千年を過すだけなのに。○君が代　「君」は、祝賀の対象である人物。「代」はその人の一生、寿命。○ときはなる松　年中緑を保っている常磐木である松。▽松の千年に比すこともできないほどの「君」の長寿を予祝する。「君が代を何にたとへむさざれ石のいはほとならむほどもあかねば」(拾遺・賀・清原元輔)。

433 若宮誕生の栄光が添い加わる祝杯の盃には、美しい満月の光がさし込み、手から手へと一座をめぐるこの盃のように、欠けることのなく、満ちたまま千年も空をわたり続けることでしょう。紫式部集。紫式部日記。栄花物語・初花。○後一

後一条院生《う》まれさせ給《たま》ひて、七夜に人〳〵まいり《(ゐ)》あひて、さか月《(づき)》いだせと侍《はべ》りければ　　紫　式　部

433 めづらしき光《ひかり》さしそふさか月《(づき)》はもちながらこそ千代《ちよ》もめぐらめ

後朱雀院生《う》まれさせ給《たま》ひて七日《なぬか》の夜《よ》、よ《ゝ》み侍《(はべり)》ける　　前大納言公任

434 いとけなき衣《ころも》の袖《そで》はせばくとも劫《こふ》の上《うへ》をば撫《な》でつくしてん

題不知《(しらず)》　　読人不知《(よみびとしらず)》

435 君が代《よ》はかぎりもあらじ浜椿《はまつばき》ふたゝび色《いろ》はあらたまるとも

或人云、此歌七夜に中納言定頼がよめる

条院　第六十八代天皇。寛弘五年(一〇〇八)九月十一日誕生。〇七夜　生後七日目の夜の祝い。家集、紫式部日記には、「五夜」(九月十五日夜)の作とする。〇めづらしき光　「光」には、すばらしい月光の意に皇子誕生の栄光の意を込める。〇さか月　「盃《(さかづき)》」の「つき」に「月」を掛ける。〇もちながら　「持ちながら」に「望ながら(満月のままで)」を掛ける。〇千代もめぐらめ　「めぐる」には、盃が一座を廻る意と月が大空を渡る意とを重ねる。▽二五三に「もちながら千代をめぐらんさか月の」という類似の表現が見える。

434　まだ幼い皇子の、衣の袖の幅は狭くても、長生きされて、きっと劫の石の上を撫でつくすほどでしょう。公任集(勅撰集補遺歌)、四句「劫の石をば」。〇後朱雀院　第六十九代天皇。寛弘六年(一〇〇九)十一月二十五日誕生。〇いとけなき　幼い。〇劫の上　正保版本など、家集と同じく「劫の石」。「劫」は、限りなく長い時間の単位。百年に一度天人が降って、その袖で大きな岩石を撫で、その岩が磨滅してもまだ終らない時間とも言う。ここは、その石。〇撫でつくしてん　きっと袖で撫でて石を磨滅してしまうことでしょう。▽劫の石の故事を踏まえて、皇子の長寿を祝う。

435　あなたの寿命は限りもなく長いことでしょう。(八千代の)浜椿の花や葉の色が、再び改まるとしても。定頼集。〇浜椿　浜辺の椿、もしくは椿の一種を言うか。〇ふたゝび色はあらたまるとも　「ふたたびあらたまる」という言いまわしは、「徳是北辰、椿葉之影再改、尊猶南面、松花之色十廻」(新撰朗詠集・大江朝綱)の表現を受けるか。大椿は八千歳で一春、一秋としたという伝えがある(荘子、奥義抄)。〇中納言定頼　藤原定頼。▽古来瑞祥の花とされる椿に寄せて、貴人の誕生を祝う。

436 故第一親王生《う》まれ給《たま》ひて、うち続《つゞ》き前斎院生《う》まれさせ給《たま》ひて、内裏より産養《うぶやしな》ひなどつかはして、人ゝ歌《うた》よみ侍《はべ》りけるによめる　右大臣

これも又千代《ちよ》のけしきのしるきかな生《お》い《(ひ)》そふ松《まつ》の二葉《ふたば》ながらに

437 少将敦敏、子生《こう》ませて侍《(はべり)》ける七夜によめる　清原元輔

姫小《ひめこ》松大原山《まつおほはらやま》のたねなればちとせはたゞにまかせてを見《み》ん

438 匡房朝臣生《う》まれて侍《はべ》りけるに産衣縫《うぶぎぬゝ》ひてつかはすとてよめる　赤染衛門

雲《くも》の上《うへ》にのぼらんまでも見《み》てしがな鶴《たづ》の毛衣《けごろも》年ふとならば

436 この新しい姫君もまた千歳の長寿が明らかなことだ。生え加わった松の二葉ともどもに。大納言経信集。○故第一親王　白河天皇第一皇子、敦文親王。承保元年(一〇七四)十二月二十六日誕生。同四年没。○前斎院　他本「前斎宮」。白河天皇第一皇女、媞子。母は中宮賢子。承保三年四月五日誕生。承暦二年(一〇七八)から応徳元年(一〇八四)の間、斎宮。○産養ひ　子どもが誕生して、三、五、七、九日の夜に行われる祝い。○これも又　敦文親王に続いて、このお方(媞子)もまた。○生いそふ松の二葉ながらに　生い加わって二葉となった松、その二葉(お二方)ご一緒に。「二葉」は親王・内親王の二方の比喩。「松の二葉」は、底本「まつのふるは」。▽ふたりの御子を松の二葉に見立てて祝う。御子は詠者にとっては孫にあたる。

437 誕生された姫小松(姫君)は、藤原氏の氏神、大原山の種の芽ばえたものだから(時めく藤原氏の子孫であるから)、千歳の将来はただ大原山の松にまかせて見守ることにしましょう。元輔集。○少将敦敏　藤原敦敏。○姫小松　小さい松。ここは誕生した子の譬え。○大原山　京都市西京区大原野。ここに藤原氏の祖神、春日大明神を勧請して大原野神社を建立した。○たね　「種子」の意に「種族・血統」の意を重ねる。▽「子」を「姫小松」に喩えたのは、姫君を祝う詠であろう。

438 この子が殿上にお仕えするようになるまで見たいものだ。この鶴の毛衣のような産着を着た子も、年月を経たならば。赤染衛門集。○匡房朝臣　大江匡房。作者の曾孫。○雲の上　鶴が飛ぶ雲の彼方の意に、宮中の殿上の意を込める。○鶴の毛衣　鶴の羽毛のような産着。「千とせ経んかたみとを見よ忍びつつひとり巣立たむ鶴の毛衣」(元輔集)。▽鶴に託して、曾孫の行く末に思いを馳せ、その大成を祈念する。

439 同七夜によみ侍《はべ》りける

千代《ちよ》を祈《いの》る心のうちのすゞしきは絶《た》えせぬ家《いへ》の風《かぜ》にぞありける

440 故第一親王の五十日《いか》まい《(ゐ)》らせけるに、関白前太政大臣さわ《(は)》ることありて内裏《うち》にもまい《(ゐ)》り侍《はべ》らざりければ、内大臣下﨟《げらふ》に侍《(はべり)》ける時《とき》、抱《いだ》き奉《たてまつ》りて侍けるを見《み》てよみ侍ける　右大臣

ちとせふる二葉《ふたば》の松《まつ》にかけてこそ藤《ふぢ》の若枝《わかえ》は春日《ゝるひ》さかえめ

441 御子《みこ》たちを冷泉院親王になして後《のち》、よませ給《たま》ひける　花山院御製

思《おも》ふこと今《いま》はなきかなな《ゝ》でしこの花咲《はなさ》く許《(ばかり)》なりぬと思《おも》へば

439 千代もと祈る心の中がさわやかで快いのは、絶えることなく吹く儒家の家の風であることだ。赤染衛門集。○すゞしきは　すがすがしいのは。「さざ波や志賀の浦風いかばかり心のうちはすずしかるらん」(公任集)。○家の風　儒家の家風。「久方の月の桂も折るばかり家の風をも吹かせてしかな」(拾遺・雑上・菅家母)。▽家風が継承されることの心中の喜びを、「風」の縁の「すずし」で表出。

440 千年を生き続ける二葉の松のような親王に寄り掛って、藤の若枝のような藤原氏の若君も、春の日ざしのように栄えることだろう。○故第一親王　→四三六。○五十日　誕生五十日目の祝い。承保二年(一〇七五)一月二十日(水左記)。○関白前太政大臣　藤原師実。関白藤原頼通の男。○内大臣　藤原師通。師実の男。○下﨟に侍ける時(師通が)まだ年若く官位も低かった時。実際は承保二年一月十九日、従三位に叙せられている。○二葉の松　葉を出したばかりの小松。→四三六。ここは、「故第一親王」(敦文親王)を指す。○かけて「かく」は「懸く」。松に藤を懸ける。○藤の若枝　藤の若い枝。「藤」に藤原氏を掛ける。「若枝」は、その若君、内大臣(師通)を指す。○春日さかえめ　「春日(はるひ)」は藤原氏の氏神、春日大明神を響かすか。▽皇子とともにある藤原氏の繁栄を松に懸る藤に見立てる。

441 心配することは、今は何もないことだ。いつくしんで育てたわが子たちが、常夏の花が咲くように華やかになったと思うと。○御子たち　花山院の昭登親王、清仁親王など。○冷泉院親王になして　花山院出家後にもうけた御子たちは、父の冷泉院の親王として処遇された(御堂関白記、日本紀略、栄花物語・初花)。○思ふこと　父親として、思い案じること。○なでしこ　植物の撫子

後三条院、親王《みこ》の宮《みや》と申《まう》しける時《とき》、今上幼《をさな》くおはしましけるに、ゆかりあることありて、見《み》まい《(ゐ)》らせければ、鏡《かゞみ》を見よとてたまはせたりけるに、よみ侍《(はべり)》ける

伊勢大輔

442 君《きみ》みれば塵《ちり》もくもらで万代《よろづよ》の齢《よはひ》をのみもますかゞみかな

返《かへ》し

閑院贈太政大臣

443 くもりなき鏡《かゞみ》の光《ひかり》ます〳〵も照《て》らさん影《かげ》にかくれざらめや

孫《むまご》の幼《をさな》きを、周防内侍見《み》侍《はべ》りて後《のち》、鶴《つる》の子《こ》の千代《ちよ》のけしきを思《おも》ひ出《い》づるよし、言《い》ひにおこせて侍《はべ》りける返しにつかはしける

藤三位

444 思《おも》ひやれまだ鶴《つる》の子《こ》の生《お》ひ先《さき》を千代《ちよ》もと撫《な》づる袖《そで》のせばさを

には愛情をかけてきた親王たちの意を込める。▽親王たちの安定を、心から喜ぶ父の心情。

442 若君を拝見していますと、塵一つ積らず澄みきっていて、万世も続く長寿をさらに増す、この真澄鏡ですよ。伊勢大輔集、二句「塵もつらじ」、三・四句「よろづよに光をのみも」。○後三条院、親王の宮と申しける時　寛徳二年(一〇四五)立太子から治暦四年(一〇六八)四月十九日践祚までの間。○今上　白河天皇。天喜元年(一〇五三)誕生。○ゆかりあること　伊勢大輔の娘、筑前乳母が後三条院の女房であった縁を言うか。○見まいらせければ　お世話申し上げたところ。○齢をのみもますかゞみかな　「ますかゞみ」は、よく澄んだ鏡。「ます」に「齢(よはひ)を増す」意の「増す」を掛ける。「見る」「塵」は鏡の縁語。▽澄んだ鏡に今上の曇りのない将来を見る。

443 曇りのないこの鏡の光がますます増すように、いっそう照り輝くであろう若君の威光のもとに、わが身を寄せないことがあろうか。伊勢大輔集。○くもりなき鏡の光　前歌を受けて、今上のいや増すご威光。○ます〳〵も　副詞の「ますます」に光が増す意の「増す」を掛ける。○影　光。「蔭」(庇護・めぐみ)の意を掛ける。○かくれざらめや　「や」は反語。▽皇子の将来の威光に期待し喜ぶ心情を歌う。作者は今上の外祖父に当る。

444 思いやってください、まだ鶴の子と見えるこの子の将来を千代までもと撫でている私の袖の心もとない狭さのことを。○孫　藤三位の孫。○周防内侍　→三七。○思ひやれ　初句切れ、倒置の歌。以下の句を受ける。○まだ鶴の子の生ひ先を　「まだ」は底本「まる」。「る」の傍に「たイ」と注記する。今はまだ鶴の雛である子の将来を。次の「千代もと撫づる」に係る。「鶴の子」は藤三位の孫を指す。○袖のせばさ　庇護するわが身の力なさ

紀伊守為光、幼《をさな》き子《こ》をいだして、これ祝《いは》ひて
歌《うた》よめと言《い》ひ侍《はべ》りければよめる　　清原元輔

445 万代《よろづよ》をかぞへむものは紀《き》の国《くに》のちひろの浜《はま》のまさごなりけり

人の裳着《もき》侍《はべ》りけるによめる

446 住吉《すみよし》の浦《うら》の玉《たま》もを結《むす》びあげて渚《なぎさ》の松のかげをこそ見《み》め

人の幼《をさな》き腹《はら》〴〵の子《こ》どもに、裳着《もき》せ、冠《かうぶり》せさせ、袴着《はかまき》せなどし侍《はべ》りけるに、かはらけとりて　　源重之

447 いろ〳〵にあまた千年《ちとせ》の見《み》ゆるかな小松《こまつ》が原《はら》にたづや群《む》れゐる

445 お子さんの万代も続く長寿を数えるなら、それは紀の国の千尋の浜の砂子の数であったよ。元輔集。○紀伊守為光　未詳。○幼き子　為光の幼子。○ちひろの浜　紀伊国の歌枕。伊勢国とも。「君がよの数にくらべば何ならじちいろの浜のまさごなりとも」(堀河百首・藤原公実)。○まさご　こまかい砂。数え切れないものの喩え。「君がよの年の数をば白妙の浜のまさごと誰かいひけん」(貫之集)。▽拾遺集・雑賀に既出。を卑下。▽作者の孫への思いを、「鶴の子」に託して表出。周防内侍への返歌。

446 住吉の浦の玉藻ではないが、今日裳着の晴儀の裳を結び上げて、(姫君は)住吉の渚の長寿の松の姿をきっと見届けることであろう。元輔集。○裳着侍りける　「裳着る」は、女子が成人して裳を初めてつけること。○住吉の浦の　「玉藻」と、同音の「裳」を導く序詞。「住吉の浦」は大阪市住吉区、住吉神社付近の入江。○玉も　「玉藻」に「裳」を掛ける。○渚の松のかげ　住吉の渚に生える松の姿。▽長寿の松に寄せて、裳着の姫君の将来を予祝した詠。

447 色とりどりに、多くの千歳の将来が見えていることだ。緑の小松の生えた野原に、白い鶴が群がっているのだろうか。重之集。○人　家集に陸奥守(藤原実方)とある。○腹〴〵の子ども　母親が異なる子供たち。○裳着せ　→四四六。○冠せさせ　「冠(かうぶり)す」は、男子が元服して初めて冠を付けること。「させ」は使役。○袴着せ　「袴着」は男子に初めて袴を付けさせる儀式。ふつうは三歳の男子の祝い。○いろ〳〵に　色とりどりに。裳着・加冠・着袴の衣装の色あいが混じりあったさまを指して言う。○あまた千年の見ゆるかな　それぞれの子たちの千歳までの未来が見えるよ。○小松が原　小松の生えている野原。「小松」に「子」

448 大中臣輔長、袴着《はかまき》侍《(はべり)》ける夜《よ》、内外戚《(ないげしやく)》のおほぢにて輔親・公資侍《はべ》りけるを見《み》てよめる

藤原保昌朝臣

かたがたの親《おや》の親《おや》どち祝《いは》ふめり子《こ》の〳〵千代《ちよ》を思《(おもひ)》こそやれ

449 三条院、親王《みこ》の宮と申《まう》しける時、帯刀陣《(たちはきのぢん)》の歌《うた》合《あはせ》によめる

大江嘉言

君《きみ》が代《よ》は千代《ちよ》にひとたびゐる塵《ちり》の白雲《しらくも》かゝる山となるまで

450 承暦二年内裏歌合によみ侍《はべ》りける

民部卿経信

君《きみ》が代《よ》は尽《つ》きじとぞ思《おも》ふ神風《かみ》や御裳《みも》濯川《すそがは》の澄《す》まむかぎりは

を掛ける。「大原や小塩の山の小松原はやこだかかれ千代の影見ん」(後撰・慶賀・紀貫之)。○たづ　鶴の雅語。松と同じく、実方の子たちを見立てたもの。▽重之集に実方妻の没後のこととある。ともに長寿の松と鶴とを組み合せて、当日の重ねられた慶事を寿ぐ。

448 それぞれの親の親、祖父どうしが祝っているようですね。この子のさらに子ども、お孫さんの千代の未来を思いやることです。○大中臣輔長　輔親の養子、輔宣の男。○内外戚　父方、母方の親族。○おほぢ　祖父。○輔親　大中臣輔親。○公資　大江公資。ここは内外戚の祖父たち。○かたがたの親の親どち　「親の親」は祖父。○子の〳〵　「此の子」と「子の子」(=孫)とを掛ける。○子▽祖父どうしが祝いあう様子を見て、その孫(輔長)の行く末を同席した作者の立場から予祝した詠。「親の親」「子の子」という言いまわしが、場にふさわしく巧妙。

449 わが君の御代は、千年に一度置く塵が白雲のかかる山となるほどまで続くでしょう。正暦四年(九九三)帯刀陣歌合(五月五日居貞親王主催)。大江嘉言集。○親王の宮と申しける時　東宮であったのは寛和二年(九八六)七月十六日から寛弘八年(一〇一一)六月十三日践祚までの間。○帯刀陣　「帯刀」は春宮坊の舎人で、帯刀する役人。「陣」はその詰め所。▽「塵が山となる」という想は、「高山起二微塵一」(白氏文集)、「高き山もふもとの塵ひぢより成りて、天雲たなびくまで生ひ上れる」(古今・仮名序)などと同趣。

450 わが君の御代はつきることはありますまい。伊勢神宮の神域を流れる御裳濯川が澄みわたっている間は。承暦二年(一〇七八)内裏歌合(→三二)、初句「みづがきは」。大納言経信集。○神風や　「御裳濯川」にかかる枕詞。○御裳濯川　五十鈴川。

宇治前太政大臣の家《いへ》に卅講の後《ゝち》、歌合し侍《はべ》り
けるによめる　　藤原為盛女

451 思《おも》ひやれ八十《やそ》氏《うぢ》人の君《きみ》がためひとつ心に祈《いの》る祈《いの》りを

永承四年内裏の歌合に松をよめる　　能因法師

452 春日山《かすがやま》岩《いは》ねの松は君《きみ》がため千年《ちとせ》のみかは万代《よろづよ》ぞへむ

同歌合によめる　　式部大輔資業

453 君《きみ》が代《よ》は白玉椿《しらたまつばき》八千代《やちよ》ともなにか数《ゝぞ》へむかぎりなければ

冷泉院はじめて造《つく》らせ給《（たまひ）》て、水《みづ》など堰入《せきい》れた

伊勢神宮を流れる清流。○澄まむ　「澄む」には「住む」(この世に存在し続ける)を響かすか。▽歌合の伝える作者名、源道時は経信の子。父経信による代作であったか。この一首は、名歌の誉れ高く、これによって実際に帝の齢が延びたという話が袋草紙などに記載されている。

451 思いやってください。大勢の人々があなたのために、心を一つにして祈っているこの祈りのことを。長元八年(一〇三五)賀陽院水閣歌合。栄花物語・歌合・資房の少将。○卅講の後、歌合し侍りける　→一九三。○宇治前太政大臣　藤原頼通。○八十氏人の　多くの氏人たちが。「の」は主格。「氏人」には宇治を響かすか。○ひとつ心に　心を合せて。「ひとつ」は「八十」の対。▽主催者頼通に対する祝意を歌う。作者を歌合本文(二十巻本)では藤原兼房とするなど異伝が多い。

452 春日山の大きな岩に生える松は、あなた様のために千年どころか、万年も時を経ることでしょう。永承四年(一〇四九)内裏歌合(→三五)。能因法師歌集。○春日山　奈良市、春日神社の東にある山。春日神社は藤原氏の氏神、春日明神を祭る。「二葉よりたのもしきかな春日山こだかき松のたねぞと思へば」(拾遺・賀・大中臣能宣)。○岩ね　大地に深く埋もれた大きな岩。○君がため　「君」は、「春日」の縁で、歌合の実質的な主催者である藤原頼通を指すか(形式的な主催者は後冷泉天皇)。○千年のみかは万代ぞへむ　松の齢とされる「千とせ」をさらに「万代」と強調。▽春日山の松に寄せて、「君」の長寿を祝う。

453 あなた様の御代の長さははかり知れません。白玉椿のように、八千年などともどうして数えることができましょう。限りがないのですから。永承四年内裏歌合。○白玉椿　白い花を付ける椿の一種か。「白」に「知らず」を掛ける。「宮城野の

るを御覧《ご》じてよませ給《(たまひ)》ける　〔後〕冷泉院御製

454 岩《いは》くゞる滝《たき》の白糸《しらいと》絶《た》えせでぞ久《ひさ》しく世《よ》ゝにへつゝ見《み》るべき

東三条院に東宮わたり給《たま》ひて、池《いけ》の浮草《うきくさ》など払《はら》はせ給《(たまひ)》けるに　小大君

455 君《きみ》すめばにごれる水もなかりけり汀《みぎは》のたづも心してゐよ

関白前《さき》の大いまうちぎみ六条の家《いへ》にわたりはじめ侍《(はべり)》ける時《とき》、池《いけ》の水永《みづなが》く澄《す》めりといふ心を人《ひと》ぐ＼よみ侍けるに　藤原範永朝臣

456 今年《ことし》だに鏡《かゞみ》と見《み》ゆる池水《いけ》の千代《ちよ》へてすまむかげぞゆかしき

白玉椿君がへん八千代の数においぞしぬらん」(田多民治集)。○八千代　「古有二大椿者一、以二八千歳一為レ秋、以二八千歳一為レ春也。されば白玉椿八千代などもよめり」(奥義抄)。▽「君」の齢を、椿の八千代よりも長寿であると強調。

454 岩をくぐって流れる滝の白糸は、今後も絶えることなく、長い年月流れ続けて、いつまでも見ることができるであろう。○冷泉院　嵯峨天皇が造営し、以後主として上皇の御所として用いられた。○はじめて造らせ給て　冷泉院没後荒廃していたものを、後冷泉天皇の御代に修造したことを指す。「入二御新造冷泉院一」(扶桑略記・永承六年〔一〇五一〕七月十九日条)。○堰入れたるを　堰とめ庭に引き入れてあるのを。○岩くゞる　岩間をくぐって流れる。「妹が寝る床のあたりに岩ぐくる(伊波具久留)水にもがもよ入りて寝まくも」(万葉集十四・作者未詳)。○滝の白糸　→三六四。○へつゝ　「経つつ」に「綜(へ)」(機の経糸《たていと》をかけるもの)を掛ける。▽「白糸」を中心語にして、「絶ゆ」「へ(綜)」という縁語を配す。院の新造を自ら喜び祝う詠。

455 東宮さまがお住みになっているので、池も澄んで濁り水もないことだ。水際の鶴も(水を汚さないよう)気を付けてとまれ。小大君集。○東三条院　一条天皇母后詮子の御所。○東宮　居貞親王。後の三条天皇。小大君は居貞親王東宮時の女房。○君すめば　「すめ」に「住む」と「澄む」とを掛ける。○にごれる水　奥義抄は「明王時者、黄河一清」(李康・運命論・注など)をふまえるとする。ただし、黄河が千年に一度澄むという故事の骨子とこの一首の趣意とは直結しない。▽澄んだ池水に鶴を取り合せて、東宮の将来を寿ぐ。

456 今年でさえも澄んで鏡のように見える池水が、千年を経てますます澄み、そこに映す影を見

俊綱朝臣、丹波守にて侍《(はべり)》ける時、かの国《くに》の臨時の祭《まつり》の使《つかひ》にて、藤《ふぢ》の花をかざして侍けるを見て

良暹法師

457 千年《ちとせ》へん君《きみ》がか《ゝ》ざせる藤《ふぢ》の花《はな》松にかゝれる心地こそすれ

後冷泉院御時大嘗会御屏風、近江国亀山松樹ニ多《ク》生《(おひ)》たり

式部大輔資業

458 万代《よろづよ》に千代《ちよ》の重《かさ》ねて見《み》ゆるかな亀《かめ》のおか《(を)》なる松のみどりは

同御屏風の大蔵山をよめる

459 動《うご》きなき大蔵《おほくら》山をたてたればをさまれる代《よ》ぞ久《ひさ》しかるべき

たいことだ。範永朝臣集、初句「今年より」。○関白前の大いまうちぎみ　藤原師実。○六条の家　六条殿。師実の邸宅。○今年だに　眼前の今年の池水でさえ。「だに」は、眼前の景から、「千代へてすまむかげ」を類推する。○すまむ　「澄む」と「住む」とを掛ける。▽題意を受けて、千年の先まで澄みわたる池水に思いをはせる。

457 千年を経て齢を保たれるであろう君が頭にさしている藤の花は、ちょうど(長寿の)松にかかっている気持がすることだ。○俊綱朝臣　橘俊綱。○かの国の臨時の祭　丹波国一宮で行われた臨時の祭か。「臨時の祭」は例祭以外の祭。○千年へん君　千年も生き続けるであろう君。ここは、俊綱。○松にかゝれる　藤の花が松の木に懸っている。「松に懸る藤」は四四〇にも。▽「君」を千寿の「松」になぞらえて祝う。

458 万代にさらに千代を重ねたように見えることだ。この亀の丘に生える松の緑は。○後冷泉院御時大嘗会御屏風　寛徳二年(一〇四五)十一月十五日、後冷泉天皇即位時の大嘗会に使用するための屏風。○亀山　大津市御陵町。長等山麓。○松のみどりは　他本「松の緑に」。▽万年の齢の亀に千年の松を配して祝意を強調する。

459 確固として動くことのない大蔵山を描いて屏風として立て、大きな蔵を建てたので、治まっている世は永く続くことであろう。○同御屏風　前歌と同じ折の御屏風。○大蔵山　近江国の歌枕。滋賀県甲賀郡水口町にある山。大岡山。「みつき積む大蔵山はときはにて色も変らず万世ぞへむ」(拾遺・神楽歌・大中臣能宣)。○動きなき大蔵山　微動だにしない「大蔵」という名を持つ大蔵山。「動きなき岩蔵山に君が世を運びおきつつ千世をこそ積め」(拾遺・神楽歌・よみ人しらず)。

陽明門院、はじめて后《きさき》にたゝせ給《(たまひ)》けるを聞《きゝ》き
て

江侍従

460 紫《むらさき》の雲《くも》のよそなる身なれども立《た》つと聞《き》くこそうれしかりけれ

〇たてたれば 「たて」に「立て」と「建て」とを掛ける。〇をさまれる代 「治まれる世」に「蔵」の縁語「収む」を掛ける。▽不動の大蔵のイメージに寄せて、治世の平安と永続を祝う。拾遺集・神楽歌の二首に依るか。

460 めでたい立后のお祝いと直接かかわる身ではありませんが、紫雲が立つように、后に立つと聞くのはうれしいことです。〇陽明門院 三条天皇皇女、禎子内親王。長元十年(一〇三七)三月一日立后。〇紫の雲 聖衆来迎の瑞雲。ここは、立后を知らせる慶雲。「帝后の出で来給ふべき所には紫の雲の立つなり」(奥義抄)。〇立つ 后の立つ意に雲が立つ意を響かす。▽母赤染衛門とともに道長子女に近侍した作者の、一族の慶事に対する祝意を表出したもの。

後拾遺和歌抄第八　別

祭主輔親、田舎《ゐなか》へまかり下《くだ》らむとしけるに、野《の》の《ゝ》花《はな》、山の紅葉《もみぢ》などは誰《たれ》とか見《み》むとすると言《い》ひてつかはしける

恵慶法師

461 紅葉見《もみぢみ》んのこりの秋もすくなきに君《きみ》ながゐせば誰《たれ》と折《を》らまし

返《かへ》し

祭主輔親

462 惜《を》しむべき都《みやこ》の紅葉《もみぢ》まだ散《ち》らぬ秋のうちには帰《かへ》らざらめや

461 紅葉を見る今年の秋の残りの日も少ないのに、あなたが田舎に長居すれば、いったい誰と紅葉を手折ったらよいのだろう。輔親卿集「九月十日よひ、ものへくだるに、恵慶のもとより…」、初句「もみぢばも」。○祭主輔親　大中臣輔親。○紅葉見ん　これから、紅葉を見るであろう。○のこりの秋　秋の残りの日々。輔親卿集の詞書によれば九月のこととある。「見るままにかつ散る花をたづぬれば残りの春ぞ少なかりける」(公任集)。▽紅葉に寄せて別れを惜しむ。恵慶・輔親の雅交の様子がうかがえる。

462 共に惜しむはずの都の紅葉が、まだ散らない秋のうちに、帰らないことがあるだろうか(きっと帰りますとも)。輔親卿集「とあれば、まこととは思はねどふと心ときめきになむ、さらばこの月すぐさず上りなむとて、かくなむ」。○帰らざらめや　帰らないことがあろうか。「や」は反語。▽前歌を受けて、紅葉に合せての帰洛を約束する。家集では、前歌の内容に、年下の作者はいたく感激している。

463 田舎《ゐなか》へ下《くだ》りける人のもとにまかりたりけるに、侍《はべ》らざりければ、家《いへ》の柱《はしら》に書《か》き付《つ》けゝる

源　道　済

つねならばあはで帰《かへ》るも歎《なげ》かじを都《みやこ》いづとか人《ひと》の告《つ》げつる

464 東《あづま》へまかるとて、京を出《い》づる日《ひ》よみ侍《はべ》りける

増　基　法　師

都《みやこ》いづる今朝《けさ》許《(ばかり)》だにはつかにもあひみて人を別《わか》れましかば

465 遠江守為憲、まかり下《くだ》りけるに、ある所《ところ》より扇《あふぎ》つかはしけるによめる

藤原道信朝臣

別《わか》れてのよとせの春《はる》の春《はる》ごとに花《はな》のみやこを思《(おもひ)》おこせよ

463 いつもだったら会えないで帰ることになっても嘆いたりはしないであろうが、都を出て地方へ赴くとあの人は教えてくれただろうか、教えてはくれなかった。道済集「ある人の田舎へ下ると聞きて行きたるに、出でにけるほどにて、会はで帰りしかば」、三句「思はじを」。○田舎へ下りける人　地方へと下ってしまった人。○侍らざりければ　すでに出発して不在だったので。○つねならば　相手が都にあって不在なら。○告げつる　正保版本、八代集抄本「つげける」。▽友の離京を知らされなかった嘆き。

464 せめて都を出発する今朝だけでも、わずかでもいいからあの人に会って別れることができたらなあ。増基法師集「これは遠江の日記　三月十日、あづまへまかるに、つゝみて逢ひみぬ人をおもふ」、二句「けふばかりだに」、四句「あひみて人に」。○東　関東、東北地方の総称。逢坂山より東の国々を指す。○はつかにも　ほんのわずかでも。○人　家集には「つゝみて逢ひみぬ人」。恋人か。○ましかば　下に「よからまし」の思いを省略。▽逢うべき人に逢えないまま、離京する嘆き。

465 別れている間の(任地での)四年の春ごとに、花の咲いているこの都を思いおこしてください。道信朝臣集「ためなりのあそむ、とをたうみになりて下るに、あふぎつかはすとて」。○遠江守為憲　源為憲。正暦二年(九九一)遠江守となる。家集では「ためなり」、今昔物語集では「藤原為頼」とする。○扇　餞別の扇。「あふぎ」は「あふ」(逢ふ)の意から再会を期して、餞別に贈られることが多かった。○よとせ　受領の任期の四年間。○花のみやこ　桜の花が咲く都。平安中期から歌人たちに愛好された歌語。→九三。▽「よとせ」と、受領の任期を歌中に詠み込んでその春ごとに、詠者を含む都人や都のことを思い出してほしいと願う。

466
父《ちゝ》のもとに越後にまかりけるに、逢坂《あふさか》のほど
［よ］り源為善朝臣の許《（もと）》につかはしける

藤原惟規《（ノブノリ）》

逢坂《あふさか》の関《せき》うち越《こ》ゆるほどもなく今朝《けさ》は都《みやこ》の人ぞ恋《こひ》しき

467
田舎《ゐなか》へまかりける人に、かはぎぬ、扇《あふぎ》つかは
すとて

藤原長能

世《よ》の常《つね》に思《おも》ふ別《わか》れの旅《たび》ならば心見《み》えなる手向《たむけ》せましや

468
三月許《（ばかり）》に、筑後守藤原為正、国に下《くだ》り侍《はべ》り
けるに、扇《あふぎ》たまはすとて、藤《ふぢ》の枝作《えだつく》りたるに、
結《むす》び付《つ》けて侍《（はべり）》ける

選子内親王

ゆく春《はる》とゝもにたちぬる船路《ふなみち》を祈《いの》りかけたる藤波《ふぢなみ》の花《はな》

466 逢坂の関を越えるやいなや、もう今朝は都の人が恋しいことだ。○父 藤原為時。○越後にまかりけるに 為時の越後赴任は寛弘八年(一〇一一)二月。なお同道した惟規は越後で病没したと伝える。○逢坂 →二六。○ほどより 太山寺本、陽明乙本「ほとりより」。正保版本、八代集抄本「ほどより」。○源為善朝臣 播磨守国盛の男。○逢坂の関 →四。▽離京直後、逢坂の関での思い。前歌とは逆に旅立つ者の側から歌う。難後拾遺には、相手の為善の返歌は、詠者が客死したため、生前目にすることはなかったとある。

467 これが、世間普通に思うところの別れの旅であるとするならば、こんな私の心の中がすぐわかってしまうような餞別の品を届けることでしょうか。長能集「いづれの年にかありけむ、からぎぬあふぎなどとらせて、遠江にくだりはべりしに」。○かはぎぬ 毛皮でつくった衣。「来ぬ」あるいは「彼(か)は来ぬ」を掛けるか。他本「かりぎぬ」、家集「からぎぬ」。○扇 「逢ふ」を掛ける。○心見えなる 私の心の中が見られてしまうような。贈る品に込めた掛詞が単純であることを指す。○手向せましや 「手向」は、ここは旅立つ人への餞別。▽「来(く)」「逢ふ」の連想による手向けの品によって、離別の悲しみを強調。

468 過ぎ去って行く春と共に出発なさる船路を、無事であれと祈りをかけたこの藤波の花ですよ。大斎院御集。○三月許に 家集には「三月十六日、たゞまさ、筑後へ下るに」とある。○藤原為正 大和守令門の男。五位越後守(勅撰作者部類)。家集に「たゞまさ」とあることから、選子の頃の斎院長官、源為理の弟忠理を指すとする説もある(橋本不美男)。○藤の枝作りたるに 造花の藤の枝に。○ゆく春とともにたちぬる船路 暮れて行く春と時を同じく出発する船旅。○祈りかけ

返《かへ》し　　　　　　　藤原為正

469 祈《いの》りつゝ千代《ちよ》をかけたる藤波《ふぢなみ》に生《いき》の松こそ思《(おもひ)》やらるれ

人《ひと》の遠《とほ》き所《ところ》にまかれりけるに　　　　藤原道信朝臣

470 誰《たれ》が世《よ》もわが世《よ》も知《し》らぬ世《よ》の中《なか》に待《ま》つほどいかゞあらむとすらん

入道摂政若《わか》う侍《はべ》りける頃《ころ》、大納言道綱が母に通《かよ》ひ侍《(はべり)》けるに、陸奥へまかり下《くだ》らんとて、見《み》よとおぼしくて女《むすめ》の硯《すゞり》に入《い》れて侍《はべ》りける　　　　藤原倫寧

471 君《きみ》をのみ頼《たの》む旅《たび》なる心《こゝろ》には行《ゆ》く末遠《すゑとを》くおもほゆるかな

たる　「かく(懸く・掛く)」は藤の縁語であると同時に波の縁語。○藤波　→一五五・一五六。▽「立つ」「掛く」という「波」の縁語を用いて、船路の前途の平安を祈る。

469 祈りながら千代もと願ってくださった藤波の花を見ると、(藤の懸る)生の松原の松が思いやられ、生きてお会いできる日のことを思っています。大斎院御集。○千代をかけたる　「かく(懸く)」は藤の縁語。○生の松　「生の松原」(筑前国の歌枕)の松。藤の縁から、その懸る松が連想され、任地にゆかりの松が詠み出される。「生」に「生き(生く)」を掛ける。▽「千世をかけて生きん事を思ひやるとの心也」(八代集抄)。

470 誰の寿命も、私の命さえもわからないこの世の中に、あなたを待っている間、いったい我が身はどうなってしまうのであろうか。道信朝臣集、四句「まつほどいかに」。○誰が世も　「世」は生涯・寿命。相手を含めて誰の寿命も。○いかゞあらむとすらん　(私の命は)どうなってしまうのであろうか。「君はよし行く末遠しとまる身のまつほどいかがあらむとすらん」(拾遺・別・源満仲)と下句が一致。▽無常の世の別離を悲しむ。今昔物語集にも載る。

471 あなただけを頼りにして出立する旅にあっては、ただでさえも遠い旅路がいっそうはるかなものと思われることだ。蜻蛉日記・上。○入道摂政　藤原兼家。○大納言道綱が母　藤原倫寧の女。○陸奥へまかり下らんとて　天暦八年(九五四)十月のこと。○君　兼家。○行く末遠く　倫寧の陸奥への旅が遠いことと、娘と兼家との仲が末長いこととを掛ける。▽娘の結婚後間も無く離京する父の心情を、婿兼家に呼びかける。

返《かへ》し　入道摂政

472 我《われ》をのみ頼《たの》むといはば行《ゆ》く末《すゑ》の松《まつ》の千代《ちよ》をも君こそは見《み》め

筑紫《つくし》に下《くだ》りて侍《はべ》りけるに、上《のぼ》らむとて家主《いへあるじ》なる人《ひと》のもとにつかはしける　堪円法師

473 山の端《は》に月影《かげみ》見えば思《(おもひ)》いでよ秋風吹《ふ》かば我《われ》も忘《わす》れじ

源頼清朝臣、陸奥国《みちのくに》果《は》てて、また肥後守《ひごのかみ》になりて下《くだ》り侍《はべ》りけるを、出立《いでた》ちの所《ところ》に、誰《たれ》ともなくてさしおかせける　相模

474 たび〳〵の千代《ちよ》をはるかに君《きみ》や見《み》ん末《すゑ》の松《まつ》より生《いき》の松原《まつばら》

472 私だけを頼りともしおっしゃるのなら、末の松山の松のように、千代もと契る私の変らない心を将来あなたはごらんになることでしょう。蜻蛉日記・上、下句「松の契りもきてこそは見め」。○行く末の松の千代　「行く末」は将来。「すゑ」は「すゑの松」と続いて陸奥国の歌枕「末の松山」の松を指す。「千代」は「君をおきてあだし心をわが持たば末の松山波も越えなむ」(古今・東歌・よみ人しらず)を踏まえ、松の千寿と永遠に変らぬ夫婦の契りとを重ねる。○君　父の倫寧。▽道綱母に対する不変の愛を、旅立つ父親に約す。

473 東の山の端に月の光が見えたら(私のことを)思い出してください。西から秋風が吹いたら、私も(あなたのことを)忘れないでしょう。○筑紫　筑前、筑後両国の称。○家主なる人　筑紫に滞在中の家主であった人。○山の端　山が空に接する部分。→三九一。▽東上する自分を東の山の端の「月」、西の地からの家あるじの心を「秋風」に喩える。

474 この重なる旅によって、幾度もの千代の行く末をあなたは見ることでしょうか。あの末の松から生の松原に至るとは。相模集「さきのみちのくのかみより、肥後になりてくだるに」、上句「たびたびに君が千とせやまさるらん」、五句「いでの松原」。○源頼清朝臣　頼信の男。○陸奥国　ここは、陸奥守の任。○肥後守　「肥後」は西海道十一国の一。現在の熊本県。○出立ち　旅への出立。○たび〳〵の千代　幾重もの千代。「末の松」(→四七二)、「生の松原」(→四六九)それぞれの松によって約束される千寿。「たび〳〵」は「度々」に「旅々」(陸奥への旅に続く肥後への旅)を掛ける。○生の松原　「いき」に「行き」を掛ける。▽重ねての旅路のそれぞれの「松」の名所を詠んで、旅立つ人の将来を祝う。

嘉言《よしとき》、対馬《つしま》になりて下《くだ》り侍《(はべり)》けるに、人に代《かは》りてつかはしける

475 厭《いと》はしきわが命《いのち》さへ行《ゆ》く人の帰《かへ》らんまでと惜《を》しくなりぬる

対馬《つしま》になりてまかり下《くだ》りけるに、津《つ》の国《くに》のほどより能因法師の許《(もと)》につかはしける　大江嘉言

476 命《いのち》あらば今《いま》かへり来《こ》ん津《つ》の国《くに》の難波《なには》堀江《ほりえ》の蘆《あし》のうらばに

橘則光、陸奥国《みちのくに》に下《くだ》り侍《(はべり)》けるに、言《い》ひつかはしける　中納言定頼

477 かりそめの別《わか》れと思《おも》へど白河《しらかは》のせきとゞめぬは涙《なみだ》なりけり

475 普段はうとましく思われる私の命までが、出かける人の帰るまではと惜しくなってしまうことだ。○嘉言　大江嘉言。寛弘六年(一〇〇九)対馬守。○対馬　ここは、対馬守。「対馬」は西海道十一国の一。現在の長崎県対馬。○厭はしき　煩わしい。平素は惜しくは思っていないことを強調。▽当時の旅立ちや別離には再会までの余命が意識されることが多かった。「命だに心にかなふものならば何か別れのかなしからまし」(古今・離別・白女)。

476 命がもしあるならばすぐに帰って来るでしょう。蘆の裏葉が返るように、この津の国の難波の、堀江にある蘆の浦に。能因集「嘉言つしまになりてくだるとて、津のくにのほどより、かくいひをこせたり」。○対馬　対馬守。○津の国　摂津国(現在の大阪府と兵庫県の一部)。○かへり来ん　「帰る」と「返る」を重ねる。「返る」は「蘆の裏葉」の縁語。○堀江　摂津国の歌枕。○蘆のうらば　蘆の裏葉に地名の「蘆の浦」を掛ける。▽帰郷への思いを表白。しかし、嘉言は任地で客死した。能因集には「難波江の蘆のうら葉もいまよりはただ住吉の松としらなむ」という能因の返歌を伝える。

477 ほんの一時の別れとは思うけれど、(白河の関ではないけれど)せきとめることのできないのは、涙であったよ。定頼集。○橘則光　敏政の男。寛仁三年(一〇一九)七月、陸奥守在任(小右記)。○陸奥国　→二。○白河のせき　→九三。「せき」は「関」と「塞き」とを掛ける。▽陸奥路の白河の関を詠み込んで、友との別れを悲しむ。

478
義通《よしみち》朝臣、十二月のころほひ、宇佐《うさ》の使《つかひ》にまかりけるに、年明《としあ》けばかうぶり賜《たま》はらんことなど思《おも》ひて、餞《(はなむけ)》賜《たま》ひけるに、かはらけ取《と》りてよみ侍《(はべり)》ける

橘則長

別《わか》れ路《ぢ》にたつ今日《けふ》よりもかへるさをあはれ雲居《くもゐ》に聞《き》かむとすらん

479
筑紫《つくし》へ下《くだ》る人にむまのはなむけし侍《(はべる)》とて、人〳〵酒《さけ》たうべてひねもすに遊《あそ》びて、夜《よ》やう〳〵更《ふ》けゆくまゝに、老《お》いぬることなどを言《い》ひ出《い》だしてよみ侍《はべ》りける

慶範法師

誰《たれ》よりも我《われ》ぞ悲《かな》しきめぐりこんほどを松《(まつ)》べき命《いのち》ならねば

筑紫《つくし》より上《のぼ》りて後《のち》、良勢法師の許《(もと)》につかはしける

読人不知《(よみびとしらず)》

478　この別れ路に出発する今日から、もう帰り道のことを、ああ、あなたは、空に向かって聞こうとしていることでしょう(宮中での叙爵のことを今からお聞きになりたいことでしょうね)。○義通朝臣　橘義通。但馬守為義の男。○宇佐の使　宇佐八幡宮に幣帛を奉る勅使。義通は、治安三年(一〇二三)十一月二十五日宇佐の使に立つ(日本紀略)。○かうぶり賜はらん　叙爵するであろうこと。義通の叙爵のことか。○餞　酒、食物を用意して、別れる人を送る宴。○今日よりも　今日からもう、早くも。○かへるさ　帰り道。○雲居　空。宮中の意を掛ける。○聞かむとすらん　主語は義通。▽叙爵を前に年末近く宇佐の使に立つ友を送る。

479　誰よりもとどまる私の方が悲しいことだ。あなたが再び帰って来るまで待つことのできる私の命ではないので。○筑紫　→四七三。○むまのはなむけ　→四七六。○誰よりも　八代集抄本「ゆくよりも」。○めぐりこんほど　行く人が再び帰って来るまでの間。○松　「待つ」とすべきところ、底本「松」の字を宛てる。▽老いての離別を悲しむ。

480　別れなければならない仲とは十分知りながら、仲むつまじく馴れ親しんできたことが今日はとりわけ悔やまれることだ。○筑紫　→四七三。○良勢法師　生没年など未詳。なお、陽明文庫伝為家筆本の勘物に「山、号大門供奉、住鎮西」とある。

480 別《わか》るべき仲《なか》と知《し》る〳〵むつましくならひにけるぞ今日はくやしき

返《かへ》し　　良勢法師

481 なごりある命《いのち》と思《おも》はばともづなの又《また》もやくると待《ま》たまし物《(もの)》を

能因法師、伊予《いよ》の国《くに》にまかり下《くだ》りけるに、別《わか》れを惜しみて

藤原家経朝臣

482 春《はる》は花秋は月にとちぎりつゝ今日《けふ》を別《わか》れと思《おも》はざりける

能因法師、伊予《いよ》の国《くに》より上《のぼ》りて、又帰《かへ》り下《くだ》りけるに、人〳〵むまのはなむけして、明《あ》けむ

○むつましく　親密である。○ならひにけるぞ「ならふ」は馴れ親しむ。▽筑紫の僧良勢法師と親交を持った人物が、都に戻って後に送った歌。

481 もしも余命があると思えるのならば、再びあなたがもどって来るかと待ってもいられるのに。○なごりある命　余命。本来の命の残照とも言うべき月日。○ともづな　艫綱。船をつなぎとめる綱。「友」を掛け、「くる(繰る)」を引き出す。○くる　「繰る」と「来る」とを掛ける。○待たまし物を　「まし」は反実仮想。▽老後の離別を悲しむ。四七九と同趣の歌。

482 春は花、秋は月のもとで共に楽しもうと約束したのに、この今日を別れの日とは思わなかったことだ。家経朝臣集「送能因入道二首、わかれをおしむ」、五句「思はざりせば」。○伊予の国にまかり下りけるに　能因の伊予下向は数次におよんだらしい。ここは長暦四年(一〇四〇)の下向か。寛徳元年(一〇四四)とする説もある。「伊予」は南海道六国の一で、現在の愛媛県。○春は花秋は月に　春には花のもとで、秋には月をながめて親交を結ぼう。▽「春は花秋は紅葉と散りはてて立ち隠るべき木(こ)の下(とも)もなし」(拾遺・哀傷・よみ人しらず)のように、多くは「花」には「紅葉」が配されることが多いが、ここは「月」を雅交の契機とする。

483 春上《はるのぼ》らんと言《い》ひ侍《(はべり)》ければよめる　源兼長

思《おも》へたゞ頼《たの》めていにし春《はる》だにも花《はな》の盛《さか》りはいかゞ待《ま》たれし

484 かたらふ人の陸奥国《みちのくに》に侍《(はべり)》けるに　源道済

思《おも》ひ出《い》でよ道《みち》ははるかになりぬらん心のうちは山《やま》もへだてじ

485 能登《のと》へまかり下《くだ》りけるに、人〳〵まうで来《き》て歌《うた》よみ侍《(はべり)》ければ

とまるべき道《みち》にはあらずなか〳〵に会《あ》はでぞ今日《けふ》はあるべかりける

486 讃岐《さぬき》へまかりける人《ひと》につかはしける　中納言定頼

松山の松《まつ》の浦風《うらかぜ》吹《ふ》きよせば拾《ひろ》ひてしのべ恋《こひ》わすれ貝《がひ》

483 ただ思ってもみてください。あてにさせてそのままであった春でさえも、花の盛りの頃にはどんなにかあなたと一緒に花を見たいと待たれたことか。○伊予の国 →四八二。○又帰り下りけるに 能因法師の伊予下向は何度かに及んだらしい。○むまのはなむけ →四七八。○明けむ春上らん 来春きっと上洛しよう。能因のことば。○頼めていにし春 以前下向の折に、あてにさせたままで空しく過ぎてしまった春。○花の盛りはいかゞ待たれし 花のさかりにはどんなに待たれたことでしょうか。▽前回の下向時よりも、いっそう強い再会への思いを表出する。詠者は和歌六人党の一人で、能因法師とは深い親交があった。

484 (私のことを)思い出してください。たとえ道は遠くへだたってしまっても、(たがいの)心の中は山もへだてたりはしないでしょう。道済集。○かたらふ人 親しくしている人。女性か。○心のうちは たがいの心の中は。▽遠くへだたった人への慕情。「道こそ隔てめ、心中は山も隔つまじければおもひ出よ、我も君を思ひ忘れじと含めし也」(八代集抄)。

485 (どんなに別れがつらいからといって)とてもとどまることのできる旅路でない。かえって今日はお会いしないでいたほうがよかったよ。道済集「おやの能登守になりたりしに、まづ下れとありしに、人々きて歌よみしに」、二句「みちにもあらず」、五句「ゆくべかりける」。○能登へまかり下りけるに 父方国(まさくに)の能登守赴任に従っての下向であろう。長徳二年(九九六)のことか。「能登」は北陸道七国の一で、現在の石川県北部。▽親交のある友人たちとの別れか。惜別の思いを旅立つ側から詠む。

486 松山の松の浦を吹く風が、(忘れ貝を)吹き寄せたら、拾って我慢してください。都恋しさ

返《かへ》し　　　　　　　　　　　　源光成

487 たゝぬよりしぼりもあへぬ衣手《ころもで》にまだきなかけそ松《まつ》が浦波《うらなみ》

ためよし、伊賀《いが》にまかり侍《はべ》りけるに、人〳〵
餞《（はなむけ）》たまひけるに、かはらけ取《と》りて　　　　源兼澄

488 かくしつゝ多《おほ》くの人《ひと》は惜《を》しみ来《き》ぬ我《われ》を送《おく》らんことはいつぞは

大江公資朝臣、遠江守にて下《くだ》り侍《はべ》りけるに、
しはすの二十日《はつか》ごろに、むまのはなむけすと
て、かはらけ取《と》りてよみ侍《はべ》りける　　　　源為善朝臣

489 暮《く》れてゆく年《とし》とゝもにぞ別《わか》れぬる道《みち》にや春《はる》は逢《あ》はんとす覧《（らん）》

を忘れるという名の忘れ貝を。定頼集。○松山　香川県坂出市松山。「待つ」を掛ける。○松の浦風　松の浦を吹く風。「松の浦」は讃岐国の歌枕。「松山、松のうら、皆讃岐阿野郡也」(八代集抄)。○しのべ　「しのぶ」は耐える、こらえる。○恋わすれ貝　拾うと恋しさを忘れることができるとされる貝。二枚貝の一片の空貝(うつせがい)を指したとも。▽「わが背子を恋ふるも苦しいとまあらばひろひて行かむ恋忘貝」(拾遺・雑恋・坂上郎女、万葉集六・異伝)によるか。

487 まだ出発しないうちからしぼりきりもできぬ涙の袖に、もう今から「待つ」などと、(都恋しい気持をおこさせる)松の浦の浦波をかけて濡らさないでください。定頼集。○たゝぬより　まだ都を出発しないうちから。「立つ」に衣の縁語「裁つ」を掛ける。○衣手　袖。○まだき　早くも。今から。○松が浦波　「待つ」「裏(衣の縁語)」をそれぞれ掛ける。▽行く先の「松の浦」をよみこんだ贈答。

488 大勢の友人に対して、こうして別れを惜しんできたことだ。私を人々が送ってくれるのはいつのことだろう。兼澄集、三句「をしへきぬ」、五句「としはいつぞは」。○ためよし　橘為義(道長家家司)あるいは源為善(備前守)か。○伊賀　伊賀守。「伊賀」は東海道十五国の一で、現在の三重県の西部。○惜しみ来ぬ　主語は兼澄。▽大江以言の「楊岐路滑吾之送ㇾ人多年、李門浪高人之送ㇾ我何日」(和漢朗詠集・下・餞別)という詩句による。

489 暮れて行く年とともに別れることだ。これからの道中で春に出会うというのだろうか(私があなたに会えるのはいつの日やら)。○むまのはなむけ　→四七八。▽遠江に向かう道中に、東から来る春と出会うという発想。四六八と表現が類似する。

あからさまに田舎《ゐなか》にまかると、女《をんな》のもとに言《い》ひつかはしたりける返《かへ》り事《ごと》に、しばしと聞《き》けど関越《せきこ》ゆなどあれば、遠《とほ》き心地こそすれと言《い》ひて侍《はべ》りければ、つかはしける

祭主輔親

490 逢坂《あふさか》の関路《せきぢ》越《こ》ゆとも都《みやこ》なる人に心《こゝろ》のかよはざらめや

橘道貞、式部《しきぶ》を忘《わす》れて陸奥国に《みちのくにゝ》下《くだ》り侍《(はべり)》ければ、式部がもとにつかはしける

赤染衛門

491 行《ゆ》く人《ひと》もとまるもいかに思《おも》ふらん別《わか》れてのちのまたの別《わか》れを

物言《ものい》ひける女《をんな》の、いづこともなくて遠《とほ》き所《ところ》へなん行《い》くと言《い》ひ侍《はべ》りければ

中原頼成

492 いづちとも知《し》らぬ別《わか》れの旅《たび》なれどいかで涙《なみだ》のさきに立《た》つらん

490 逢坂の関を越えたとしても、都にいる人に心が通わないことがあろうか。輔親卿集。○あからさまに　ほんのちょっと。○関　逢坂の関。○都なる人　ここは詞書にいう都にいる女。○かよはざらめや　通わないことがあろうか。「通ふ」は関の縁語。「や」は反語。▽関路ではせき止められることのない真心を訴える。

491 出かけて行く人(道貞)も、都にとどまるあなたも、どんな思いでいることでしょう。一度離別した後に、またこうして離れ離れになってしまうことを。和泉式部集「あかぞめがもとより」。赤染衛門集「道貞みちのくにゝなりぬと聞て、いづみしきぶにやりし」、五句「またのわかれは」。○橘道貞　播磨守橘仲遠の男。○式部　和泉式部。越前守大江雅致の女。長徳(九九五―九九九)頃橘道貞と結婚、後不和となり離別。○陸奥国　道貞が陸奥守になったのは、寛弘元年(一〇〇四)。この頃、道貞と離別した和泉式部は、帥宮敦道親王のもとにあった。○別れてのちのまたの別れを　先の「別れ」は道貞との離婚、後の「別れ」は旅立ちのための別れ。▽和泉式部集、赤染衛門集には、「別れてもおなじみやこにありしかばいとこのたびの心ちやはせし」という和泉式部の返歌を伝え、道貞への未練が歌われる。

492 あなたがどこへ行くとも知れない別れの旅なのに、どうして涙のほうが(さも行く先を知っているかのように)先に立っているのでしょうか(涙があふれて仕方ありません)。○物言ひける女　親しく交際していた女性。○いかで涙のさきに立つらん　どうして旅立つ人よりも、その前に涙が立つ(涙があふれる)のであろうか。→六〇三。▽行く先も教えず去って行こうとする女性に対する思い。

493
女《をんな》に睦《むつ》ましくなりて、程《ほど》もなく遠《とほ》き所《ところ》にまかりければ、女《をむな》のもとより、雲居《くもゐ》はるかに行《い》くこそあるかなきかの心地せらるれと言《い》ひて侍《はべ》りける返《かへ》り事《ごと》につかはしける

祭主輔親

逢《あ》ふことは雲居《くもゐ》はるかにへだつとも心かよはぬ程《ほど》はあらじを

494
筑紫《つくし》にまかりける娘《むすめ》に

藤原節信

帰《かへ》りては誰《たれ》を見《み》んとか思《おも》ふらん老《お》いて久《ひさ》しき人はありやは

495
筑紫《つくし》にまかりて上《のぼ》り侍《(はべり)》けるに、人〳〵別《わか》れ惜《を》しみ侍けるによめる

連敏法師

つくし船《ぶね》まだともづなも解《と》かなくにさし出《い》づる物は涙《なみだ》なりけり

493　逢うことは雲居はるかな空のように遠くへだたったとしても、互いの心が通いあわないほどの距離ではないでしょうに。輔親卿集。○雲居　はるかに遠い所。空。○あるかなきかの心地　生きた心地もせずはかないようす。家集では、「ほどもなく雲ゐはるかに別るればあるにもあらぬ心ちこそすれ」という相手の女性の贈歌を載せる。○逢ふことは　「へだつとも」にかかる。「へだつ」の意には、距離的なへだたりと、次の逢瀬までの時間的なへだたりをもふくむか。○心かよはぬ程はあらじを　「ほど」は空間的なへだたり。▽上句は「あふことは雲ゐはるかになる神の音に聞きつつ恋ひやわたらむ」(古今六帖一・鳴神)などの表現を受けたもの。

494　再び帰京してだれに会おうと思っているのだろうか。年老いていつまでも生きつづける人などいはしないのに。○筑紫　→四七三。○帰りては誰を見んとか思ふらん　娘は筑紫から再び帰京して、いったいだれに会おうと思っているのだろうか。「か」は疑問。○ありやは　「やは」は反語。▽年老いた自分にとっては娘との再会はおぼつかないと嘆く。

495　筑紫船のまだともづなも解かないのに、早くもあふれ出るのは涙であったことだなあ。○筑紫　→四七三。○人〳〵別れ惜しみ　筑紫の人々が別れを惜しみ。○つくし船　京と筑紫を往来する運送船。「ここは主の御子ども、男女集ひて物語す。筑紫船の仕人ども来たり。三百石の船着きたり。いまかたへはこそといふ」(宇津保物語・藤原の君)。○ともづな　→四八一。○さし出づる　船の「出づ」に涙の「出づ」を掛ける。▽ともづなを解かないうちに、もう「出づ」(涙があふれ出る)と歌う想が、一首の眼目。

出雲へ下《くだ》るとて、能因法師のもとへつかはしける　大江正言

496 ふるさとの花《はな》のみやこに住《す》みわびて八雲《やくも》たつてふ出雲《いづも》へぞゆく

寂昭法師、入唐せんとて筑紫《つくし》にまかり下《くだ》るとて、七月七日船《ふね》に乗《の》り侍《（はべり）》けるにつかはしける　前大納言公任

497 天《あま》の川《がは》のちの今日《けふ》だにはるけきをいつとも知《し》らぬ船出《ふなで》かなしな

入唐し侍《はべ》りける道《みち》より、源心がもとに送《おく》り侍《はべ》りける　寂昭法師

498 そのほどと《ゝ》契《ちぎ》れる旅《たび》の別《わか》れだに逢《あ》ふことまれにありとこそ聞《き》け

496 今まで馴れ親しんだ花の盛りの都にも住みづらくなって、折角の花をもかくす雲が幾重にも立つという出雲へ出かけることだ。能因集。○出雲　山陰道八国の一、現在の島根県東部。○ふるさと　ここでは、今まで住みついた都。○花のみやこ　→九二。○八雲たつ　単に枕詞ではなく、花をかくす雲が立ちのぼる(花が見えなくなってしまう)意をこめる。「八雲」は幾重にも重なり合っている雲。▽作者は底本「大江嘉〈正或〉言」。他本「正言」により改める。京に「住みわび」た事由は未詳。

497 天の川の逢瀬の来年の七月七日でさえ、はるかに感じるのに、いつ再び会えるかも知れぬあなたの船出が悲しいことだなあ。公任集、五句「我ぞ悲しき」。拾遺集・雑秋。○寂昭法師　俗名大江定基。五台山巡礼を請い、長保五年(一〇〇三)宋に向かう。現地で死去。○入唐　入宋。この時代の意識では唐土の意で「入唐」と表現する。○筑紫　→四七三。○天の川のちの今日だにはるけきを　天の川での二星のまたの逢瀬は来年の七月七日、それでさえはるかに遠く感じられるのに。「はるけきを」は、時間的なへだたりをいう。▽遠く異国への出立を二星のはるかな別れになぞらえて悲しむ。

498 いつ帰ると約束してあるふつうの旅の別離でさえ、再び会うことはまれであると聞いておりますのに(ましてこの度の渡航では再会を期すこともできません)。○源心　天台座主。○そのほどと　帰る時はいつと。▽「源心」はあるいは「源信」か(川村晃生)。宋への旅立ちの際の悲愴な心情を旅立つ側から歌う。

499
成尋法師、もろこしにわたり侍《はべ》りて後《のち》、かの
母《はゝ》のもとへ言《い》ひつかはしける　　　読人不知《(しらず)》

いかばかり空《そら》をあふぎて歎《なげ》く覧《(らん)》幾雲居《いくゝもゐ》とも知《し》らぬ別《わか》れを

499　どれほどまでに空を仰いでお嘆きでしょう。いったい幾重の雲でへだてられているともわからぬこの親子の別れを。○成尋法師　父は藤原実方男の貞叙(さだのぶ)。義賢とも。延久四年(一〇七二)渡宋。○かの母　大納言源俊賢の女で、成尋阿闍梨の母と呼ばれる。八十余歳になって、成尋との離別を体験し、成尋阿闍梨母集をつづった。▽子と別離した成尋母を慰める。

後拾遺和歌抄第九　羇旅

石山より帰《かへ》り侍《はべ》りける道《みち》に走井《はしりゐ》にて水《みづ》をよみ
侍《(はべり)》ける　　　堀川太政大臣

500 逢坂《あふさか》の関《せき》とは聞《き》けど走井《はしりゐ》の水《みづ》をばえこそとゞめざりけれ

十月許《(ばかり)》に、初瀬《はつせ》に参《まゐ》りて侍《はべ》りけるに、あか
月《(つき)》に霧《きり》の立《た》ちたるをよみ侍《はべ》りける　　　前大納言公任

501 行《ゆ》く道《みち》の紅葉《もみぢ》の色《いろ》も見《み》るべきを霧《きり》とともにやいそぎたつべき

500 逢坂の関とは聞いてはいても、この走井の清水を井堰のようにはとどめることができないことだ。重之集「むかし堀川殿、いし山よりかへりたまひしに、はしりゐにてよませたまひし」、二句「せきとはいへど」。○石山　石山寺。滋賀県大津市。○走井　大津市大谷町にある清水。逢坂の関とともに詠まれることが多い。「走井のほどを知らばや逢坂の関ひき越ゆる夕影の駒」(拾遺・雑秋・清原元輔)。○水　他本「しみづ」。○逢坂の関　「せき」に堰き留める意の「堰き」をひびかす。▽物詣で(石山詣で)からの帰途の詠。湧きあふれる走井の清水を詠む。「もる人のあるとは聞けど逢坂のせきもとどめぬわが涙かな」(後撰・恋五・よみ人しらず)。重之集では源重之の作と読める。

501 道中の紅葉の色もゆっくりと眺めたいのに、折あしく霧が立ちこめ、その霧とともに急いで発たねばならないのだろうか。公任集。定頼集。○初瀬　初瀬(長谷)寺。奈良県桜井市。○行く道　初瀬に向かう道中の意か。○見るべきを　当然見られるはずなのに。○いそぎたつべき　「たつ」は「立つ」に「発つ」を掛ける。「べき」は当然。▽朝霧に隔てられた紅葉。旅程の上から、出発を強いられる無念さを歌う。

502 霧を分けて急いで出発してしまおう。もし紅葉の色が見えたら、それに心ひかれて道をたどることもできないだろうから。公任集「かへし、中納言」、五句「帰りゆかれじ」。定頼集。○色し見えなば　もし紅葉の色が見えたら。「し」は強意。○道もゆかれじ　「道」は進むべき道中。「玉ぼこの道も行かれずほととぎす鳴きわたるなる声を聞きつつ」(貫之集)。▽前歌とともに公任・定頼親子の唱和歌。両首とも公任集、定頼集に載るが定頼

返《かへ》し

中納言定頼

502 霧分《きりわ》けていそぎたちなん紅葉《もみぢ》ばの色《いろ》し見《み》えなば道《みち》もゆかれじ

花山院御製

熊野《くまの》の《ゝ》道《みち》にて、御心地例《れい》ならずおぼされけるに、海士《あま》の塩焼《しほや》きけるを御覧じて

503 旅《たび》の空《そら》よはの煙《けぶり》とのぼりなばあまの藻《も》塩火《しほび》たくかとや見《み》ん

懐円法師

熊野《くまの》へ参《まゐ》り侍《はべ》りける道《みち》にて吹上《ふきあげ》の浜《はま》を見て

504 都《みやこ》にて吹上《ふきあげ》の浜《はま》を人とはば《ゝ》今日《けふ》みる許《(ばかり)》いかゞ語《かた》らん

少輔

熊野《くまの》へ参《まゐ》る道《みち》にて月を見《み》てよめる

505 山の端《は》にさはるかとこそ思《おも》ひしか峰《みね》にてもなを《(ほ)》月ぞ待《ま》たるゝ

集のものは、後拾遺集からの増補と見られる。

503 この旅の途中で息たえ、火葬の煙となって立ちのぼったとしたら、人々は海人が藻塩の火をたいているかと見ることであろうか。栄花物語・見果てぬ夢。大鏡三・伊尹。○熊野　紀伊半島の南部、熊野権現。修験者の霊地。○御心地例ならず　体の状態がいつものようでなく。○旅の空　旅路の空。「空」は境涯の意を重ねる。「川霧も旅の空とや思ふらんまだ夜深くもたちにけるかな」(兼澄集)。○煙　火葬の煙。○藻塩火　海藻から塩をとるために焼く火。平安中期ではまだ珍しい歌語。▽退位した帝王の旅中での寂寥感、死への不安が詠出される。栄花物語では、正暦二年(九九一)のこととして叙される。

504 都でこの吹上の浜のことを人が尋ねたならば、今日眼前に見ているすばらしさの程をどのように語ろうか。○吹上の浜　紀伊国の歌枕。○今日みる許　今日見る程度に。眼前の景を強調。「みる」は、「見る」に吹上の浜の縁で「海松」を掛ける。○いかゞ語らん　どのように語り伝えたらよいか。筆舌につくせない思いをいう。「常よりも咲き乱れたる山里の花の上をばいかがかたらむ」(四条宮下野集)。▽吹上の浜の美観を眼前にして、その感動をすなおに詠出。

505 今まで月は山の端にさまたげられてなかなか出て来ないと思ったことだったが、こうして峰にいてもやはり月が心待たれることだ。○山の端　空に接する山の部分。○さはる　邪魔される。○とこそ思ひしか　「こそ…しか」は逆接で下に続く。▽峰で月の出を待つ心を詠む。ここまでの三首、熊野詣での途次の詠。

舟《ふね》に乗《の》りて、堀江《ほりえ》といふ所《ところ》を過《す》ぎ侍《(はべる)》とてよめる　藤原国行

506 過《す》ぎがてにおぼゆるものは蘆間《あしま》かな堀江《ほりえ》のほどは綱手《つなで》ゆるへよ

津《つ》の国《くに》へまかりける道《みち》にて　能因法師

507 蘆《あし》の屋《や》の昆陽《こや》のわたりに日《ひ》は暮《く》れぬいづち行《ゆ》くらん駒《こま》にまかせて

東《あづま》へまかりける道《みち》にて　増基法師

508 都《みやこ》のみかへりみられて東路《あづまぢ》を駒《こま》の心にまかせてぞ行《ゆ》く

和泉《いづみ》に下《くだ》り侍《はべ》りけるに、夜《よる》、都鳥《みやこどり》のほのかに鳴《な》きければよみ侍《(はべり)》ける　和泉式部

506 いつまでも飽きたらず過ぎがたく思われるのは、この蘆間であるよ。堀江のあたりを通っている間は綱手を引くのをゆるめておくれ。○堀江　摂津国の歌枕。○過ぎがてに　「がてに」は、できないで、しきれないで。「過ぎがてに野辺に来ぬべし花薄これかれまねく袖と見ゆれば」(躬恒集)。○蘆間　蘆のしげみの間。○堀江のほど　「ほど」は、ここでは空間的な広がり。あたり。付近。○綱手　舟に付けて陸上から引いて舟を進める綱。○ゆるへよ　「緩ふ」の命令形。▽蘆間を「過ぎがて」とは、ふつう難波江の蘆にからんで船足がはかどらない意でいうが、ここは美景に心引かれて通り過ぎ難いことに転じている。

507 蘆の屋の昆陽のあたりで日は暮れてしまった。私はいったいどこへ行くのであろうか、駒の歩みにまかせて。能因集「津の国へ行くとて」。○津の国　摂津国。○蘆の屋　芦屋市から神戸市灘区にいたる海岸。○昆陽　兵庫県伊丹市にある地名。○いづち行くらん駒にまかせて　倒置した言い方。▽「夕闇は道も見えねど故郷はもと来し駒にまかせてぞ来る」(後撰・恋五・よみ人しらず)など同じく、韓非子・説林上にある「老馬道を知る」の故事にもとづく。

508 都がおのずと顧みられるばかりで、東国への道を駒のただ気持にまかせて行くことだ。増基法師集「あはたでらにて、京をかへりみて」、二・三句「かへりみられしあづまぢも」。○東　東国。増基法師の遠江下向のことは、一八六・四四にも出る。○かへりみられて　「れ」は自発。▽都恋しく心弾まない旅路を洒脱に表現する。前歌に続いて「駒の心にまかせて」の旅。

509 もし私が尋ねたら、ありのままに都鳥よ、都のことを私に聞かせておくれ。和泉式部集。○和泉に下り侍りけるに　夫の橘道貞の任国であ

509 言問《ことゝ》はばありのまに〳〵都鳥《みやこどり》みやこのことを我《われ》に聞《き》かせよ

正月許《（ばかり）》、近江《あふみ》へまかりけるに、鏡山《かゞみ》にて雨《あめ》にあひてよみ侍《はべ》りける　　恵慶法師

510 鏡山《かゞみやま》こゆる今日《けふ》しも春雨《はるさめ》のかきくもりやは降《ふ》るべかりける

七月ついたちごろに、尾張《をはり》に下《くだ》りけるに、夕《ゆふ》涼《すゞ》みに関《せき》山を越《こ》ゆとて、しばし車《くるま》をとゞめて休《やす》み侍《はべ》りて、よみ侍《（はべり）》ける　　赤染衛門

511 越《こ》えはてば都《みやこ》も遠《とほ》くなりぬべし関《せき》の夕《ゆふ》風しばし涼《すゞ》まん

題不知《（しらず）》　　増基法師

512 今日《けふ》ばかり霞《かす》まざらなんあかで行《ゆ》く都《みやこ》の山はかれとだに見《み》ん

る和泉国に下向の折の詠か。「和泉」は畿内五国の一で、現在の大阪府南部。○都鳥　水鳥の名。ゆりかもめというカモメ科の鳥という。○ありのまに〳〵　あるに任せて。ある通りに。▽「名にし負はばいざこと問はむ都鳥わが思ふ人はありやなしやと」(伊勢物語九段、古今・羇旅・在原業平)による。

510 鏡山を越える今日にかぎって春雨が空をくもらせて降ってよいものだろうか。恵慶法師集。○鏡山　滋賀県蒲生郡と野洲郡の境にある山。歌枕。○近江　東山道八国の一で、現在の滋賀県。○今日しも　よりによって今日。○かきくもりやは「かきくもり」は春雨が空をくもる状態にして、の意。「かきくもり」の「くもり」と「鏡山」の「鏡」とは縁語。「やは」は反語。「鏡山山かきくもりしぐるれど紅葉あかくぞ秋は見えける」(後撰・秋下・素性)。▽雨中の鏡山越え。「鏡」の縁で「かき曇る」と用いた点が眼目。

511 ここを越えきったら、都も遠くなってしまうことだろう。関所の夕風をうけてしばらく涼むことにしよう。赤染衛門集。○尾張に下りけるに　長保三年(一〇〇一)夫の大江匡衡の初度の任国赴任の際の下向であろう。「尾張」は東海道十五国の一で、現在の愛知県西部。○夕涼みに「休み侍りて」に掛る。○関山　逢坂の関がある山。逢坂山。○車　牛車。○越えはてば　関山をこえてしまったら。▽離京の哀感を下句に託す。

512 今日くらいは霞まないでほしい。思いを残したままで行く都の山はあれがそうだとせめて見たいものだ。増基法師集「はるかにひえの山を見て、あすよりはかくれぬべしと思て」、初句「けふよりは」。○今日ばかり　今日だけは。「ばかり」は限定。○あかで行く「あかで行く」の対象は、「都の山」。▽二句切れ。家集によれば、遠江

513 津《つ》の国《くに》に下《くだ》りて侍《はべ》りけるに、旅《ノ》宿《ニテ》遠《ク》望《ム》心を
よみ侍《(はべり)》ける　　良暹法師
わたのべや大江《おほえ》の岸《きし》にやどりして雲居《くもゐ》に見《み》ゆる生《い》駒《こま》山かな

514 為善朝臣、三河守《みかはのかみ》にて下《くだ》り侍《はべ》りけるに、墨俣《すのまた》といふわたりに降《お》りゐて、信濃《しなの》のみさかを見《み》やりてよみ侍《(はべり)》ける　　能因法師
白雲《しらくも》の上《うへ》より見《み》ゆるあしひきの山の高嶺《たかね》やみさかなるらん

515 東路《あづまぢ》の方《かた》へまかりけるに、うるまといふ所《ところ》にて　　源重之
東路《あづまぢ》にこゝをうるまといふことは行《ゆ》きかふ人のあればなりけり

下向の折に比叡山を振り返っての詠。

513 わたのべの大江の岸に宿をとって眺めると、はるか雲のかなたにみえる生駒山だなあ。○津の国　摂津国。○わたのべ　摂津国渡辺津。難波江の渡り口にあるのでこの名が生じたという。○大江の岸　大阪市中央区、堂島川南岸あたりという。○雲居に見ゆる　雲の立つ天空にそびえて見える。「麓をば宇治の川霧たちこめて雲ゐに見ゆる朝日山かな」(堀河百首・藤原公実)。○生駒山　歌枕。奈良県生駒市にある山。▽渡辺、大江の岸は、いずれも摂津国の歌枕。はるかに河内の方向に生駒山を遠望しての詠。

514 白雲の上の方からみえているあの山の高い峰がみさかなのだろうか。能因集「みかはにあからさまにくだるに、しなののみさかのみゆる所にて」。○為善朝臣　源為善。○三河　東海道十五国の一で、現在の愛知県東部。○墨俣といふわたり　岐阜県安八郡墨俣町。長良川の中流の墨俣川に臨むあたり。歌枕。○信濃　東山道八国の一で、現在の長野県。○みさか　東山道の御坂(神坂)峠か。○高嶺　高い峰。○みさか　陽明乙本「みかさ」。▽白雲の上に突出する「みさか」の峰を仰ぎ見る。

515 東路でこの地を「売る」という名のうるまというのは、ここを行き交い「買う」人があるからだったのだ。重之集。○うるま　岐阜県各務原市鵜沼か。宇留間(馬)とも表記。歌枕。「行き通ひ定め難さは旅人の心うるまの渡りなりけり」(仲文集)。「うるま」の「うる」に「売る」を掛ける。○行きかふ人　行く人と来る人とが交差する。「かふ(交ふ)」に「買ふ」を掛ける。「うるま」の「売る」と対。▽「宇留馬、美濃也。売といふ名に付て行かふを、買とそへてよめり」(八代集抄)。

父《ちゝ》の供《とも》に遠江国に下《くだ》りて、年経《としへ》て後《のち》、下野《しもつけの》守にて下《くだ》り侍《はべ》りけるに、浜名《はまな》の橋《はし》のもとにてよみ侍《(はべり)》ける

大江広経朝臣

516 東路《あづまぢ》の浜名《はまな》の橋《はし》を来《き》てみれば昔恋《むかしこひ》しきわたりなりけり

しかすがの渡《わた》りにてよみ侍《はべ》りける

能因法師

517 思《おも》ふ人ありとなければふるさとはしかすがにこそ恋《こひ》しかりけれ

陸奥国《みちのくにゝ》にまかり下《くだ》りけるに、白河《しらかは》の関《せき》にてよみ侍《はべ》りける

518 都《みやこ》をば霞《かすみ》と《ゝ》もに立《た》ちしかど秋風ぞ吹《ふ》く白河《しらかは》の関《せき》

516 東路の浜名の橋まではるばるとやって来て眺めると、これが昔恋しく思われるあたりであったことだ。〇父 作者の父、大江公資。長元の頃、遠江守。→四八九。〇遠江国 東海道十五国の一で、現在の静岡県西部。〇下野守にて 作者が下野守となって。「下野」は東山道八国の一で、現在の栃木県。〇浜名の橋 遠江国の歌枕。〇わたり 対岸へ渡る場所。橋の縁語。▽再訪した浜名の橋での感慨。

517 思う相手が都にいるというわけではないが、ふるさとである都は、そうはいいながらも恋しいことだ。能因集。〇しかすがの渡り 愛知県宝飯郡豊川の河口付近にあった渡し場。〇思ふ人ありとなければ 「思ふ人」は恋人。「名にし負はばいざこと問はむ都鳥わが思ふ人はありやなしやと」(伊勢物語九段、古今・羇旅・在原業平)を意識した表現。〇ふるさと 今までいた場所、ここは都を指す。〇しかすがに 地名の「しかすが」に、「そうではあるが」の意の副詞「しかすがに」を掛ける。▽旅中での望郷の思い。初・二句で詠者が僧籍にある身であることを示唆。

518 都を、春霞が立つのとともに出発したが、いつのまにか秋風が吹く季節になってしまったことだ。この白河の関では。能因集。〇陸奥国にまかり下りけるに 家集詞書に「二年の春みちのくにゝあからさまにくだるとて」とあり、配列からすれば万寿二年(一〇二五)のことか。〇白河の関 →九三。〇霞とともに立ちしかど 「立つ」は「霞が立つ」意と「旅に発つ」意とを掛ける。〇秋風ぞ吹く白河の関 「山川函谷路、塵土游子顔、蕭条去㆑国意、秋風生㆓故関㆒」(白氏文集・出㆓関路㆒)を踏まえるか(川村晃生)。▽能因の初度陸奥行を示す作。道のりの遠さを歌う。ただ春から秋への旅程は長すぎることから、袋草紙・雑談では下向の事

519 出羽《いでは》の国《くに》にまかりて、象潟《きさかた》といふ所《ところ》にてよめる

世《よ》の中《なか》はかくても経《へ》けり象潟《きさかた》の海士《あま》の苫屋《とまや》をわが宿《やど》にして

520 筑紫《つくし》へ下《くだ》りけるに、道《みち》に須磨《すま》の浦《うら》にてよみ侍《(はべり)》ける

大中臣能宣朝臣

須磨《すま》の浦《うら》を今日《けふ》すぎゆくと来《こ》し方《かた》へ返《かへ》る波《なみ》にやことをつてまし

521 筑紫《つくし》にまかり下《くだ》りけるに塩焼《しほや》くを見てよめる　大弐高遠

風吹《かぜふ》けば藻塩《もしほ》の煙《けぶり》うちなびき我《われ》も思《おも》はぬかたにこそたて

実を疑い、以後、十訓抄などの説話類では下向そのものを虚構とする逸話を載せる。

519 この世はこんな状態でもすごせるのだなあ。この象潟の海人の小屋を自分の宿りとして。能因集。○出羽の国　東山道八国の一で、現在の山形県、秋田県。○象潟　秋田県由利郡象潟町。かつては島々が点在する景勝の地であったが、文化元年(一八〇四)の地震で陸地化。○海士の苫屋　海人の苫ぶきの粗末な小屋。▽「わが宿にして」の「わが」は旅中の能因の立場から歌ったもの。実際に苫屋に宿って人の世に思いを巡らし感慨にふける。

520 須磨の浦を今日過ぎて行っていると、やって来た(都の)方へ帰る波に言伝てでもしてみようか。能宣集。○須磨の浦　神戸市西部の海岸。風光明媚の地として名高い。歌枕。○来し方へ波の「来し方」と、自分がやってきた方向(都)の意を重ねる。○つて　動詞「伝つ」の未然形。▽「いとどしく過ぎ行く方の恋しきにうらやましくも返る波かな」(後撰・羇旅・よみ人しらず)などと同趣の詠。

521 風が吹くと藻塩の煙がなびいて思いもかけない方向に立つように、私も思いがけない方面(筑紫)へと旅立つことだ。大弐高遠集、五句「かたへこそゆけ」。○筑紫にまかり下りけるに　寛弘元年(一〇〇四)、大宰大弐として赴任。○我も　藻塩の煙だけでなく自分も。○思はぬかたに　思いがけない方に。「須磨の海人の塩焼く煙風をいたみ思はぬ方にたなびきにけり」(古今・恋四・よみ人しらず)に拠る。○たて　「煙が立つ」意と「自分が旅立つ」意とを掛ける。▽思いがけなかった筑紫下向に対する、心外な気分と不安な思いを表出。

522
書写の聖《ひじり》に会《あ》ひに、播磨《はりま》の国に《くにゝ》おはしまして、
明石《あかし》といふ所《ところ》の月を御覧《ごらん》じて
花山院御製
月影《かげ》は旅《たび》の空《そら》とてかはらねどなを《(ほ)》都《みやこ》のみ恋《こひ》しきやなぞ

523
播磨《はりま》の明石《あかし》といふ所《ところ》に、潮湯《しほゆ》浴《あ》みにまかりて、
月の明か《あかゝ》りける夜《よ》、中宮の大《(だい)》ば所《どころ》にたてまつり侍《はべ》りける
中納言資綱
おぼつかな都《みやこ》の空《そら》やいかならむ今宵《こよひ》あかしの月を見《み》るにも

返《かへ》し
絵《ゑ》式《しき》部《ぶ》

524
ながむらん明石《あかし》の浦《うら》のけしきにて都《みやこ》の月は空《そら》に知《し》らなん

522 月の光は旅中の空にあっても少しも変りはなく明るいのに、それでもやはり、都が恋しく思われてならないのはなぜだろう。○書写の聖　性空上人。書写山円教寺の開祖。○播磨の国におはしまして　花山院の書写山御幸は寛和二年(九八六)、長保四年(一〇〇二)の二度にわたって行われたという。「播磨の国」は山陽道八国の一で、現在の兵庫県南西部。○明石　兵庫県明石市。月の光の「明かし」の意も込める。○旅の空　旅先で見る空に、旅中の境涯の意をひびかせる。○なぞ　なぜか。どういう訳か。「見る時は事ぞともなく見ぬ時は事あり顔に恋しきやなぞ」(後撰・恋一・よみ人しらず)。▽旅の空の月を見上げて、都恋しさにひたる。

523 気になることです。都の空はどんなでしょう。今宵この明るい明石の月を見るにつけても。○潮湯浴み　海水を浴びること。海水浴。○中宮　白河天皇中宮賢子。延久六年(一〇七四)六月二十日中宮。作者はその時中宮大夫。○大ば所　台盤所。女房の詰所。○あかしの月　月の「明かし」と、地名の「明石」とを掛ける。▽前歌と同趣向。明石の月を眺めて中宮のもとを思う。

524 今ながめていらっしゃるはずの明石の浦の景色から、都の月をそれとなくおしはかってほしいものです。○空に知らなん　「空に知る」は根拠なく推量する。「そら」には月の出る天空の意を掛ける。「唐衣打つ声聞けば月清みまだ寝ぬ人を空に知るかな」(貫之集)。「なん」は他に望む願望。▽中宮に代っての返歌。明石と同様に明るく照る都の月を、「そら」の二義を生かして詠じた点が一首の趣向。

525 月はこのように雲居はるかに離れていてもこの目で見えるのに、ああ、都がこうであったらよかったのに。康資王母集「岸に仮屋つくりて、

525
常陸に下《くだ》りける道《みち》にて、月の明《あか》く侍《はべ》りけるをよめる　康資王母
月はかく雲居《くもゐ》なれども見《み》るものをあはれ都《みやこ》のかゝらましかば

526
宇佐《うさ》の使《つかひ》にて、筑紫《つくし》へまかりける道《みち》に、海《うみ》の上《うへ》に月を待《ま》つといふ心《こゝろ》をよみ侍《はべ》りける　橘為義朝臣
都《みやこ》にて山の端《は》に見《み》し月影《かげ》をこよひは波《なみ》の上《うへ》にこそ待《ま》て

527
筑紫《つくし》にまかりて、月の明《あか》かりける夜《よ》よめる　藤原国行
都出《みやこい》でて雲居《くもゐ》はるかに来《き》たれどもなを《(ほ)》西《にし》にこそ月は入《い》りけれ

筑紫《つくし》へまかりける道《みち》にてよみ侍《(はべり)》ける　西宮前左大臣

月いと近うみる心ちす」。○常陸に下りける道にて　作者は、夫の藤原基房の常陸介赴任に伴って下向。「常陸」は東海道十五国の一で、現在の茨城県の大部分。○雲居　（雲のある場所の意から）遠く離れた所。「月」の縁で言う。○あはれ都のかゝらましかば　遠く離れた都も、月がながめられるように、肉眼で見ることができたらの意。「あはれ」は感動詞。▽月を見て遠く隔たった都を想う。

526　都では山の端に見た月を、今宵はなんと波の上に出るのを待つことだ。○宇佐の使　↓四七八。○筑紫へまかりける　為義が宇佐の使となったのは長保五年(一〇〇三)十二月四日(権記)。○都にて山の端に見し月影を　「都にて山の端に見し月なれど波より出でて波にこそ入れ」(土佐日記、後撰・羇旅・紀貫之)を意識した表現。▽貫之詠を踏まえ、海上の月を待つ心を表出。奥義抄は、盗古歌証歌の例として取り上げている。

527　都を出てはるかな道のりを(この西海の果てまで)やって来たのだが、ここでもやはり月は西に入ることだよ。○雲居　雲のありか。遠く離れた所。○なを　月の沈む方角の西国の地までやって来ても、それでも依然としての意。▽西国筑紫まで来ても、月はさらにその西に沈むことだと興じている。

528　都を発って七日以上にもなったよ。つてがあるのなら、何日たったか数えて聞かせてほしいものだ、沖の島を守る番人よ。和泉式部集、四・五句「よそへきかせよ沖つ島守」。○筑紫へまかりける道にて　作者が安和の変(安和二年〔九六九〕)により大宰権帥に左遷されて下向する道中を指す。○七日にもあまりにけりな　「なぬか行く浜の真砂と我恋といづれまされり沖つ白波」(古今六帖四・恋)などの表現によったか。○沖の島守　沖の島の番人。ここは沖の島守よと呼びかける。

528 七日《なぬか》にもあまりにけりな便《たよ》りあらば数《かぞ》へきかせよ沖《おき》の島守《しまもり》

529 筑紫《つくし》に下《くだ》り侍《はべ》りけるに、明石《あかし》といふ所《ところ》にてよみ侍《(はべり)》ける

帥前内大臣

物思《ものおも》ふ心の闇《やみ》し暗《くら》ければあかしの浦《うら》もかひなかりけり

530 出雲《いづも》の国《くに》に流《なが》され侍《はべ》りける道《みち》にてよみ侍《(はべり)》ける

中納言隆家

さもこそは都《みやこ》のほかに宿《やど》りせめうたて露《つゆ》けき草枕《くさまくら》かな

531 伊与国より、十二月の十日ごろに舟《ふね》に乗《の》りて、急《いそ》ぎまかり上《のぼ》りけるに

式部大輔資業

急《いそ》ぎつゝ舟出《ふなで》ぞしつる年《とし》の内《うち》に花《はな》のみやこの春《はる》にあふべく

▽和泉式部集では、恋人との逢瀬が遠ざかったのを嘆く歌群中の一首となる。あるいは後拾遺の側の誤入か。恋歌なら「八百日行く浜の沙も我が恋にあにまさらじか沖つ島守」(万葉集四・笠女郎)などに拠った詠となる。以下、配流者の詠が続く。

529 物思いに沈む心は闇に閉ざされて暗いのに、明かしという名の浦を通っても何のかいもないことだ。栄花物語・浦々の別れ。○筑紫に下り侍りけるに 長徳二年(九九六)作者が、大宰権帥として配流された事実を指す。○心の闇し 「心の闇」は苦悩する心中を闇にたとえた言い方。「し」は強意。○あかしの浦 「あかし」は「明かし」と「明石」とをかける。「暗し」の対。▽配所への旅の途次、明石の地での思い。同じ大宰府左降の折の詠として前歌に連接する。

530 いくら都以外の地で宿りをとるにしても、これは、ひどく涙に濡れる旅寝の枕だなあ。栄花物語・浦々の別れ。○出雲の国に流され侍りける道にて 兄の伊周と同じ罪に問われ、出雲に左遷されるが、実際は但馬にとどまった。「出雲」→四六六。▽前歌と同じ状況での詠。配流の途次で歌う。

531 急いで船出をしたことだ、年の内にあわただしくも。花の都の春にあうことができるようにと。○伊与国 現在の愛媛県。資業は長暦三年(一〇三九)伊予守となる。○花のみやこ →九二。▽初・二句と三句とは倒置。

532 西北の風が吹く海峡の潮のちょうどよい頃合に船出をして、はやくも過ぎていく、さやかた山のあたりを。○筑紫より上りける道に 承保三年(一〇七六)大宰大弐の父に伴う。上京は翌年か。○さやかた山 筑前(福岡県宗像郡)の佐屋形山。「屋形」は「舟」の縁語か。○あなじ 西北の季節風。「あなじといへる風あり。いぬゐの風とかや」(俊

532 筑紫《つくし》より上《のぼ》りける道《みち》に、さやかた山といふ所《ところ》を過《す》ぐとてよみ侍《はべ》りける　右大弁通俊

あなじ吹《ふ》く瀬戸《せと》の潮《しほ》あひに舟出《ふなで》してはやくぞ過《す》ぐるさやかた山を

533 越後より上《のぼ》りけるに、姨捨《おばすて》山のもとに月明《あか》かりければ　橘為仲朝臣

これやこの月見《み》るたびに思《おも》ひやる姨捨山《をばすてやま》の麓《ふもと》なりける

534 春《はる》ごろ田舎《ゐなか》より上《のぼ》り侍《はべ》りける道《みち》にてよめる　源道済

見渡《みわた》せば都《みやこ》は近《ちか》くなりぬらん過《す》ぎぬる山は霞《かすみ》へだてつ

535 同《おな》じ道《みち》にて

さ夜《よ》ふけて峰《みね》の嵐《あらし》やいかならん汀《みぎは》の波《なみ》の声《こゑ》まさるなり

頼髄脳)、「アナジ」(日葡辞書)。○瀬戸　小さな海峡。○潮あひ　潮の満ち合う場所。または、ちょうど良い潮時。ここは後者。▽「あなじ」「潮あひ」「さやかた山」など、珍しい語を用いて、羇旅歌らしい新味を出す。

533 これこそがあの、いつも月を見るたびに思いやる姨捨山の麓であったよ(やっと目にすることができたなあ)。橘為仲朝臣集、三句「おもひいづる」、五句「ふもとなるらむ」。○越後　現在の新潟県。為仲は延久(一〇六九―七四)のころ、越後守(朝野群載)。○姨捨山　長野県更埴市八幡にある山。大和物語などの姨捨伝説で有名。古今集以来の月の名所。○これやこの　「これ」は「姨捨山」を指す。初句は「これやこの行くも帰るも別れつつ」(後撰・雑一・蟬丸)の表現を受ける。▽歌枕を実際に踏みしめた感慨。

534 まわりを見渡すと、都は近くなったようだ、通りすぎた山々はもう霞が隔ててしまっている。道済集。○見渡せば　「都は近くなりぬらん」にかかる。「過ぎぬる山は霞へだてつ」は挿入句。○過ぎぬる山は霞へだてつ　通りすぎてきた山はすでに霞によって見えなくなっている。▽通り過ぎた山を隠す霞から、都の間近であることを知るという趣向。

535 夜がふけて、峰のあらしはどんな具合であろうか、汀によせる波の音が一段とまさって聞えることだ。道済集、(一首前の詞書)「秋のねざめ」。○同じ道にて　前歌と同じく、いなかからの帰途の道中。ただし、家集のように「寝覚め」の作としても取れる。▽耳に届く波音の高まりから、深山の峰を吹き下ろす嵐のようすを想像する。「水音」から「峰の嵐」への連想は、「来る人もなき山里は峰の嵐たきの音をぞなぐさめにする」(四条宮下野集)などとよく詠まれる。

後拾遺和歌抄第十　哀傷

一条院の御時、皇后宮かくれたまひてのち、帳の帷《かたびら》の紐《ひも》に結《むす》び付《つ》けられたる文《ふみ》を見付《みつ》けたりければ、内《うち》にもご覧ぜさせよとおぼし顔《がほ》に、歌《うた》三《み》つ書《か》き付《つ》けられたりける中《なか》に

536
夜もすがら契《ちぎ》りしことを忘《わす》れずは恋《こ》ひむ涙《なみだ》の色《いろ》ぞゆかしき

537
知《し》る人もなき別《わか》れ路《ぢ》に今《いま》はとて心ぼそくもいそぎ立《た》つかな

536　夜通し約束されたことをお忘れにならないのであったなら、私のことを恋うてくださるその涙の色が知りたいことです。栄花物語・鳥辺野。○一条院の御時　→一〇。○皇后宮　藤原定子。一条天皇皇后。長保二年(一〇〇〇)十二月十六日没、二十五歳。○帳の帷の紐　御帳台のとばりの合せ目の紐。○内　一条天皇。○おぼし顔に　いかにもお思いのようすで。○歌三つ　栄花物語・鳥辺野には、五三六・五三七のほかに「煙とも雲ともならぬ身なりとも草葉の露をそれと眺めよ」の計三首を伝える。○恋ひむ　(私を)恋しく思うであろう。○涙の色　血の涙の色。紅涙。▽皇后定子の辞世の和歌。「濃さまさる涙の色もかひぞなき見すべき人のこの世ならねば」(伊勢集)は、残る側から紅涙を歌う。

537　だれも知る人のいない死出の旅路に、今はもうこれまでと心細い気持のまま急ぎ旅立つことです。栄花物語・鳥辺野。○別れ路　人と別れゆく路。死に別れて行く路。「冥途の事なるべし」(八代集抄)。「この世にはかくてもやみぬ別れ路の淵瀬に誰をとひてわたらん」(大和物語一一一段)。▽前歌の詞書を受ける。心細い死出の門出。

物いふ女《おんな》の侍《はべ》りけるころにまかれりけるに、
よべ亡《な》くなりにきと言《い》ひ侍《はべ》りければ
源　兼長

538 ありしこそ限《かぎ》りなりけれ逢《あ》ふことをなど後《のち》の世《よ》と契《ちぎ》らざりけん

山寺に籠《こも》りて侍《はべ》りけるに、人をとかくするが
見《み》え侍《はべ》りければよめる
和泉式部

539 立《た》ちのぼる煙《けぶり》につけて思《おも》ふかないつまた我《われ》を人のかく見《み》ん

三条院の皇后宮かくれたまひて、葬送《さうそう》の夜《よ》、
月のあかく侍《はべ》りければよめる
命婦乳母

540 などてかく雲隠《くもがく》れけむかくばかりのどかにすめる月もあるよに

538　あの時逢ったのが最後であった、それなのにどうして逢瀬を後の世と約束しなかったのだろう。○物いふ女　親しくつき合っていた女性。○侍りけるころに　他本「はべりけるところに」。○よべ　昨夜。○ありしこそ　先日逢ったあの時が。○限りなりけれ　最後であったなあ。「なりけれ」は再確認の気持をあらわす。○後の世　来世。あの世。▽来世を契らないまま逝ってしまった女への恋情。「ひたすらに恨みしもせじ前の世に逢ふまでこそは契らざりけめ」(千載・恋二・藤原家通)。

539　立ちのぼる火葬の煙を見るにつけても思うことだ。いつまた私のことを人がこのように見ることとだろう。和泉式部集。○とかくする　葬る。○立ちのぼる煙　火葬の煙。○かく　このように、(作者、自分が)火葬の煙となって立ち上っていると。▽荼毘の火を見て、自分の死に思いを馳せる。

540　どうして皇后様はこのように雲隠れなさったのでしょう。これほど雲に隠れることもなくのどかに澄んだ月が出ている夜だというのに。栄花物語・玉の飾り、初句「などて君」。○三条院↓元。○皇后宮　藤原妍子。藤原道長の女。母は源倫子。万寿四年(一〇二七)九月十四日没、三十四歳。○葬送　野辺の送り。万寿四年九月十六日(小右記)か。○雲隠れ　「月」との縁で言う。○のどかに　ゆったりと。いつまでも。○すめる　「澄む」と「住む」とを掛ける。○よに　「よ」に「夜」と「世」とを掛ける。▽皇后の崩御を、今も変らず照る「月」と対比して悼む。

541　この紫野に紫雲がかかり、春霞として荼毘の煙を見ようとは、少しも考えたことはなかったことだ。実方朝臣集「ほりかは〈恵林院とも〉の

541 円融院法皇うせさせたまひて、紫野《むらさきの》に御葬送《さうそう》侍《(はべり)》けるに、一《ひとゝ》とせこの所《ところ》にて子日《(ねのひ)》せさせたまひしことなど思《おも》ひ出《い》でてよみ侍《はべ》りける

左大将朝光

紫《むらさき》の雲《くも》のかけても思《おも》ひきや春《はる》の霞《かすみ》になして見《み》むとは

大納言行成

542 遅《おく》れじとつねのみゆきはいそぎしを煙《けぶり》にそはぬたびのかなしさ

長保二年十二月に皇后宮うせさせたまひて、葬送《さうそう》の夜《よ》、雪《ゆき》の降《ふ》りて侍《はべ》りければつかはしける

一条院御製

543 野辺《のべ》までに心ひとつは通《かよ》へども我《わ》がみゆきとは知《し》らずやあるらん

きさきの御さうそうの夜」、五句「ならむものとは」。栄花物語・見果てぬ夢。○円融院法皇　第六十四代天皇。正暦二年(九九一)二月十二日没、三十三歳。○紫野　京都市北区の地名。○御葬送　正暦二年(九九一)二月十九日(日本紀略)。○一とせこの所にて子日せさせたまひしこと　永観三年(九八五)二月十三日(小右記)と寛和三年(九八七)二月十三日(日本紀略)に、円融院の紫野の御遊が行われている。○紫の雲の　「紫の雲(紫雲)」に地名の「紫野」を掛ける。紫雲は聖衆来迎の雲。○かけても　けっして。かりそめにも。「かけ」に雲がかかる意の「懸く」(他動詞)を掛ける。▽倒置の歌。法皇荼毘の煙を、紫雲・春霞に喩える。

542 遅れまいといつもの御幸には心急いだことだったが、煙となって上るこのたびの旅にはご一緒しない悲しさよ。栄花物語・見果てぬ夢。○遅れじと　円融院の御幸に遅参しまいと。○煙にそはぬたび　荼毘の煙に付いてお伴できない今回の旅。「たび」に「旅」と「度」とを掛ける。▽従駕できない悲しさを素直に表出。

543 送りの野辺までに自分の心だけは行き通うのだが、亡き君は私の行幸とは気がつかないのだろうか。栄花物語・鳥辺野。○皇后宮　定子。↓五三六。○葬送の夜　長保二年(一〇〇〇)十二月二十七日六波羅蜜寺で葬儀。夜、鳥辺野で土葬。↓五三六。○野辺　葬送の野。ここでは鳥辺野。○心ひとつは　身はともかく心だけは。○みゆき「行幸」に「深雪」を響かせる。▽宮中に残って、葬列に列することのかなわぬ身を悲しむ。

544 たきぎが尽きて、今、雪がさかんに降りしきっている白一色の鳥辺野は、あたかも仏入滅の際の鶴の林のような気持がすることだ。栄花物

入道前太政大臣の葬送《さうそう》の朝《あした》に、人〳〵まかり帰《かへ》るに、雪《ゆき》の降《ふ》りて侍《はべ》りければ、よみ侍《はべ》りける

法橋忠命

544 薪《たきゞ》尽《つ》き雪《ゆき》降《ふ》りしける鳥辺野《とりべの》は鶴《つる》の林《はやし》の心地こそすれ

入道一品宮かくれたまひて、葬送《さうそう》の供《とも》にまかりて、又《また》の日《ひ》相模《さがみ》がもとにつかはしける

小侍従命婦

545 晴《は》れずこそ悲《かな》しかりけれ鳥辺《とりべ》山たちかへりつる今朝《けさ》の霞《かすみ》は

二月十五日の事《こと》にやありけん、かの宮の葬送《さうそう》の後《のち》、相模《さがみ》がもとにつかはしける

546 いにしへの薪《たきゞ》も今日《けふ》の君《きみ》が世《よ》もつきはてぬるを見《み》るぞ悲《かな》しき

語・鶴の林、初句「煙絶え」。○入道前太政大臣　藤原道長。○葬送　万寿四年(一〇二七)十二月四日死去、六十二歳。十二月七日鳥辺野に火葬し、遺骨を木幡に送ったという。○薪尽き　釈迦入滅のさまを、薪が尽き、火が消えたようだとある法華経・序品の句に依る。ここは火葬の火が消えたことを暗示。○鳥辺野　平安時代、東山阿弥陀ヶ峰のふもと一帯にあった火葬場。○鶴の林　釈迦が涅槃に入った沙羅双樹の林。その折、樹木の色が鶴の羽毛のように白くなったという。▽栄花物語では、もと初句「煙絶え」とあったのを公任が聞いて、「薪つき」とありたいと評したと伝える。

545 立ち込めたままで少しも晴れず、私の心の中も鬱々と悲しいことです、葬送から立ち返って見る鳥辺山の今朝の霞は。○入道一品宮　脩子内親王。一条院皇女。母は定子。永承四年(一〇四九)二月七日没、五十四歳。○相模　歌人。作者とは同僚。○鳥辺山　底本「ともへ山」。他本により改める。○たちかへりつる今朝の霞は　「立ち返る」と「霞が立つ」の「立つ」とを掛ける。「晴れ」「立つ」は「霞」の縁語。▽宮の葬送から帰っての晴らしようのない悲しさを、晴れない霞に添えて歌う。霞は、火葬の煙の比喩ともなる。

546 釈迦入滅の際の昔の薪も、今日の君(宮)の齢も、尽きはててしまったのを見るのは悲しいことです。○二月十五日　釈迦入滅の日。ここは永承四年(一〇四九)二月十五日を言う。○かの宮　入道一品宮脩子。→五四五。○相模　→五四五。○いにしへの薪　→五四四。○今日の君　「いにしへ」と「今日」とを対比。▽前歌と同事情の詠。宮の葬送の日が、偶然釈迦入滅の日と重なったことを踏まえて詠む。

547 時も時、仲春の二月十五日、釈迦入滅の日にぴたりと重なったこの夜半の煙を見れば、宮

返《かへ》し　　　　　　　　　　　　相模《さがみ》

547 時《とき》しもあれ春《はる》のなかばにあやまたぬ夜半《よは》の煙《けぶり》はうたがひもなし

三条院御時、皇太后宮のきさきに立《た》ちたまひける時、蔵人つかまつりける人の、うせさせたまひて御葬送《さうそう》の夜、親《した》しきことつかうまつりけるを聞《き》き《ゝ》てつかはしける

山田中務

548 そなはれし玉《たま》の小櫛《おぐし》をさしながらあはれかなしき秋にあひぬる

同《おな》じころ、その宮《みや》に侍《(はべり)》ける人のもとにつかはしける

相模

549 とはば《ゝ》やと思《おも》ひやるだに露《つゆ》けきをいかにぞ君《きみ》が袖《そで》は朽《く》ちぬや

の成仏のほどは疑いもありません。○時しもあれ　宮の葬送の日が、釈迦入滅の日と重なったことを指す。「時しもあれ秋やは人の別るべきあるを見るだに恋しきものを」(古今・哀傷・壬生忠岑)。○春のなかば　二月十五日。○煙　火葬の煙。▽前歌を受けての唱和。

548 (立后時に)身につけられた玉の小櫛をお挿し申し上げながら、あなたは何という悲しい秋に出会ったことでしょう。○三条院　寛弘八年(一〇一一)から長和五年(一〇一六)まで在位。○皇太后宮藤原妍子。→五四〇。八代集抄は、大納言藤原済時の女娀子とするが、娀子の死去は万寿二年(一〇二五)三月二十五日で、歌中の「かなしき秋」と合わない。○蔵人　女蔵人。禁中に仕える下臈の女房。○そなはれし　「そなはる」は、自分のものとして身につける。○玉の小櫛　玉のように美しい櫛。○さしながら　「挿しながら」と「然しながら」(そのまま)とを掛ける。▽立后時と納棺時のご奉仕の様子に思いを馳せて、かつて娀子家に仕えた作者が、女蔵人であった女性に贈った一首。

549 お見舞い申し上げたいと思いやるだけでも、もう涙でしめるというのに、いかがでしょう、あなたの衣の袖は朽ちてしまったことでしょうか。相模集「そのころ彼の宮の宣旨のもとに」、三句「つゆけきに」。○その宮に侍ける人　大和宣旨。「その宮」は前歌を受けて、皇太后妍子。→五四八。撰者は、前の歌五四八の作者山田中務を、妍子の女房と誤解したのであろう。なお、妍子は万寿四年(一〇二七)九月十四日に死去。→五四〇。○君が袖は朽ちぬや　あなたの袖は涙で朽ちてしまったでしょうか。▽哀しみを共有する女房間の贈答。かつて妍子に仕えたことのある相模が、妍子家の女房である大和宣旨を見舞ったもの。

返《かへ》し　　大和宣旨

550 涙川《なみだがは》ながるゝみをと知《し》らねばや袖《そで》許《(ばかり)》をば人のとふらん

後一条院御時の中宮、九月にうせさせたまひて後朱雀院御時、また、弘徽殿中宮八月にかくれ給《(たまひ)》にければ、かの宮《みや》に侍《はべ》りける伊賀《いが》少将がもとにつかはしける　　前中宮出雲

551 いか許《(ばかり)》きみなげくらん数《かず》ならぬ身だにしぐれし秋のあはれを

左兵衛の督経成《かみつねしげ》、みまかりにけるその忌《いみ》に、いもうとのあつかひなどせんとて、師賢朝臣こもりて侍《はべ》りけるにつかはしける　　小左近

552 よそに聞《き》く袖《そで》も露《つゆ》けき柏木《かしはぎ》の森《もり》のしづくを思《おも》ひこそやれ

550 悲しみのあまり涙の川に流れるわが身とご存じないので、あなたは袖のことだけをおたずねなのでしょうか。相模集、五句「君がとふらむ」。○大和宣旨　底本には「大和宣下」とある。他本によって訂す。○涙川　涙の川。涙の量を誇張した表現。→五六七・八〇二・九六四。○ながるゝみを　「流るる水脈」に「流るる身」を掛ける。「ながるゝ」には「泣かるる」を響かす。○人の　あなた(相模)が。▽悲嘆にくれる自分の身の上を強調する。

551 どれほどあなたは今嘆いておられることでしょう。物の数に入らぬ私でさえ、(威子中宮崩御の折には)あれほど涙に濡れたことだった、秋の永別のはかなさを。栄花物語・暮待つ星。○後一条院　長和五年(一〇一六)から長元九年(一〇三六)まで在位。○中宮　藤原威子。長元九年(一〇三六)九月六日没、三十八歳。○後朱雀院　長元九年(一〇三六)から寛徳二年(一〇四五)まで在位。○弘徽殿中宮　嫄子女王。敦康親王女。長暦三年(一〇三九)八月二十八日没、二十四歳。○かの宮　弘徽殿中宮。○伊賀少将　縫殿頭藤原顕長の女。○数ならぬ身だにしぐれし　「数ならぬ身」は詠者自身。「しぐれし」は時雨のように、涙にくれたさま。▽重なる秋の永別を、前中宮家女房の立場から悼む。

552 よそながらうかがっております私の袖も涙に濡れていますが、柏木の森、兵衛督様の御遺族の悲しみの涙はさぞかしと思いやっております。○左兵衛の督経成　源経成。治暦二年(一〇六六)七月十一日没、五十八歳。○師賢朝臣　源師賢。源経成の北の方は源師賢の妹。○柏木の森のしづく　亡き左兵衛督経成の親族の涙。「柏木」は、兵衛府の官人の異称。他本「…もとのしづく」。▽遺族に寄せる弔問の歌。

553 霊山にこもりたる人《ひと》に逢《あ》はむとてまかりたりけるに、みまかりてのち十三日にあたりて、物忌《ものいみ》すと聞《き》ゝ侍《はべ》りて

能因法師

主《ぬし》なしとこたふる人はなけれども宿《やど》のけしきぞ言《い》ふにまされる

右兵衛督俊実、子《こ》におくれて歎《なげ》き侍《(はべり)》けるころ、とぶらひにつかはしける

右大臣北方

554 いかばかり寂《さび》しかるらんこがらしの吹《ふ》きにし宿《やど》の秋の夕暮《ゆふぐれ》

親《おや》なくなりて、山寺に侍《(はべり)》ける人《ひと》のもとにつかはしける

よみ人しらず

555 山寺《でら》のはゝその紅葉《もみぢゝ》ちりにけりこのもといかに寂《さび》しかるらん

553 「主はいません」と答えてくれる人はいないけれども、この家の様子はことば以上の悲しみを湛えていることだよ。能因集「霊山にて、人々仁縁上人なきよしを、そのみさきにて詠ぜし」、上句「君なしと人こそつげねあれにける」。○霊山 京都東山の一峰。霊山寺(伝教大師の開基、正法寺)。○こもりたる人 家集に仁縁上人とあるが未詳。○十三日にあたりて ふた七日の法要にあたっていたのであろう。○物忌す 身体が不浄である時などに行動を制限し、一定の期間または特定の建物にこもって謹慎すること。ここでは死去の穢れのための物忌か。○言ふにまされる 応答以上の雄弁さで、主の不在を物語っている。▽主死後の宿の空虚さを実感こめて表出。

554 どんなにか淋しく思っていることでしょう。木枯しが吹きお子を亡くされたお宅の秋の夕暮は。○右兵衛督俊実 権中納言源隆俊の男。作者「右大臣(源顕房)北の方」の兄(もしくは弟)。○こがらし 「木枯し」の「こ」に「子」を掛け、「枯らす」に「子を失う」の意を込める。○秋の夕暮 →三〇二・三三三。▽子を失った寂しさを思い、「木枯し」「秋の夕暮」の寂寥感あふれる語を重ねて同情の心を寄せる。ここは「秋の夕暮」という表現が秋の部立以外の歌にも用いられるようになった例。

555 山寺の柞の紅葉が散ってしまったように母上は亡くなってしまわれたことだ。木の下の子であるあなたは、どんなにか淋しく思っていることでしょう。○親なくなりて、山寺に侍ける人 中陰(四十九日間)の期間、山寺にある状態を言うか。○山寺の 陽明乙本、正保版本、八代集抄本「山里の」。○はゝそ 柞。ナラ類、クヌギ類の樹木の総称。「母」を掛ける。○このもと 「木の下」と「子の許」とを掛ける。▽「ははそ」「このもと」の掛詞の技巧が眼目。母を亡くした人への弔問。

出羽弁が親《おや》におくれて侍《はべ》りけるに、聞《き》ゝて身を抓《つ》めばいとあはれなることなど、言《い》ひつかはすとてよみ侍《はべ》りける

前大納言隆国

556 思《おも》ふらん別《わか》れし人の悲《かな》しさは今日《けふ》まで経《ふ》べきこゝちやはせし

返《かへ》し

出羽弁

557 悲《かな》しさのたぐひに何《なに》を思《おも》はまし別《わか》れを知《し》れる君《きみ》なかりせば

高階成棟、父《ちゝ》におくれにけりと聞《き》ゝてつかはしける

中宮内侍

558 惜《を》しまるゝ人《ひと》なくなどてなりにけん捨《す》てたる身だにあればある世《よ》に

556 あなたも同じ思いでいることでしょう。親と別れた人の悲しさのほどは、今日まで生きていられる気がしたことでしょうか。○出羽弁 →四三四。○親　父か母か不明。父親ならば、平季信(従五位下、出羽守)。○身を抓めば　わが身をつねって他人の痛さを思うと。「身に知りて人をいたはる心なり」(八代集抄)。▽隆国の父俊賢の死は、万寿四年(一〇二七)六月十三日のこと。出羽弁の親の死もその前後であったのであろう。

557 あまりの悲しみで、ほかに何を思うことができたでしょう。もし別れの悲しさを知っているあなたがいなかったならば。○悲しさのたぐひに何を思はまし　悲しさの「たぐひ(同類)」として一体何を思っただろう。類のない悲しさを強調。「まし」は反実仮想。「たぐひ」には、悲しみを共有する仲間の意を響かす。▽同じ悲しさの中にいる人物(隆国)からの贈歌に感謝をこめて返した歌。

558 惜しまれる人の方がどうして亡くなってしまったのでしょう、出家した身でさえこうして生きているこの世の中に。○高階成棟　筑前守正五位下高階成順の男。中宮内侍は高階成経の妻で、縁戚に当る。○惜しまるゝ人　高階成順。長暦四年(一〇四〇)八月十四日没。○捨てたる身　出家した身。この頃、作者はすでに出家していたか。一〇三四の詞書には出家したことが記される。○あればある世に　現にこうして生きていることを強調した表現。▽「捨てし身だにあればある世に、をしまるゝ人は、などてかなくなるぞと也」(八代集抄)。

清原元輔が弟《おとうと》もとさだ、みまかりにけるを、遅《おそ》く聞《き》きたるよし元輔がもとに言《い》ひつかはすとてよめる

源　順

559 宵《よひ》の間《ま》の空《そら》の煙《けぶり》となりにきと天《あま》のはらからなどか告《つ》げこぬ

橘則長、越《こし》にてかくれ侍《はべ》りにける頃《ころ》、相模《さがみ》がもとにつかはしける

橘　季通

560 思《おも》ひ出《い》づや思《おも》ひ出《い》づるに悲《かな》しきは別《わか》れながらの別《わか》れなりけり

後冷泉院御時、暇《いとま》など申《まう》して筑紫《つくし》に下《くだ》り侍《はべ》りけるほどに、代《よ》も変《かは》りぬと聞《き》きて、上東門院のとはせたまひける御返《かへ》りにたてまつれ侍《(はべり)》け

559 宵の間の空に煙となって昇ったと、兄のあなたはどうして告げてはくれなかったのですか。

順集。○清原元輔　従五位下下総守清原春光の男。清少納言の父。○もとさだ　家集に「もとざね」。清原元真。学生。○空の煙　空に上る火葬の煙。○天のはらから　「天の原」は「空の煙」の縁。「はらから(兄弟)」を掛ける。▽「天のはらから」の表現が一首の核となる。

560 あなたも兄のことを思い出しているでしょうか。思い出すにつけて悲しいのは遠く別れたままの永別であったことです。○橘則長　橘則光の男。母は清少納言。作者季通は弟。○越　越の国。越前(加賀、能登)、越中、越後などの国。現在の福井、石川、富山、新潟の諸県。則長は越中守として任地で死去。○相模　則長とは、親密な関係にあったことがあるらしい。→九五四。○別れながらの別れなりけり　越の国へと別れたままの永遠の別れだったのだなあ。前の「別れ」は離別、後の「別れ」は死別をあらわす。▽趣向は別離と死別を同じ「別れ」を重ねて表出した点にある。客死した兄を相模とともに悼む。

561 思いやってください。前に一度お別れ申した悔しさに添えて、今また御代が変って悲しくてならないこの筑紫でのさまざまな物思いを。○後冷泉院御時　寛徳二年(一〇四五)から治暦四年(一〇六八)まで在位。○筑紫　→四七三。○代も変りぬ　後冷泉院は治暦四年(一〇六八)四月十九日没。同日後三

る

式部命婦

561 思《おも》ひやれかねて別《わか》れし悔《くや》しさに添《そ》へてかなしき心づくしを

後三条院、位《くらゐ》につかせたまひての頃《ころ》、五月雨《さみだれ》ひまなく曇《くも》りくらして、六月一日まだかきくらし雨《あめ》の降《ふ》り侍《はべ》りければ、先帝の御事《こと》など思《おも》ひ出《い》づる事《こと》や侍《(はべり)》けん、よめる

周防内侍

562 五月雨《さみだれ》にあらぬ今日《けふ》さへ晴《は》れせぬは空《そら》も悲《かな》しきことや知《し》るらん

二条前太政大臣の妻《め》なくなり侍《(はべり)》てのち、落《お》ちたる髪《かみ》を見てよみ侍《はべ》りける

中納言定頼母

563 あだにかく落《お》つと思《おも》ひしむばたまの髪《かみ》こそ長《なが》き形見《かたみ》なりけれ

条天皇践祚。○上東門院　後冷泉院の祖母にあたる。○かねて別れし　以前に一度お別れして筑紫へと下った。○心づくし　さまざまな物思い。▽初句切れ、倒置の歌。筑紫から上東門院を見舞う。前歌と同じく、重ねての「別れ」を詠む。

562 五月雨の季節ではない今日までも晴れないのは、空も帝の崩御という悲しいことを知っているのでしょうか。○後三条院　治暦四年(一〇六八)四月十九日践祚。○曇りくらして　一日中雲が空を覆っていて。○かきくらし　空一面を暗くして。○先帝　後冷泉天皇。○五月雨にあらぬ今日　六月一日の今日からは五月雨の季節ではないのに。暦日によりかかった表現。▽悲嘆にくれる心と、いつまでも晴れない空とを重ねて先帝の崩御を悼む。

563 何ということもなくこのように落ちていると思った髪の毛が、実はいつまでも永い娘の形見であったことです。栄花物語・もとのしづく、二句「落つとなげきし」。○二条前太政大臣の妻　二条前太政大臣、藤原教通の妻。藤原公任の女。定頼の妹。○なくなり侍て　栄花物語では、遵子養女となった公任女(中姫君)の死(治安三年〔一〇二三〕)に際しての母の詠とする。教通室であった公任女の死はその翌年正月のこと。○あだに　「落つ」にかかる。その時には、何となくむだだと見えた。○むばたまの　「黒」「夜」「髪」などにかかる枕詞。→四三。○長き　髪の「長き」と形見の「永き」とを重ねる。▽形見の黒髪を見て嘆く母の心情。

564 うたたねで見た今夜の子供の夢がはかなかったにつけ、いっそ夢の中で覚めないままの我が命であってほしいと思うことだ。実方朝臣集。○うたゝね　うとうとと眠ること。仮寝。○この

子《こ》におくれて侍《はべ》りける頃《ころ》、夢《ゆめ》に見《み》てよみ侍《はべ》りける

藤原実方朝臣

564 うたゝねのこの世《よ》の夢《ゆめ》のはかなきにさめぬやがての命《いのち》ともがな

父《ちゝ》のみまかりにける忌《いみ》によみ侍《(はべり)》ける

藤原相如女

565 夢見《ゆめみ》ずとなげきし人をほどもなくまたわが夢《ゆめ》に見《み》ぬぞかなしき

此歌は、粟田右大臣みまかりてのち、かの家《いへ》に父《ちゝ》の相如《すけゆき》宿直《とのゐ》して侍《はべ》りけるに、夢《ゆめ》ならでまたも逢《あ》ふべき君《ゝみ》ならば寝《ね》られぬいをもなげかざらまし、とよみてほどもなくみまかりにければ、かくよめるとなむ、言《い》ひ伝《つた》へたる

物言《ものい》ひ侍《はべ》りける女《をんな》の、ほどもなくみまかりにければ、女《おんな》の親《おや》のもとにつかはしける

藤原実方朝臣

566 契《ちぎ》りありてこの世《よ》にまたは生《う》まるとも面変《おもがは》りして見《み》もや忘《わす》れむ

世　「この」に「此の」と「子の」とを掛ける。○やがての命　夢の中そのままの状態で果てる命。▽亡き子を思う父の心情。今昔物語集にも載る。

565　粟田殿を夢に見ないと嘆いた父君を、すぐにまた、今度は私の夢にも見ることができないというのは悲しいことです。相如集。栄花物語・見果てぬ夢。○父　藤原相如。長徳元年(九九五)五月二十九日没。粟田殿道兼家の家司であったらしい。○忌　死者のけがれを去るため、一定期間慎むこと。○夢見ずと　左注にある「夢ならで…なげかざらまし」の一首を受ける。○なげきし人　父、相如。○またわが夢に見ぬ　父の嘆きに続いてまた、その父を失った嘆きで眠られず、夢に見ることもできない。○粟田右大臣　藤原道兼。○みまかりて　長徳元年(九九五)五月八日死去。当時、道兼は相如邸に居住。○夢ならで…　詞花・雑下「あはたの右大臣みまかりけるころよめる」(作者、藤原相如)。▽長徳元年夏に流行した悪疫による道兼と父の相次ぐ死を悲しむ。

566　宿縁があってこの世にもう一度生れるとしても、すっかり面変りしていて、互いに見忘れたりはしないでしょうか。実方朝臣集、二句「又は此世に」、五句「わすれもやせん」。○物言ひ侍りける女　親しく付き合っていた女。○契り　宿縁。○面変り　顔つきが変ること。▽生れ変っての逢瀬への不安。よく似た一首に、「契りあらばこの世にまたは生るとも面変りして見も忘れなむ」(恵慶法師集)がある。

567　これまでと、帰る人々の様子が、群鳥が飛び別れて行くように見える。そのあとの古巣(もとの住い)で、私は一人で物思いにふけることだろうなあ。義孝集。栄花物語・花山たづぬる中納言。○一条摂政　藤原伊尹。天禄三年(九七二)十一月一日没、四十九歳。作者義孝の父。○後のわ

一条摂政みまかりて後《のち》のわざの事《こと》など果《は》てゝ、人《ひと》〴〵ちり〴〵になり侍《はべ》りければ　少将藤原義孝

567 今《いま》はとて飛《と》び別《わか》るめる群鳥《むらとり》のふるすにひとりながむべきかな

小式部内侍なくなりて、孫《むまご》どもの侍《はべ》りけるを見てよみ侍《はべ》りける　和泉式部

568 とゞめおきて誰《たれ》をあはれと思《おも》ふらん子《こ》はまさるらん子《こ》はまさりけり

一条院うせさせたまひてのち、撫子《なでしこ》の花《はな》の侍《はべ》りけるを、後一条院幼《をさな》くおはしまして、何心《なにごゝろ》も知《し》らで取《と》らせたまひければ、おぼし出《い》づることやありけん　上東門院

569 見《み》るまゝに露《つゆ》ぞこぼるゝおくれにし心《こゝろ》も知《し》らぬ撫子《なでしこ》の花《はな》

ざの事　七七日(四十九日)の法事。○群鳥　詞書に言う「人〴〵」の隠喩。○ふるす　古巣。「群鳥」の縁語。ここは父のいない一条殿。○ひとり　音律上「むらとり」に対応。▽栄花物語には、この詠の返歌として、修理大夫惟正の「羽ならぶ鳥となりては契るとも人忘れずはかれじとぞ思ふ」を載せる。

568 この世に残してあの子は今、誰のことをしみじみと思い返していることであろう。きっと我が子を思う気持の方がまさっていることだろう。私にもあの子との死別が何よりもつらかったのだから。和泉式部集、三句「思ひけん」。栄花物語・衣の珠。○小式部内侍　父、橘道貞。母、和泉式部。万寿二年(一〇二五)十一月没。○とゞめおきて　この世に遺して。○思ふらん　今、あの世で思っていることだろう。○子はまさるらん　「子」は小式部の子たち。和泉式部から見て孫たち。○子はまさりけり　「子」は娘小式部。「けり」は初めての実感。▽わが娘小式部を思う情に、小式部の子を思う情を重ねて表出。母子一体となっての慟哭。

569 見るにつけ涙の露がこぼれることだ。後に残されてしまったということもわからず撫子の花を手にしたこの愛しい子よ。栄花物語・岩蔭。○一条院　↓一〇。○うせさせたまひて　寛弘八年(一〇一一)六月二十二日没。東宮敦成親王(後一条院)は、この時数え年四歳。上東門院は二十四歳。○後一条院　↓四三三。○何心も知らで　一条院の亡くなったということについて何もおわかりにならず。○おぼし出づることやありけん　上東門院はお思い出しになることがあったのでしょうか。物語的叙述。○露　撫子に置かれた露に、涙を喩える。○撫子の花　「撫でし子」を掛ける。幼少の後一条院を指す。▽父院の死が未だ実感できない幼君の姿を、母院の立場から歌う。

570
道信朝臣ともろともに紅葉《もみぢ》見むと契《ちぎ》りて侍《はべ》りけるに、かの人《ひと》みまかりての秋《あき》よみ侍《(はべり)》ける　藤原実方朝臣

見《み》むといひし人ははかなく消《き》えにしをひとり露《つゆ》けき秋の花《はな》かな

571
五月のころほひ、女《をんな》におくれて侍《はべ》りける年《とし》の冬《ふゆ》、雪の降《ふ》りける日《ひ》よみ侍《(はべり)》ける　大江匡房朝臣

別《わか》れにしその五月雨《さみだれ》の空《そら》よりも雪《ゆき》ふればこそ恋《こひ》しかりけれ

572
田舎《ゐなか》に侍《はべ》りけるほどに、京に侍《(はべり)》ける親《おや》なくなりにければ、急《いそ》ぎ上《のぼ》りて、山崎《さき》にてふる里《さと》を思《おも》ひおこせてよみ侍ける　大江嘉言

なにしにか今《いま》は急《いそ》がむ都《みやこ》には待《ま》つべき人もなくなりにけり

570　共に花を見ようと言った人ははかなく消えてしまったが、むなしくただ露に濡れて咲いている秋の花だなあ。私もこの秋の花のように一人涙にくれていることだ。実方朝臣集「道信の中将、花もろともに見むと、八月ばかりにちぎりけるを、かの中将なくなりにける秋」。〇道信朝臣　藤原為光の男。正暦五年(九九四)七月十一日没、二十三歳。〇はかなく消えにしを　むなしく亡くなってしまったが。「消ゆ」は「露けし」の「露」の縁語。〇ひとり露けき秋の花かな　むなしく露に濡れる秋の花よ。「ひとり」は見るはずの人は居ず、花のみがの意。詠者一人がの意をも込める。「秋の花かな」は目前の花を指すとともに、実方自らの暗喩となる。陽明乙本「秋の空哉」。▽難後拾遺には、詞書中の「紅葉」と歌中の「花」との齟齬を突く。家集の記述に従うべきか。

571　永遠の別れをした五月雨の空を見上げた折よりも、時が経って、雪が降る頃となると、いっそう恋しく思われることだ。江帥集・哀傷「あひしりたる女の五月にうせて、その冬になりて、前の斎院の美作の君のとぶらひたるかへりごと」。〇五月雨の空　鬱陶しい梅雨空に、悲しみの涙でかきくれた様子を響かす。〇雪ふれば　雪が「降る」と、時が「経る」とをかける。▽愛する女性の死。時の経過とともに深まる悲しさを歌う。

572　今となってはどうして急ごうか、都では自分を待ってくれるはずの人もいなくなったことだ。大江嘉言集「山里につく日、人々ふるさとに帰る心よむに、京にて親はなくなりにければ」、初句「何にかは」。〇親　父か。嘉言の父は、従五位下大隅守弓削仲宣。〇山崎　京都府南部の大山崎町と大阪府島本町にまたがる淀川の沿岸。西方から上洛の際の通り道となる。〇ふる里　都のもとの居所。〇なにしにか　どうして…であろうか。

敦道親王におくれてよみ侍《(はべり)》ける　　和泉式部

573 今《いま》はたゞそよそのことと思《おも》ひ出《い》でて忘《わす》る許《(ばかり)》の憂《う》き事《こと》もがな

同《おな》じ頃《ころ》、尼《あま》にならむと思《(おもひ)》てよみ侍《(はべり)》ける

574 捨《す》てはてむと思《(おもふ)》さへこそかなしけれ君《きみ》になれにし我身《わがみ》と思《おも》へば

十二月の晦の夜《よ》、よみ侍《はべ》りける

575 なき人《ひと》の来《く》る夜《よ》と聞《き》けど君《きみ》もなしわが住《す》む宿《やど》や魂《たま》なきの里《さと》

右大将通房みまかりて後《のち》、古《ふる》く住《す》み侍《はべ》りける帳の内《うち》に、蜘蛛《くも》のいかきけるを見《み》てよみ侍《(はべり)》け

▽家集では、山里での作となり、詠歌事情が異なる。

573 今となってはただそうよあのいやだったことと思い出して、いっそ亡き親王のことを忘れてしまえるほどのつらい思い出がほしいことだ。和泉式部続集、五句「うきふしもなし」。〇敦道親王　冷泉天皇第四皇子。和泉式部との恋愛は長保五年(一〇〇三)四月にはじまり、親王の没する寛弘四年(一〇〇七)十月まで続いた。宮の死を傷む和泉式部の挽歌が和泉式部続集に一二二首収められている。〇そよ　それよ。〇そのこと　具体的な「憂き事」。▽いやな思い出一つ思い浮かばない、親王との日々を追懐。

574 この身を捨ててしまおうと思うことまでもが悲しいことだ。君に馴れ親しんだ我が身だと思うと。和泉式部続集「なを尼にやなりなまし、と思ひたつにも」。〇捨てはてむ　捨ててしまおう。詞書では、出家し世を捨てる意となる。〇思さへ　思う気持までもが。「さへ」は添加。〇君になれにし我身　君に親しんだ身。「身」は心の宿る肉体。▽自分の「身」を、親王のかけがえない形見と見る。

575 今宵は亡くなった人が訪ねて来る夜と聞いてはいるが、君のけはいはどこにもないことだ。私の住いは「魂無きの里」なのだろうか。和泉式部続集「しはすの晦の夜」。〇なき人の来る夜　十二月晦日の夜は死者が帰って来る夜として、死者の魂を祭る習慣があった。「なき人の来る夜とて、魂祭るわざは、この頃都にはなきを、あづまの方にはなほすることにてありしこそあはれなりしか」(徒然草十九段)。〇魂なきの里　魂のどこにもいない里。歌枕とする説もあるが未詳。▽「魂」の来訪を実感できないもどかしさ、惻々と迫る喪失感を実感を込めて表出。

る　　　　　　　　土御門右大臣女

576 別《わか》れにし人は来《く》べくもあらなくにいかにふるまふさゝがにぞこは

筑紫《つくし》よりまかり上《のぼ》りけるに、なくなりにける
人を思《おも》ひ出《い》でゝよみ侍《はべ》りける　　　　　大弐高遠

577 恋《こひ》しさに寝《ぬ》る夜《よ》なけれど世《よ》の中《なか》のはかなき時《とき》は夢《ゆめ》とこそ見《み》れ

兼綱朝臣、妻《め》なくなりてのち、越前になりて
まかり下《くだ》りけるに、装束つかはすとてよみ侍《はべ》
りける　　　　　　　　源道成朝臣

578 ゆゝしさにつゝめどあまる涙《なみだ》かなかけじと思《おも》ふ旅《たび》の衣《ころも》に

576 死別したお方は来るはずもないのに、どうしてこんな振舞いをする蜘蛛なのだろう、これは。栄花物語・蜘蛛の振舞。○右大将通房　藤原頼通の男。母は源憲定女。作者の夫。長久五年(一〇四四)四月二十四日没、二十歳。○帳とばり。○蜘蛛のい　くもの巣。○来べくもあらなくに　来るはずもないのに。「べく」は当然。○さゝがに　蜘蛛。▽訪ねて来る人もいない今、空しく来訪の予兆を見る。古歌「わが背子が来べき宵なりささがねのくものおこなひこよひしるしも」(允恭紀・衣通郎姫)に拠っている。

577 恋しさのあまり寝る夜とてないが、人の世のはかなさを知る時は、さながら夢を見るようであることだ。大弐高遠集「なくなりにける人の思ひにて、舟の中にて」、初句「こひしきに」。○筑紫よりまかり上りけるに　高遠の上京は寛弘六年(一〇〇九)。○寝る夜なけれど　寝ることはできないが。夢を見ることがないことを言う。○夢と覚めている現実を夢と。▽日常を夢と反転させる言いまわしが鮮烈。帰洛の船中での五首の連作の二首目。

578 不吉さにがまんしても、なおもあふれ出る涙であることだ。涙など決してかけまいと思うこのあなたへの旅の衣に。○兼綱朝臣　藤原道兼の男。長元四年(一〇三一)「越前守兼綱」(小右記)。○妻　源道成の女か。尊卑分脈には、兼綱の子「芳円」に「母備後守(源)道成女」とある。なお、八代集抄には、「或説、兼綱の北方は、源道成のいもうとゝいへり」とも。○ゆゝしさ　旅の前途を暗くする不吉さ。○つゝめど　堪え忍ぶ意の「つつむ(慎む)」と、衣の縁語の「包む」とを掛ける。○かけじ　涙をかける意の「懸く」に衣の縁語「架く」を掛ける。▽娘婿の旅立ちに、あらためて娘との死別を悲しむ。

579
少納言なくなりて、あはれなる事《こと》などなげきつゝ置《お》きたりける百和香を、小《ちひ》さき籠《こ》に入《い》れて、せうとの棟政朝臣〔の〕許《(もと)》につかはしける　選子内親王

法《のり》のため摘《つ》みける花《はな》をかず〳〵に今《いま》はこの世《よ》のかたみとぞ見《み》る

580
思《おも》ふ人二人《ふたり》ある男《をとこ》、なくなりて侍《はべ》りけるに、末《すゑ》に物言《ものい》はれける人に代《かは》りて、もとの女《をむな》のもとにつかはしける　伊勢大輔

深《ふか》さこそ藤《ふぢ》の袂《たもと》はまさるらめ涙《なみだ》はおなじ色《いろ》にこそ染《し》め

581
服《ぶく》にて侍《はべ》りける頃《ころ》、十月一日同《おな》じさまなる人《ひと》、我《われ》のみなん同《おな》じ姿《すがた》にと言《い》ひおこせて侍《(はべり)》ければよめる　康資王母

君《きみ》のみや花《はな》の色《いろ》にもたちかへで袂《たもと》の露《つゆ》はおなじ秋なる

579 少納言とともに仏に捧げるために摘んで加えたこの百和香の籠を、今はこの世に残した形見と見ることです。大斎院御集「少納言のなくなりし、あはれなる事など人〻いひて百わからしをきたりけるをとりいで〻せうとのえさうにつかはす」、二句「つみたる花を」、五句「かたみにぞする」。○少納言　「天暦の御乳母」(八代集抄)とあるが未詳。○百和香　薫香の一種。いろいろの花に香料を加えて製したもの。「百和香あつめて、歌よまする人の、「つちはりの花くはへよ」といふに」(経信卿母集・詞書)。○棟政朝臣　他本「陳政」。藤原陳政は、安親の男。播磨守、正四位下、春宮亮。○かたみ　「形見」と竹籠である「筐」とを掛ける。▽百和香と供花の花籠のイメージを重ねて、女房の一人の死を傷む。家集には、「百(もも)くさのかたみの花をとめ置きていかにはちすの露にぬるらん」という返歌を載せる。

580 藤色の濃さこそあなたの喪服のたもとの方がまさっているでしょうが、紅の涙は、同じ色にたもとを染めていることでしょう。伊勢大輔集。○末に物言はれける人　後で情をかけられた女。○もとの女　はじめの女。○深さ　藤衣(喪服)の色の濃さ。○おなじ色　同じ程度の色合。「色」は悲しみのあまり流す紅涙の色。▽伊勢大輔が代作した歌。本つ妻に対する心くばりを忘れず、共有する悲しみを表出。

581 あなただけが花やいだ色の衣にも変えないで、たもとにかかる涙の露が同じ秋のままなのでしょうか(いや、あなただけではありません、私も同様です)。康資王母集。○服　喪に服すること。○十月一日同じさまなる人　普通は十月一日から冬の服装になるが、衣替えをせず喪服のままでいる人。○君のみや　末句「おなじ秋なる」に係る。「や」は反語。○花の色　はなやかな服装。○

赤染、匡衡におくれ侍《(はべり)》て後《のち》、五月五日によみてつかはしける　　美作三位

582 墨染《すみぞめ》の袂《たもと》はいとゞこひぢにてあやめの草《くさ》のねやしげる覧《(らん)》

円融院法皇うせさせたまひて又《また》の年《とし》、御はてのわざなどの頃《ころ》にやありけん、内裏《うち》に侍《はべ》りける御乳母《めのと》の藤三位の局《つぼね》に、胡桃色《くるみいろ》の紙《かみ》に老《おい》法師の手《て》のまねをして書《か》きてさし入《い》れさせたまひける　　一条院御製

583 これをだにかたみと思《おも》ふを都《みやこ》には葉《ゝ》がへやしつる椎柴《しゐしば》の袖《そで》

後冷泉院、位《くらゐ》につかせたまひにければ、里《さと》にまかり出《い》で侍《はべ》りて又《また》の年《とし》の秋《あき》、東三条の局《つぼね》の前《まへ》に植《う》ゑて侍《はべ》りける萩《はぎ》を人の折《を》りて持《も》てまう

たちかへで　「立ち」と「裁ち」とを掛ける。「袂」の縁語。底本は「たちかへて」の「て」に「む」と傍書。▽同じ服喪中の友にあてての返歌。「皆人は花の衣になりぬなり苔の袂よかわきだにせよ」(古今・哀傷・遍昭)を踏まえる。

582 あなたの喪服の袂は故人をますます恋しく思う涙で濡れ、その泥に生い茂るあやめ草の根ではないが、音(声)をあげてはげしく泣いておられることでしょうか。赤染衛門集「五月五日、同三位」。○赤染　赤染衛門。○匡衡　大江匡衡。赤染衛門の夫。寛弘九年(一〇一二)七月没。○墨染　黒く染めた服。喪服。○いとゞこひぢにて　ますます亡き人を恋う涙で濡れて。「こひぢ」(泥)に「こひ」(恋)を掛ける。○あやめの草の　「根(音)」を導く序詞。○ね　「根」に「音」を掛ける。○しげる　根が「茂る」意に音の「繁し」を掛ける。▽「五月五日」のかかわりで「あやめ」を詠む。「こひぢ」「根」「しげる」は「あやめ」の縁語。家集には「あやめ草今日のたもとの玉とては涙をかくるねのみなりけり」と返歌を載せる。

583 せめてこの喪服だけでも亡き院のかたみと思うのに、都ではもう椎で染めた喪服を常の服装に着替えたことだろうか。仲文集「仁和寺の御はての日、ものいみにさしこもりてゐたるに、たてぶみにて、ほうし、どうじ、けふすぐすまじき御ふみなりとて、さしをきたるをみれば、くるみいろのしきしに、あやしきてして」、四句「かへやしつらむ」。枕草子・円融院の御はての年。○円融院法皇　→五四一。○うせさせたまひて　正暦二年(九九一)二月十二日没、三十三歳。○御はてのわざ　一周忌の法要。正暦三年二月六日、仁和寺で行われた。○藤三位　藤原繁子。一条天皇女御尊子を生む。○胡桃色　くるみの核のような色。香紙の色。○手　筆跡。○これ　椎柴の袖。○葉が

で来《き》たりければ　麗景殿前女御

584 去年《こぞ》よりも色《いろ》こそ濃《こ》けれ萩《はぎ》の花涙《はななみだ》の雨《あめ》のかゝる秋《あき》には

成順におくれ侍《はべ》りて、又《また》の年《とし》はてのわざし侍《(はべり)》けるに　伊勢大輔

585 別《わか》れにしその日《ひ》ばかりはめぐり来《き》ていきも返《かへ》らぬ人ぞかなしき

年《とし》ごろ住《す》み侍《はべ》りける妻《め》におくれて又《また》の年《とし》、はてのわざつかうまつりけるによめる　紀時文

586 年《とし》を経《へ》て馴《な》れたる人《ひと》も別《わか》れにし去年《こぞ》は今年《ことし》の今日《けふ》にぞありける

へ　常の服への着替え。椎柴の縁で「葉がへ」の語が用いられた。「はし鷹のとがへる山の椎柴のはがへはすとも君はかへせじ」(拾遺・雑恋・よみ人しらず)。○椎柴の袖　「椎柴」は椎の木もしくはその群生。椎が喪服の染料となることから、「椎柴の袖」は喪服の意。▽詞書の伝える事情は、枕草子の記事に近い。仲文集にも載るのは何故か、不審。

584　去年よりも色濃く見えることです、萩の花は。故院をしのぶ紅の涙の雨が降りかかるこの秋には。○後冷泉院　→三六。○位につかせたまひにければ　後朱雀院の病により、寛徳二年(一〇四五)一月十六日践祚。一月十八日後朱雀院崩御。作者は後朱雀帝女御。○里にまかり出で侍りて　「後朱雀院、御病中に御譲位なれば也」(八代集抄)。○東三条　→六二。○涙の雨　あふれる紅涙。○かゝる　「懸かる」と「斯かる」とを掛ける。▽作者は前年四月に故院の遺児正子内親王を生んだばかりである。今鏡では、この萩は院の手植えであったという。

585　永別したその日だけは再びめぐってきて、行ったまま帰らぬ人―生き返らないあなたが悲しいことです。伊勢大輔集。○成順　高階成順。伊勢大輔の夫。○はてのわざ　→五八三。○いきも返らぬ　「行き帰る」と「生き返る」とを掛ける。▽巡り来る忌日にひきかえ、不帰の人成順には再び会うことができないと嘆く。

586　長い年月なれ親しんだ妻とも永遠の別れをした去年のあの日は、ちょうど今年の今日だったのだなあ。元輔集。○住み侍りける妻　共に暮した妻。○はてのわざ　→五八三。○馴れたる人　馴れ親しんだ妻。▽忌日にあらためて亡妻との別れを思う。難後拾遺では「めづらしうもおぼえぬ」

返《かへ》し　　清原元輔

587 別《わか》れけむ心《こゝろ》をくみて涙川《なみだがは》思《おも》ひやるかな去年《こぞ》の今日《けふ》をも

後一条院御時、皇太后宮うせたまひて、はてのわざに障《さは》ることありて参《まゐ》らざりければ、かの宮《みや》より、昨日《きのふ》はなど参《まゐ》らざりしなど言《い》ひにおこせて侍《はべ》りけるによめる　　江侍従

588 我《わ》が身《み》には悲《かな》しきことのつきせねば昨日《きのふ》をはてと思《おも》はざりけり

父《ちゝ》の服《ぶく》脱《ぬ》ぎ侍《はべ》りける日《ひ》よめる　　平棟仲

589 思《おも》ひかねかたみに染《そ》めし墨染《すみぞめ》の衣《ころも》にさへも別《わか》れぬるかな

と評す。

587 あなたが妻と死別したという悲しみの心を汲んで、涙とともに思いやっていることです、去年の今日のことを。元輔集。○別れけむ心　妻と死別なさったというあなたの心中。友人の立場なので、伝聞的な言い方をしている。○くみて推しはかって。「くむ(汲む)」は「川」の縁語。○涙川　→五五〇。▽紀時文と清原元輔とは、共に後撰集撰者。梨壺の五人としての深い親交があったのであろう。

588 我が身には悲しいことがいつまでも尽きませんので、昨日を悲しみの「果ての日」、喪明けの当日とは思わなかったのでした。○後一条院御時　長和五年(一〇一六)から長元九年(一〇三六)まで在位。○皇太后宮　藤原妍子。三条天皇中宮。万寿四年(一〇二七)九月十四日没、三十四歳。○はてのわざ　→五八三。左経記・長元元年(一〇二八)九月十四日の条に「故皇太后宮職於㆓枇杷本宮㆒行㆓正日御法事㆒云々」とある。○かの宮　妍子女、陽明門院。○昨日をはてと　「はて」は忌明けの日の意に、悲しみの「果て」の意をこめる。▽法要不参の事情を、一首に託して伝える。今鏡では、後一条帝中宮威子の崩後のことと誤っている。

589 悲しい思いにたえられず、さらに今日は父を偲ぶ形見として染めた墨染の衣にまで、別れてしまったことだ。○父　平重義。○服脱ぎ　服喪の期間が終って、喪服を脱ぐこと。当時父母の服喪は一年とされた。○思ひかね　悲しみをこらえることができず。「別れぬるかな」にかかる。○かたみ　「形見」と「片身」(身ごろの半分)とを掛ける。「かたみ」は「衣」の縁語。○墨染　→五八三。▽亡父の喪明けに、衣の変る悲しさを歌う。

平　教　成

590 うすくこく衣《ころも》の色《いろ》は変《かは》れども同《おな》じ涙《なみだ》のかゝる袖《そで》かな

服脱《ぶくぬ》ぎ侍《はべ》りけるによめる　藤原定輔朝臣女

591 うきながら形見《かたみ》に見《み》つる藤衣《ふぢごろも》はては涙《なみだ》に流《なが》しつるかな

十月許《(ばかり)》にものへ参《まい》り侍《はべ》りける道《みち》に、一条院を過《す》ぐとて、車《くるま》を引《ひ》き入《い》れて見《み》侍《はべ》りければ、火焚屋《ひたきや》などの侍《(はべり)》けるを見《み》てよめる　赤　染　衛　門

592 消《き》えにける衛士《ゑじ》のたく火《ひ》の跡《あと》を見《み》て煙《けぶり》となりし君《きみ》ぞかなしき

菩提樹院に、後一条院の御影を描《か》きたるを見《み》て、見《み》なれ申《まう》しけることなど思《おも》ひ出《い》でてよみ

590 濃い色から薄い色へと衣の色は変るけれども、今までと同じ悲しみの涙がかかる袖であることよ。〇うすくこく　「うすく」は色の薄い常服を表し、「こく」は色の濃い喪服の様子を言う。〇同じ涙　父の死を悲しんで流す涙は、服喪期間を過ぎても同じであるの意。▽作者は前歌の詠者と兄弟。同じ折の作であろう。

591 悲しみでつらい気持のまま、亡き人の形見と見てきた喪服を、はての日にはとうとうあふれる涙で流すことになってしまったことよ。〇服脱ぎ　→五六九。〇うきながら　「流しつるかな」にかかる。「うき」は「憂き」と「浮き」とを掛ける。「浮き」「流し」は涙の縁語。〇藤衣　喪服。〇はては　→五六八。喪明けの意と、「遂に」の意の「はては」とを掛ける。〇涙　「涙川」(既出)のイメージを込める。▽父、定輔との死別を嘆く作か。定輔は説孝男、長元期(一〇二八―三七)までの生存が確かめられる。涙川に流れる藤衣という誇張したイメージで喪明けの悲しみを表出。

592 消えてしまった衛士の焚いた火の跡を見るにつけて、煙となってしまわれた帝のことが悲しく思われることだ。赤染衛門集。〇一条院　拾芥抄に「一条南、大宮東、一町」とある。一条天皇はここで寛弘八年(一〇一一)六月二十二日没。〇火焚屋　宮中警護の衛士がかがり火をたいて見張っている小屋。〇衛士　諸国から選抜され、衛士府(後に衛門府)に配属された兵士。夜は火を焚いて警備にあたった。〇煙　茶毘の煙。▽通りかかった火焚屋の跡から、燃えさかる炎、茶毘の火、と連想し、現実にはかがり火の見えなくなった寂寥感を強調する。寛弘八年十月頃の詠か。

593 どのようにして御影としてお姿を写しとどめることができたのだろう、空にあって惜しくも隠れてしまった月の光のように、宮中で名残惜

侍《(はべり)》ける

593 いかにして写《うつ》しとめけむ雲居《くもゐ》にてあかず別《わか》れし月の光《ひかり》を　　出羽弁

匡衡におくれて後《のち》、石山《いしやま》に参《まゐ》り侍《はべ》りける道《みち》に、新《あたら》しき家《いへ》のいたう荒《あ》れて侍《(はべり)》けるを問《と》はせければ、親《おや》におくれて、二《ふた》とせにかくなりて侍《(はべる)》なりと言《い》ひければよめる　　赤染衛門

594 ひとりこそ荒《あ》れゆくことはなげきつれ主《ぬし》なき宿《やど》はまたもありけり

熊野《くまの》に詣《まう》で侍《はべ》りけるに、小一条院の通《かよ》ひたまひける難波《なには》といふ所《ところ》に泊《とま》りて、昔《むかし》を思《(おもひ)》いでてよめる　　源信宗朝臣

595 いにしへになにはのことも変《かは》らねど涙《なみだ》のかゝる旅《たび》はなかりき

しくもお隠れになった帝のお姿を。栄花物語・紫野。○菩提樹院　京都市東山の神楽岡の南に建てられた寺。後一条院の墓所。○後一条院　→四三。長元九年(一〇三六)四月十七日没。○御影を描きたる　生前の院を描く肖像画。○雲居　「雲のある遠くの空」の意と、「宮中」の意とを掛ける。○月の光　後一条院の暗喩。「うつす」「光」は月の縁語。▽月光と御影とを重ねる技巧が優れている。栄花物語によると、菩提樹院の御堂には、直衣姿で脇足に寄りかかった院の姿が描かれていたという。

594　私一人、家の荒れはててゆくことを嘆いていたのでした。しかし、主のいない家がもう一つあったことです。赤染衛門集「やましなのわたりに、いへのいたくあれたるを、おとゝにをくれてこのふたとせに、かうなりにたると人云を聞て」、一句「あれゆくとこは」。○匡衡　大江匡衡。寛弘九年(一〇一二)七月十六日没。○石山　石山寺。→五〇〇。○問はせければ　荒れ果てた理由を尋ねさせたところ。「せ」は使役。○ひとりこそ　私一人だけが。○荒れゆくこと　正保版本、八代集抄本、家集には「あれゆく床」とある。その方が孤閨のわびしさが強調される。▽主が亡くなって荒廃した宿を見て自己の境遇を重ねる。

595　昔とは何も難波のようすは変らないが、涙があふれかかるこのような旅は今までなかったことだ。伊勢大輔集。○熊野　和歌山県熊野地方にある熊野権現。→五〇三。○小一条院　三条天皇第一皇子。母は皇后藤原娍子。永承六年(一〇五一)一月八日没、五十八歳。○難波　現在の大阪市及びその付近。○なにはのことも　「難波」と「なに(何)」とを掛ける。他本「なにはのことは」。○涙のかゝる旅　「懸かる」と「斯かる」、「旅」と「度」とをそれぞれ掛ける。▽作者は小一条院の男。生前故院に同行した難波行を思い出し、亡父をしのぶ。

かくよみて侍《はべ》りけるを、つてに聞《き》き《ゝ》て、かの
信宗《ゝぶむね》の朝臣のもとにつかはしける　伊勢大輔

596 思《おも》ひやるあはれなにはのうらさびて蘆《あし》のうきねはさぞなかれけん

秋、みまかりにける人《ひと》を思《おも》ひ出《い》でて《ゝ》よめる　源重之

597 年《とし》ごとに昔《むかし》は遠《とほ》くなりゆけど憂《う》かりし秋はまたも来《き》にけり

この歌《うた》、義孝少将わづらひ侍《(はべり)》けるに、なくなりたりともしばし待《ま》て、経よみはてむと、いもうとの女御に言《い》ひ侍《はべ》りてほどもなくみまかりてのち、忘《わす》れてとかくしてければ、その夜《よ》母《はゝ》の夢《ゆめ》に見《み》え侍《はべ》りける歌なり

598 しかばかり契《ちぎ》りしものを渡《わた》り川《がは》帰《かへ》るほどには忘《わす》るべしやは

596 思いやることです。難波の浦は、なんとまあうらさびて、蘆の浮根が流れるほどに、旅寝しながら、(父上を思って)さぞ声を立ててお泣きになられたことでしょう。伊勢大輔集。○信宗の朝臣　小一条院男。○なにはのうらさびて　「うら」に「難波の浦」と「うらさぶ」の「うら」とを掛ける。○蘆のうきね　「うきね」に「浮き根」と「憂き寝」とを掛ける。また、「ね」には「音」をも響かす。「なにはがた蘆のうきねに過ぐる夜の秋はてがたをとふぞうれしき」(四条宮下野集)。○なかれけん　「浮き根」の「流れ(流る)」と、「(音を)泣かれ」とを掛ける。「れ」は自発。▽初句切れ。難波の縁で蘆が詠み込まれる。巧みな修辞を用いて、前歌の詠者である信宗に同情の心を寄せる。

597 一年ごとに共にすごした日々は遠く離れてゆくが、あなたを失ってつらく悲しかった秋はまためぐって来たことだ。重之集。○昔　「みまかりにける人」と共にすごした日々。○憂かりし秋　あなたと死別したつらかった秋。▽共存した生前の日々から次第に離れていくという時間感覚は、「すくすくと過ぐる月日の惜しきかな君がありと経し方ぞと思ふに」(和泉式部続集)などの詠にも見られる。

598 あれほどかたい約束を交わしたのに、三途の川を引き返すそれほどの間にもう忘れてしまってよいのでしょうか。義孝集。○しかばかり　あれほど。○渡り川　三途の川。○義孝少将　藤原伊尹の男。疱瘡にかかり、天延二年(九七四)九月十六日没。○いもうとの女御　藤原伊尹の女、懐子。冷泉天皇女御。義孝の姉。○とかくしてけれ

599 時雨《しぐれ》とは千種《ちぐさ》の花ぞ散《ち》りまがふなに故郷《ふるさと》の袖《そで》ぬらすらん

この歌《うた》、義孝かくれ侍《(はべり)》てのち、十月許《(ばかり)》に賀縁法師の夢《ゆめ》に、心地よげにて笙を吹《ふ》くと見《み》るほどに、口《くち》をたゞ鳴《な》らすになん侍《はべ》りける。母《はゝ》のかくばかり恋《こ》ふるを、心地《こゝち》よげにてはいかにと言《い》ひ侍《はべ》りければ、立《た》つを引《ひ》き留《とゞ》めて、かくよめるとなん言《い》ひ伝《つた》へたる

600 着《き》て馴《な》れし衣《ころも》の袖《そで》もかは《(わ)》かぬに別《わか》れし秋になりにけるかな

この歌《うた》、みまかりて後《のち》、あくる年《とし》の秋《あき》、いもうとの夢《ゆめ》に少将義孝歌とて見《み》え侍《(はべり)》ける

601 逢《あ》ふことを夕暮《ゆふぐれ》ごとに出《い》で立《た》てど夢路《ゆめぢ》ならではかひなかりけり

或人云、この歌《うた》、思《おも》ふ女《をんな》を置《お》きて、みまかりける男《をとこ》の娘《むすめ》の夢《ゆめ》に、これ彼《か》の女《をんな》に取《と》らせよとてよみ侍《(はべり)》ける

ば　あれこれしたので。納棺や葬儀にかかわること。○母　恵子女王。▽左注にあるように、義孝が死後に母の夢に現れて詠んだ歌。この逸話は死後しばらくして説話化され、広く人口に膾炙した話であったらしい。大鏡、今昔物語集にも出る。以下、義孝の死をめぐる詠が続く。

599 時雨とは(この極楽浄土では)さまざまの花が散りみだれることをいうのです。どうしてもとの世では、私のことを悲しんで袖をぬらすのでしょう。義孝集。○なに　どうして。私は極楽にいてこんなにしあわせでいるのにの意。○故郷　極楽にいる義孝が現世のことをいったもの。○賀縁法師　生没年未詳。○笙　管楽器の一。さうの笛。○母　→五九八。▽法師の夢に現れた義孝の歌。

600 着てなじんだ衣の袖もまだかわかないのに、再び別れた秋になったことだなあ。義孝集。○着て馴れし衣の袖　「着る」「馴る」「袖」は「衣」の縁語。○いもうと　冷泉天皇女御懐子。→五九八。○義孝　→五九八。▽姉の夢に現れた義孝の歌。

601 逢うことを願って人々は皆、夕暮ごとに出かけるが、(死者である私は)夜の夢の中でなければかいがないことだなあ。○かひなかりけり　死別して直接女に逢えない嘆きをいったもの。▽娘の夢に現れた死者の歌。以下、この死者の一首に関連した作が続く。

娘《むすめ》、彼《か》の女《おむな》のもとにやるとてよみ侍《（はべり）》ける　　読人不知《（よみびとしらず）》

602 泣《な》く〳〵も君《きみ》には告《つ》げつ亡《な》き人の又かへりごといかゞ言《い》はまし

女《をんな》いみじく泣《な》きて、返《かへ》り事《ごと》によみ侍《はべ》りける

603 先《さき》に立《た》つ涙《なみだ》を道《みち》のしるべにて我《われ》こそ行《ゆ》きて言《い》はまほしけれ

602 泣きながらも、父のことばをあなたに告げました。再び帰って来てほしいという父への返事を、どのようにして伝えたらよいのでしょう。〇やるとて　父親の歌を贈るというので。〇かへりごと　「返り事」に、「帰り来(帰って来い)」を掛ける。〇いかゞ言はまし　「まし」は反実仮想。不可能を前提として言う。▽前歌を「思ふ女」に届けた際の娘の歌。便りを交わす手だてのない別れであることを嘆く。

603 すぐにあふれ出る涙、何よりも先立つ涙をあの世への道しるべとして、他ならぬ私が行って、その返事を伝えたいものです。〇先に立つ涙　話を聞けばもうあふれ出る涙。「(道の)前に立つ」の意を込める。〇道のしるべ　冥途への道案内。▽「思ふ女」の返事。「我こそ行きて」という言いまわしに、死者である男へのひたむきな心情が込められている。

後拾遺和歌抄第十一　恋一

東宮とまうしける時《とき》、故内侍の督《かみ》のもとにはじめてつかはしける

後朱雀院御製

604 ほのかにも知《し》らせてしがな春霞《はるがすみ》かすみのうちに思《おも》ふ心を

はじめたる人につかはしける

叡覚法師

605 木《こ》の葉《は》散《ち》る山のした水《みづ》うづもれて流《なが》れもやらぬものをこそ思《おも》へ

604 この霞のようにぼんやりとでも知らせたいなあ、折しも春霞がほんのりとかかっている中であなたのことを思っている私の心を。○東宮とまうしける時　後朱雀院は寛仁元年(一〇一七)八月九日立坊、同五年二月一日藤原道長女尚侍嬉子が妃として東宮に入った。その頃の詠。○故内侍の督　尚侍藤原嬉子。母は源倫子。万寿二年(一〇二五)八月五日、十九歳で夭折した。○ほのかにも　下の「かすみ」と縁語となる。「山桜霞の間よりほのかにも見てし人こそ恋しかりけれ」(古今・恋一・紀貫之)。○知らせてしがな　知らせたいなあ。「思ひつゝまだいひそめぬわが恋を同じ心に知らせてしがな」(後撰・恋六・よみ人しらず)。▽十三歳の東宮が二歳年上の妃に贈ったういういしい恋歌。今鏡・すべらぎの上・初春にも、七二五の歌と対比して引かれている。類歌「ほのかにも知らせやせまし春霞かすみにこめて思ふ心を」(兼盛集)。六〇四–六一三は初恋の歌群。

605 山陰を流れる水が散りかかる落葉に埋まってとどこおっているように、私の思いがあなたに通じないので、思い悩んでいます。○はじめたる人　初めて求愛する人。「俗のときなるべし」(八代集抄)。○山のした水　「山下水」とも。ひそかな恋心の比喩。「あしひきの山下水の木隠れてたぎつ心をせきぞかねつる」(古今・恋一・よみ人しらず)、「あしひきの山下とよみ行く水の時ぞともなく恋ひわたるかな」(拾遺・恋一・よみ人しらず)。

606 一体どういう訳で、気付かないうちに沼には尊菜(じゆんさい)が生えたのだろうか。その尊菜を手繰るのではないが、苦しいなあ、あの人に知られもせず、自分だけでくよくよ思っているのは。

題不知(しらず)　　馬内侍

606 いかなれば知《し》らぬにを(お)ふるうきぬなはくるしや心人知《し》れずのみ

女《をんな》を語《かた》らはんとて乳母《めのと》のもとにつかはしける　　源頼光朝臣

607 かくなむと海人《あま》のいさり火《び》ほのめかせ磯《いそ》べの波《なみ》のをりもよからば

返《かへ》し　　源頼家朝臣〔母〕

608 沖《おき》つ波《なみ》うちいでむことぞつゝましき思(おもひ)よるべきみぎはならねば

ある人《ひと》のいはく、この歌《うた》、中納言惟仲におくれて侍(はべり)けるをりかく言《い》へりければ、乳母《めのと》に代《かは》りてよめる

はじめたる女《をむな》につかはしける　　平経章朝臣

馬内侍集。○知らぬ　「沼にいひかけて也」(八代集抄)。○うきぬなは　水面に葉を浮かべている蓴菜。「憂き」を響かせ、その蔓を手繰って採取することから、「苦し」の序詞として用いられる。「なきことをいはれの池のうきぬなは苦しきものは世にこそありけれ」(拾遺・恋二・よみ人しらず)。○くるしや　「や」は詠嘆。この下句、「蚊遣火のさ夜更け方の下焦がれ苦しや我身人知れずのみ」(曾丹集)のような類句表現がある。

607　これこれと(私があの人のことを好きだと)ほのめかしてください、もしも言い寄るのによい機会であるのならば。○海人のいさり火　ほのかに見えることから、「ほのめかせ」の序詞のごとく用いた。「海人」は乳母の比喩。○磯べの波の　波が折れかえるように寄せては返ることを「波折(なをり)」「波折る」などということから、「をり」の序のごとくいう。

608　言い出すことは憚られます、あなたに心を惹かれてはならない身の上ですから。○沖つ波　「うちいでむ」の序詞のごとく用いた。○うちいでむ　「波」の縁語。○思よるべき　「よる」は「波」の縁語。○みぎは　「波」の縁語で「身」を掛ける。○中納言惟仲　平惟仲。珍材の男。寛弘二年(一〇〇五)三月十四日没、六十二歳。頼家母はその娘。

609　霜枯れの冬の野原にほおけて立っている村薄の穂、そのようにほのめかしたいなあ、あなたを思っている私の心を。○むらすゝき　薄の穂から「ほのめかさばや」の序詞のごとく用いた。▽「下にのみ思ひ乱るゝ青柳のかたよる風はほのめかさずや」(堤中納言物語・ほどほどの懸想)。

610　恋心を忍んでそれぎりにしてしまうよりは、せめて思っていたのだとだけでも、あの人に知らせよう。大江嘉言集「年ごろ思ひける」、二句「やみぬるよりは」。○思ふこと　恋しく思うこと

609 霜《しも》がれの冬野《ふゆの》に立《た》てるむらすゝきほのめかさばや思《おも》ふこゝろを

大江嘉言

610 しのびつゝやみなむよりは思《おも》ふことありけりとだに人《ひと》に知《し》らせん

男《をとこ》のはじめて人《ひと》のもとにつかはしけるに代《かは》りてよめる

和泉式部

611 おぼめくなたれともなくてよひ〳〵に夢《ゆめ》に見《み》えけんわれぞその人《ひと》

女《をんな》にはじめてつかはしける

藤原実方朝臣

612 かくとだにえやはいぶきのさしもぐささしも知《し》らじな燃《も》ゆる思《おも》ひを

の意。「思ふことありて久しくなりぬとは聞くか聞かぬか知りて知らぬか」(信明集)。

611 はぐらかさないでください。誰とはっきりわからないながらも宵ごとにあなたの夢に現れた人がいるでしょう。私こそはその人なのです。和泉式部続集「男の、人のもとにやるに、代りて」。○おぼめくな　判断できないと思うな。知らぬふりをするな。「尋ね行く逢坂山のかひもなくおぼめくばかり忘るべしやは」(和泉式部日記・敦道親王)。○よひ〳〵に夢に見えけん　「宵々に枕定めむ方もなしいかに寝し夜か夢に見えけむ」(古今・恋一・よみ人しらず)を念頭に置くか。▽ある人を思うとその人の夢の中に現れるという信仰を拠り所に、自分はあなたの夢に見えた筈だと言って、相手に強く迫る男の心で歌う。「見ぬ人の恋しきやなぞおぼつかな誰とか知らむ夢に見ゆとも」(拾遺・恋一・よみ人しらず)に応和したような作。

612 このように恋しているとだけでも、どうして口に出して言えるでしょうか。言えないからあなたはそうとも知らないでしょうね。ちょうどもぐさのように燃える私の思いを。実方朝臣集「人にはじめて聞えける」。○かくとだに　このように(恋している)ということですら。○えやはいぶきのさしもぐさ　「えやは言ふ」(言えない)に「伊吹」を掛ける。この伊吹は歌枕。下野国とも美濃・近江の境の伊吹山とも。○さしもぐさ　もぐさに用いる蓬。ここまでは「さしも」を起す序詞。○さしも知らじな　そう(わたしがあなたを恋している)とも知らないだろうな。○燃ゆる思ひを　「燃ゆる」は「さしもぐさ」の縁語。「思ひ」に「火」を響かせる。▽「なほざりにいぶきの山のさしもぐささしも思はぬことにやはあらぬ」(古今六帖六・作者未詳)などの歌を念頭に置くか。小倉百人一首に選ばれた歌。

初め《はじ》の恋《こひ》をよめる　　実源法師

613 なき名《な》立《た》つ人だに世《よ》にはあるものを君恋《きみこ》ふる身《み》と知《し》られぬぞ憂《う》き

月明《あか》き夜《よ》ながめしける女《をむな》に、年《とし》へてのちにつかはしける　　源則成

614 年《とし》もへぬ長《なが》月の夜《よ》の月《つき》かげのありあけがたの空《そら》を恋《こ》ひつゝ

心《こゝろ》かけたる人《ひと》につかはしける　　藤原長能

615 汲《く》みて知《し》る人《ひと》もあらなん夏山《やま》の木《こ》のした水《みづ》は草《くさ》がくれつゝ

はらから侍《はべ》りける女《をむな》のもとに、おとゝを思《おも》ひかけて、姉《あね》なる女《をんな》のもとにつかはしける　　読人不知《（よみびとしらず）》

613 あらぬ噂の立つ人ですら世間にはいるのに、あなたを恋する身とあなたに知られないのは憂くつらいことです。○なき名立つ　事実無根の噂が立つ。「なき名のみたつの市とは騒げどもいさまた人をうるよしもなし」(拾遺・恋二・柿本人麻呂)。▽「かくれ沼の底の下草水隠れて知られぬ恋は苦しかりけり」(大和物語一三八段)などに通う歌。

614 あれから随分年が経ちました。あなたと共にながめたあの九月の夜、有明の月がかかっていた暁近い空を恋しく思いおこしながら…。○ながめしける女　「月みる女をみし心也」(八代集抄)。○長月　陰暦九月。○月かげ　月の光。○ありあけがた　月が空に残っていて暁近くの頃。▽風流を共に楽しんだ昔の思い出を持ち出して、相手の気を引こうとする。六一四—六二〇は恋心を知らせるという主題の作品群と見られる。

615 汲んでそれとわかってくれる人もいてほしい。夏山の木々の下を行く水は、草に隠れながらも流れています。その水のように、私はひそかにあなたを思っています。○夏山　草木の繁茂した夏の山。○木のした水　木々の下を潜り流れる水。「山のした水」(六〇五)と同じく、秘めた恋心の暗喩。○草がくれつゝ　草に隠れながら。「沼水の波には立てで底深み草隠れつつ逢ふよしもがな」(古今六帖三・作者未詳)。▽「秋山の樹の下隠り逝く水の吾こそ益さめ御思ひよりは」(万葉集二・鏡王女)などに通ずる発想の歌。

616 舟に棹さして大海原での道案内をしてください、どちらが美しい海藻を刈れる浦か。どうしたら妹さんに近付けるか、お姉さんのあなたが私の恋の仲立ちをしてください。○おとゝ　ここ

616 を舟《ぶね》さしわたのはらからしるべせよいづれか海人《あま》の玉藻《たまも》刈《か》る浦《うら》

題不知《しらず》　藤原通頼

617 ひとりしてながむる宿《やど》のつまにおふるしのぶとだにも知《し》らせてしがな

道命法師

618 思《おも》ひあまりいひいづるほどに数《かず》ならぬ身《み》をさへ人に知《し》られぬるかな

八月許《ばかり》女《をんな》のもとに、すゝきの穂《ほ》に挿《さ》してつかはしける

祭主輔親

619 しのすゝきしのびもあへぬ心にてけふはほに出《い》づる秋《あき》と知《し》らなん

では姉に対する年下の同性のきょうだいの意で、妹。○わたのはらから 「わたのはら」に「はらから」を掛けた。→五五九。▽「蜑(あま)を我に比し、いもうとを玉藻に比して、姉にしるべせよとの心也」(八代集抄)。「みるめ刈る方やいづこぞ棹さして我に教へよ海人の釣舟」(伊勢物語七十段)と類想の歌。

617 家の軒に生えている忍ぶ草をひとりで物思いにふけりながらじっと見つめている。その忍ぶ草のように私は恋心を忍んでいるとだけでも、あの人に知らせたいなあ。○ひとりしてながむる宿 「ひとりしてながむる宿の荻の葉に風こそ渡れ秋の夕暮」(新撰朗詠集・秋晩・源道済)。○つま 端。軒先。「妻」を暗示する。○しのぶ草(シダ科のノキシノブ)に動詞「忍ぶ」を掛ける。

618 思いに堪えかねて恋心を言葉に出すうちに、物の数でもない私の身の上まであの人に知られてしまったよ。○いひいづる 恋していると言葉に出して相手に言う。「池水のいひいづることのかたければ水隠りながら年ぞ経にける」(古今六帖五・藤原敦忠)。○数ならぬ身 物の数でもないわが身。つまらない自分。「花がたみめならぶ人のあまたあれば忘られぬらん数ならぬ身は」(古今・恋五・よみ人しらず)。

619 秋に薄が穂を出すように、あなたへの恋心を忍びきれないで今日表に顕したのだとわかってほしいものです。輔親卿集。○しのすゝき まだ穂を出していない薄。○ほに出づる 意中が表に顕れる。▽「忍ぶれば苦しかりけりしのすすき秋の盛りになりやしなまし」(拾遺・恋二・勝観)、「逢ふことをいざほに出でなむしのすすき忍びはつべきものならなくに」(後撰・恋三・藤原敦忠)などと同想の歌。

題不知(しらず)　　　　藤原兼房朝臣

620 いはぬまはまだ知《し》らじかしかぎりなくわれ思《おも》ふべき人はわれとも

女《をむな》を控《ひか》へて侍《はべ》りけるに、情《なさけ》なくて入《い》りにければ、つとめてつかはしける　　　　源兼澄

621 わぎもこが袖《そで》ふりかけしうつり香《が》のけさは身《み》にしむ物をこそ思へ

五節に出《い》でてかいつくろひなどし侍《はべ》りける女《をむな》につかはしける　　　　中納言公成

622 雲《くも》のうへにさばかりさしし日《ひ》かげにも君《きみ》がつらゝはとけずなりにき

はじめて女《をむな》のもとに春立《はるた》つ日つかはしける　　　　藤原能通朝臣

620 まだ恋心を打ち明けていないから、あの人は知らないであろうよ、この上なく自分を思うに違いない人はこの私であるとも。○われ思ふべき人　この「われ」は相手の女性の立場で、私の意。○われとも　この「われ」は自身の立場で、私。▽相手の女に恋心を打ち明けようとしてまだ打ち明けていない男の心と一応解されるが、こういう言い方で、私以上にあなたを愛する人はいないのですと、深い恋心を表白したのだとも見られるか。後代の作であるが、「いはぬまの下はふ蘆の根を繁みひまなき恋を君知るらめや」(元永元年〔二二八〕十月二日内大臣家歌合・藤原忠通)は、「いはぬま」と言いながら相手に恋心を訴えた歌となっている。

621 いとしいあなたが私に袖を振りかけた時の移り香が、お別れしたあと今朝までも私の身にしみてつらく思われます。兼澄集「宮仕へ人を捉へて物言ひ侍りしに、引き外して入り侍りしかば、つとめて遣しし」、初・二句「をとめごが袖ふりはへし」の異文がある。○控へて　「袖など引しなるべし」(八代集抄)。○わぎもこ　(男から女に対して)いとしいあなた、恋人、妻。万葉集に多い語。▽六二一・六二二は宮仕えする女への求愛という主題で並べられているか。

622 雲の上にそれほど射した日の光にも、氷に似て冷たいあなたの心は解けませんでしたね。○五節　新嘗祭・大嘗祭に行われた公事。五節の舞姫が舞を奏する。○かいつくろひ…　舞姫の着付けや髪形などの世話をする女性。○雲のうへ　宮中を暗示する。○さしし日かげ　五節の際、冠の掛物などに用いられるヒカゲノカズラを暗示する。「日影」を響かせ、「雲」「さし」「つらゝ」と縁語。○つらゝ　氷。女の冷たい心の暗喩。

623 年《とし》へつる山した水《みつ》のうすごほりけふ春風《はるかぜ》にうちもとけなん

題不知《(しらず)》　　能因法師

624 こほりとも人の心《こゝろ》を思《おも》はゞやけさ立《た》つ春《はる》の風《かぜ》にとくべく

文《ふみ》つかはす女《をんな》の返《かへ》り事《ごと》をせざりければよめる　　祭主輔親

625 満《み》つ潮《しほ》の干《ひ》るまだになき浦《うら》なれやかよふ千《ち》鳥《どり》の跡《あと》も見《み》えぬは

返《かへ》り事《ごと》せぬ人の異人《ことひと》にはやると聞《き》ゝて　　道命法師

626 潮《しほ》たるゝわが身《み》のかたはつれなくて異浦《ことうら》にこそけぶり立《た》ちけれ

623 長いこと山陰を流れる水に張った薄氷は、立春の今日吹く風に解けてほしいものです。何年もひそかにあなたを思い続けている私の心を汲んで、つれないあなたも今年の春はうちとけてください。○山した水　「山のした水」(六〇五)と同じく、山陰を流れる水の意で、秘めた恋心の比喩。○うすごほり　相手の女の暗喩。▽「袖ひちてむすびし水の氷れるを春立つけふの風やとくらむ」(古今・春上・紀貫之)などと同じく、礼記・月令などにいう立春解氷の心で歌う。六二三―六二九は女に文を送る男の歌で一群をなす。

624 いっそのこと恋人の心を氷とも思いたい。立春の今朝吹く風に解けるように…。能因集、「早春庚申夜恋歌十首」の春二首の一。「此日則立春也」という注記がある。▽氷ならばいくら冷たくても解けることがある。それと同じなら冷たい恋人もいつかは打ち解けてくれるだろうと期待する心。六二三と類想の歌だが、「つらゝ」(氷)という見立ての上では六二三にも通う。

625 満潮が引く時さえもない浦なのだろうか、浜辺に通う千鳥の足跡も見えないのは…。他の人といつも逢っていて、ほんの少しの時間もないのですか、お手紙を差しあげたのに返事もくださらないのは。輔親卿集。○かよふ千鳥の…　文字を鳥の足跡に喩えることから、こちらから通わせる手紙に対し返信のないことをいう。▽藤原兼家の上司章明親王が兼家に送って来た戯れの歌、「水まさり浦も渚の頃なれば千鳥の跡をふみはまどふか」「浦もなくふみやる跡をわたつ海の潮のひるまも何にかはせん」(蜻蛉日記・上)に通ずる歌。

626 藻塩垂れている私の潟にはかかわりなく、他の浦に塩焼く煙が立ち昇ったよ。あなたは嘆いている私に対しては冷淡で、他の人と恋をしているのですね。○かた　「方」に「潟」を掛ける。○

627 返《かへ》り事《ごと》せぬ人に、山寺《でら》にまかりてつかはしける

思《おも》ひわびきのふ山べに入《い》りしかどふみ見ぬ道《みち》はゆかれざりけり

628 女《をんな》の家近《いへちか》き所《ところ》に渡《わた》りて、七月七日につかはしける　前大納言公任

雲《くも》ゐにてちぎりし中《なか》はたなばたをうらやむばかりなりにけるかな

629 七夕の後朝に、女の許《もと》につかはしける　藤原隆資《より》

逢《あ》ふことのいつとなきにはたなばたの別《わか》るゝさへぞうらやまれける

人《ひと》の氷《こほり》を包《つゝ》みて、身《み》にしみてなど言《い》ひて侍《はべ》りければ　馬内侍

けぶり　「潮たるゝ」「潟」「浦」の縁語で、藻塩焼く煙。「けぶり立ち」は恋に燃えていることの比喩。

627 思いに堪えかねて、昨日山のほとりに入りましたが、踏み歩いたこともない山道はとうとう行けませんでした。あなたの手紙を見ていないので、思い切って山寺に入ってしまえませんでした。○ふみ見ぬ　「踏み見ぬ」に「文見ぬ」を掛ける。「隔てける人の心の浮橋をあやふきまでもふみみつるかな」(後撰・雑一・四条御息所女)。

628 宮中で契った二人の間柄はとだえして、年に一度だけ逢う牽牛織女を羨むほどになってしまいましたね。公任集、四句「うらやむほどに」。○女　公任集に「ないせの命婦」という。○雲ゐ「たなばた」の縁語。▽「わびぬれば常はゆゆしきたなばたもうらやまれぬるものにぞありける」(拾遺・恋二・よみ人しらず)と類想の歌。女は「あはれにも忘れざりける雲ゐかなたなばたつめのけふよりもげに」と返している。「この歌は遥かなる雲居にて契りしに近うなりにたりしとにやあらん。さらば七夕は雲居にてこそ契らめ。もし逢ふことの近付くをよまれたらば、そのよしや見ゆべからむを、よまぬか。あなおそろし」(難後拾遺)。

629 あなたに逢えるのがいつのことかわからない私には、牽牛織女の二星が逢った翌朝別れるのさえ羨ましく思われます。○七夕の後朝　七月八日の朝。▽自身に引き較べて二星を羨んだ歌としては、→六二八注。六二九は七夕に寄せて男が女に送る歌という点で六二八と連接する。

630 あなたにお逢いするのが滞っている間、私がどれほど身にしみて嘆いているかおわかりですか。馬内侍集。○人　馬内侍集に「さ大将」という。藤原朝光か。○身にしみて　馬内侍集に「身にしみてなん思ふ」という。この氷の冷たさが身にしみるように痛切に恋しく思っているのだと、

630 逢《あ》ふことのとゞこほるまはいか許《(ばかり)》身《み》にさへしみてなげくとか知《し》る

題不知《(しらず)》　藤原顕季朝臣

631 鴫《しぎ》の伏《ふ》す刈田《かりた》に立《た》てる稲茎《いなくき》のいなとは人《ひと》のいはずもあらなん

上《うへ》の男《をのこ》ども、所《ところ》の名《な》を探《さぐ》りて歌《うたゝ》てまつり侍《はべ》りけるに、逢坂《あふさか》の関《せき》の恋《こひ》をよませたまひける　御製

632 逢坂《あふさか》の名《な》をもたのまじ恋《こひ》すれば関《せき》の清《し》水に袖《そで》もぬれけり

題不知《(しらず)》　道命法師

633 逢《あ》ふことはさもこそ人目《ひとめ》かたからめ心《こゝろ》ばかりはとけて見《み》えなむ

氷をよこして殺し文句を言ったのである。○とゞこほる　氷の縁で「こほる」を響かせる。「逢ふことのとどこほりつつほど経ればとくれどとくるけしきだになし」(栄花物語・ゆふしで・小一条院)。▽類歌「逢ふことのとどこほるこそわびしけれさゆる袂はとけばとけなむ」(実方朝臣集)。

631 鴫がねぐらとする刈田に立っている稲株ではないが、あなたは私に逢うことを「いな」とは言わないでほしいものです。六条修理大夫集「歌合に」。○鴫の伏す刈田　鴫は田にいる鳥と歌われることが多い。「鴫のゐる野沢の小田をうち返し種まきてけり注連はへてみゆ」(金葉・春・津守国基)など。○稲茎の　稲茎は刈ったあとの稲株。ここまで「いな」を起こす序詞。○いな　いいえ、嫌ですと拒否すること。「最上河のぼれば下る稲舟のいなにはあらずこの月ばかり」(古今・東歌・陸奥歌)。

632 逢坂という名をもあてにするまい。恋をしたので関の清水に袖も濡れたよ。恋人との逢瀬を堰かれて、袖は涙に濡れたよ。○上の男ども　殿上人達。○所の名　名所。歌枕。○探りて　くじで引き当てて。探り題という詠歌のし方をいう。○逢坂の関　近江国の歌枕。恋人に「逢ふ」という連想を呼び起す。○名をもたのまじ　「あふひといふ名をも頼まじけふといへば思はぬ中は神も許さず」(重之女集)。○関の清水　逢坂の関近くにあった清水。「関」に「堰き」を響かせる。

633 私と逢うことはなるほど人目が憚られてむずかしいでしょうが、せめて心だけはうちとけてほしいものです。○さもこそ…かたからめ　「さもこそ…已然形」という文脈は下の文に逆接的に連なってゆく。「うつつにはさもこそあらめ夢にさへ人目を守ると見るがわびしさ」(古今・恋三・小野小町)。○心ばかりはとけて　「心とく」はう

返《かへ》し　　　読人不知《(しらず)》

634 思《おも》ふらんしるしだになき下紐《したひも》に心ばかりの何《なに》かとくべき

和泉式部

635 したきゆる雪間《ゆきま》の草《くさ》のめづらしくわが思《おも》ふ人に逢《あ》ひ見《み》てしがな

入道一品宮に侍《(はべり)》ける陸奥《みちのくに》がもとにつかはしける

源頼綱朝臣

636 奥山《おくやま》の真木《まき》の葉《は》しのぎ降《ふ》る雪《ゆき》のいつとくべしと見《み》えぬ君《きみ》かな

うれしきといふわらはに文通《ふみかよ》はし侍《はべ》りけるに、異人《こと》に物言《ものい》はれてほどもなく忘《わす》られにけりと

ちとける、心を許すの意。「泣きたむる袂こほれる今朝見れば心とけても君を思はず」(後撰・恋一・よみ人しらず)。▽上句の類似した歌として、「さもこそは逢ひ見むことのかたからめ忘れずとだにいふ人のなき」(拾遺・恋五・伊勢)がある。

634 あなたが私のことを思っているという証拠となる、下紐が自ずと解けることすらないのに、心だけがどうしてうちとけられるものですか。○思ふらん…下紐に　恋しく思うと思われている相手の下紐が解けるという俗信が古くからあった。「吾妹子し吾を偲ふらし草枕旅の丸寝に下紐解けぬ」(万葉集十二)などと歌われている。▽「下紐のしるしとするも解けなくに語るがごとはあらずもあるかな」(後撰・恋三・よみ人しらず)と類想の歌。

635 下の方から溶けて消える雪の間に萌え出た草のようにめずらしく、思うあの人に逢いたい。○雪間の草　「草は…雪間の若草」(枕草子)、「山里の雪まの若菜摘みはやしなほ生ひ先の頼まるるかな」(源氏物語・手習)。「雪間の草の」までは、「めづらしく」を起す序のような働きをする。▽「春日野の雪間を分けて生ひ出でくる草のはつかに見えし君はも」(古今・恋一・壬生忠岑)を念頭に置くか。新鮮な恋を求める心。和泉式部集・百首・冬、初句「下もゆる」。

636 奥山の槙の葉に被いかぶさるように降る雪、その雪にも似て、あなたはいつになっても私に対してうちとけそうにも見えませんね。○入道一品宮　一条天皇の皇女脩子内親王。○陸奥　女房の名。○奥山の…降る雪の　「奥山の真木の葉凌ぎ降る雪の降りは益すとも地に落ちめやも」(万葉集六・橘奈良麻呂)という古歌もあるが、ここでは下句の「とく」を起す序としていう。その点では「奥山の菅の根しのぎ降る雪のけぬとかいはむ恋

聞《き》きてつかはしける　　　　源　政　成

637 うれしきを忘《わす》るゝ人もある物《（もの）》をつらきを恋《こ》ふるわれやなになり

題不知《（しらず）》　　　　平　兼　盛

638 恋《こ》ひそめし心《こゝろ》をのみぞうらみつる人のつらさをわれになしつゝ

文通《ふみかよ》はす女《をむな》ことかたさまになりぬと聞《き》きてつかはしける　　　　藤　原　為　時

639 いかにせんかけてもいまは頼《たの》まじと思《おも》ふにいとゞぬるゝたもとを

公資《（より）》に相具《あひぐ》して侍《はべ》りけるに、中納言定頼忍《しの》びて訪《おとづ》れけるを、隙《ひま》なきさまをや見《み》けむ、絶《た》え

のしげきに」(古今・恋一・よみ人しらず)に近い言い方。

637 「うれしき」を忘れる人もいるというのに、その「うれしき」のつらい仕打ちを恋しく思っている私はいったい何なのでしょうか。〇うれしきといふわらは　童名を「うれしき」という女の童。〇物言はれて　求愛されて。〇うれしき　童の名に「嬉しいこと」の意を重ねていう。〇つらき　童「うれしき」の薄情な仕打ち。「うれしき」の対としていう。〇恋ふる　上の「忘るゝ」と対照的な言葉。〇われやなになり　空三にも同じ句がある。「逢坂の関やなになり近けれど越えわびぬれば嘆きてぞ経る」(蜻蛉日記・上)などの例もある。「や」の結びが「なり」となるのは破格の表現。▽私は君を捨てた薄情男と違って、つれない君を今でも思っているよと言う。嫌味ともとれる歌。

638 あなたを恋しはじめた私自身の心だけを恨んだよ、あなたの薄情さを自分のせいにして。兼盛集「宮仕へ人の、曹司の壁近き所に立寄りて、おぼつかなきことなどいひければ、されども夢には見つめりといへば、女のつれなくのみいへれば」。〇人のつらさ　相手の薄情さ。兼盛集の詞書から、この「人」は代名詞的に、あなたの意で言ったと見る。▽自虐的に自身を責めることはなかったのだ、薄情な相手を責めるべきだったのだと、自身に言い聞かせる形でじつは相手にやさしくしてほしいと訴えている歌。

639 どうしたらよいのだろうか、今は決してあなたの愛情を期待するまいと思うのに、袂は涙に一層濡れるのを…。〇ことかたさまになりぬ　別の男と愛し合うようになってしまった。〇かけても　下に打消や禁止の表現を伴って、決してという意を表す副詞。▽もうあきらめますというポーズを示しながら未練な恋心を述べて、相手の同

間《ま》がちにおとなひ侍《はべ》りければよめる　相　模

640 逢《あ》ふことのなきよりかねてつらければさてあらましにぬるゝ袖《そで》かな

春《はる》より物言《ものい》ひ侍《はべ》りける女《をむな》の、秋《あき》になりてつゆばかり物《もの》は言《い》はむと言《い》ひて侍《はべ》りければ、八月許《(ばかり)》につかはしける

大中臣能宣朝臣

641 待《ま》てといひし秋《あき》もなかばになりぬるを頼《たの》めかおきし露《つゆ》はいかにぞ

宇治前太政大臣の家の卅講の後の歌合に　堀　川　右　大　臣

642 逢《あ》ふまでとせめていのちのをしければ恋《こひ》こそ人の祈《いの》りなりけれ

やむごとなき人を思《(おもひ)》かけたる男《をとこ》に代《かは》りて　相　模

情を喚起する恋の歌。作者は紫式部の父だが、この「女」は彼女らの母藤原為信女とは別人か。

640 あなたにお逢いできなくて以前からつらく思われるので、今から恋の成行きを思うと袖は涙で濡れます。相模集「よそながらにくからずみし人の音せざりしに」、四句「さぞあらましに」。○公資　大江公資。○相具して侍りけるに　夫婦になっておりました時に。○中納言定頼　藤原定頼。○あらまし　予想。予測。

641 「秋まで待て」と言われましたが、その秋も半ばになりました。私に期待させてくださったあの「露」（いささかの言葉）はどうなったのですか。能宣集「ある人の、いま秋になりなむに、つゆばかりものいはむとあるに、ほど過ぎはべりにければ」、一・三句「秋もなかばはすぎにけり」。○春より物言ひ侍りける女　春の頃から求愛しておりました女。○秋になりてつゆばかり物は言はむ　秋になったら少しはおつきあいしましょう。「つゆ」は少しの意で、「秋」の縁語「露」を響かせる。求愛する男に対して女が秋まで待ってほしいと返事する例は伊勢物語九十六段にも見える。夏は結婚を避ける傾向があったか。○頼めかおきし　「おき」は「露」の縁語。

642 あの人に逢うまでは何としても生きていたいとひどく命が惜しまれるので、こうなると恋は人にとって祈りのようなものだなあ。賀陽院水閣歌合。入道右大臣集、二句「命のせめて」。○宇治前太政大臣　藤原頼通。○卅講　法華三十講。長元八年（一〇三五）四月三十日から五月十八日まで行われた。歌合が行われたのは五月十六日。▽歌合では能因の作と合されて勝っている。「長元歌合日、能因衣被りして窃入、聞之。恋歌に、黒髪の…と云歌を、読たりと思て、勝負を聞に参入也。

643 尽《つ》きもせず恋《こひ》になみだをわかすかなこやなゝくりの出湯《いでゆ》なるらん

女《おんな》のもとにつかはしける　　藤原道信朝臣

644 近江《あふみ》にかありといふなるみくりくる人くるしめの筑摩江《つくまえ》の沼《ぬま》

題不知《(しらず)》　　永源法師

645 恋《こひ》してふことを知《し》らでやゝみなましつれなき人のなき世《よ》なりせば

赤染衛門

646 つれもなき人もあはれといひてまし恋《こひ》するほどを知《し》らせだにせば

而敵方より、あふまでと…と云歌を講出すを聞て、窃退出すと云々。非レ敵之由を存歟」(袋草紙・上)。

643 尽きることなく恋心に涙を煮えたぎらせています。これが有名な七くりの出で湯なのでしょうか。相模集「所せげならむ恋の歌二つばかりよみて得させよと人のいひしかば」。○わかす「恋」に「火」を掛け、「出湯」の縁語で「なみだをわかす」と言ったか。○こや　これが…なのか。○なゝくりの出湯　伊勢国の榊原温泉か。信濃国の歌枕とも。▽六四三・六四四は歌枕に寄せる恋の歌。

644 近江にあるとかいう、三稜草(みくり)を手繰る筑摩江の沼は人を苦しめるものですが、私もあなたに苦しめられています。道信朝臣集「人のもとへやる」。○みくり　三稜草。ミクリ科の多年草。沼沢地に自生する。水中に縄のように漂うのでみくりなわともいう。「みくりくる」は「人くるしめ」を起す序のような働きをする。○筑摩江の沼　近江国の歌枕。「つくま江に生ふるみくりの水はやみまだねも見ぬに人の恋しき」(古今六帖六・作者未詳)。▽「恋に人苦しめ給ふ人ながら、あふみに有といへばたのもしきとかこつ心也」(八代集抄)。

645 もしもつれない人がこの世にいなかったならば、恋しいということを知らずに世をおえたことであろう。▽薄情な恋人のお蔭で恋情の痛切であることを知ったのだと自ら慰める歌。薄情な当の相手に送ったとすれば、痛烈な皮肉となる。

646 私がどれほど恋しているか、その程度を知らせさえすれば、あの薄情な人もああ、かわいそう、と言うでしょう。赤染衛門集「こひ」。○つれもなき人　「つれもなき人を恋ふとて山彦の答へするまで歎きつるかな」(古今・恋一・よみ人しらず)。○恋するほど　恋をしている程度。

女《をんな》の、淵《ふち》に身《み》を投《な》げよと言《い》ひ侍《(はべり)》ければ

源　道　済

647 身《み》を捨《す》てて深《ふか》き淵《ふち》にも入《い》りぬべしそこの心の知《し》らまほしさに

題不知《(しらず)》

大中臣能宣朝臣

648 恋《こ》ひ〳〵て逢《あ》ふとも夢《ゆめ》に見《み》つる夜《よ》はいとゞ寝覚《ねざ》めぞわびしかりける

賀茂祭の帰《かへ》さに前駈つかうまつれりけるに、青色《あをいろ》の紐《ひも》の落《お》ちて侍《はべ》りけるを、女《むな》の車《くるま》より唐衣の紐《ひも》を解《と》きて綴《と》ぢ付《つ》け侍《はべ》りけるを、尋《たづ》ねさせけれど、誰《たれ》とも知《し》らでやみ侍《(はべり)》にけり、またの年《とし》の祭《まつり》の垣下《(かいもと)》にて、斎院にまい《(ゐ)》り侍けるに、女《おむな》の、いづら、付《つ》けし紐《ひも》はとおとづれて侍《はべ》りければ、つかはしける

649 唐衣《からころも》むすびし紐《ひも》はさしながらたもとははやく朽ちにし物《(もの)》を

647 私は身を捨てて深い淵にも入りましょう、あなたの心の奥底が知りたいので…。○淵に身を投げよ　恋の冒険を敢えてして私への愛情を見せてほしい。○そこの心　「淵」の縁語「底」に第二人称代名詞「そこ」(そなた)を掛ける。「隠れ沼のそこの心ぞ恨めしきいかにせよとてつれなかるらん」(拾遺・恋二・藤原伊尹)。▽「紫のゆゑに心をしめたればふちに身投げん名やは惜しけき」(源氏物語・胡蝶・蛍兵部卿宮)、「沈みしも忘れぬものをこりずまに身も投げつべき宿の藤波」(同・若菜上・源氏)などに通ずる発想の歌。

648 ひたすら恋い続けてあの人と逢うと夢に見た夜は、寝覚めが一層わびしく思われるよ。能宣集「こひ」。○恋ひ〳〵て　「恋ひ恋ひて逢ふ夜は今宵天の河霧立ち渡り明けずもあらなん」(古今・秋上・よみ人しらず)。▽「夢《(いめ)》の逢は苦しかりけりおどろきてかき探れども手にも触れねば」(万葉集四・大伴家持)などに近い発想の歌。

649 あなたが結び付けてくれた唐衣の紐は去年のままですが、私の袂はあなた恋しさに流す涙で早くも朽ちてしまいましたよ。能宣集。麗花集。○賀茂祭　京の賀茂神社の祭礼。陰暦四月の中の酉の日に行われた。葵祭。北祭。○前駈　騎馬で行列の先導をすること。○青色の紐　能宣が着ていた青色の袍の紐。「青色不レ具之前駈者、先参入付二蔵人一奏二此由一、有レ仰召二蔵人青色一給レ之」(江家次第六)、「青色とは麹塵《(きくぢん)》の袍、天子の御衣を蔵人召おろしを給ひて着也」(八代集抄)。○落ちて侍りけるを　能宣集には「落ちぬべき、繕はむとて車隠れにまかり寄りたるに」とある。○女の車より…　能宣集には「車より同じ糸をすけて出して侍りしを」とある。○またの年の祭　翌年の賀茂祭。○垣下　饗宴で正客の相伴。○いづら　どこにありますか。

返《かへ》し　　　　　　　　　　　　　　　読人不知《(しらず)》

650 朽《く》ちにける袖《そで》のしるしは下紐《したひも》のとくるになどか知《し》らせざりけん

題不知《(しらず)》　　　　　　　　　　　　　能因法師

651 錦木《にしきゞ》は立《た》てながらこそ朽《く》ちにけれけふの細布《ほそぬの》むねあはじとや

西宮前左大臣

652 須磨《すま》の海人《あま》の浦《うら》こぐ舟《ふね》のあともなく見《み》ぬ人恋《こ》ふるわれやなになり

女《をむな》のもとに言《い》ひつかはしける

653 さりともと思《おも》ふ心にひかされていまま《ゝ》で世《よ》にもふるわが身《み》かな

650 袖が朽ちたききめには、下紐が解けるようにと私はあなたに対してうちとけようとしているのに、どうして知らせてくださらなかったのですか。能宣集、初句「くちにけむ」、四句「とくだになどか」。○下紐　下裳や下袴の紐。人を恋すると解けると考えられていた。「恋しとはさらにもいはじ下紐のとけんを人はそれと知らなん」(古今六帖五・作者未詳)、「下紐のしるしとするもとけなくに語るがごとは恋ひずぞあるべき」(同上)。

651 錦木は恋人の家の戸口に立てたまま朽ちてしまった。「けふの細布」は狭くて胸元が合わないように、恋人は逢うまいというのであろうか。能因集「東国風俗五首」、二句「たてゝぞともに」。○錦木　陸奥で男が求愛のしるしに女の家の門口に立てたという、彩色した木。○けふの細布　「陸奥国に鳥の毛して織りける布なり。多からぬ物して織りける布なれば、機張も狭くひろも短ければ、上に着る事はなくて、小袖などのやうに下に着るなり。されば背中ばかりを隠して胸まではかからぬ由をよむなり」(俊頼髄脳)、「陸奥国のけふの郡より出でたる布也。機張狭き布なれば、胸合はずとは云ふ也」(奥義抄・中)。▽俊頼髄脳にこの能因の歌と「みちのくのけふの細布ほど狭み胸あひがたき恋もするかな」という歌を併せ掲げて、前引のごとく解説するが、この歌の出所は未詳。

652 須磨の浦を漕ぐ漁師の舟が波の上に跡をとどめないように、何の跡(拠り所)もなく、まだ逢ったこともないあなたを恋しく思う私はどうしたということなのでしょうか。西宮左大臣御集「をむなに」。○須磨　摂津国の歌枕。○浦こぐ舟の　舟の航跡はすぐ消えてしまうので、「漕ぎ去にし舟の跡なきごとし」(万葉集三)などという。そのことからここまでは「あともなく」を起す序。○あともなく　「秋の野を朝行く鹿の跡もなく思

返《（かへし）》　　小野宮太政大臣女

654 頼《たの》むるにいのちの延ぶる物《（もの）》ならば千歳《ちとせ》もかくてあらむとや思《おも》ふ

題不知《（しらず）》　　小　弁

655 思《おも》ひ知《し》る人もこそあれあぢきなくつれなき恋《こひ》に身をやかへてむ

平　兼　盛

656 人知《ひとし》れず逢《あ》ふを待《ま》つまに恋死《こひし》なば何《なに》にかへたるいのちとかいはむ

長久二年弘徽殿女御家の歌合し侍《はべ》りけるによめる

永　成　法　師

ひし君に逢へる今宵か」（万葉集八・賀茂女王）。

653 いくら何でもいつかは恋が叶うだろうと思う心につられて、私は今日まで生き永らえています。西宮左大臣御集「小野の中君にいと久しく聞え給はで」。

654 いつかは恋が叶うと期待することで命が延びるものならば、千年もこのように私と逢わないでいようとお思いですか。西宮左大臣御集。▽哀願するような男の贈歌に対して、揶揄しつつ誘い掛けるような調子で返している。

655 わかってくれる人もいるかもしれないのに、つまらないことに、つれない人との恋にこの身を引換えにするのでしょうか。○あぢきなく　つまらなく。○つれなき恋　薄情な人を恋すること。○身をやかへてむ　「身を替ふ」は「命を替ふ」に同じ。○身をやかへてむ　「身を替ふ」は「命を替ふ」に同じ。「恋しきに命をかふるものならば死は易くぞあるべかりける」（古今・恋一・よみ人しらず）。▽六五五―六五八は恋死にを主題とする歌群。

656 あの人と逢うのを待つうちにあの人に知られずに恋死にをしてしまったならば、何と引換えにした命と言ったらよいのだろうか。兼盛集。天徳四年（九六〇）内裏歌合、作者本院侍従。金葉集三奏本・恋上、作者本院侍従。▽「命やは何ぞは露のあだものを逢ふにしかへば惜しからなくに」（古今・恋二・紀友則）というように、恋人と逢うことと引換えならば意味もあるが、逢う以前に死んでしまったら無意味になってしまう。類歌「よそながら逢ひ見ぬほどに恋ひ死なば何にかへたる命とかいはむ」（拾遺・恋一・よみ人しらず）。

657 恋死にをするであろう私の命は物の数ではなくて、ただ薄情なあの人の末路が知りたい。○長久二年　一〇四一年。歌合の行われたのは二月十二日。○弘徽殿女御　藤原教通女生子。後朱

657 恋死《こひし》なむいのちはことの数《かず》ならでつれなき人のはてぞゆかしき

俊綱朝臣の家に題を探《さぐ》りて歌《うた》よみ侍《はべ》りけるに、恋《こひ》をよめる　中原政義

658 つれなくてやみぬる人《ひと》にいまはたゞ恋死《こひし》ぬとだに聞《き》かせてしがな

文《ふみ》に書《か》かむによかるべき歌《うた》とて、俊綱朝臣人〳〵によませ侍《はべ》りけるによめる　良暹法師

659 朝寝髪《あさねがみ》みだれて恋《こひ》ぞしどろなる逢《あ》ふよしもがな元結《もとゆひ》にせん

藤原国房

660 からころも袖師《そでし》の浦《うら》のうつせ貝《がひ》むなしき恋《こひ》に年《とし》のへぬらん

雀天皇の女御。○はてぞゆかしき　結末が見届けたい、知りたい。自分に対してつれなかった報いで、いい目に逢わないであろうと考え、それを期待していう。▽恋死にをしてしまったら薄情な相手の末路を見届けられないことになるから、矛盾した願望ではあるが、余りにも恋着したにもかかわらず愛情が叶えられなかった場合の心理を表現しえている。この願望をやや理屈に叶った形で歌うと、「恋死なん命を誰に譲りおきてつれなき人のはてを見せまし」(千載・恋二・俊恵)となる。歌合証本には見えない歌。「恋」の題を詠じた選外歌か。

658 薄情なままで終ってしまったあの人に、今はただ私は恋死にするとだけでも聞かせたい。○俊綱朝臣　橘俊綱。○題を探りて　出された題をくじで分け取って。→六三二。▽自分のために恋死にをしたと聞いたら、いくらつれない恋人でもあわれと思うだろうと期待する心。

659 朝寝起きの髪が乱れるように恋心も乱れてしどろもどろになっている。何とかしてあなたに逢いたい。その逢う手段を元結にして、髪ならぬ心を整えよう。○文　恋文。○朝寝髪　「朝寝髪我はけづらじうつくしき人の手枕ふれてしものを」(拾遺・恋四・柿本人麻呂)。○しどろなる　「まめなれどよき名も立たず刈萱のいざ乱れなんしどろもどろに」(古今六帖六・作者未詳)。○元結にせん　「朝寝髪」の縁でいう。「あはれてふ言だになくは何をかは恋の乱れの束緒《つかねを》にせむ」(古今・恋一・よみ人しらず)などに通ずる発想。

660 袖師の浦の身のない貝にも似てむなしい恋に悩むうちに幾年も経ってしまったのであろう。○からころも　「袖」の枕詞。○袖師の浦　出雲国の歌枕。○うつせ貝　中身のない空っぽの貝殻。ここまでは「むなしき」を起す序。「伊勢の海の渚

関白前左大臣家に人〳〵、経ルレ年ヲ恋といふ心をよみ侍《はべ》りける　左大臣

661 われが身《み》はとがへる鷹《たか》〔と〕なりにけり年《とし》はふれどもこゐは忘《わす》れず

右大臣

662 年《とし》をへて葉《は》がへぬ山《やま》の椎柴《しゐしば》やつれなき人のこゝろなるらん

日《ひ》ごろけふと頼《たの》めたりける人の、さもあるまじげに見《み》え侍《(はべり)》ければよめる　道命法師

663 うれしとも思《おも》ふべかりしけふしもぞいとゞ歎《なげ》きのそふこゝちする

に寄するうつせ貝むなしたのみに寄せつくしつつ」(古今六帖三・作者未詳)、「住吉の浜に寄るてふうつせ貝みなきこともてわが恋ひんやも」(同上)。

661 私の身体は鳥屋《(やと)》返りする鷹となってしまったよ。幾年経っても木居《(こ)》ならぬ恋は忘れないのだから。○関白前左大臣　藤原師実。○とがへる鷹　鳥屋に戻る鷹。○こゐ　木居。飼われている鷹がとまるとまり木。「恋」を掛ける。▽奕一・奕二は年を経る恋を主題とする歌。

662 幾年経っても落葉することのない、山の椎柴、それが私の愛情に対しても変ることのない薄情なあの人の心だろうか。○椎柴　椎の木。「椎の木、常磐木はいづれもあるを、それしも葉がへせぬためしにいはれたるもをかし」(枕草子・花の木ならぬは)、「はし鷹のとがへる山の椎柴の葉がへはすとも君はかへせじ」(拾遺・雑恋・よみ人しらず)。

663 嬉しいと思う筈であった今日は、なお一層嘆きが加わる心地がするよ。○日ごろけふと頼めたりける人　長い間、今日は逢おうと私に期待をさせていた女。○さもあるまじげに見え侍りければ　そうでもなさそうに、いざとなると逢いそうでもなく見えましたので。▽期待が裏切られたので一層悲しい心を歌う。類歌「人知れず物思ふ春の暮れゆけばいとど歎きのしげき頃かな」(能宣集)。

後拾遺和歌抄第十二　恋二

664 女《をんな》に逢《あ》ひてまたの日《ひ》つかはしける

祭主輔親

ほどもなく恋《こ》ふる心はなになれや知《し》らでだにこそ年《とし》はへにしか

実範朝臣の女《むすめ》のもとに通《かよ》ひそめての朝《あした》につかはしける

源頼綱朝臣

665 いにしへの人《ひと》さへけさはつらきかな明《あ》くればなどか帰《へ》りそめけん

664 あなたに逢ってまもなくなのに恋しくてならないこの心は一体何なのでしょうか。今まではあなたのことを知らないで何年も過してきたというのに。輔親卿集「人になれて、暁にいひやる」。○またの日　翌日。○なになれや　上で述べたこととは逆のことや矛盾することを下でいう場合にしばしば用いられる句。「歎きつつすぐす月日は何なれやまだき木の芽もえまさるらん」(順集)、「朝夕に海人の刈る藻は何なれやみるめのかたき浦となりける」(斎宮女御集)。▽六六四から六六九までは後朝の恋の歌。

665 あなたと初めて逢ったのちの朝である今朝は、昔の人までもつらく思われます。どうして夜が明ければ愛する人の所から帰るという習慣を始めたのでしょうか。○実範朝臣の女　実範は藤原氏南家貞嗣流、能通の男大学頭文章博士実範。▽後朝の別れがたさから招婿婚のならわしを恨む心。

666 まだ夜が明けないうちにあなたの許から帰る気にはなれませんでした。夜が明けても空に

666 惟任《これたふ》の朝臣に代《かは》りてよめる　　永源法師
夜《よ》をこめて帰《かへ》る空《そら》こそなかりけれうらやましきはありあけの月

667 平行親朝臣の女《むすめ》のもとにまかりそめてまたの朝《あした》によめる　　藤原隆方朝臣
暮《く》るゝまの千歳《ちとせ》を過《す》ぐすこゝちして待《ま》つはまことに久《ひさ》しかりけり

668 題不知《しらず》　　源定季
けふよりはとく呉竹《くれたけ》のふしごとに夜《よ》は長《なが》かれと思《おも》ほゆるかな

669 女《をむな》のもとより帰《かへ》りてつかはしける　　少将藤原義孝
君《きみ》がためをしからざりしいのちさへ長《なが》くもがなと思《おも》ひぬるかな

残っている有明の月が羨ましく思われます。○惟任の朝臣　藤原惟任。作者永源の乳兄弟。○夜をこめて　まだ夜深い時分に。○帰る空　この「空」は、心地、気分などの意。「月」の縁語。「雁がねはいかに言ひてか帰るらん帰るそらなきものにぞありける」（江帥集）、「浪の上に見えし小島の島隠れ行く空もなし君に別れて」（拾遺・別・金岡）のように、多くの場合下に打消の表現を伴う。

667 日が暮れるまでの時間の長さといったら、まるで千年を過す心地がして、松の千歳ではないが、待っていることは本当に長く感じられます。○平行親朝臣の女　隆方の妻、為房の母。○千歳を過ぐすこゝち　「とく暮れば嬉しかるべき今日しもぞ千歳をすぐすここちなりける」（大弐高遠集）。○待つはまことに…　「待つ」に「千歳」の縁語「松」を響かせる。「何せむに結びそめけん岩代の松は久しき物と知る知る」（拾遺・恋二・よみ人しらず）。

668 今日からは早く日が暮れて、あの人と共に臥す夜ごと、呉竹の一節が長いように、夜は長くあってほしいと思われる。○呉竹の　「暮れ」を掛ける。○ふしごとに　「呉竹」の縁語「節」に「臥し」を掛ける。「難波潟短き蘆のふしごとに逢はでこのよをすぐしてよとや」（伊勢集）。○夜　「呉竹」の縁語「節(よ)」を掛ける。▽六七に「松」が籠められているので、「呉竹」の語を含む歌を並べたか。

669 あなたと逢うためには捨てても惜しくなかった命までも、こうしてお逢いできたあとは長生きしたいと思うようになりました。義孝集「人のもとより帰りて、つとめて」、五句「思ほゆ〈ひぬ〉るかな」。○をしからざりしいのち　「命やは何ぞは露のあだものを逢ふにしかへばをしからなくに」（古今・恋二・紀友則）。▽小倉百人一首に選ばれた歌。

人のもとに通《かよ》ふ人に代《かは》りてよめる　　伊勢大輔

670 けふ暮《く》るゝほど待《ま》つだにも久《ひさ》しきにいかで心をかけて過《す》ぎけん

女《をむな》のもとより雪降《ゆきふ》り侍《(はべり)》ける日《ひ》帰《かへ》りてつかはしける　　藤原道信

671 帰《かへ》るさの道《みち》やはかはるかはらねどとくるにまどふけさの淡雪《あはゆき》

ある人《ひと》のもとにとまりて侍《はべ》りけるに、昼《ひる》はさらにみぐるしとて出《い》でざりければよめる

672 明《あ》けぬれば暮《く》るゝものとは知《し》りながらなを《(ほ)》うらめしき朝《あさ》ぼらけかな

673 ちかの浦《うら》に波寄《なみよ》せまさる心地してひるまなくても暮《く》らしつるかな

670 今日が暮れるまでの時間を待つだけでも久しく思われるのに、どうして今まであなたに思いを懸けたまま逢わずに過ぎてきたのでしょうか。〇人のもと　この「人」は女。〇通ふ人　男。伊勢大輔集「人のもとにゐて、人に代りて」。伊勢大輔集の一本、「人のもとに初めてゆく男に代りて」。

671 帰り道はいつもと変っているのでしょうか。変りはしないけれども、今朝降る淡雪のようにあなたが打ち解けてくれたので、かえって惑うのです。道信朝臣集。〇とくる　雪が解ける意に女がうちとける(男を受入れる)意をこめる。「霜の上に降る初雪の朝氷とけずも見ゆる君が心か」(古今六帖一・作者未詳)。

672 明けてしまえばいずれは暮れるものとはわかっていながら、それでもやはり明ければ帰らなければならないので、恨めしく思われる朝ぼらけよ。道信朝臣集、二句「帰るものとは」。▽小倉百人一首に選ばれた歌。「さし当りて憂き事のあれば、後嬉しかるべきことをも言はずして悲しぶ事、人の心のならひ皆然なり」(百人一首改観抄)。

673 ちかの浦に波が一層寄せるように、なまなかあなたの近くにいるので逢えないのが一層悲しくて、潮の干る間もないように、昼間にもかかわらず、一日中泣いて暮しました。道信朝臣集、二句「波かけまさる」、五句「濡るゝ袖かな」。〇ちかの浦　陸奥国の歌枕。一説に、肥前国、値嘉の浦。「近」くいながらの意をこめる。〇波　涙を暗示。〇ひるま　「干る間」と「昼間」の掛詞。「忍び音にまた忍びねの重なりてひるまなくなく袖朽ちぬべし」(海人手古良集)、「ひるまなく涙の川に沈むかな心かろしと思ひ知る知る」(恵慶法師集)。

674 思い焦れている人と逢い見たのちにこそ、恋心はまさるものだったのだ。だから薄情なあの人を今は恨むまい。〇逢ひみてののち　恋人と

題不知《しらず》　　　　永源法師

674 逢《あ》ひみてのゝちこそ恋《こひ》はまさりけれつれなき人をいまはうらみじ

女《をむな》につかはしける　　　　西宮前左大臣

675 うつゝにて夢《ゆめ》ばかりなる逢《あ》ふことをうつゝばかりの夢《ゆめ》になさばや

題不知《しらず》　　　　藤原道信朝臣

676 たまさかにゆきあふさかの関守《せきもり》はよをとほさぬぞわびしかりける

　　　　清原元輔

677 知《し》る人《ひと》もなくてやみぬる逢《あ》ふことをいかでなみだの袖《そで》にもるらん

逢ったのち。「逢ひ見ての後の心にくらぶれば昔は物も思はざりけり」(拾遺・恋二・藤原敦忠)。▽つれなくされればこの激しい恋心も醒めるだろうから、つれない恋人を恨むまいと自身を慰める心。上句は「わが恋はなほ逢ひ見ても慰まずいやまさりなる心地のみして」(拾遺・恋二・よみ人しらず)や前引の敦忠の歌などと同じ気持。

675　現実であっても夢のような程度にすぎないあなたとの逢瀬を、いっそ現実のように確かな夢にしてしまいたいものです。和泉式部集「人の置きたりける鏡の筥を返しやるとて」、歌肩に「西宮殿歌云々」の注記がある。〇夢ばかりなる逢ふこと　「うたたねの夢ばかりなる逢ふことを秋の夜すがら思ひつるかな」(後撰・恋五・よみ人しらず)。〇夢になさばや　「うつつにて思へばいはんかたもなし今宵のことを夢になさばや」(和泉式部日記)。▽「うつゝ」と「夢」の対と反復が技巧。作者は和泉式部か。

676　あなたとはたまに行き逢う程度で、逢坂の関守が人を通さないように、夜を通して逢えないのがわびしく思われます。道信朝臣集「小弁がもとにおはしたりけるに、又人あるけしきなれば、帰りて」。〇ゆきあふさか　「行き逢ふ」から「逢坂」へと続ける。「いづかたをわがながめましたまさかにゆき逢坂の関なかりせば」(能宣集)。〇関守　恋人に付いている別の男をさす。

677　あなたと逢うことは気付く人もなくて終ってしまったのに、どうして涙は袖を洩れるのだろうか。元輔集「女のもとへまかるに」の詞書を受けて、「又」とある。

678　待てと期待させるあなたのお言葉を期待することはできませんが、待つともなしについ心待ちされてしまうでしょうか。相模集「さしもあるまじき人の、必ず来む、待てとありしかば」。

男《をとこ》の、待《ま》てと言《い》ひおこせて侍《(はべり)》ける返《かへ》り事《ごと》によみ侍ける

相模

678 たのむるをたのむべきにはあらねども待《ま》つとはなくて待《ま》たれもやせん

時《とき》〴〵物言《ものい》ふ男《をとこ》、暮《く》れゆくばかりなど言《い》ひて侍《はべ》りければよめる

679 ながめつゝことありがほに暮《く》らしてもかならず夢《ゆめ》に見《み》えばこそあらめ

中関白少将に侍《はべ》りける時《とき》、はらからなる人に物言《ものい》ひわたり侍《(はべり)》けり、頼《たの》めてまうで来《こ》ざりけるつとめて、女《をむな》に代《かは》りてよめる

赤染衛門

680 やすらはで寝《ね》なましものをさ夜《よ》ふけてかたぶくまでの月を見《み》しかな

○たのむるを　あてにさせるのを。▽「たのむ」「待つ」の語を反復する技巧の歌。六七八から六八三までは男の訪れを待つ女の心を主題とした歌群。

679　じっと物思いに沈みながら様子ありげに一日を暮しても、必ずあなたが夢に見えるというのならばともかく、そうではないのでつらく思われます。和泉式部集「時々来る人のもとより、暮れゆくばかりといひたれば」、四句「かならず夢の」。○暮れゆくばかり　「うつつにも夢にも人に夜し逢へば暮れゆくばかりうれしきはなし」(拾遺・恋二・よみ人しらず)を引く。○ことありがほ　何かわけのありそうな様子。「思ひ知ることありがほに月影の曇るけしきのただならぬかな」(和泉式部続集)、「鶯の鳴く音をまねに山彦をことありがほに求めつるかな」(古今六帖二・伊勢)。○夢に見えばこそあらめ　「夢(め)にだに見えばこそあらめかくばかり見えずしあるは恋ひて死ねとか」(万葉集四・大伴家持)。

680　ためらうことなく寝てしまえばよかったのに、あなたをお待ちして、夜更けて西の空に傾くまで月を見ていました。赤染衛門集。○中関白　藤原道隆。その左少将だったのは天延二年(九七四)、二十二歳の十月から貞元二年(九七七)、二十五歳の一月まで。○はらからなる人　ここでは同母の姉妹。○頼めてまうで来ざりけるつとめて　あてにさせて訪れて来なかった翌朝。○やすらはで　ためらわずに。「やすらはず思ひ立ちにしあづま路にありけるものをはことりの関」(実方朝臣集)。○寝なましものを　「花に飽かで何帰るらむをみなへし多かる野辺に寝なましものを」(古今・秋上・平貞文)。▽男の違約を恨む歌。赤染衛門の作として小倉百人一首にも選ばれたが、馬内侍集に「今宵必ず来んとて来ぬ人のもとに」という詞書で、全く同一の歌が収められている。

人の頼《たの》めて来《こ》ず侍《はべ》りければ、つとめてつかはしける

和泉式部

681 おきながら明《あ》かしつるかな共寝《ともね》せぬ鴨《かも》の上毛《うはげ》の霜《しも》ならなくに

越前守景理、夕《ゆふ》さりに来《こ》むといひて音《おと》せざりければよめる

大輔命婦

682 夕《ゆふ》つゆは浅茅《あさぢ》がうへと見《み》しものを袖《そで》におきても明《あ》かしつるかな

女の許《(もと)》に遣《(つかはし)》ける

藤原隆経朝臣

683 いかにせんあなあやにくの春《はる》の日やよはのけしきのかゝらましかば

返《かへ》し

童木

681 私はあなたをお待ちして起きたまま夜を明かしてしまいました。雌雄仲良く共寝しない鴨の上毛に置く霜ではないのに。和泉式部続集「冬頃人の、来むといひて見えずなりにしつとめて」。○おきながら 「起き」に「霜」の縁語の「置き」を掛ける。○共寝せぬ鴨 孤閨をかこつ自身を投影する。○鴨の上毛の霜 「浮きて寝(ぬ)る鴨の上毛に置く霜の心とけなきよをも経るかな」(古今六帖一・作者未詳)。

682 夕露は浅茅の上に置くものと見ていたのに、私はその露(涙)を袖の上に置き、起きたまま夜を明かしてしまいました。○越前守景理 大江景理。通理の男。従四位下右中弁。○夕さり 夕方。○夕つゆ 夕方に置く露。涙の暗喩。○浅茅 草丈の低い茅萱。浅茅と露とはしばしば取り合される。「風吹けばまづぞ乱るる色変る浅茅が露にかかるささがに」(源氏物語・賢木・紫の上)。○おきても 「置き」に「起き」を掛ける。▽「夕つゆ」と「明かしつる」とを対比して、宵の内から待ち夜を徹したことを知らせて恨んだ。

683 どうしたらいいのだろうか。ああ憎らしいほど永い春の日よ。あなたと逢う夜がこのように永かったらよいのに。○あやにく 形容詞「あやにくし」の語幹。○春の日 夕暮を待つ恋人にとってはことに永く感じられる。「逢はずして今宵明けなば春の日のながくや人をつらしと思はむ」(古今・恋三・源宗于)。○かゝらましかば 「よからまし」という意をこめて言いさした表現。▽六八三から六八五までは暮を待つ心の歌をまとめる。

684 夜はどうでもかまいません。あなたの愛情がこのように永続きするものであったらいいと思うだけです。○むばたまの 「よは」の枕詞。○さもあらばあれ どうでもかまわない。「遮莫」の訓読語。「ひたぶるに死なば何かはさもあらばあ

684 むばたまのよはのけしきはさもあらばあれ人の心のかゝらましかば

題不知《(しらず)》　　源重之

685 淀野《よどの》へとみまくさ刈《か》りにゆく人《ひと》も暮《くれ》にはたゞに帰《かへ》るものかは

女《をんな》のもとにまかれりけるに、隠《かく》れて逢《あ》はざりければ、帰《かへ》りてつかはしける　　源師賢朝臣

686 帰《かへ》りしはわが身《み》ひとつと思《おも》ひしになみださへこそとまらざりけれ

左大将朝光、女《をんな》のもとにまかれりけるに、悩《なや》まし、帰《かへ》りねといひ侍《はべ》りければ、帰《かへ》りての朝《あした》、

れ生きてかひなき物思ふ身は」(拾遺・恋五・よみ人しらず)。○人の心　あなたの心。▽結句を贈歌に揃えたのは一種の技巧。「人の心末とげてかはらぬ事まれなれば也」(八代集抄)。

685 淀野へ馬草を刈りに行く人も、暮に手を空しくして帰りはしない。夜殿へ忍ぶからには恋人に逢わずには帰らない。重之集・百首。○淀野　山城国の歌枕。「夜殿」(寝所)を掛ける。「淀の野のまこもの中を掻き分けて刈る人なしに恋しきやなぞ」(千穎集)。○みまくさ　まぐさの美称。「みまくさをもやすばかりの春の日によどのさへなど残らざるらん」(枕草子・僧都の御乳母のままなど)。○たゞに帰るものかは　「わが宿をさして来ざりし月だにも入らではただに帰るものかは」(古今六帖一・作者未詳)。▽「つれなき人のあはで只に帰したる恨なるべし」(八代集抄)。

686 あなたの所に泊まることもなく空しく帰ってきたのは、私の身体だけだと思っていたのに、涙さえも止まらなかったのでした。○とまらざりけれ　「止まら」に「泊まら」を掛ける。「をしみつつ別るる人を見る時はわが涙さへとまらざりけり」(貫之集、古今六帖四)。▽涙を擬人的に表現したところが狙い。六六六から六八六までは、逢ったけれどもみのらなかった恋を主題とする歌をまとめる。

687 雨雲が戻った時分に降る村雨に、私の袖は厄介なくらい濡れました。あなたが帰ってしまわれたので、私の袖は涙でひどく濡れました。朝光集「女のもとにおはしたるに、帰らせ給ひねといはせたるを、思し疑ふことありて、つとめて／雨雲の…」「返し／人はいさ袖や濡れけんわれはたゞ涙にのみぞそぼちつゝ来し」。○むらさめ　急に激しく降る雨。○ところせきまでぬれし袖　「形見ぞと見るにつけては朝露のところせきまで

687 女《をんな》のもとよりつかはしける　読人不知《よみびとしらず》

雨雲《あまぐも》のかへるばかりのむらさめにところせきまでぬれし袖《そで》かな

688 物言《ものい》ひ侍《はべ》りける男《をとこ》の、昼《ひる》などは通《かよ》ひつゝ、夜《よる》とまり侍《はべ》らざりければよめる　一宮紀伊

わが恋《こひ》は天《あま》の原《はら》なる月なれや暮《く》るれば出《い》づるかげをのみ見る

689 大弐高遠物言《ものい》ひ侍《はべ》りける女《をんな》の家《いへ》のかたはらに、また忍《しの》びて物言《ものい》ふ女《をんな》の家《いへ》侍《はべ》りけり、門《かど》の前《まへ》より忍《しの》びて渡《わた》り侍《はべ》りけるを、いかでか聞《き》きけん、女《をむな》のもとよりつかはしける　読人不知《しらず》

過《す》ぎてゆく月をもなにかうらむべき待《ま》つわが身こそあはれなりけれ

濡るる袖かな」（源氏物語・東屋・薫）。▽「帰りね」と言っておきながら、帰った男にこのような歌を送るのは矛盾した行為だが、女としては男の愛情の深さを試しているとも見られる。

688 私の恋人は空のお月様でしょうか。日が暮れると出てくる光（姿）ばかり見ています。一宮紀伊集「琵琶など弾きくらし遊びて、日暮るればかへりし人に」。○月なれや 「や」は反語。…なのだろうか、そうではないのにそのようにという気持でいう。「世の中は水に宿れる月なれやすみとぐべくもあらずもあるかな」（公任集）。▽六八七が「むらさめ」を含むので、同じく天象の「月」に恋人をよそえた歌を並べたか。

689 空を渡って過ぎてゆく月（あなた）をどうして恨みましょうか。ただそれを待っている私自身があわれに思われます。大弐高遠集「物言ひし女の家の傍に忍びて物言ふ女またありしに、門の前より忍びて渡りしを、いかでか聞きけむ、かくなむ言へりし」。○門の前より 「より」は経過を表す。いわゆる「前渡り」であるが、ひそかに前渡りしたのを女に気付かれたのである。▽「この歌は、過ぐる月をも何か恨みん、身をぞ恨むるとあらばいはれたるべきを、あはれなりけれとあれば、心はさなめりと見ゆれども、月見てはあはれにななりと、月をば捨てたるやうに聞ゆるはいかが」（難後拾遺）。六八八とは恋人を月によそえた歌という点で連接する。

690 目印の杉が立っている門ならば訪れもしようが、本当に私を待っているかどうか、その心をどうして知ることができるだろうか。大弐高遠集「杉立てる…／とてはなふく」。○杉立てる門 「わが庵は三輪の山本恋しくはとぶらひ来ませ杉立てる門」（古今・雑下・よみ人しらず）による。○

返《かへ》し　　　　　　　　　大弐高遠

690 杉立《すぎた》てる門《かど》ならませばとひてまし心の松《まつ》はいかゞ知《し》るべき

題不知《(しらず)》　　　　　　　　和泉式部

691 津《つ》の国《くに》のこやとも人をいふべきにひまこそなけれ蘆《あし》の八重葺《やへぶ》き

兼仲朝臣の住《す》み侍《はべ》りける時《とき》、忍《しの》びたる人かず〱に逢《あ》ふことかたく侍《はべ》りければよめる　　　　高階章行朝臣女子

692 人目《ひとめ》のみしげきみやまのあをつゞらくるしき世《よ》をぞ思《おも》ひわびぬる

題不知《(しらず)》　　　　　　　　読人不知《(しらず)》

693 来《こ》ぬもうく来るもくるしきあをつゞらいかなるかたに思《おも》ひ絶《た》えなん

心の松　「杉」との縁で言い、「待つ」を掛ける。「杉立てる宿をぞ人は訪ねける心の松はかひなかりけり」(拾遺・恋四・よみ人しらず)。▽六九〇・六九一は相手をいなし、拒む歌を並べる。

691 あなたに尋ねて来てほしいと言うべきでしょうが、津の国の蘆の八重葺きの小屋ではありませんが、人の見る目の隙がなくて言えません。和泉式部集「わりなく恨むる人に」。麗花集。○こや　摂津国の歌枕「昆陽」に「来(こ)や」を掛ける。○蘆の八重葺き　蘆で幾重にも隙間なく屋根を葺くことから、「ひまこそなけれ」という状態の比喩として言う。蘆は「津の国」の景物。▽「津の国の蘆の八重葺き隙をなみ恋しき人に逢はぬ頃かな」(古今六帖二・作者未詳)によるか。藤原公任が息定頼に対して、「暗きより暗き道にぞ入りぬべき遥かに照せ山の端の月」(拾遺・哀傷)を凌ぐ、和泉式部の代表的名歌であると激賞した歌(俊頼髄脳、無名抄)。

692 人の見る目ばかりが滋くて、生い茂った深山の青つづらを繰るように苦しい恋仲に、すっかり疲れてしまっています。○兼仲朝臣　藤原兼仲。○忍びたる人　ひそかな恋人。○あをつゞら　蔓性の植物。「山賤の垣ほにはへる青つづら人はくれども言伝もなし」(古今・恋四・寵)のごとく、「繰る」から「来る」を起すことが多いが、ここでは「くるしき」を起す序として用いた。▽六九二・六九三は苦しい恋心を歌った歌を並べる。

693 あなたが訪れて来ないのもつらく、と言って青つづらを繰るようにやっとの思いで来るのも苦しい。来るのか来ないのか、どちらの方に決めたらあきらめがつくのだろうか。○くるしき「あをつゞら」の縁語「繰る」を掛ける。○思ひ絶えなん　「絶え」は「あをつゞら」の縁語。▽同語同音反復の技巧を用いて、障害の多い恋に悩む女の心

人《ひと》の娘《むすめ》の親《おや》にも知《し》られで物言《ものい》ふ人侍《ひとはべ》りけるを、親聞《をやき》きつけて言《い》ひ侍《はべ》りければ、男《をとこ》まうで来《き》たりけれど帰《かへ》りにけりと聞《き》きて、女《をむな》に代《かは》りてつかはしける

読人不知《(しらず)》

694 知《し》るらめや身《み》こそ人目《め》をはゞかりの関《せき》になみだはとまらざりけり

忍《しの》びて物思《ものおも》ひ侍《(はべり)》ける頃《ころ》、色《いろ》にやしるかりけん、うちとけたる人《ひと》、などかものむつかしげにはと言《い》ひ侍《はべ》りければ、心のうちにかくなん思《おも》ひける

相模

695 もろともにいつか解《と》くべき逢《あ》ふことのかた結《むす》びなるよはの下紐《したひも》

物言《ものい》ひわたる男《をとこ》の、淵《ふち》は瀬《せ》になど言《い》ひ侍《はべ》りける返《かへ》り事《ごと》によめる

赤染衛門

696 淵《ふち》やさは瀬《せ》にはなりける飛鳥川《あすかがは》あさきをふかくなす世《よ》なりせば

を歌う。「梓弓引きみ引かずみ来ずは来ず来ば来(こ)そをなぞよそにこそ見め」(拾遺・雑賀・柿本人麻呂)に通う歌。

694 あなたは御存知ですか。この身は人目を憚ってお逢いできませんが、涙は堰き止めても止らずにこぼれています。○言ひ侍りければ　男に娘と逢わないでくれと言いましたので。○はゞかりの関　陸奥国の歌枕。「ただごえの関は、はばかりの関にたとしへなくこそ覚ゆれ」(枕草子・関は)、「ひたすらに思ひ立ちにし東路にありけるものかはばかりの関」(実方朝臣集)。○とまらざりけり　関は人を止めるところから、「関」の縁語としていう。

695 あの人と一緒にいつ解く日があるだろうか、あの人に逢いがたいために片結びしている夜着の下紐を。相模集「下結《(したゆ)》ふもさながらほど経にけれど、つゝましきことのみあれば、思ひ立つこともなくて、さすがに」。○色にやしるかりけん　様子でひそかに恋していることがはっきりわかったのであろうか。○うちとけたる人　親しい人。遠慮のない人。あるいは夫大江公資か。○などかものむつかしげには　どうしてふさぎこんでいるのか。下に「ある」などを補って解する。「忍ぶれど色に出でにけりわが恋は物や思ふと人の問ふまで」(拾遺・恋一・平兼盛)と同じような状態。○かた結び　「(逢ふことの)難(き)」に「片結び」を掛ける。片結びは紐などの一方を真直にし、他方を巻き付けるようにして結ぶ、とけやすい結び方。

696 それでは飛鳥川の淵は瀬と変ったのでしょうか。浅い心を深いと言いなす偽りの間柄だったらそんなこともあるでしょうが、わたし達の仲はそうではないでしょう。赤染衛門集「時々来る男の、淵は瀬になるといひたるに、言はせし」。

道済がゐなかへまかりくだりけるに、女《をむな》のもとよりつかはしけり

読人不知《(しらず)》

697 逢《あ》ひ見《み》ではありぬべしやと心みるほどはくるしきものにぞありける

心《こゝろ》ならぬことや侍《はべ》りけん、語《かた》らひける女《をむな》のもとにまかりて、枕《まくら》に書付《かきつ》け侍《(はべり)》ける

右大臣

698 わがこゝろ心にもあらでつらからば夜《よ》がれむ床《とこ》の形見《かたみ》ともせよ

男《をとこ》の、来《こ》むと言《い》ひ侍《はべ》りけるを待《ま》ちわづらひて、夕占《ゆふけ》を問《と》はせけるに、よに来《こ》じと告《つ》げ侍《はべ》りければ、心《こゝろ》ぼそく思《おも》ひてよみ侍《はべ》りける

読人不知《(しらず)》

699 来《こ》ぬまでも待《ま》たましものをなか〳〵にたのむかたなきこの夕占《ゆふけ》かな

○淵は瀬に　「世の中は何か常なる飛鳥川きのふの淵ぞけふは瀬になる」(古今・雑下・よみ人しらず)、「飛鳥川淵は瀬になる世なりとも思ひそめてむ人は忘れじ」(同・恋四・よみ人しらず)などを念頭に置き、心浅くなったな、心変りしたなという心。○飛鳥川　大和国の歌枕。○あさきをふかく　「あさき」は「瀬」に、「ふかき」は「淵」に対する。

697 お逢いしないで生きていられるだろうかとためしてみる間は、それは苦しいものでした。○道済　源道済。○ゐなか　受領としての任国か。道済は下総・筑前などの受領を経験している。○ありぬべしや　平気でいられるであろうか。生きていられるだろうか。「君見ではありぬべしやと心見むたたまくをしきから錦かな」(躬恒集)。

698 私が心ならずもつらく、遠のいたならば、この枕を夜離(が)れしたあとの床の形見としてほしい。○心ならぬこと　思うにまかせないこと。心ならずも別れなければならないこと。○枕　木枕か。

699 本当にはあの人が来ないまでも、来るかと思って待っていればよかったものを。夕占を問うたばかりに、今ではかえってあてにするすべもないよ。○待ちわづらひて　待ちあぐんで。待ちわびて。○夕占　夕方辻に立って道行く人の言葉を聞いて吉凶を占うこと。「月夜には門に出で立ち夕占問ひ足卜をそせし行かまくを欲り」(万葉集四・大伴家持)、「夕占問ふ占にもよくあり今宵だに来ざらむ君をいつか待つべき」(拾遺・恋三・柿本人麻呂)。▽難後拾遺に第五句を「このゆふべかな」として引いて、「もとはさも聞えたり。末のゆふべかなとあるこそむげにひたごとにて、思ひも入らぬやうに覚ゆるなり。また同じ事なれど、ゆふけといふ言葉もあらまほし」という。六九九から七〇四までは男の訪れを待つ女の歌。

入道摂政、九月許《(ばかり)》のことにや、夜《よ》がれして侍《はべ》りけるつとめて、文《ふみ》おこせて侍《はべ》りける返《かへ》りにつかはしける　大納言道綱母

700 消《き》えかへり露《つゆ》もまだひぬ袖《そで》のうへにけさはしぐるゝ空《そら》もわりなし

中関白、女の許《(もと)》よりあか月に帰《かへ》りて、内《うち》にも入《い》らで外《と》にゐながら帰《かへ》り侍《はべ》りにければよめる　高内侍

701 あか月の露《つゆ》はまくらにおきけるを草葉《くさば》のうへとなに思《おも》ひけん

あすのほどにまで来《こ》むといひたる男《をとこ》に　相模

702 きのふけふなげくばかりの心地せばあすにわが身《み》やあはじとすらん

700 心もすっかり消え消えになって涙の露も乾かない袖の上に、今朝はしぐれが注ぐ空も、耐えがたく思われます。蜻蛉日記・上・天暦八年(九五四)「晦がたにしきりて二夜ばかりみえぬほど、文ばかりある返り事に／消えかへり…」「立ち返り返り事／思ひやる心の空になりぬれば今朝はしぐるとみゆるなるらん／とて、返り事書きあへぬほどにみえたり」。〇入道摂政　藤原兼家。▽「わりなしといふこと、さらなることにて、上手の歌とも覚えぬなり」(難後拾遺)。

701 暁の露は私の枕の上に置いたのを、どうして今まで露は草葉の上に置くものとばかり思っていたのでしょうか。〇中関白　藤原道隆。〇あか月の露　暁の露。わが涙を暗示する。〇草葉のうへとなに思ひけん　「露を見て草葉の上と思ひしは時待つほどの命なりけり」(和泉式部集)。▽「人のもとより帰りて、我もとには立もよらで帰り給ふを恨ての心也」(八代集抄)。

702 もしも昨日今日嘆いているほど明日も嘆いたならば、嘆き死にをして、私の身にとって明日はないことでしょう。相模集「返りてもなほ悩ましければ、うち(以下欠)」。▽「きのふ」「けふ」「あす」と続けたのは一種の技巧。相模集には、この歌の前に「物へ詣づるに、心地例ならず覚えければ、道より返るに、もろともに詣づる人につけて、幣(みてぐら)の限りを奉るとて、心の内に／心にはさしもけがれぬみてぐらをおほたらしめの神な咎めそ」という歌がある。これによれば、石清水八幡などに参詣しようとして、けがれたので断念した際の歌と思われ、恋の歌の部に入れているのは疑問である。

703 逢った人に忘られて年月を送っている私の袖に、わが身の不運を思い知らされる雨はいつもおやみなく降っています。和泉式部集「雨のい

703 雨《あめ》のいたく降《ふ》る日《ひ》、涙《なみだ》の雨《あめ》の袖《そで》になどいひたる人《ひと》に

和泉式部

見《み》し人《ひと》に忘《わす》られてふる袖《そで》にこそ身を知《し》る雨《あめ》はいつもをやまね

704 輔親物言《ものい》ひ侍《はべ》りける女《をむな》のもとに、よべは雨《あめ》の降《ふ》りしかばはゞかりてなんといへりける返《かへ》り事《ごと》に、とくやみにしものをとて、女《をむな》のつかはしける

読人不知《（しらず）》

忘《わす》らるゝ身《み》を知《し》る雨《あめ》は降《ふ》らねども袖《そで》許《（ばかり）》こそかは《（わ）》かざりけれ

705 忍《しの》びて通《かよ》ふ女《をむな》のまたこと人《ひと》に物言《ものい》ふと聞《き》ゝてつかはしける

藤原能通朝臣

越《こ》えにける波《なみ》をば知《し》らで末《すゑ》の松千代《ちよ》までとのみたのみけるかな

たう降る日、涙の雨のなどいひたるに」、下句「身を知る雨のいつもをやまぬ」。和泉式部続集。○涙の雨の袖に　涙の雨が袖に降る。今降る雨はあなたに逢えないことを嘆いて泣いている私の涙だと、慰めるような調子で言った男の言葉。あるいは引歌があるか。八代集抄は「さして歌の詞にもあるまじくや」という。○ふる　「経る」に「降る」を掛ける。○身を知る雨　「数々に思ひ思はず問ひがたみ身を知る雨は降りぞまされる」(古今・恋四・在原業平)。

704　あなたに忘れられるわが身の不運を知らせる雨は降っていないけれども、袖だけは悲しみの涙に濡れて乾きません。輔親卿集「語らふ人のもとに、よべは雨の降りしかば障りてなむといへるに、とくやみにしものをとて／忘らるゝ…、といへるに、忘れぬにかくいへるとて／わがためにかけて濡れけん衣手は忘れぬ人を恨みてかもし」。○輔親　大中臣輔親。○よべは　昨夜は。○とくやみにしものを　すぐ止んだのに。女の方では雨は口実に過ぎないと考える。○身を知る雨　七〇三と同じく「数々に…」の歌を念頭に置く。

705　末の松山を波が越えた(あなたが私の愛情を裏切った)とも知らずに、私は千代の末までも色変らない松だ(あなたの心は変らない)とばかり期待していたのでした。○こと人　別の男。○越えにける波　「君をおきてあだし心をわが持たば末の松山浪も越えなん」(古今・東歌・陸奥歌)により、あだし心を抱いたこと。○末の松　末の松山。陸奥国の歌枕。○千代までと　常磐の松のように千年までも変らないと。▽薫が匂宮との関係に気付いて浮舟に言い送った「波越ゆる頃とも知らず末の松待つらむとのみ思ひけるかな」(源氏物語・浮舟)と類想の歌。七〇五・七〇六は女の心変りをなじる男の歌。

語《かた》らひ侍《(はべり)》ける女《をむな》のこと人《ひと》に物言《ものい》ふと聞《き》き《ゝ》てつかはしける

藤原実方朝臣

706 浦風《うらかぜ》になびきにけりな里《さと》の海人《あま》のたく藻《も》のけぶり心よは《(わ)》さは

清少納言、人には知《し》らせで絶《た》えぬ中《なか》にて侍《はべ》りけるに、久《ひさ》しうおとづれ侍《はべ》らざりければ、よそ〳〵にて物《もの》など言《い》ひ侍《(はべり)》けり、女《をんな》さし寄《よ》りて、忘《わす》れにけりなど言《い》ひ侍ければよめる

707 忘《わす》れずよまた忘《わす》れずよ瓦屋《かはらや》のしたた《ゝ》くけぶり下《した》むせびつゝ

男《をとこ》かれ〴〵になり侍《(はべり)》ける頃《ころ》よめる

読人不知《(しらず)》

708 風《かぜ》の音《おと》の身《み》にしむばかりきこゆるはわが身《み》に秋やちかくなるらん

706 里の海人が焚く藻塩の煙は浦風に吹かれて心弱くも靡いたのですね。あなたは他の男に従ってしまったのですね。実方朝臣集「内宮仕へしける人の、里にて人に物言ひけりなど聞きて／浦風に…」「返し／里の海人のなびく煙もなきものを君が袂の濡衣かもし」。実方中将集「少弁、異人に物言ふと聞きて」。○浦風　自分以外の男の暗喩。○里の海人　近世では阿波国の歌枕とされたが(類字名所和歌集、八代集抄)、普通名詞と見てよいか。○たく藻のけぶり　藻塩の煙。女の暗喩。▽「須磨の海人の塩焼く煙風をいたみ思はぬ方にたなびきにけり」(古今・恋四・よみ人しらず)。

707 あなたのことは忘れない上にも忘れないよ、そして心は変らないよ。瓦を焼く小屋の下で焚く煙にむせるように、心の中でむせびながら。実方朝臣集、二句「またかはらずよ」。○よそ〳〵にて　他人に二人の間柄を悟られないように。○また忘れずよ　家集の「またかはらずよ」の方が下への続きはよい。○瓦屋　「変らず」という語を響かせる。▽前の二首に対して、心変りしないと弁明する男の歌を置く。この歌に対して清少納言は「賤の屋の下焚く煙つれなくて絶えざりけるも何によりそも(てぞィ)」と返した。

708 風の音が身にしみるほどに聞えるのは、私の周辺に秋が近くなったのだろうか。あの人は私に飽きてしまったのだろうか。○かれ〴〵に通ってくることがとだえがちに。○風の音の身にしむ　「秋吹くはいかなる色の風なれば身にしむばかりあはれなるらん」(和泉式部集)、「山里の松の蔭にもかくばかり身にしむ秋の風はなかりき」(源氏物語・宿木・中君)。○秋　「飽き」を掛ける。「身に近く秋や来ぬらん見るままに青葉の山もうつろひにけり」(源氏物語・若菜上・紫の上)。▽男の心変りを嘆く女の歌を置く。

かれ〴〵になる男《をとこ》の、おぼつかなくなどいひたるによめる

大弐三位

709 有馬《ありま》山《やま》猪《ゐ》名《な》の笹原《さゝはら》風吹《ふ》けばいでそよ人を忘《わす》れやはする

右大将道綱久《ひさ》しく音《おと》せで、など恨《うら》みぬぞと言《い》ひ侍《(はべり)》けれぼ、娘《むすめ》に代《かは》りて

赤染衛門

710 恨《うら》むともいまは見《み》えじと思《(おもふ)》こそせめてつらさのあまりなりけれ

夜《よ》ごとに、来《こ》むといひて夜《よ》がれし侍《(はべり)》ける男《をとこ》のもとにつかはしける

和泉式部

711 こよひさへあらばかくこそ思《おも》ほえめけふ暮《く》れぬまのいのちともがな

709 有馬山の近く猪名の笹原に風が吹くと、笹原はそよと音を立てます。そうですよ、そのように私はあなたのことを忘れるものですか。○おぼつかなく　心変りがしたのではないかと気がかりだの意。○有馬山猪名　有馬山も猪名も共に摂津国の歌枕。○いでそよ　さあ、そうよ。「いで」は感動詞。「そよ」はそうだよの意に、笹が風に吹かれてそよぐ擬音を響かせる。「すばへする小笹が原のそよまさに人忘るべきわが心かは」(曾丹集)。▽小倉百人一首に選ばれた歌。「此歌、有馬山を男に寄せ、猪名野の篠原をわが身になずらへて、男の物言ひおこせたるを有馬山より風の吹おろすにたとへ、風に催されて篠のそよぐ心をもて、いでそよと続けたり。心は、いでそれよと同心したる詞なり。人を忘るる心はなけれども、久しう相見ねば、おぼつかなさはこなたにも同じことぞといふ心なり」(百人一首改観抄)。一連の心変りを主題とする歌群の中で、男に対して心変りしないと弁明する女の歌。

710 今は恨んでいるともあなたに見られまいと思うのは、ひどくつらい余りのことなのです。○右大将道綱　藤原道綱。○見えじ　見られまい。▽赤染衛門集によれば、赤染衛門の娘は道綱の所に仕えているうちにその愛情を受けるようになったが、彼は娘をさほど深くは愛さなかったらしく、赤染衛門はしばしば娘に代って恨みの歌を言い送っている。

711 今宵さえ生きていたらこのようにつらく思われるでしょう。今日が暮れるまでに死んでしまいたいと思います。和泉式部集「こよひこよひとたのめて人の来ぬに、つとめて」と「夜ごとに人の、来むと言ひて来ねば、つとめて」と、二通りの詞書の下に重出する。○夜がれ　男が通ってこなくなること。○けふ暮れぬま　今日一日が暮れ

男《をとこ》、恨《うら》むることやありけむ、けふを限《かぎ》りにて
またはさらに音《おと》せじと言《い》ひて出《い》で侍(はべり)にければ、
いかにか思《おも》ひけん、昼方《ひるかた》おとづれて侍けるに
よめる　　　　　　　　　　　　　赤染衛門

712 あすならば忘《わす》らるゝ身《み》になりぬべしけふを過《す》ぐさぬいのちともがな

題不知(しらず)　　　　　　　　　藤原長能

713 いとふとは知《し》らぬにあらず知《し》りながら心にもあらぬこゝろなりけり

七月七日、二条院の御方《かた》にたてまつらせ給ける
　　　　　　　　　　　　　　　　後冷泉院御製

714 逢《あ》ふことはたなばたつめに貸《か》しつれど渡《わた》らまほしきかさゝぎの橋《はし》

るまでの間。「明日知らぬわが身と思へど暮れぬまのけふは人こそ悲しかりけれ」(古今・哀傷・紀貫之)。○いのちともがな　「忘れじの行末まではかたければけふを限りの命ともがな」(前十五番歌合・藤原伊周母＝高内侍)。

712 明日ならば私はあなたに忘られる身となってしまうでしょう。だからいっそ今日のうちに死んでしまいたいと思います。赤染衛門集「恨むべき事やありけん、今日を限りにて又はまゐらじとていぬるが、昼つ方訪れたるにやりし／あすならば…」「返し／おくれゐて何かあすまで世にも経ん今日をわが日にまづやなさまし」。匡衡集。○男　匡衡集により、夫大江匡衡と知られる。▽前引の「忘れじの…」の歌と類想の歌だが、これは恋の口舌の後の詠であるので、状況は異なる。「いのちともがな」を結句とする歌という点で、七一一と連接する。

713 あなたが私のことを嫌っていると知らないわけではない。知っていながら自分で自分の心がどうにもならないのです。長能集「内わたりの人に」、四句「思ふにあらぬ」。▽同語反復の技巧の歌。家集の詞書によれば、つれない内裏女房の恋人に哀訴した趣の歌となる。

714 七夕の今宵恋人と逢うことは織女に貸したけれども、わたしも鵲(かささぎ)の橋を渡ってそなたに逢いたい。栄花物語・暮待つ星。○二条院の御方　後一条天皇の皇女章子内親王。長暦元年(一〇三七)皇太子(親仁親王、後冷泉帝)妃となる。○たなばたつめ　織女星。○かさゝぎの橋　七夕伝説で、鵲が翼を並べて天の川に渡すという橋。▽上句が類似している先行歌に「逢ふことはたなばたつめに貸しつれどその夜なき名の立ちにけるかな」(小大君集)がある。

後拾遺和歌抄第十三　恋三

715 陽明門院皇后宮と申《まう》しける時《とき》、久《ひさ》しく内《うち》に参《まい》らせ給《たま》はざりければ、五月五日内《うち》よりたてまつらせ給《(たまひ)》ける

後朱雀院御製

あやめぐさかけし袂《たもと》のねを絶《た》えてさらにこひぢにまどふころかな

716 服《(ぶく)》にて侍《はべ》りける頃《ころ》、忍《しの》びたる人につかはしける

清原元輔

ふぢごろもはつるゝ袖《そで》の糸《いと》よは《(わ)》みたえて逢《あ》ひ見《み》ぬほどぞわりなき

715 袂に懸けた菖蒲の根が切れたので、根を求めようと泥土に踏み迷うように、共寝することが絶えたので改めてあなた恋しさに惑っているよ。岩瀬本大鏡、初・二句「もろともにかけしあやめの」。栄花物語・暮待つ星、上句「もろともにかけしあやめを引別れ」。今鏡・すべらぎの上・初春。〇陽明門院　三条院の皇女禎子内親王。万寿四年(一〇二七)東宮(敦良親王、後朱雀帝)妃、長元十年(一〇三七)三月皇后。〇ねを絶えて　「根」に「寝」を掛ける。〇こひぢ　「恋路」に「あやめぐさ」の縁語「泥(こひぢ)」を掛ける。「天の下騒ぐ心も大水に誰もこひぢに濡れざらめやは」(蜻蛉日記・上・章明親王)。なお、→五八二。▽陽明門院は「方々に引別れつつあやめ草あはぬ根をやはかけんと思ひし」(大鏡、栄花物語)と返歌している。七一五・七一六は袂や袖など衣に寄せる恋の歌で、絶えて逢わないという心を含む点でも共通する作を並べる。

716 ほつれた喪服の袖の糸が弱いので切れるように、あなたとたえて逢うことのない服喪中は耐えがたいものです。元輔集、五句「ほどぞわびしき」。〇服　服喪中。〇忍びたる人　人目を忍ぶ恋人。〇ふぢごろも　喪服。〇はつるゝ　ほつれる。「藤衣はつるる糸はわび人の涙の玉の緒とぞなりける」(古今・哀傷・壬生忠岑)。〇糸よはみ　糸が弱いので。〇たえて逢ひ見ぬ　全く逢い見ることのない。「たえて」は「糸」の縁語。▽服喪中恋人に送った歌という、やや特殊な状況での恋歌。ただし、道信朝臣集にも同様の状況で詠まれた「干しもあへぬ衣の色にくらされて月ともいはずまどひぬるかな」という作があり、新古今・哀傷に採られている。また、元輔と同時代の藤原相如に、「藤衣はつるる袖の糸弱み涙の玉のぬくに乱るる」(相如集)という、上句の一致する作がある。

717 高階成順《(ノブ)》石山にこもりて久《ひさ》しう音《おと》し侍《はべ》らざりければよめる

伊勢大輔

みるめこそ近江《あふみ》の海《うみ》にかたからめ吹《ふ》きだにかよへ志賀《が》の浦《うら》風

718 逢《あ》ひそめてまたも逢《あ》ひ侍《はべ》らざりける女《をむな》につかはしける

叡覚法師

秋風《あきかぜ》になびきながらも葛《くず》の葉《は》のうらめしくのみなどか見《み》ゆらん

719 津《つ》の国《くに》にあからさまにまかりて、京なる女《をむな》につかはしける

大江匡衡朝臣

恋《こひ》しきになにはのことも思《おも》ほえずたれ住吉《すみよし》の松《まつ》といひけん

717 琵琶湖のことだから海松(るみ)を採るのはむずかしいでしょうが、せめて志賀の浦を吹く風だけでも都に通ってください。お逢いするのはむずかしいでしょうが、音信ぐらいはしてください。伊勢大輔集「年頃ありし人のまだ忍ぶるほどに、石山に籠りて音せぬに」、二句「近江の海の」。○高階成順　明順の男。筑前守。伊勢大輔の夫。○石山　石山寺。近江国。西国三十三所第十三番の札所。○みるめ　「海松布」に「見る目」を掛ける。○近江の海　琵琶湖。海松が生えないことは、「近けれど近江の海ぞかかりてふみみるめも生ひぬ中や何なる」(古今六帖五・紀貫之)、「近江てふ方のしるべも得てしかなみるめなきこと行きて恨みん」(後撰・恋四・源善)などと歌われて、歌人の間での通念。○志賀の浦風　志賀の浦(琵琶湖の西南。近江国の歌枕)を吹く風。石山寺からの音信の比喩。「さざ波や志賀の浦風いかばかり心の内の涼しかるらん」(拾遺・哀傷・藤原公任)。

718 秋風に靡きながら葛の葉が裏を見せるように、どうして一旦は従ったのに恨めしい態度をするのですか。○葛の葉　葉裏が目立つことから、「うらめしく」の枕詞。「秋風の吹き裏返す葛の葉の恨みてもなほ恨めしきかな」(古今・恋五・平貞文)。▽「秋風」が男(作者)、「葛の葉」が女という見立て。「逢ひて逢はぬ恋」の心の歌。

719 あなたが恋しいので、難波に来ても何のことも思われない。誰が住みよい里の住吉の松などと言ったのだろうか。匡衡集「津の国に通ふべきやうありし、女に」、四句「たれ住の江の」。赤染衛門集「津の国にいきていひたる」。○あからさまに　ちょっとの間。○なにはのこと　「何は」に「難波」を掛ける。「津の国のなには思はず山城のとはに逢ひ見んことをのみこそ」(古今・恋四・よみ人しらず)。○住吉の松　住吉神社の松。「住み良

源遠古が女《むすめ》に物言《ものい》ひわたり侍《(はべり)》けるに、かれがもとにありける女《をんな》をまたつかへ人《びと》あひすみ侍けり、伊勢《いせ》の国《くに》に下《くだ》りて都恋《みやこゝひ》しう思《おも》ひけるに、つかへ人《びと》もおなじ心にや思《おも》ふらんとを《(お)》し許《(はかり)》てよめる

祭主輔親

720 わが思《おも》ふみやこの花のとぶさゆへ《(ゑ)》君《きみ》もしづえのしづ心あらじ

橘則光朝臣陸奥の守《かみ》にて侍《はべ》りけるに、奥郡《おくこほり》にまかり入《い》るとて、春《はる》なむ帰《かへ》るべきといひ侍《はべ》りければ、女《をんな》のよめる

光朝法師母

721 かたしきの衣《ころも》の袖《そで》はこほりつゝいかで過《す》ぐさむとくる春《はる》まで

遠《とほ》き所《ところ》なる女《をむな》につかはしける

藤原国房

722 恋《こひ》しさは思《おも》ひやるだになぐさむを心にを《(お)》とる身こそつらけれ

し」を掛ける。「住吉と海人は告ぐとも長居すな人忘れ草生ふといふなり」(古今・雑上・壬生忠岑)。▽七一九・七二〇は、地方に在って都に残してきた女を思う男の歌として共通するので並べる。

720 私が都の花の梢を思うように、君もその花の下枝を思って落ち着いた心はないのだろう。○源遠古　文徳源氏、惟正の男。正四位下伊勢守。○つかへ人　従者。○あひすみ侍けり　同棲しておりました。○みやこの花のとぶさ　都に残してきた恋人、遠古の女の暗喩。「とぶさ」は鳥総で、梢や枝葉の先端。「とぶさ立て足柄山に舟木伐り木に伐り行きつあたら舟木を」(万葉集三・満誓)。○しづえ　下枝。遠古の女の侍女で、従者の恋人の暗喩。「しづえの」で「しづ心」を起す序。▽同じ思いの従者と京の女恋しさを慰めあう歌。この主従関係は、落窪物語での帯刀とあこき、源氏物語での惟光と夕顔の侍女などと似ている。

721 ひとり片敷く衣の袖は涙で氷っています。この氷が解ける春までどうして過したらよいのでしょうか。○橘則光朝臣　敏政の男。従四位上陸奥守。○かたしきの衣の袖　独り寝で片敷く袖。「わが恋ふる妹は逢はさず玉の浦に衣片敷き独りかも寝む」(万葉集九)。○こほりつゝ　涙が氷ることをいう。「奥郡」の「こほり」を響かせるか。「うちはへて涙に敷きし片敷の袖の氷ぞけふはとけたる」(和泉式部集)。○とくる春　立春解氷というのが当時の通念。→六三。▽京に在って地方に下る男との再会を待ち遠しく思う女の歌。

722 恋しさは遥か思いを馳せるだけでも慰まるものなのに、心のように遠くへ送ることができないという点で劣るこの身は、つらく思われるよ。▽自身の心と身体を別々の存在として歌った点が狙い。七二二から七二四は、地方にいる(下る)女を思う男の歌、及びそれに対する女の返し。

人の語《かた》らふ女《をむな》を忍《しの》びて物言《ものい》ひ侍《はべ》りけるに、物《もの》にまかりて帰《かへ》りける道《みち》に、この女《をむな》を男《をとこ》ゐなかへ率《ゐ》て下《くだ》り侍《はべ》りけり、逢坂《あふさか》の関《せき》に行《ゆ》き逢《あ》ひて、せむ方《かた》なく思《おも》ひわびて、人をして返《かへ》しいひつかはしける

大中臣能宣朝臣

723 いづかたをわれながめましたまさかにゆき逢《あ》ふさかの関《せき》なかりせば

返《かへ》し

読人しらず

724 ゆき帰《かへ》りのちに逢《あ》ふともこのたびはこれより越《こ》ゆる物思《おも》ひぞなき

東《あづま》に侍《はべ》りける人につかはしける

民部卿経信

725 東路《あづまぢ》の旅《たび》の空《そら》をぞ思《おも》ひやるそなたに出《い》づる月《つき》をながめて

723 たまたま行き逢った逢坂の関がなかったならば、私はどの方角をあなたが行く方と知って眺めたことだろうか。能宣集「忍びて語らひ侍る人のにはかに吾妻へまかりけるに、逢坂にまで来合ひたるを、よそ人に思ひて過ぎ侍るに、女の見知り侍りて、かくにはかなる歩きをなむすると告ぐべかりしかど、他になむと聞きしかばと言ひて侍るに」。○人の語らふ女　人妻または他人の恋人。○物にまかりて　ちょっと出かけて。「物に」は具体的に言うことを避けて朧化した言い方。○ゐなか　地方。逢坂の関の東の地方ということになる。○ゆき逢ふさかの関　行き逢う、逢坂の関。

724 ここ逢坂の関で旅人が行き帰りするように、私は行ってもまた帰ってきて、のちにはお逢いできるとしても、今度の旅ではこれを越える悲しみはありません。能宣集、上句「逢坂の関もとゞめずなりぬれば」。○このたびは　「度」に「旅」を掛ける。○越ゆる　逢坂の縁でいう。▽源氏物語・関屋で語られる、石山詣でに行く源氏の一行と、夫常陸介の任期満ちて東国から上京する空蟬の一行とが逢坂の関屋で出遇う場面にも似た、秘かな関係の男女の偶然の出会いと別れ。

725 東国の旅路にあるあなたのことを思いやります。そちらの方角の空に出る月をじっと見つめて。大納言経信集。康資王母集。○東　常陸か。○旅の空　「はるかなる旅の空にも遅れねばうらやましきは秋の夜の月」(拾遺・別・平兼盛)。なお、→五三二。○そなたに出づる月　そちら、東(あず ま)の方角、すなわち都から東の空に出る月。▽本来は恋歌として詠まれたものではないであろう。七三五―七三八は、東国に下った女を京で思う男の歌とそれに対する女の返しの歌から構成される。

726 思いやってください。私も雲路はわからないままに、入る方角の月以外ながめてはおりま

返《かへ》し　　　　康資王母

726 思《おも》ひやれ知《し》らぬ雲路《くもぢ》もいるかたの月よりほかのながめやはする

おなじ人につかはしける　　　　左近中将隆綱

727 帰《かへ》るべきほどをかぞへて待《ま》つ人《ひと》は過《す》ぐる月日ぞうれしかりける

返《かへ》し　　　　康資王母

728 東屋《あづまや》のかやがしたにし乱《みだ》るればいさや月日のゆくも知《し》られず

題不知《(しらず)》　　　　藤原惟規《(ノブノリ)》

729 霜枯《しもが》れのかやがしたお《(を)》れとにかくに思《おも》ひ乱《みだ》れて過《す》ぐるころかな

せん。大納言経信集。康資王母集。共に五句「ながめやはある」。○いるかたの月よりほかの　西の空、すなわち都の方角に入る月以外の。

727 あなたが帰っていらっしゃる予定の日時を数えて待っている人間にとっては、月日の過ぎるのが嬉しく思われます。康資王母集、「かしこにて、相撲の使につけて、隆綱の宰相中将」、二句「ほどを恨みて」。▽「つれなくて過ぐる月日を数へつつ物うらめしき暮の春かな」(源氏物語・竹河・薫)というように、普通だったら月日が過ぎるのは老いに近付くことを意味しているから嬉しくない筈。この贈答も本来は恋歌ではあるまい。

728 私は東屋の萱葺きの下で心も萱のように乱れているので、さあ、月日の過ぎてゆくのもわかりません。康資王母集。○東屋　棟のない、屋根を四方に葺いた簡単な建物。四阿。東(あずま)の家の意を籠めていう。○かやがしたにし　萱葺きの下に。「し」は強め。萱はイネ科の草の総称。乱れやすいものとして歌われる。東(あずま)と萱を取り合せた作には、「東路に　刈る萱の　よこほ路に　なさけを　かい刈る萱の…」(風俗歌・東路)、「東路に刈るてふ萱の乱れつつつかのまもなく恋ひやわたらん」(新古今・恋三・醍醐天皇)などがある。○いさや　さあ。下の「知られず」と呼応する副詞。○月日のゆく　「物思ふと月日のゆくも知らざりつ雁こそ鳴きて秋と告げつれ」(後撰・秋下・よみ人しらず)。▽七二八・七二九は「萱」を含む恋の歌。

729 霜枯れの萱が下折れして乱れているように、あれこれと思い乱れて過すこの頃だなあ。○かやがしたおれ　「思ひ乱れて」を起す序のように用いた。▽初・二句で荒廃した風景を描き出すが、これは不毛の恋に思い悩む作者自身の心象風景とも考えられる。

730 物《もの》へまかりけるに、鳴海《なるみ》の渡《わた》りといふ所《ところ》にて
人を思《おも》ひ出《い》でてよみ侍《はべ》りける　増基法師
かひなきはなを《(ほ)》人《ひと》しれず逢《あ》ふことのはるかなるみのうらみなりけり

731 遠《とほ》き所《ところ》に侍《(はべり)》ける女《をむな》につかはしける　右大弁通俊
思《おも》ひやる心の空《そら》にゆき帰《かへ》りおぼつかなさを語《かた》らましかば

732 清家父《ちゝ》の供《とも》に阿波《あは》の国《くにゝ》に下《くだ》りて侍《はべ》りける時《とき》、かの国《くに》の女《をんな》に物言《ものい》ひわたり侍《はべ》りけり、父津《ちゝつ》の国《くにゝ》になり遷《うつ》りてまかり上《のぼ》りにければ、女《をんな》の便《たよ》りに付《つ》けてつかはしける　読人不知《(しらず)》
心《こゝろ》をば生田《いくた》の杜《もり》にかくれども恋《こひ》しきにこそ死《し》ぬべかりけれ

730 甲斐がないことには、旅に出てひそかにあの人と逢うのは遥か先のことになってしまった。ここ鳴海の浦ではないが、このような身の上が恨めしく思われる。増基法師集「尾張鳴海の浦にて」。○鳴海の渡り　尾張国の歌枕。○かひなきは「鳴海の浦」の縁語「貝」を掛ける。○はるかなるみのうらみ「なる身の恨み」に「鳴海の浦」を詠み入れる。▽地方に在って都の女を思う男の歌。

731 心の中で思いやっているが、空を行き帰りして、あなたと恋しさを語れたならばどんなにかいいだろう。○おぼつかなさ　はっきりしないで気がかりなこと、また、逢いたい気持。「ながめやる山辺はいとど霞みつつおぼつかなさのまさる春かな」(拾遺・恋三・藤原清正女)。○語らましかば　下に「いかによからまし」などという語句を補って解する。▽「心」があたかも独立した一人の人間乃至は使者のように自分と恋人との間を往復して、自分の思う気持を伝えてくれたらいいのにと願う。あるいは長恨歌における道士(玄宗と楊貴妃の再生した仙女との間を取次ぐ)への連想があるか。この歌は地方にいる女を思う男の歌という点で、七三〇に続く。

732 あなたがいらっしゃった生田の杜の神に心を掛けて逢えるように祈り、それまで生きていようと思いますが、あなた恋しさに堪えかねて死んでしまいそうです。○清家　藤原清家。○父藤原範永。○阿波の国　現在の徳島県。範永は康平五年(一〇六二)阿波守に任ぜられ、同八年摂津守に遷任された。○生田の杜　生田神社。摂津国の歌枕。「生く」を響かせる。○かくれども「生田の杜」は神社だから、神に心をかけて祈るけれどもの意。▽受領の息子を思う土地の女の歌。地方を背景とする恋という点で七三一に続く。

733
頼《たの》めけるわらはの久《ひさ》しう見《み》え侍《はべ》らざりければよみ侍《はべ》りける

律師慶意

たのめしを待《ま》つに日《ひ》ごろの過《す》ぎぬれば玉《たま》の緒《を》よは《(わ)》み絶《た》えぬべき哉《(かな)》

734
源頼綱朝臣父《ちゝ》の供《とも》に美濃《みの》の国《くに》に侍《はべ》りける時《とき》、かの国《くに》の女《をむな》に逢《あ》ひて、また音《おと》もし侍《はべ》らざりければ、女のよめる

読人不知《(しらず)》

あさましや見《み》しは夢《ゆめ》かと問ふほどにおどろかすにもなりぬべきかな

735
中納言定頼がもとにつかはしける

大和宣旨

はる〳〵と野中《のなか》に見《み》ゆる忘《わす》れ水《みづ》たえま〳〵をなげくころかな

733　私にあてにさせていたのに、いくら待ってもそなた(稚児)が来ないで空しく多くの日数が過ぎてしまったので、命も弱って絶えてしまいそうだ。〇頼めけるわらは　頼みにさせていた稚児。〇日ごろ　多くの日数。〇玉の緒よはみ　命は弱いので。「玉の緒」は本来玉を貫く緒の意。「玉の緒の」の形で「長き」「短き」「絶え」「うつし」などに掛る枕詞として用いられることが多いが、ここでは命の意に用いた。「玉の緒を片緒に搓りて緒を弱み乱るる時に恋ひざらめやも」(万葉集十二)。〇絶えぬべき哉　「緒」の縁語で「絶え」という。▽僧の稚児に対する恋の歌。

734　あきれたことですね。お逢いしたと見たのは夢だったのかと自分に尋ねるうちに、あなたにお便りして夢ではなかったと気付かせたくなります。〇父　源頼国。頼光の男。正四位下左衛門尉。〇見しは夢か　「君や来し我や行きけむ思ほえず夢かうつつか寝てかさめてか」(古今・恋三・よみ人しらず)というのに近い経験を言う。〇おどろかす　「夢」の縁語。▽今鏡・打聞・敷島の打聞に頼綱の男仲正の談として、「あさましや…と申したりければ、さらに覚え付きてなん思ひ侍りける。かくよむともみめかたちやは変るべきと覚え侍れど、昔の人中頃までは人の心かくぞ侍りける」と、歌徳説話として語る。受領の息子を思う土地の女の歌という点で、一首を隔てて七三三と共通の主題。

735　野の中にどこまでも遠く見える忘れ水のようにあなたの訪れがともすれば絶え間がちなのを嘆いています。〇中納言定頼　藤原定頼。〇忘れ水　野の中などにとぎれとぎれに流れる、人にその存在を忘れられた水。ここまでは「たえま」を起す序詞のごとき働きをする。「霧深き秋の野中の忘れ水たえまがちなる頃にもあるかな」(新古今・恋三・坂上是則)。

題不知《(しらず)》　　大納言忠家

736 いかばかりうれしからまし面影《おもかげ》に見《み》ゆるばかりの逢《あ》ふ夜《よ》なりせば

男《をとこ》ありける女《をむな》を忍《しの》びに物言《ものい》ふ人侍《はべ》りけり、ひまなきさまを見てかれ〴〵になり侍《はべ》りければ、女《をむな》のいひつかはしける　　読人不知《(しらず)》

737 わが宿《やど》のの《ゝ》きのしのぶにことよせてやがても茂《しげ》る忘《わす》れ草《ぐさ》かな

成資朝臣大和守《やまとのかみ》にて侍《はべ》りける時《とき》、物言《ものい》ひわたり侍《(はべり)》けり、絶《た》えて年《とし》へにけるのち宮《みや》にまい《(ゐ)》りて侍《はべ》りける車《くるま》に入《い》れさせて侍《はべ》りける　　皇太后宮陸奥

738 あふことをいまはかぎりと三輪《みわ》の山杉《やますぎ》のすぎにしかたぞ恋しき

736 一体どれほど嬉しいことだろうか、いつもあの人の姿が目の前にありありと見えるけれども、そのように実際に夜逢えたならば。〇面影　現実にはそこにないのに眼前にありありと見える物の姿、とくに人の顔などを言う。「来し時と恋ひつつをれば夕暮の面影にのみ見えわたるかな」(古今・墨滅歌・紀貫之)、「白妙の衣手かへてわれ待つとあるらむ君は面影に見ゆ」(古今六帖四・作者未詳、原歌は万葉集十一)。▽実際には面影(幻影)としてしか見えないので、生身の恋人に逢いたいと願う心。

737 私の家の軒しのぶにかこつけて早くも忘れ草が茂るのですね。人目を忍ぶというのを口実に遠退いて、早くも私のことを忘れてしまったのですね。大弐高遠集、初句「荒るる屋の」。〇ひまなきさま　人目が多くて隙がない様子。〇のきのしのぶ　ノキシノブ。シダ科の草。→六二七。「のき」は「軒」に「退き」を、「しのぶ」には「忍ぶ」の意を籠める。「住みわびてわれさへのきのしのぶ草しのぶる方のしげき宿かな」(周防内侍集)。〇やがても　すぐに。〇茂る　「草」の縁語。〇忘れ草　萱草。ユリ科の草。草の「しのぶ」の縁で言い、忘れる意を籠める。▽「忍びに物言ふ」状態であったのが「かれ〴〵に」なったことから、草に寄せて男の薄情さを怨んだ。

738 もうお逢いできないと見るにつけ、三輪山の杉ではありませんが、あなたが大和守だった過ぎた昔の日々が恋しく思われます。〇成資朝臣　藤原成資。庶政の男。従四位下大和守。〇宮　皇太后宮。〇三輪の山　大和国の歌枕。大神(おおみわ)神社(三輪明神)がある。「見」を掛ける。〇杉のすぎにしかた　「杉」は三輪明神の印の木だから、「三輪の山」の縁語で、「すぎにし」を起す。▽七三八から七四〇までは、木に寄せる恋の歌。

五節に出《い》で侍《はべ》りける人《ひと》を、かならず尋《たづ》ねむといふ男《をとこ》侍《(はべり)》けれど、音《おと》せざりければ、女に代《かは》りてつかはしける　読人不知《(しらず)》

739 杉《すぎ》むらといひてしるしもなかりけり人《ひと》もたづねぬ三輪《みわ》の山もと

題不知《(しらず)》　相模

740 住吉《すみよし》の岸《きし》ならねども人しれぬ心のうちのまつぞわびしき

思《おも》ひけるわらはの三井寺にまかりて久《ひさ》しく音《おと》もし侍《はべ》らざりければよみ侍《(はべり)》ける　僧都遍救

741 逢坂《あふさか》の関《せき》の清水《しみづ》やにごるらん入《い》りにし人《ひと》のかげの見《み》えぬは

739 目印の杉といってもそのききめはありませんでした。三輪山の麓(私の所)には人も尋ねて来ません。○五節に出で侍りける人　五節(→六三)に出仕しておりました女性。舞姫か介添の女性かははっきりしない。○杉むら　杉叢。杉の群立っている所。「我が宿は松にしるしもなかりけり杉むらならば尋ね来なまし」(赤染衛門集、今昔物語集二十四ノ五十一)。○しるし　霊験。杉は三輪明神の印の木なのでいう。▽「わが庵は三輪の山本恋しくはとぶらひ来ませ杉立てる門」(古今・雑下・よみ人しらず)、「三輪の山いかに待ち見む年経とも尋ぬる人もあらじと思へば」(同・恋五・伊勢)などを念頭に置いて詠む。

740 松の生えている住吉の岸ではないけれども、人に知られずに心のうちであの人を待つのはわびしい。相模集「苦しきものとや思ひ知られけむ」、五句「松ぞくるしき」。○住吉の岸　摂津国の歌枕。住吉神社のある海岸。○心のうちのまつ　「住吉」の縁語「松」に「待つ」を掛ける。「いかにせん池の水波騒ぎては心のうちの松にかからば」(蜻蛉日記・下)。

741 三井寺に入ってしまった人(稚児)の影が映って見えないのは、逢坂の関の清水は濁っているのだろうか。あの稚児は心変りしたのだろうか。○思ひけるわらは　愛していた稚児。○三井寺　園城寺。○関の清水　逢坂の関近くにあった。→空三。○かげ　「清水」の縁語。「逢坂の関の清水にかげ見えて今や引くらん望月の駒」(拾遺・秋・紀貫之)。▽僧の稚児に対する恋の歌。遍救は僧綱補任に「覚忍僧都入室」というので、延暦寺の僧と考えられる。すると童が三井寺に行ってしまったということは、いわば対立する側についたことを意味する。歌枕を詠み入れているという点で前の作品群に続けたか。

題不知《(しらず)》　左京大夫道雅

742 涙《なみだ》やはまたも逢《あ》ふべきつまならん泣《な》くよりほかのなぐさめぞなき

語《かた》らひ侍《はべ》りけるわらはのこと人に思《おも》ひつきにければ、久《ひさ》しう音《おと》もせで侍《はべ》りけるに、さすがに覚《おぼ》えければ、よみてつかはしける　前律師慶暹

743 よそ人《ひと》になりはてぬとや思《おも》ふらんうらむるからに忘《わす》れやはする

忘《わす》れじと契《ちぎ》りたる女《をむな》の久《ひさ》しう逢《あ》ひ侍《はべ》らざりければつかはしける　大中臣輔弘

744 つらしとも思《おも》ひしらでぞやみなましわれもはてなき心《こゝろ》なりせば

742 涙は再びあの人と逢うための手懸りだろうか。そうではないのに、私には泣く以外の慰めはない。○つま　「端」で、糸口、端緒の意。「秋萩を見つつけふこそ暮しつれ下葉は恋のつまにざりける」(貫之集)。○泣くよりほかの　「人心憂きには鳥にたぐへつつ泣くよりほかの声は聞かせじ」(落窪物語一・落窪の君)。▽泣いたから恋人に逢えるわけではないのに、泣く以外に慰められないという絶望的な状況での歌。七四八—七五一と同じく、当子内親王との悲恋の際に詠まれたと見られる。

743 そなたはすっかり他人になってしまったと思っているのか。私はそなたを恨んでいるだけで、忘れなどしてはいないのだ。○思ひつきにければ　愛情が生じたので。「咲く花に思ひつくみのあぢきなさ身にいたつきの入るも知らずて」(拾遺・物名・大伴黒主)。○さすがに覚えければ　そのまま切れてしまうのはやはり残念に思われたので。○うらむるからに　恨んでいるだけで。「からに」は助詞「から」と助詞「に」が複合した形。活用語の連体形に付き、ある動作・状態に続いてもう一つの動作・状態が生ずる場合に用い、「…するだけで」の意を表す。「吹くからに秋の草木のしをるればむべ山風を嵐といふらむ」(古今・秋下・文屋康秀)の「からに」とほぼ同じ用例。▽相手の心変りを恨んで音信不通であったものの、愛情を復活させようとして働きかけた歌。僧の稚児に対する恋という点では、一首隔てて七四一に同じ。

744 あなたの仕打ちがつらいということも身にしみてわからずにすんでしまったでしょう、もしも私もいつまでも終ることなくあなたを思っていたならば。○はてなき心　終ることのない愛情。いつまでも変らない心。▽相手が心変りしたから自分もこの恋を終らせるのだと告げ、相手に責任を押し付ける形でじつは未練があることを表白し

745 久《ひさ》しう問《と》はぬ人《ひと》のおとづれて、またも問《と》はずなり侍《(はべり)》にければよめる

和泉式部

なか〱にうかりしまゝにやみもせば忘《わす》るゝほどになりもしなまし

746 題不知《(しらず)》

うき世《よ》をもまたたれにかはなぐさめん思《おも》ひしらずも問《と》はぬ君《きみ》かな

747 物言《ものい》ひわたりける女《をむな》、親《おや》などに包《つゝ》むことありて、心《こゝろ》にもかなはざりければよめる

源　政　成

逢《あ》ふまでやかぎりなるらんと思《おも》ひしを恋《こひ》はつきせぬ物にぞ有《(あり)》ける

たか。

745 いっそのこと二人の間柄は憂くつらいという状態のままで終っていたならば、あなたのことを忘れるほどになったでしょうが、二人の仲はそうではないので、忘れられません。和泉式部集「久しう問はぬ人、からうじて音して、又も問はねば」、三句「やみにせば」。○なか〱に　いっそのこと。▽蛇の生殺しのような関係に置かれていることに対する、女の男への精一杯の訴え。

746 この憂き世を他の誰によって慰められようというのですか。あなたは私の気持もわかってくださらずたずねてくださらないのですね。相模集、二句「たればかりにか」。○またたれにかはなぐさめん　あなた以外の誰によって慰めるのだろうか。「また」の語が効果的。○思ひしらずも　わけもわからず。「あひ見ぬも憂きもわが身のから衣思ひしらずも解くる紐かな」(古今・恋五・因幡)。▽七四五と同じく、音信をせぬ男に女から呼び掛けた歌。相模の作か。「うき世」は一般的な意と解するよりも、しっくりしない夫婦仲で、それを慰めてくれる人は夫以外の恋人と解される。

747 あなたに逢うまではこれが最後かと思っていたけれども、恋は尽きることのないものだったのだなあ。○逢ふまでやかぎりなるらん　恋人に逢う以前は逢われぬままに恋死にしてしまうだろうと思っていたことをいう。「わびつつも昨日ばかりは過ぐしてき今日やわが身の限りなるらん」(拾遺・恋一・よみ人しらず)。○恋はつきせぬ物にぞ有ける　「大地も採り尽さめど世の中の尽し得ぬものは恋にしありけり(四句旧訓、つきせぬものは)」(万葉集十一・寄物陳思)。

748 逢坂の関は東国路にある関と聞いていたけれども、心づくしの種となる筑紫路の関だった

伊勢の斎宮わたりよりのぼりて侍《はべ》りける人《ひと》に
忍《しの》びて通《かよ》ひけることをおほやけも聞《きこ》しめして、
守《まも》り女《め》など付《つ》けさせ給《たま》ひて、忍《しの》びにも通《かよ》はず
なりにければ、よみ侍《はべ》りける
左京大夫道雅

748 逢坂《あふさか》は東路《あづまぢ》とこそ聞《き》ゝしかど心づくしの関《せき》にぞありける

749 さかき葉《ば》のゆふしでかけしその神にを《(お)》しかへしても似《に》たるころかな

750 いまはたゞ思《おも》ひたえなんとばかりを人づてならでいふよしもがな

またおなじ所《ところ》に結《むす》び付《つ》けさせ侍《(はべり)》ける

のだなあ。〇伊勢の斎宮わたりよりのぼりて侍りける人　前斎宮当子内親王。三条院の皇女。長和元年(一〇一二)十二月斎宮に卜定され、同五年父天皇の譲位に伴って退下、九月帰京した。その後道雅との事が世評にのぼるようになった。栄花物語・玉の村菊に詳しい。治安二年(一〇二二)九月十二日没、二十三歳。〇逢坂　「逢ふ」を掛ける。〇東路　東国への道筋。〇心づくしの関　「筑紫」を掛ける。

749 今の有様は昔に立ち返って、榊葉の木綿四手を掛けてあなたが斎宮として斎かれていたその時にさも似ているものだから、この頃はあなたに近付けない。栄花物語・ゆふしで、一句「ゆふしでかけの」。〇ゆふしで　木綿で作った四手(幣)。〇その神　「その上」の宛字。その時。「さかき葉」「ゆふしで」の縁語「神」を掛ける。▽難後拾遺に「もとの斎宮の折のやうに似たりとよめるなめり。さるにては、させることもなき歌かな」と酷評する。

750 今となってはただ、「あきらめます」ということだけを、人を介してでなくあなたに直接言うすべがあったらなあ。〇思ひたえなん　断念しよう。「あやしくもいとふにはゆる心かないかにしてかは思ひ絶ゆべき」(拾遺・恋五・よみ人しらず)。〇人づてならで　他人を介さず。直接。「いかにしてかく思ふてふことをだに人づてならで君に語らん」(後撰・恋五・藤原敦忠)。▽小倉百人一首に選ばれた歌。

751 みちのくにある緒絶の橋とはこのようなものであろうか。文を見たり見なかったりするたびに心を惑わせるよ。ちょうど踏んだり踏まなかったりするたびにびくびくするように。栄花物語・ゆふしで。〇緒絶の橋　陸奥国の歌枕。〇ふみみふまずみ　「橋」の縁語「踏み」に「文」を掛ける。▽「大様意に染ぬる事には宜歌出来者歟。然者道

751 みちのくの緒絶《をだえ》の橋《はし》やこれならんふみみゝふまずみ心まどはす

心ざし侍《はべ》りける女《をむな》のことざまになりてのち、石山《いしやま》に籠《こも》り合《あ》ひて侍《はべ》りければよみ侍《(はべり)》ける　前大納言経輔

752 こひしさも忘《わす》れやはするなか〳〵に心《こゝろ》さは《(わ)》がす志賀《しが》の浦波《うらなみ》

中納言定頼、今《いま》はさらに来《こ》じなど言《い》ひて帰《かへ》りて、音《おと》もし侍《はべ》らざりければつかはしける　相模

753 来《こ》じとだにいはで絶《た》えなばうかりける人のまことをいかで知《し》らまし

題不知《(しらず)》

754 たが袖《そで》に君重《きみかさ》ぬらんからころもよな〳〵われに片敷《かたし》かせつゝ

雅三位はいと歌仙とも不レ聞。斎宮秘通間歌多秀逸也。…思ままの事をば陳べ、自然に秀歌にして有也。是、志は有レ中、詞顕レ外之謂歟」(袋草紙・雑談)。

752 あなた恋しさを忘れるものですか。なまなか久しぶりに会って心を騒がせます。まるでこの志賀の浦波のように。○石山　石山寺。→七一七。○なか〳〵に　中途半端に。▽難後拾遺に「歌はなだらかなるやうなれど、末に志賀の浦波とあるに、本にそれにかかりたる事やよまるべからむ。石山にてよまれければ、近き程にて志賀とよまれけるとは覚ゆれど、歌にも見えねば、いかがはあらん」という。上句にも五句の縁語があるべきだという批判。

753 「来るまい」とだけでも言わないで訪れが絶えてしまったならば、薄情だったあなたの真実をどうして知ることができたでしょうか。お言葉通りその後音沙汰がないので、あなたが本当につれない人だということがよくわかりました。○中納言定頼　藤原定頼。▽「うかりける人のまこと」という矛盾した表現が痛烈な皮肉。実際は皮肉を言えば何らかの応答があるだろうから、それを機に交際を復活させようと期待しているか。

754 あなたは誰の袖に衣の袖を重ねているのでしょう、毎夜わたしには袖を片敷かせて。思女集。相模集、二句「又重ぬらん」。○たが袖に君重ぬらん　袖に袖を重ねるとは、男女が共寝することを暗示した表現。○よな〳〵　夜ごと。連夜。○片敷かせつゝ　袖を片敷くことは独り寝を暗示する。「さむしろに衣片敷き今宵もや我を待つらむ宇治の橋姫」(古今・恋四・よみ人しらず)。▽難後拾遺に「この歌、片敷かせつつ、言ひさしたるやうにて、いとはやく」というが、倒置表現と見れば言いさしたことにならない。

755 黒髪《くろかみ》のみだれも知《し》らずうちふせばまづかきやりし人ぞこひしき　和泉式部

ある女《をんな》に　清原元輔

756 うつり香《が》のうすくなりゆくたきもののくゆる思《おも》ひに消《き》えぬべきかな

男《をとこ》に忘《わす》られて装束《さうぞく》包《つゝ》みて送《おく》り侍《はべ》りけるに、革《かは》の帯《おび》に結《むす》び付《つ》け侍《はべ》りける　和泉式部

757 泣《な》きながす涙《なみだ》にたへで絶《た》えぬればはなだのおびの心地こそすれ

題不知《(しらず)》　相模

758 中絶《なかた》ゆる葛城山《かづらきやま》の岩橋《いはゝし》はふみみゝることもかたくぞありける

755 黒髪が乱れるのもかまわずに臥せると、まずこの髪をやさしく掻きやってくれたあの人が恋しく思われる。和泉式部集・百首。〇まづかきやりし人　初めて共寝をして起きた時に掻きやって私の顔を見た人。最初の恋人。「(塗籠ノ)内は暗き心地すれど、朝日さし出でたるけはひ漏り来たるに、(夕霧ハ落葉宮ノ)埋もれたる御衣ひきやり、いとうたて乱れたる御髪かきやりなどして、ほの見奉り給ふ」(源氏物語・夕霧)。

756 あなたの薫きしめた香の移り香が次第に薄くなってゆく、そのほのかな匂いではないが、あなたを恋い焦れる思いで私は今にも消えて(死んで)しまいそうだ。元輔集。〇うつり香の…たきものの　「くゆる」を起す序となる。〇くゆる思ひ　恋い焦れる思い。「思ひ」に「たきもの」の縁語「火」を掛ける。〇消えぬべきかな　「消え」は「たきもの」「くゆる」の縁語。「来ぬ人を松の枝に降る白雪の消えこそかへれくゆる思ひに」(後撰・恋四・承香殿中納言)。

757 泣いて流す涙に堪えきれないで二人の仲は絶えてしまったので、まるで切れたはなだの帯のような気がします。和泉式部続集「装束ども包みておく、革の帯に書き付く」。〇はなだのおび　縹(薄い藍色)に染めた帯。「石川の　高麗人に　帯を取られて　からき悔(い)する　いかなる　いかなる帯ぞ　縹の帯の　中はたいれるか　かやるかあやるか　中はいれたるか」(催馬楽・石川)。

758 中途で絶えた葛城山の岩橋のような二人の間柄は、踏み見る(文見る)こともむずかしかったのだ。相模集「文などさらにみえがたければ」、三句「岩橋を」。〇葛城山の岩橋　役行者が一言主神に命じて葛城山と金峰山との間に架けさせようとした岩橋。一言主神が醜い容貌を恥じて夜しか働かなかったので完成しなかったという。日本霊

二条院に侍《はべ》りける人の許《(もと)》につかはしける　　大弐良基

759 忘《わす》れなんと思《おも》ふさへこそ思《おも》ふことかなはぬ身にはかなはざりけれ

題不知《(しらず)》　　高橋良成

760 忘《わす》れなむと思《おも》ふにぬるゝたもとかな心《こゝろ》ながきは涙《なみだ》なりけり

大納言忠家母

761 いかばかりおぼつかなさを歎《なげ》かましこの世《よ》のつねと思《おも》ひなさずは

権僧正静円

762 あふことのたゞひたぶるの夢《ゆめ》ならばおなじ枕《まくら》にまたも寝《ね》なまし

異記その他に見える伝説。葛城山は大和国の歌枕とされる。○ふみみる「踏み」と「文」の掛詞。→七五一。○かたく「岩橋」の縁語。

759 すべて思うこと、念願が叶わないこの身には、いっそあなたのことを忘れてしまおうと思うことさえ叶わないのでした。○二条院　後冷泉院の中宮章子内親王。→七一四。○思ふことかなはぬ身　沈淪の身を暗示するようなすねた表現。▽この身には自身の心も支配制御できないという嘆き。「思ふ」と「かなはず」の二語を繰り返す技巧の歌。七五九・七六〇は忘れようとして忘れかねる恋の歌。

760 あの人のことは忘れてしまおうと思うと、濡れる袂よ。気の長いものは涙だったのだなあ。○心ながきは涙なりけり「心ながし」は、気が長い、辛抱強いの意。「君を思ふ心長さは秋の夜にいづれまさると空に知らなん」(後撰・恋四・源是茂)。なお、→三四六。心はつれない恋人を忘れようと思っているのに涙が袂を濡らすのは忘れない証拠なので、涙を「心ながき」と言う。▽七五九とは逆に、身体の働きを自身の心が制御できない嘆き。

761 どれほど気懸りさを嘆いたことでしょう、もしもあの人の心変りはこの世にありがちなことと強いて思わなかったならば。○おぼつかなさ　恋人の気持がはっきりしないことに伴う不安、心もとなさ。▽男の薄情な態度を強いて世間にありがちなことと思うことで自ら慰め、あきらめている女の心。

762 あの人と逢ったのがただ全くの夢であるのならば、また同じ枕をして寝て夢を見ようものを。○ひたぶるの夢ならば　全くの夢であるならば。○おなじ枕　あの人と共寝した時にしていたのと同じ枕。▽以前女と逢ったのが夢ではなかったので、再び逢いたいと願う、あきらめられない男の心。

763 心地《こゝち》例《れい》ならず侍《はべ》りける頃《ころ》、人のもとにつかはしける　和泉式部

あらざ覧《（らん）》この世《よ》のほかの思《おも》ひ出《い》でにいまひとたびの逢《あ》ふこともがな

764 父《ちゝ》の供《とも》に越《こし》の国《くにゝ》に侍《はべ》りける時《とき》、重《おも》く煩《わづら》ひて、京に侍《はべ》りける斎院の中将が許《（もと）》につかはしける　藤原惟規

都《みやこ》にもこひしき人のおほかればなほこのたびはいかむとぞ思《おも》ふ

765 心変《かは》りたる人のもとにつかはしける　周防内侍

契《ちぎ》りしにあらぬつらさも逢《あ》ふことのなきにはえこそうらみざりけれ

題不知《（しらず）》　西宮前左大臣

763 私はこのまま死んでしまうでしょう。来世への思い出としてもう一度あなたにお逢いしとうございます。和泉式部集「こゝちあしき頃、人に」。○心地例ならず　いつもと変って気分が悪く。○人　男。○あらざ覧　「なからんといふに同じ」(百人一首改観抄)。○この世のほか　「来世なり」(同上)。▽小倉百人一首に選ばれた歌。「あらざらん此世の外、めづらしくよめり」(百人一首改観抄)。七六三・七六四は、重病の床に臥して恋人に送った歌として小群を形成する。

764 都にも恋しい人がたくさんいるものだから、やはりこの度の旅からは生きて帰りたいと思います。○父　藤原為時。○このたび　「度」に「旅」を掛ける。○いかむ　「生かむ」に「行かむ」を掛ける。「限りとて別るる道の悲しきにいかまほしきは命なりけり」(源氏物語・桐壺・桐壺更衣)。▽「別れ路はこれや限りのたびならんさらにいくべきここちこそせね」(道命阿闍梨集)に類似し、その逆を言ったような歌。

765 約束した通りでなくなってしまったつらさも、あなたにお逢いすることがないのでお恨み申すこともできません。周防内侍集「年ごろ常にある人のほかにありしかば」。▽七六五・七六六は、恨む恋の歌としてまとめられている。

766 あなたは私を忘れてしまうでしょう。それを恨めしいとも思いません。「きっとあの人は私を恋しく思っているだろう」とだけでも私のことをそちらから思ってくれるならば。和泉式部集「いみじう文こまかに書く人の、さしも思はぬに」、二句「それはうらみず」。▽少しは思い出してくれるならば薄情でも恨まないと、相手の同情心に訴える形で、じつはやはり薄情さを婉曲に恨んでいる。難後拾遺に同じ意味の言葉の重複を咎めるが、「忘れなん」「思ふらん」の対、同語反復の技巧を無

766 忘《わす》れなんそれもうらみず思《おも》ふらん恋《こ》ふらんとだに思《(おもひ)》おこせば

七月七日に女《をむな》のもとにつかはしける

藤原道信朝臣

767 年《とし》のうちに逢《あ》はぬためしの名《な》を立《た》てゝわれたなばたに忌《い》まるべきかな

増基法師

768 たなばたをもどかしと見《み》しわが身《み》しもはては逢《あ》ひ見《み》ぬためしにぞなる

題不知《(しらず)》

馬内侍

769 くもでさへかき絶《た》えにけるさゝがにのいのちをいまは何《なに》にかけまし

視した言い掛りに近いか。

767 一年の内に恋人に逢わない例という不名誉な評判を立てて、私は織女にまで、縁起でもないと忌み嫌われそうです。道信朝臣集「今年いまだ逢はぬ女に、七月七日に」。○名を立てて（よくない）評判になって。「をみなへし多かる野べに宿りせばあやなくあだの名をや立ちなむ」（古今・秋上・小野美材）。↓二四六。○忌まる　忌むべきものとして避けられる。「ながむらん空をだに見ず七夕にいまるばかりの我が身と思へば」（和泉式部日記）。▽牽牛織女は一年に一度七夕に逢うけれども、二人の間はそれにも及ばないから、織女にも嫌われるという。七六七・七六八は、七夕の夜女に送った男の歌として小群を形成する。

768 牽牛織女をもどかしいと見ていた私自身が、しまいには恋人と逢えない例となってしまった。増基法師集「おなじ日（七夕の翌朝か）、うらやまれぬるなど思ひ侍りて」、五句「ためしとぞなる」、詞書は「わびぬれば常はゆゆしき七夕もうらやまれぬるものにぞありける」（拾遺・恋二・よみ人しらず）を引く。○もどかし　非難したい。批判したい。

769 蜘蛛の手さえも巣を架けることが絶えてしまった（あの人からの手紙も絶えてしまった）。今は命を何に懸けて繋いだらよいのでしょうか。馬内侍集「むげに訪れたまはぬころ」、二句「かきたえにけり」。○くもで　蜘蛛手。○かき絶えにける　「かき」「絶え」は「くもで」の縁語。○さゝがにの　「さゝがに」は蜘蛛の異名。蜘蛛の巣を「網(い)」ということから、「いのち」の枕詞。○かけまし　「かけ」は「くもで」の縁語。▽「わが背子が来べき宵なりささがにのくものふるまひかねてしるしも」（古今・墨滅歌・衣通姫）のような期待の持てるのとは全く逆の、絶望的な状態を歌う。

後拾遺和歌抄第十四　恋四

770
心変《かは》りて侍《はべ》りける女《をむな》に、人に代《かは》りて　清原元輔

契《ちぎ》りきなかたみに袖《そで》をしぼりつゝ末《すゑ》の松《まつ》山波《なみ》こさじとは

771
中納言定頼がもとにつかはしける　公円法師母

蘆《あし》の根《ね》のうき身《み》のほどと知《し》りぬればうらみぬ袖《そで》も波《なみ》はたちけり

770　互いに袖の涙を絞りながら約束しましたね、末の松山に波を越させまい、決して心変りはするまいと。元輔集。藤原惟規集「をんなに」、歌頭に「後拾遺元輔歌」と注記がある。○契りきな　約束したね。「な」は詠嘆の終助詞。○かたみに　互いに。○袖をしぼりつゝ　涙に濡れた袖を幾度も絞って。「つゝ」は反復の意を表す接続助詞。○末の松山　陸奥国の歌枕。▽「君をおきてあだし心をわが持たば末の松山浪も越えなん」(古今・東歌・陸奥歌)を踏まえ、約束を思い出させて心変りをなじる。→七〇五。小倉百人一首に選ばれた歌。七七〇・七七一は、波に寄せて恨む恋を主題とした作品を並べる。

771　沼地に這う蘆の根のように憂くつらい私自身の程度を知っていますから、あなたをお恨みしてはいませんが、涙の波は袖に立ちました。○中納言定頼　藤原定頼。○うき身　「憂き」に「蘆の根」の縁語「涅(きう)」(泥沼)を掛ける。○うらみぬ　「恨みぬ」に「袖」の縁語「裏」を響かせる。○波　「蘆」「涅」の縁語で、涙の暗喩。▽身分、分際を弁えているから、しげしげと尋ねられなくても恨みはしないが、やはり悲しいと、相手の同情を喚起する歌い方。じつはやんわりと恨んでいるのである。

772　久しぶりにあなたと逢ったのを嬉しいことと思ったのは、帰ってのちの嘆きの種となりました。○年ごろ　多年。永年。○逢はぬ人に逢ひてのち　永い絶え間ののちに逢った後朝。いわゆる「逢不レ逢恋」の逆のようなケースである。▽「逢ひ見し」ことと「帰りてのち」と、「うれしき」と「歎き」とを対比して歌う。難後拾遺に「逢ひ見て後また恋しきはなかなかくやしといふか。さにやあらんとはおしはかられたれど、そのよしこそあらは

年《とし》ごろ逢《あ》はぬ人に逢《あ》ひてのちにつかはしける　道命法師

772 逢《あ》ひ見《み》しをうれしきことと思《おも》ひしは帰《かへ》りてのちの歎《なげ》きなりけり

題不知《（しらず）》　藤原元真

773 み山木《やまぎ》のこりやしぬらんと思《おも》ふまにいとゞ思《（おもひ）》の燃《も》えまさるかな

恵慶法師

774 岩代《いはしろ》のもりのいはじと思《おも》へどもしづくにぬるゝ身《み》をいかにせん

曾禰好忠

775 あぢきなしわが身《み》にまさるものやあると恋せし人をもどきしものを

に見えね」というが、この下句でそのような気持はほぼ表現しえているか。

773 木樵りが深山木を樵るのではないが、自分でも実らぬ恋にもう懲りたであろうかと思ううちに、反対にいよいよ思いの火が燃えまさるよ。元真集。○こりやしぬらん　「懲り」に「樵り」を掛ける。○思　「思ひ」に「木」の縁語「火」を掛ける。▽不毛の恋に対して性懲りもなく燃えさかる自身の恋心に半ばあきれている歌。難後拾遺に「これは人のこるべきか。何事とも見えぬは、もし返しにやあらん」というが、自身の恋心について言ったと見るのが自然であろう。七七三・七七四は、木や森に寄せた恋の歌として小群をなす。

774 岩代の森ではないが、恋心を口に出して言うまいと思うけれども、森の木々の雫、涙の雫に濡れるこの身をどうしたらいいだろうか。恵慶法師集。○岩代のもり　紀伊国の歌枕。「いはじ」を起す序のような役割を果している。「もり」に「漏り」を響かせているか。「ほととぎす忍ぶるものを柏木のもりても声の聞えけるかな」(馬内侍集)。○しづく　涙の暗喩。

775 ああつまらない。以前は自分自身にまさって大事なものはないではないかと、恋に落ちた人を非難したものなのに、今は私自身が恋に落ちてしまったよ。曾丹集・百首、二・三句「身にますものは何かあると」、五句「もどきしかども」。○あぢきなし　おもしろくない。なさけない。○わが身にまさるものやある　一番大事なのは自分自身ではないかの意。恋すれば苦しみ、場合によっては死ぬことを予測していう。「身にまさる物なかりけりみどり児はやらん方なくかなしけれども」(金葉・雑下、捨子の衣服に書かれた歌)。○もどきしものを　非難したのに。▽七七五・七七六は、恋の苦しみを歌った作品を並べるか。

776 われといかでつれなくなりて心みんつらき人《ひと》こそ忘《わす》れがたけれ

和泉式部

忍《しの》びて物思《ものおも》ひける頃《ころ》よめる

777 あやしくもあらはれぬべきたもとかな忍《しの》び音《ね》にのみ泣《な》くと思《おも》ふを

西宮前左大臣

778 うち忍《しの》び泣《な》くとせしかど君《きみ》こふる涙《なみだ》は色《いろ》に出《い》でにけるかな

承暦二年内裏歌合によめる

弁乳母

779 こひすとも涙《なみだ》の色《いろ》のなかりせばしばしは人に知《し》られざらまし

776 何とかして私の方からつれなくなって、あの人が私を忘れられなくなるかどうか試してみたい。薄情な人こそ忘れがたいものだ。思女集(相模)「苦しきものと思ひや知られけん」、傍注に「和泉式部」とある。次の七七とともに、相模の歌か。

777 奇妙なことには恋に悩んでいることが袂の上に顕れてしまいそうです。ただ忍び音に泣いていたと思うのに。相模集「袖の雫も見苦しう引き隠されて」、五句「ぬらすと思ふに」。▽「あらはれぬ」と「忍び」という対義的な語句を対比したのは一種の技巧。七七・七六は、忍び泣きを主題とする恋の歌。

778 忍んで泣いていたけれども、あなたを恋しく思う涙は色に出てしまったのですね。西宮左大臣御集。○色に出でにける　紅涙の色に出てしまった。「紅の色には出でじ隠れ沼(ぬ)の下に通ひて恋ひは死ぬとも」(古今・恋三・紀友則)という決意も無駄で、恋心を顕してしまった状態。▽ここでも「忍び」と「出で」とを対比させた。

779 たとえ恋をしても涙に色が着いていなかったならば、しばらくの間は人に知られなかったであろうに。紅涙のためにすぐ人に知れてしまった。承暦二年(一〇七八)内裏歌合、作者名は越前守家道朝臣(藤原家道)。顕綱朝臣集、二句「涙ぞ色に」、傍注に「弁乳母歌也」とある。▽七九は「涙の色」の語で七八と連接しつつ、七九から七八一は、人に知られる、人に知られないということを問題とした恋歌として小群を形成する。

780 人知れぬ恋のために死んだならば、世間の人は総じて一般の世のはかない例だと思うであ

題不知《(しらず)》　　　　　　　　　　　源　道　済

780 人知《ひとし》れぬ恋《こひ》にし死《ゝ》なばおほかたの世《よ》のはかなきと人《ひと》や思《おも》はん

忍《しの》びたる女《をんな》に　　　　　　　　　　堀川右大臣

781 人知《ひとし》れず顔《かほ》には袖《そで》をおほひつゝ泣《な》くばかりをぞなぐさめにする

冬ノ夜ノ恋をよめる　　　　　　　　　　藤　原　国　房

782 思《おも》ひわびかへすころものたもとより散《ち》るや涙《なみだ》のこほりなるらん

題不知《(しらず)》　　　　　　　　　　　清　原　元　輔

783 なぐさむる心《こゝろ》はなくて夜《よ》もすがらかへすころもの裏《うら》ぞぬれつる

ろうか。○人知れぬ恋　秘かな恋。進展しないから苦しいものとされる。「人知れぬ恋の苦しさ藻刈舟湊入江にたづぞ鳴くなる」(古今六帖三・作者未詳)。○おほかたの世のはかなき　世間一般の無常な例。「恋ひ死なばたが名は立たじ世の中の常なきものといひはなすとも」(古今・恋二・清原深養父)。

781 人に知られないように袖を覆って顔を隠しながら、泣くだけを慰めにしている。入道右大臣集。▽下句は七四三に通うものがある。八二六などとともに頼宗の代表歌とされるが、順徳院は「凡俗の境」と低く評価する(八雲御抄六)。

782 思いあぐんでせめて夢に恋しい人を見ようと裏返して着る夜の衣の袂から散るのは、仏説にいう宝珠ならぬ涙の氷の玉であろうか。○かへすころも　夢で恋人に逢うまじないとして裏返して着た夜着。「いとせめて恋しき時はむばたまの夜の衣を返してぞ着る」(古今・恋二・小野小町)。○涙のこほり　この語句で歌題「冬夜恋」の冬夜を遠まわしに表現する。「こほり」は玉となっていると想像されるから、法華経・五百弟子受記品に説く衣裏繋珠の喩をも連想させる。この比喩は早く安倍清行が「包めども袖にたまらぬ白玉は人を見ぬ目の涙なりけり」(古今・恋二)と詠じている。

783 慰まる心はなくて、夜通し裏返して着る衣のその裏は、涙に濡れてしまった。元輔集「人のもとにまかりて、帰りてつとめてつかはし」を受けて、「又」とある。○かへすころも　七八二と同じく、恋人を夢に見ようと思って裏返した衣。元輔集によれば恋人の家から帰ったのちに送った後朝の歌だから、又寝の夢に恋人を見たいと思って試みた行為ということになる。▽七八二・七八三は、衣を返すということを主題とする歌の小歌群。

784 世《よ》の中《なか》にあらばぞ人《ひと》のつらか覧《(らん)》と思《おも》ふにしもぞ物はかなしき

読人不知《(よみびとしらず)》

785 夜な〳〵は目《め》のみさめつゝ思《おも》ひやる心《こゝろ》やゆきておどろかすらん

道命法師

786 思《おも》ふてふことはいはでも思《(おもひ)》けりつらきもいまはつらしと思《おも》はじ

平兼盛

787 男《をとこ》の絶《た》えて侍《(はべり)》けるに、ほどへてつかはしける

中原頼成妻

思《おも》ひやるかたなきまゝに忘《わす》れゆく人の心ぞうらやまれける

784 私が世の中に生きているからあの人は薄情なのであろう、いっそ死んでしまえばいいのだと思うにつけ、悲しくてならない。▽恋死にをしたならば薄情な恋人も同情してくれるだろうから、死んでしまおうかとも思うが、死んでしまえば逢えなくなってしまうので悲しいのである。

785 毎夜毎夜目を覚まして思いやっている私の心があの人の所へ行って、目を覚まさせているのであろうか。〇思ひやる心　離れている恋人を遥かに思う自分の心。▽恋のために眠れない自身と安眠している恋人とを対比させ、身体は恋人のもとに行けないが心は行けると歌う。

786 思うということは口に出して言わないでも思ってきました。あなたがつらいことも今はつらいと思いますまい。兼盛集「思はぬことといひければ、いはでのもりなどいひければ、さらばとて」、下句「つらきをいはでつらしとも見じ」。〇いはでも　言わないでも。兼盛集の詞書によれば、陸奥国の歌枕「岩手の杜」を響かせるか。▽「思ふ」「つらし」という同語を意識的に反復した技巧の歌。難後拾遺に評がある。

787 私はどちらの方角にあなたへの思いを馳せたらよいか、そのすべもわからないので、私のことをあっさりと忘れてしまうあなたの心がいっそ羨ましく思われます。〇思ひやるかた　わが思いを馳せる方角。恋人の所在がはっきりわかっていれば、そちらの方角に向けて思いを馳せることができるが、ここでは恋人が自分の知らない女に通っているので、それも叶わない。「かた」には、術、手段の意をも含ませる。「思ひやるかたは知らねど片思ひの底にぞ我は恋はなりにける」(古今六帖四・作者未詳)、「いづこにと君を知らねば思ひやるかたなくものぞ悲しかりける」(和泉式部続集)。

題不知《しらず》　　　　　　　　　　　　能因法師

788 ねやちかき梅《むめ》のにほひに朝《あさ》な〳〵あやしく恋《こひ》のまさるころかな

相模

789 あやふしと見《み》ゆるとだえの丸橋《まろはし》のまろなどかゝる物思《ものおも》ふらん

和泉式部

790 世《よ》の中《なか》に恋《こひ》てふ色《いろ》はなけれどもふかく身にしむ物にぞ有《あり》ける

在《あ》り処《どころ》を知《し》らぬ女《をんな》に　　　　清原元輔

791 さゝがにのいづこに人をありとだに心ぼそくも知《し》らでふるかな

788 閨近く薫る梅の匂いにつれて、朝ごとに奇妙にも恋心がまさるこの頃だなあ。能因集「早春庚申夜恋歌十首、春二首」。▽寝所の軒近くの梅の香りが人への恋心を掻き立てるという、感覚的、官能的な歌。「宿近く梅の花植ゑじあぢきなく待つ人の香にあやまたれけり」(古今・春上・よみ人しらず)を念頭に置くか。自然現象から恋情が誘発されるという点で、「雨やまぬ軒の玉水数しらず恋しきことのまさる頃かな」(後撰・恋一・平兼盛)などに通ずるところがある。六三四と同じ時の作。寛弘二年(一〇〇五)の詠か。

789 危っかしいと見えて、人の渡ることも絶えた丸木橋、そのようにあの人の訪れが絶えて危機に瀕している夫婦仲に、わたしはどうしてこうもはらはらとするような物思いに悩むのだろうか。相模集「忍びて物思ひける頃」。思女集「物へゆく道にまろ橋のあるを」。○とだえの丸橋　人の渡ることがとぎれた丸木橋。男の訪れがと絶えて危機に直面している間柄の暗喩。○まろ　わたし。平安時代には女性も自称の代名詞として用いた。

790 世の中に恋という色はないけれども、深く布地に染まる色にも似て恋は深く身にしみるものだったよ。和泉式部集・百首、二句「恋といふ色は」。▽上句が斬新な印象を与える。

791 心細いことにはあなたがどこに住んでいるということさえ知らないで日が経つよ。元輔集「在り所知らせぬ女に」。○さゝがにの　蜘蛛の巣を「い」ということから、「いづこ」の枕詞として用いる。○心ぼそくも　「ほそく」は「さゝがに」(蜘蛛)の縁語。▽家集によれば、女は男から身を隠している。男に不信感を抱いているか、男の誠意を確かめようとしているからかであろう。

堀川右大臣のもとにつかはしける　　大弐三位

792 こひしさのうきにまぎるゝものならばまたふたゝびと君《きみ》を見《み》ましや

題不知《(しらず)》　　藤原有親

793 あればこそ人もつらけれあやしきはいのちもがなと頼《たの》むなりけり

露《つゆ》おきたる萩《はぎ》にさして女《をむな》のもとにつかはしける　　源道済

794 庭《には》の面《おも》の萩《はぎ》のうへにて知《し》りぬらん物《もの》思《(おもふ)》人《ひと》のよはのたもとは

題不知《(しらず)》　　相模

795 わが袖《そで》を秋《あき》の草葉《くさば》にくらべばやいづれか露《つゆ》のおきはまさると

792 恋しさが憂さつらさによって紛れるものならば、二度とあなたにお逢いしましょうか。紛れないからこそまたお逢いしたいのです。〇堀川右大臣　藤原頼宗。

793 私が生きているからこそあの人も薄情なのだ。おかしなことは生きていたいと期待することだったのだ。〇あやしきは　おかしなことは。奇妙なことは。▽恋死にしたならば薄情な恋人も同情してくれるだろうという自虐的な歌。

794 物思う人、私の夜半の袂の様子は、このように庭の萩の上に置いた露を御覧になればおわかりでしょう。〇露おきたる萩　露を自身の涙に見立てての贈り物。実際に露の置いた状態の萩を届けることは難しいから、それを敢えてして女の心を動かそうとしたか。あるいは作り物の露か。〇物思人のよはのたもと　「唐衣竜田の山のもみぢ葉は物思ふ人の袂なりけり」(後撰・秋下・よみ人しらず)。

795 私の袖を秋の草葉に較べたい、どちらが一層多く露が置いているかと。思女集(相模)「かれぐ〜なる草に露のいと滋かりければ、袖よりほかに」。〇秋の草葉　「秋」に「飽き」を響かせ、「あの人に飽きられた」の意を暗示する。〇露　草葉の場合は本当の露、自分の袖の場合は涙。▽思女集の詞書の「袖よりほかに」は、「われならぬ草葉も物は思ひけり袖よりほかにおける白露」(後撰・雑四・藤原忠国)を引くか。この歌を念頭に置いて詠んだか。なお、「奥山の苔の衣に比べ見よいづれの露のおきまさるらん」(海人手古良集)という古歌もある。七九四・七九五は涙を露にたとえた歌。

796 荒磯海の浜の真砂を皆ほしい、ひとり寝の夜の数として数えられるように。思女集、袖に映る月を詠んだ歌に続いて、「といひて、明かす

796 荒磯海《ありそうみ》の浜《はま》のまさごをみなもがなひとり寝《ぬ》る夜《よ》の数《かず》にとるべく

藤原長能

797 かぞふれば空《そら》なる星《ほし》も知《し》るものをなにをつらさの数《かず》にとらまし

二月許《(ばかり)》に人のもとにつかはしける

藤原道信朝臣

798 つれ〴〵と思《おも》へばながき春《はる》の日《ひ》にたのむことゝはながめをぞする

五月五日に人《ひと》のもとにつかはしける

和泉式部

799 ひたすらに軒《のき》のあやめのつく〴〵と思《おも》へばねのみかゝる袖《そで》かな

べきことならねば入りぬ、その夜もおぼつかなくて過ぐす、日数は知りがたきを、いかで」。〇荒磯海　荒磯の海。〇浜のまさご　「ありそ海の浜の真砂とたのめしは忘るることの数にぞありける」(古今・恋五・よみ人しらず)。

797 その気になって数えれば無数にある大空の星ですら数えられるのに。恋人のつらさの数々を数える材料には一体何を取ったらいいのだろうか。長能集「また、女に」、三句「何ならず」。〇つらさ　相手の薄情さ。家集によれば相手に送った歌だから、あなたの薄情さ。▽「我が恋は空なる星の数なれや人に知られで年の経ぬれば」(古今六帖一・作者未詳)。七九六・七九七は恋のつらさを数の多いものになぞらえた歌。

798 なすこともなく思うと、永い春の日に期待できることといったら、じっと物思いにふけることです。道信朝臣集「三月ばかり、ある人に」、四句「たけきこととは」の異文がある。〇二月許に　旧暦二月は仲春だから、「ながき春の日」という言い方も不自然ではないが、家集の「三月ばかり」ならば、なおふさわしい。〇人　ここでは恋の相手である女性。〇つれ〴〵と　手持ち無沙汰で心が慰まらない状態をいう。「つれづれと空ぞ見らるる思ふ人天下り来むものならなくに」(和泉式部集)。

799 軒に葺いた菖蒲の根ではありませんが、つくづくと思えば、ただただ声を出して泣けてしまい、ちょうどその菖蒲からさみだれの雫が絶え間なく落ちるように、涙の玉のかかる私の袖です。〇つく〴〵と　つくねんと。「つれ〴〵と」というのに近い語感を有する語。〇ねのみ　声の意の「音(ね)」に「あやめ」の縁語「根」を掛ける。▽七九八・七九九は恋人に訪れられないやるせなさを相手に訴えた歌として共通する。

題不知《しらず》

800 たぐひなくうき身なりけり思《おも》ひ知《し》る人だにあらば問《と》ひこそはせめ

801 君《きみ》こふる心はちゞにくだくれどひとつも失《う》せぬものにぞありける

802 涙川《なみだがは》おなじ身よりはながるれど恋《こひ》をば消《け》たぬものにぞありける

小弁

803 わが恋《こひ》は益田《ますだ》の池《いけ》のうきぬなはくるしくてのみ年《とし》をふるかな

800 私は比べるものもないほど不幸な身だったのでした。わかって同情してくれる人でもいれば尋ねてもくれるでしょうに、そういう人もいないのですから。和泉式部集「人に」、下句「人世にあらば問ひもしてまし」。

801 あなたを恋しく思う心は千々に砕けますが、そのかけらは一つもなくならず、やはりあなた恋しさの心は変らないのでした。和泉式部集・百首。▽心を物のように取りなした趣向の歌。

802 涙川は恋とおなじ身体から流れ出るけれども、恋の火を消さないものであったよ。和泉式部集・百首。〇涙川　おびただしく流れる涙を川に喩えた。「涙川なに水上を尋ねけん物思ふ時のわが身なりけり」(古今・恋一・よみ人しらず)など、例は多い。〇ながるれど　「泣かる」を掛けるか。〇恋　「火」を響かせる。〇消たぬ　消さぬ。▽水と火を取り合せた恋の歌。「篝火にあらぬ思ひのいかなれば涙の川に浮きて燃ゆらん」(後撰・恋四・よみ人しらず)に通うものがある。なお、下句が一致する古歌に「逢ひがたみ目より涙は流るれど恋をば消たぬものにざりける」(民部卿家歌合)がある。

803 私の恋は益田の池に浮く蓴菜のようなもの。それを手繰るように苦しいばかりで幾年も経っているよ。〇益田の池　大和国の歌枕。〇うきぬなは　浮いている蓴(ジュンサイ)。「浮き」に「憂き」を掛ける。蓴は手繰って採るから、「繰る」の音の連想で「苦し」に続ける。→六〇六。▽「恋をのみ益田の池ぬうきぬなはくるにぞ(くるしきィ)物の乱れとはなる」(古今六帖三・作者未詳)。八〇二・八〇三は川・池など水辺に寄せる恋の歌。

804 世間に広く降ると見えたさみだれは、物思う私の涙に濡れた袖の別名だったのだ。〇さみ

源　道　済

804 おほかたに降《ふ》るとぞ見《み》えしさみだれは物思《ものおも》ふ袖《そで》の名《な》にこそありけれ

西宮前左大臣

805 よそにふる人は雨《あめ》とや思《おも》ふらんわが目《め》にちかき袖《そで》のしづくを

806 日《ひ》にそへてうきことのみもまさるかな暮《く》れてはやがて明《あ》けずもあらなん

天徳四年内裏歌合によめる　藤　原　元　真

807 君《きみ》こふとかつは消《き》えつゝふるほどをかくてもいける身《み》とや見《み》るらん

だれ　おびただしいわが涙の暗喩。○名にこそありけれ　ある物を他の物によそえて言う際によく用いられる慣用句。▽自然現象を自身の恋の嘆きに引き寄せて歌う。

805 かかわりなく過す人はただ普通に降る雨と思うだろうか、私の目には近々と見える袖の雫、涙を。和泉式部集「いかなる人にか言ひ侍る」。○よそにふる　「経る」に「雨」の縁語「降る」を掛ける。○わが目にちかき　私の目には近くはっきり見える。「秋萩の下葉につけて目に近くよそなる人の心をぞ見る」(拾遺・雑秋・女)、「目に近くうつれば変る世の中を行末遠く頼みけるかな」(源氏物語・若菜上・紫の上)。○袖のしづく　涙。「咎むなよ忍びに絞る手もたゆみけふあらはるる袖の雫を」(源氏物語・藤裏葉・夕霧)。▽作者に問題がある。和泉式部作とすべきか。八〇四・八〇五は雨と見まごう涙で恋の嘆きを表した歌。

806 日が経つにつれて憂くつらいことばかりまさるよ。一日が暮れたらそのまま明けないでいてほしい。和泉式部集「いかなる人にか言ひ侍る」、八〇五と同じ作品群中の一首。▽恋人同士が逢う夜だから明けないでほしいというのではなく、夜が明けて次の日になると憂苦ばかりが益すので明けないでほしいと訴えている点が痛切である。作者はやはり和泉式部か。

807 あなたを恋して一方では心も消え消えとなって日を送っているのを、それでも生きている身体と見るのでしょうか。元真集。天徳四年(九六〇)内裏歌合、三句「ふるものを」。元真集。麗花集、三句「ふるほどに」。○かつは消えつゝ　「かつ消えて空に乱るるあは雪は物思ふ人の心なりけり」(古今六帖一・作者未詳)。○かくてもいける身　「心にも命叶はぬ身なりけりかくてもいけるわが身と思へば」(元真集)。

題不知（しらず）

808 こひしさの忘《わす》られぬべきものならば何《なに》しかいける身をもうらみん

中納言定頼がもとにつかはしける　　大和宣旨

809 こひしさを忍《しの》びもあへぬうつせみのうつし心もなくなりにけり

小弁がもとにつかはしける　　民部卿経信

810 君《きみ》がためおつる涙《なみだ》の玉《たま》ならばつらぬきかけて見《み》せまし物（もの）を

題不知（しらず）　　西宮左大臣

811 契《ちぎ》りあらば思《おも》ふがごとぞ思《おも》はましあやしや何《なに》のむくいなるらん

808　あの人恋しさが忘れるものならば、どうして生きているこの身を恨むことがあろうか。忘れられないからこそ生きていることも恨めしいのだ。元真集、歌合のための代作の作品群、四句「何にかいける」。▽八〇七・八〇八は生きている身をかこつ苦しい恋の歌としてまとめられている。

809　恋しさを忍びきれずに鳴く蟬のように、私は声をあげて泣き、うつつ心もなくなってしまいました。○中納言定頼　藤原定頼。○うつせみの　蟬を意味し、「うつし心」の枕詞のように用いた。○うつし心　正気。「うつせみのうつし心も吾はなし妹を相見ずて年の経ぬれば」(万葉集十二・正述心緒)。▽「こひしさ」という言葉を含むことから、八〇八の後に位置づけられたか。

810　あなたのために落ちる涙がもしも玉であったならば、緒に貫き懸けてお見せしようものを。大納言経信集「小弁がもとへつかはしける」。○つらぬきかけて　貫いて緒に懸けて。「秋の野におく白露は玉なれやつらぬきかくる蜘蛛の糸筋」(古今・秋上・文屋朝康)。▽「包めども袖にたまらぬ白玉は人を見ぬ目の涙なりけり」(古今・恋二・安倍清行)と前引の朝康の歌を取り合せたような作。

811　あの人との縁があるのならば私があの人を思うようにあの人も私のことを思うであろうに、奇妙だな、何の報いであの人は私のことを思わないのだろうか。和泉式部集「いかなる人にか言ひ侍る」、八〇五・八〇六と同じ作品群中の一首。○思ふがごとぞ思はまし　自分が相手を思うように相手も自分を思うだろう。「はかなくて同じ心になりにしを思ふがごとく思ふらんやぞ」(中務集)。▽和泉式部の作と見るべきか。

812　今日死んでしまったならば明日まで思い悩まないだろうと思うにつけ、それすらままにならないのはつらい。和泉式部集「いかなる人にか

812 けふ死《し》なばあすまで物《もの》は思《おも》はじと思《おも》ふにだにもかなはぬぞうき

女《をんな》につかはしける　　入道摂政

813 思《おも》ひには露《つゆ》のいのちぞ消《き》えぬべき言《こと》の葉《は》にだにかけよかし君《きみ》

題不知《しらず》　　相模

814 焼《や》くとのみ枕《まくら》のうへにしほたれてけぶり絶《た》えせぬ床《とこ》のうちかな

永承六年内裏歌合に

815 うらみわびほさぬ袖《そで》だにあるものを恋《こひ》にくちなん名《な》こそをしけれ

言ひ侍る」、これも八一二と同じ作品群中の一首。○かなはぬぞうき　「幾代しもあらじと思ふ世の中のえしも心に叶はぬぞうき」(曾丹集)。▽「思はじと思ふ」という同語反復は意図的な技巧か。作者はやはり和泉式部と見るべきか。

813 恋の思いに露のようにもろい私の命は消えてしまうでしょう。せめて言葉だけでもかけてください、あなた。○露のいのち　はかない命。早く「ありさりて後も逢はむと思へこそ露の命も継ぎつつ渡れ」(万葉集十七・平群氏女郎)の例があり、平安以降多い表現。○消えぬべき　「消え」は「露」の縁語。○言の葉　「葉」は「露」の縁語。▽八一二・八一三は恋死にしようと思いつめた歌。

814 胸の思いの火はただ焼け、ひたすら泣いて枕の上に涙を落とし、藻塩焼く煙ならぬ恋の煙の絶えぬ床のうちよ。○焼くと　「役と」を掛ける。○しほたれて　涙をこぼして。上の「焼く」を藻塩焼くわざに見立て、それと縁語となる。○けぶり　ここでも藻塩焼く煙に見立て、「焼く」「しほたれ」と縁語。▽相模集の類歌「焼くとのみなげきをこりて炭竈にけぶり絶えせぬ大原の里」。

815 恨むことにもあぐんで涙の乾かない袖が朽ちることとすらくちおしいのに、恋に朽ちてしまうであろう私の名がくちおしく思われる。永承六年(一〇五一)内裏根合・恋。栄花物語・根合。○うらみわび　「思ひわび」(七六三)などと同じ言い方。○袖だにあるものを　袖だけでも惜しいのに。「…だにあるものを」は、程度の軽い事例を挙げて、それだけでもつらいのになどの意を表し、下にそれ以上つらいことを言う場合に用いられる言い方。↓三〇一。「来むといひて別るるだにもあるものを知られぬ今朝のましてわびしさ」(後撰・離別・藤原時平)。▽小倉百人一首に選ばれた歌。新撰朗詠集・雑・恋にも採られている。

題不知《(しらず)》

816 神無《な》月よはのしぐれにことよせて片敷《かたし》く袖《そで》をほしぞわづらふ

和泉式部

817 さま〴〵に思《おも》ふ心はあるものをおしひたすらにぬるゝ袖《そで》かな

藤原長能

818 わが心《こゝろ》かはらむものか瓦屋《はらや》のしたたくけぶりわきかへりつゝ

かれ〴〵になり侍《はべ》りける男《をとこ》によめる

藤原範永朝臣女

819 うちはへてくゆるもくるしいかでなを《(ほ)》世《よ》に炭竈《すみがま》のけぶり絶《た》えなん

816 本当は独り寝の寂しさにこぼす涙に濡れているのに、十月の夜半に降るしぐれのせいにして、私は片敷く袖を乾しかねている。相模集「有明の月をかしきに、帰りぬる人に添ひて影さへ見えずなりぬれば、ひと(り脱ヵ)ながめて心にもあらずや、世の中の歎きはなほわりなしと思ふほどに時雨のすれば、いつもといひながら」、二句「庭のしぐれに」。○片敷く袖　女が独り寝している姿。「中絶えんものならなくに橋姫の片敷く袖やよはに濡らさん」(源氏物語・総角・匂宮)。

817 さまざまに思う心はあるのに、ただひたすら涙に濡れる袖よ。○おしひたすらに　涙が「押し浸す」という状態を暗示する。▽類歌「みな人は心ごころにあるものをおしひたすらに濡るる袖かな」(新撰和歌四・作者未詳)。八一五―八一七は涙に濡れる袖を歌った恋歌。

818 私の心は変るものか、変りはしないよ。ちょうど瓦を焼く竈の下で焚いている煙が吹きあげているように。長能集「また、女に」。○瓦屋　瓦を焼く小屋。上の「かはらむ」から同音で続ける。▽難後拾遺も指摘するように、七〇七と類想の歌。女は「忍ぶ思ひひとしくなれば瓦屋のけぶりは早く絶えにしものを」と返している。

819 いつまでもぐずぐず引き延ばされて心でくすぶっているのもつらく思われます。やはり何とかすっきりと関係を絶ってください。○うちはへて　ずっと長く引き続いて。○くゆる　くすぶる。いぶる。情熱的に燃え上るのでなく、惰性的な関係の続くことをいう。○いかで　何とかして。○世に炭竈のけぶり絶えなん　「住み」を掛け、「住み絶えなん」(同棲関係を解消しよう)と訴える。▽八一八・八一九は煙に寄せる恋の歌。

820 恋のためには人もその身を引換えにしてしまった。夏虫のようにはっきりと火中に飛び入

題不知《(しらず)》　和泉式部

820 人《ひと》の身も恋《こひ》にはかへつ夏虫《なつむし》のあらはに燃《も》ゆと見《み》えぬ許《(ばかり)》ぞ

821 かるもかき臥《ふ》す猪《ゐ》の床《とこ》のいを安《やす》みさこそ寝《ね》ざらめかゝらずもがな

女《をむな》のもとにつかはしける　入道摂政

822 わが恋《こひ》は春《ゝる》の山《やま》べにつけてしを燃《も》えいでて《ゝ》君《きみ》が目《め》にも見《み》えなむ

返《かへ》し　大納言道綱母

823 春《はる》の野《ゝ》につくる思《おも》ひのあまたあればいづれを君《きみ》が燃《も》ゆとかは見《み》ん

って燃えると見えないだけです。和泉式部集・百首。○夏虫　蛍とも灯蛾(火取虫)とも解しうるが、「恋にはかへつ」という句にふさわしいのは灯蛾の方である。「夏虫を何かいひけん心から我も思ひに燃えぬべらなり」(躬恒集、古今六帖六)。「夏虫とは蛍を云ふと見えたるを、又夏夜火に飛入る青き虫をも云ふ也」(和歌童蒙抄九)。

821 枯れ草をかぶって猪は床に臥して熟睡する。たとえそれほどよく寝ないとしても、このように眠れずに思い悩むことがなかったらなあ。和泉式部集「帥の宮失せ給ひての頃」。麗花集。○かるも　枯れ草。「かるもとは枯れたる草也。其草を掻き集めて猪は伏す也。ゐのながいとて、七日まで伏すと云へり」(和歌童蒙抄九)。▽八二〇・八二一は生物に寄せる恋の歌としてまとめられる。

822 私の恋の火は春の山辺に付けてしまった。燃え出してあなたの目にもはっきりと見えるでしょう。○わが恋は　「恋」に「火」を掛ける。○春の山べ　しばしば山焼きが行われる。「梓弓春の山べに煙立ち燃ゆともみえぬひざくらの花」(古今六帖六・凡河内躬恒)。○君が目にも見えなむ「人知れず思ふ心は春霞立ち出でて君が目にも見えなん」(古今・雑下・藤原勝臣)。▽恋の情熱を春先に行う山焼きになぞらえて歌う。

823 春の野に付ける思いの火などはたくさんありますから、どれがあなたの私への思いが燃えている火と見たらよいのでしょうか。○春の野　やはりしばしば野焼きが行われる。「春日野はけふはな焼きそ若草のつまもこもれり我もこもれり」(古今・春上・よみ人しらず)。○思ひ　「火」を掛ける。▽浮気であちこちで燃えているから、自分に対する恋の情熱があるとは信じられないと返す。

おなじ女《をむな》に　　　　入道摂政

824 春日野《かすがの》は名《な》のみなりけりわが身こそ飛火《とぶひ》ならねど燃《も》えわたりけれ

永承四年内裏歌合によめる　　　　相模

825 いつとなく心そらなるわが恋《こひ》や富士《ふじ》の高嶺《たかね》にかゝる白雲《しらくも》

堀川右大臣

826 うしとてもさらに思《おも》ひぞ返《かへ》されぬ恋《こひ》は裏《うら》なきものにぞありける

題不知《(しらず)》　　　　源　重之

827 松島《まつしま》や雄《を》島《じま》の磯《いそ》にあさりせし海人《あま》の袖《そで》こそかくはぬれしか

824 春日野の烽火というのはもう名前だけになってしまった。私の身体こそ烽火ではないけれども、恋の情熱に燃え続けているのだ。○春日野　大和国の歌枕。○飛火　烽火。春日野にあった。▽八二二‐八二四は恋心を燃える火になぞらえた歌。

825 いつも上の空になっている私の恋心は、富士の高嶺に懸る白雲なのだろうか。永承四年(一〇四九)内裏歌合・恋。○いつとなく　いつということなく。いつも。常に。○心そらなる　上の空である。「吾妹子が夜戸出の姿見てしより心空なり土は踏めども」(万葉集十二・正述心緒)。○富士の高嶺　駿河国の歌枕。▽歌合では藤原兼房と合されて持。

826 恋人の態度が憂くつらいといっても一向に思い返す(恋心を変える)ことはできない。恋は衣服と違って裏のない、一途のものだったのだ。永承四年内裏歌合・恋、入道右大臣集「殿上の歌合、恋」、ともに五句「ものにざりける」。○さらに　一向に。さらさら。下に打消の表現を伴う副詞。○思ひぞ返されぬ　「絞りたる海人の濡衣同じ名を思ひ返さで着るよしもがな」(敦忠集)。○裏なきもの　「裏」は「返されぬ」の縁語。▽歌合では源兼長と合されて勝。八二五・八二六は同じ歌合での恋歌ということでまとめられたか。

827 松島の雄島の磯で漁をする海人の袖こそ、この私の袖同様ぐっしょりと濡れたのだった。重之集・百首、初・二句「松島の石間の磯に」。○松島や雄島の磯　陸奥国の歌枕。○あさりせし　漁をした。○かくはぬれしか　このように濡れた。海人の袖は潮で、わが袖は涙でという違いがある。▽「あさりする海人少女子が袖なれや濡れにし衣

828 かぎりぞと思《おも》ふにつきぬ涙《なみだ》かなおさふる袖《そで》も朽《く》ちぬ許《（ばかり）》に　盛少将

雨《あめ》の降《ふ》り侍《（はべり）》ける夜《よ》、女《をむな》に　藤原長能

829 かきくらし雲間《くもま》も見《み》えぬさみだれは絶《た》へ《（え）》ず物思《ものおも》ふわが身《み》なりけり

題不知《（しらず）》　相模

830 涙《なみだ》こそ近江《あふみ》の海《うみ》となりにけれみるめなしてふながめせしまに

つゆばかりあひ見そめたる男《をとこ》のもとにつかはしける　和泉式部

831 白露《しらつゆ》も夢《ゆめ》もこの世《よ》もまぼろしもたとへていへばひさしかりけり

ほせど乾かず」(古今六帖五・作者未詳。原歌、万葉集七)に通ずる発想の歌。

828 二人の恋ももう終りだと思うと、抑える袖も朽ちてしまうほど、尽きることなく流れる涙よ。師輔集「さかり少将が歌」。○かぎり　「恋のかぎり」の意。▽八二七・八二八は涙に濡れる袖を主題とする恋歌。

829 空も暗くなって雲の切れ目も見えずに降るさみだれは、絶えず物思いに泣いている私そのものですよ。長能集「雨のいみじう降る夜、女のもとに」。▽上句は「かき曇りあやめも知らぬ大空にありとほしをば思ふべしやは」(貫之集)を思わせるものがある。

830 おびただしく溢れる涙は海松(みる)の生えない近江の湖となってしまった。あの人を見ることもなくてじっと物思いにふけっている間に。思女集(相模)「近う見し人久しう訪れぬ、近江の海思ひやらる」、五句「うらみせしまに」。○近江の海　琵琶湖。近江国の歌枕。○みるめなし　「海松布」(ミル)に「見る目」を掛ける。淡水湖だからミルは生えない。→七一七。▽第五句は「花の色はうつりにけりないたづらに我が身世にふるながめせしまに」(古今・春下・小野小町)によるか。それならば八二九の「さみだれ」に続き、長雨が暗示される。

831 白露も、夢も、この世も、幻も、みな私たちの恋に比べれば、久しい物の喩えになるものでした。○白露も夢もこの世もまぼろしも　いずれもはかないものの代表とされる。夢や幻は維摩経十喩にも入れられている。類歌「人心たとへてみれば白露の消ゆるまもなほ久しかりけり」(後撰・雑四・よみ人しらず)。

後拾遺和歌抄第十五　雑一

題不知《(しらず)》　　　善滋為政朝臣

832 年《とし》ふればあれのみまさる宿《やど》のうちに心《こゝろ》ながくもすめる月かな

宇治忠信《〈ザネ〉》女

833 月かげの入《い》るをゝしむもくるしきに西《にし》には山のなかからましかば

832 年が経ったので荒廃する一方の家の中に、辛抱強くも住んで(澄んで)いる月だなあ。〇あれのみまさる　荒れる一方の。「沖つ波 荒れのみまさる 宮の内は 年へて住みし 伊勢の海人も…」(古今・雑体・伊勢)。〇心ながくも　辛抱強くも。月を擬人化していう。言外に、人間は「心ながく」ないのにというニュアンスを含む。〇すめる「住める」と「澄める」の掛詞。▽荒廃の進む家を厭うこともなく射し入る月に親近感を覚えている作者が想像される。後出の一〇三四に通ずるものがある。八三一―八七〇は、月に寄せる雑歌をまとめる。

833 月が入ってしまうのを惜しむのもつらいから、いっそのこと西には山がなかったらよいのに。〇なからましかば　「よからまし」というような句を省いた言い方。→一〇五・一〇七。▽「あかなくにまだきも月の隠るるか山の端逃げて入れずもあらなん」(古今・雑上・在原業平)、「ぬばたまの夜渡る月をとどめむに西の山辺に関もあらぬかも」(万葉集七・作者未詳)などに通じる嘆き。「秋の夜は月に心のひまぞなき出づるを待つと入るを惜しむと」(高陽院七番歌合・源頼綱)と歌われるように、月が沈むのを惜しむのは王朝人の心のならいである。

834 私一人がじっと物思いにふけっていると思った山里に、何の思い悩むこともない月も住んで(澄んで)いたのだなあ。〇ながむ　じっと物思いに沈みながら見つめる。〇思ことなき月　思い悩むこと、嘆き悲しむことがない月。自分自身は「思ふこと」があることを言外に暗示する。〇すみ

834 われひとりながむと思《おも》ひし山里《やまざと》に思《（おもふ）》ことなき月もすみけり　藤原為時

船中ノ月といふ心をよみ侍《（はべり）》ける　源師賢朝臣

835 みなれざをとらでぞくだす高瀬《たかせ》舟《ぶね》月のひかりのさすにまかせて

池上ノ月をよめる　良暹法師

836 月かげのかたぶくまゝに池水《いけみづ》を西《にし》へながると思《おも》ひけるかな

後冷泉院御時、后《きさい》の宮《みや》にて月をよみ侍《（はべり）》ける　大蔵卿長房

837 月かげは山のは出《い》づるよひよりもふけゆく空《そら》ぞ照《て》りまさりける

けり　月を擬人化し、「澄み」と「住み」の掛詞。▽自身とは違って悩みごともなさそうな月だが、それを見ているうちに慰められている作者が想像される。

835 川を漕ぎ下るのに、水馴れ棹を取ることもなく高瀬舟を下すよ。棹さす代りに月の光がさすのに任せて。○みなれざを　水馴れ棹。舟の棹。「筏おろす杣山川のみなれ棹さして来れども逢はぬ君かな」(古今六帖二・作者未詳)。○高瀬舟　浅瀬を漕ぐために用いられた川舟。「高瀬舟はや漕ぎ出でよ障ることとさし帰りにし蘆間分けたり」(和泉式部日記)。○さす　「射す」と(棹を)「挿す」の掛詞。▽月が照る川面を静かに流れ下る高瀬舟。棹さささぬので水に照る月はほとんど乱れることもない。絵のような夜の川逍遥(船遊び)の景。「月に乗じて竿もとらざるさま、優なるにや」(八代集抄)。

836 月が西へ傾くにつれて池の面に映る月影も西側に移ったので、池の水そのものが西へ流れるのかと思ったよ。▽八三五・八三六は水辺の月をよんだ歌としてまとめられているか。

837 月は東の山の端を出た宵の内よりも、夜が更けてゆくにつれて光を増して空に照っているよ。○后の宮　後冷泉院の后は二条院(章子内親王)・小野皇太后宮(歓子)・四条宮(寛子)の三人が存在するが、長房との関係から、寛子か。○照りまさりける　一層明るく照ったよ。「久方の月の桂も秋はなほもみぢすればや照りまさるらむ」(古今・秋上・壬生忠岑)。▽月はまだすっかり暗くならない宵の内よりも夜が更けた時分の方が明るく照るという、当然のことを何ら技巧を凝らさず歌った素直な歌。

838 枕には塵が積っているだろうか。月が最も美しい時分はとても寝ていられない。○しきた

連夜に月を見《み》るといふ心をよみ侍《(はべり)》ける　　源頼家朝臣

838 しきたへの枕《まくら》のちりやつもるらん月のさかりはいこそ寝《ね》られね

月のいとおもしろく侍《(はべり)》ける夜《よ》、来《き》し方行末《かたゆくすゑ》もありがたきことなど思《おも》うたまへて、かちより輔親《すけちか》が六条の家《いへ》にまかれりけるに、夜《よ》ふけにければ人もあらじと思《おも》うたまへけるに、住《す》みあらしたる家《いへ》のつまに出《い》でゐて、前《まへ》なる池《いけ》に月のうつりて侍《はべ》りけるをながめてなん侍《はべ》りける、おなじ心にもなどいひてよみ侍《はべ》りける　　懐円法師

839 池水《いけみづ》は天《あま》の川《がは》にやかよふらん空《そら》なる月のそこに見《み》ゆるは

中納言泰憲近江守《あふみのかみ》に侍《はべ》りける時《とき》、三井寺にて、歌合し侍《はべ》りけるに、月をよみ侍《(はべり)》ける　　永胤法師

840 いづかたへゆくとも月の見《み》えぬかなたなびく雲《くも》の空《そら》になければ

への「枕」にかかる枕詞。○枕のちり　「山とつもれる しきたへの 枕の塵も 独り寝の 数にし取らば 尽きぬべし」(蜻蛉日記・上)。○月のさかり　「十四夜より廿日比までをいふといへり」(八代集抄)。○いこそ寝られね　「い」は「寐」。「春の夜はいこそ寝られね起きゐつつまもるにとまるものならなくに」(和泉式部集)。

839　この池の水は天の川に通じているのだろうか、空にある月が水底に見えるよ。○来し方行末もありがたきこと　今までも将来もめったにないこと。○かちより　徒歩で。○輔親が六条の家　大中臣輔親の六条にあった家。「南院ハ海橋立也。輔親卿家也。為レ見レ月寝殿南庇ヲ不レ差云々」(袋草紙)。○家のつま　家の端。袋草紙に「寝殿の南面」という。○おなじ心にも　月を愛で賞するということで同じ心の意。○天の川にやかよふらん　「漁り舟天の川にや通ふらん往き来のほども星と見ゆれば」(兼澄集)。▽有りえない想像を提示して、下句でその理由を述べる。この想像は黄河の源流が天の川に通ずるという中国の伝承をも意識するか。突飛な空想だが、幻想的。八雲御抄にこの歌を評するが、語句に異同がある。

840　月はじっと止まっていて、どこへ行くとも見えないなあ、たなびく雲が空にないので…。○中納言泰憲　藤原泰憲。○三井寺　園城寺。○歌合　この歌合は天喜元年(一〇五三)五月行われたが、証本は伝存しない。↓一八・一五六・一七三。▽雲が流れ動いていればあたかも月が移動しているように見えるけれども、雲が無いので月は静止していると見えるという。八三七と同じく、技巧を弄することのない素直な歌。

841　今宵はいつよりも曇りのない夜なので、月だけでなく、それを見る人までも家の内に入り

永承四年内裏歌合に、月をよめる　江侍従

841 いつよりもくもりなき夜《よ》の月なれば見《み》る人さへに入《い》りがたきかな

麗景殿女御家歌合に　堀川右大臣

842 山のはのかゝらましかば池《いけ》水に入《い》れども月はかくれざりけり

題不知《しらず》　加賀左衛門

843 宿《やど》ごとにかはらぬものは山のはの月待《ま》つほどの心なりけり

依《リテ》レ月《ニ》客来《ル》といふ心《こゝろ》をよめる　永源法師

844 われひとりながめてのみや明《あ》かさましこよひの月のおぼろなりせば

にくいよ。永承四年(一〇四九)内裏歌合・月、初句「いづるより」。○くもりなき夜　「夜」に「世」を掛け、後冷泉天皇の治世が聖代であることをたたえた心を籠める。「秋深み曇りなき夜の大空に誰が掛けたる鏡なるらん」(夫木抄十三・花山院)。▽歌合では藤原家経の作と合されて持。

842 山の端がこの池水のようであったらよいのになあ。月は池水には入っても隠れることがなかったよ。永承五年(一〇五〇)前麗景殿女御(後朱雀院女御藤原延子)歌合。入道右大臣集。▽この歌合は絵合でもあった。歌合では作者は加賀左衛門とし、頼宗は「なべてならずや、包みもなうほめ給ふ」という。

843 どの家でも変らないものは、山の端に出る月を待つまでの間の待ち遠しくてならないという人心だったのですね。永承五年前麗景殿女御歌合。○宿ごとにかはらぬものは　言外に、家々によってさまざま違った事情は伏在するけれどもという気持を含んでいる。○月待つほどの心　月が早く出ないかなあと待つ間の焦燥感。「変らじな知るも知らぬも秋の夜の月待つほどの心ばかりは」(新古今・秋上・上東門院小少将)、「この世だに月待つほどは苦しきにあはれいかなる闇に迷はん」(後葉集・雑二・源顕仲女)。

844 私一人でじっと見つめて夜を明かすことだろうか、もしも今宵の月がおぼろに曇っていたならば…。月がこのように明るいから、お客が訪れたのだ。○依月客来　「月夜よし夜よしと人に告げやらば来てふに似たり待たずしもあらず」(古今・恋四・よみ人しらず)、「月夜には来ぬ人待たるかき曇り雨も降らなむわびつつも寝む」(同・恋五・よみ人しらず)などの古歌のように、月の美しい夜には月に誘われて思いがけず客が訪れることもありうる。その心を題にしたもの。

賀陽院におはしましける時《とき》、石立《いした》て滝落《たきおと》しなどして御覧じける頃《ころ》、九月十三夜になりにければ

後冷泉院御製

845 岩間《いはま》よりながるゝ水《みづ》ははやけれどうつれる月のかげぞのどけき

月の夜《よ》、中納言定頼がもとにつかはしける

弾正尹清仁親王

846 板間《いたま》あらみあれたる宿《やど》のさびしきは心にもあらぬ月を見《み》るかな

その夜返《よかへ》しはなくて、二三日ばかりありて、雨《あめ》の降《ふ》りける日《ひ》、親王《みこ》のもとにつかはしける

中納言定頼

847 雨《あめ》ふればねやの板間《いたま》もふきつらんもりくる月はうれしかりしを

845 岩の間から流れ出る水は速いけれども、そこに映っている月の光はのどかであるよ。○賀陽院 高陽院。○石立て 庭石を立て。いわゆる立石である。「石を立つるにはやう〳〵あるべし」(作庭記)。○滝落し 滝が落ちるようにしつらえ。「滝を立てんには、まづ水落ちの石を選ぶべきなり。…滝の落ちやうは様々あり。人の好みによるべし」(作庭記)。▽滝の水の勢いの速いことと月の光ののどけさとの対比に興じた歌。今鏡・すべらぎの上・黄金の御法にも見える。

846 屋根板の葺き目がまばらで荒れている私の家の寂しさといったら、そのつもりでもないのに射しこんできた月を見ています。定頼集。○板間あらみ 葺板の隙間がまばらなので。「わが宿の しのぶ草生ふる 板間あらみ 降る春雨の 漏りやしぬらむ」(古今・雑体・紀貫之)。○心にもあらぬ月 見るつもりでもない月。▽「月を見て荒れたる宿にながむとは見に来ぬまでも誰に告げよと」(和泉式部日記)に通うものがある。難後拾遺に「月をこそ見れ」とありけるにや。是にては久しきにてやあるべからん」という。撰者が改悪したのではないかと疑っているか。

847 雨が降るので、まばらだとおっしゃった御寝所の屋根の葺き目も修理なさったでしょう。洩れ入る月の光は嬉しかったのに…。定頼集。○親王 清仁親王。○ねやの板間 寝屋の屋根の葺板の隙間。「しぐるればまづぞかなしきわが宿のねやの板間のあふ夜なければ」(曾丹集)。▽清仁親王の風流ぶった贈歌を揶揄したような答歌。もとより親しい間柄の冗談めいたやりとりであろう。難後拾遺に「心はいはれたり」といいながら第五句を難ずるが、諧謔を解そうとしない評か。八四一—八四七は家で見る月の歌をまとめるか。

人《ひと》のもとより、こよひの月はいかゞといひたる返《かへ》り事《ごと》につかはしける

藤原範永朝臣

848 月見《み》てはたれも心ぞなぐさまぬ姨捨山《をばすてやま》のふもとならねど

おほやけの御畏《かしこ》まりに侍《はべ》りける頃《ころ》、賀茂《かも》の御《み》社《やしろ》に夜《よる》〳〵参《まい》りて祈《いの》りまうしけるに、月のおもしろく侍《はべ》りけるに

賀茂成助

849 かくばかりくまなき月《つき》をおなじくは心もはれて見《み》るよしもがな

鞍馬《くらま》より出《い》で侍《はべ》りける人《ひと》の、月のいとをかしかりければ、鞍馬《くらま》の山《やま》もかくこそなど思出《い》でけるを聞《き》ゝて

斎院中務

850 すみなるゝ都《みやこ》の月のさやけきになにか鞍馬《くらま》の山はこひしき

848 月を見て誰も心は慰まりません。ここはあの姨捨山の麓ではありませんが。○姨捨山　信濃国の歌枕。▽「わが心慰めかねつ更級や姨捨山に照る月を見て」(古今・雑上・よみ人しらず、大和物語一五六段)を念頭に置いた歌。範永朝臣集には「世にふとも姨捨山の月見ずはあはれを知らぬ身とやならまし」、「見る人の袖をぞ絞る秋の夜は月にいかなる影か添ふらん」(相模に送った歌)、「月見ては心やゆくと思ひしを心ぞとまるあやなうき世に」(忠命法橋より送られた歌)などが見える。後者は同集巻末に位置し、それに対する返しが見えない。八四八はその返しにふさわしいか。

849 このように曇りなく照る明るい月を、同じことならば晴々とした心で見られたらなあ。成助集。○おほやけの御畏まり　勅勘。○賀茂の御社　京都の賀茂神社。賀茂別雷神社(上賀茂社)か。○祈りまうしけるに　勅勘を許されるように祈願し申しあげた時に。○心もはれて　「月」の縁語で「はれて」という。「世を照らす彦根の山の朝日には心もはれてしかぞ帰りし」(大納言経信集、作者は藤原通俊)。▽八四八・八四九は愁い・悩みを抱きながら月を見ている歌をまとめたか。

850 住み馴れている都では月がさやかなのに、あなたはどうしてあの暗い鞍馬山がそんなに恋しいのですか。○鞍馬より出で侍りける人　参籠していた鞍馬寺から出てきた人。鞍馬は山城国の歌枕。○すみなるゝ　「住み」に「月」の縁語「澄み」を響かせる。○鞍馬の山　「暗し」を掛ける。「墨染の鞍馬の山に入る人はたどるたどるも帰り来なん」(後撰・恋四・平中興女、大和物語一〇五段)。▽都に照る月をさしおいて鞍馬山の月を賞讃する同僚(姉妹とされる)を、半ば揶揄しつつたしなめた歌。都を最もすばらしいと考える、いかにも宮廷女房らしい考えがうかがえる。

返《かへ》し　斎院中将

851 もろともに山のは出《い》でし月なれば都《みやこ》ながらも忘《わす》れやはする

月の明《あか》く侍《はべ》りける夜《よ》、小一条の大臣《おほいまうちぎみ》昔《むかし》を恋《こ》ふる心《こゝろ》をよみ侍《(はべり)》けるによめる　清原元輔

852 あまのはら月はかはらぬ空《そら》ながらありしむかしの世《よ》をや恋《こ》ふらん

月の前《まへ》に思《おも》ひを述《の》ぶといふ心をよみ侍《(はべり)》ける　藤原実綱朝臣

853 いつとてもかはらぬ秋《あき》の月見《み》ればたゞいにしへの空《そら》ぞこひしき

前蔵人にて侍《はべ》りける時《とき》、対《シテ》レ月《ニ》懐《シム》レ旧《ヲ》といふ心《こゝろ》

851 私と一緒に山の端を出て来た月ですから、都で見ても鞍馬にいた時のことは忘れられません。○もろともに　(月が)私と一緒に。「もろともに出でずは憂しと契りしをいかがなりにし山の端の月」(輔尹集)。○山のは出でし　ここでは鞍馬山を出たの意。○都ながらも　都でも。都に在りながらも。「あづまぢに入りにし人を思ふよに都ながらも消えぬべきかな」(公任集)。▽たしなめた同僚(姉妹)に対する弁明の歌。

852 月は昔から変ることなく大空に照っているが、その月も昔の世を恋しく思っているであろうか。元輔集、天徳四年(九六〇)三月十四日、元輔五十三歳の時の詠。○小一条の大臣　藤原師尹。忠平の男。安和二年(九六九)五十歳で没しているので、天徳四年には四十一歳。元輔集によれば、当時四十七歳の源高明とともに「昔を恋ふる心ばへなど」を人々と詠じたという。○昔を恋ふる心　昔を恋しく懐しく思う心。その昔がいつごろをさすのかは、人によって異なるか。ただ、関係者達の年齢を考えると、自身に直接関わる過去のある時期ではなく、醍醐天皇の治世などが念頭に置かれているのかもしれない。○ありしむかし　「思ひ出づるありし昔の有明の月ながら世の変らざりせば」(公任集)。○世　「夜」を掛ける。▽日や月がいつの世にも変らないというのは常識だが、その月も人と同じく昔を偲んでいるだろうかと、擬人的に取り成したのが作者の狙い。「あまのはら」と「空」は同義だから、いわゆる同心の病をおかしている歌だが、この初句で大空の月を仰ぎ見て懐旧の念にひたる作者の姿勢がはっきりする効果がある。

853 いつも変らない秋の月を見ると、ただひたすら昔の空が恋しく偲ばれる。○月の前に思ひを述ぶ　やや後代になると、「月前述懐」などと表記される主題。○いにしへの空　これは作者個人

を人《ひと》〴〵よみ侍《はべ》りけるに　源　師　光

854 つねよりもさやけき秋《あき》の月を見《み》てあはれこひしき雲《くも》の上《うへ》かな

斉信民部卿の女《むすめ》に住《す》みわたり侍《はべ》りけるに、かの女《をんな》みまかりにければ、法住寺といふ所《ところ》に籠《こも》り居《ゐ》て侍《(はべり)》けるに、月を見て　民部卿長家

855 もろともにながめし人もわれもなき宿《やど》には月《つき》やひとりすむらん

兼房朝臣、月出《い》でば迎《むか》へに来《こ》むとたのめて、音《おと》せざりければ、よみ侍《はべ》りける　江　侍　従

856 月見《み》れば山のはたかくなりにけり出《い》でばといひし人に見《み》せばや

にとってよかった昔の空か。

854 いつもよりもさやかな秋の月を見て、ああ宮中が恋しくてならない。○前蔵人にて侍りける時　新帝が践祚したので先帝の蔵人となって昇殿できなかった時。○秋の月　実際の月とともに、宮中の主である新帝を喩えるか。○雲の上　「月」の縁語で空を意味し、同時に、宮中・禁中をも意味する。「久方の雲の上にて見る菊は天つ星とぞあやまたれける」(古今・秋下・藤原敏行)。▽蔵人として昇殿を許されていた先帝の治世をなつかしく偲ぶとともに、暗に当代でも再び昇殿を許されることを期待している。

855 以前一緒に見つめたなき妻も私もいないあの家には、月がただ独り住んで(澄んで)いるのだろうか。栄花物語・衣の珠。○斉信民部卿の女　藤原斉信の女。藤原長家室。死産ののち万寿二年(一〇二五)八月二十九日、没した。○法住寺　山城国。斉信女はここに葬られた。○もろともにながめし人　妻。○宿　なき妻の家。妻が死ねば夫は通って行かなくなるので、「われもなき」という。▽難後拾遺に「だいはいとあはれなり。またいはれぬにはあらず。ただし、われもなきや安らかにもなからん」と評する。八五三―八五五は月に寄せて懐旧の心を述べた歌をまとめる。

856 月を見ると山の端から高く昇ってしまった。月が出る時分には迎えに来ようと言ったあの人に見せたい。○兼房朝臣　藤原兼房。○月出でば迎へに来む　ともに月を賞しようとして言ったか。迎えの実際は、車などをよこすことか。○たのめて　期待させて。○音せざりければ　音沙汰がなかったので。○山のはたかくなりにけり　夜が更けたことが知られる。○出でば　詞書の「月出でば迎へに来む」を受けていう。▽約束をすっぽかした人に対する皮肉の歌。

思《おも》ふことありける頃《ころ》、山寺《でら》に月を見《み》てよみ侍《（はべり）》ける

源為善朝臣

857 山のはに入《い》りぬる月のわれならばうき世《よ》の中《なか》にまたは出《い》でじを

山に住《す》みわづらひて奈良《なら》にまかりて住《す》み侍《（はべり）》けるに、知《し》りたる人《ひと》もなく、また見《み》し世《よ》のすみかにも似《に》ざりければ、月のおもしろく侍《はべ》りけるをながめてよめる

聖梵法師

858 むかし見《み》し月《つき》のかげにも似《に》たるかなわれとともにや山《やま》を出《い》でけむ

中関白少将に侍《はべ》りける時《とき》、内《うち》の御物忌《ものいみ》に籠《こも》るとて、月の入《い》らぬさきにと、急《いそ》ぎ出《い》で侍《はべ》りければ、つとめて女《をんな》に代《かは》りてつかはしける

赤染衛門

859 入《い》りぬとて人《ひと》のいそぎし月かげは出《い》でてののちもひさしくぞ見《み》し

857 山の端に入ってしまった月がもしも私だったならば、再びこの憂き世の中に出るまいものを。○思ふこと　思い悩むこと。○山のはに入りぬる月　西の山の端に沈んでしまった月。それを山中に隠れた隠士になぞらえようとする心がある。▽せっかく山に入ったのに再び出てくる月の気が知れないという。難後拾遺で、月に関して「出でじ」と歌うのはおかしいと難ずる。

858 今見る月も昔見た月の光に似ているなあ。この月は私と一緒に山(叡山)を出たのだろうか。○山に住みわづらひて　比叡山延暦寺に住みづらくなって。○奈良にまかりて　発心集では東大寺に住したと語る。○見し世のすみか　以前の住所。延暦寺の住房。▽懐しい昔を知っている月に友達のような親しみを感じている歌。発心集八ノ十一に説話として語られている。八五七・八五八は、世の中に満たされぬ思いを抱いている人が月を眺めて詠んだ歌の小群。

859 「月が入ってしまうから、それ以前に参内せねば」と言って、あなたは急いで私の家から出て行かれましたが、私はそれ以後も長い間あなたのお戻りをお待ちして月を見ていました。赤染衛門集。○中関白　藤原道隆。その左少将時代については→六八〇。○内の御物忌　宮中の物忌。「御物忌之時、惣不レ出二御他殿舎中一、諸事於二簾中一有レ之。或出二御広廂一、不レ固之時例也。…御物忌時初参籠人、丑時可レ参レ之」(禁秘抄・下)。枕草子・清涼殿の丑寅のすみの段、同・頭の弁の職にまゐり給ひての段などに内の御物忌のことが語られている。○月の入らぬさき　ひどく夜が更けないうちに。○つとめて　翌朝。○女　赤染衛門集に「はらからのもとにおはして」というので、同母の姉妹と知られる。→六八〇。▽月はそれほど早々と入ってはしまわないのに、あなたは私の所から早

例《れい》ならずおはしまして、位《くらゐ》など去《さ》らんとおぼしめしける頃《ころ》、月の明《あかゝ》かりけるを御覧《ごらん》じて　　三条院御製

860 心《こゝろ》にもあらでうき世《よ》にながらへば恋《こひ》しかるべき夜《よ》はの月かな

後朱雀院御時、月の明《あかゝ》かりける夜《よ》、上《うへ》にのぼらせたまひて、いかなることか申させたまひけん　　陽明門院

861 いまはたゞ雲《くも》ゐの月をながめつゝめぐり逢《あ》ふべきほども知《し》られず

来《こ》むといひつゝ来《こ》ざりける人のもとに、月《つき》の明《あかゝ》かりければつかはしける　　小弁

862 なを《(ほ)》ざりの空《そら》だのめせであはれにも待《ま》つにかならず出《い》づる月かな

く帰りたかったので、内の御物忌を口実にされたのですねと怨ずる心を籠める。

860 心ならずも憂き世に永らえていたならば、きっと今夜のこの月が恋しく思い出されるであろうなあ。栄花物語・玉の村菊。○例ならずおはしまして　御病気で。三条院は眼病をわずらっていたことが大鏡などでよく知られているが、この歌を詠じた長和四年(一〇一五)十二月頃には風病にかかっていたか(小右記・長和四年十二月九日条)。○位など去らん　譲位しよう。▽栄花物語によれば、「師走の十余日」の明るい月を見て、「上の御局」(藤壺)で「宮の御前」(中宮妍子)に対して詠んだ歌。

861 今はただ宮中の月をじっと見つめていますが、今度いつこの月と再びめぐり逢えることか、わかりません。大鏡六。○後朱雀院　陽明門院の夫である天皇。○上にのぼらせたまひて　天皇のもとに参上なさって。○いかなることか…　退出しますと申したことを婉曲にいう。○めぐり逢ふ　「めぐり」は「月」の縁語。▽八五九―八六一は宮中に関係する月の歌をまとめる。参考「忘るなよほどは雲居になりぬとも空行く月のめぐり逢ふまで」(拾遺・雑上・橘忠幹、伊勢物語十一段)。今鏡・すべらぎの中・御法の師にも見える。

862 感動的なことには、月はあなたと違って、いい加減なことを言ってあてにさせたりしないで、待っていると必ず出ますよ。○空だのめせで　あてにならないことを期待させないで。「空」は「月」の縁語。○待つにかならず出づる月　あなたは私が待っていても来ないけれどもという心を言外に含む。▽月を引き合いに出して、約束をすっぽかした友人を皮肉った歌。八五六に通ずるものがある。

返《かへ》し

小式部

863 たのめずは待《ま》たでぬる夜《よ》ぞ重《かさ》ねましたれゆへ《（ゑ）》か見《み》るありあけの月

月明《あか》くはべりける夜《よ》、半蔀《はじとみ》に女《をむな》どもの立《た》ちて侍《（はべり）》けるを、男《をとこ》、まい《（ゐ）》らむなど言《い》ひ入《い》れさせて侍ければよめる

よみ人しらず

864 たれとてか荒《あ》れたる宿《やど》といひながら月よりほかの人《ひと》を入《い》るべき

今宵《こよひ》かならずとたのめたる女《をんな》のもとに、月明《あか》かりける夜《よ》まかりて侍《（はべり）》けるに、下《おろ》しこめて女《をんな》逢《あ》ひ侍《はべ》らざりければ、帰《かへ》りてまたの日《ひ》つかはしける

藤原隆方朝臣

865 よしさらば待《ま》たれぬ身《み》をばおきながら月見《み》ぬ君《きみ》が名《な》こそをしけれ

863 私があてにさせなかったら、あなたは待たずに毎晩寝ていらっしゃったのでしょう。一体誰のお蔭で有明の月を見られたのですか。○待たで 私の訪れを待たないで。結果的には、月の出を待たないでということにもなる。○ありあけの月 夜が明けても空に残る。→六六。▽友人の皮肉に対して逆襲した歌。

864 いくら私の家があばら屋だといっても、月以外の人を誰でも入れてよいものですか。○半蔀 上半が蔀、下半が格子または鰭板になっている戸。蔀は外側へ揚げられるので、揚げてあれば外から内が見える。「上は半蔀四五間ばかり上げわたして、…をかしき額つきの透影あまた見えてのぞく」(源氏物語・夕顔)。○まいらむ お伺いしたい。○言ひ入れさせて 供の者に口上を申し入れさせて。○月よりほかの人 月を擬人的に取り成していう。▽好色めいた男の振舞いを拒絶する女の歌。参考「くひなだに驚かさずはいかにして荒れたる宿に月を入れまし」(源氏物語・澪標・花散里)。

865 ええそれでは、あなたに待たれないこの身の不面目はさて措き、起きていながら月を見ないという無風流なあなたの評判の立つのが惜しく思われます。四条宮下野集「隆方月の明き夜局に来たりしに、御前に暇ふたがると言はせたりしつとめて」、初句「よしさても」。○たのめたる女 あてにさせた女。○下しこめて 簾や蔀などを引き下げて締め。▽女にすっぽかされた男という評判も不名誉だが、月を見ようともしない人は無風流な人間とされる(→三八)から、そのように評判されるのが残念だといって、僅かに溜飲を下げた歌。四条宮下野集には「契らぬに人待つ名こそをしからめ月ばかりをば見ぬ夜半ぞなき」という返歌がある。八六四・八六五は月夜に男が女を訪れること

月の山の端《は》に入《い》らむとするを見てよみ侍《はべり》ける　　僧正深覚

866 ながむれば月かたぶきぬあはれわがこの世《よ》のほどもかばかりぞかし

侍従の尼広沢《あまひろさは》にこもると聞《き》ゝてつかはしける　　藤原範永朝臣

867 山のはにかくれなはてそ秋の月このよをだにもやみにまどはじ

月を見てよみ侍《はべり》ける　　中原長国妻

868 もろともにおなじうき世《よ》にすむ月のうらやましくも西《にし》へゆくかな

入道摂政物語《ものがたり》などして、寝待《ねまち》の月の出《い》づるほどに、とまりぬべきことなど言《い》ひたらばとまらむと言《い》ひ侍《はべ》りければよみ侍《はべ》りける　　大納言道綱母

869 いかゞせん山のはにだにとゞまらで心《こゝろ》の空《そら》に出《い》づる月《つき》をば

を主題とする歌をまとめる。

866 じっと見つめると月は西に傾いてしまった。ああ、私の余生もこのようなものだよ。○この世のほど　この世での寿命。「世」に「月」の縁語「夜」を響かせるか。「定めなきこのよのほどを告ぐるとも後の世までもなほ頼めかし」（赤染衛門集）。

867 秋の月よ、山の端にすっかり隠れてしまわないでおくれ。この夜(世)だけでも闇に惑うまいと思うので。範永朝臣集。○侍従の尼　未詳。あるいは侍従内侍の出家後の呼称か。○広沢　山城国。京の西、広沢の池のある地。池の西に遍照寺(真言宗)があった。範永朝臣集では「愛宕に籠りけるに」という。○秋の月　侍従の尼を喩える。○このよ　「夜」と「世」の掛詞。○やみ　煩悩の迷い。「月」の縁語。「長き夜の闇にまよへるわれをおきて雲隠れぬる夜半の月かな」（小大君集）。

868 私と一緒に同じ憂き世に住んでいるのに、月だけが羨ましいことには西方へ行くのだなあ。○すむ　「住む」に月の縁語「澄む」を掛ける。○西へゆく　西の空に移ってゆくことを西方極楽浄土へ行く、すなわち往生することになぞらえる。参考「しばしだに経(へ)がたく見ゆる世の中にうらやましくもすめる月かな」（金玉集・雑・藤原高光。和漢朗詠集・雑・述懐にも、初句「かくばかり」）。▽八六六−八六八はこの世との関わりで月を詠んだ歌。

869 どうしたら引き留めることができるのでしょうか、山の端にすら留まらないで、心も上の空になって出て行く月を。蜻蛉日記・上。○入道摂政　藤原兼家。○寝待の月　陰暦十九夜の月。○山のは　作者自身の比喩。○心の空に　蜻蛉日記に「心も空に」とあるのがわかりやすい。○出づる月　蜻蛉日記では「出でむ月」とする。作者の家を出ようとする兼家の比喩。▽泊る気もないあな

月のおぼろなりける夜《よ》、入道摂政まうで来《き》て物語《ものがたり》し侍《はべ》りけるに、たのもしげなきことなど言《い》ひ侍《はべ》りければよめる

870 くもる夜《よ》の月とわが身《み》のゆくすゑとおぼつかなさはいづれまされり

村上御時、上《うへ》にのぼりて侍《はべ》りけるに、上《うへ》おほとのごもりにければ帰《かへ》りを《(お)》りてよみ侍《はべ》りける　斎宮女御

871 かくれ沼《ぬ》におふるあやめのうきねしてはてはつれなくなる心《こゝろ》かな

題不知《(しらず)》　曾禰好忠

872 川上《かはかみ》やあちふの池《いけ》のうきぬなはうきことあれやくる人もなし

たを強いて泊めようとは思いませんと、突き放した歌。兼家は「久方の空に心の出づといへば影はそこにもとまるべきかな」と返している。天暦十一年(九五七)の秋の詠。

870 曇る夜の月と私のこれから先のことと、はっきりしないで気懸りなのはどちらがまさっているでしょうか。蜻蛉日記・上。○入道摂政　藤原兼家。○たのもしげなきこと　頼りにならないこと。この世は無常だからいつどうなるかわからないなどという内容のことを語ったか。蜻蛉日記には「よからぬ物語して、あはれなるさまのことども語らひても」という。○くもる夜の　蜻蛉日記は「くもり夜の」とする。○ゆくすゑと　蜻蛉日記「行末の」。○いづれまされり　どちらがまさっているか。「り」と終止形になるのは慣用的な特例表現。▽兼家は「たはぶれのやうに」、「おしはかる月は西へぞ行く先は我のみこそは知るべかりけれ」と返した。康保元年(九六四)秋頃の詠。難後拾遺に評がある。八六九・八七〇は、月に寄せて思うに任せない夫婦生活を嘆いた歌。月の歌群はこれで終る。

871 隠れて見えない沼に生えて埿(うき)土にはっている菖蒲の根のように、私は憂くつらいひとり寝をして、おしまいにはつれなくなっていかれるお上のお心ですこと。斎宮女御集。○村上御時　村上天皇の御代。○上にのぼりて　天皇の夜の御殿に参上して。→八六一。○上おほとのごもりにければ　天皇はおやすみになっておられたので。○帰りをりて　自分の局に退下して。▽難後拾遺に、下句が「わが身か人の御事か見え分かぬ也」と難ずる。参考「蘆根はふうきは上こそつれなけれ下はえならず思ふ心を」(拾遺・恋四・よみ人しらず)。

872 川上のあちふの池に浮いている蓴菜ではないが、憂くつらいことがあるのであの人は来な

六条前斎院に歌合《うたあはせ》あらむとしけるに、右《みぎ》に心《こころ》寄《よ》せありと聞《き》きて、小弁がもとにつかはしける　　小式部

873 あらはれて恨《うら》みやせましかくれ沼《ぬ》のみぎはに寄《よ》せし波《なみ》の心を

返《かへ》し　　小弁

874 岸《きし》とほみたゞよふ波《なみ》は中空《なかぞら》に寄《よ》るかたもなきなげきをぞせし

五月五日、六条前斎院に物語合《ものがたりあはせ》し侍《はべ》りけるに、小弁遅《おそ》く出《いだ》すとて、方《かた》の人〳〵こめて次《つぎ》の物《もの》語《がたり》を出《いだ》し侍《はべ》りければ、宇治《うぢ》の前太政大臣、かの弁が物語《ものがたり》は見《み》どころなどやあらむとて、異《こと》物語《ものがたり》をとゞめて待《ま》ち侍《はべ》りければ、岩垣沼《いわがきぬま》といふ物語《ものがたり》を出《いだ》すとてよみ侍《(はべり)》ける

875 引《ひ》き捨《す》つる岩垣沼《いはがきぬま》のあやめぐさ思《(おもひ)》しらずもけふにあふかな

いのだろうか。曾丹集・四月中。〇川上やあちふの池　「あふちの池」(天理本曾丹集)とも。所在未詳。〇うきぬなは　浮いている蓴菜。ここまでは「うきこと」をいうための序詞。〇うきこと　憂くつらく思うこと。男女の間で相手の心変りを恨めしく思うことなど。〇くる　「ぬなは」の縁語「繰る」と「来る」の掛詞。▽類歌「ほととぎす通ふ垣根の卯の花のうきことあれや君が来まさぬ」(拾遺・雑春・柿本人麻呂)。

873 あらわに恨もうかしら、隠れて見えない沼の水際に寄せた波(こっそりと右方をひいきしているあなた)の心を。〇六条前斎院　禖子内親王。後朱雀天皇の皇女。斎院とされた。〇心寄せあり　ひいきしている。〇あらはれて　はっきりと顔に出して。下の「かくれ沼」の対語として言う。〇かくれ沼　草などに隠れて見えない沼。〇みぎは　「かくれ沼」の縁語で、「右」を暗示する。〇波　「かくれ沼」の縁語で小弁を譬える。▽心変りした恋人を恨むような歌い方をする。

874 沼の岸辺が遠いので漂っている波(私)はどこへ寄って(どちらを味方したら)よいかわからずに困ってしまいました。▽あたかも二人の男に言い寄られて去就に迷っている女の心のように取り成して返した。

875 この物語は岩垣沼に生えていた菖蒲を引き捨てたようなもの。それなのにおおけなくも今日の晴れの場に逢うのですね。天喜三年(一〇五五)六条斎院歌合。〇宇治の前太政大臣　藤原頼通。〇見どころ　見ごたえある箇所。〇岩垣沼といふ物語　現在伝わらない。「岩垣沼」は周囲が岩で囲まれた沼。「奥山の岩垣沼の水籠りに恋ひやわたらん逢ふよしをなみ」(拾遺・恋一・柿本人麻呂)。▽参考「思ひつつ岩垣沼のあやめ草水籠りながら朽ちやはてなん」(狭衣物語一・狭衣)。八七一―八七五は沼

876 伯耆《はゝき》の国に《くにゝ》侍《はべ》りけるはらからの音《おと》し侍《はべ》らざりければ、便《たよ》りにつかはしける

馬内侍

ゆかばこそ逢《あ》はずもあらめ帚木《はゝきゞ》のありとばかりはおとづれよかし

わづらふ人の道命を呼《よ》び侍《はべ》りけるに、まからで、またの日、いかゞとと《ゝ》ぶらひにつかはしたりける返《かへ》り事《ごと》に

よみ人しらず

877 思《おも》ひ出《い》でて《ゝ》とふ言《こと》の葉《は》をたれ見《み》ましつらきにたへぬいのちなりせば

わづらひて山寺に侍《はべ》りける頃《ころ》、人の訪《と》ひて侍《はべ》りけれど、又《また》も音《おと》もせずなりにければ

中務典侍

878 山里《ざと》をたづねてとふと思《おも》ひしはつらき心を見《み》するなりけり

や池に寄せる雑歌をまとめた。

876 私は伯耆国に行きませんから逢えないまでも、帚木のように健在だということぐらいは音信してください。馬内侍集、二句「あはでもあらめ」、五句「をとづれよきみ」。○伯耆の国　現在の鳥取県西部。○はらから　母を同じくする兄弟姉妹。○帚木の　「帚木」は信濃国園原にあり、遠くから見えるが近付くとわからなくなるといわれる木。同じ母から生れた木々という意味合いで「はらから」をさし、同時に「伯耆」を掛け、下の「ありとばかり」の序となる。▽参考「園原や伏屋におふる帚木のありとてゆけど逢はぬ君かな」(古今六帖五・作者未詳)。

877 今頃思い出して見舞ってくださるお言葉を誰が見るでしょうか、もしもあなたの薄情さに堪えられずに私が死んでしまったならば。○わづらふ人　病者。○思ひ出でてとふ　主語は道命。▽呼んだ時に来ないで、遅くなって見舞ったことを恨んだ歌。後撰・雑二に見える「男の、病ひしけるをとぶらはでありありて、止み方に問へりければ／思ひ出でて問ふ言の葉を誰見まし身の白雲となりなましかば」というよみ人しらずの歌の改作か。作者は女か。

878 あなたは山里を訪れて私の病気を見舞ってくださると思っておりましたが、じつは薄情なお心を見せてくださったのですね。○つらき心を見する　薄情な心を私に見せる。「津の国の生田の池のいくたびかつらき心を我に見すらん」(拾遺・恋四・よみ人しらず)。

879 何事も夢のようにはっきり分らなくなってゆくこの世の中で、そなたはいつ私を訪れようと思って音信もしないのですか。斎宮女御集。○

馬内侍がもとにつかはしける　　　　斎宮女御

879 ゆめのごとおぼめかれゆく世《よ》の中《なか》にいつとはんとかおとづれもせぬ

ある人《ひと》の女《むすめ》を語《かた》らひつきて、久《ひさ》しう音《おと》し侍《はべ》らざりければ　　　　相模

880 ふみ見て《ゝ》も物思《ゝのおも》ふ身《み》とぞなりにける真野《まの》の《ゝ》継橋《つぎはし》とだえのみして

男《をとこ》のもとより、けはひの変《かは》りたるはいかに、いまはまい《(ゐ)》るまじきかと言《い》ひにおこせて侍《(はべり)》ければ

881 野《の》飼《が》はねどあれゆく駒《こま》をいかゞせん森《もり》の下草《したくさ》さかりならねば

おぼめかれゆく　はっきりしなくなる。▽斎宮女御集によれば、斎宮女御が久しく里にいる時に言い送った歌。同集にはこの直前に、馬内侍が山吹に付けて送って来た歌も見える。

880 真野の継橋は踏んでみたものの、中途で絶えているので心配です。お手紙を拝見したものの、それもと絶えがちなので思い悩んでおります。○ふみ見ても　「踏み」に「文」を掛ける。→七五一。○物思ふ身　思い悩む身。→一四三。○真野の継橋　摂津国の歌枕と考えられていたか。「逢ふことのとだえがちにもなりゆくかふみだに通へまの継橋」(永久百首・不見書恋・常陸)の歌を夫木抄二十一・橋に掲げ、「まののつぎはし、摂津」と注する。八七六から八八〇までは、訪れのないことまたは訪れても誠意のないことを恨む歌をまとめる。

881 放し飼いしないけれども気がすさんでゆく駒をどうしたらよいのでしょうか。駒が食む森の下草はもはや若い盛りではないので…。相模集。○けはひの変りたるはいかに　様子が変ったようだが、どうか。これによれば、相模集には「御気色の変れるは」という。これによれば、あなたの私に対する御機嫌が変ったがの意で、はっきりする。○野飼はねど　ほったらかしにしているわけではないけれども。「いとはるるわが身は春の駒なれや野飼ひがてらに放ち捨てつる」(古今・雑体・よみ人しらず)。なお→一六八。○あれゆく駒　自分から心が離れてゆこうとする相手の男の比喩。○森の下草　若くない自身の比喩。▽気を引くようなことを言ってよこした若い恋人に対して、投げやりな返事をする女盛りを過ぎた女の歌。参考「大荒木の森の下草おいぬれば駒もすさめず刈る人もなし」(古今・雑上・よみ人しらず)、「みちのくのをぶちの駒も野飼ふには荒れこそまされなつくものかは」(後撰・雑四・よみ人しらず)。

忍《しの》ぶることある女《をんな》に中納言兼頼忍《しの》びて通《かよ》ふと聞《き》きて、男絶《をとこた》え侍《はべ》りにけり、中納言さへ又かれ〴〵になり侍《はべ》りければ、女《をんな》のよめる

よみ人しらず

882 いたづらに身《み》はなりぬともつらからぬ人ゆへ《(ゑ)》とだに思《おも》はましかば

赤染《あかぞめ》、右大将道綱に名立《なた》ち侍《はべ》りける頃《ころ》つかはしける

大江匡衡

883 あるがうへに又ぬぎかくる唐衣《からころも》いかゞみさをもつくりあふべき

定輔朝臣たえ〴〵になりて他心《ほかごゝろ》などありければ、とき〴〵は引《ひ》きとゞめよなどいふ人侍《はべ》りけるに

源雅通朝臣女

884 わりなしや心《こゝろ》にかなふなみだだに身《み》のうきときはとまりやはする

882 たとえこの身はすたれ者となってしまっても、薄情でない人のせいでそうなったのだと思えれば、あきらめもつくでしょうが…。○中納言兼頼　藤原兼頼。○かれ〴〵になり　通ってこなくなり。○いたづらに身はなりぬとも　「かれはいとあやしき人の癖にて…人の妻、帝の御女も持たるぞかし。さて身いたづらになりたるやうなるぞかし」（落窪物語一）。○思はましかば　慰まるだろうに、そうではないから慰められないという心を言いさした。▽二人の男と交際してその二人の愛を失った女の悔恨。

883 既に架けてある上にまた唐衣を脱ぎ架けては、どうして衣桁も持ちこたえられるだろうか。私という者がいるのにさらに別の男と会うようでは貞節を保つことができないではないか。○赤染　赤染衛門。匡衡の妻。○右大将道綱　藤原道綱。○名立ち　噂が立った。○唐衣　ここでは男の比喩となる。○みさを　衣や帯を掛ける棹（竿）に接頭語を付した「御棹」に節操・貞操の意の「操」を掛ける。▽愛する女の無節操をなじる男の歌。参考「ある女、五位六位とひとたびに語らふに／あるがうへに重ねて着たる唐衣あけも緑も分かずぞありける」（輔尹集）。

884 心の離れたあの人を引き止めよとおっしゃるのは無理というものです。心のままになる涙ですら、この身の憂くつらい時は止まりはしないではありませんか。○定輔朝臣　藤原定輔。○他心　あだし心。他の女を愛する心。○心にかなふなみだ　心が悲しい時にはその心に応ずるようにこぼれ出るからこう言ったか。後に慈円が「いたづらに心に叶ふ涙かな待ちとる袖をしぼりわびつつ」（拾玉集）と詠んでいる。○身のうきとき　上の「心」と対比して「身」という。▽八八一から八八四は、こじれた男女関係の歌。

熊野《くまの》へまい《(ゐ)》るとて、人の許《(もと)》に言《い》ひつかはしける

道命法師

885 忘《わす》るなよ忘《わす》ると聞《き》かばみ熊野《くまの》の浦《うら》のはまゆふうらみかさねん

思《おも》はんとたのめたりける人のさもあらぬけしきなりければよみ侍《はべ》りける

886 忘《わす》れじといひつる中《なか》は忘《わす》れけり忘《わす》れむとこそいふべかりけれ

久《ひさ》しうおとづれぬ人の許《(もと)》に

887 ものはいはで人の心を見《み》るからにやがて問《と》はれでやみぬべきかな

後冷泉院うせさせたまひて、世《よ》のうきことなど思《おも》ひ乱《みだ》れて籠《こも》りゐて侍《はべ》りけるに、後三条院

885 私のことを忘れないでください。もしも忘れたと聞いたならば、百重にも重なる熊野の浦の浜木綿のように、重ね重ね恨みますよ。道命阿闍梨集。○熊野　熊野権現。修験道の山伏達が修行の場とした。○忘るなよ　「忘るなよ別れ路に生ふる葛の葉の秋風吹かば今帰り来む」(拾遺・別・よみ人しらず)など、惜別の歌に多い句。○み熊野の浦　紀伊国の歌枕。○はまゆふ　ハマオモト。ヒガンバナ科の多年生草本。葉柄が重なっているので、下の「かさねん」の序として用いた。参考「み熊野の浦の浜木綿百重なる心は思へどただに逢はぬかも」(拾遺・恋一・柿本人麻呂)。▽「忘る」という語を重ね、「浦のはまゆふうらみかさねん」と同音を重ねて、リズミカルに歌いつつ、別れがたい気持を表現している。きわめて親しい関係の人に送った歌であろう。

886 忘れまいと言っていた間柄は忘れてしまったよ。むしろ忘れようと言うべきだったのだ。○たのめたりける人　あてにさせていた人。○さもあらぬけしき　そうでもない様子、すなわち道命のことを深く思っていない様子。▽以前言ったことを裏切った相手に対する皮肉の歌。「忘る」という言葉の反復が技巧となっている。

887 こちらから物を言わないであなたのお心を試してみたばっかりに、そのまま訪れられることもなく二人の間は終ってしまいそうですね。○人の心　「人」は相手をさしていう。○見るからに　「からに」は、…するだけなのに、…したばっかりに、ほんの…するだけでという意。○やがて　そのまま。▽いわゆる「心比べ」に負けて、ついに相手に言い送った歌。▽八八五から八八七までは道命の対人関係の歌をまとめる。

位《くらゐ》に即《つ》かせたまひてのち、七月七日にまい《(ゐ)》るべきよし仰《おほ》せ言《ごと》侍《はべ》りければよめる　周防内侍

888 天《あま》の川《がは》おなじながれと聞《き》き《ゝ》ながらわたらむことのなを《(ほ)》ぞかなしき

源頼光朝臣、女《をむな》におくれて侍《はべ》りける頃《ころ》、霜《しも》のおきたる朝《あした》につかはしける　小大君

889 このごろの夜《よ》はの寝覚《ねざ》めは思《おも》ひやるいかなるをしか霜《しも》は《ゝ》らはん

大弐国章〈ノリ〉、妻なくなりて秋風の夜寒《よさむ》なるよし、便《たよ》りに付《つ》けて言《い》ひおこせて侍《はべ》りける返《かへ》り事《ごと》につかはしける　清原元輔

890 思《おも》ひきや秋の夜風《よかぜ》のさむけきに妹《いも》なき床《とこ》にひとり寝《ね》むとは

888 先帝後冷泉院も新帝後三条天皇も同じ天照大神の御子孫と伺ってはおりますが、先帝にお仕えした身で再び新帝に出仕することはやはり悲しく思われます。周防内侍集。〇後冷泉院うせさせたまひて　治暦四年(一〇六八)四月十九日没、四十四歳。〇天の川　「七月七日にまいるべきよし仰せ言」を受けて、皇統を天の川になぞらえていう。〇わたらむ　「天の川」の縁語。▽先帝を追慕するあまり新帝への出仕に気が進まない女官の心。讃岐典侍日記で、讃岐典侍が堀河天皇の崩後、鳥羽天皇への出仕を求められた条に引く。今鏡・打聞で「堀河の御門失せさせ給ひて」として、三・四句「いひながら渡らんことは」の形で引く。

889 冬のこの頃夜半の寝覚めには、お寂しさ御推察申しあげます。いったいどのような鴛鴦が上毛においた雄鳥の霜を払うのでしょうか。奥様がなくなられたあと、どなたがあなたのお身の回りのお世話をなさるのでしょうか。小大君集、五句「霜払ふらん」。〇女　妻のごとき存在の女性。「めなくなりてのころ」(小大君集)。〇をし　鴛鴦。夫妻仲の良い鳥とされるので、ここでは残された頼光が愛している女性などを寓する。「夜を寒み寝覚めて聞けば鴛鴦ぞ鳴く払ひもあへず霜や置くらん」(後撰・冬・よみ人しらず)。▽頼光は「冬の夜の霜打ち払ひ鳴くことは番はぬをしのわざにぞありける」(小大君集)と返歌している。難後拾遺に第五句を「霜はらふらん」として引き、「霜はらふらんとは、たれをいかによみたるぞ。こゝろえたらん人にとふべし」という。

890 思ってもみただろうか、秋の夜風が寒い時、愛妻のおられない床に君が独り寂しく寝ようとは。元輔集。拾遺集・哀傷。〇大弐国章　藤原国章。〇なくなりて　底本「なくなくりて」、諸本により改める。〇夜寒なるよし　妻がいる時は共

春《はる》の頃《ころ》、為頼、長能などあひともに歌《うた》よみ侍《はべ》りけるに、けふのことをば忘《わす》るなと言《い》ひわたりてのち、為頼みまかりてまたの年《とし》の春《はる》、長能が許《(もと)》につかはしける

中務卿具平親王

891 いかなれや花《はな》のにほひもかはらぬを過《す》ぎにし春《はる》の恋《こひ》しかる覧《(らん)》

能宣みまかりてのち四十九日のうちにかうぶりたまはりて侍《(はべり)》けるに、大江匡衡がもとよりそのよし言《い》ひおこせて侍《はべ》りける返《かへ》り事《ごと》に言《い》ひつかはしける

祭主輔親

892 墨染《すみぞめ》にあけの衣《ころも》をかさね着《き》てなみだの色《いろ》のふたへなるかな

陸奥にまかりくだりけるに、信夫《しのぶ》の郡《こほり》といふ所《ところ》に早《はや》う見《み》し人を尋《たづ》ねければ、その人《ひと》なくな

寝をしていたので、夜寒を感じなかったのである。▽男やもめをかこつ友人に同情した歌。拾遺集には「妻のなくなりて侍りける頃、秋風の夜寒に吹き侍りければ／大弐国章」として載る。難後拾遺に、作為がなさすぎると酷評する。

891 どういうわけで花の美しい色も変らないのに過ぎてしまった春が恋しいのであろうか。長能集、三句「かはらぬに」。○為頼　藤原為頼。長徳四年(九九八)没。享年未詳。○長能　藤原長能。○あひともに歌よみ　長能集に「中務の宮にて」というので、具平親王家での内々の歌会であったと考えられる。具平親王が為頼と親しかったことは、為頼集や中務親王集断簡からも知られる。○けふのことをば忘るな　余りにも楽しかったので、お互いに、いつまでも長く楽しい思い出としようと言ったのである。○言ひわたりて　言い続けて。○花のにほひ　花の美しい色。「鶯のなかむしろには我ぞ泣く花のにほひやしばしとまると」(拾遺・物名・藤原輔相)。▽風雅を共にした仲間の一人が欠けたのを、残った仲間と哀惜した歌。「年々歳々花相似、歳々年々人不レ同」(和漢朗詠集・雑・無常)にも通うものがある。長能集によれば、長能は「もろともにこぞさぶらひし老らくもひとりはみえずなりもてぞゆく」と返歌している。

892 墨染めの喪服に五位が許される赤衣を重ね着して、涙の色は悲しみと喜びの二重になっています。匡衡集。○能宣　大中臣能宣。正暦二年(九九一)八月没、七十一歳。○かうぶりたまはりて　五位に叙せられて。叙爵して。輔親は正暦二年九月十六日従五位下に叙されている(公卿補任・長元七年条)。○そのよし言ひおこせて　匡衡集によれば、輔親は能宣の四十九日の願文を匡衡に誂えたので、その奥に「色々に思ひこそやれ墨染の袂もあけになれる涙を」という歌を書き添えた。

りにけりと聞《き》きて

893 あさぢ原《はら》荒《あ》れたる宿《やど》はむかし見《み》し人をしのぶのわたりなりけり

能因法師

母《はゝ》におくれ侍《はべ》りて又の年《とし》、はてのわざなど過《す》ぎてつれ〴〵に侍《はべ》りける夕暮《ゆふぐれ》に、塵《ちり》つもりたる琴《こと》などおしのごひて、弾《ひ》くとはなけれど、いまはほどなど過《す》ぎにければ、をり〳〵鳴《な》らしけるを、をばなりける人の相住《あひす》みける方《かた》より、琴《こと》の音《ね》聞《き》けばものぞかなしきなど言《い》ひにおこせて侍《(はべり)》ける返《かへ》り事《ごと》によめる

大納言道綱母

894 なき人はおとづれもせで琴《こと》の緒《を》をたちし月日ぞかへりきにける

母《はゝ》におくれて侍《はべ》りける頃《ころ》、兄弟の方《かた》〴〵にとぶらひの人〳〵まうで来《き》けれど、わが方《かた》には

それに対する返歌である。〇墨染　ここでは鼠色の喪服の意。〇あけの衣　緋色の袍。四位・五位の当色。五位の異称としてもいう。▽悲喜こもごも訪れたことに対して同情を寄せた友人への返事の歌。

893　浅茅が原と荒れはてた家は、昔見た人の面影を偲ぶ信夫のあたりだったよ。能因集、二句「あれたる野べは」。〇信夫の郡　陸奥国の地名。〇早う見し人　以前会った人。〇あさぢ原　茅萱が一面に生えている原。手入れされず、荒廃している庭などの形容に用いられることが多い。〇人をしのぶのわたり　人を偲ぶ信夫のあたり。「偲ぶ」と地名「信夫」の掛詞。「わたり」も陸奥の郡名「亘理」を響かせるか。「ひとりのみながめ古屋のつまなれば人をしのぶの草ぞ生ひける」(古今・恋五・貞登)。▽ゆかりの地でなき人を偲ぶ歌。

894　なき母その人からは音信もなくて、母がなくなったので琴の絃を断ったあの悲しい日、母の忌日がめぐってきました。蜻蛉日記・上。〇母におくれ侍りて又の年　康保二年(九六五)。〇はてのわざ　一周忌の法事。母は前年の初秋になくなった。〇をばなりける人　蜻蛉日記では「をばとおぼしき人」という。〇相住みける　同居していた。〇琴の音聞けば　「今はとて弾き出づる琴の音を聞けばうち返してもなほぞ悲しき」(蜻蛉日記)。〇琴の緒をたちし　伯牙が琴の友鍾子期の死後、琴の絃を断った故事。文選・与呉質書・魏文帝に見える。▽蜻蛉日記に、「をば」の歌を見て「いとど泣きまさりて」詠んだという、母に死別した悲しみの歌。

895　いくらしぐれが降り注いでも紅葉しない埋れ木はその甲斐がないよ。紅葉する木々の方を人も訪れるのだ。母に先立たれたことを嘆いても、弔問する人ははぶりのいい兄弟ばかりを慰めるか

おとづるゝ人侍《はべ》らざりければ　源経隆朝臣

895 しぐるれどかひなかりけり埋《むも》れ木《ぎ》は色《いろ》づくかたぞ人もとひける

物思《ものおも》ひける頃《ころ》、しぐれいたく降《ふ》り侍《はべ》りける朝《あした》、今宵《こよひ》のしぐれはなど人の訪《おとづ》れて侍《はべ》りければよめる　少将井尼

896 人しれずおつるなみだの音《おと》をせば夜《よ》はのしぐれにおとらざらまし

故中宮うせたまひてまたの年《とし》の七月七日に、宇治前大政大臣のもとにつかはしける　後朱雀院御製

897 こぞのけふ別《わか》れし星《ほし》も逢《あ》ひぬめりなどたぐひなきわが身《み》なるらん

ら、うだつのあがらない私は、その甲斐もないよ。〇しぐるれど　悲しみに涙していることの比喩。〇埋れ木　沈淪している自身の比喩。「枯れはてぬむもれ木あるを春はなほ花のゆかりに避(よ)くなとぞ思ふ」(貫之集)。〇色づくかた　「木」や「しぐるれど」という句の縁語で、目立つ兄弟を紅葉する木になぞらえていう。▽世人の弔問にも遺族の社会的な地位や名声によって差があることを見て、弔問されない者としてすねた歌。

896 人に知られることなく落ちる私の涙の音がしたならば、きっと夜半に降るしぐれの音に劣らないでしょう。〇物思ひける頃　悲しみに沈んでいた頃。〇人しれずおつるなみだ　「人知れず落つる涙は津の国のながすと見えで袖ぞ朽ちぬる」(拾遺・恋一・よみ人しらず)、「人知れず落つる涙のつもりつゝ数かくばかりなりにけるかな」(同・恋四・藤原惟成)など、よくある表現。〇夜はのしぐれ　しぐれは初冬の頃に降る雨。「涙の色のくれなゐは　われらがなかの　しぐれにて」(古今・雑体・伊勢)など、涙の比喩とされることがある。「よはのしぐれ」の音は寂しいものとされる。「寝覚めして誰か聞くらむこの頃の木の葉にかかるよはのしぐれを」(馬内侍集)。

897 去年の今日別れた牽牛織女の二星も今宵は再び逢うようだ。それなのになき中宮に逢えぬとは、どうしてこうも類例のないわが身なのであろうか。栄花物語・暮待つ星、下句「ためしなき身ぞかなしかりける」。〇故中宮　藤原嫄子。敦康親王の女。藤原頼通の養女。後朱雀天皇の中宮。長暦三年(一〇三九)八月、禖子内親王を出産後没、二十四歳。〇宇治前大政大臣　藤原頼通。栄花物語では「若宮」(嫄子所生の祐子内親王)に与えた詠とし、内親王の返歌は「秋来れば流れまされど天の河影だにみえぬ人ぞ悲しき」であったと語る。

898 後朱雀院うせさせたまひて打《う》ち続《つゞ》き世《よ》のはかなきこと侍《はべ》りける頃《ころ》、花《はな》のおもしろく侍《はべ》りければ

小左近

はかなさによそへて見《み》れどさくら花をりしらぬにやならむとすらん

899 故皇大后宮うせたまひてあくる年《とし》、その宮《みや》の梅《むめ》の花《はな》おもしろく咲《さ》きたりけるに、人〳〵、いとくちをしくなど言《い》ひければ

弁乳母

形見《かたみ》ぞと思《おも》はで花を見《み》しにだに風をいとはぬ春《はる》はなかりき

900 世《よ》の中《なか》はかなくて右大将通房かくれ侍《(はべり)》ぬと聞《き》きて

小弁

数《かず》ならぬ身のうきことは世《よ》の中《なか》になきうちにだに入《い》らぬなりけり

898 咲いたと思うと散ってしまうので、この世のはかなさに喩えて花を見るけれど、このような悲しみのうち続く時にそんなことをすると、時節を弁えない行為ということになるだろうか。栄花物語・根合、二句「よそへてみれば」。○後朱雀院うせさせたまひて　寛徳二年(一〇四五)一月十八日没、三十七歳。○打ち続き世のはかなきこと侍りける　一月十九日には藤原定頼が没している。○をりしらぬ　「をり」は時期、機会の「折」に「さくら花」の縁語「折り」を掛ける。「墨染の衣憂き世の花盛り折忘れても折りてけるかな」(道信朝臣集)。

899 形見だと思わないで梅の花を見た時ですら、花を散らす風を厭わぬ春はありませんでした。今年はこの梅の花をなき皇太后宮様の形見と思うので、なおさらのことです。弁乳母集。○故皇大后宮　藤原妍子。道長の二女。三条天皇の中宮。枇杷皇太后宮と呼ばれる。万寿四年(一〇二七)九月十四日没、三十四歳。○人〳〵　弁乳母集によれば、枇杷殿に参った「大納言殿」(藤原頼宗か)と連歌をした後、大納言殿が「香をとめて君が形見に惜しまるる花の姿は風もよけなん」と詠じたのに対する返歌。

900 物の数でもないわが身の憂くつらいことは、世間の死者の数にすら入らないことでした。○世の中はかなくて　長久五年(一〇四四)前半は疫病が流行し、死骸が路に満つという有様であった(扶桑略記)。○右大将通房　藤原通房。頼通の男。長久五年四月二十四日、疫病のために二十歳で夭折した。栄花物語・蜘蛛の振舞に「大方の世にもいみじく惜み聞えさす。御年の程、かたち・有様のめでたくものせさせ給へる」とあり、関係者の哀傷歌を載せている。→五六。▽類歌「常ならぬ世はうき身こそ悲しけれその数にだに入らじと思へば」(拾遺・哀傷・藤原公任)。

たゞにもあらで里《さと》にまかり出《い》でて侍《はべ》りけるに、十月ばかりほど近《ちか》うなりて、内《うち》より御とぶらひありける返《かへ》り事にたてまつり侍《(はべり)》ける

斎宮女御

901 枯《か》れはつるあさぢがうへの霜《しも》よりも消《け》ぬべきほどをいまかとぞ待《ま》つ

後朱雀院うせさせたまひて、上東門院白河《しらかは》に渡《わた》りたまひて、あらしのいたく吹《ふ》きけるつとめて、かの院に侍《(はべり)》ける侍従の内侍のもとにつかはしける

藤原範永朝臣

902 いにしへを恋《こ》ふる寝覚《ねざ》めやまさるらん聞《き》きもならはぬみねのあらしに

901 すっかり枯れてしまった浅茅の上に置く霜よりも早く、私は命の消えてしまいそうな時を、今か今かと待っております。斎宮女御集。村上御集。○たゞにもあらで 懐妊して。○里 実家。斎宮女御の「里」は重明親王家。○ほど近うなりて 出産が間近になって。○内 村上天皇。○枯れはつるあさぢ 実家の荒廃した庭の風景を写していう。○霜 朝日にあえば忽ちに解けて消えてしまうので、消えやすいものの例とされる。「朝日さす浅茅が原の霜よりも消えて恋しき古き言の葉」(古今六帖二・作者未詳)。▽出産を目前にして、その際に死ぬのではないかと不安に駆られている気持を吐露した歌。八八八から九〇三まで、一連の死者を追憶する歌の中で、これは死者に関する歌ではないが、作者が自身の死を予測している内容なのでここに置いたか。

902 先帝の古を恋しく偲びつつ寝覚めがちな夜が増さっておいででしょうか、聞き馴れぬ峰の山風の音のために…。範永朝臣集。栄花物語・根合。○後朱雀院うせさせたまひて →八九八。○上東門院 後朱雀院の母后。○白河 白河殿。渡御したのは寛徳二年(一〇四五)閏五月十五日。○つとめて 翌朝。○侍従の内侍 栄花物語には「殿守の侍従」という。直接上東門院に献ずることを憚って、女房に送ったのである。○みねのあらし 白河殿は東山に近かったから、都の中央よりも峰のあらし(山風)が強く吹いたと考えられる。▽なき子の帝を偲ぶ母后の心情を思いやる臣下の歌。

後拾遺和歌抄第十六　雑二

入道摂政よがれがちになり侍《はべ》りける頃《ころ》、暮《くれ》にはなどいひおこせて侍《はべ》りければいひつかはしける

大納言道綱母

903 柏木《かしはぎ》のもりのした草《くさ》くれごとになを《(ほ)》たのめとやかるを見《み》る〳〵

来《こ》むといひて来《こ》ざりける人の、暮《くれ》にかならずといひて侍《はべ》りける返《かへ》り事《ごと》に

馬内侍

904 待《ま》つほどのすぎのみゆけば大井川《おほゐがは》たのむるくれをいかゞとぞ思《(おもふ)》

903 柏木の森の下草が枯れるのをそのまま見ているように、あなたが夜離(が)れするのを見ながら、日が暮れるごとに当てにせよと言うのですか。蜻蛉日記・上。○入道摂政　藤原兼家。○柏木のもりのした草　兼家は天暦五年(九五一)右兵衛佐に任ぜられ、この歌が詠まれた同八年もその任に在ったので、兵衛の異名「柏木」を用いて、自身をその「もりのした草」になぞらえる。参考「柏木の森の下草おいぬとも身をいたづらになさずもあらなむ」(大和物語二十一段・監命婦)。○かるを見る〳〵　「かる」は「した草」の縁語「枯る」に「離(か)る」を掛ける。他本や蜻蛉日記は「もるをみるみる」とする。その場合は、雨が森の木々を漏れるように涙が漏れるの意となる。▽空頼めさせることが多い夫に抗議する妻の歌。兼家はこの歌に返歌せず、「みづから来てまぎらはしつ」(蜻蛉日記)という。

904 今までお待ちする時は空しく過ぎてしまったので、大井川を流れる榑(くれ)ではありませんが、あなたが当てにさせたこの夕暮も、さあどうだろうか、あやしいものだと思います。馬内侍集、四句「たのむるくれも」。○待つほどの　「松」を響かせる。○すぎのみゆけば　「過ぎ」に「杉」を掛ける。○大井川　山城国の歌枕。榑が筏に組まれて流される川。○くれ　「暮れ」に皮付きの材木の「榑」を掛ける。

905 浅瀬を越す筏士が結んだ綱が弱いので榑がばらばらになってしまうように、この夕暮には必ず訪れるというあなたのお言葉もあぶないものですね。○あさき瀬　男の心浅さを寓するか。○いかだし　筏(榑を組んだもの)を操る人。男の比喩。○綱　榑を結ぶ綱。約束の比喩。○このくれ　「榑」と「暮れ」の掛詞。▽調子のいい男の約束を当てにしない女の皮肉めいた歌。

905　女《をんな》のもとに、暮《くれ》にはと、男《をとこ》のいひつかはした
る返《かへ》り事《ごと》によみ侍《(はべり)》ける　　読人不知《(よみびとしらず)》

あさき瀬《せ》をこすいかだしの綱《つな》よは《(わ)》みなを《(ほ)》このくれもあやふかりけり

906　中関白通《かよ》ひはじめ侍《(はべり)》けるころ、夜《よ》がれして侍《はべ》
りけるつとめて、こよひはあかしがたくてこ
そなどいひて侍ければよめる　　高内侍

ひとり寝《ぬ》る人《ひと》や知《し》るらん秋の夜《よ》をながしとたれか君《きみ》に告《つ》げつる

907　忍《しの》びたる男《をとこ》の、ほかに出《い》で会《あ》へなどいひ侍《はべ》り
ければ　　新左衛門

春《はる》がすみ立《た》ち出《い》でむことも思《おも》ほえぬあさみどりなる空《そら》のけしきに

906　独り寝をする人は知っているでしょう。秋の夜を長いと、誰が(独り寝もしていない)あなたに告げたのでしょうか。○中関白　藤原道隆。○こよひはあかしがたくてこそ　この夜はそなたと別々で独り寝をしていたのでなかなか夜が明けなかったよ。「こよひ」は現代ならば、昨夜というべきところ。→六六。○ひとり寝る人　暗に自身をさして言う。○たれか君に告げつる　作者は道隆の言葉を信用せず、誰か他の女と共に過したと考えて言う。

907　家の外へ出てお逢いする決心がつきません。春霞で浅緑色の空のように、あなたのお心は浅いご様子なので。○忍びたる男　人目を忍ぶ恋人。○ほかに出で会へ　家を出て外で会ってくれ。男は女の宮仕え先の局などを訪れるのを憚って言ったのであろう。○春がすみ　「立ち」の枕詞のごとく用い、自身の比喩となる。「人知れず思ふ心は春霞立ち出でて君が目にも見えなむ」(古今六帖一・作者未詳)。○あさみどり　霞はしばしば「あさみどり」と形容される。○空　「かすみ」の縁語で、男の心が浅いことをいう。○空　ここでは男の心が浅いことをいう。▽春のことだったので、春の景物である霞を歌い入れているのであろう。

908　それは葵ともわからないほど枯れてしまっているのに、どう言ってみあれの今日は掛けたらよいのですか。あなたは私から離れてしまったのに、どうして今日は逢う日だというのですか。○為家朝臣　高階為家。成章の男。蔵人、備中守正四位下。○みあれ　四月の中の酉に行われる賀茂祭の前に行われる神事。○葵　フタバアオイ。賀茂社を象徴する草で祭に用いられる。「逢ふ日」を掛けることが多く、為家が女によこしたのも、日暮れに逢おうという心。○かれにしを　「枯れ」と「離(か)れ」の掛詞。

為家朝臣ものいひける女《をんな》にかれ〴〵になりてのち、みあれの日暮《ひぐ》れにはといひて、葵《あふひ》をおこせて侍《(はべり)》ければ、娘《むすめ》に代《かは》りてよみ侍《はべ》りける　小馬命婦

908 その色《いろ》の草《くさ》とも見《み》えずかれにしをいかにいひてかけふは掛《か》くべき

男《をとこ》の夜更《よふ》けてまうで来《き》て侍《(はべり)》けるに、寝《ね》たりと聞《き》きて帰《かへ》りにければ、つとめて、かくなむありしと、男《をとこ》のいひおこせて侍《はべ》りける返《かへ》り事《ごと》に　和泉式部

909 ふしにけりさしも思《おも》はで笛竹《ふえたけ》の音《おと》をぞせまし夜《よ》ふけたりとも

宵《よひ》のほどまうできたりける男《をとこ》のとく帰《かへ》りにければ

910 やすらはで立《た》つに立《た》てうき真木《まき》の戸《と》をさしも思《おも》はぬ人もありけり

909 ええ、私は臥していました。あなたは気になさらずに笛の音をお立てになればよかったのです、夜が更けていたとしても。和泉式部集、二句「さしておもはで」。○寝たりと聞きて　和泉式部は寝てしまったと聞いて。侍女などから聞いたか。○かくなむありし　これこれであった。昨夜訪れたが寝ていたと聞いて帰ったのだということ。○ふしにけり　「臥し」に「笛竹」の縁語「節」を掛ける。○笛竹の音　尋ねて来た合図の笛。男が笛を吹きつつ女の家を訪れることは更級日記にも「呼びわづらひて、笛をいとをかしく吹きすまして過ぎぬなり」と描かれている。○夜ふけたりとも「夜」に「節(よ)」、「ふけ(更け)」に「吹け」を響かせるか。▽なじるような男の言葉に対して「ふしにけり」と居直った上で、あなたの根気が足りないのですと逆襲したような言い方がおもしろい。

910 私はためらわずには閉めるにも閉めにくいと感じる真木の戸なのに、鎖していることをそれほどとも思わない人もいたのですね。和泉式部集、二句「たつにたちうき」、五句「人も有りけん」。○やすらはで　躊躇せずには。○立つに立てうき　閉めるにしても閉めづらい。○真木の戸　板戸。「君や来む我や行かむのいさよひに槙の板戸もささず寝にけり」(古今・恋四・よみ人しらず)。○さしも　「そのようにも」の意に「戸」や「立つ」の縁語「鎖し」を掛ける。▽おざなりに尋ねてすぐ帰った男を皮肉まじりになじる歌。九〇三から九一〇までは、男との関係で女が詠んだ歌をまとめる。

911 あの子とはこっそりと仲良くしたのに、他の男、しかも私の兄弟を通わせるとはひどく妬ましい。紫の根摺りの衣を上着として着てしまおう(二人の間柄を公表してしまおう)。入道右大臣集、二句「くやしかりけり」、五句「うはぎにぞせん」。○小式部内侍　和泉式部の娘。○二条前太

小式部内侍のもとに二条前太政大臣はじめてまかりぬと聞《き》きてつかはしける　堀川右大臣

911 人知《ひとし》らでねたさもねたしむらさきのねずりの衣《ころも》うはぎにを着《き》ん

返《かへ》し　和泉式部

912 ぬれぎぬと人にはいはむむらさきのねずりの衣《ころも》うはぎなりとも

平行親蔵人にて侍《はべ》りけるに、忍《しの》びて人のもとに通《かよ》ひながらあらがひけるを見《み》あらはして　兵衛内侍

913 秋霧《ぎり》は立《た》ちかくせども萩原《はぎはら》に鹿《しか》ふしけりとけさ見《み》つるかな

実方朝臣の女《むすめ》に文通《ふみかよ》はしけるを、蔵人行資に会《あ》ひぬと聞《き》きて、この女《をんな》の局《つぼね》をうかゞひて、

政大臣　藤原教通。○むらさきのねずりの衣　紫の根を摺って染めた衣。紫はゆかりの色で兄弟を暗示する。参考「恋しくは下にを思へ紫のねずりの衣色に出づなゆめ」(古今・恋三・よみ人しらず)。▽難後拾遺に「この歌の心、わが人知れずありしことは、薄き表着なりとあらば、さもやあらん。確かにもこそ見えね。うはぎといふこと、歌などによむべくも見えず」と評する。

912　それは濡れた衣ですよとその人には言いましょう。あなたが紫の根摺りの衣を上着に着よう(あの子と教通さまとの関係を公表されよう)とも。入道右大臣集。○ぬれぎぬ　事実無根の浮名。下の「ねずりの衣」「うはぎ」の縁語。▽娘をかばう女親の心。和泉式部には「色に出でて人に語るな紫のねずりの衣きて寝たりきと」(和泉式部集)という作もある。

913　秋霧が立って隠したけれども、鹿は萩の咲く原に確かに臥していたと、今朝見届けましたよ。あなたは隠しても、他の女性の所で臥したことはしっかりと見てしまいましたよ。○平行親　行義の男。蔵人、右衛門権佐、中宮大進、正五位下に至る。○人　女。○あらがひける　通っていないと抗弁した。○見あらはして　現場を見付けて公表して。○秋霧　季節が秋だったのでいうか。○萩原　行親が通っていた「人」の局の比喩で、「秋霧」の縁語。○鹿　副詞「然(かし)」を掛ける。行親の比喩で、これも「秋霧」の縁語。○けさ見つるかな　作者は行親がその「人」の局から朝帰りする姿を見たか。▽他の女との情事を否定する男を問い詰める女の歌。

914　毎朝起きて見ると、白菊は霜にひどくうつろってしまったよ。私に対するあなたの愛情はうつろってしまったね。○実方朝臣の女　尊卑分脈では菅原在良の母を「中将実方女」とする。○蔵

見《み》あらはしてよみ侍《はべ》りける　　左兵衛督公信

914 朝《あさ》な〳〵起《お》きつゝ見《み》れば白菊《しらぎく》の霜《しも》にぞいたくうつろひにける

大江公資《(より)》相模の守に侍《はべ》りける時《とき》、もろともにかの国《くに》に下《くだ》りて、遠江守にて侍《はべ》りける頃《ころ》忘《わす》られにければ、こと女《をんな》をゐて下《くだ》ると聞《き》きてつかはしける　　相模

915 逢坂《あふさか》の関《せき》に心はかよはねど見《み》し東路《あづまぢ》はなを《(ほ)》ぞ恋《こひ》しき

左大将朝光通《かよ》ひ侍《はべ》りける女《をんな》に、あだなることと人にいはるなりといひ侍《はべ》りければ、女《をむな》のよめる　　よみ人しらず

916 ねぬなはのねぬ名《な》のおほく立《た》ちぬればなを《(ほ)》大沢《おほさは》のいけらじや世《よ》に

人行資　橘行資。○起きつゝ　「霜」の縁語「置き」を掛ける。○白菊　女の比喩。○霜　行資の比喩。○うつろひにける　色が変ってしまったよ。白菊は霜に逢うと紫色に変色するので、行資に逢って公信に対する女の心が変ったことを言う。「ませの内なる白菊も うつろふ見るこそあはれなれ 我らが通ひて見し人も かくしつつこそかれにしか」（古今著聞集八ノ三二九）。▽他の男と情事を持っている女を問い詰める男の歌。

915　逢坂の関に心は通いませんが（あなたとお逢いしようとは思いませんが）、昔あなたと共に見た東国路はやはり恋しく思われます。○大江公資　相模の夫。○逢坂の関　近江国の歌枕。男女が逢う意でいう。○東路　相模も遠江も共に東路である。「逢坂の関」の縁語。▽別れた夫に対する未練の歌。

916　大沢の池の蓴菜（ぬなわ）の根ではありませんが、私は他の男と寝てもいないのに、浮名がひどく立ってしまったので、とてもこの世に生きていますまい。朝光集、二句「ねぬなのいたく」。○左大将朝光　藤原朝光。○ねぬなはの　「ねぬなは」は蓴菜。この句は「寝ぬ」を起す序詞。○大沢のいけらじや　「大沢の池」（山城国の歌枕）から「いけらじ」と続ける。▽浮名を立てられた女の弁明の歌。難後拾遺に、第二句は論理的におかしいと難ずる。朝光は「大沢の多くの人の歎きにていけらじとのみ思ふなるらん」と返している。参考「隠れ沼の下より生ふるねぬなはの寝ぬ名は立てじくるな厭ひそ」（古今・雑体・壬生忠岑）。

917　住んでいた人（夫）が離（か）れてゆく私の家では、季節の区別なく草木まで早くも秋（飽き）の色をしているよ。定頼集、初句「すむ人も」。○太政大臣　藤原信長。○まゆみ　紅葉が美しい落葉樹。四月頃の「もみぢ」は異常な状態と思われる。

太政大臣かれ〴〵になりて四月許《ばかり》に、まゆみのもみぢを見てよみ侍《はべ》りける

藤原兼平朝臣母

917 すむ人のかれゆく宿《やど》はときわかず草木《くさき》も秋の色《いろ》にぞありける

女《をんな》のもとにてあか月鐘《かね》を聞《き》きて

小一条院

918 あか月の鐘《かね》の声《こゑ》こそきこゆなれこれをいりあひと思《おも》はましかば

男《をとこ》の、隔《へだ》つることもなく語《かた》らはんなどいひ契《ちぎ》りて、いかゞ思《おも》ほえけん、ひとまには隠《かく》れ遊《あそ》びもしつべくなんといひて侍《はべ》りければ

和泉式部

919 いづくにか来《き》ても隠《かく》れむへだてたる心のくまのあらばこそあらめ

〇すむ人　通って来た夫。〇かれゆく　「離れ」と「枯れ」の掛詞。〇秋の色　「秋」に「飽き」を掛ける。▽夫の愛が薄らいだ妻の嘆きの歌。定頼集によれば、作者の父藤原定頼の詠で、作者定頼女はこれに、「緑なる松の梢を思はずにもみぢの色の濃く見ゆるかな」と返歌した。

918　暁朝の鐘の声が聞える。もうあなたと別れなければならない。これをあなたと逢う時刻を告げる入相の鐘と思えたらいいのになあ。〇あか月の鐘　六時のうち、晨朝の鐘。〇いりあひ　同じく日没を告げる鐘。▽住吉物語・上に、女君の乳母子侍従と主人公の少将の連歌として、「小夜もなかばに過て、鐘の音聞こえければ、侍従、何心もなく、物語の中に、暁の鐘の音こそ聞こゆなれ／と言へば、是を入会（いりあひ）と思はましかば／と、打ながめ給ひけり」とある。

919　どこに来て隠れようというのですか。隠し隔てしている心の隈(秘密)があるならばともかく、私にはそのような秘密はないのですから。和泉式部続集、初・二句「いづこにかたちもかくれん」。〇隔つることもなく　隠し隔てすることもなく。〇ひとまには　人のいない隙には。〇隠れ遊びもしつべく　隠れんぼうでもしたいと思う。〇隠れ「昔せし隠れ遊びになりなばや片隅もとに寄り臥せりつつ」(聞書集)。〇心のくま　「人はかる心の隈はきたなくて清き渚をいかで過ぎけん」(後撰・恋五・少将内侍)。▽思わせぶりなそぶりをする男を突き放した女の歌。

920　あなたがいらっしゃるかとためらって真木の戸は鎖さないのに、おかしいですね、どのようにして明けた(開けた)冬の夜なのでしょうか。和泉式部集、二句「まきの戸をこそ」、四句「いかであけつる」。〇たゞに明してける男　来ないでそのまま夜を明かさせた男。和泉式部集「たのめ

来《こ》むといひてたゞに明《あか》してける男《をとこ》のもとにつかはしける

920 やすらひに真木《まき》の戸《と》こそはさゝざらめいかにあけつる冬《ふゆ》の夜《よ》ならん

後三条院坊におはしましける時《とき》、女房の局《つぼね》の前《まへ》に柳《やなぎ》の枝《えだ》を植《う》ゑて侍《(はべり)》けるを、宵《よひ》に物語《ものがた》りなどして帰《かへ》りたる朝《あした》、その柳《やなぎ》なかりければ、よべの人の取《と》りたるかとて、乞《こ》ひにおこせたりければ

藤原顕綱朝臣

921 あをやぎのいとになき名《な》ぞ立《た》ちにけるよるくる人はわれならねども

皇后宮親王《みこ》の宮《みや》の女御と聞《きこ》えける時《とき》、里《さと》へまかり出《い》でたまひにければ、そのつとめて、咲《さ》かぬ菊《きく》につけて御消息ありけるに

後三条院御製

てみえぬ人」。〇やすらひ　ためらい。男が訪れるか訪れないかはっきりしないのでためらうこと。〇あけつる　夜が「明けつる」に「戸」の縁語「開け」を掛ける。〇冬の夜　長いから明けにくい。とくに人を待っての独り寝では長く感じられる。▽約束をすっぽかした男をなじる女の歌。表現の上で九一〇に通ずるが、こちらの方が恨む心は強い。九一二から九二〇までは、男女関係にまつわる歌。

921 柳泥棒という無実の噂が立ったよ。青柳の糸を縒ったり繰ったりするように夜来て青柳を盗んだ人は私ではないのに。顕綱朝臣集。〇後三条院坊におはしましける時　後三条院が東宮でいらっしゃった時。寛徳二年(一〇四五)一月十六日から治暦四年(一〇六八)四月十九日まで。〇女房　顕綱朝臣集では「ある宮ばらの女房」という。〇乞ひにおこせたりければ　同集では「返し植ゑよと責めければ」という。〇いとになき名　「糸に無き」に副詞「いと」形容詞「似無き」を響かせるか。〇よるくる　「夜来る」と「糸」の縁語「縒る」「繰る」の掛詞。▽柳泥棒という嫌疑をかけられて弁明した歌。

922 このようにまだ咲かない垣根の菊もあるのに、私の菊はどこの家に移植されてしまったのだろうか。私への愛情がうつろってしまったので、あなたは里帰りをしたのか。〇皇后宮　贈皇后宮藤原茂子。白河天皇の母后。康平五年(一〇六二)六月二十二日、東宮妃の時病没した。享年未詳。すなわち践祚以前の後三条天皇妃。〇まだ咲かぬまがきの菊　送られてきた菊について言いつつ、あるいは東宮坊にあること久しい自身を暗に寓するか。〇うつろひにけん　色変ることに愛情のなくなる意をこめて言う。→九二四。

923 この枕箱の身と蓋が別れ別れになるように、たとえ他人の間柄となってしまっても、二人で愛し合ったことはお忘れにならないで。馬内侍

922 まだ咲《さ》かぬまがきの菊《きく》もあるものをいかなる宿《やど》にうつろひにけん

忘《わす》れじといひ侍《(はべり)》ける人のかれ〴〵になりて、枕箱《まくらばこ》取《と》りにおこせて侍《はべ》りけるに　馬内侍

923 たまくしげ身《み》はよそ〳〵になりぬともふたりちぎりしことな忘《わす》れそ

ものへまかるとて、人の許《(もと)》にいひおき侍《(はべり)》ける　和泉式部

924 いづかたへゆくと許《(ばかり)》は告《つ》げてまし問《と》ふべき人のある身と思《おも》はゞ

忍《しの》びたる男《をとこ》の、雨《あめ》の降《ふ》る夜《よ》まうできて、濡《ぬ》れたるよし、帰《かへ》りていひおこせて侍《はべ》りければ

925 かばかりにしのぶる雨《あめ》を人とはゞなにゝぬれたる袖《そで》といはまし

集。○枕箱　馬内侍集では「てばこ」。○たまくしげ　ここでは詞書にいう枕箱を意味し、同時に「身」の枕詞となる。○よそ〳〵に　無関係に。離れ離れに。○ふたり　「たまくしげ」「身」の縁語「蓋」を掛ける。▽枕は夫婦の間柄を象徴するものだから、その枕を納める箱を取りに使をよこしたというのは、夫婦関係の破局を意味する。その現実を受けとめつつ、去ってゆく夫に対して、いい思い出だけは大切にしてほしいと訴える、いじらしい女心の歌。九二一から九二三は物に関連する贈歌。

924 もしも私の行方を尋ねるに違いない人がいると思ったならば、どこへ行きますという程度のことは告げましょうものを。けれどもあなたはお尋ねにもならないでしょう。和泉式部集、三句「いひてまし」、五句「ありと思はば」。○ものへまかる　ちょっとよそへ行く。漠然とぼかした言い方。○人　男であろう。▽自分に対して無関心な相手にいらだち、すねて見せて、その関心を掻き立てようとする歌。

925 人目を忍ぶ恋のために流す涙で私の袖はこれほど濡れています。人が尋ねたならば、何に濡れた袖と言ったらよいのでしょうか。和泉式部続集、初句「かくばかり」、五句「袖といふらん」。○忍びたる男　世間の目を忍んで通って来る男。○しのぶる雨　「憂きことを忍ぶる雨の下にしてわが濡衣は干せど乾かず」(後撰・雑四・小町が孫)、「濡れずやは忍ぶる雨といひながらなほく(ママ)れば忘れやはする」(和泉式部続集)。▽あなたのせいで濡れたと言わぬばかりの男の言葉に反撥して、私だって泣き濡れていますとやり返した。

926 あなたの心は上の空になっています。蜘蛛の巣(ぃ)の「い」ではありませんが、私はどうして今日も過しましょうか。そういう頼りにならない人を思って。○人のもとに　女のもとに。○あ

926 人《ひと》のもとに文《ふみ》やる男《をとこ》を恨《うら》みやりて侍《（ハ）（べり）》ける返《かへ》り事《ごと》にあらがひ侍ければよめる

そらになる人の心にさゝがにのいかでけふまたかくてくらさん

927 男《をとこ》のものいひ侍《（はべり）》ける女《をむな》を、今《いま》はさらにいかじといひてのち、雨《あめ》のいたく降《ふ》りける夜《よ》まかりけりと聞《き》きてつかはしける

三笠山《みかさやま》さしはなれぬといひしかど雨《あめ》もよにとは思《おも》ひしものを

928 年《とし》ごろ住《す》み侍《はべ》りける女《をむな》を男《をとこ》思《おも》ひはなれて、物の具《ものゝぐ》など運《はこ》び侍《（はべり）》ければ、女《をむな》のよめる

読人不知《（しらず）》

なげかじなつゐ《（ひ）》にすまじき別《わか》れかはこれはある世《よ》にと思《おも》ふ許《（ばかり）》ぞ

らがひ　そういう事実はないと否定した。〇そら　蜘蛛は空に巣を掛けることから、「さゝがに」の縁語。〇さゝがにの　「さゝがに」は蜘蛛。その巣を「い」ということから、「いかで」の枕詞。〇かくて　「さゝがに」「い(巣)」の縁語「掛く」を響かせる。▽浮気な男にかかわっている自身を顧みて嘆いた歌。

927 三笠山から離れた(あの人と別れた)というのは当てにならないにせよ、まさかこのひどい雨降りにわざわざ行くまいと思っていたのに、あなたは傘をさして出かけたのですね。和泉式部続集、三句「聞きしかど」、五句「思はざりしを」。〇男のものいひ侍ける女　家集に「或る所に中将とて候ふ人」という。〇三笠山　大和国の歌枕。和歌では近衛職を意味することが多いが、ここでは男が通う女房の中将をさす。〇さし　「三笠山」の「笠」の縁語。〇雨もよに　まさか雨が降る中を(行くまい)。「月にだに待つほど多く過ぎぬれば雨もよに来じと思ほゆるかな」(後撰・恋六・藤原伊衡女今君)。▽雨を冒して恋人のもとに通う男に、半ば嫉妬の情を抱きつつ、あきれている歌。九二四から九二七までは、和泉式部の男とのやりとりの歌。

928 嘆くまいよ。この世では人はいつかは必ず別れなければならないのです。これは死に別れではなく生き別れなのだと思うばかりです。〇年ごろ　永年。〇住み侍りける女　同棲しておりました女。〇物の具　調度品。〇運び侍ければ　女の家から運び出しましたので。〇つゐにすまじき別れかは　仏教では愛別離苦を説く。▽男が去ってゆくのも避けられぬ運命とあきらめ、それを甘受しようと自らに言い聞かせる女の歌。

929 あなたは彼とは昔馴染みだから、物越しの応対が打ち解けなかった(着馴らした衣の裳の腰帯を解かなかった)わけでもないでしょう。定

兼房朝臣、女のもとにまうできて物語《ものがた》りし侍《はべ》りけるを、かくと聞《き》ゝて、うたてといひつかはしける返《かへ》り事《ごと》に、物越《ものご》しにてなんなど、女《をんな》のいひおこせて侍《はべ》りければよめる

中納言定頼

929 いにしへの着《き》ならし衣《ごろも》いまさらにそのものごしのとけずしもあらじ

大弐資通むつましきさまになむいふと聞《き》ゝてつかはしける

相模

930 まことにやそらになき名《な》のふりぬらん天照《あまて》る神《かみ》のくもりなき世《よ》に

元輔文通《ふみかよ》はしける女《をむな》をもろともに文《ふみ》などつかはしけるに、元輔《もとすけ》に会《あ》ひて忘《わす》られにけりと聞《き》ゝて、女《をんな》のもとにつかはしける

藤原長能

931 こりぬらんあだなる人に忘《わす》られてわれならはさむ思《(おもふ)》ためしは

頼集。○兼房朝臣　藤原兼房。○うたて　不愉快だ。○物越しにてなん　(几帳や屏風など)間に物を隔ててお話ししたのです。○着ならし衣　女が兼房と馴染みであることを暗示する。○ものごし　「物越し」に「裳の腰」を掛ける。裳は表着の後腰に付けて裾を長く扇状に曳く女性の衣服。腰は裳の腰の部分を結ぶ紐。「人のものこしを取りて返しつかはすとて　廉義公／幾そ度人の解きけむ下紐のまれに結びてあはれとぞ思ふ」(秋風集・恋中)。▽恋人が他の男と付合っていると聞き、弁明にも耳を貸さず、嫉妬している男の歌。

930 事実無根の私とあなたの噂が言い古されているというのは本当でしょうか。天照大神が照覧なさるこの曇りのない世間で。○大弐資通　源資通。○むつましき　底本「おつましき」。○そら　「ふり」「天照る神」「くもり」と縁語。○ふりぬらん　「古り」に「そら」などの縁語「降り」を響かせる。○天照る神　天照大神。○くもりなき　「くもり」は「そら」「ふり」「照る」の縁語。▽神かけて男との噂を否定する女の歌。

931 浮気な男に忘れられて懲りたでしょう。浮気ではなくて深く愛するというのはこういうことなのだと、今度はその例を私が教えてあげよう。○元輔　清原元輔。○あだなる人　ここでは元輔をさす。「花ならで花なるものはしかすがにあだなる人の心なりけり」(貫之集・女)、「いとともうつろひぬるか桜花あだなる人も見てこりぬべし」(忠岑集)。○われならはさむ　私が教えよう。「いよいよ道々の才を習はさせ給ふ」(源氏物語・桐壺)。▽自分を見限った女が自分のライバルに捨てられたと聞いて、改めて求愛する男の歌。

932 早くも降る春雨は柏木の森を洩れてしまっているのに(二人の間はもう駄目になっているのに)、古めかしくもそれを私に告げるのですね。

932 入道前大政大臣兵衛佐にて侍《(はべり)》ける時《とき》、一条左大臣の家《いへ》にまかりそめて、かくなんあるとは知《し》りたりやといひにおこせて侍ける返《かへ》り事《ごと》によめる

馬内侍

春雨《はるさめ》のふるめかしくもつぐるかなはや柏木《かしはぎ》のもりにしものを

933 はやう住《す》み侍《はべ》りける女《をんな》のもとにまかりて端《はし》の方《かた》にゐて侍《はべ》りけるに、寝《ぬ》る所《ところ》の見《み》え侍《(はべり)》ければよめる

清原元輔

いにしへの常世《とこよ》の国《くに》やかはりにしもろこしばかり遠《とほ》く見《み》ゆるは

934 赤染衛門恨《うら》むること侍《はべ》りけるころつかはしける

右兵衛督朝任

わたのはら立《た》つ白波《しらなみ》のいかなればなごりひさしく見《み》ゆるなるらん

馬内侍集。麗花集。〇入道前大政大臣　藤原道長。永観二年(九八四)二月一日から寛和二年(九八六)十月十五日まで、右兵衛権佐。〇一条左大臣　源雅信。敦実親王の男。道長室倫子の父。〇まかりそめて　聟として通い始めて。〇春雨の　「ふるめかしく」を起す序詞。〇ふるめかしくも　「春雨」の縁語「降る」を掛ける。〇柏木　兵衛の異名。男が右兵衛佐であったのでいう。→九〇三。〇もりにし　「春雨」の縁語「洩り」に「(柏木の)杜」を掛ける。▽他の女と結婚したことを知らせてきた思いやりのない男に対して、平然たる態度を装う女の歌。

933 楽しい常世の国にも似た、昔二人で共に過した閨の床は変ってしまったのか。それがまるで唐土のように遠く見えるのは。元輔集。〇常世の国　不老不死と信じられていた異郷。「床」を響かせ、楽しかった以前の夫婦生活を譬えていう。「わぎもこは常世の国に住みけらし昔見しより若えましにけり」(古今六帖五・大伴三依)。〇もろこし　唐土。親しみの持てない遠くの異郷としていう。「もろこしも夢に見しかば近かりき思はぬ中ぞはるけかりける」(古今・恋五・兼芸)。▽別れた女の家を訪れて、昔をなつかしんでいる男の歌。

934 大海原に立つ白波はどうしていつまでもそのなごりが消えないのだろうか。あなたはどうしていつまでも腹を立てているのだろうか。赤染衛門集。〇恨むること　赤染衛門集によれば、彼女の娘が怨んでいると聞いて、朝任がよこしたと知られる。〇わたのはら立つ　「大海原」の意に「腹立つ」を掛ける。〇なごり　余波。「わたのはら」「白波」の縁語。▽怒っている相手の機嫌を伺い、暗に怒りを納めてほしいという歌。

935 風は思いもよらない方向に吹きましたが、海原には波など立ちませんでした。あなたは思いもよらぬ人の方へ行きましたが、私は腹など立

返《かへ》し　　　　　　　　　　　　　　赤染衛門

935 風はたゞ思《おも》はぬかたに吹《ふ》きしかどわたのはら立《た》つ波《なみ》もなかりき

中納言定頼家を離《はな》れてひとり侍《はべ》りける頃《ころ》、住《す》みける所《ところ》の小《こ》柴垣《しばがき》の中《なか》に置《お》かせ侍《(はべり)》ける　　　　相模

936 人《ひと》しれず心ながらやしぐるらんふけゆく秋《あき》のよはの寝覚《ねざ》めに

女《をんな》のもとにまかりたりけるに、あづまをさして出《い》でて侍《(はべり)》ければ　　　　大江匡衡朝臣

937 逢坂《あふさか》の関《せき》のあなたもまだ見《み》ねばあづまのことも知《し》られざりけり

てておりません。赤染衛門集。○風　朝任を譬える。○思はぬかた　自分(赤染衛門の娘)以外の女性を暗示する。「須磨の海人の塩焼く煙風をいたみ思はぬ方にたなびきにけり」(古今・恋四・よみ人しらず)。▽相手の態度は満足できないが、怒ってはいないという返事。

936 御自身のお心とはいいながら、更けゆく秋の寝覚め、降るしぐれの音にひそかに涙していらっしゃるでしょうか。相模集。○中納言定頼　藤原定頼。ただし、相模集では「ある所に」と朧化する。○家を離れてひとり侍りける頃　相模集に、永年連れ添っていた北の方と離別して独り住みしていると聞いたのでという。○しぐるらん　涙にくれているだろうという意をこめる。相模集によれば、この歌を送ったのは「長月の二十日余り」。▽相模の方から風流才子の定頼の気を引いた歌。匿名で届けたらしいが、後日定頼は相模と知って、「年経ぬる下の心や通ひけむ思ひもかけぬ人の水茎」と返歌し、相模は更にそれに応答している。

937 逢坂の関の向うもまだ見たことはないから、東国のこと(和琴の弾き方)はわかりません。匡衡集。○あづま　東琴。和琴(わごん)。日本古来の絃楽器で、六絃。○逢坂の関のあなた　逢坂の関(→四六六)の向う、すなわち東国。○まだ見ねば　女とまだ逢って(親しい間柄になって)いないことを寓意するか。「音羽山音に聞きつつ逢坂の関のこなたに年をふるかな」(古今・恋一・在原元方)。○あづまのこと　「東の琴(和琴)」に「東(東国)の事」を掛ける。▽男の楽才を試そうとした女に対して歌才で答えた。今昔物語集二十四ノ五十二、古本説話集・上ノ四では、女房達は匡衡を嘲弄しようとして和琴を出したと語る。

938 神無月に似合わしく、空よかき曇っておくれ。もしもしぐれてくるならば、上の空になって

十月許《(ばかり)》にまうできたりける人《ひと》の、しぐれのし侍《はべ》りければ、たゝずみ侍《はべ》りけるに　　馬内侍

938 かきくもれしぐるとならば神無《かみな》月けしきそらなる人やとまると

大納言行成物語《ものがた》りなどし侍《(はべり)》けるに、内《うち》の御物忌に籠《こも》ればとて、急《いそ》ぎ帰《かへ》りてつとめて、鳥《とり》の声《こゑ》に催《もよほ》されてといひおこせて侍ければ、夜《よ》深《ふか》かりける鳥《とり》の声《こゑ》は函谷関のことにやといひにつかはしたりけるを、立《た》ち帰《かへ》り、これは逢坂《あふさか》の関《せき》に侍《はべ》りとあれば、よみ侍《はべ》りける　　清少納言

939 夜《よ》をこめて鳥《とり》のそらねにはかるともよに逢坂《あふさか》の関《せき》はゆるさじ

三輪《みわ》の社《やしろ》わたりに侍《はべ》りける人《ひと》を尋《たづ》ぬる人に代《かは》りて　　素意法師

940 ふるさとの三輪《みわ》の山辺《やまべ》をたづぬれど杉間《すぎま》の月のかげだにもなし

いるあの人も帰らずにとまるかもしれないから。馬内侍集。○まうできたりける人　馬内侍集「あからさまにきたる人」。○たゝずみ侍りけるに　馬内侍集「かへりなんとするに」。○しぐるとならば神無月　しぐれは陰暦十月頃に降るとされる初冬の景物。「神無月降りみ降らずみ定めなきしぐれぞ冬のはじめなりける」(後撰・冬・よみ人しらず)。○そらなる　「そら」は「かきくもれ」「しぐる」の縁語。▽帰ろうとする恋人を遠まわしな言い方で引き留める女の歌。後代の説話集、今物語に「降れや雨雲の通ひ路見えぬまで心空なる人やとまると」という類歌を含む歌徳説話がある。

939 まだ夜が深いのに鶏の鳴き真似をしてだまそうとしても、まさか逢坂の関守はだまされて通しはいたしますまい。○大納言行成　藤原行成。○内の御物忌　内裏の物忌。→八五九。○鳥の声に催されて　鶏の声に促されて。○夜深かりける鳥の声　まだ深夜のうちに鳴いた鶏の声。○函谷関　中国河南省北西部の交通の要衝。秦を逃れた孟嘗君が、鶏鳴を巧みに真似る食客の働きで関門を開けさせ、通過したという故事(史記・孟嘗君伝)によって著名。▽小倉百人一首で著名な、作者の機智を示した歌。行成は「逢坂は人越えやすき関なれば鳥鳴かぬにも開けて待つとか」と返歌している。

940 古都のあった国、大和の三輪の山辺を尋ねたけれども、杉の間を洩れる月の光すら見えなかったよ。あなたの家を尋ね当てることはできなかったよ。○三輪の社　大和国三輪山の麓にある大神(おおみわ)神社(三輪明神)。○ふるさと　奈良が古京であったことから大和国をいう。○三輪の山辺をたづぬれど　「わが庵は三輪の山本恋しくはとぶらひ来ませ杉立てる門」(古今・雑下・よみ人しらず)の古歌によって言う。○杉間　杉は三輪社の

はらからなどといふ人の、忍《しの》びて来《こ》むといひたる返《かへ》り事《ごと》に　相模

941 東路《あづまぢ》のそのはらからは来《き》たりとも逢坂《あふさか》までは越《こ》さじとぞ思《（おもふ）》

俊綱朝臣たび〳〵文《ふみ》つかはしけれど、返《かへ》り事《ごと》もせざりけるを、なほなどいひ侍《はべ》りければ、桜《さくら》の花《はな》に書《か》きてつかはしける　近衛姫君

942 散《ち》らさじと思《おも》ふあまりにさくら花《ばな》ことのはをさへをしみつるかな

むつましくもなき男《をとこ》に名立《なた》ちける頃《ころ》、その男《をとこ》のもとより、春《はる》も立《た》ちぬ、今《いま》はうちとけねかしなどいひて侍《はべ》りければよめる　下野

943 さらでだに岩間《いはま》の水《みづ》はもるものをこほりとけなば名《な》こそ流《なが》れめ

印(象徴)の木。○月のかげ　相手の影(すら見えなかったこと)を暗示する。▽遠くまで思う人を尋ねて、尋ね当てられなかった恨みを歌う。

941　東国路の園原からやって来たとしても、逢坂の関までは越させまいと思います。たとえ兄妹だとしてもお逢いしないつもりです。相模集。○忍びて来む　こっそり通って来よう。相模集には「関の隙《まひ》あらむ折は」(夫の目が届かない折に訪れよう)と言うのもあやしいのでとある。○そのはらからは　信濃国の歌枕の園原に同胞の意の「はらから」を掛ける。○逢坂までは越さじ　逢坂の関までは越すまい、あなたと男女の関係を持つまい。▽血縁だと言って近付こうとする好色な男を拒む女の歌。歌枕二つを詠み入れた技巧は巧み。

942　桜の花、そして私の文を散らすまいと思うあまりに、言葉という葉までも惜しんだのです。○俊綱朝臣　橘俊綱。○なほ　やはり御返事を頂きたいの意。○桜の花に書きて　しぼみやすいので直ちに見ないと読めなくなるおそれもある。作者はあるいはそのことを計算に入れているか。○散らさじ　「さくら花」の縁語。○ことのは　「言の葉」に「さくら花」の縁語「葉」を掛ける。▽男の執拗な求愛に対する女の拒絶の歌。

943　そうでなくても岩の間から水は漏れるものなのに、氷が解けたらいよいよ流れるでしょう。そうでなくても噂は立ちやすいのに、あなたに打ち解けたら私の浮名が流れることでしょう。四条宮下野集、初句「さらぬだに」。○名立ちける　親しくしているという噂が立った。○春も立ちぬ　立春も過ぎた。○今はうちとけねかし　氷のように冷たいあなたももう打ち解けてくださいよ。「東風解凍」(礼記・月令)という観念に基づいていう。→六三・六二四。四条宮下野集によれば、「春立たばうちもとけなで山川の岩間のつらいとどしげ

能通朝臣女《をんな》を思《おも》ひかけて、石山に籠《こも》りて、逢《あ》はむことを祈《いの》り侍《はべ》りけり、逢《あ》ふよしの夢《ゆめ》を見《み》て、女の乳母《めのと》《をむな》のもとに、かくなん見《み》たるといひつかはして侍《(はべり)》ければ、かくよみてつかはしける

四条宰相

944 祈《いの》りけむことは夢《ゆめ》にてかぎりてよさても逢《あ》ふてふ名《な》こそをしけれ

資良朝臣蔵人にて侍《はべ》りける時《とき》、園韓神の祭《まつり》の内侍に催《もよほ》すとて、禊《みそぎ》すれどこの世《よ》の神は験《しるし》なければ、園韓神《そのから》に祈《いの》らむといひて侍《はべ》りける返《かへ》り事《ごと》によめる

少将内侍

945 ちかきだに聞《き》かぬみそぎをなにかその韓《から》神まではとほく祈《いの》らむ

家経朝臣文通《ふみかよ》はし侍《はべ》りけるに、会《あ》はぬ先《さき》にたえぐ〵になりにければ、つかはしける

伊賀少将

しも」という、藤原有綱の歌の意を取って記した。〇流れめ　「水」「もる」「とけ」と縁語。▽浮名を立てられた相手の男をあくまで拒む女の歌。四条宮下野集によれば、小式部のために代作した詠。

944 あなたがお祈りになったとかいうことは夢だけにしてください。それにしても私があなたと逢ったという浮名の立つのが残念です。〇能通朝臣　藤原能通。〇石山　石山寺。→五〇〇。〇かくなん見たる　このようにあなたと逢うという夢を見た。〇逢ふてふ名　逢ったという噂。▽男の執拗な求愛を拒む女の歌。

945 近い神に禊をしてお祈りしても霊験がないというのに、どうして遠い国の園韓神にまで祈るのですか。〇資良朝臣　藤原資良。〇園韓神の祭　園韓神は園神と韓神を併せていう。園神は大物主神、韓神は大己貴神・少彦名神の二神とも、大年神の御子ともいう。その祭典は二月と十一月の丑の日に行われた。古く宮内省内に奉祀された。〇内侍に催す　祭礼に奉仕する内侍として勤めるよう召集する。〇禊すれど　「恋せじとみたらし川にせしみそぎ神はうけずぞなりにけらしも」(古今・恋一・よみ人しらず、伊勢物語六十五段)を念頭に置いて、あなたへの恋心を忘れよう(または、恋を叶えてほしい)と神に祈ったけれどの意か。〇この世の神　世間にありふれた神。▽役職を笠に着て懸想めいたことを言う廷臣を皮肉な調子で突き放した女官の歌。

946 あなたが私のことを忘れるのも一向に苦しくありません。妬ましいと思ったことはありませんから。〇家経朝臣　藤原家経。〇くるしく「繰る」を響かせ、「ねぬなは」(蓴菜)の縁語。〇ねぬなはの　「ねたく」に掛る枕詞。▽求愛しておきながら遠のいた男に、後悔していないと意地を張

946 忘《わす》るゝもくるしくもあらずねぬなはのねたくもと思《(おもふ)》ことしなければ

左衛門蔵人に文《ふみ》つかはしけるに、うとくのみ侍《(はべり)》ければ、小《ちひ》さき瓜《うり》に書《か》きてつかはしける　少将藤原義孝

947 ならされぬ御《み》園《そのゝ》の瓜《うり》としりながらよひあか月とたつぞつゆけき

人《ひと》の娘《むすめ》の幼《をさな》く侍《はべ》りけるを、おとなびてなど契《ちぎ》りけるを、ことざまに思《おも》ひなるべしと聞《きゝ》きて、そのわたりの人《ひと》の扇《あふぎ》に書《か》きつけ侍《はべ》りける　左大将朝光

948 おひたつを待《ま》つとたのめしかひもなく波越《なみこ》すべしと聞《き》くはまことか

秋を待《ま》てといひたる女《をむな》につかはしける　源道済

949 いつしかと待《ま》ちしかひなく秋風にそよとばかりも荻《をぎ》の音《おと》せぬ

ってみせる女の歌。

947 私が近づけない園の瓜とわかっていながら、宵に暁にと園に立つと、露に濡れるよ。義孝集。清慎公集。○左衛門蔵人　女房の名。清慎公集には「衛門内侍」という。伝未詳。○ならされぬ「馴らされぬ」に瓜が生るの未然形「生ら」を掛ける。○御園の瓜　貴人の庭園の瓜。近付けない女性の比喩。○たつ　御園に「立つ」に瓜が熟す意の「たつ」を掛ける。「いかにせむ　なりやしなまし瓜たつまでに」(催馬楽・山城)。▽そっけない女を口説く男の歌。女を瓜に見立てるのは一種官能的な感覚を秘めている。

948 娘が成人するのを待つようにと期待させた甲斐もなく、心変りするだろうという噂があるのは、本当だろうか。朝光集、二句「まつとたのみし」、四句「波こゆべしと」。○人の娘　朝光集「ある上達部の娘」。○おとなびて　成人したら結婚させよう。○ことざまに思ひなるべし　他の方に縁付けようと思うようになったらしい。○待つ「松」を掛け、末の松山を暗示するか。○波越すべし　約束を変改するだろう。→七七〇。▽約束が変改されないかと不安に思っている男の歌。朝光集によれば、娘の母は「生ひもせず生ひずもあらず末の松何か越すべき沖つ白波」と返歌している。

949 早く約束の秋にならないかと待った甲斐もなく、秋風が吹き始めたのに、そよというほどの荻の葉の音もしないね。○秋を待て　女が夏の間男に逢うのを避け、秋まで待ってほしいと言った例は、伊勢物語九十六段にもある。○秋風　男(作者の側)に見立てられる。○そよ　荻に吹く風の擬音語に、「そうよ」(訪れてよい)の意を掛ける。○荻　女に見立てられる。▽女の約束が実行に移されないのに苛立っている男の歌。

男《をとこ》の文通《ふみかよ》はしけるに、この二十日《はつか》のほどにとたのめ侍《（はべり）》けるを、待遠《まちどほ》にといひ侍《はべ》りければ　和泉式部

950 君《きみ》はまだ知《し》らざりけりな秋《あき》の夜《よ》の木《こ》のまの月ははつかにぞ見《み》る

中納言定頼馬《むま》に乗《の》りてまうできたりけるに、門開《かどあ》けよといひ侍《はべ》りけるに、とかくいひて開《あ》け侍《はべ》らざりければ帰《かへ》りにける又《また》の日《ひ》、つかはしける　相模

951 さもこそは心くらべに負《ま》けざらめはやくも見《み》えし駒《こま》の足《あし》かな

物いひ通《かよ》はしける人の、音《おと》せずと恨《うら》みければ　中原長国

952 おのづからわが忘《わす》るゝになりにけり人の心をこゝろみしまに

950 あなたはまだ知らなかったのですね。秋の夜の木の間を洩れる月は二十日ごろに(ちらりと)見るものなのです。私もお約束の二十日頃にはちょっとお逢いします。それまではお逢いできません。和泉式部続集。○たのめ侍けるを　約束しましたのを。○はつかにぞ　「二十日」にちょっと、ちらりとの意の「はつか」を掛ける。二十日の月は夜が更けてから昇るから、木の間から僅かに見える。「逢ふことの今ははつかになりぬれば夜深からでは月なかりけり」(古今・雑体・平中興)。▽約束の日まで待遠しいという男をいなす女の歌。

951 いくら私との意地の張り合いに負けまいからといって、帰ってゆくあなたの馬の足はとても早そうに見えましたね。私が門を開けないのをよい口実にして、あなたはさっさと帰ってしまわれたのですね。○中納言定頼　藤原定頼。○心くらべ　意地の張り合い。「駒競べ」(競馬)との連想でいうか。○駒の足　馬の足。「待てといはば寝てもゆかなんしひて行く駒の足折れ前の棚橋」(古今・恋四・よみ人しらず)。▽意地の張り合いで逢えなかったことを後悔して、あっさり帰ってしまった男を熱意が足りないと非難する女の歌。

952 人(あなた)の心を動かそうと努めているうちに、余りにも長くなるので、おのずと私の方が忘れてしまったのです。○物いひ通はしける人　こちらから求愛していた女。○音せず　便りをしない。音沙汰がない。○わが忘るゝになりにけり　自分が忘れるという状態になってしまったよ。「頼めつつ問ふを待つまに春来なば我が忘るるになりもこそすれ」(赤染衛門集)。○人の　人(あなた)が。上の「わが」と対比させていう。▽意地の張り合いに疲れて遠のいた男が、女から恨まれて弁明した歌。相手の女の立場は八〇七の歌に通う所がある。

つらかりける童《わらは》を恨《うら》むとて、音《おと》し侍《はべ》らざりければ、童《わらは》のもとより、われさへ人をといひにおこせて侍《はべ》りければよめる

律師朝範

953 うらみずはいかでか人に問《と》はれましうきもうれしきものにぞありける

橘則長、父《ちゝ》の陸奥守《みちのくのかみ》にて侍《はべ》りける頃《ころ》、馬《むま》に乗《の》りてまかり過《す》ぎけるを見侍《み(はべり)》て、男《をとこ》はさも知《し》らざりければ、又《また》の日《ひ》つかはしける

相模

954 綱《つな》たえてはなれはてにしみちのくの尾《を》駮《ぶち》の駒《こま》を昨日見《み》しかな

木《こ》の葉《は》いたう散《ち》りける日《ひ》、人《ひと》のもとにさしおかせける

955 ことのはにつけてもなどか問《と》はざらんよもぎの宿《やど》もわかぬあらしを

953 その薄情さを恨まなかったらどうしてそなたに尋ねられるだろうか。好きな人が薄情なことも嬉しいものだったのだな。〇つらかりける童　薄情だった稚児。〇われさへ人を　歌の一句。あるいは「つらしとてわれさへ人を忘れなばさりとて仲の絶えやはつべき」(詞花・恋下・よみ人しらず)などの歌を引くか。〇人　相手の稚児をさしていう。▽僧侶と稚児の恋の歌。気を引くようなことを言ってよこして交情を復活させようとする稚児の態度は女性の場合と変らない。

954 綱が切れて放れてしまった陸奥の尾駮の駒―以前通ってきた陸奥守の息子のあなた―を昨日ちらりと見ました。相模集、二句「引き離れにし」、五句「よそに見るかな」。〇橘則長　相模集には「早う見し人」という。〇父　橘則光。清少納言の夫。〇みちのくの尾駮の駒　陸奥国尾駮産の馬。「をぶち」はあるいは「小駮」で、毛に斑点のある馬の意か。「みちのくのをぶちの駒も野飼ふには荒れこそまさされなつくものかは」(後撰・雑四・よみ人しらず)。→二七六。▽以前交渉のあった男を見て懐かしさに言い入れた女の歌。則長は「そのかみも忘れぬものをつるぶちのこまかならずも相見けるかな」(相模集)と返歌した。

955 木の葉が散るのにつけてもどうして言葉を掛けてくださらないのですか。蓬の生い茂った私の家も区別することなくあらしが吹いているのに。相模集、下句「蓬の門もわかぬあらしに」。定頼集。〇人のもとにさしおかせける　ある人(定頼)の許に匿名で置かせた。相模集には「ある所に」とある。〇ことのは　木の「葉」を響かせる。〇よもぎの宿　手入れをしないので蓬が茂った陋屋。▽女の方から男に訪れてほしいと働きかけている歌。

返《かへ》し　　　中納言定頼

956 やへぶきのひまだにあらば蘆《あし》の家《や》に音《おと》せぬ風はあらじとを知《し》れ

三条太政大臣の家《いへ》に侍《はべ》りける女《をむな》、承香殿にまい《(ゐ)》り侍《はべ》りて、見《み》し人とだにさらに思《おも》はずと恨《うら》み侍《はべ》りければ　　　藤原実方朝臣

957 わりなしや身《み》はこゝのへのうちながらとへとは人《ひと》の恨《うら》むべしやは

高階成棟、小一条院の御供《とも》に難波《なには》にまい《(ゐ)》るとて、いかに恋《こひ》しからんず覧《(らん)》といひにおこせて侍《はべ》りければ　　　中宮内侍

958 しばしこそ思《おも》ひも出《い》でめ津《つ》の国《くに》の長柄《ながら》へゆかばいま忘《わす》れなむ

956 蘆の八重葺きのようにほんの少しもひまがないのです。ひまさえあったならば音を立てぬ風はない(私は必ず音信するのだ)とわかってください。相模集。定頼集。○やへぶきのひま　蘆の八重葺きは隙間がないことから、その僅かの隙、ひまをいう。→六九一。○蘆の家　贈歌では「よもぎの宿」といった相模の家をいう。○音せぬ風　「風」は自身の比喩。○あらじとを知れ　「を」は詠嘆の間投助詞。▽暇が無くて訪れることができないのだと弁明した歌。

957 訳がわからないことだよ。その身は九重の内にありながら、十重(問え)と恨むなどということがあるものか。実方朝臣集、二・三句「身は九重にありながら」。○三条太政大臣　藤原頼忠。○承香殿　承香殿女御藤原元子。左大臣顕光の女。一条天皇の女御。○見し人とだにさらに思はずさらさら恋人として逢った人とだけでも思わない。○とへ　「問へ」に「九重」の縁語「十重」を掛ける。詞書にいう女の恨み言は、今後逢いたくないというのに近い内容だから、「問へ」というのは逆なことになるが、女の真意を解して言ったか。▽恨んでいる女を揶揄する男の歌。

958 ほんのしばらくは私のことも思い出すでしょうが、津の国の長柄へ行ったら(永らえているうちには)、すぐに忘れてしまうでしょう。○高階成棟　成順の男。○難波　摂津国。○いかに恋しからんず覧　どんなにあなたのことが恋しいだろうか。○津の国の長柄へゆかば　摂津国の長柄の里へ行ったならば。「永らへ」を掛ける。「津の国のながらへゆかば忘られでなほも見まくの堀江なるらん」(古今六帖三・紀貫之)、「長柄といふ所にゆきて、女のもとにやる／忘るやとながらへゆけど身に添ひて恋しきことは後れざりけり」(兼盛集)。▽調子のいいことをいう男を、それは口

959 人《ひと》にはかなきたはぶれいふとて恨《うら》みける人《ひと》に　　上総大輔

これもさはあしかりけりや津《つ》の国《くに》のこやことづくるはじめなるらん

960 小一条院かれ〴〵になりたまひける頃《ころ》よめる　　土御門御匣殿

こゝろえつ海人《あま》のたく縄《なは》うちはへてくるをくるしと思《おも》ふなるべし

961 日《ひ》ごろ牛《うし》を失《うしな》ひて求《もと》めわづらひけるほどに、たえ〴〵になりにける女《をんな》の家《いへ》に、この牛入《うしい》りて侍《はべ》りければ、女《をむな》のもとより引《ひ》かせて、うしと見《み》し心にはまさり侍《はべ》りけれといひおこせて侍《はべ》りける返《かへ》り事《ごと》に　　祭主輔親

かずならぬ人《ひと》を野飼《のが》ひの心にはうしとももの思《おも》はざらなん

先ばかりでしょうとやりこめた女の歌。

959 それでは冗談を言うのも蘆刈りではないが、悪かったのですね。これがまあ私と別れてしまうためにかこつけるきっかけなのでしょうか。○はかなきたはぶれ　とりとめない冗談ごと。○あしかりけりや　「悪しかり」に「蘆刈り」を掛ける。「君なくてあしかりけりと思ふにもいとど難波の浦ぞ住みうき」(拾遺・雑下・よみ人しらず、大和物語一四八段)。○津の国の　「蘆刈り」の縁で、「こや」の枕詞のように用いた。▽他の男と冗談を言うことを嫉妬する男に、別れようとする口実ですかと逆襲した女の歌。

960 わかりました。海人が栲縄を長く延ばして手繰るように、わざわざ私の所へやって来るのを大儀だと思っていらっしゃるのでしょう。○こゝろえつ　底本「え」を見せ消ち、「み」とする。他本により改める。○海人のたく縄　漁師の用いる栲縄。「うちはへて」の序詞。○うちはへて　長く延ばして。○くるをくるしと　「くる」は「来る」に「(栲縄を)繰る」を掛け、「苦し」と同音反復の技巧をなす。参考「伊勢の海のあまの釣縄うちはへて苦しとのみや思ひわたらん」(古今・恋一・よみ人しらず)。▽遠のいた男の心を忖度する女の歌。

961 物の数でもない私のことを放し飼いの牛同然に思っているのだったら、放れてしまったからといって、「憂し」とも思わないでほしいものです。輔親卿集。○牛を失ひて　飼牛を見失って。○求めわづらひける　探しあぐんでいた。○うしと見し心にはまさり侍りけれ　憂くつらいとわかったあなたの心よりは、私を忘れない牛の心の方がまさっていました。女は「うしと見し心ぞ人にまさりけるこや後生ひの角といふらん」と言ってきた。○野飼ひ　「厭はるるわが身は春の駒なれや野飼ひがてらに放ち捨てつる」(古今・雑体・よみ

962 人《ひと》の局《つぼね》を忍《しの》びて叩《たゝ》きけるに、誰《た》そと問《ゝ》ひ侍《はべ》りければよみ侍《はべ》りける

大弐成章

磯《いそ》なるゝ人はあまたにきこゆるをたがなのりそをかりて答《こた》へん

963 久《ひさ》しう音《おと》せぬ人の、山吹《やまぶき》にさして、日頃《ごろ》の罪《つみ》は許《ゆる》せといひて侍《はべ》りければ

和泉式部

とへとしも思《おも》はぬやへのやまぶきをゆるすといはば《ゝ》折《を》りに来《こ》むとや

964 おなじ人のものよりきたりと聞《き》き《ゝ》て、おなじ花《はな》につけてつかはしける

あぢきなく思《おも》ひこそやれつれ〴〵とひとりや井手《ゐで》のやまぶきの花《はな》

人しらず)。〇うし 「憂し」と「牛」の掛詞。▽女の痛烈な皮肉を切り返した男の歌。

962 あなたにはお馴染みの男が沢山いるという噂ですが、誰の名告りを借用して応答しましょうか。〇磯なるゝ人 磯に馴れている人、すなわち海士(ここでは男の比喩)。「磯」は女に見立てられている。「磯なるる海士の釣縄うちはへて苦しくもあるか妹に逢はずて」(古今六帖三・作者未詳)。〇あまたに 「海士」を響かせる。〇なのりそ 海藻のホンダワラのこと。「磯」の縁語で、「名告り」を掛ける。〇かりて 「(なのりそを)刈り」に「(名告りを)借り」を掛ける。▽女が自身を直ちに識別しなかったので男が言った、痛烈な皮肉の歌。

963 山吹は八重咲きであって、十重咲きとも(私はあなたに訪うてほしいとも)思っていないのに、許すといったら、折りに来よう(私と親しくなろう)というのですか。和泉式部集。〇とへ 「訪へ」と、「やへ」の縁語「十重」の掛詞。和泉式部は娘小式部内侍に先立たれた頃、「問へと思ふ人はくちなし色にして何に恋ふらん八重の山吹」(和泉式部集)と詠んでいる。▽厚かましい男を痛烈に拒む女の歌。

964 おもしろくなく想像されます。あなたは私のようにつくねんとひとりいて井手の山吹を見ていたわけではありますまい。和泉式部続集、三・四句「つくづくと旅にやゐでの」。〇ものよりきたり どこかから来た。和泉式部続集には「田舎よりきたり」とある。〇おなじ花 山吹の花。〇つれ〴〵と 所在なく。〇ひとりや井手のやまぶきの花 「井手」は山城国の歌枕「井手の玉川」、山吹の名所。「居で」(居ないで)を掛ける。「や」は反語の係助詞。▽自分と離れていた間の男を疑う女の歌。

965 わづらふといひて久《ひさ》しう音《おと》せぬ男《をとこ》の、ほかには歩《あり》くと聞《き》きてつかはしける　少将内侍

ねぬなはのくるしきほどのたえまかと絶《た》ゆるを知《し》らで思《おも》ひけるかな

966 師賢朝臣ものいひわたりけるを、絶《た》えじなど契《ちぎ》りてのちも又《また》絶えて年《とし》ごろになりにければ、通《かよ》はしける文《ふみ》を返《かへ》すとて、その端《はし》に書《か》きつけてつかはしける　式部命婦

ゆくすゑを流《なが》れてなにゝたのみけんたえけるものを中川《なかゞは》の水《みづ》

967 門遅《かどおそ》く開《あ》くとて、帰《かへ》りにける人のもとにつかはしける　和泉式部

ながしとて明《あ》けずやはあらん秋の夜《よ》は待《ま》てかし真木《まき》の戸《と》許《(ばかり)》をだに

965 私への愛情が絶えてしまったのを知らないで、病苦のせいでおいでになれないのかと思っていました。○ほかには歩く　他の女のもとへは出歩く。○ねぬなはの　「ねぬなは」は蓴菜。手繰って採ることから、「くるしき」の枕詞。○くるしき　「ねぬなは」の縁語。○たえまかと絶ゆるを知らで　「たえ」「絶ゆる」は「ねぬなは」の縁語。▽偽りを言っていた男をなじる女の歌。

966 遠い先までも永久にあなたとの仲は変らないなどとどうして当てにしたのでしょう。中川の水は絶えてしまったのに。○師賢朝臣　源師賢。○年ごろになりにければ　永年になってしまったので。○ゆくすゑを流れて　川の流れ行く先が永く続くように永続するとの意。「流れ」は「永ら〈へ〉」を響かせ、「中川の水」の縁語。「流れてと何たのむらん涙川影見ゆべくも思ほえなくに」(後撰・恋二・よみ人しらず)。○たのみけん　あてにしたのだろう。「頼み」に「手飲み」を掛けるか。「山城の井手の玉水手にむすびたのみしかひもなき世なりけり」(伊勢物語一二二段)。○たえける　「たえ」は「流れ」「水」の縁語。○中川　山城国の歌枕。男女の仲を象徴する。▽男と絶縁する際の女の恨みの歌。

967 いくら長いからといって秋の夜が明けないことがあるでしょうか。私が真木の戸を開けるまでお待ちになったらよろしいのに。○門遅く開くとて　門を開けるのが遅かったといって。○ながしとて　第三句の「秋の夜は」を上に持ってくると意味が通る。倒置法。「秋夜長、夜長無レ眠天不レ明」(和漢朗詠集・秋・秋夜・白楽天)。○明けず　「戸」の縁語「開けず」を掛ける。→九二〇。○待てかし　待ちなさい。▽気短に帰ってしまった男をたしなめる女の歌。

内《うち》より出《い》でばかならず告《つ》げむなど契《ちぎ》りける人の、音《おと》もせで里《さと》に出《い》でにければつかはしける　藤原道信朝臣

968 天《あま》の原《はら》はるかにわたる月だにも出《い》づるは人に知《し》らせこそすれ

題不知《(しらず)》　藤原元真

969 うきこともまだ白雲《しらくも》の山の端《は》にかゝるやつらき心《こゝろ》なるらん

斎宮女御

970 風吹《(ふけ)》ばなびく浅茅《あさぢ》はわれなれや人の心の秋を知《し》らする

968 遥か大空を渡る月ですら出る時は人に知らせるのに、宮中より退出すると知らせないとはひどいではないか。道信朝臣集、二句「はるかにわたる〈てらすィ〉」。〇内より出では　内裏から退出するならば。〇契りける人　約束した人。道信朝臣集「ある女」。〇音もせで　音沙汰なく。連絡なく。〇里　実家。▽口約束を実行しなかった女を責める男の歌。男が女の内裏からの退出を知りたがっていたのは、女の里で逢おうという心があるからである。九六四から九六八までは、大体において男女関係にまつわる歌をまとめる。

969 私は憂くつらいこともまだ知らないのに、恋人がこのような素振りであるのは薄情な心なのだろうか。元真集。〇まだ白雲の　「知ら(ず)」を掛ける。〇かゝる　「懸かる」に「斯かる」を掛ける。▽この詞書による限りでは、独詠歌なのか贈答歌なのか、はっきりしない。

970 風に吹かれてなびく浅茅は私なのだろうか。恋人の心に秋(飽き)が来たとわかるよ。斎宮女御集、初句「風吹くに」。村上御集、三句「なになれや」。〇風吹ばなびく浅茅　「思ふよりいかにせよとか秋風になびく浅茅の色ことになる」(古今・恋四・よみ人しらず)。〇人の心の秋　恋人(ここでは村上帝)の心に生じた、私を飽きた気持。「秋」に「飽き」を掛ける。「初雁の鳴きこそ渡れ世の中の人の心の秋し憂ければ」(古今・恋五・紀貫之)。▽風になびく浅茅を見て、男の意思に左右されるはかないわが身を嘆く女の歌。独詠歌のようであるが、村上御集によれば、村上天皇が「うちはへて思ふ方より吹く風に招く浅茅を見ては知らずや」と返歌している。九六九・九七〇は恋人や夫の心変りを案ずる歌としてまとめたか。

後拾遺和歌抄第十七　雑三

備中守棟利みまかりにける代《かは》りを人〳〵望《のぞ》み侍《はべ》りと聞《き》きて、内《うち》なりける人のもとにつかはしける

清原元輔

971 たれかまた年《とし》へぬる身《み》をふりすてて吉備《きび》の中山《なか》越《こ》えむとす覧(らん)

ゐなかに侍(はべり)ける頃《ころ》、司召《つかさめし》を思《おも》ひやりて

源重之

972 春《はる》ごとに忘《わす》られにけるむもれ木《ぎ》は花のみやこを思《おも》ひこそやれ

971 いったい誰が又年老いた私を振り捨てて、吉備の中山を越えよう、備中守に任官しようとしているのでしょうか。元輔集。○備中守棟利　藤原氏南家真作流、伊賀守保方の男。春宮少進従四位上で、紀伊・備中・備後の守となった。永観二年(九八四)没、享年未詳。元輔集「びちうのかみさねとし」。○みまかりにける代り　なくなって闕員となった備中守の代り。○内なりける人　内裏にいた人。元輔集に「内に候ひし靫負」とあるのによれば、靫負命婦と呼ばれた女房か。○吉備の中山　備前と備中の境にある山。備中国の歌枕とされる。▽年功序列からいっても、闕員となっている備中守には、自分が最も適任であると自薦したのである。除目に影響力を持っている主上付きの女房を通じての、猟官運動の歌。作者の娘清少納言も枕草子・正月一日はの段に除目の頃「老てかしら白きなどが、人に案内言ひ、女房の局などに寄りて、おのが身の賢きよしなど、心ひとつをやりて説き聞かする」有様を描いているが、それに通ずるものがある。

972 春の除目がある度ごとに忘れられてしまった、埋れ木にも似た私は、花の都での人々の栄華を思いやるばかりだ。重之集。○ゐなか　地方。○司召　京官を任命する儀式。司召の除目。○むもれ木　沈淪している自身の比喩。→六七五。○花のみやこ　はなやかな都。ここではその都での人事。「花」は「春」「木」の縁語。

973 川舟に乗って心が晴れ晴れする時には、沈淪している身とも思われないよ。匡衡集。○司召にもりて　除目に任官されなくて。○上の男ども　殿上人達。○大井川　大堰川。○舟に乗り侍りける　いわゆる川逍遥をしたのである。○心のゆく　心が晴れ晴れする。満足する。舟が水面を行く意を響かせる。○沈める身　「川舟」の縁でい

司召《つかさめし》にもりての年《とし》の秋《あき》、上《うへ》の男《をのこ》どもと大井川《おほゐがは》
にまかりて舟《ふね》に乗《の》り侍《はべ》りけるによめる
大江匡衡朝臣

973 川舟《かはふね》に乗《の》りて心のゆくときは沈《しづ》める身とも思《おも》ほえぬかな

大納言公任宰相《さいさう》になり侍《はべ》らざりける頃《ころ》よみて
つかはしける
大江為基〈トキ〉

974 世《よ》の中《なか》を聞《き》くにたもとのぬるゝかなゝみだはよそのものにぞありける

司召《つかさめし》侍《はべ》りけるに、中文に添《そ》へて侍《はべ》りける
藤原国行

975 いたづらになりぬる人のまたあらばいひあはせてぞねをば泣《な》かまし

う。▽舟遊びで沈淪の失意を癒そうとしている廷臣の歌。しかし、同席しているのが殿上人達だから、むしろこう歌うことで、自身の沈淪を訴え、彼等の同情を喚起しようとしているとも読める。

974 あなたの才を認めようとしない世間のことを聞くにつけても、くやし涙で袂は濡れます。涙は自身の思いのままにならない、よその物だったのでした。公任集。○大納言公任　藤原公任。○宰相　参議の唐名。公任が参議に任ぜられたのは正暦三年(九九二)八月二十八日、二十七歳の時。ゆえにそれ以前の詠である。公任集には「九月九日、ためもとほうし」とある。○聞くに　公任集の詞書から、「菊」を掛けていると知られるが、後拾遺集ではそれとは気付かれない。「世の中の悲しきことを菊の上に置く白露ぞ涙なりける」(後撰・哀傷・藤原守文)。○たもと　これも公任集によれば、墨染の袂ということになる。○よそのもの　自身の自由にならない物。▽除目に外れた人を慰める歌。公任集によれば、公任は「をくれゐてなほさりがたき菊の花籬のもとを問ふや誰ぞも」と返歌し、さらに為基が歌を送って来、公任が返している。公任は若い頃から自他共に認める才子であった。

975 望みが空しくなった人が他にもいたならば、身の不遇を語り合って声をあげて泣こうものを。○中文　任官や叙位を朝廷に申請する文書。漢文で美辞麗句を連ねて自身の功績を記したものが多い。本朝文粋に収められている橘直幹の「申民部大輔状」などが著名。「除目の比など、内わたりいとをかし。雪降りいみじう氷りたるに、中文持てありく」(枕草子・正月一日は)。○ねをば泣かまし　声を出して泣こうものを。「ねを泣く」は声を出して泣くこと。▽同病相憐む官人の心。九七一から九七五までは除目に関する歌をまとめる。

976
小一条右大将に名簿《なづき》たてまつるとてよみて添《そ》へて侍《(はべり)》ける　　源重《しげ》之《ゆき》
みちのくの安達《あだち》の真弓《まゆみ》ひくやとて君《きみ》にわが身《み》をまかせつるかな

977
後朱雀院御時、年《とし》ごろ夜居《よゐ》つかまつりけるに、後冷泉院位《くらゐ》に即《つ》かせたまひて、又夜居《よゐ》にまい《(ゐ)》りてのち、上東門院にたてまつり侍《(はべり)》ける　　天台座主明快
雲《くも》のうへにひかりかくれしゆふべより幾夜《いくよ》といふに月《つき》を見《み》るらん

978
蔵人にてかうぶり給《(たまひ)》けるによめる　　源経任
かぎりあれば天《あま》の羽衣《はごろも》ぬぎかへてを《(お)》りぞわづらふ雲《くも》のかけはし

976 陸奥の安達の真弓を引くように、引き立ててくださるかと思って、あなたに我が身をお任せしたのです。重之集。○小一条右大将　藤原済時。師尹の男。右大将を経て大納言左大将正二位に至る。長徳元年(九九五)四月二十三日没、五十五歳。没後右大臣を贈られた。重之にとっては、寄らば大樹の蔭という存在である。○名簿　官位・姓名・年月日などを記した名札で、家人として臣従する心を表す際に献じた。○安達の真弓　安達産の檀を材料として作った弓。安達は陸奥国の郡。「さそふに弓添へて奉るとて」(重之集)とあり、名簿に添えられていたので歌う。「陸奥の安達のま弓わが引かば末さへ寄り来(こ)忍び忍びに」(古今・神遊びの歌)。○ひくや　疑問の助詞「や」に「弓」の縁語「矢」を掛ける。「引く」ももとより「弓」の縁語。▽今後ともお引き立てのほどよろしくお願いしますという挨拶の歌。

977 空で日の光が隠れた夕からまだ幾夜も経っていないのに、再び月を見るのは(先帝が崩御されてまだ日も浅いのに、新帝の夜居に参内するのは)、感慨無量です。栄花物語・根合、一・二・三句「光消えにしそのままに」、五句「月を見つらん」。○年ごろ　多年。○夜居　夜居の僧。加持のため夜詰めている僧。○後冷泉院　寛徳二年(一〇四五)一月十六日践祚。○上東門院　後朱雀院の母后。後冷泉院の祖母で伯母にも当る。○雲のうへ　宮中。○ひかりかくれし　後朱雀院の崩じたことをいう。「光隠れ給ひにし後」(源氏物語・匂宮)というのに似た表現。▽再任された夜居の僧の挨拶の歌。九七六・九七七は宮仕え・奉仕に関する挨拶の歌をまとめる。

978 雲の上に留まっていられるのにも限りがあるので、天の羽衣を脱ぎ替えて雲の梯を降りねばならないのだが、名残惜しくて降りづらいよ。

979 右大弁通俊蔵人の頭《とう》になりて侍《(はべり)》けるを、ほどへてよろこびいひにつかはすとてよみ侍《はべ》りける

周防内侍

うれしといふことはなべてになりぬればいはで思《おも》ふにほどぞへにける

980 後冷泉院御時蔵人にて侍《(はべり)》けるを、かうぶりたまはりて又日、大弐三位の局《つぼね》につかはしける

橘為仲朝臣

沢水《さはみづ》にをり《(お)》ゐるたづは年《とし》ふともなれし雲《くも》ゐぞこひしかるべき

981 同御時蔵人にて侍《はべ》りけるに、世《よ》の中替《なかゝは》りて前蔵人にて侍《(はべり)》けるを、当時臨時の祭の舞人《まひ》にまかりいりて、試楽の日よめる

橘俊宗

思《おも》ひきやころもの色《いろ》をみどりにて三代《みよ》まで竹《たけ》をかざすべしとは

○蔵人にてかうぶり給ける　六位の蔵人を六年勤めた後、従五位下に叙せられたのである。これを巡爵という。「播磨守の子の、蔵人より今年かうぶり得たる」(源氏物語・若紫)。○天の羽衣　天人が着て空を飛ぶ衣服。蔵人として昇殿を許されていたので自身を天人に、服を天の羽衣に喩えた。○雲のかけはし　雲の梯子。「天」の縁語で、宮中の階段を喩えていう。▽蔵人を辞するために昇殿を許されていた身が地下になることを嘆いた歌。

979 嬉しいということは通り一遍の言葉になってしまったので、言わないで思っているうちに、時が経ってしまいました。周防内侍集、初句「うれしてふ」。○右大弁通俊　藤原通俊。永保元年(一〇八一)八月二十八日蔵人頭に補せられた。○ほどへてよろこびいひにつかはす　時日が経ってお祝いを言いやる。家集には「などか今まで喜びはいはぬとありしかば」とあり、催促されて送った慶賀の歌。○なべてになりぬれば　当り前のこととなってしまったので。「ともかくも言はばなべてになりぬべしねに泣きてこそ見せまほしけれ」(和泉式部集)。○いはで思ふ　口に出して言わないで心で思う。「心には下行く水のわきかへりいはで思ふぞいふにまされる」(古今六帖五・作者未詳)、「いはで思ふぞいふにまされると宣ひけり」(大和物語一五二段)。▽遅く言い送った任官祝いの歌。周防内侍集によれば、通俊は「ことに出でていはぬをいかが頼むべき思ひは色に出づとこそ聞け」と返歌している。

980 沢水に降り立っている鶴(私)は、きっと長年馴れた空(宮中)を恋しく思うことでしょう。橘為仲朝臣集「かうぶり給はりたるに、周防内侍のおとづれたる返事に」。○後冷泉院御時蔵人にて　職事補任によれば、為仲は治暦二年(一〇六六)一月十四日正五位下で蔵人に補され、同三年一月七

982　世《よ》の中《なか》を恨《うら》みて籠《こも》りゐて侍《はべ》りける頃《ころ》、八重菊《やへぎく》を見てよみ侍《はべ》りける

前大納言公任

おしなべて咲《さ》く白菊《しらぎく》はやへ〳〵の花《はな》のしもとぞ見《み》えわたりける

983　年《とし》ごろ沈《しづ》みゐて、よろづを思《おも》ひ歎《なげ》きて侍《はべ》りける頃《ころ》

藤原兼《かね》綱《つな》朝臣

待《ま》つことのあるとや人の思《おも》ふらん心《こゝろ》にもあらでながらふる身《み》を

984　はらからなる人の沈《しづ》みたるよしいひにおこせて侍《はべ》りける返事《かへりごと》につかはしける

藤原元《もと》真《ざね》

君《きみ》をだに浮《うか》べてしがな涙川《なみだがは》沈《しづ》むなかにも淵瀬《ふちせ》ありやと

日従四位下に叙され、蔵人を辞した。「からぶりたまはりて」は五位に叙されることだから(→九七八)、この歌は治暦二年一月以前のことか。〇沢水にをりゐるたづ　蔵人を辞して地下の者となった自身の比喩。〇雲ゐ　「たづ」の縁語で、宮中の比喩。▽蔵人として宮廷女房とも親しく交際できた殿上の生活を懐かしがる歌。

981　思ってもみただろうか、六位の着る緑の衣のままで三代にわたって、竹を挿頭(かざし)に挿して舞人を勤めようとは。〇同御時蔵人にて…　六位蔵人であったか。〇世の中替りて　御代が替って。後三条天皇の治世となって。〇当時　只今の。当今(白河天皇)の。〇臨時の祭　賀茂臨時祭か。十一月下の酉日に行われた。〇舞人　東遊の舞を舞う人。〇試楽　舞楽の予行演習。枕草子・なほめでたきこと参照。〇みどり　六位の人の着る袍の色。「竹」の縁語。〇三代　後冷泉・後三条・白河の三代。「竹」の縁語「節(よ)」を掛ける。〇竹をかざす　臨時祭の試楽に舞人が竹を挿頭に用いるのは、藤原実方に始まるという(古事談一)。▽蔵人の時のはなやかさが忘れられない前蔵人の沈淪を嘆いた歌。九七六から九八一までは蔵人関係の歌。

982　一面に咲く白菊は幾重にも置く花のような霜と見えるよ。私は幾重にも隔った多くの人々の下位にいると見えるよ。公任集「中務の宮に八重菊植ゑ給うて、文作り遊びし給ひける日」、二句「開くる菊は」、四句「花のしもにぞ」。「中務の宮」は具平親王。〇籠りゐて侍りける頃　公卿補任・寛弘元年(一〇〇四)の条に「自二去九月一不レ仕」、同二年の条に「去年十一月以後不二出仕一」とあり、更に中納言を辞そうとして慰留され、従二位に叙されたことを記す。藤原斉信に超越された恨みによる。〇やへ〳〵の花のしも　「八重八重の花」は自身を超えて昇進する人々の比喩。「霜」に「下」を響

身のいたづらになりはてぬることを思《おも》ひ歎《なげ》きて、播磨《はりま》にたび〳〵通《かよ》ひ侍《(はべり)》けるに、高砂《たかさご》の松《まつ》を見《み》て

藤原義《〈のり〉》定

985 われのみと思《おも》ひこしかど高砂《たかさご》の尾上《をのへ》の松《まつ》もまた立てりけり

世《よ》の中《なか》を恨《うら》みける頃《ころ》、恵慶法師《し》がもとにつかはしける

平兼盛

986 世《よ》の中《なか》をいまはかぎりと思《おも》ふには君《きみ》こひしくやならむとす覧《(らん)》

賀茂《かも》の神主成助《かむぬしなりすけ》がもとにまかりて酒《さけ》などたうべて、今《いまゝ》までかうぶりなど給はらざりけることを歎《なげ》きてよみ侍《はべ》りける

津守国基

987 もみぢする桂《かつら》のなかに住吉《すみよし》の松《まつ》のみひとりみどりなるかな

かせる。▽超越されたことを恨む歌。公任集には「閨の上の霜とおきゐて朝な朝なひとへにいへの花をこそ思へ」という具平親王の歌をも収める。

983 期待することがあって生きていると人は思っているのだろうか。心ならずも生き永らえているこの身を。○年ごろ沈みゐて　多年沈淪していて。大鏡四・道兼に兼綱について「この君の頭取られ給し、いといみじく侍しことぞかし。…帝・春宮の御あたり近づかでありぬべき族といふ事いできにしぞ、いと希有に侍きな」と語る。▽沈淪しつつ不本意にも世に立ち交っていることを述懐した歌。

984 兄弟のうちせめてあなただけでも浮べてほしい(出世してもらいたい)。兄弟がみな涙川(嘆きの涙)に沈んでいる中にも深い淵や浅い瀬の違いがあるかと思えるように。元真集。○はらからなる人　同胞。尊卑分脈には兄弟は見えない。○涙川　おびただしい涙を川に喩えていう。○淵瀬「川」「浮べ」「沈む」の縁語としていう。▽沈淪している一族の者の昇進を願う歌。川に関する縁語の用い方が巧みである。難後拾遺に評がある。

985 老いたのは私だけだと思ってきたが、私以外に高砂の尾上の松もまた、老残のままに立っているのだなあ。新撰朗詠集・雑・述懐、二句「思ひしほどに」。○いたづらになりはてぬることをすたれ者となってしまったことを。○播磨　播磨国。○高砂の松「たれをかも知る人にせん高砂の松も昔の友ならなくに」(古今・雑上・藤原興風)と歌われ、歌枕とされる。▽老いた官人が有名な老松を友と見て自身を慰めている歌。「俊綱朝臣下二向播磨国一之間、於二高砂一各詠二和歌一。而大宮先生藤原義定詠云、我のみと…人々感歎。良暹云、女牛に腹つかれたる類哉と云々」(袋草紙・上)。

988 司召《つかさめし》にもりて歎《なげ》き侍《はべ》りける頃《ころ》、女のもとに遣《（つかはし）》ける

中納言基《もと》長《なが》

破《わ》れ舟《ぶね》の沈《しづ》みぬる身《み》のかなしきはなぎさに寄《よ》する波《なみ》さへぞなき

989 年《とし》ごろ領《し》り侍《はべ》りける牧《まき》の愁《うれ》へあることありて、宇治の前大政大臣にいひ侍《はべ》りける頃《ころ》、雪降《ゆきふ》りたる朝《あした》、為仲朝臣のもとにいひつかはしける

源兼《かね》俊《とし》が母《はゝ》

たづねつる雪《ゆき》のあしたの放《はな》れ駒君《ごまきみ》ばかりこそ跡《あと》を知《し》るらめ

990 小一条院東宮と聞《きこ》えける時《とき》、思《おも》はずに位下《くらゐお》りたまひけるに、火焼屋《ひたきや》などこほちさは《（わ）》ぐを見《み》てよみ侍《はべ》りける

堀《ほり》河《かは》の女御

雲居《くもゐ》まで立《た》ちのぼるべきけぶりかと見《み》しは思《おも》ひのほかにもあるかな

986 世間をもうこれぎりで背いてしまおうと思う時には、あなたのことが恋しくなるでしょうか。兼盛集。○いまはかぎりと思ふ　もうこれまでと見切りをつけて出家しようと思う。「住みわびぬ今は限りと山里につま木こるべき宿求めてん」(後撰・雑一・在原業平、伊勢物語五十九段)。▽君が恋しいから世を背けないという心を籠めるか。沈淪していることについて、友人の同情を求めている歌と思われる。難後拾遺に「此の歌いとをかし。ただ、思ふにはとよみては、君恋しくぞならんとすらんとあらばこそ、初めには叶はめ。ならんとすらんとあるは、少したがひて覚ゆるは、わが心あしうみたるか」と評する。

987 紅葉する桂の中で、住吉の松だけが常磐の緑だなあ。皆さんが五位の朱の衣を着ておられるのに、私一人が六位の緑の衣を着ております。津守国基集「賀茂の行幸に宮司どもかうぶり賜はりてまかり帰りて休む所に、六位にて侍りし時」。○かうぶりなど給はらざりける　五位に叙されない。叙爵されない。○もみぢする桂　賀茂祭などに用いる諸葛には桂が使われていることから、叙爵された賀茂の宮司達の比喩。「もみぢ」は五位の着る緋袍の隠喩。○住吉の松　住吉社の宮司たる自身の隠喩。○みどり　六位の着る緑衫(緑色の袍)を暗示する。▽同じく神職の歌人という仲間うちでの、出世しない愚痴の歌。

988 こわれた舟のように沈淪してしまったこの身の悲しさは、渚に寄せようにも波さえもないのだ。あなたの所へ行く元気さえもなくなってしまったよ。新撰朗詠集・雑・述懐、五句「浪だにもなし」。○破れ舟の沈みぬる身　こわれた舟のように沈淪したわが身。男を破れ舟になぞらえた例としては、伊勢集に「波高み海辺に寄らぬわれ舟はこちてふ風や吹くとこそ待て」という歌がある。

同《おな》じ院高松《たかまつ》の女御に住《す》み移《うつ》りたまひて、たえ〴〵になり給《(たまひ)》ての頃《ころ》、松風《かぜ》の心《こゝろ》すごく吹《ふ》き侍《はべ》りけるを聞《きゝ》きて

991 松風《かぜ》は色《いろ》やみどりに吹《ふ》きつらんもの思《おも》ふ人の身にぞしみける

題《だい》しらず　　源　道　済

992 世《よ》の中《なか》を思《おも》ひみだれてつく〴〵とながむる宿《やど》に松風《まつかぜ》ぞ吹《ふ》く

世《よ》の中《なか》心に叶《かな》はで恨《うら》み侍《はべ》りける頃《ころ》、月をながめてよみ侍《(はべり)》ける　　藤原為任朝臣

993 心には月見《み》むとしも思《おも》はねどうきには空《そら》ぞながめられける

○なぎさ　相手の女の比喩。「舟」の縁語。○寄する波　きっかけ、ようすがなどを喩えていうか。○やはり「舟」の縁語としていう。▽沈淪していることについて、交渉のある女性に同情を求める歌。九八二から九八八までは沈淪の嘆きの歌をまとめる。

989 あなただけは、雪の降った翌朝放れてしまった馬の足跡を御存知でしょう。係争中の牧場の正当な権利が私にあることをあなたはおわかりでしょう。新撰朗詠集・雑・将軍、五句「跡は知るらめ」。○愁へあること　愁訴すべきこと。権利を侵犯されることなど。○宇治の前大政大臣　藤原頼通。○為仲朝臣　橘為仲。証人のような立場で作者からこの歌を送られたか。○放れ駒　綱から放れた馬。放れ馬。詞書での「牧」の縁語としていう。「妹が髪あげをささ野の放れ駒たはれにけらし逢はぬ思へば」(古今六帖五・作者未詳)。○跡　放れ駒の足跡。遺産などの権利、またはその証拠の比喩としていう。▽訴訟での自己の立場に同情を求める歌。漢才ある高階氏の女性らしく、雪中に老馬を放ってその後を行き、元の道に出ることができたという韓非子の故事に基づいて詠む。

990 火焼屋の煙は空まで立ち昇るかと見ていたのに、意外なことでした。わが君は帝位に即かれるかと期待しておりましたのに、東宮位を下りられるとは、思いがけないことでした。大鏡二・師尹、四句「みえし思ひの」。○小一条院　東宮を退位したのは寛仁元年(一〇一七)八月九日。同二十五日小一条院の号を与えられた。○火焼屋　衛士が篝火を焚いて夜警をする所。○雲居　空。宮中を暗示する。○立ちのぼるべきけぶりかと　東宮は即位されるのかと。○思ひ　「けぶり」の縁語「火」を響かせる。▽夫が登極するという期待を裏切られた前東宮女御の嘆きの歌。

事《こと》ありて播磨へまかりくだりける道《みち》より、五月五日に京へつかはしける

中納言隆家

994 世《よ》の中《なか》のうきにおひたるあやめ草《ぐさ》けふはたもとに根《ね》ぞかゝりける

五月五日服《ぶく》なりける人のもとにつかはしける

小弁

995 けふまでもあやめも知《し》らぬたもとにはひきたがへたる根《ね》をやかくらん

静範法師八幡の宮《みや》のことにかゝりて、伊豆《いづ》の国《くに》に流《なが》されて、又の年《とし》の五月に、内《うち》の大弐三位の本《(もと)》につかはしける

藤原兼房朝臣

996 さつきやみ子《こ》恋《ゝゐ》の杜《もり》のほとゝぎす人知《ひとし》れずのみ鳴《な》きわたるかな

991 松風はその色も緑色に吹いたのだろうか。物思う人―私の身もそまるほどに心にしみるよ。栄花物語・浅緑。世継物語。○高松の女御　藤原道長の女寛子(提子とも)。○住み移りたまひて　小一条院が道長の聟として寛子のもとに通われるようになって。小一条院と寛子の結婚は寛仁元年(一〇一七)十一月二十二日のこと。以後の堀河女御の嘆きは栄花物語・ゆふしでに詳述されている。▽夫を権力者の娘に奪われた前東宮女御の嘆きの歌。「秋来れば常磐の山の山風も移るばかりに身にぞしみける」(宸翰本和泉式部集)などの類歌がある。難後拾遺で上句を難じている。

992 世の中のことをあれこれと思い悩んでつくねんと物思いに沈んでいる私の家の庭に、さびしく松風が吹く。道済集「松風を聞く」、初句「世の中に」。○つく〴〵とながむる　つくねんとさびしげにじっと見つめながら物思いに耽っている。「つく〴〵と」は「つれづれと」というのに近い。道済は「つくづくとながむる宿に春日すら花踏み散らす鶯ぞ鳴く」(道済集)とも歌う。「たらちめのいさめしものをつれづれとながむるをだに問ふ人もなし」「暮れぬなり幾日をかくて過ぎぬらん入相の鐘のつくづくとして」(和泉式部集)。○松風　さびしいものとされる。素材の共通性から、九九一に並べたか。▽失意の裡に籠居している人の歌。

993 心では月を見ようとも思わないけれども、憂さつらさについ空をじっと見つめてしまう。▽不遇をかこつ述懐歌。具平親王の「世にふるに物思ふとしもなけれども月にいくたびながめしつらん」(拾遺・雑上)という歌に通う発想。

994 世の中の憂さに、五月五日の今日は、袂に涅(きう)土に生えた菖蒲の根ならぬ涙が掛りました。○事ありて　花山法皇の車を射たなどの罪により、長徳二年(九九六)四月二十四日、出雲権守に

返《かへ》し　　　　大弐三位

997 ほとゝぎす子恋《こゝゐ》の杜《もり》に鳴《な》く声《こゑ》は聞《き》く夜《よ》ぞ人の袖《そで》もぬれけり

これをきこしめして、召《め》し返《かへ》すよし仰《おほ》せ下《くだ》さ
れけるを聞《きゝ》きてよみ侍《はべ》りける　　　　素意法師

998 すべらきもあら人神もなだむまで鳴《な》きける杜《もり》のほとゝぎすかな

丹後国にて、保昌あす狩《かり》せんといひける夜《よ》、
鹿《しか》の鳴《な》くを聞《きゝ》きてよめる　　　　和泉式部

999 ことわりやいかでか鹿《しか》の鳴《な》かざらんこよひばかりのいのちと思《おも》へば

左降された。○うき　「埿」(泥深い土地、沼地)と「憂き」の掛詞。○あやめ草　菖蒲。五月五日の端午節句にはその根の長さを競いあい、葉を飾りとする。○根　「あやめ草」の縁語でいい、泣く「音(ね)」を掛ける。▽流刑者の嘆きの歌。「うき」という語の共通性から、九九三に並べるか。

995 五月五日の今日までも、悲しみに物のあやめもわからない状態のあなたの袂には、菖蒲の根とは引き違えた泣く音を掛けておられるのでしょうか。○服なりける人　服喪中だった人。○けふ　五月五日菖蒲の節句の今日。○あやめ　物事の筋道、理屈。菖蒲の「あやめ」を掛ける。「偲べとやあやめも知らぬ心にも永からぬ世のうきに植ゑけん」(拾遺・哀傷・藤原道兼)。▽服喪中の人を見舞う歌。素材の共通性から、九九四に並べる。

996 五月闇の中で子恋の杜の時鳥は、人に知られることなく、鳴き続けています。私は流された子を恋しがって泣いています。○静範法師　藤原兼房の男。興福寺の僧。讃岐上座と号した。康平六年(一〇六三)十月十七日伊豆国に流された。○八幡の宮のこと　石清水八幡宮の事件。扶桑略記、百錬抄によればこの年三月成務天皇の山陵が盗掘される事件があり、静範はこの事件に連坐して配流された。○さつきやみ　さみだれが降って暗い陰暦五月の闇夜。子息が流されて嘆いている自身の心を譬えるか。○子恋の杜　伊豆国の歌枕。「ここにだにつれづれに鳴くほとゝぎすまして子恋の森はいかにぞ」(拾遺・哀傷・藤原顕光)。○ほとゝぎす　自身の暗喩。▽流刑者の父の嘆きの歌。

997 子恋の杜に鳴く時鳥の悲しい声を、夜聞いて、他人の私の袖も同情の涙で濡れました。▽流刑者の父に同情した歌。参考「思ひやる子恋の森の雫にはよそなる人の袖もぬれけり」(拾遺・哀傷・清原元輔)。

1000
西宮《にしのみや》のおほいまうちぎみ筑紫《つくし》にまかりてのち、
住《す》み侍《はべ》りける西宮《にしのみや》の家《いへ》を見《み》ありきてよみ侍《(はべり)》け
る
恵慶法師

松風《かぜ》も岸《きし》うつ波《なみ》ももろともにむかしにあらぬ音《おと》のするかな

二条のさきのおほいまうちぎみ日ごろ煩《わづら》ひて、
［おこたりて］のち、など問はざりつるぞとい
ひ侍《はべ》りければよめる
小式部内侍

1001
死《し》ぬばかりなげきにこそはなげきしか生《い》きてとふべき身にしあらねば

題《だい》しらず
斎宮女御

1002
大空《おほぞら》に風待《かぜま》つほどのくものいのこゝろぼそさを思《おも》ひやらなん

998 子恋の杜の時鳥は、帝も現人神も宥してくださるまで悲しげに鳴いたのですね。〇きこしめして　主語は後冷泉天皇。〇召し返す　罪を赦して召還する。〇すべらき　御門。〇あら人神　荒ぶる神のような意味で、暗に静範が連坐した事件の因をなす成務天皇の霊をいうか。「目に見えぬ鬼神をもあはれと思はせ」という古今集・仮名序を念頭に置くか。〇ほとゝぎす　兼房を喩える。▽和歌の徳で事件がめでたく決着したことを聞いた第三者の感想の歌。九九六から九九八までで一種の歌徳説話を形成する。

999 道理ですね。今宵限りの命と思えば、どうして鹿の鳴かないことがあるでしょうか。〇保昌　藤原保昌。丹後国はその任地。▽狩で殺される運命にある鹿に同情した歌。世継物語に、鹿の鳴くのを聞いて同情した和泉式部に対して、保昌が狩を止める代りに歌を求め、この歌によって「さて其日の狩はとゞめてけり」と語る。

1000 松風も池の岸を打つ波も共に、この家の主が住んでおられた昔とは違って、ものさびしい音がするなあ。恵慶法師集。〇西宮のおほいまうちぎみ　源高明。〇筑紫にまかりて　安和二年(九六九)三月二十六日大宰権帥に左遷された。〇西宮の家　四条北、朱雀西にあったという。「華堂朱戸、竹樹泉石、誠是象外之勝地」(池亭記)という豪壮な邸宅であったが、高明が流罪された直後の安和二年四月一日焼亡した。現、京都市中京区。▽政変で没落したかつての権力者を偲ぶ歌。

1001 あなたの御病気のことをうかがって、私の方こそほとんど死んでしまいそうなくらい嘆きに嘆いておりました。生きて御病状をお尋ねできる身の上ではないので。〇二条のさきのおほいまうちぎみ　藤原教通。道長の三男。関白太政大臣従一位。承保二年(一〇七五)九月二十五日没、八十歳。

返《かへ》し　　　　　　　　　　　　　　　　　東三条院

1003 思《おも》ひやるわがころもではさゝがにのくもらぬ空《そら》に雨《あめ》のみぞ降《ふ》る

世《よ》の中《なか》の騒《さわ》がしき頃《ころ》、久《ひさ》しう音《おと》せぬ人のもと
につかはしける　　　　　　　　　　　　伊勢大輔

1004 なき数《かず》に思《おも》ひなしてやとはざらんまだありあけの月待《ま》つものを

世《よ》の中《なか》はかなかりける頃《ころ》、梅《むめ》の花を見《み》てよめ
る　　　　　　　　　　　　　　　　　　　小大君

1005 散《ち》るをこそあはれと見《み》しか梅《むめ》の花《はな》はなやことしは人をしのばむ

○おこたりてのち　他本により補う。なおったのち。○死ぬばかり…なげきしか　殺し文句といえるほど巧みな句。○生きて　上の「死ぬ」と対照させて言う。▽病気見舞いをしなかったことの巧みな弁明の歌。「大二条殿、小式部内侍をおぼす比、日来は御所労にて久しく有て平癒して参二上東門院一給。小式部内侍大盤所祗候。令レ出給とて、死むとせしになど不レ問ぞと被レ仰て過給を引留て申ける、しぬばかり…不レ堪二感情一、かきいだきてつぼねにおはして懐抱と云々」(袋草紙・上)。

1002 大空で吹き切ってしまう風を待っている蜘蛛の巣のような私の心細さを思いやってください。斎宮女御集「大王宮に」。○題しらず　「返し」のある歌だから、適切な詞書とはいえない。○くものい　蜘蛛の巣。「ささがにの空に巣がける糸よりも心細しや絶えぬと思へば／返し／風吹けば絶えぬと見ゆるくものいもまた懸き継がでやむとやは聞く」(後撰・雑四・よみ人しらず)。▽心細い境涯を同情してほしいと訴えた歌。東三条院は斎宮女御より三十三歳年少で、斎宮女御の晩年には円融天皇の女御であった。その頃の詠か。

1003 あなたに御同情申しあげている私の袖には、空は曇らないのに涙の雨ばかり降ります。斎宮女御集。○さゝがにの　「ささがに」が蜘蛛の意であることから、「曇らぬ」の枕詞として用いる。○雨　涙の雨。▽同情していると答えた歌。類歌「思ひやるわが衣手は難波女の蘆のうら葉の乾く世ぞなき」(重之集)。

1004 あなたは私をもう死んだ人の数に入ったと思い込んで、尋ねようとしないのでしょうか。私はまだ生きていて、有明の月の出を待っているのに。伊勢大輔集。○世の中の騒がしき頃　疫病の流行していた頃をいうか。○音せぬ人　音信の

京より具《ぐ》して侍《はべ》りける女を、筑紫《つくし》にまかり下《くだ》りてのち、こと女《をんな》に思《おも》ひ付《つ》きて、思《おも》ひ出《い》でずなり侍《(はべり)》にけり、女《をんな》たよりなくて京に上《のぼ》るべきすべもなく侍《はべ》りけるほどに、煩《わづら》ふことありて、死《し》なんとし侍《はべ》りけるをり、男《をとこ》のもとにいひつかはしける

読人不知《(よみびとしらず)》

1006 問《と》へかしないくよもあらじ露《つゆ》の身《み》をしばしも言《こと》の葉《は》にやかゝると

或人云、この女《をんな》、経衡筑前守《つねひらちくぜむのかみ》にて侍《はべ》りける時、供《とも》にまかり下《くだ》れりける人の女《め》になんありける、かくて女なくなりにければ、経《つね》衡《ひら》のちに聞《きゝ》き付《つ》けて、心憂《う》かりけるものゝふの心かなとて、男《おとこ》追《お》ひ上《のぼ》せられ侍《はべ》りにけり

世中常《つね》なく侍《はべ》りける頃《ころ》よめる

和泉式部

1007 ものをのみ思《おも》ひしほどにはかなくて浅茅《あさぢ》が末《すゑ》に世《よ》はなりにけり

ない人。○なき数　死者の数。○まだありあけの月待つ　「まだ在り」(まだ生きている)から「有明の月待つ」へと続ける。▽近況を問われない不満を訴えた歌。

1005 今までは梅の花が散るのをしみじみと見てきたが、今年は花の方がなくなった人を偲ぶのだろうか。○世の中はかなかりける頃　世間で人のなくなるのがうち続いた頃。▽梅花を見ながら無常を痛感している歌。「朝顔を何はかなしと思ひけん人をも花はさこそ見るらめ」(拾遺・哀傷・藤原道信)などと似た発想。梅花を見て無常を感じている歌としては、花山院の「色香をば思ひも入れず梅の花常ならぬ世によそへてぞ見る」(和漢朗詠集・春・紅梅、新古今・雑上)もある。

1006 どうしているかと尋ねてくださいな、いくらも生きられそうもない露のようにはかないこの身を。あなたの言葉に勇気づけられて、しばらくの間でも生きていられるかもしれないから。○筑紫　九州。○こと女に思ひ付きて　他の女に愛着して。○思ひ出でずなり侍にけり　京より伴った女を忘れてしまいました。○たよりなくて　頼る者もなくて。○いくよもあらじ　どれほども生きていないであろう。○露の身　露のようにはかない身。露命。「はかなくて消ゆるものから露の身の草葉におくと見えにけるかな」(古今六帖一・伊勢)。○言の葉　「葉」は「露」の縁語。○かゝる　「露」の縁語。○この女　底本「このうた〈をんなイ〉」、他本により改める。○経衡　藤原経衡。○追ひ上せられ侍りにけり　追放し都へ返されたと申します。▽なじみのない地方で男に見捨てられ、死の床にある女の歌。今昔物語集二十四ノ五十・筑前守源道済侍妻最後読和歌死語に、説話として語られるが、そこでは「男」の主人である筑前守を道済とする。

1008 しのぶべき人もなき身《み》はあるをりにあはれ〳〵といひやを(お)かまし

思《おも》ふこと侍《はべ》りける頃《ころ》、紅葉《もみぢ》を手《て》まさぐりにしてよみ侍(はべり)ける

1009 いかなればおなじ色《いろ》にておつれどもなみだは目《め》にもとまらざる覧(らん)

世《よ》の中騒《なかさは》がしく侍《はべ》りける夕暮《ゆふぐれ》に、中納言定頼がもとにつかはしける

堀川右大臣

1010 つねよりもはかなきころの夕《ゆふ》ぐれはなくなる人ぞ数《かぞ》へられける

返《かへ》し

中納言定頼

1011 草《くさ》の葉《は》におかぬばかりの露《つゆ》の身はいつその数《かず》にいらむとす覧(らん)

1007 私が物思いばかりしているうちに、世の中ははかないことが続いて、浅茅の生い茂る野末となってしまったよ。和泉式部集、詞書「世のいと騒がしき頃」がかかる。下句「浅茅が末の世となりにけり」。○世中常なく侍りける頃　なくなる人が多かった頃。○浅茅が末　八代集抄に「露をく物なれば、露の世に成しといはんためにや」と注し、「秋されば置く白露に吾が門の浅茅が末(うら)葉色付きにけり」(万葉集十)を引く。▽世間に漂う荒廃感を歌う。

1008 死んだのちにも偲ぶ筈の人もないこの身は、生きている時に、自分であわれあわれと言い残しておこうか。和泉式部集「世間はかなき事を聞きて」。○しのぶべき人　自分の死後自分のことをなつかしく思い出してくれるに違いない人。「偲ぶべき人なき身こそ悲しけれ花をあはれと誰か見ざらん」(赤染衛門集)。○あるをりに　生きている時に。○あはれ〳〵と　「墨染めの ゆふべになれば ひとりゐて あはれあはれと 嘆きあまり」(古今・雑体・よみ人しらず)。▽無常を自身に迫ることとして痛感している歌。

1009 どういうわけで紅葉と同じ紅に落ちるのに、私の涙は目に付かないのだろうか。和泉式部続集「十七日に、おもしろきかへでのあるを見て、取らせて取り入るるほどに、俄かにいと多く散りぬれば、くちをしうて」。▽落ちる紅葉を紅涙に見立て、無常を感じている歌。

1010 いつもよりも無常なことを聞くこの頃の夕暮は、なくなる人の多さをつい数えてしまいます。入道右大臣集「世の中のいと騒がしき年」。定頼集。○世の中騒がしく侍りける　世の中に疫病が流行していた。▽知人と無常感を共にしようとする歌。難後拾遺に「いはれぬにあらず」と言いながら、下句を難ずる。

1012
世《よ》の中常《つね》なく侍《はべ》りける頃《ころ》、久《ひさ》しう音《おと》せぬ人のもとにつかはしける

赤染衛門

消《き》えもあへずはかなきころのつゆばかりありやなしやと人の問《と》へかし

1013
世《よ》の中《なか》を何《なにゝ》にたとへむといふ古言《ゝること》を上《かみ》に置《お》きてあまたよみ侍《はべ》りけるに

源順

世《よ》の中《なか》を何《なにゝ》にたとへむ秋《あき》の田《た》をほのかに照《て》らすよひのいなづま

1014
中関白の忌《いみ》に法興院に籠《こも》りて、あか月がたに千鳥《ちどり》の鳴《な》き侍りければ

円昭法師

明《あ》けぬなり賀茂《かも》の川瀬《かはせ》に千鳥《ちどり》鳴《な》く今日もはかなく暮れむとすらん

1011 草の葉に置かないだけという、もろくはかない露のような命ですから、いつ自分もなき人の数に入るのかわかりません。定頼集。○露の身　露のように無常なこの身。→一〇〇六。「草の葉」の縁語。▽無常を自身に迫ることとして痛感している歌。「露をなどあだなる物と思ひけむわが身も草に置かぬばかりを」（古今・哀傷・藤原惟幹）、「常ならぬ世はうき身こそ悲しけれその数にだに入らじと思へば」（拾遺・哀傷・藤原公任）などを念頭に置くか。難後拾遺に評があるが、意が取りにくい。

1012 はかないことの多いこの頃、消えもせずにいますのに、ほんの少しの言葉ででも、生きているのかどうか、尋ねてください。赤染衛門集。○音せぬ人　訪れない人。音沙汰のない人。○つゆばかり　副詞「つゆ」に「消え」の縁語「露」を掛ける。○ありやなしやと　生きているのかいないのかと。「名にしおはばいざ言問はむ都鳥わが思ふ人はありやなしやと」（古今・羇旅・在原業平）。▽無常を痛感して心細さに、知人に音信を求める歌。

1013 無常な世の中を何に譬えたらよいのだろうか。それはたとえば秋の田をほのかに照らす宵の稲妻のようなもの。順集。○世の中を…といふ古言　沙弥満誓の「世間乎 何物爾将譬 旦開 榜去師船之 跡無如」（万葉集三）の歌。拾遺集には「世の中を何にたとへむ朝ぼらけ漕ぎ行く舟の跡の白浪」（哀傷）として載る。この古歌の第一・二句を用いて十首詠んだうちの一首。○ほのかに　「田」の縁語「穂」を響かすか。▽この世の無常を電光に譬えた歌。応和元年（九六一）七月十一日、四歳の娘を失い、同年八月六日五歳の男子（女子とも）を失った順が、「無常の思ひ事に触れて起こる、悲しびの涙乾かず」詠んだ連作中の一首。大中臣能宣・紀時文もこの試みに和したことが能宣集によって知

文集の蕭〻《タル》暗雨打《ツ》レ窓《ヲ》声といふ心をよめる　　大弐高遠

1015 恋《こひ》しくは夢《ゆめ》にも人を見《み》るべきを窓《まど》うつ雨《あめ》に目《め》をさましつゝ

王昭君をよめる　　赤染衛門

1016 なげきこし道《みち》の露《つゆ》にもまさりけりなれにし里《さと》を恋《こ》ふるなみだは

僧都懐寿

1017 思《おも》ひきや古《ふる》きみやこをたちはなれこの国《くに》人にならむものとは

懐円法師

1018 見《み》るからに鏡《かゞみ》の影《かげ》のつらきかなかゝらざりせばかゝらましやは

られる。

1014 夜が明けたようだ。賀茂川の川瀬で千鳥の鳴く声が聞える。こうして明けた今日もはかなく暮れようとするのであろう。〇中関白の忌　藤原道隆の忌。道隆は長徳元年(九九五)四月十日没、四十三歳。〇法興院　藤原兼家の二条京極邸を永祚二年(九九〇)五月の出家後、寺院としたもの。現、京都市中京区の法雲院がその跡地であると伝える。▽時間の速さに無常を感じた歌。一〇〇四から一〇一四までは無常の歌をまとめる。

1015 恋しいならば夢にでも人を見るであろうものを、窓を打つ雨の音に目を覚まして、夢すら見ることができない。大弐高遠集、三句「見るべきに」。〇文集　白氏文集。白居易(楽天)の詩文集。〇蕭〻暗雨打窓声　白氏文集所収の新楽府「上陽白髪人」のうちの句。「秋夜長、夜長無寐天不レ明、耿耿残灯背レ壁影、蕭蕭闇雨打レ牕声」とある。▽上陽人の歌。

1016 嘆きながらこの胡国の地までやって来た道中の露にもまさってひどくこぼれたよ。住み馴れた故郷を恋しく思う涙は。赤染衛門集「王昭君が胡の国に行き着きての思ひよみてと、人のいひしに」。〇王昭君　前漢の元帝の宮女。匈奴に送られて単于の妻となった。▽王昭君の歌「翠黛紅顔錦繡粧、泣尋二沙塞一出二家郷一」(和漢朗詠集・王昭君・大江朝綱)などに通う詠みぶりの作。

1017 古く住み馴れた都、長安を離れて、この胡国の人になるだろうなどとは思ってもみただろうか。〇古きみやこ　漢の都長安。〇この国人　代名詞「こ」に「胡」を掛ける。▽王昭君の歌。難後拾遺に「いとありのままなる歌かな。この国人もいかがあらん」と難ずる。

1018 見るにつけ鏡に映るわが面影がつらいなあ。私がこのように美しくなかったならば、この

入道前太政大臣法成寺にて念仏行《おこな》ひ侍《はべ》りける頃《ころ》、後夜の時に逢《あ》はんとて近《ちか》き所《ところ》に宿《やど》りて侍《はべ》りけるに、鶏《とり》の鳴《な》き侍《はべ》りければ、昔《むかし》を思《(おもひ)》出《い》でてよみ侍《(はべり)》ける

井手《ゐで》の尼《あま》

1019 いにしへはつらく聞《きこ》えし鳥《とり》の音《ね》のうれしきさへぞ物はかなしき

修《す》行に出《い》で立《た》ちける日よみて、右近の馬場《むまば》の柱《はしら》に書《か》き付《つ》け侍《はべ》りける

増基法師

1020 ともすればよもの山べにあくがれし心に身をもまかせつるかな

語《かた》らひ侍《はべ》りける人の許《(もと)》より、世《よ》をそむきなむとありしはいかゞといひおこせて侍《はべ》りければ

馬内侍

1021 しかすがにかなしきものは世《よ》の中《なか》をうきたつほどの心《こゝろ》なりけり

ような運命にあったであろうか。新撰朗詠集・雑・王昭君、初句「見るたびに」。○鏡の影　王昭君は自らの美貌を恃んで画工に賄賂を贈らなかったので醜く描かれ、その画図によって匈奴に遣される女性として選ばれた。▽王昭君の歌。「昭君若贈㆓黄金賂㆒、定是終㆑身奉㆓帝王㆒」(和漢朗詠集・王昭君・大江朝綱)などに通う詠みぶり。一〇一五から一〇一八までは中国文学に典拠ある歌、いわゆる本文ある歌をまとめる。

1019 在俗の昔は、後朝の別れを告げるのでつらいものと聞いた鶏の声が嬉しく思われることまでも、考えてみれば悲しい。栄花物語・玉の台。○入道前太政大臣　藤原道長。○法成寺　道長が寛仁三年(一〇一九)七月から鴨川ぞいの地に造営した寺院。○後夜の時に逢はんとて「後夜の御懺法に参り合はんと思ひて」(栄花物語)。後夜は六時の一で、寅の刻、現在の午前四時頃。○つらく聞えし鳥の音「恋ひ恋ひてまれに逢ふ夜の暁は鳥の音つらきものにざりける」(古今六帖五・作者未詳)。▽出家者の感慨。

1020 何かというとあちこちの山辺にさまよい出ようとした心にこの身を任せたのだ。○右近の馬場　右近衛府に属する馬場で、都の北、北野神社の東南にあった。「右近のむまばのひをりの日」(古今・恋一、伊勢物語九十九段)。○よもの山べ「けぶりかとよもの山辺は霞みたりいづれの木の芽もえのこるらん」(曾丹集)。○あくがれし心　惹かれて身体から抜け出していった心。上の空になった心。「いつまでか野辺に心のあくがれん花し散らずは千世もへぬべし」(古今・春下・素性)。▽出家に際しての決意を表明した歌。

1021 出家したいとはいってもやはり悲しいものは、世の中を憂く思って、いざ出離しようとする時の心です。馬内侍集「ともだちのもとより、尼

山に登《のぼ》りて法師《ほうし》になり侍《(はべり)》ける人につかはしける

藤原長《なが》能《たふ》

1022 なにかその身《み》の入《い》るにしもたけからん心をふかき山にすませよ

頼家朝臣世《よ》をそむきぬと聞《き》きてつかはしける

律師長済

1023 まことにやおなじ道《みち》には入《い》りにけるひとりは西《にし》へゆかじと思《おも》ふに

中宮の内侍《ないし》尼《あま》になりぬと聞《き》きてつかはしける

加賀左衛門

1024 いかでかく花《はな》のたもとをたちかへて裏《うら》なる玉《たま》を忘《わす》れざりけん

返《かへ》し

中宮内侍

1025 かけてだにころもの裏《うら》に玉《たま》ありと知《し》らですぎけんかたぞくやしき

になりなむとありしはいかにといひたれば」。○世をそむきなむ　出家しよう。それでもやはり。○しかすがに　そうではあるが。それでもやはり。「しか」は「世をそむきなむ」という以前の自身の言葉を受ける。○うきたつ　本来、落ち着かずそわそわするの意。「浮き」に「憂き」を掛ける。▽出家に踏み切れない心を告白した歌。

1022 どうして身体で山に入ることが立派だと言えるでしょうか。むしろ心を深い山に住まわせなさい。長能集。○山　比叡山か。○なにかその「なにか」は反語。「何かそのなき名立つとてをしからむ知らでまどふは我ひとりかは」(興風集)。○たけからん　たいしたことだろうか。「葛城や一言主もたけからず久米の岩橋渡しはてねば」(実方朝臣集)。▽真の出家は心のあり方が肝要で、場所は問題ではないという。出家者を激励する歌。

1023 あなたも私と同じ出家者の道に入られたと聞きましたが、本当ですか。私独りでは西方浄土へ赴くまいと思っていたのに、嬉しいことです。○頼家朝臣　源頼家。○おなじ道　同じ仏道。○西　西方浄土。「西へ行く雲に乗りなんと思ふ身の心ばかりは北へ行くかな」(和泉式部続集)。▽知人の出家を喜ぶ出家者の心。

1024 どうしてこのように華やかな衣裳の袂を墨染の衣の袂に着替えて、あなたは衣の裏に繋がれていた宝珠(仏性)をお忘れにならなかったのでしょうか。感動されることです。○花のたもと　ここでは女性の華やかな衣服の意。「馴れ見てし花の袂をうちかへし法の衣を裁ちぞ替へつる」(御堂関白集)。○たちかへて　「裁ち替へて」で、別の着物を裁ち、着替えての意。○裏なる玉　菩提心。法華経・五百弟子受記品に説かれる衣裏繫珠の喩によって言う。▽知人の出家を感嘆した歌。

上東門院尼《あま》にならせたまひける頃《ころ》、よみて聞《きこ》えける

選子内親王

1026 君《きみ》すらもまことの道《みち》に入《い》りぬなりひとりやながき闇《やみ》にまどはん

高階成順《〈ノブ〉》世《よ》をそむき侍《はべ》りけるに、麻《あさ》の衣《ころも》を人のもとよりおこせ侍《はべ》るとて

読人不知《(しらず)》

1027 けふとしも思《おも》ひやはせしあさごろもなみだの玉《たま》のかゝるべしとは

返《かへ》し

伊《い》勢《せ》大《たい》輔《ふ》

1028 思《おも》ふにもいふにもあまることなれやころもの玉《たま》のあらはるゝ日は

1025 私の衣の裏に宝珠がある(私も仏性を備えている)と、全く気付かないで過してきたことが悔しく思われます。○かけて　下の「知らで」と呼応して、かりそめにも、少しもの意。「玉」の縁語「掛け」を掛ける。▽早く出家しなかったことを反省する歌。

1026 私よりも若いあなたまでもまことの道にお入りになられたのですね。私一人が長い闇路に惑うのでしょうか。栄花物語・衣の珠。○上東門院　万寿三年(一〇二六)一月十九日出家。○まことの道　仏道。○入りぬなり　「なり」は伝聞・推定の助動詞。○ながき闇　無明の闇。無明長夜。悟ることができず、煩悩にとらわれている状態。「我がためは拝む入日も雲隠れ長き闇こそ思ひやらるれ」(成尋阿闍梨母集)。▽知人に先立って出家された者の嘆きの歌。「この御返り、殿の御前聞えさせ給ふ、跡を垂れ人導きに現れてこの宮仕へまどひしもせじ、と申させ給へり」(栄花物語・衣の珠)。

1027 成順さまが出家されてこのように麻衣に涙の玉のかかるのが、今日と思ったでしょうか。伊勢大輔集。○高階成順　→七一七。○麻の衣　麻を織って仕立てた衣。粗末な衣というイメージがある。「世をいとひ木のもとごとに立ち寄りてうつふし染めの麻の衣なり」(古今・雑体・よみ人しらず)。○なみだの玉　「玉」には衣裏繫珠の喩での宝珠のイメージを含む。○かゝるべし　「かくあるべし」の意の「かゝる」に「玉」の縁語「掛かる」を掛ける。▽出家者に布施する法服に添えた歌。

1028 衣の裏の宝珠がはっきりと顕れる日、出家する日というものは、思うにも口に出して言うにも余ることです。伊勢大輔集。○思ふにもいふにもあまる　「思ふにもいふにも余る深さにてこも心も及ばれぬかな」(発心和歌集)。○ころも

後一条院うせさせたまひて、世《よ》の中《なか》はかなく覚《おぼ》えければ、法師になりて横川《よかは》に籠《こも》りゐて侍《はべ》りける頃《ころ》、上東門院より問《と》はせ給《(たまひ)》ければ　前中納言顕基

1029 世《よ》を捨《す》てゝ宿《やど》を出《い》でにし身《み》なれどもなを《(ほ)》恋《こひ》しきはむかしなりけり

御返《かへ》し　上東門院

1030 ときのまも恋《こひ》しきことのなぐさまば世《よ》はふたゝびもそむかざらまし

世《よ》をそむく人ゝあまた侍りける頃《ころ》　前大納言公任

1031 思《おも》ひ知《し》る人もありける世《よ》の中をいつをいつとてすぐすなる覧《(らん)》

三条院東宮とまうしける時、法師にまかりて、宮《みや》のうちにたてまつり侍りける　藤原統《〈ムネ〉》理

の玉のあらはるゝ　衣裏繫珠の喩によっていう。▽出家者の近親の感慨。

1029 世を捨てて家を出た身ですけれども、やはり恋しく思われるのは在俗の昔です。栄花物語・着るは侘しと歎く女房、三句「心にも」。大鏡六、初句「身を捨てて」。○後一条院　一条天皇の皇子。母は藤原彰子(上東門院)。長和五年(一〇一六)一月二十九日践祚。長元九年(一〇三六)四月十七日没、二十九歳。○法師になりて　長元九年四月二十二日、三十七歳で出家した。○横川　比叡山の三塔の一。▽慰めに答えた出家者の歌。

1030 少しの間でも恋しいことが慰まるものならば、この世を二度も背くことはないでしょう。栄花物語・着るは侘しと歎く女房、五句「背かれなまし」。大鏡六。○ときのま　少しの間。「宵々に起きて別るる唐衣かけて思はぬ時の間ぞなき」(友則集)。▽出家者の心情に同情した歌。栄花物語では「侍従の内侍」の作とし、「仰せ事めきてありけるなるべし」という。この贈答歌は今鏡・すべらぎの上・望月、袋草紙・上にも引かれている。

1031 この世がはかないことを思い知る人もいたのに、私はいつをいつかよいこともあろうと期待して過しているのだろうか。拾遺集・哀傷「成信、重家ら出家し侍りける頃、左大弁行成がもとにいひつかはしける」。公任集「なりのぶの中将すけしてのつとめて、左大弁ゆきなりの、世のはかなきこと聞え給へりけるに」、三句「世の中に」、五句「過ぐるなるらん」。▽出家しない自身を反省した歌。源成信(村上天皇皇子致平親王男、てる中将と称された)が光少将と呼ばれた藤原重家とともに出家したのは長保三年(一〇〇一)二月四日のこと。

1032 君《きみ》に人なれなならひそ奥《おく》山に入《い》りてのちはわびしかりけり

御返　　三条院御製

1033 忘《わす》られず思《おも》ひ出《い》でつゝ山《やま》人をしかぞ恋《こひ》しくわれもながむる

法師になりて侍《はべ》りける所《ところ》に桜《さくら》の咲《さ》きて侍《(はべり)》けるを見て　　前中納言義懐

1034 見《み》し人も忘《わす》れのみゆくふるさとに心ながくも来《き》たる春《はる》かな

世《よ》をそむきて長谷に侍りける頃《ころ》、入道の中将のもとより、まだ住《す》みなれじかしなど申《(まうし)》たり

1032 おやさしいわが君に、世の人よ、馴れ申しあげるな。馴れお仕えしてきた私が奥山に入ったのちはわびしいものでした。〇三条院　寛和二年(九八六)七月十六日立太子、寛弘八年(一〇一一)六月十三日践祚。〇宮のうちにたてまつり　東宮坊御中という形で、特定の人に宛てず献じたこと。直接東宮に献じなかったのはぶしつけになることを恐れたから。▽旧主を忘れかねている出家者の歌。今鏡・昔語り・真の道に見える。

1033 私も山人のそなたのことを忘れられず、そのように恋しくじっと山を眺めて偲んでいるのだ。〇山人　ここでは出家した統理のこと。本来は杣人や仙人をいう語。〇しかぞ恋しく　そのように恋しく。▽出家した旧臣を偲ぶ旧主の歌。今鏡・昔語り・真の道に、統理はこの返しを得て涙を拭っていたので、師の増賀聖が「東宮より歌給はりたらむは、仏にやはなるべき」と恥しめたと語る。

1034 昔見た人も私のことなどは忘れてゆくなじみの地に、いつまでも気の変らないことにもやって来た春であるよ。栄花物語・さまざまのよろこび、三句「山里に」。〇法師になりて侍りける所　寛和二年(九八六)六月二十四日花山天皇の出家を追う形で、花山において出家した。時に三十歳。「依二天皇御出家一也」(公卿補任)。出家後は比叡山横川の飯室に住した。〇ふるさと　住み馴れた地の意で言ったか。▽出家者の感慨。栄花物語に、「この三月に、御房の前の桜の、いとおもしろう盛りなりければ、ひとりごち給へりける、久しくありてぞ、世に自ら洩り聞えたりし」とあり、寛和三年春の詠とする。世継物語、古今著聞集・哀傷にも見える。

ければ　　前大納言公任

1035 谷風《たにかぜ》になれずといかゞ思《おも》ふらん心ははやくすみにしものを

良暹法師大原《はら》に籠《こも》りゐぬと聞《き》きてつかはしける　　素意法師

1036 水草《みくさ》ゐし朧《をぼろ》の清《し》水底《みづそこ》すみて心に月のかげはうかぶや

返《かへ》し　　良暹法師

1037 ほどへてや月もうかばん大原《おほはら》や朧《をぼろ》の清《し》水《みづ》すむ名《な》許《(ばかり)》ぞ

良暹法師之許《(もと)》に遣《(つかはし)》ける　　藤原国房

1038 思《おも》ひやる心さへこそさびしけれ大原山《おほはらやま》の秋《あき》の夕《ゆふ》ぐれ

1035 あなたはどうして谷風に馴れないなどと思うのですか。私の心は早くからこの山里に住んで(澄んで)いるのに。公任集。栄花物語・衣の珠。○長谷　山城国の歌枕。現、京都市左京区岩倉長谷町。○入道の中将　源成信。→一〇三一。○まだ住みなれじかし　成信は三井寺から、「まだなれぬ深山隠れに住みそむる谷のあらしはいかゞ吹くらん」という歌を送ってきた。○すみにしものを「住み」に「澄み」を掛ける。▽慰めに反撥する出家者の心。世継物語にも成信との贈答歌として見える。

1036 水草の茂っていた大原の朧の清水も、水底が澄み、あなたの心に月の姿が浮んでいますか。○大原　山城国の歌枕。現、京都市左京区。○朧の清水　大原にある清泉。現、京都市左京区大原草生町。○月のかげ　悟りを月に喩えて言う。「水草」が煩悩に、「清水」が心境にという見立ての意識も働いているか。▽出家者を見舞う歌。

1037 時が経てば月の姿も浮ぶでしょうが、今はともかく大原の朧の清水が澄んでいる、私は名ばかり大原に住んでいるという状態です。○大原や　大原の。「や」は詠嘆の助詞。○すむ「澄む」に「住む」を掛ける。▽まだ修行が浅いと卑下した出家者の歌。

1038 大原山の秋の夕暮は、遥かに思いやる私の心さえさびしくなります。○大原山　山城国の歌枕。大原周辺の山々。「ムナシク大原山ノ雲ニフシテ、又五カヘリノ春秋ヲナン経ニケル」(方丈記)。▽出家者を思いやる歌。

弟《おとうと》なりける法師《ほうし》の山籠《ごも》りして侍《(はべり)》ける本《(もと)》より、からてなんありとぐまじきといひて侍《はべ》りける返《かへ》り事《ごと》につかはしける

律師朝範

1039 思《おも》はずにいるとは見《み》えきあづさ弓《ゆみ》かへらばかへれ人《ひと》のためかは

長楽寺に住《す》み侍《はべ》りける頃《ころ》、人の、何事《なにごと》かといひて侍《はべ》りければつかはしける

上東門院中将

1040 思《おも》ひやれ問《と》ふ人もなき山里《ざと》のかけひの水《みづ》のこゝろぼそさを

1039 お前は意外にも入山したと思っていたよ。還俗したいのならば還俗したらよい。出家遁世は人のためにすることだろうか、自分自身のためなのだ。○弟なりける法師　尊卑分脈には兄弟として平等院座主になった忠快が見えるが、彼かどうか未詳。○山籠り　「おぼつかなきもの。十二年の山ごもりの法師の女親」(枕草子)。○ありとぐまじき　このまま山籠りをしていて成し遂げられそうにもない。○いる　「入る」に「弓」の縁語「射る」を掛ける。○あづさ弓　「かへらばかへれ」の枕詞。「あづさ弓かへるあしたの思ひには引き較ぶべきものなかりけり」(顕輔集)。▽肉親の出家者のなまはんかな道心を叱責する歌。

1040 思いやってください、尋ねる人もない山里で懸樋の水もとだえがちの山住みの心細さを。○長楽寺　山城国、東山ぞいの古刹。現、京都市東山区円山町。平安時代には天台宗だったが、室町時代時宗となった。○何事か　いかがお暮しですか。お変りありませんか。○かけひの水　「かけひ」は水を導くために渡した樋。山居の景物だが、山住みの人にとっては大切な水の供給源でもある。「思ひやれ懸樋の水のたえだえになりゆくほどの心細さを」(詞花・恋下・高階章行女)はこの歌の影響作か。▽山寺に住む寂しさを知人に訴え、その同情を求める歌。

後拾遺和歌抄第十八　雑四

1041

則光朝臣の供《とも》に陸奥国《みちのくに》に下《くだ》りて、武隈《たけくま》の松をよみ侍《はべ》りける　　橘　季　通

武隈《たけくま》の松《まつ》は二木《ふたき》をみやこ人いかゞ〔と〕問《と》はゞみきとこたへむ

1042

陸奥国《みちのくに》にふたゝび下《くだ》りてのちのたび、武隈《たけくま》の松《まつ》も侍《はべ》らざりければよみ侍《はべ》りける　　能　因　法　師

武隈《たけくま》の松《まつ》はこのたびあともなし千歳《ちとせ》をへてやわれは来《き》つらん

1041　武隈の松は幹が二本なのだが、都人が、どうだったと尋ねたら、「三木(見た)」と答えよう。↓一〇二一。○則光朝臣　作者季通の父。陸奥守従四位上。↓一〇二一。○武隈の松　陸奥国の歌枕。武隈は多賀城に移る以前、陸奥の国府が置かれていた。現、宮城県岩沼市。代々の陸奥守を経験した歌人達に、「植ゑし時契りやしけん武隈の松をふたたび逢ひ見つるかな」(後撰・雑三・藤原元善)、「武隈の松を見つつやなぐさめん君が千歳の影にならひて」(拾遺・別・藤原為頼)などと詠まれている。○みやこ人いかゞと問はば　「都人いかにと問はば山高み晴れぬ雲居に侘ぶと答へよ」(古今・雑下・小野貞樹)。なお、↓一〇〇。○みき　「見き」に「三木」からの連想で「三木」を掛ける。▽名所武隈の松の歌。なお、本集の誹諧歌にこの季通の歌を揶揄した僧正深覚の歌がある。↓一二九。

1042　武隈の松は今度来て見ると跡形もないよ。私は千年も経って再びこの地に来たのだろうか。そうではないのに。能因集「武隈の松、初めのたびは枯れながらも杭などありき、このたびはそれもなし」。○陸奥国にふたゝび下りて　能因は万寿二年(一〇二五)春、三十八歳の時一時的に陸奥に下り、その後再び陸奥に下った。一説に、長元元年(一〇二八)前後かという。この二度目の下向をいう。この旅は長途のものとなった。○このたび　「度」に「旅」を響かせるか。○千歳をへてや　千年も経って…だろうか。「千歳の松」とか「松の千歳」などといわれることが多いので、「松」の縁語で「千歳」という。▽名所武隈の松の歌。少しの間に事物が滅びてしまう事例に出会い、一種の無常感にも似た感慨を覚えている。能因はこの後、「想像奥州十首」で「跡なくて幾代経ぬらんいにしへは代り植ゑけん武隈の松」(能因集)と詠んでいる。

1043　河原院にてよみ侍《はべ》りける　　大江嘉言

里《さと》人のくむだにいまはなかるべし岩井《いはゐ》の清水《しみづ》みくさゐにけり

1044　おなじ所《ところ》にて松をよみ侍《（はべり）》ける　　江侍従

年《とし》へたる松だになくはあさぢ原《はら》なにかむかしのしるしならまし

1045　もと住《す》み侍《はべ》りける家《いへ》をものへまかり侍《はべ》りけるに過《す》ぐとて、松の梢《こずゑ》の見《み》え侍《はべ》りければよめる　　左衛門督の北方

年《とし》をへて見《み》し人もなきふるさとにかはらぬ松ぞあるじならまし

六条中務親王の家に子日《（ねのひ）》の松を植《う》ゑて侍《はべ》りけるを、かの親王《みこ》みまかりてのち、その松を見《み》

1043　水を汲む里人さえ今はいないだろう。岩で囲んだ清泉には水草が茂ってしまった。大江嘉言集。○河原院　源融(河原左大臣)が都の六条付近、鴨川西側に営んだ邸宅。融の没後宇多上皇に献ぜられて御所となったが、上皇の没後荒廃した。現、京都市下京区。○岩井　周囲を石で囲んだ井戸。河原院の岩井は恵慶に「松影の岩井の水をむすびあげて夏なき年と思ひけるかな」(拾遺・夏)と詠まれて、著名だった。○みくさゐにけり　「水草生ひにけり」に同じ。「わが門の板井の清水里遠み人し汲まねば水草おひにけり」(古今・神遊びの歌)。▽名所河原院の荒廃を慨嘆した歌。今昔物語集二十四ノ四十六・於河原院歌読共来読和歌語にも引かれている。

1044　年代の経った松だけでもなかったならば、浅茅原と荒れはてたこの屋敷跡では、何が昔の河原院のしるしであろうか。○松　「西ノ台ノ西面ニ、昔ノ松ノ大ナル有ケリ。…源道済、ユクスヱノシルシバカリニノコルベキ松サヘイタクオヒニケルカナ、ト。其後、此院弥ヨ荒レ増テ、其ノ松ノ木モ一トセ風ニ倒レシカバ、人々哀レニナム云ケル」(今昔物語集二十四ノ四十六、道済の歌は拾遺・雑上にも)。○あさぢ原　荒廃した庭をいう。○むかし　河原院が繁栄していた昔。▽河原院の松を見て荒廃を慨嘆する歌。

1045　永年見た人も今はいない昔馴染の家では、常磐に変らない松が家の主なのであろう。○ものへまかり侍りけるに　行先をぼかした言い方。○年をへて見し人　作者の夫源俊賢をさすか。俊賢は万寿四年(一〇二七)六月十三日、六十八歳で没。○ふるさと　昔なじみの里。▽古里の松を見て昔を偲ぶ歌。

1046　宮様がお植えになった松だけが残っている。これはいつの年の春、子の日の遊びで植えら

てよめる　　　　源為善朝臣

1046 君《きみ》が植《う》ゑし松《まつ》ばかりこそのこりけれいづれの春《はる》の子《ね》の日《ひ》なりけん

けふ中《なか》の子《(ね)》とは知《し》らずやとて、友達《ともだち》のもとなりける人の、松《まつ》を結《むす》びておこせて侍《(はべり)》ければよめる　　　　馬内侍

1047 たれをけふまつとはいはんかくばかり忘《わす》るゝ中《なか》のねたげなる世《よ》に

緑竹不レ知ラレ秋ヲといふ心を　　　　大蔵卿師経

1048 みどりにて色《いろ》もかはらぬ呉竹《くれたけ》はよのながきをや秋と知《し》るらん

永承四年内裏歌合に、松をよめる　　　　前大宰帥資仲

れた松であろうか。○六条中務親王　具平親王。寛弘六年(一〇〇九)七月二十八日没、四十六歳。○子日の松　正月の初めの子の日に引く小松。ここでは、野辺から引いてきた松を植えたか。「引きて植ゑし人はむべこそ老いにけれ松のこだかくなりにけるかな」(後撰・雑一・凡河内躬恒)。○君　具平親王。▽旧家の松を見てなき主を偲ぶ歌。

1047 いくら今日が中の子の日だからといって、誰を待つ(松)というのでしょうか、これほど忘れられてしまったあなたとの仲がしゃくにさわるこの世で。馬内侍集、二句「まつとかいはむ」。○まつ　「待つ」と「松」の掛詞。○ねたげなる　しゃくにさわる、ねたましいの意の「ねたげ」に「松」の縁語の「根」を響かせる。▽松に関わる交友の歌。

1048 一年中緑で色も変らぬ呉竹は、夜が長い季節を秋と知るのであろうか。○緑竹不知秋　句題。○呉竹　呉から渡来した、葉が細く、節の多い竹。清涼殿の東庭、北側に植えられていた。「仁寿殿ノ西向ノ北ノ方ニハ、呉竹ノ台アリ」(禁腋秘抄)。○よのながき　「夜」と「呉竹」の縁語「節(よ)」の掛詞。「なよ竹の夜長き上に初霜のおきゐて物を思ふ頃かな」(古今・雑下・藤原忠房)、「なよ竹のよながき秋の露をおきときはに花の色もみえなん」(元輔集)。▽祝言として詠まれた竹の歌。

1049 岩代の尾上を吹く風にさらされて幾年も経っているけれども、松の緑は色が変らないなあ。永承四年(一〇四九)内裏歌合。○岩代の尾上　紀伊国の歌枕。○松のみどり　「常磐なる松の緑」(古今・春上・源宗于)、「時分かぬ松の緑」(後撰・恋四・よみ人しらず)などと歌われることが多い。▽祝言として詠まれた松の歌。岩代の松は「磐代の浜松が枝を引き結びまさきくあらばまた還り見む」(万葉集二・有間皇子)の古歌により、「岩代の野中に立てる結び松心もとけず昔をぞ思ふ」(古今六帖

1049 岩代《いはしろ》の尾上《をのへ》の風《かぜ》に年《とし》ふれど松《まつ》のみどりはかはらざりけり

上《うへ》のをのこども、松澗底《(かんてい)》に老《お》いたりといふ心をつかうまつりけるに

御製

1050 よろづ代《よ》の秋《あき》をも知《し》らですぎ《ゝ》きたる葉《は》がへぬ谷《たに》の岩根《いはね》松《まつ》かな

題《だい》しらず

藤原義孝

1051 み山木《やまぎ》をねりそもてゆふしづの男《を》はなを《(ほ)》こりずまの心とぞ見《み》る

宇治にて人〴〵歌《うた》よみ侍《(はべり)》けるに、山家ノ旅宿といふ心を

民部卿経信

1052 旅寝《たびね》する宿《やど》はみ山《やま》にとぢられてまさきのかづらくる人もなし

五・作者未詳)などと詠まれる。そのことから、俊頼髄脳に資仲のこの歌を引き、「歌合にはよまでもありぬべし」という。

1050 万代もの多くの秋も知らずに過してきた、葉が落ちることのない、巌に生えた谷の松よ。○松澗底に老いたり　谷底に生えた松が年経て老いている。白楽天の新楽府「澗底松」を連想させる句題。○岩根松　「風に散る紅葉はかろし春の色を岩根の松にかけてこそ見め」(源氏物語・少女・紫の上)。なお、→一四三。▽老松の歌。帝王にとって理想とされる、節操を変えない老臣の姿を老松に見出しているか。一〇四一から一〇五〇までは、大体において松を中心とする植物の歌をまとめる。

1051 深山で伐った木をねりそで結う賤の男は、あれほど砕けて物を思ってもまだ懲りないと見える。○ねりそ　木の細枝や藤蔓を柔かく砕いて縄代りに用いたもの。「かの岡に萩刈るをのこ縄をなみねるやねりその砕けてぞ思ふ」(拾遺・恋二・凡河内躬恒)、「ねりそ　草木などゆふ、かづらのやうの物也。木也」(八雲御抄四)。○こりずまの心　物に懲りない心。▽山人の歌。

1052 私が旅寝している宿は深山の中に閉じ込められて、正木の蔓を手繰りながら訪れて来る人もない。大納言経信集。○宇治　山城国の歌枕。大納言経信集には「宇治殿にて」とする。○まさきのかづら　蔓性の植物。定家葛のこととも蔓正木のことともいう。「繰る」(たぐる)ことから、ここでは「来る」の枕詞のように用いた。▽山家の歌。類歌「霰降るかひやなからん神山の正木のかづらくる人もなし」(和泉式部続集)、「奥山は夏ぞつれづれまさりけるまさき白藤くる人もなし」(能因集)。

1053 鳥もいないで幾代経ったのだろうか。勝間田の池には樴(くい)の跡すらもない。範永朝臣集。

1053 関白前大《(おほい)》まうちぎみ家《いへ》にて、勝間田《かつまた》の池《いけ》を
よみ侍りけるに
藤原範永朝臣
鳥《とり》もゐで幾代《いくよ》へぬらん勝間田《かつまた》の池《いけ》にはいゐ《(ひ)》のあとだにもなし

須磨《すま》の浦《うら》をよみ侍《(はべり)》ける
藤原経《つね》衡《ひら》
1054 立《た》ちのぼる藻塩《もしほ》のけぶり絶《た》えせねば空《そら》にもしるき須磨《すま》の浦《うら》かな

滝門の滝《たき》にて
中納言定頼
1055 くる人もなき奥《おく》山の滝《たき》の糸《いと》は水のわくにぞまかせたりける

弥生《やよひ》の月竜《りう》門にまいり《(ゐ)》て、滝《たき》のもとにてかの
国《くに》の守《かみ(ノリ)》義忠が、桃《もゝ》の花《はな》の侍《はべ》りけるを、いか

○関白前大まうちぎみ　藤原頼通。○勝間田の池　大和国の歌枕。早く万葉集に「勝間田の池は我知る蓮なししか言ふ君が鬚なきごとし」(巻十六)と歌われている。○鳥もゐで幾代へぬらん「勝間田の池に鳥ゐし昔より恋ふる妹をぞけふ今に見ぬ」(古今六帖二・作者未詳)。○いゐ　樋。地中に埋めて池の水などを流すのに用いる板の箱。▽名所勝間田の池の歌。

1054 藻塩を焼く煙が立ち昇って絶えることがないので、空にもその所在がはっきりと知られる須磨の浦だなあ。経衡集「ある所にて、名ある所々人のよみしに、須磨の浦」、初句「あまのやく」。○須磨の浦　摂津国の歌枕とされる。▽名所須磨の浦の歌。経衡集によれば、名所を幾つか詠んだものの一。あるいは一〇五三の詞書「関白前大まうちぎみ家にて」はこの歌にもかかるか。

1055 来る(繰る)人もない奥山の滝の糸は、水が湧きかえるのに(水の糸枠に)任せているよ。定頼集「奥山の滝」。○滝門の滝　竜門の滝。大和国の歌枕。竜門寺には久米の仙人の伝説も存し、竜門は早くから仙境のごとく考えられていたらしい。「裁ち縫はぬ衣《ぬき》着し人もなきものを何山姫の布曝すらむ」(古今・雑上・伊勢)。○くる人　「来る」に「糸」の縁語「繰る」を掛ける。→一〇五三。○水のわく　水が湧きかえる。「繰る」「糸」の縁語「枠」(糸枠)を掛ける。▽名所竜門の滝の歌。

1056 もし桃の花が物を言うのならば、「この滝の白糸は幾代経ったのか」と尋ねようものを。○かの国の守義忠　大和守藤原義忠。○ものいはば　「桃李不レ言春幾暮、煙霞無レ跡昔誰栖」(和漢朗詠集・雑・仙家付道士隠倫・菅原文時)によっていう。▽竜門の滝の歌を並べた。

1057 あの人がこの水を堰き入れたのだと、私の名は世に流れて残り留まるであろうが、いつま

ゞ見《み》るといひ侍りければよめる　　弁の乳母《めのと》

1056 ものいはば問《ゝと》ふべきものを桃《もゝ》の花《はな》いく代《よ》かへたる滝《たき》の白糸《しらいと》

美作守《みまさかのかみ》にて侍《はべ》りける時《とき》、館《たち》の前《まへ》に石立《いした》て、水《みづ》
堰入《せきい》れてよみ侍《はべ》りける　　藤原兼房朝臣

1057 せきれたる名《な》こそ流《なが》れてとまるらん絶《た》えず見《み》るべき滝《たき》の糸《いと》かは

大学寺の滝殿《たきどの》を見《み》てよみ侍《(はべり)》ける　　赤染衛門

1058 あせにけるいまだにかゝり滝《たき》つ瀬《せ》のはやくぞ人は見《み》るべかりける

法輪《ほうりむ》にまい《(ゐ)》りてよみ侍りける　　源道済

1059 年《とし》ごとにせくとはすれど大井川《おほゐがは》むかしの名《な》こそなを《(ほ)》流《なが》れけれ

でも絶えることなく滝の糸を見られはしない。○せきれたる　「堰き入れたる」の約。○名こそ流れて　名は後世に流伝して。「滝」の縁語で「流れて」という。○絶えず　「糸」の縁語。▽泉水の滝の歌。「滝の糸は絶えて久しくなりぬれど名こそ流れてなほ聞えけれ」(拾遺・雑上・藤原公任)を念頭に置いて詠む。「音羽川堰き入れて落す滝つ瀬に人の心の見えもするかな」(拾遺・雑上・伊勢)をも連想させる。

1058 水勢の衰えてしまった今でもこのようにみごとに懸っているのだから、もっと早くこの滝つ瀬を見るべきであったよ。赤染衛門集、四句「はやく来てこそ」。○大学寺　大覚寺。山城国嵯峨、現、京都市右京区嵯峨大沢町にある古刹。○かゝり　「かくあり」の意の「かかり」に滝が「懸り」の意を掛ける。○はやく　時間的な「早く」に滝の水勢の「速く」の意をも籠めていう。▽名所とされる大覚寺の滝の歌。一〇五七が同じく大覚寺の滝を詠じた公任の歌を連想させるので、並べたか。

1059 毎年大堰川の水は堰いてはいるのだが、昔からのこの川の名はやはり世間に流れているなあ。道済集。○法輪　法輪寺。山城国嵐山の近く、現、京都市西京区嵐山虚空蔵山町にある古刹。本尊は虚空蔵菩薩。○せくとはすれど　堰いてはいるが。○流れけれ　「堰く」と「流れ」とは対になる語。「大井川」の縁語でいう。▽名所大堰川の歌。

1060 前日に桂の宿を見た訳は、今日は月の桂ということで桂に縁の深い月輪に来る筈だったからなのだ。輔親卿集。○桂なる所　桂の里は山城国の歌枕。難後拾遺によれば、作者の父大中臣能宣の家があったという。別荘か。○月の輪といふ所　山城国の地名。難後拾遺によれば、清原元輔の家があったという。○かはらけ取りて　盃を取って。酒宴の席での詠歌である。▽名所に准ずる

1060 桂《かつら》なる所《ところ》に人〳〵まかりて、歌《うた》よみにまた来《こ》むといひてのちに、その桂《かつら》にはまからで、月の輪《わ》といふ所《ところ》に人〳〵まかりあひて、桂《かつら》を改《あらた》めてきたるよしよみ侍《はべ》りけるに、かはらけ取《と》りて

祭主輔親

さきの日に桂《かつら》の宿《やど》を見《み》しゆへ(ゑ)はけふ月の輪《わ》に来《く》べきなりけり

1061 修理大夫惟正《これたゞ》信濃守《しなのゝかみ》に侍《はべ》りける時、ともにまかり下《くだ》りて、束間《つかま》の湯《ゆ》を見《み》侍《はべ》りて

源重《しげ》之《ゆき》

出《い》づる湯《ゆ》のわくにかゝれる白糸《しらいと》はくる人たえぬものにぞありける

1062 延久五年三月に住吉にまい(ゐ)らせたまひて、帰《かへ》さによませたまひける

後三条院御製

住吉《すみよし》の神《かみ》はあはれと思《おも》ふらんむなしき舟《ふね》をさしてきたれば

里の歌。難後拾遺にこの歌のよまれた事情について、作者輔親からの聞書を記す。それによれば、この歌は元輔が没する永祚二年(九九〇)六月までに詠まれたことになる。また経信は輔親が八十五歳で没する長暦二年(一〇三八)六月、二十三歳までの間にこの話を聞いたことになる。この歌は今昔物語集二十四ノ五十三・祭主大中臣輔親郭公読和歌語にも見える。

1061 糸枠に掛っている白糸ならぬ、温泉の湧き出る湯水は、繰る(来る)人が絶えないものだなあ。重之集。○修理大夫惟正　源惟正。文徳源氏、相職男。天徳五年(九六一)一月二十五日信濃守に任ぜられている。○束間の湯　信濃国の歌枕。○わく　「湧く」に「白糸」「繰る」の縁語「枠」を掛ける。湯槽を糸繰りの際の糸枠に見立てたか。○白糸　湯泉の湯水を喩えていう。○くる　「来る」に「白糸」の縁語「繰る」を掛ける。○たえぬ　上の「かゝれる」とともに「白糸」の縁語。▽温泉の歌。一〇五一から一〇六一までは、大体において地儀の歌。

1062 住吉の神は感心だとお思いになるであろう。私は降居の帝として「虚しき舟」に棹さして参詣しにやって来たのだから。栄花物語・松の下枝、二句「神もあはれと」。○延久五年　一〇七三年。白河天皇の代。○三月に　正しくは二月。○住吉　住吉神社。摂津国の一の宮とされる古社。現、大阪市住吉区。祭神は表筒男命・中筒男命・底筒男命。○むなしき舟　歌語で上皇のこと。「むなしき船とは降居(おりゐ)の帝を申すなり。その心は、位にておはしますほどは船に物を多く積めれば、海を渡るにおそりのあるなり。その荷を取り下しつれば、風吹き浪高けれどもおそりのなきに譬ふるなり」(俊頼髄脳)。▽住吉詣での歌。

1063 沖の方では風が吹いたらしいな。住吉の岸辺の松の下枝を高くなった白波が洗っている。

1063 沖《おき》つ風《かぜ》吹《ふ》きにけらしな住吉《すみよし》の松のしづ枝《え》をあらふ白波《しらなみ》

民部卿経信

花山院御供《とも》に熊野《くまの》にまい《(ゐ)》り侍《はべ》りける道《みち》に、住《すみ》吉《よし》にてよみ侍《はべ》りける

兼経法師

1064 住吉《すみよし》の浦風《うらかぜ》いたく吹《ふ》きぬらし岸《きし》うつ波《なみ》の声《こゑ》しきるなり

右大将済《(ナリ)》時住吉にまうで侍りける供《とも》にてよめる

藤原為長

1065 松見《み》れば立《た》ちうきものを住《すみ》の江《え》のいかなる波《なみ》かしづ心なき

住吉にまい《(ゐ)》りてよみ侍《はべ》りける

平棟仲

1066 忘《わす》れ草《ぐさ》つみて帰《かへ》らむ住吉《すみよし》のきしかたの世《よ》は思《おも》ひ出《い》でもなし

大納言経信集「行路述懐」。栄花物語・松の下枝。○しづ枝　下枝。▽住吉詣での歌。凡河内躬恒の「住の江の松を秋風吹くからに声打ち添ふる沖つ白波」(古今・賀)を念頭に置いて詠んだ経信の会心の作(袋草紙)。

1064 住吉の浦風がひどく吹いたらしい。岸打つ波の声が頻りに聞える。○熊野にまいり侍りける道に　熊野参詣をしました途中に。熊野は紀伊国の熊野権現。▽住吉の歌。この歌も「住の江の松を秋風」の古歌に通うものがある。

1065 松を見ていると飽きなくて立ち去りづらいのに、住の江のどのような波が落着いていないで立つのだろうか。小大君集、二・三句「ただ〈こか〉ィ〉れぬものを住のえに」。○右大将済時　藤原済時。→九六。○立ちうきものを　「立ち」は「波」の縁語。○住の江　住吉の古称。万葉集では「住吉」を「すみのえ」と訓読する。▽住吉詣での歌。

1066 住吉の岸で忘れ草を摘んで帰ろう。私の今までの人生にはいい思い出もないから。○忘れ草　萱草。ユリ科の多年生の草。→七三七。○きしかた　「住吉の岸」から「来し方」(過去)へと続けた。○思ひ出でもなし　「思ひ出でもなきふるさとの山なれど隠れゆくはたあはれなりけり」(拾遺・別・弓削嘉言)。▽住吉詣での歌。「道知らば摘みにも行かむ住の江の岸に生ふてふ恋忘れ草」(古今・墨滅歌・紀貫之)の古歌を念頭に置く。

1067 私が心に祈念することは住吉の御神も御存知であろう。住吉の祭の使者という便宜でこうしてお参りしたとしても。○御祭　住吉社の祭礼。○難波　難波の浦か。○思ふこと　あるいは秀歌を詠ませて頂きたいという祈願か。「源頼実無レ術執二此道一、参二詣住吉一、秀歌一首令レ詠可レ召レ命之由祈請すと云々」(袋草紙・上)。○神は知るらん　類句も含めて、神に祈願する歌に多い句。「斎垣

1067 蔵人にて侍《はべ》りける時、御祭《まつり》の御使《つかひ》にて難波《なには》にまかりてよみ侍《はべ》りける　源頼実

思《おも》ふこと神《かみ》は知《し》るらん住吉《すみよし》の岸《きし》の白波《しらなみ》たよりなりとも

1068 熊野《くまの》にまい《(ゐ)》り侍《はべ》りけるに、住吉にて経供養すとてよみ侍《はべ》りける　増基法師

ときかけつころもの玉《たま》は住《すみ》の江《え》の神さびにける松《まつ》のこずゑに

1069 挙周、和泉任果《は》てゝまかりのぼるまゝに、いと重《おも》くわづらひ侍《(はべり)》けるを、住吉《すみよし》のたゝりなどいふ人侍《はべ》りければ、幣《みてぐら》たてまつりけるに書《か》き付《つ》けゝる　赤染衛門

頼《たの》みきてひさしくなりぬ住吉《すみよし》のまづこのたびのしるし見《み》せなん

にもまだ入らぬほどは人知れずわが思ふことを神や知らなん」(貫之集)、「うつろはぬ常磐の山の榊折り祈る心を神も知るらむ」(能宣集)など。▽住吉詣での歌。

1068 御経を読誦して手向けることによって、住の江のみ社の神々しい松の梢に、衣の裏の宝珠(仏性)の緒を解いて掛けたよ。増基法師集。○経供養す　増基法師集には「経など読む声して、人知れずかく思ふ」とある。○ときかけつ　「解き」に「説き」を掛ける。○ころもの玉　衣裏繫珠の喩(→一〇三四)による。▽住吉の神に法施を奉る歌。一〇六四と同じく熊野詣での途中、住吉詣でをしている。

1069 住吉の御神の神慮をお頼みして年久しくなりました。まずは今度霊験をお見せになり、病人を癒してくださいませ。赤染衛門集、初句「頼みては」。○挙周　大江挙周。匡衡の男。作者赤染衛門はその母。○和泉任　和泉守の任期。○ひさしくなりぬ　住吉の松にちなむ表現。「我見ても久しくなりぬ住の江の岸の姫松幾世へぬらん」(古今・雑上・よみ人しらず)。○まづこのたび　「まづ」に「住吉」の縁語「松」を響かせる。「たび」は「度」。「旅」を響かせるか。○しるし　霊験。▽住吉の神に祈る歌。赤染衛門はこの時、この歌の他に、「替らむと祈る命は惜しからで別ると思はむほどぞ悲しき」「千世までとまだ緑児にありしよりただ住吉の松を祈りき」とも詠んでいる。赤染衛門集によれば「奉りての夜、人の夢に、鬢いと白き翁、このみてぐらを三ながら取ると見て、おこたりにき」とあり、住吉明神が納受して霊験があったと知られる。

1070 都を出て秋から冬になったので、長旅の心地がします。栄花物語・殿上の花見。○上東門院　その住吉参詣は長元四年(一〇三一)九月のこと。歌が詠まれたのは、栄花物語によれば、十月二日

上東門院住吉にまい《ゐ》らせたまひて、秋の末《すゑ》より冬になりて帰《かへ》らせたまひけるによみ侍《はべり》ける

上東門院新宰相

1070 都《みやこ》いでゝ秋《あき》より冬《ふゆ》になりぬればひさしきたびの心地こそすれ

天王寺にまい《ゐ》りて、亀井《かめゐ》にてよみ侍《はべり》ける

弁乳母

1071 よろづ代《よ》をすめる亀井《かめゐ》の水《みづ》はさは富《とみ》の緒川《おがは》の流《なが》れなるらん

長柄橋《ナガラ》にてよみ侍《はべ》りける

前大納言公任

1072 はしゞらなからましかば流《なが》れての名《な》をこそ聞《き》かめ跡《あと》を見《み》ましや

天王寺にまい《ゐ》るとて、長柄《ながら》の橋《はし》を見《み》てよみ侍《はべり》ける

赤染衛門

1073 われはかり長柄《ながら》の橋《はし》はくちにけりなにはのこともふるゝかなしな

天の河において。○帰らせ　底本「かへららせ」。○秋より冬に　出発が長元四年九月二十五日、帰洛が同年十月三日。従って晩秋から初冬にかけてということになる。○ひさしきたび　同じ時に小弁は「都には待遠なりと思ふらんながらへぬべき旅の道かな」(栄花物語・殿上の花見)と詠んでいる。▽住吉詣での歌。栄花物語では作者を伊勢大輔とする。一〇六三から一〇七〇までは住吉関係の歌をまとめる。

1071 万代を通じて澄んでいる亀井の水は、それでは富の緒川の流れ、聖徳太子以来の伝統なのであろう。弁乳母集、三句「水やさは」。○天王寺　摂津国(現、大阪市天王寺区)にある、聖徳太子の建立と伝える古刹。四天王寺。○亀井　天王寺境内にある泉井。○よろづ代　「亀井」の「亀」の縁語としていう。○富の緒川　富雄川。大和国の歌枕。「いかるがや富緒川の絶えばこそわが大君の御名を忘れめ」(拾遺・哀傷)の古歌により、聖徳太子の事蹟を想起させる地名。▽天王寺詣での歌。

1072 もしも橋柱がなかったならば、長柄の橋と世に流れているその名を聞いたとしても、その跡を見ることができるだろうか。公任集。○長柄橋　摂津国を流れる長柄川(中津川。淀川の下流)に架けられた古橋。橋柱伝説などで著名。○流れての名　「流れて」は「橋」の縁語。▽長柄橋を見て昔を偲んだ歌。公任集によれば、「これは早うのことなり」という記述に始まる、数人の公達と行動を共にした粉河参詣の途上で詠まれた歌。あるいは天元三年(九八〇)頃の詠か。

1073 私のように長柄の橋は朽ちてしまったよ。難波ではないが、何事も古くなってゆくのは悲しいなあ。赤染衛門集、五句「ふるゝ悲しき」。○なにはのこと　「何は」に「難波」を掛ける。「津の国のなには思はず山城のとはに逢ひ見んことをの

1074 上東門院住吉にまい《(ゐ)》らせたまひて帰《かへ》さに、人〳〵歌《うた》よみ侍《(はべり)》けるに

伊勢大輔

いにしへにふりゆく身こそあはれなれむかしながらの橋《はし》を見《み》るにも

1075 錦《にしき》の浦《うら》といふ所《ところ》にて

道命法師

名《な》に高《たか》き錦《にしき》のうらをきてみればかづかぬ海人《あま》はすくなかりけり

1076 熊野《くまの》にまいり《(ゐ)》てあす出《い》でなんとし侍《はべ》りけるに、人〳〵、しばしは候《さぶら》ひなむや、神も許《ゆる》したまはじなどいひ侍《はべ》りけるほどに、音無川《おとなしがは》のほとりに頭白《かしらしろ》き烏《からす》の侍《はべ》りければよめる

増基法師

山がらすかしらも白《しろ》くなりにけりわがかへるべきときや来《き》ぬらん

1074 昔のものとして古くなってゆくこの身にはしみじみと思われるよ、昔のままの長柄の橋を見るにつけても。伊勢大輔集、二・三句「ふりゆくことぞあはれなる」。○上東門院住吉に… ↓一〇七五。○むかしながら 「長柄」を掛ける。「古りにける名の絶えせぬをけふ見れば昔ながらの橋にぞありける」(能宣集)。○橋を見るにも 同じ御幸の際に弁の乳母が「橋柱残らざりせば津の国の知らずながらや過ぎはてなまし」(栄花物語・殿上の花見)と詠んでいる。実際に見ているのは橋柱か。▽長柄橋を見て老いたわが身を顧みた歌。

みこそ」(古今・恋四・よみ人しらず)。▽長柄の橋を見て老いたわが身を顧みた歌。伊勢の「難波なる長柄の橋も造るなり今は我が身を何にたとへん」(古今・雑体)を念頭に置いて詠むか。

1075 名高い錦の浦に来て見ると、纏頭《かずけもの》を与えられない(水に潜《かず》かない)海人は少なかったよ。道命阿闍梨集「志摩国錦の浦といふ所にて」、初句「名にたてる」。○錦の浦 志摩国の歌枕。契沖は紀伊国かという(勝地吐懐編)。中世には出雲国の歌枕と考えられていた。○錦のうらをきてみれば 「浦」に「裏」を、「来」に「着」を掛ける。○かづかぬ海人 水に潜る意の「かづか」に布などをかぶる意の「被か」を掛ける。「海人」にはあるいは「尼」を響かせるか。▽錦の浦を錦衣に見立てて興じた歌。朱買臣の故事への連想もあるか。

1076 山烏の頭も白くなったよ。燕の太子丹と同じく、私が故郷に帰れる時が来たのであろう。増基法師集「さて候ふほどに、霜月二十日のほどのあす、まかでなんとて、音無の川のつらに遊べば、人、しばし候ひ給へかし、神も許しきこえ給はじなどいふほどに、頭白き烏ありて」。○音無川 紀伊国の歌枕。○頭白き烏 滅多にいないが、あるいは白子の烏か。燕丹子や事文類聚に見える、

住吉《すみよし》にまい《（ゐ）》りて帰《かへ》りけるに、隆経朝臣難波《なには》といふ所《ところ》に侍《はべ》りと聞《き》ゝてまかり寄《よ》りて、日ごろ遊《あそ》びてまかりのぼりけるに、なごり恋《こひ》しきよしいひおこせて侍《はべ》りければ、道《みち》よりつかはしける

藤原孝善《たかよし》

1077 わかれゆく舟《ふね》は綱手《つなで》にまかすれど心は君《きみ》がかたにこそひけ

賀茂《かも》にまい《（ゐ）》りける男《をとこ》の狩衣《かりぎぬ》の袂《たもと》の落《お》ちぬばかりほころびて侍《はべ》りけるを見《み》て、またまい《（ゐ）》りける女《をんな》のいひつかはしける

よみ人しらず

1078 道《みち》すがら落《お》ちぬばかりにふる袖《そで》のたもとに何《なに》をつゝむなるらん

返《かへ》し

1079 ゆふだすきたもとにかけて祈《いの》りこし神のしるしをけふ見《み》つるかな

烏の頭白く馬角を生ずる故事(秦の始皇帝が燕の太子丹を人質として、烏の頭が白くなり、馬に角が生えたら故国に帰そうと言ったが、そのありえないことが起ったので、やむなく燕丹を許した。和歌童蒙抄にこの歌の注として燕丹子を引き、平家物語五・咸陽宮にも語られている)を念頭に置いて、「わがかへるべきときや来ぬらん」と歌う。▽熊野詣での歌。

1077 別れてゆく舟は綱手の曳くのに任すけれども、心はあなたの方向に引かれています。○隆経朝臣　藤原隆経。○難波といふ所　難波の浦か。○のぼりけるに　上洛したが。○道より　途中から。○綱手　舟を引く綱。綱手縄。「みちのくはいづくはあれど塩釜の浦漕ぐ舟の綱手かなしも」(古今・東歌・陸奥歌)。○ひけ　「綱手」の縁語。▽住吉詣での帰りの惜別の歌。源氏物語・須磨に、上洛する大宰大弐一行が源氏の須磨の謫居付近を過ぎる際、その娘五節の君が「綱手引き過ぐるも口惜しきに」と思い、「琴の音に引きとめらるる綱手縄たゆたふ心君知るらめや」と歌を送り、源氏も「心ありて引手の綱のたゆたはばうち過ぎましや須磨の浦波」と返した場面が連想される。

1078 賀茂社への参詣の途中、今にも落ちてしまいそうに振っていらっしゃるあなたの古びた袖袂の中には、何を包んでいるのでしょうか。○賀茂　賀茂神社。山城国の一の宮。○ふる袖　「古」に「振る」を掛ける。▽賀茂詣での際に男を揶揄した女の歌。

1079 木綿襷を袂に掛けて、わが願いを叶えてくださいと祈ってきた賀茂の御神の霊験を今日見ましたよ。あなたがやさしい言葉を掛けてくれたのだから。○ゆふだすき　神事を行う際に掛ける、木綿で作った襷。「木綿襷かけたるけふのたよりには人に心をかけつつぞ思ふ」(貫之集)、「木綿襷

1080 祭《まつり》の帰《かへ》さに酔《ゑ》ひさまたれたるかた描《か》きたる所《ところ》を

安法法師

とゝのへし賀茂《かも》のやしろのゆふだすき帰《かへ》るあしたぞ乱《みだ》れたりける

1081 実方朝臣女《をんな》のもとにまうで来《き》て格子《かうし》を鳴《な》らし侍《(はべり)》けるに、女《をんな》心知《し》らぬ人して荒《あら》くましげに問《と》はせてければ、帰《かへ》り侍《(はべり)》にけり、つとめて女《をんな》のつかはしける

よみ人しらず

明《あ》けぬ夜《よ》のこゝちながらにやみにしを朝倉《あさくら》といひし声《こゑ》は聞《き》きゝや

返《かへ》し

藤原実方朝臣

1082 ひとりのみ木《き》の丸殿《まろどの》にあらませば名《な》のらでやみに帰《かへ》らましやは

かくる袂はわづらはし解けば豊かにならむとを知れ」(大弐高遠集)。▽賀茂詣での際女の揶揄に応じた男の歌。

1080 木綿襷を掛け、容儀を整えて賀茂社にお祈りしたのに、祭礼が果てて帰る翌朝はひどく乱れているよ。安法法師集、四句「とくるあしたぞ」。○祭　賀茂祭。陰暦四月の中の酉の日が祭日。○酔ひさまたれたるかた　ひどく酒に酔っている図。安法法師集によれば、屏風絵である。▽賀茂祭の歌。一〇七六から一〇八〇までは賀茂関係の歌をまとめる。

1081 昨夜はあなたにお逢いできなくて、まるで夜が明けない闇のような心地のままに終ってしまいましたが、「朝倉」(どなた)といって尋ねさせた声は聞きましたか。実方朝臣集、三句「あけにしは」。○心知らぬ人　女の恋人であるという事情を知らない人。実方朝臣集に「女、さなりとは聞きながら、心知らぬ人して」という。それによれば、女は来訪者が実方であると知っていたのである。○荒くましげに　乱暴そうに。○つとめて　翌朝。○やみにしを　「止み」に「闇」を掛ける。○朝倉といひし声　神楽歌・朝倉は「朝倉や 木の丸殿に 我がをれば 我がをれば 名のりをしつつ行くは誰」という詞章なので、「あなたは誰ですか」と誰何した声の意。▽木の丸殿にちなんだ歌。

1082 あなたがたった一人で局にいたならば、私は名乗らずにあなたと逢うのを止めて闇の中を帰りはしなかったよ。実方朝臣集。○木の丸殿　丸木造りの宮殿。やはり神楽歌・朝倉の語句を用いた。○やみに　「止み」と「闇」(「朝倉」を「朝暗」に取り成して)の掛詞。▽木の丸殿にちなんだ歌。

1083 もしも名乗ったならば、人が私のことを知ってしまうでしょう。といって、名乗らなければ、木の丸殿をどうして過ぎることができるでし

1083 初瀬《はつせ》にまい《(ゐ)》り侍《はべ》りけるに、木《き》の丸殿《まろどの》といふ所《ところ》に宿《やど》らむとし侍《はべ》りけるに、誰《たれ》と知《し》りてかといひければ、答《こたへ》すとてよめる　赤染衛門

名《な》のりせば人知《し》りぬべし名《な》のらねば木《き》の丸殿《まろどの》をいかですぎまし

1084 貫之《つらゆき》が集《しふ》を借《か》りて、返《かへ》すとてよみ侍《(はべり)》ける　恵慶法師

一巻《ひとまき》にちゞのこがねをこめたれば人こそなけれ声《こゑ》は残《のこ》れり

返《かへ》し　紀時文

1085 いにしへのちゞのこがねはかぎりあるをあふ許《(ばかり)》なき君《ゝみ》がたまづさ

紀時文《きのときふん》がもとにつかはしける　清原元輔

1086 返《かへ》しけむむ《ゝ》かしの人のたまづさを聞《き》き《ゝ》てぞそゝくおいのなみだは

ょうか。困りました。赤染衛門集、三句「名のらずは」。○初瀬　大和国の古刹長谷寺。○木の丸殿といふ所　赤染衛門集に「きどのといふ所」という。大和国、現、天理市喜殿町か。○誰と知りてか　誰と知って泊めようか。誰と分らない人は泊められないという意。▽木の丸殿にちなんだ歌。やはり神楽歌・朝倉を念頭に置く。

1084 一巻の内にたくさんの黄金を籠めてあるので、歌人はもはやこの世にいなくても、その声は残っています。恵慶法師集「故貫之がよみあつめたる歌を一巻借りて、返すとて」。○ちゞのこがね　莫大な黄金。貫之の秀歌を金になぞらえていう。「ちゞ(千々)」は「一巻」の「一」の縁でいう。▽白楽天が元稹の詩集の後に題した詩句「遺文三十軸、軸軸金玉声、竜門原上土、埋レ骨不レ埋レ名」(白氏文集二十一、和漢朗詠集・文詞付遺文)を念頭に置いて歌うか。▽故人の詠草の読後感。

1085 古のたくさんの黄金といっても限りがありますが、父の詠草を讃めてくださったあなたの玉章の重みは量り知れないほどです。恵慶法師集。○あふ許なき　「許」は助詞「ばかり」に「秤」を掛ける。「掛けつればちぢのこがねも数知りぬなぞわが恋の逢ふはかりなき」(古今六帖五・作者未詳、題「はかり」)。○君がたまづさ　あなたのお手紙。「たまづさ」の「たま」は宝玉を連想させ、「こがね」の縁語。▽前歌に対する遺族の謝辞。

1086 返却されたという古人の歌草のすばらしさを聞くにつけ、老の涙をそそぎます。元輔集、三句下句「聞きてぞ袖に老の涙を」。恵慶法師集、三句「たまづさに」。○むかしの人のたまづさ　古人(紀貫之)の歌稿。○なみだ　涙の玉で「たまづさ」の縁語。▽故人の詠草の読後感。「黄壌誰知レ我、白頭独懐レ君、唯将ニ老年涙一、一灑ニ故人文一といふ詩なり」(奥義抄)。

家《いへ》の集《しふ》の端《はし》に書《か》き付《つ》け侍りける　祭主輔親

1087 花《はな》のしべもみぢの下葉《したば》かきつめて木《こ》のもとよりや散《ち》らんとすらん

伊勢大輔が集を人のこひにおこせて侍《(はべり)》ける、つかはすとて　康資王母

1088 尋《たづ》ねずはかきやるかたやなからましむかしの流《なが》れ水草《みくさ》つもりて

後三条院御時月明《あかゝ》かりける夜《よ》、侍《(はべり)》ける人など庭《には》におろして御覧《ご》じけるに、人〳〵多《おほ》かる中《なか》にわきて、歌《うた》よめと仰《おほ》せ事《ごと》侍ければよめる　後三条院越前

1089 いにしへの家《いへ》の風《かぜ》こそうれしけれかゝる言《こと》の葉《は》散《ち》りくと思《おも》へば

七月ばかりに若《わか》き女房月見《み》に遊《あそ》びありきけるに、蔵人公俊新少納言が局《つぼね》に入《い》りにけりと人

1087 花のしべや紅葉の下葉を掻き(書き)集めてこの家集を編んだが、これはいずれ木の下(子のもと)から世間に散るのであろうか。輔親卿集、四句「このもとよりぞ」。○花のしべもみぢの下葉　自身の歌を謙遜して、つまらないものの意でいう。○かきつめて　「掻き」と「書き」の掛詞。「つめ」は「集め」。○木のもと　「木」に「子」を掛ける。▽詠草の自序の歌。輔親卿集の巻頭歌で、この前に序文がある。

1088 もしもお尋ねにならなければ、昔からの流れに茂った水草(大中臣家という和歌の家に生れた母の歌草)はいたずらに積るばかりで、こうして掻きやる(書いてお送りする)こともないでしょう。○伊勢大輔が集　伊勢大輔集。自撰本があったらしい。この歌の作者康資王母は高階成順女で、伊勢大輔はその母。○かきやる　「掻きやる」に「書き遣る」を掛ける。○むかしの流れ　大中臣家における昔からの和歌の伝統を喩える。○水草　「流れ」の縁語で、詠草を喩える。▽康資王母集には「殿より母の集召したりしに、添へて参らせし／尋ねずは昔のっての言の葉はこのもとにてや朽ちはてなまし」という類歌が見出される。▽故人の詠草を送る際の歌。一〇八四から一〇八八までは、詠草(歌集)に関する歌をまとめる。

1089 私の家の昔からの伝統が嬉しく感じられます。このような有難いお言葉がかかると思うと。○後三条院　その治世は治暦四年(一〇六八)四月十九日から延久四年(一〇七二)十二月八日まで。○侍ける人　天皇付きの女房。○わきて　とりわけ。格別に。○家の風　家の伝統。俊頼髄脳に「伊勢大輔が孫」という。○言の葉散りく　「風」の縁語で「言の葉」を木の葉に見立てていう。▽歌よみと扱われた光栄を喜ぶ歌。「家の風吹かぬものゆゑはづかしの杜の言の葉散らしはてつる」(顕輔集)はこ

〱いひあひて笑《わら》ひ侍《(はべり)》けるを、九月のつごもりに上聞《うへきこ》しめして、御畳紙《たゝうがみ》に書《か》き付《つ》けさせたまひける

後三条院御製

1090 秋風《あきかぜ》にあふことのはや散《ち》りにけむその夜《よ》の月のもりにけるかな

義忠《(ノリ)》朝臣、ものいひける女の姪《めゐ》なる女に又住《す》み移《うつ》り侍《(はべり)》けるを聞《き》きてつかはしける

赤染衛門

1091 まことにや姨捨《おばすて》山の月は見《み》るよもさらしなと思《(おもふ)》わたりを

語《かた》らはんといひて道命法師がもとにまうできたる人のよみ侍《はべ》りける

よみ人しらず

1092 絶《た》えやせんいのちぞ知《し》らぬ水無瀬川《みなせがは》よし流《なが》れてもこゝろみよ君《きみ》

の歌の影響作か。一〇八四から一〇八九までを、和歌に関する歌群と見ることもできる。

1090 秋風に逢って木の葉が散るように、公俊と新少納言とが逢ったという噂が散ったのだろうか。あの七月の夜の月の光が洩れるようにみそか事が洩れたのだな。○蔵人公俊　高階公俊。あるいは藤原氏良門流と魚名流に重出して見える壱岐守公俊か。○新少納言　伝未詳。○ことのはや散りにけむ　「風」の縁語で木の葉になぞらえていう。▽廷臣と女房の情事に興ずる天皇の歌。

1091 姨が姨捨山の月を見ている(あなたが姨を捨てて姪を愛した)というのは本当ですか。まさか更級のあたり(去らじ、別れまい)と思っていたのに。赤染衛門集「女院左近の命婦にのりたゞすみしを、めいの少納言の内侍に移りたりと聞きて、のり忠にやりし」、三句以下「月はみなよにさらしなのあたりと思ふに」。○姨捨山　信濃国の歌枕。伯母を暗示する。○さらしな　姨捨山のある信濃国の地名「更級」に「去らじな」を掛ける。▽他人の情事に関心を示す女性の歌。

1092 水無瀬川の流れが絶えるかどうか、後の運命はわかりません。泣きを見るかもしれませんが、ともかくも成行きに任せて私の心を試してごらんなさい、あなた。定頼集「道命阿闍梨、逢ひて語らはんなどいひて、なかなかなるはいとむつかし、さりとさらばいみじくむつましくなどいひて、また」。○語らはん　親しく交際しよう。○水無瀬川　摂津国の歌枕。○よし流れても　「流れ」は「川」の縁語で「泣かれ」を掛ける。「流れては妹背の山の中に落つる吉野の川のよしや世の中」(古今・恋五・よみ人しらず)。▽「水無瀬川ありて行く水なくはこそつひにわが身を絶えぬと思はめ」(古今・恋五・よみ人しらず)を念頭に置き、友情を誓う歌か。ただし、恋愛関係のように読める

1093 近《ちか》き所《ところ》に侍《(はべり)》けるに音《おと》し侍らざりければ、村《むら》上《かみ》の女三宮のもとより、思《おも》ひ隔《へだ》てけるにや、花《はな》心にこそなどいひおこせたりける返《かへ》り事《ごと》に　規子内親王

いはぬまはつゝみしほどにくちなしは色《いろ》にや見《み》えし山吹の花《はな》

1094 良暹法師ものいひわたる人に逢《あ》ひがたきよしを歎《なげ》きわたり侍《(はべり)》けるに、今日なんかの人に逢《あ》ひたるといひおこせて侍ければつかはしける　藤原孝善

うれしさをけふは何《なに》にかつゝむらん朽《く》ちはてにきと見《み》えしたもとを

1095 語《かた》らひたる男《をとこ》の、女のもとにつかはさむとて、歌《うた》こひ侍《はべ》りければ、まづわが思《おも》ふことをよみ侍《(はべり)》ける　和泉式部

かたらへばなぐさむこともあるものを忘《わす》れやしなん恋《こひ》のまぎれに

扱い方をしているか。定頼集によれば、作者は藤原定頼か。定頼は道命よりも二十一歳年少。

1093 あなたの方から言わないうちはお近くに住んでいることを包み隠していたのに、山吹の花はくちなし色にはっきりと見えたのでしょうか。斎宮女御集、初句「いはぬまを」、三句「くちなしの」。○村上の女三宮　保子内親王。○思ひ隔て…　「隔てけるけしきを見れば山吹の花心ともいひつべきかな」(斎宮女御集)との贈歌を散文で要約した。○花心にこそ　あなたは移り気で私のことなど忘れてしまったのですね。「昔よりうち見る人につき草の花心とは君をこそ見れ」(古今六帖六・作者未詳)。○くちなし　くちなしの実で染めた濃い黄色。「いはぬ」の縁語。▽「山吹の花色衣主やたれ問へど答へずくちなしにして」(古今・雑体・素性)を念頭に置くか。▽友情関係の歌。

1094 あなたは恋人と逢える嬉しさを今日は何に包むのでしょうか。袂は逢えないことを嘆く涙で朽ちてしまったと見えたのに。○ものいひわたる人　求愛し続けていた人。▽友人の恋の成就を喜ぶ歌。「うれしきを何に包まん唐衣袂ゆたかに裁てといはましを」(古今・雑上・よみ人しらず)を念頭に置く。

1095 私とも語り合えば慰まることもあるのに、恋に熱中するあまりにまぎれて、私のことは忘れてしまったのでしょうか。和泉式部集。和泉式部続集。○語らひたる男　家集では「ただに語らふ男」「ただ語らひたる男」などと言い、親しく話をするだけの間柄の男と思われる。▽自分の恋に夢中になって他を顧みない男をたしなめる歌。「語らへば慰みぬらん人知れずわが思ふことを誰にいはまし」(和泉式部続集)という詠もある。

1096 時鳥の忍び音を聞き続けています。時鳥が通う垣根は隠れようがないので。あなたがたの

1096
五節の命婦のもとに高定忍《たかさだしの》びて通《かよ》ふと聞《き》ゝて、誰《たれ》とも知《し》られで、かの命婦のもとにさしおかせ侍《(はべり)》ける

六条斎院宣旨

しのびねを聞《き》ゝこそわたれほとゝぎすかよふ垣根《かきね》のかくれなければ

1097
そらごと歎《なげ》き侍《はべ》りける頃《ころ》、語《かた》らふ人の絶《た》えて音《おと》し侍《はべ》らぬにつかはしける

馬内侍

うかりける身のうの浦《うら》のうつせ貝《がひ》むなしき名《な》のみ立《た》つは聞《き》ゝきや

1098
御贖物《あがものゝ》の鍋《なべ》を持《も》ちて侍《はべ》りけるを、大盤所《(だい)ばどころ》より人の乞《こ》ひ侍《はべ》りければつかはすとて、鍋《なべ》に書《か》き付《つ》け侍《はべ》りける

藤原顕綱朝臣

おぼつかな筑摩《つくま》の神《かみ》のためならばいくつか鍋《なべ》の数《かず》はいるべき

秘め事はずっとわかっていますよ、高定はおおっぴらに通っているのですもの。〇五節の命婦　脩子内親王家の女房。〇高定　藤原氏北家惟孝説孝流の阿波守高定。〇しのびね　高定がひそかに五節の命婦を語らっていることをいう。「ほとゝぎす」の縁語。あるいは「音」に「寝」を掛けるか。〇ほとゝぎすかよふ垣根　「ほとゝぎす」は高定、「垣根」は五節の命婦を喩える。「ほととぎす通ふ垣根の卯の花の憂きことあれや君が来まさぬ」(拾遺・雑春・柿本人麻呂)。▽秘めた情事を知っているとおどした匿名の歌。

1097　みのうの浦の身のない貝のように憂くつらかった私のあだな噂だけが立ったのを、あなたは聞きましたか。馬内侍集「よに空言をいはれて歎くに、文おこせがたく侍る人のたえて訪れねば」、五句「立つは聞きつや」。〇身のうの浦　「うかりける身」から続けていう。蓑生の浦。八雲御抄では石見国とする。契沖は筑前国かとする。〇うつせ貝　下句の序詞のような働きをする。▽浮名を立てられたと恋人に訴えた歌。

1098　はっきりしませんね。筑摩の神事用ならば、鍋の数は幾つ要るのでしょうか。一つでは済まないのではありませんか。顕綱朝臣集。〇御贖物の鍋　「贖物」は罪穢れを贖うため祓の時に供える物。「御贖物」とあるのによれば、天皇に関する贖物か。鍋はその物を煮炊きするのに用いるか。〇大盤所　宮中で台盤を扱う女房の詰所。〇筑摩の神　「ちくま」とも。近江国の神社。その祭礼に女は逢った男の数だけの鍋を奉納するという。「いつしかも筑摩の祭はやせなんつれなき人の鍋の数見む」(拾遺・雑恋・よみ人しらず)。▽きわどい冗談を言って女房をからかう廷臣の歌。一〇九〇から一〇九八までは、人事に関する歌をまとめる。

後拾遺和歌抄第十九　雑五

後冷泉院親王《みこ》の宮《みや》と申《(まうし)》ける時、二条院初《はじ》めてまい《(ゐ)》らせたまひけるを見《み》たてまつることやありけむ、よみ侍《(はべり)》ける

出羽弁

1099 春《はる》ごとの子《(ね)》の日はおほくすぎつれどかゝる二葉《ふたば》の松《まつ》は見《み》ざりき

二条院東宮にまい《(ゐ)》り給《(たまひ)》て藤壺《ふぢつぼ》におはしましけるに、前中宮のこの藤壺《ふぢつぼ》におはせしことなど

1099 毎春子の日は多く過ぎてきましたが、このようにすばらしい二葉の松(姫宮)は見たことがありませんでした。〇後冷泉院　長暦元年(一〇三七)八月十七日立太子。二条院は同年十二月十三日皇太子妃とされた。〇二条院　後一条天皇の第一皇女章子内親王。従兄弟に当る後冷泉天皇が東宮に立てられた年にその妃とされた。時に十二歳。中宮・皇太后となる。長治二年(一一〇五)九月十七日没、八十歳。〇子の日　子の日の遊び。正月初の子の日、野に出て小松を引き、若菜を摘み、長寿を祝う年中行事。長暦元年十二月十三日から同二年正月の子の日での詠か。〇二葉の松　章子内親王を喩える。「子の日」の縁語。→四四〇。▽今鏡・すべらぎの上に見える。この歌から一一〇五までは、慶事に際して昔を追懐する歌の群。

1100 忍び音に泣いて流す涙を懸けないでください、喜びを包むにはこれほど狭いと思う今の私の袂に。端白切(大弐三位集断簡)「故院の東宮と申しし折、一品宮参らせ給へりし頃、出羽弁、忍び音なん泣かるるとありしかば」。栄花物語・暮待つ星。〇東宮　親仁親王、すなわちのちの後冷泉天皇。〇藤壺　内裏五舎の一、飛香舎。「春宮は梅壺に、一品宮は昔のままに藤壺におはします。…古き女房などは、藤壺を見るにつけてもいとあはれなり」(栄花物語)。〇前中宮　後一条天皇の中宮藤原威子(道長三女)。長元九年(一〇三六)九月六日没、三十八歳。章子内親王の母であるので、娘の内親王が藤壺に入ったために古参の女房が追憶にふけったのである。〇せばしと思ふところのたもと「うれしきを何に包まん唐衣袂豊かに裁てといはましを」(古今・雑上・よみ人しらず)の古歌を踏まえていう。▽東宮の乳母として、おめでたい折に縁起でもない涙を見せないでほしいと訴えた

思《おも》ひ出《い》づる人など侍《(はべり)》ければ　大弐三位

1100 しのびねのなみだなかけそかくばかりせばしと思《おも》ふころのたもとに

返《かへ》し　出羽弁

1101 春《はる》の日《ひ》に返《かへ》らざりせばいにしへのたもとながらや朽《く》ちはてなまし

後冷泉院親王《みこ》の宮《みや》と申《(まうし)》ける時、上《うへ》のをのこどもも一品宮の女房ともろともに桜《さくら》の花《はな》をもてあそびけるに、故中宮の出羽《いでは》も侍《はべ》りと聞《き》きてつかはしける　源為善朝臣

1102 花《はな》ざかり春《はる》のみ山《やま》のあけぼのに思《(おもひ)》わするな秋《あき》の夕《ゆふ》ぐれ

歌。

1101 春の日に立ち返らなかったならば(今日の喜びに遇わなかったならば)、私の袂は悲しみの涙に濡れた昔、前中宮崩御の時の喪服のまま朽ち果ててしまったことでしょう。栄花物語・暮待つ星、二句「乾かざりせば」。〇春の日　喜ばしい時の比喩。「春」には「春宮」の意をも籠める。章子内親王が藤壺に入ったのが長暦元年十二月二十七日なので、年明けて同二年正月の頃の詠か。▽栄花物語にはこの返しをした出羽弁の心情を、「まことに慰む方なからまし」と、うはべは世に従へど、藤壺にては、おはしまいし御有様より、居させ給し真木柱などを見るは、忍び難くあはれなる心のうちなり」と記す。今鏡・藤波の上にも一一〇〇とともに贈答歌として見える。

1102 花盛りの春のみ山(春宮)のあけぼのに夢中になって、秋の夕暮の寂しさ(なき中宮)を忘れてしまわないでください。〇一品宮　章子内親王。〇故中宮　後一条天皇の中宮藤原威子。〇出羽　出羽弁。〇春のみ山のあけぼの　東宮を歌語で「春のみ山」ということから、一品宮が東宮妃として幸福な生活を送っていること。〇思わするな　→六一。〇秋の夕ぐれ　中宮を秋の宮ということから、中宮威子がなくなった秋の悲しみ。なくなったのは九月六日だから実際にも秋だった。春と秋を対比させた技巧。▽昔馴染みの女房に対して、旧主を忘れないでほしいという。いささか皮肉を籠めた歌。

1103 万代までもわが君をお守りしようと祈りながら鍛えた、しるしの太刀・作り柄と御覧ください。〇三条院　寛和二年(九六六)七月十六日立太子、寛弘八年(一〇一一)六月十三日践祚。〇敦儀親王　三条天皇の第二皇子。式部卿・中務卿になり、石蔵式部卿宮と号した。長徳三年(九九七)の誕生。

三条院東宮と申《まうし》ける時、式部卿敦儀《〈ノリ〉》親王生《むま》れて侍《はべ》りけるに御佩刀《はかし》たてまつるとて結《むす》び付《つ》け侍《(はべり)》ける

入道前太政大臣

1103 よろづ代《よ》を君《きみ》がまぼりと祈《いの》りつゝたちつくりえのしるしとを見《み》よ

御返《かへ》し

三条院御製

1104 いにしへの近《ちか》きまもりを恋《こ》ふるまにこれはしのぶるしるしなりけり

或人云、この歌《うた》は故左大将済時御子《みこ》たちのおほぢにて侍《(はべり)》ければ、けふのことをかの大将や取《と》り扱《あつか》はましなど思《おぼ》し出《い》でゝよませたまへるなり

一条摂政かくれ侍《はべ》りてのち、少将義孝《よしたか》子《こ》生《むま》せて侍《(はべり)》ける七夜に、昔《むかし》を思《おも》ひ出《い》でゝよみ侍りける

法住寺太政大臣

○つくりえ　「えといふはつかなるべし。この草薙剣をば天十握の剣といふ故なり。又鴨の柄と書きてかもえと云ふがごとし。又斧の柄なんどもいへり」（和歌色葉）。○しるし　「神璽は国のてしるしなれば、かれによそへ読み給へるにや」（和歌色葉）。

1104　昔の近衛大将済時を恋しく思っていたので、この太刀は彼を偲ぶしるしであるよ。○いにしへの近きまもり　左近衛大将であった藤原済時のこと。贈歌の「君がまぼり」を受けて「近きまもり」という。済時が没したのは長徳元年（九九五）四月二十三日。「照る光　近きまもりの　身なりしを」（古今・雑体・壬生忠岑）。○御子たちのおほぢ　敦明親王（小一条院）・敦儀親王をはじめ、三条院の御子の多くが済時女皇后宮娍子を母としているから、済時は御子達にとって母方の祖父に当る。○けふのこと　東宮御子誕生に伴う儀礼。○かの大将や取り扱はまし　もしも済時が生きていたならば彼が取り扱ったであろう。東宮としてはもとよりそれを望んでいたのである。▽栄花物語・日蔭のかづらによれば、三条天皇は道長の権勢に憚って、済時の外孫である皇子達の将来について不安を抱いていたという。そのような権力機構の中に置かれた東宮時代の三条院がわが子の誕生の際につい洩らした、なき舅済時追懐の情。

1105　あれこれにつけ、昔のことを思い出すよ。もしも兄伊尹が健在であったら、彼が赤子の将来をのどかであれと祝言を言ったであろうに。義孝集。○一条摂政　藤原伊尹。天禄三年（九七二）十一月一日没、四十九歳。○少将義孝　藤原義孝。伊尹の男。○子生せて侍ける　源保光女との間に行成を儲けたことをいうか。行成の誕生は天禄三年。○七夜　子供が生れて七日目の夜の祝宴。↓四三。▽甥の家の慶事にその父に当るなき長兄を

1105
千〻《ち》につけ思《おも》ひぞ出《い》づるむかしをばのどけかれとも君《きみ》ぞいはまし

六条左大臣みまかりてのち播磨の国《くに》にくだり侍《（はべり）》けるに、高砂《たかさご》のほどにて、こゝは高砂《たかさご》となむいふと舟《ふな》人いひ侍ければ、昔《むかし》を思《おも》ひ出《い》づることやありけん、よみ侍ける

源相《（スケ）》方朝臣

1106
高砂《たかさご》とたかくないひそむかし聞《き》きし尾上《をのへ》のしらべまづぞ恋《こひ》しき

後一条院幼《をさな》くおはしましける時、祭《まつり》御《ご》覧《らん》じけるに、斎院《いつき》の渡《わた》り侍《（はべり）》けるをり、入道前太政大臣抱《いだ》きたてまつりて侍けるを見《み》たてまつりてのちに、大政大臣のもとにつかはしける

選子内親王

1107
ひかり出《い》づるあふひのかげを見《み》てしかば年《とし》へにけるもうれしかりけり

偲んでいる弟の心。伊尹と為光は共に師輔の息であるが、為光は伊尹より十八歳の年少。義孝は「君がかくいふにつけても人しれぬ心のうちに祈りするかな」(義孝集)と返歌している。

1106　高砂と声高に言わないでほしい。昔聞いた尾上の松風にも通う、なき父の琵琶の調べがまず恋しくて、耳を澄ませて松風を聞きたいから。○六条左大臣　源重信。敦実親王の男。左大臣正二位。長徳元年(九九五)五月八日没、七十四歳。作者相方はその男。○高砂　播磨国の歌枕。尾上の松で知られる。○尾上　琵琶の「緒」を掛ける。○まづぞ恋しき　「先」に「松」を掛ける。▽地名から父を偲ぶ歌。奥義抄に引く。

1107　光り輝く葵(幼い宮)の姿を見たので、こんなに年を取るまで生きていたことも嬉しく思われます。栄花物語・初花。大鏡三・師輔、三・四句「みてしより年つみけるも」。○後一条院　↓一〇三九。○幼くおはしましける時　栄花物語によれば、寛弘七年(一〇一〇)三歳の時。○祭　賀茂祭。○斎院　この時は選子内親王。○入道前太政大臣抱きたてまつりて　大鏡には、道長が幼い後一条・後朱雀両院を二人とも膝に据えていたと語る。○見たてまつりて　選子内親王は輿の帷から赤い扇の端をさし出して若宮を見たことを知らせたので、人々はその心ばせに感じ入ったという。○あふひ　賀茂祭で用いる「葵」に「逢ふ日」を響かせ、「ひかり」「日」「かげ」で縁語となる。○年へにける　年を経たこと。選子内親王は寛弘七年に四十七歳。▽この歌から一一〇九までは、賀茂祭に関する歌を並べる。

1108　葵(幼い宮)はまだ二葉ではありますが、私も一緒にあなたさまにお逢いできるのは、賀茂の御神の霊験でしょうか。栄花物語・初花。大鏡三・師輔、五句「ゆるしなるらん」。○もろかづら　桂に葵を付けた■。○二葉　若宮が幼いこと

返《かへ》し　　入道前大政大臣

1108 もろかづら二葉《ふたば》ながらも君《きみ》にかくあふひや神のしるしなるらん

後一条院御時賀茂行幸侍《はべ》りけるに、上東門院御輿《みこし》に乗《の》らせ給ひて紫野《むらさきの》より帰《かへ》らせたまひにける又のあした、聞《きこ》えさせ侍《はべ》りける　　選子内親王

1109 みゆきせし賀茂《かも》の川波《かはなみ》かへるさに立《た》ちや寄《よ》るとぞ待《ま》ちあかしつる

後冷泉院御時上東門院に行幸《みゆき》あらんとしけるを、止《とゞ》まりてのち、内《うち》より硯《すゞり》の箱《はこ》の蓋《ふた》に桜《さくら》の枝《えだ》を入《い》れてたてまつらせ給《(たまひ)》たりける御返《(かへし)》に、仰《おほ》せ事《ごと》にてよみ侍《はべ》りける　　上東門院中将

1110 みゆきとか世《よ》にはふらせていまはたゞこずゑのさくら散《ち》らすなりけり

を、葵の縁語でいう。〇あふひ　「葵」に「逢ふ日」を掛ける。

1109 賀茂行幸を御覧なされた帰り道、お寄りになるかとお待ちして、とうとう夜を明かしてしまいました。栄花物語・ゆふしで、四句「たちやとまると」。〇後一条院御時　寛仁元年(一〇一七)十一月二十五日のこと。〇上東門院　小右記などによれば、上東門院は天皇と同輿して渡ったという。この時天皇は十歳、上東門院は三十歳。〇紫野　斎院はここにあった。雲林院の西院に近かったらしい。〇かへるさに　「かへる」は「波」の縁語。〇立ちや寄る　「立ち」「寄る」もともに「波」の縁語。▽上東門院が斎院に立ち寄らないことを恨んだ歌。栄花物語で中宮妍子の歌とするのは不審。上東門院の返歌は「立ち返り賀茂の川波よそにても見しやみゆきのしるしなるらん」(栄花物語)。

1110 この御所に行幸(みゆき)があると世間に噂されて、実際にはないままに、今はもう桜の梢が花びらを深雪のように散らしております。〇後冷泉院御時　寛徳二年(一〇四五)一月十六日より治暦四年(一〇六八)四月十九日までの間。〇上東門院　後冷泉院には祖母に当る。〇内より　御門より。〇硯の箱の蓋　物を贈る時しばしば用いられる。〇たてまつらせ給たりける　上東門院に献上なさった。〇仰せ事にて　上東門院の御命令で。〇みゆき　「行幸」に「深雪」を掛けていう。〇ふらせて　ふれさせて。言い広めて。「深雪」の縁で「降らせ」を掛けていう。〇こずゑ　「来ず」を響かせるか。〇散らす　「深雪」の縁語。▽行幸を迎える側のあるじとして、期待していた行幸が中止されたことを残念がる歌。作者は女主人の立場で詠んでいる。前の一〇九八に引続き、行幸に関連する歌を置く。

1111 木綿四手(ゆうしで)を垂らし、茂った木の間に囲まれた斎院御所を洩れる月の光は、おぼろげで

1111 小弁斎院にまい《(ゐ)》り侍《はべ》りてほのかに見《み》たてまつりたるよしいひにおこせて侍《(はべり)》ける返事に

六条斎院宣旨

ゆふしでやしげき木《こ》の間《ま》をもる月のおぼろけならで見《み》えしかげかは

1112 宇治前太政大臣少将に侍《(はべり)》ける時《とき》、春日《かすが》の使《つかひ》に出《い》で立《た》ち侍《はべ》りて又《また》の日《ひ》雪《ゆき》の降《ふ》り侍けるに、四条大納言のもとにつかはしける

入道前太政大臣

若菜《わかな》つむ春日《かすが》の原《はら》に雪《ゆき》ふれば心づかひを今日さへぞやる

返《かへ》し

前大納言公任

1113 身《み》をつみておぼつかなきは雪《ゆき》やまぬ春日《かすが》の野辺《ゝべ》の若菜《わかな》なりけり

二条前大政大臣少将に侍《はべ》りける時、春日《かすが》の使《つかひ》

なくては見えるものですか。斎院様にはそうたやすくは拝謁できません。○斎院　六条斎院禖子内親王の御所。○見たてまつりたる　六条斎院を拝見した。○ゆふしで　木綿で作った四手。四手は神に捧げる幣。斎院が神域に通う場所であることをいう。○月　六条斎院を喩える。▽他家に仕えている女房に対して、自らの主である斎院が神に近い尊貴な存在であることを誇った斎院女房の歌。

1112 若菜を摘む春日の原に雪が降ったので、今日使に立ったわが子はどうだろう、気懸りだなと思いやります。栄花物語・初花、一句「春日の野べに」。公任集。○宇治前太政大臣　藤原頼通。○少将に侍ける時　長保六年(一〇〇四)二月五日のこと。元服した直後で十三歳であった。○春日の使　春日祭(二月と十一月の上の申の日に行われる)の勅使。○四条大納言　藤原公任。○若菜つむ春日の原　春日野(春日の原)は大和国の歌枕。「春日野の若菜摘みにや白妙の袖ふりはへて人の行くらん」(古今・春上・紀貫之)など、若菜を摘む場所とされる。○心づかひ　「使ひ」を掛け、心を擬人化していう。▽時の権力者が見せた親心の歌。栄花物語に「殿は内にて御前にて見奉らせ給ひ、又道の程御車にても見奉らせ給ふほど、あはれに見えさせ給ふ」という。この歌から二一四までは、春日の使に関する歌を並べる。

1113 若菜を摘むのではなく、この身を摘んで(つねって)気懸りでならないのは、雪の降りやまぬ春日の野辺の若菜(使の少将)です。公任集、四句「春日の原の」。栄花物語・初花。○身をつみて　贈歌の「若菜つむ」を受けて「つみ」という。「身をつみて思ひ知りにき薫物のひとりねいかにわびしかるらん」(元良親王集)。○若菜　若い頼通を喩えていう。▽親心をお察ししますと応和した歌。栄花物語によれば、この贈答を聞いた花山

にまかりて又の日、霧《きり》のいみじう立《た》ち侍《はべ》りければ、入道前太政大臣のもとにつかはしける

1114 みかさ山春日《やまかすが》の原《はら》の朝霧《あさぎり》にかへりたつらんけさをこそ待《ま》て

上東門院長家民部卿三条の家《いへ》に渡《わた》らせ給《(たまひ)》たりける頃《ころ》、にはかに行幸《みゆき》ありて、近《ちか》き人〴〵の家召《いへめ》されければ、まかるべき所《ところ》なきよし奏《そう》せさせ侍《(はべり)》けり、その御返《かへ》りに、歌《うた》をよみてまい《(ゐ)》らせよと仰《おほ》せられければ、雪《ゆき》の降《ふ》る日《ひ》よみてまい《(ゐ)》らせける

伊世大輔

1115 年《とし》つもるかしらの雪《ゆき》は大空《おほぞら》のひかりにあたるけふぞうれしき

家《いへ》を返《かへ》しにすと仰《おほ》せられて、許《ゆる》されにけり

冷泉院東宮と申《(まうし)》ける時《とき》、女の石井《いしゐ》に水汲《みづく》みた

院は「我すらに思ひこそやれ春日野の雪間をいかで鶴の分くらん」と道長に詠み送った。

1114 三笠山の春日の原に朝霧が立ちこめる中、御令息の少将が大任を果して帰ってくる今朝を待っています。公任集、五句「けさをこそ思へ」。○二条前大政大臣　藤原教通。寛弘四年(一〇〇七)十一月二日右少将に任ぜられ、同五年一月二十八日右中将に転じている。春日祭使として発遣されたのは任右少将直後の十一月八日のこと。○入道前太政大臣　藤原道長。○みかさ山　大和国の歌枕。近衛の官職をいうことが多いので、ここでは少将教通をも意味する。○春日の原　大和国の歌枕。○かへりたつ　帰途に就く。「たつ」は「霧」の縁語。▽権力者の子息が大任を果して帰京することを祝った歌。道長は「三笠山ふもとの霧をかき分けて秋をしるべに今や来ぬらん」と返歌している。

1115 年を取ったので頭には白髪の雪を戴いていますが、大空の光(御門の御威光)に当る今日の日が嬉しく思われます。伊勢大輔集。○長家民部卿　藤原長家。○三条の家　御子左邸をさすか。「御子左〈三条ノ坊門南大宮東、兼明親王家、長家卿伝ニ領之ニ〉」(拾芥抄)。○まかるべき所　立ち退くべき場所。○つもる　「雪」の縁語。○大空のひかり　天子の威光の比喩。○家を返しにす　歌への返事の代りに家を徴発することを免除する。▽「春の日の光にあたる我なれどかしらの雪となるぞわびしき」(古今・春上・文屋康秀)を念頭に置く。帝徳を称えた歌を巧みに詠んだので負担を免除されたという、一種の歌徳説話である。この歌から二一七までは老人を主題とした歌。

1116 幾年たっても澄んでいる泉に映るわが影を見ると、みずはぐむ(水は汲む)まで老いてしまったよ。重之集「枇杷殿の御絵に、岩井に女の水汲む、さしのぞきつつ影見る」、五句「老いにける

るかた絵《ゑ》に描《か》きたるをよめと仰《おほ》せられければ　　源　重《しげ》之《ゆき》

1116 年《とし》をへてすめるいづみにかげ見《み》ればみづはくむまで老《お》いぞしにける

春頭白《かしらしろ》き人のゐたる所《ところ》を絵《ゑ》に描《か》けるを　　花山院御製

1117 春来《はるく》れど消《き》えせぬものは年《とし》をへてかしらにつもる雪《ゆき》にぞ有《(あり)》ける

三条院御時大嘗会御禊など過《す》ぎての頃《ころ》、雪《ゆき》の降《ふ》り侍りけるに、大原《おほはら》に住《す》み侍《はべ》りける少将井《ゐ》の尼《あま》のもとにつかはしける　　伊勢大輔

1118 世《よ》にとよむ豊《とよ》のみそぎをよそにして小塩《をしほ》の山のみ雪《ゆき》をや見《み》し

返《かへ》し　　少将井《ゐ》の尼《あま》

1119 小塩《をしほ》山こずゑも見《み》えず降《ふ》りつみしそのすべらきのみ雪《ゆき》なりけん

かな」。〇冷泉院　村上天皇の皇子。天暦四年(九五〇)五月二十四日誕生、七月二十三日立太子、康保四年(九六七)五月二十五日践祚、安和二年(九六九)八月十三日譲位、寛弘八年(一〇一一)十月二十四日没、六十二歳。〇石井　石で囲った井戸、また、岩間に湧く泉。〇みづはくむ　年老いてから歯が生えるの意に「水は汲む」を掛ける。▽檜垣嫗の「年ふればわが黒髪も白川のみづはくむまで老いにけるかな」(後撰・雑三、大和物語一二六段)と類想の、嘆老の歌。作者は画中の老女の心で詠んでいる。重之集によれば、絵は障子絵か屏風絵か。

1117 本当の雪ならば春になれば消えてしまうのに、春が来ても消えることのないものは、幾年もたって頭に積った雪、白髪だったのだ。〇かしらにつもる雪　白髪の暗喩。▽同じく、嘆老の歌。やはり画中の老人の心で詠むか。あるいは「足引の山路に散れる桜花消えせぬ春の雪かとぞ見る」(拾遺・春・よみ人しらず)で桜を春の雪に見立てているのを意識して、白髪を雪に見立てたか。

1118 世間で大騒ぎする大嘗会の御禊の行幸(みゆき)をよそにして、あなたは小塩山の深雪を見たのでしょうか。〇三条院御時大嘗会御禊　寛弘九年(一〇一二)閏十月二十七日に行われた。〇大原　山城国の歌枕、大原野。現、京都市西京区。〇世にとよむ　「豊」と重ねて同音反復の効果を狙う。〇豊のみそぎ　大嘗会の御禊。大嘗会に先立って天皇が賀茂川で禊する。その際の行幸は「一代に一度の見物」(更級日記)とされた。〇小塩の山　山城国の歌枕。大原野にある。〇み雪　「行幸」を掛ける。▽世間の騒ぎをよそに行い澄ましているかと、出家者の近況を見舞った歌。この歌から一一三五までは、大嘗会・五節に関する歌群。

1119 小塩山の木々の梢も見えないほど降り積った深雪、それが私にとっては帝の行幸(みゆき)だっ

一条院失《う》せさせ給《（たまひ）》て上東門院里《さと》にまかり出《い》でたまひにける、又の年《とし》の五節の頃《ころ》、昔《むかし》を思《おも》ひ出《い》でゝ、上《うへ》のお《（を）》のこども引《ひ》き連れまい《（ゐ）》りて侍《（はべり）》ける中によみて出《いだ》しける　　伊勢大輔

1120 はやく見《み》し山井《ゐ》の水のうすごほりうちとけさまにかはらざりけり

中納言実成宰相《さいさう》にて五節たてまつりけるに、妹《いもうと》の弘徽殿女御のもとに侍《はべ》りける人かしづきに出《い》でたりけるを、中宮の御方の人〴〵ほのかに聞《き》きて、見《み》ならしけむ百敷《もゝしき》をかしづきにて見《み》るらんほどもあはれに思《おも》ふらんといひて、箱《はこ》の蓋《ふた》に銀《しろかね》の扇《あふぎ》に蓬萊《ほうらい》の山作《つく》りなどして、刺櫛《さしぐし》に日《ひ》蔭《かげ》のかづらを結《むす》び付《つ》けて、薫物《たきもの》を立《たて》文《ぶみ》にこめて、かの女御の方《かた》に侍《はべ》りける人のもとよりとおぼしうて、左京の君《きみ》のもとにといはせて、果《はて》の日さしおかせける　　よみ人しらず

たのでしょうか。▽世を捨てた尼には帝の行幸も関わりないと応和した歌。二人の間には、「大原や小塩の山も今日こそは神代のことも思ひ出づらめ」(古今・雑上・在原業平)や源氏物語・行幸の巻が想起されているか。

1120 五節の頃山藍衣を身につけた皆さんが、丁度山の井の水に張った薄氷が解けるようにうちとけていらっしゃる有様は、先帝の御代の昔と変りませんね。伊勢大輔集、三・四句「うはごほりうちとけさまは」。○一条院失せさせ給て　寛弘八年(一〇一一)六月二十二日のこと。○又の年の五節の頃　寛弘九年十一月二十三日に豊明節会が行われている。○昔　一条院の治世の時。○上のおのこども　殿上人達。○引き連れまいりて侍ける　伊勢大輔集「小忌の姿にてまゐりたりしに」。○中によみて出しける　同「さるべきことといへと仰せられしかば」。○山井の水のうすごほり　「山井」に神事の際に着る山藍摺りの小忌衣の「山藍」を掛け、この二句が「うちとけ」の序詞となる。▽帝が変ったことを忘れたかのように五節にうちくつろいで振舞っている廷臣達に、先帝のことを偲んでほしいという気持を籠めて申し入れた歌。伊勢大輔集の詞書によれば、上東門院の心を代弁した歌。今鏡・すべらぎの上にも見える。一一二〇から一一二五までは五節の関係の歌。

1121 大勢いた豊明節会に関わる宮人達の中でも、とりわけはっきりと目立つ日蔭の蔓(あなた)をしみじみと見ました。栄花物語・初花。紫式部日記。○中納言実成　藤原実成。○五節たてまつりける　五節の舞姫を献じた。寛弘五年(一〇〇八)十一月のこと。○弘徽殿女御　藤原義子。公季女、一条天皇女御。○かしづき　五節の舞姫の介添え役。○中宮　一条天皇の中宮彰子。○蓬萊の山　東海中にあり、不老不死の仙人が住む仙境とされ

1121 おほかりし豊《とよ》の宮《みや》人さしわけてしるきひかげをあはれとぞ見《み》し

かくて臨時祭になりて、二条前太政大臣中将にて祭《まつり》の使《つかひ》し侍りけるに、ありし箱《はこ》の蓋《ふた》に沈《ぢむ》の櫛《くし》、銀《しろかね》の 笄《かうがい》金《かね》の箱《はこ》に鏡《かゞみ》など入《い》れて、使《つかひ》は中宮のはらからなればにや、日蔭《ひかげ》とおぼしくて鏡《かゞみ》の上《うへ》に蘆手《あしで》に書《か》きて侍《(はべり)》ける

藤原長《なが》能《たふ》

1122 ひかげ草《ぐさ》かゝやくかげやまがひけんますみの鏡《かゞみ》くもらぬものを

おなじ人の五節に、童女《わらは》の汗衫《かざみ》かしづきの唐《から》衣《ぎぬ》に青摺《あをずり》をして赤紐《あかひも》など付《つ》けたりけり、人〳〵見《み》侍《はべ》りけるに、青《あを》き紙《かみ》の端《はし》に書《か》きて結《むす》び付《つ》けさせ侍《(はべり)》ける

選子内親王

1123 神代《よ》よりすれるころもといひながら又かさねてもめづらしきかな

る島。〇立文　包紙で縦に包み、上下をひねった書状。〇左京の君　かしずきとなっている女房。▽昔女房として見馴れた宮中で五節の舞姫の介添えとして奉仕している女性を揶揄する歌。昔を思ったら晴がましい場所に出て来るべきではないのにという批判が底にあっての行動だが、宮廷女房達の御殿女中にも通ずる意地悪さが知られる歌。

1122 日蔭の蔓の輝く光に見まごうたのでしょうか。真澄の鏡は曇らず照らしているのに、違った人に贈り物を頂きました。栄花物語・初花、二句「かゝやくほどや」。〇臨時祭　賀茂臨時祭。寛弘五年(一〇〇八)十一月二十八日。〇二条前太政大臣藤原教通。→二一四。〇ありし箱の蓋　左京への贈物を載せてあったもの。〇沈の櫛…　以下、祭の使が用いるための鬢を掻く道具。「使の君の鬢かき給ふべき具とおぼしくてしたり」(栄花物語)。〇中宮のはらからなればにや　中宮の御兄弟だからであろうか。〇蘆手に書きて　蘆手書き(水を描き、傍に蘆が乱れたように草仮名で書く)で。▽長能は代作者。実成の立場で左京に代って中宮の女房達に返した歌。教通の随身に取次がせた。紫式部日記には「文字二つ落ちてあやふし」とあり、実成の父公季が中宮から与えられたと思って、仰々しくなったらしいと記している。難後拾遺に批判する。

1123 青摺りの衣は神代の時代からのものとはいうものの、童女やかしずきが重ね着している有様は重ねて珍しく思われるよ。栄花物語・初花。〇おなじ人　藤原実成。〇汗衫　表着の上に着る後部の長い単の服。〇青摺り　山藍で摺り染めすること。〇赤紐　小忌衣の右肩に付ける二条の紅の紐。▽実成が献った五節の童女や「かしづき」の衣装のデザインが五節にふさわしいことをほめた歌。栄花物語によると、選子内親王は五節の果て

1124
一条院御時皇后宮五節たてまつり給《(たまひ)》けるに、かいつくろひつかまつりける人の付《つ》けて侍《はべ》りける赤紐《あかひも》の解《と》けて、いかにせんといひけるを聞《き》ゝて、結《むす》び付《つ》くとてよみ侍《(はべり)》ける　藤原実方朝臣

あしひきの山井《ゐ》の水《みづ》はこほれるをいかなるひものとくるなるらん

1125
ものいひ侍《はべ》りける女の五節に出《い》でて、こと人にと聞《き》ゝ侍《(はべり)》ければつかはしける　源頼家朝臣

まことにやなべて重《かさ》ねしお《(を)》みごろも豊《とよ》の明《あか》りのかくれなきよに

1126
人の、子《こ》を付《つ》けんと契《ちぎ》りて侍《はべ》りけれど、籠《こも》りゐぬと聞《き》ゝてこと人に付《つ》け侍りければよめる　法眼源賢

思《おも》ひきやわがしめゆひしなでしこを人のまがきの花と見《み》んとは

たのちに聞いて、その衣装を召して見、「げにいと今めかしうおぼしめして」その衣装の袂にこの歌を記した青い紙(山藍の色にちなむか)を結び付けて返したという。

1124 山の井の水は凍っているのに(あなたのお心は冷たいのに)、いったいどのような氷ならぬ紐が(あたかも心を許したように)解けるのでしょうか。清少納言集。枕草子・宮の五節いださせ給ふに。実方中将集では宣方と実方の、実方朝臣集では実方と「人」の連歌とする。○一条院御時　正暦四年(九九三)十一月の時のことか。○皇后宮　藤原定子。○かいつくろひつかまつりける人　五節の舞姫の付添い役として奉仕する女房。枕草子によれば、小兵衛といった。○あしひきの　「山井」に掛る枕詞。▽五節の介添えにたわむれかけた歌。小兵衛が返歌できないので、清少納言が代って「うは氷あはに結べる紐なればかざす日かげにゆるぶばかりを」と代って返したが、取次いだ弁がうまく言えなかったので伝わらなかったという。

1125 私以外の男と小忌衣を重ねたというのは本当ですか。豊明節会で秘密も明るく照らし出されて隠れようもない夜に。○ものいひ侍りける女　交際していた女。金葉集によれば源光綱母。○なべて重ねしおみごろも　「なべて」はおしなべて、自分とだけでなく広く一般にの意、異文「あまた」。「豊の明り」の縁語で「おみごろも」という。衣を重ねるというのは、男女が共寝することの婉曲な表現。▽五節に出たのがきっかけで自分を裏切った女を恨む男の歌。女は「日蔭には無き名立ちけり小忌衣きて見よとこそいふべかりけれ」(金葉・雑上)と返歌している。

1126 私が自分の子にしようとして標を結っておいた撫子(かねて目を付けておいた愛らしい子)

父《ちゝ》の信濃《しなの》なる女を住《す》み侍りけるもとにつかはしける　　平正家

1127 信濃《しなの》なる園原《そのはら》にこそあらねども我《(わが)》はゝき木《ゞ》といまはたのまん

一条院御時大弐佐理筑紫《つくし》に侍《はべ》りけるに、御手《て》本書《か》きに下《くだ》しつかはしたりければ、思《おも》ふ心書《か》きてたてまつ覧《(らん)》とて、書《か》きつくべき歌《うた》とてよませ侍《(はべり)》けるによめる　　源重《しげ》之《ゆき》

1128 都《みやこ》へと生《いき》の松原《まつばら》いきかへり君《きみ》が千歳《ちとせ》にあはんとす覧《(らん)》

父《ちゝ》の供《とも》に幼《をさな》くて筑前国に侍《はべ》りて、年《とし》へてのち成順かの国《くにゝ》になりて侍《はべ》りければ、下《くだ》りてよめる　　中将尼

1129 そのかみの人はのこらじ箱崎《はこざき》の松ばかりこそわれを知《し》るらめ

を人の垣根の花(他の僧房の稚児)と見るようになろうとは、思ってもみただろうか。源賢法眼集「京にありし折、人のうてたりし子を、もりぬとて人に取らせたりしかば、やりし」。○子を付けん　幼児を弟子として託そう。○籠りゐぬと聞きて　わたしが籠山していると聞いて。○しめゆひしなでしこ　「子」の比喩。「二葉よりわが標結ひし撫子の花の盛りを人に折らすな」(後撰・夏・よみ人しらず)。○まがき　「なでしこ」の縁語。▽幼児を弟子にしようという約束を反古にされたことを恨む僧の歌。一一二六・一一二七は師弟・親子などの関係にまつわる歌。

1127　あなたは私の生みの母ではありませんが、これからは生母同様頼りにいたしましょう。○父　平正済。維衡の男。出羽守正五位下。○信濃なる女　信濃の国の女性の意か。あるいは信濃は女房名か。○住み侍りける　同棲しておりました。○信濃なる園原　信濃にある園原。園原は信濃国の歌枕。帚木があると伝えられて著名。「その腹」を掛ける。○はゝき木　「園原」の縁で言い、「母」を掛ける。▽継子の継母への挨拶の歌。正家の母は長門守藤原信繁女という。源氏物語・空蟬の巻における空蟬と紀伊守にも似た人間関係が想像されなくもない。

1128　生の松原の名のように、筑紫から生きて帰洛し、我が君の千代にお遇いしとうございます。重之集、五句「あはんとぞ思ふ」。○大弐佐理　藤原佐理。三蹟の一、佐蹟として知られる能書家。「道風放ちてはいとかしこき手書きにおぼして」(重之集)。その大宰大弐在任は正暦二年(九九一)一月二十七日から長徳元年(九九五)十月十八日までの間。○筑紫　九州。大宰府であろう。○御手本書のお手本。重之集によれば「かなの御手本」。○下しつかはしたりければ　一条天皇が重之を使と

阿波守になりて又同《おな》じ国《くにゝ》にかへりなりて下《くだ》りけるに、こつかみの浦《うら》といふ所《ところ》に波《なみ》の立《た》つを見《み》てよみ侍《(はべり)》ける

藤原基房朝臣

1130 こつかみの浦《うら》に年《とし》へてよる波《なみ》もおなじところに返《かへ》るなりけり

頼国朝臣紀伊守にて侍《はべ》りける時、いふべきことありてまかりて侍りけるを、ことさらに物《もの》もいはざりければよみ侍りける

連敏法師

1131 老《おい》の波《なみ》よせじと人はいとへども待《ま》つらんものを和歌《わか》の浦《うら》には

肥後守義清下《くだ》り侍りての年《とし》の秋、嵯峨野《さがのゝ》の花《はな》は見《み》きやといひにおこせて侍《(はべり)》ける返《かへ》りにつかはしける

源兼長

して遣されたので。○生の松原　筑前国の歌枕。「いきかへり」を起す序詞のごとくに用いた。○千歳　「松」の縁語。▽帝王への祝言の形で望京の思いを述べた歌。重之は佐理の心で詠む。この歌から一一四〇までは、地方に関する歌が続く。

1129 もはや私が幼かった頃の人は生き残っていないでしょう。筥崎宮の松だけが私を知っているでしょう。○父　源清時。宇多源氏、英明の男。大和守従五位上。ただし、和歌色葉では、英明は父、母は高階成順妹であるという。○成順　高階成順。明順の男。筑前守正五位下。和歌色葉によれば、中将尼の伯父ということになる。○そのかみの人　「かみ」に「箱崎」の縁語「神」を掛ける。○箱崎の松　筥崎八幡宮の松。箱崎は筑前国の歌枕。▽幼時を過した土地に遥か後年再び訪れた女性の感慨。

1130 永年にわたってこつかみの浦に寄る波も、私と同じく、同じ所に寄せては返るのだなあ。○かへりなりて　再び任官して。○こつかみの浦　阿波国の歌枕。古豆加美浦。○返る　「波」の縁語。自身が「帰る」意を掛ける。▽最初任ぜられた時からは年月が経ったけれども、馴染みの任国の風景は昔と変らないという感慨。

1131 あなたは老人の私を厭って寄せ付けまいとするけれども、任国紀伊の和歌の浦では若さが待っているでしょうに。○頼国朝臣　源頼国。清和源氏、頼光の男。○いふべきこと　あるいは訴訟などか。○ことさらに物もいはざりければ　意識的に物を言わなかったので。○老の波　老人である連敏のこと。「波」「よせ」は「浦」の縁語。○人は　あなたは。頼国をさしていう。○和歌の浦　紀伊国の歌枕。「老」に対する「若」を掛ける。▽紀伊に赴任するのだから、和歌の浦に免じて老人の自分にも親切に応対してほしいと訴えた歌。作者

1132 うちむれし駒《こま》も音《おと》せぬ秋の野は草《くさ》かれゆけど見《み》る人もなし

1133 東《あづま》に侍《(はべり)》けるはらからのもとに、便《たよ》りに付《つ》けてつかはしける　源兼俊母

にほひきや都《みやこ》の花《はな》は東路《あづまぢ》にこちのかへしの風《かぜ》につけしは

1134 返《かへ》し　康資王母

吹《ふ》きかへすこちのかへしは身《み》にしみき都《みやこ》の花《はな》のしるべと思《(おもふ)》に

1135 筑紫より上《のぼ》らんとて、博多《(ハカタ)》にまかりけるに、館《(タチ)》の菊《きく》のおもしろく侍《(はべり)》けるを見《み》て　大弐高遠

とりわきてわが身に露《つゆ》やおきつ覧《(らん)》花《はな》よりさきにまづぞうつろふ

はあるいは紀伊国の人か。

1132 共に群をなして行った馬の足音もしない秋の野は、草花も枯れてゆくけれども、見る人もいません。○肥後守義清　橘義清。義通の男。春宮大進正五位下。長元六年(一〇三三)十二月蔵人に補されている。○下り侍りて　任国の肥後に下りまして。○嵯峨野の花　嵯峨野は山城国の歌枕。京の西。嘉保二年(一〇九五)八月には殿上人が虫を採りに行ったりしているから(古今著聞集二十)、秋草を賞することもしばしば行われたか。▽友人の問いに、君がいなくてさびしいから、秋の野遊にも行かないと答えた歌。

1133 都の花は東路にまで匂ったでしょうか。東風が吹き返す、そのかえしの風に花の香を託したのですが…。○こちのかへしの風　東風とは逆方向に吹き返す風、すなわち西風。「こち」は東風、「此方」を掛けるか。▽都にいる私は花が咲くにつけ、東国にいるあなたを思い起しているという歌。

1134 都の花の道しるべと思うにつけ、吹き返す東風のかえしの風は身にしみました。康資王母集。▽東国の私を都で思い出してくれてうれしいという返事。この贈答歌は古本説話集・上ノ二十、宇治拾遺物語・上ノ四十一などに語られている。

1135 取り分けて私の身体に露が置いたのだろうか。菊の花より先にうつろう(大弐の地位を去る)よ。大弐高遠集「いまはとて博多に下る日、館の菊のおもしろかりしを見て」。○筑紫より上らんとて　高遠は寛弘元年(一〇〇四)十二月大宰大弐に任ぜられたが、同六年八月筑後守菅野文信の訴状により、大宰府の釐務を停められ、鎰を小弐藤原永道に渡して上京した。○うつろふ　菊については色変る(色あせる)、自身については辞任するの意でいう。○露　菊の花の色を変えるものとされる。▽心ならずも辞任せねばならぬ残念さを歌う。

陸奥に侍《はべ》りけるに、中将宣方朝臣のもとにつかはしける　藤原実方朝臣

1136 やすらはで思《おも》ひ立《た》ちにし東路《あづまぢ》にありけるものかはゞかりの関《せき》

語《かた》らひける人のもとに陸奥国《みちのくに》より弓《ゆみ》をつかはすとてよみ侍《はべ》りける

1137 みちのくの安達《あだち》の真弓《まゆみ》君《きみ》にこそ思《おも》ひためたることも語《かた》らめ

実方朝臣陸奥に侍《はべ》りける時いひつかはしける　大江匡衡朝臣

1138 都《みやこ》にはたれをか君《きみ》は思《(おもひ)》出《い》づるみやこの人は君《きみ》を恋《こ》ふめり

返《かへ》し　藤原実方朝臣

1136 ためらうことなく決意して赴任してきた東国路に、何とまあ、その名も憚りの関があったとはね。実方朝臣集、「陸奥国より宣方の中将もとに」、初句「やすらはず」、下句「ありけるものをはことりの関」。〇中将宣方朝臣　源宣方。宇多源氏、重信の男。右中将従四位上。長徳四年(九九八)八月二十三日没、享年未詳。〇やすらはで　陸奥は遠いなどと躊躇せずの意。実方は陸奥に左遷されたという伝説(古事談)への反証となるような言い方。〇はゞかりの関　陸奥国の歌枕。「はゞかり」は「やすらはで」と対比させる。▽決然と地方へ赴任した官人が都の親友に述懐した歌。今昔物語集二十四ノ三十七にも見える。

1137 これは陸奥の安達の真弓です。この弓を矯めるように、あなたにこそ溜まっている胸の思いを語りたいものです。〇語らひける人　恋人。〇安達の真弓　陸奥国安達の檀(まゆみ)で作った弓。→九九六。〇思ひためたること　心に溜めていること。「溜め」に「真弓」の縁語「矯め」(曲げたり伸ばしたりする)を掛ける。▽地方に在任中の官人が都の恋人に言い送った述懐。

1138 あなたは都では誰を思い出されますか。都の人はみなあなたを恋しがっているようです。実方朝臣集「式部大夫匡衡が陸奥国におこせたる」、三・四句「思ふらん都にはみな」。匡衡集「実方の中将陸奥国に侍りし折やり侍りし」、四句「都にはみな」。〇みやこの人は君を恋ふめり　言外に、しかしその中でも自分が最もあなたのことを恋しく思っているという心を籠める。▽地方へ赴任した知人の近況を見舞う歌。

1139 忘られぬ人々の中でもあなたのことは忘られませんが、あなたは私の帰りを待ってくれている人々の中でも、とりわけ待ってくれていますか。実方朝臣集、二句「人のうちには」、下句「こ

1139 忘《わす》られぬ人の中には忘《わす》れぬを待《ま》つらん人の中《なか》に待《ま》つやは

津《つ》の国《くに》に通《かよ》ふ人の、いまなむ下《くだ》るといひてのちにもまだ京にありけるを聞《き》きて、人に代《かは》りてよめる　　赤染衛門

1140 ありてやは音《おと》せざるべき津《つ》の国《くに》のいまぞ生田《いくた》の杜《もり》といひしは

六波羅といふ寺《てら》の講《かう》にまい《(ゐ)》り侍《はべ》りけるに、きのふ祭《まつり》の帰《かへ》さ見《み》ける車《くるま》の、かたはらに立《た》ちて侍《(はべり)》ければ、いひつかはしける　　相模

1141 きのふまで神《かみ》に心をかけしかどけふこそ法《のり》にあふひなりけれ

石山にまい《(ゐ)》り侍《(はべり)》ける道に山科《しな》といふ所《ところ》にて休《やす》

ふらむ人のうちに待つやは」。匡衡集、二・三句「人のうちには忘られず」、五句「うちに待つやは」。○忘られぬ人の中には忘れぬを　贈歌の言外の心を察して、とくにあなたのことは忘れないがという。○待つやは　「や」は疑問、「は」は詠嘆と見る。▽近況見舞いへの返事。同語反復の技巧が滑らかで巧みである。一一三六から一一三九までは実方の関係の歌をまとめる。

1140　京にいるならいるとどうして音信しないということがあるものですか。あなたはすぐ津の国の生田の杜に行くと言ったのに。赤染衛門集。○いまなむ下るといひて　すぐ津の国(摂津)に下向すると、同国にいる(通う先の)女に言って。○ありてやは　「京にありてやは」の意。「やは」は反語。○生田の杜　摂津国の歌枕。生田神社をいう。「行く」を掛ける。▽男の違約をなじり、速やかな下向を催促する女の歌。

1141　昨日までは神様に心を掛けて祈っておられましたが、今日は葵ならぬ仏法に遇う日だったのですね。相模集。○六波羅といふ寺　六波羅蜜寺。京の寺。現、京都市東山区。空也の開創。本尊は十一面観音で、西国三十三所の第十七番札所。○講　経典を講ずる法会。相模集「六波羅蜜説経聞きにまでたるに」。○祭　賀茂祭。○帰さ見ける車　相模集「紫野に見えし車」。○神　賀茂の神。○かけしかど　「かけ」は「あふひ(葵)」の縁語。○法　仏法。○あふひ　「遇ふ日」に賀茂社の象徴である「葵」を掛ける。相模集によれば、葵に付けて言い送っている。▽熱心な物詣でを揶揄した歌。しかし相模自身も同じことになる。相模集に「返し、車に人付けて見せけるにや、家に入りてこそおこせたりしか」とあるが、その返歌は記していない。ここから一一四三までは、寺詣で・法要関係の歌を並べる。

み侍けるに、家主《いへあるじ》の心あるさまに見《み》え侍《はべ》りければ、又帰《かへ》るさまにもなどいひ侍《はべ》りけるを、よにさしもといひ侍ければ　　和泉式部

1142 かへるさを待《ま》ちこゝろみよかくながらよもたゞにては山科《しな》の里《さと》

山階《〈シナ〉》寺供養《くやう》のの《ゝ》ち、宇治前太政大臣のもとにつかはしける　　堀川右大臣

1143 深《ふか》き海《うみ》のちかひは知《し》らず三笠《みかさ》山心たかくも見《み》えし君《きみ》かな

山里《ざと》にまかりて帰《かへ》る道《みち》に、家経が西《にし》八条の家《いへ》近《ちか》しと聞《き》き《ゝ》て、車《くるま》を引《ひ》き入《い》れて見《み》ありきけるに、難波《なには》わたりの心地せられていとをかしう侍《(はべり)》ければ、硯《すゞり》の箱《はこ》の上《うへ》に書《か》き付《つ》け侍ける　　伊勢大輔

1142 石山からの帰途を待って、私の言葉が嘘かまことか試してごらんなさい。所も山科の里、二人の間はよもやこのままただでは止みますまい。和泉式部続集「山科といふ所にて苦しければ休む、その家主の心あるさまに見ゆれば、今帰さに聞えんなどいひて」、四句「よも尋ねでは」。○石山　石山寺。→七二七。○山科といふ所　山城国。現、京都市山科区。○心あるさま　和泉式部に対して気のある様子。○よにさしも　まさかそんなことはないでしょう。○たゞにては山科の里　「止まじ」を掛ける。▽好色めいた態度を示す男をいなす女の歌。和泉式部は帰途も「君はは や忘れぬらめどみ垣根をよそに見捨てていかが過ぐべき」という歌を言いやっている。

1143 海のように深いみ仏の誓願は私にはわかりませんが、あなたのお志は三笠山のように高く見えました。入道右大臣集「山階寺の供養はてて、関白殿に」。○山階寺供養　興福寺の供養。「本、山階ニ造リタリシ堂ナレバ、所ハ替レドモ山階寺トハ云也ケリ」(今昔物語集十一ノ十四)。○宇治前太政大臣　藤原頼通。○深き海のちかひ　法華経八・観世音菩薩普門品の偈、「弘誓深如海」を和らげていう。○三笠山　大和国の歌枕。藤原氏の氏寺、山階寺(興福寺)に対し氏神なのでいう。○心たかくも　「高く」は「三笠山」の縁語。▽法会の主催者への挨拶の歌。

1144 薦枕をして仮の旅寝をこのお宅で明かしたい。難波の入江の蘆の一節ではないが、一夜だけでも。伊勢大輔集、二句「仮の旅寝に〈かりそめにてもィ〉」、五句「一夜ばかりに〈はィ〉」。家経朝臣集、五句「一夜ばかりは」。○家経　藤原家経。○西八条　京の南。現、京都市下京区・南区にわたる地域。○こもまくら　薦を刈ることから、「かり」の枕詞。○かり　「刈り」と「仮」の掛詞。○

1144 こもまくらかりの旅寝《たびね》にあかさばや入江《いりえ》の蘆《あし》のひとよばかりを

山庄にまかりて日暮《く》れにければ　源　頼　実

1145 日《ひ》も暮《く》れぬ人も帰《かへ》りぬ山里《ざと》は峰《みね》のあらしの音《おと》ばかりして

伏見《ふしみ》といふ所《ところ》に四条の宮の女房あまた遊《あそ》びて、日暮《く》れぬさきに帰《かへ》らむとしければ　橘　俊　綱　朝　臣

1146 みやこ人暮《く》るれば帰《かへ》るいまよりは伏見《ふしみ》の里《さと》の名《な》をもたのまじ

語《かた》らふ人のもとに年《とし》ごろありてまかりたりけるに、おぼめくさまにやありけむ、よみ侍《(はべり)》ける　よみ人しらず

1147 杉《すぎ》も杉宿《すぎやど》もむかしの宿《やど》ながらかはるは人の心《こゝろ》なりけり

蘆　「こも」「かり」と縁語。○ひとよ　「一夜」と「蘆」の縁語「一節」の掛詞。→四三。▽別荘のたたずまいをほめた、家ぼめの歌。家経の返歌は「真薦草かりそめにても明さなん長くもあらじ夏のしのめ」。ここから一一四六までは別荘・山荘に関連した歌。

1145 日もすっかり暮れた。人も帰ってしまった。この山荘のある山里には峰吹く山風の音だけが寂しく聞えていて。○人　都からの客人か。○あらし　烈しい風。ここでは山風。▽客が帰ったあとの山荘の主のさびしい心情。藤原為家の詠歌一体に、この歌と源俊頼の「日暮るれば逢ふ人もなしまさき散る峰のあらしの音ばかりして」(散木奇歌集・冬、新古今・冬)とを比較論評する。

1146 都人も日が暮れると帰ってしまう。これからは伏見の里という土地の名をも当てにするまい。○伏見といふ所　山城国の歌枕。俊綱の別荘があった。俊綱はこの別荘を石田殿・高陽院に次いで第三に面白い所と自負していたという(今鏡)。○四条の宮　藤原寛子。頼通の女。俊綱と同腹。後冷泉天皇の皇后。○伏見の里　「臥し」という語を連想していう。▽山荘の主が客を引き留める歌。今鏡・藤波の上・伏見の雪のあしたにも見える。

1147 目印の杉の木も同じ杉の木、家も昔の家のままだが、変ったのは住んでいる人の心だなあ。○語らふ人　交際していた女性。○年ごろありて　永年経って。○おぼめくさま　さあ、どなたでしょうとしらばくれる様子。「ほど経にける。おぼめかしくやとつつましけれど、過ぎがてにやすらひ給ふ。…若やかなるけしきどもしておぼめくなるべし」(源氏物語・花散里)。○杉も杉　女の家の杉をさして言う。「わが庵は三輪の山本恋しくはとぶらひ来ませ杉立てる門」(古今・雑下・よみ人しらず)の古歌を念頭に置いていう。▽女の心

比叡《ひえ》の山に二月五番とて花《はな》などつくること侍《はべ》りけり、その花《はな》つくらせむとて、人の山に呼《よ》び登《のぼ》せて侍《(はべり)》ければ、昔《むかし》この山にてものなど学《まな》びけることを思《おも》ひ出《い》でて

蓮仲法師

1148 思《おも》ひきやふるさと人に身《み》をなして花《はな》のたよりに山を見《み》むとは

ある所《ところ》に庚申し侍《(はべり)》けるに、御簾《みす》の内《うち》の琴《(こと)》のあかぬ心をよみ侍ける

大中臣能宣朝臣

1149 絶《た》えにけるはつかなる音《ね》をくりかへし葛《かづら》の緒《を》こそ聞《き》かまほしけれ

入道一品宮に人〳〵まい《(ゐ)》りて遊《あそ》び侍《(はべり)》けるに、式部卿敦貞親王笛《ふえ》などをかしう吹《ふ》き侍ければ、かの親王《みこ》のもとに侍ける人のもとに又の日《ひ》、

変りを嘆く男の歌。

1148 この身を昔この地に住んでいた人間として、花造りのついでに比叡の山を見ようとは、思ってもみただろうか。○比叡の山　延暦寺。○二月五番　修二月会の供花のごときものか。「今は断絶の事にて山の人々も不知云々」(八代集抄)。○ふるさと人　昔なじみの地にゆかりある人。「ゆき帰りふるさと人に身をなしてひとりながむる秋の夕暮」(栄花物語・根合・藤原生子)。▽かつて修学した寺を訪れた僧侶の感慨。昔もっと勉学に勤しめばよかったという悔恨の思いを秘めているか。

1149 弾きやんでしまったかすかな琴の音を繰り返し聞きたいものだなあ。能宣集「或所の御返し(「御庚申」の誤りか)、霞中琴声あかぬよしを人々よみ侍しに」、五句「ひかまほしけれ」。○ある所　書陵部三十六人集本能宣集では、「斎宮御庚申にさぶらひて…宮の御琴の音あかぬよしを題にて」という。ただし歌の下句欠。○絶えにける　和歌童蒙抄に伯牙絶絃の故事の心があるという。○はつかなる音　僅かな音。○葛の緒　絃楽器のこと。「陶潜葛を絃にしてひく。心に曲を操れば声なけれど同じ事なりとて、絃もなくて琴を翫ぶと云へり」(和歌童蒙抄)、「古詩にも、風排ニ琴上ニ葛絃鳴と作れり」(奥義抄)。▽主が更に弾琴することを所望する客の歌。難後拾遺に批判がある。この歌と次の一一五〇は音楽に関する歌。

1150 御子はいつまたこちらにおいでになって吹いてくださるのでしょうか。鶯が囀りを添えたようなあの夜の笛の音をまたお聞きしたいものです。○入道一品宮　脩子内親王。○人〳〵　親王や廷臣などであろう。○遊び侍けるに　管絃の遊

1150 よべの笛《ふえ》のをかしかりしよしいひにつかはしたりけるを、親王《みこ》伝《つた》へ聞《き》きて、思《おも》ふことの通《かよ》ふにや、人しもこそあれ、聞《き》きとがめけるなど侍ける返《かへ》り事《ごと》に

相模

いつかまたこちくなるべきうぐひすのさへづりそへし夜《よ》はの笛《ふえ》の音《ね》

1151 人の扇《あふぎ》に、山里《ざと》の人も住《す》まぬわたり描《か》きたるを見《み》てよめる

大中臣能宣朝臣

をじか伏《ふ》す茂《しげ》みにはへる葛《くず》の葉《は》のうらさびしげに見《み》ゆる山里《ざと》

1152 法師《ほうし》の色好《いろごの》みけるをよみ侍《(はべり)》ける

源重之

つねならぬ山のさくらに心入《い》りて池《いけ》のはちすをいひなはなちそ

びをいたしました際に。○敦貞親王　小一条院(敦明親王)の男。祖父三条院の猶子。○かの親王のもとに侍ける人　敦貞親王家の女房であろう。○よべの笛　昨夜の笛。○人しもこそあれ　他にも人がいるのに、よりによって相模がという意。○聞きとがめける　心をとめて聞いてくれた。○こちく　笛を意味する「胡竹」に「此方来(こち)」を掛ける。「唐竹のこちくの声も聞かせなんあならうしとも思ひ知るべく」「笛竹の池の堤は遠くともこちくてふ名を忘れざらなん」(古今六帖五・作者未詳)。○うぐひすのさへづりそへし　「春鶯囀といふ楽によせてよめる也」(和歌童蒙抄)。▽主側の人間として客の笛の吹奏をたたえ、再度の吹奏を求める歌。相模の称讃と親王の謝辞ももとは歌だったのを、詞書には意を取って記したか。

1151 雄鹿の伏す茂みに蔓を延ばしている葛の葉の葉裏がひるがえり、寂しげに見える山里だなあ。能宣集「扇の絵に、山里のことに人も住まぬあたりより旅人みすぎてまかるところに」。○をじか伏す　「をじか伏す夏野の草の道見えずしげき恋にもまどふ頃かな」(是則集)などの先行例がある。○葛の葉の　「葉の裏」から「うらさびしげ」を起す序詞のように用いた。○うらさびしげに　心寂しそうに。▽扇の絵の心を詠んだ歌。

1152 無常ではかない山の桜にばかり夢中になって、西方浄土の池に咲く蓮のことをつまらないなどと無遠慮に言わないでほしい。ほんのかりそめの女色に迷って、悟道に入ることを軽んじないでほしい。重之集「法師の色好むを憎しとて」、三・四句「心いれて山桜を」。○つねならぬ　無常な。○山のさくら　女色の比喩。○池のはちす　悟りや極楽往生の比喩。○いひなはなちそ　無遠慮に放言しないでほしい。▽好色な僧をたしなめる歌。

人のかめに酒入《さけい》れてさか月《(づき)》に添《そ》へて、歌《うた》よみて出《いだ》し侍《(はべり)》けるに

藤原為頼朝臣

1153 もちながら千代《ちよ》をめぐらんさか月《(づき)》の清《きよ》きひかりはさしもかけなん

小倉《をぐら》の家《いへ》に住《す》み侍《はべ》りける頃《ころ》、雨《あめ》の降《ふ》りける日《ひ》、蓑借《みのか》る人の侍《はべ》りければ、山吹《ぶき》の枝《えだ》を折《お》りて取《と》らせて侍《(はべり)》けり、心もえでまかりすぎて又の日、山吹《ぶき》の心えざりしよしいひにおこせて侍《(はべり)》ける返《かへ》りにいひつかはしける

中務卿兼明親王

1154 なゝへやへ花《はな》は咲《さ》けども山吹《ぶき》のみのひとつだになきぞあやしき

陸奥《(みちの)》くの守《かみ》則光《のりみつ》蔵《くら》人にて侍《はべ》りける時、妹背《いもせ》など言《い》ひつけて語《かた》らひ侍《はべ》りけるに、里《さと》へ出《い》でたらむほどに、人〱の尋《たづ》ねむに、ありかな告《つ》

1153 月は望月のまま千代までもめぐり、清い光を射しかけることでしょう。盃はいつまでも持ち続けながら、お酒を差し掛けましょう。斎宮女御集。○もちながら 「持ち」と「望」(十五夜の月)の掛詞。○めぐらん 「さか月」の縁語。○さか月 盃の意。「月」を掛ける。○さしもかけなん 光が「さし」と盃を「さし」と、両義を掛けていう。▽酒席で酒を勧める歌。「前内侍といふ人、盃にてきれきかきてまゐらせ給ふに、女御殿／雲居にてさすがに見ゆる盃のこのてきれきはいかにせよとぞ」という斎宮女御の歌に応和した作。

1154 山吹の花は七重にも八重にも咲くけれども、実の一つすら付かないのは奇妙なことです。お貸しすべき蓑一つすらないとはおかしなことです。○小倉の家 京の西、小倉山の付近にあった兼明親王の家。「余亀山之下、聊卜二幽居一、欲三辞レ官休レ身、終二老於此一」(本朝文粋・兎裘賦)。○蓑 笠とともに雨具。○心もえで 山吹の枝を与えた意味が理解できないで。○なゝへやへ この山吹は八重山吹だったか。○みのひとつだになき 「実」に「蓑」を掛ける。「ひとつ」は「なゝ」「や」とともに数字にちなむ縁語。山吹が結実しないことは「八重ながらあだなる見れば山吹の下にこそ鳴け井手のかはづは」(古今六帖六・作者未詳)などと詠まれている。▽貸すべき蓑がなかったのだと打明けた歌。

1155 水に潜る海人の住みかを、水の底ですと決して言うなという意味で海藻を食わせたのでしょう。私の住所を、どこそこですと決して言うなという心で、目くばせしたのです。枕草子・里にまかでたるに、三句「そことだに」。○陸奥くの守則光 橘則光。敏政の男。陸奥守従四位上。和歌を嫌っていたというが、金葉集に一首入集する。○妹背など言ひつけて 二人は夫婦であったが、

げそといひて、里《さと》にまかり出《い》でて侍《ゝ(はべり)》けるを、人〳〵の責《せ》めて、せうとなれば知《し》るらんとあるはいかゞすべきといひおこせて侍ける返《かへ》りに、布《め》を包《つゝ》みてつかはしたりければ、則光《のりみつ》心も得《え》で、いかにせよとあるぞと、まうできて問《と》ひ侍《はべ》りければよめる

清少納言

1155 かづきする海人《あま》のありかをそこなりとゆめいふなとやめをくはせけん

駿河守国房と車に乗《の》りてものにまかりける道《みち》に、父《ちゝ》の定季が墓《はか》ありとて、にはかに車《くるま》より下《を》り侍《(はべり)》ければよめる

源頼俊

1156 たらちねははかなくてこそやみにしかこはいづことて立《た》ち止《とま》るらん

山に住《す》みうかれて越《こし》の国《くにゝ》にまかり下《くだ》りたりけ

後に別れた。「崩れよる妹背の山の中なればさらに吉野の川とだに見じ」(枕草子)。枕草子で則光は公達から清少納言の「せうと」、清少納言は則光の「いもうと」と呼ばれている。〇布　海藻。枕草子によれば、人々に問い詰められた則光が台盤の上にあった「め」を取って食うことに専念して人々の追求を遁れたと語ったので、「めを一寸ばかり紙に包みてやりつ」という。〇そこなりと「其処」に「海人」「布」の縁語「底」を掛ける。〇ゆめいふな　決して言うな。〇めをくはせけん　目くばせしたのであろう。「目」に「布」を掛ける。▽海藻を送った心を教えた歌。枕草子に「いささか心もえざりけると見るが憎ければ、物も言はで、硯にある紙の端に、かづきする…と書きてさし出でたれば、「歌よませ給へるか。さらに見侍らじ」とて、あふぎ返して逃げていぬ」とあり、その後則光が嫌う歌を送って絶交したことを語る。一一五四・一一五五は謎の心を知らせる歌として並べられている。

1156 父君ははかなくなられたのだから、そのお墓はない筈なのに、ここはどこという訳でお子さんのあなたは立ち止られるのですか。〇駿河守国房　源国房。村上源氏、定季の男。駿河守従五位上。〇車に乗りて　牛車に同乗して。〇ものにまかりける道に　よそへ出掛けた途中に。〇父の定季　源定季。頼定の男。〇車より下り　父の墓前を乗車したまま通るのを不孝として下車した。〇たらちね　親。ここでは国房の父をさしていう。〇はかなくて　「墓無く」を掛ける。〇こは　ここは。「たらちね」に対する「子」を掛ける。▽人の子としての友人の振舞いをいぶかった歌。事柄が相手の父の死にかかわることなのに、やや諧謔を弄しているのは、親しい間柄であるためか。

1157 思ってもどのように馴れた道だというので、私は知らぬ土地に惑っているのだろうか。〇

るに、思《おも》ひかけず良暹法師など逢《あ》ひて、昔《むかし》の
こと思《おも》ひ出《い》でいひ侍《（はべり）》ければよめる
慶範法師

1157 思《おも》へどもいかにならひし道《みち》なれば知《し》らぬさかひにまどふなるらん

筑紫《つくし》より上《のぼ》りて、道雅三位の童《わらは》にて松君《まつぎみ》とい
はれ侍《はべ》りけるを膝《ひざ》に据《す》ゑて、久《ひさ》しく見《み》ざりつ
るなどいひてよみ侍《（はべり）》ける
帥内大臣

1158 あさぢふに荒《あ》れにけれどもふるさとの松はこだかくなりにけるかな

前伊勢守義孝《（ノリ）》宇治前太政大臣のむまやに下《くだ》り
たりと聞《き》きてつかはしける
天台座主教円

1159 いにしへのまゆとじめにもあらねども君《きみ》はみまくさ取《と》りてかふとか

山　比叡山延暦寺。○住みうかれて　住みづらくなって離山して。「住みわづらひて」(八五八)というのにほぼ同じ。○越の国　北陸地方の越前・越中・越後などの国々。○ならひし道　馴れた道筋の意に、学習した仏道の意を籠めるか。○知らぬさかひ　「ならひし」との縁で「知らぬ」と言う。「さかひ」は地域・土地の意に境遇の意を籠めるか。▽他郷にさすらう者が旧知に出逢いこぼしている愚痴。

1158 都を離れているうちに、旧宅は浅茅生と荒れはててしまったけれども、庭の松(松君)は大きくなったなあ。栄花物語・浦々の別れ、初句「浅茅生と」。○筑紫より上りて　長徳二年(九九六)四月二十四日大宰権帥に貶され、配流されたが、翌三年四月五日赦され、同年十二月帰京した。○道雅三位　藤原道雅。長徳三年には六歳になっている。○あさぢふ　丈の短い茅萱が茂っている所。ここでは荒廃した庭の形容。○ふるさとの松　松君(道雅)の比喩。▽他郷にさすらっていた父親が久しぶりに見るわが子の成長ぶりに驚いている歌。

1159 昔催馬楽で歌われた眉刀自女ではないけれども、あなたは厩で馬にまぐさを取ってやっておられるということですね。○前伊勢守義孝　藤原義孝。○宇治前太政大臣　藤原頼通。○むまやに下りたり　厩司にされたの意か。摂関家には別当・預・案主・舎人・居飼など、厩司が置かれていた。懲罰人事のような意味を持っていたので「下りたり」と言ったか。○まゆとじめ　眉刀自女。眉毛を抜かないで、雑役に奉仕する女房。馬や酒の世話をしたか。催馬楽・眉刀自女で、「御秣取り飼へ　眉刀自女　眉刀自女　眉刀自女　眉刀自女　眉刀自女　眉刀自女　眉刀自女」と歌われている。「まゆとじめとは馬飼を云ふ也」(奥義抄)。▽厩役となった知人に同情した歌。やや諧謔を弄した気味があるのは親密な間柄だからか。

後拾遺和歌抄第廿　雑六

神祇

長元四年六月十七日に、伊勢《せ》の斎宮《いつき》の内の宮にまい《(ゐ)》りて侍《はべ》りけるに、にはかに雨降《あめふ》り、風《かぜ》吹《ふ》きて、斎宮《いつき》みづから託宣して祭主輔親を召《め》しておほやけの御事《こと》など仰《おほ》せられけるついでに、たび〳〵御酒《みき》めして、かはらけたまはすとてよませたまへる

1160 さか月《(づき)》にさやけきかげの見《み》えぬれば塵《ちり》のおそりはあらじとを知《し》れ

神祇　神祇信仰関係の和歌を集めた部分。後拾遺和歌集において初めて設けられた部立。

1160　盃にさやかな月の光が映って見えたから、塵ほどにも不信の徒の行為を恐れることはないと知れよ。〇長元四年　一〇三一年。後一条天皇の代。〇伊勢の斎宮　斎宮嫥子内親王。具平親王の三女。当子内親王の次の斎宮。寛仁二年(一〇一八)九月八日伊勢に群行、十九年在任、長元九年九月帰京。〇内の宮　内宮。〇託宣して　託宣を下したのは伊勢荒祭宮(伊勢神宮の別宮)の神。〇祭主輔親　大中臣輔親。〇おほやけの御事　斎宮権頭藤原相通の妻小忌古曾が自宅の内に大神宮の宝殿を作り、神威を詐り、民を惑わしているから、直ちに配流せよという託宣。〇かはらけたまはす　盃を輔親に下賜される。〇さか月　「月」になぞえる。→一一五三。〇かげ　光。〇塵のおそり　ほんの少しの恐れ。「塵」は「塵の疑ひ」などと同様、程度が僅少微少であることをいう。「おそり」は恐れ。心配。▽神意を信じ、安んぜよという神詠。袋草紙・希代歌には「チリノヲソレハ非トゾ思」として掲げる。結局同年八月、相通は伊豆に、小忌古曾は隠岐に流された。小右記、日本紀略、俊頼髄脳、太神宮諸雑事記、通海の太神宮参詣記などに見える。この歌から一一六三までは、神と人との唱和の歌群。

御返《かへ》りたてまつりける　　祭主輔親

1161 おほぢ父《ゝち》むまごすけちか三代《みよ》までにいたゞきまつるすべらおほん神《かみ》

男《をとこ》に忘《わす》られて侍《(はべり)》ける頃《ころ》、貴布禰《きぶね》にまい《(ゐ)》りて、御手洗川《みたらしがは》に蛍《ほたる》の飛《と》び侍けるを見《み》てよめる　　和泉式部

1162 もの思《おも》へば沢《さは》のほたるもわが身《み》よりあくがれ出《い》づるたまかとぞ見《み》る

御返《かへ》し

1163 奥山《おくやま》にたぎりておつる滝《たき》つ瀬《せ》のたまちる許《(ばかり)》ものな思《おも》ひそ

この歌《うた》は貴舟《きぶね》の明神の御返《かへ》しなり、男《をとこ》の声《こゑ》にて和泉式部が耳《みゝ》に聞《きこ》えけるとなんいひ伝《つた》へたる

1161 祖父頼基、父能宣、頼基の孫に当るこの輔親と、大中臣家三代に亘って戴き申しあげる皇祖神の御託宣を謹んで承りまする。○おほぢ　祖父。大中臣頼基。輔道の男。天徳二年(九五八)没、享年未詳。三十六歌仙の一人。○父　大中臣能宣。○すべらおほん神　「すべら神」を更に敬って言う。すべらきの神。すめ神。▽神詠に対し、代々神に奉仕してきた大中臣家の誠実さを訴えた返歌。

1162 思い悩んでいると、沢辺を飛ぶ蛍の火も、私の身体から抜け出た魂ではないかと見るよ。○男　俊頼髄脳に「和泉式部が保昌に忘られて貴舟に参りてよめる歌」というのによれば、二度目の夫藤原保昌。○貴布禰　貴船神社。山城国愛宕郡。現、京都市左京区鞍馬貴船町。式内社。祭神は闇龗神。高龗神とも罔象女神とも伝える。○あくがれ出づるたま　身体から離れ、さまよい出る魂。「思ひあまり出でにしたまのあるならむ夜深く見えば魂結びせよ」(伊勢物語一一〇段)、「もの思ふ人の魂はげにあくがるるものになむありけるとなつかしげに言ひて、歎きわび空に乱るるわがたまを結びとどめよしたがひのつま」(源氏物語・葵)。▽ひどく思い悩んでいますと神に訴えた歌。

1163 奥山に激しい勢いで落ちる滝つ瀬の水の玉、そのように魂が散るほど思いつめるなよ。○滝つ瀬　貴船神社に参る道添いの貴舟川は急流で、滝つ瀬も多い。○たまちる許　「滝つ瀬」の水の玉(飛沫)から魂の意に転じて言う。「魂散る」は魂がさまようことを言った。▽事態は好転するからひどく思い悩むなと慰めた神詠。一一六二とともに、俊頼髄脳、無名草子、古今著聞集・和歌、沙石集などに見える。

1164 白栲の御幣を取り持って、都の北紫野にこの神を初めてお祭り申しあげます。長能集。○世の中騒がしう侍りける時　疫病が流行した時。○

世《よ》の中騒《なかさわ》がしう侍《はべ》りける時、里《さと》の刀禰《とね》宣旨にて祭《まつり》つかうまつるべきを、歌二《うたふた》つなんいるべきといひ侍《(はべり)》ければよみ侍《はべ》りける

藤原長能

1164 しろたへの豊《とよ》みてぐらを取《と》り持《も》ちていはひぞそむる紫《むらさき》の野に

1165 いまよりは荒《あら》ぶる心ましますな花のみやこにやしろ定《さだ》めつ

この歌《うた》はある人云、世《よ》の中《なか》の騒《さは》がしう侍《はべ》りければ、舟岡《ふなおか》の北《きた》に今宮《いまみや》といふ神をいはひて、おほやけも神馬たてまつりたまふとなんいひ伝《つた》へたる

稲荷《いなり》によみてたてまつりける

恵慶法師

1166 稲荷山《いなりやま》みづの玉垣《たまかき》うちたゝきわがねぎごとを神もこたへよ

長能集「いつの病ひにかありけむ、家の内に起きたる人なくありしほどに」。○里の刀禰　土地の神職。○しろたへ　白い栲(楮の皮の繊維、それで織った布)。下の「紫の野」と対をなす。○豊みてぐら　御幣。「豊」はほめる意の接頭語。○いはひぞそむる　お祭りし初める。「そむる」は「初むる」に「しろ」「紫」の縁語「染むる」を掛ける。○紫の野　紫野。京の北方。現、京都市北区。▽神を祭ると告げる歌。長能集に「はたり歌」という。この歌から一一六六までは、神に祈願する歌。

1165 御神よ、これからは荒々しいお心をお持ちなさいますな、花の都に御社をお定め申しあげたのですから。長能集。○いまよりは　社名の「今宮」を響かせるか。○花のみやこ　京の都をほめていう。花洛という漢語に相当する。→九二・九七三。○舟岡　山城国の歌枕。紫野の西にある。現、京都市北区。○今宮といふ神　今宮神社。現、京都市北区。祭神は大己貴命・事代主命。長保三年(一〇〇一)五月九日、天下疾疫により紫野に疫神を祭り御霊会と号し、社を今宮と号した(日本紀略)。ただし、長能集には「五条にて厄神の祭つかまつる」という。これによれば五条天神のことか。▽神をなごめる歌。長能集に「はや歌」という。

1166 稲荷の御神よ、稲荷山の三社の瑞垣を叩いて私の祈願することに応えてください。恵慶法師集「稲荷に人々歌よみてたてまつると聞きて、下の御社にたてまつる」、初句「稲荷のや」、四句「わがねぎごとに」。○稲荷　伏見稲荷大社。山城国の式内社。現、京都市伏見区深草藪之内町。祭神は宇迦之御魂大神・佐田彦大神・大宮能売大神の三神。○みづの玉垣　瑞垣。「みつ」を掛け、下社・中社・上社の三社の瑞垣の意(和歌童蒙抄)。○ねぎごと　願い事。▽神に願いを訴える歌。梁塵秘抄・神社歌に見える歌。

住吉《すみよし》の宮遷《みやうつ》りの日書《ひか》き付《つ》け侍《はべり》ける

山口重《しげ》如《ゆき》

1167 住吉《すみよし》の松さへかはるものならば何《なに》かむかしのしるしならまし

一条院の御時、初《はじ》めて松尾《まつのを》の行幸侍りけるに、うたふべき歌《うた》つかうまつりけるに

源　兼澄

1168 ちはやぶる松の尾《を》山《やま》のかげ見《み》ればけふぞ千歳《ちとせ》のはじめなりける

後三条院御時、初《はじ》めて日吉の社に行幸侍《はべり》けるに、東遊《あづまあそび》にうたふべき歌仰《うたおほ》せ事《ごと》にてよみ侍《はべ》りけるに

大弐実政

1169 あきらけき日吉《よし》のみ神君《かみきみ》がため山のかひあるよろづ代《よ》やへん

1167 住吉の常磐の松さえ変るものならば、いったい何が昔を偲ばせる目じるしであろうか。○住吉の宮遷りの日　住吉神社の遷宮の日。遷宮は二十年毎に行われていたか。○書き付け侍ける　社殿の社などに書き付けたか。○住吉の松　住吉社の象徴であることから、社の意で言う。「我見ても久しくなりぬ住の江の岸の姫松幾代経ぬらん」(古今・雑上・よみ人しらず)、「むつましと君は白浪瑞垣の久しき世より祝ひそめてき」(伊勢物語一一七段)などと歌われ、住吉の松と社は起源もわからないほど古いものとされている。▽遷宮に事寄せてすべての物が移り変ることを嘆いた歌。梁塵秘抄の神社歌に見える歌。

1168 常磐に変らない神聖な緑の松の松尾山を見ると、今日が千歳も続く御社、そして我が君の御代の初めなのだと知られる。兼澄集。○松尾の行幸　松尾社への行幸。松尾神社(松尾大社)は山城国の式内社。現、京都市西京区嵐山宮町。祭神は大山咋神・市杵島姫命。一条天皇の寛弘元年(一〇〇四)十月十四日初めて行幸があった。○ちはやぶる　ここでは「松の尾山」の枕詞として用いる。○松の尾山　松尾大社の背後の山。ここでは松尾大社の意でいう。○千歳　「松」の縁語。▽社の永遠性と帝の治世をことほいだ歌。梁塵秘抄・神社歌に見える。この歌から一一七〇までは、帝の諸社行幸に際し謡い物として謡われた歌の群。

1169 明らかに世を照らしたまう日吉明神の御威光で、比叡の山もわが君のため甲斐ある万代を経るのであろう。○日吉の社　日吉神社(日吉大社)。近江国。後三条天皇の延久三年(一〇七二)十月二十九日初めて行幸があった。○君がため　「君」は後三条天皇。○山のかひある　「峡」に「かひ」を掛ける。「山」はここでは比叡山。「わびしらにましらな鳴きそ足引の山のかひあるけふにやはあら

1170 同御時祇園に行幸侍《(はべり)》けるに、東遊《あづまあそび》にうたふべき歌召《うため》し侍《はべ》りければよめる

藤原経衡

ちはやぶる神《かみ》の園《その》なる姫小《ひめこ》松よろづ代《よ》ふべきはじめなりけり

1171 大原野祭の上卿にてまい《(ゐ)》りて侍《(はべり)》けるに、雪《ゆき》のところどころ消《き》えけるを見《み》てよみ侍《はべ》りける

治部卿伊房

さかき葉《ば》に降《ふ》る白雪《しらゆき》は消《き》えぬめり神の心はいまやとくらん

1172 式部大輔資業伊与守にて侍《(はべり)》ける時、かの国《くに》の三島《みしま》の明神に東遊《あづまあそび》してたてまつりけるによめる

能因法師

有度浜《うどはま》にあまの羽衣《はごろも》むかし来《き》てふりけん袖《そで》やけふの祝子《はふりこ》

ぬ」(古今・雑体・凡河内躬恒)。▽帝の治世と社の永遠性をことほいだ歌。梁塵秘抄・神社歌。耀天記に「至㆓于今㆒、行幸之時、陪従等歌㆓此歌ヲ㆒也」という。

1170 祇園社の姫小松は万代を経るに違いない我が君の御代の初めを象徴しているのだなあ。経衡集「祇園の行幸に、東遊の歌」。○祇園 祇園社。現在の八坂神社。山城国、現、京都市東山区祇園町北側。祭神は素戔嗚尊(古くは牛頭天王)。延久四年(一〇七二)三月二十六日初めて行幸があった。○ちはやぶる 「神」にかかる枕詞。○神の園 「祇園」を知らげていう。▽「ちはやぶる賀茂の社の姫小松万世ふとも色は変らじ」(古今・東歌・藤原敏行)を念頭に置くか。社の永遠性と帝の治世をことほいだ歌。

1171 榊葉に降る白雪は消えたようだ。大原野明神のみ心は今はうちとけておられるのだろう。○大原野祭 大原野神社の祭礼。二月上の卯の日と十一月中の子の日の二回、春日社の春日祭に準じて行われた。大原野神社は山城国乙訓郡、現、京都市西京区大原野南春日町。祭神は健甕槌命・伊波比主命・天児屋根命・比売神。春日明神を勧請した。○上卿 公事を執り行う際の首席者。大臣、大・中納言が務める。○さかき葉 神事の象徴としていう。○とくらん 「とく」は「白雪」の縁語。▽天候を神意の現れと見た歌。

1172 有度浜に昔天人が降りて振った羽衣の舞いが、今日巫女たちの舞う東遊びの舞いなのであろう。能因集「あづまあそびを見て」。○式部大輔資業 藤原資業。○三島の明神 大山祇神社。式内社で伊予国の一の宮。現、愛媛県越智郡大三島町宮浦。祭神、大山積神。○有度浜 駿河国の歌枕。現、静岡市有度山・久能山の麓の浜。天人が稲川太夫に舞いを伝えたという伝説がある。「や 有度浜

大弐成章《(ナリノリ)》肥後守にて侍《(はべり)》ける時、阿蘇社に御装束してたてまつり侍けるに、かの国《くに》の女のよみ侍ける

よみ人しらず

1173 あめのしたはぐゝむ神《かみ》のみそなればゆたけにぞたつみづの広前《ひろまへ》

八幡にまうでてよみ侍《(はべり)》ける

増基法師

1174 こゝにしもわきて出《い》でけん石清《いはし》水神の心をくみて知《し》らばや

住吉にまうでてよみ侍《(はべり)》ける

蓮仲法師

1175 住吉《すみよし》の松のしづえに神さびてみどりに見《み》ゆるあけの玉垣《たまかき》

に　駿河なる有度浜に　打ち寄する浪は　七草の妹　ことこそ良し」(東遊歌・駿河舞)。〇あまの羽衣「君が世は天の羽衣まれに来て撫づとも尽きぬ巌ならなん」(拾遺・賀・よみ人しらず)。〇祝子　巫女。「はふりこが祝ふ社のもみぢ葉も標をば越えて散るてふものを」(古今六帖五・作者未詳)。▽東遊の起源を詠んだ歌。

1173 天の下を広く覆い護ってくださる御神のお召し物なので、御宝前で裄丈をゆったりと仕立てます。〇大弐成章　高階成章。〇阿蘇社　阿蘇神社。肥後国の一の宮で式内社。現、熊本県。祭神は健磐竜命など十二神で、阿蘇十二社といわれる。〇御装束　神服。〇みそ　御衣。〇ゆたけ　裄丈(ゆきたけ)。着物の背縫いから袖口までの長さ。「ゆたけの片の身を縫ひつるが」(枕草子・ねたきもの)。ここでは「寛けし」を掛ける。〇みづの広前　神前を敬っていう。「みづ」は「瑞」で美称。▽神に神服を献ずる歌。「神をばみづの広前といふなり。又衣にゆたけといふことあり。前を割らでひろながらあるなり。ひろまへともいふ。されば、世の中をはぐくむ神のみそなれば、広く裁たむとよめり」(奥義抄)。

1174 とりわけここに岩から清水が湧いて出たのであろう。それを汲むことによって八幡御神の神慮を察知したい。増基法師集「京より出づる日、八幡に詣でてとまりぬ、その夜月おもしろうて、松の梢に風涼しくて、虫の声も忍びやかに、鹿の音も遥かに聞ゆ、常のわが住みかならぬ心ちも、夜の更けゆくにあはれなり、げにかかれば神も住みたまふなめりとて」。〇八幡　石清水八幡宮。山城国、現、京都府八幡市。祭神は応神天皇・神功皇后・比売神。皇室の祖神、源氏の氏神。〇わきて　「とりわけて」の意に「石清水」の縁語「湧きて」を掛ける。〇くみて　「石清水」の縁語。▽測

石清水にまい《(ゐ)》りて侍《(はべり)》ける女の、杉《すぎ》の木《き》のもとに住吉《すみよし》の社をいはゐ《(ひ)》て侍ければ、かみの社《やしろ》の柱《はしら》に書《か》き付《つ》け侍りける

1176 さもこそは宿《やど》はかはらめ住吉《すみよし》の松さへ杉《すぎ》になりにけるかな

よみ人しらず

貴布禰《きぶね》にまい《(ゐ)》りて斎垣《いがき》に書《か》き付《つ》け侍《(はべり)》ける

藤原時房

1177 思《おも》ふことなる川上《かはかみ》にあとたれて貴舟《きぶね》は人を渡《わた》すなりけり

後冷泉院御時、后《きさい》の宮の歌合《うたあはせ》に、春日祭をよみ侍《はべ》りける

藤原範永朝臣

1178 けふ祭《まつ》る三《み》笠《かさ》の山の神ませばあめのしたには君《きみ》ぞさかえん

りがたい神意を尋ねる心。この歌から一一七七までは、諸社参詣者の歌群。

1175 住吉の松の下枝のために、御社の朱の玉垣も神々しく緑に見えるよ。○住吉　住吉神社。住吉大社とも。式内社で摂津国の一の宮。現、大阪市住吉区。祭神は表筒男命・中筒男命・底筒男命・神功皇后。○住吉の松のしづえ　→一〇六三・一一六七。○みどりに見ゆるあけの玉垣　緑の松の木の間から朱の玉垣が隠見するさまを言う。「住吉の松のけしき、古めかしきあけの玉垣、所々こぼれて見えたるとやいふべからむ」(歌仙落書・殷富門院大輔評)。▽神域の美しさをたたえた歌。梁塵秘抄・神社歌に見える歌。

1176 いくら神の鎮座まします所が変ったとしても、住吉社を象徴する松さえも杉になってしまったのだなあ。○住吉の社　石清水八幡宮の摂社。○いはゐて　神としてお祭りして。「ソレガ妻ニ故院ツキシマセヲハシマシテ、我祝ヘ、社ツクリ、国ヨセヨナド云コトヲ云イダシテ」(愚管抄六)。▽住吉社が石清水社に勧請されていることをいぶかった歌。

1177 願い事が成就するという、瀬の鳴る川上に垂迹されて、貴舟明神は人々を済度されるのである。○貴布禰　貴船神社。→一一六三。○思ふこと　祈願する事。→一〇六七。○なる　「成る」(成就する)と「鳴る」の掛詞。○あとたれて　垂迹して。本地垂迹説によっていう。○渡す　「川上」「貴舟」の「舟」の縁語。▽社の霊験をたたえる歌。

1178 今日お祭り申しあげる三笠山の御神、春日明神がましますから、その御庇護により、この天の下では我が君が栄えられるでしょう。天喜四年(一〇五六)皇后宮春秋歌合。範永朝臣集。○后の宮　皇后宮寛子。→一二四六。○春日祭　春日神社の祭礼。二月と十一月の上の申の日に行われた。春

釈教

山階寺の涅槃会にまうでてよみ侍《(はべり)》ける　光源法師

1179 いにしへの別《わか》れの庭《には》にあへりともけふのなみだぞなみだならまし

前律師慶暹

1180 つねよりもけふの霞《かすみ》ぞあはれなるたきゞつきにしけぶりと思《おも》へば

二月十五日の夜《よ》中《なか》ばかりに、伊勢《せ》大輔がもとにつかはしける　慶範法師

1181 いかなればこよひの月のさ夜《よ》中《なか》に照《てら》しもはてゞ入《い》りしなるらん

日神社(大社)は大和国、現、奈良市春日野町。祭神は武甕槌命・斎主命・天児屋根命・比売神。藤原氏の氏神として尊崇された。○三笠の山の神　春日明神のこと。○あめのした　「天」に「三笠」の縁語「雨」を響かせる。▽神の加護をたたえ、帝の治世をことほいだ歌。

釈教　仏教関係の和歌を集めた部分。後拾遺和歌集において初めて設けられた部立。

1179　昔釈尊が涅槃に入られたその場に出会っていたとしても、涅槃会の今日悲しみのために流す涙とその時の涙とは同じであろう。○山階寺　興福寺。→二四三。○涅槃会　釈迦が入滅した二月十五日に修する法会。○いにしへの別れの庭　釈迦が中インド末羅国の鳩尸那城の沙羅双樹の間で入滅したその場。▽涅槃を悲しむ歌。この歌から二八三までは涅槃を主題とする歌群。

1180　いつもよりも涅槃会の今日立つ霞は哀感をそそる。入滅された釈尊を荼毘にした煙が立ち昇ってできたものと思うと。○たきゞつきにしけぶり　法華経一・序品の偈に「仏此夜滅度、如二薪尽火滅一」とあるにより、釈尊が涅槃に入ったことを「薪尽く」と言う。「けぶり」はその遺骸を荼毘に付した(火葬した)時立ち昇った煙。上の「霞」と縁語。「惜しからぬこの身ながらも限りとて薪尽きなんことの悲しさ」(源氏物語・御法・紫の上)。▽涅槃の日の感慨。

1181　今宵は二月十五夜なのに、どういう訳で月(釈尊)は夜を照らしきることもなくて入って(涅槃に入って)しまったのでしょうか。伊勢大輔集、作者を慶範とは記さず、単に「人」とする。○こよひの月　二月十五日の月。当然望の月である。○

返《かへ》し　　　　　　　　　　　　　　伊世大輔

1182 よを照《てら》す月かくれにしさ夜中《よなか》はあはれ闇《やみ》にやみなまどひけん

二月十五夜月明《あか》く侍《(はべり)》けるに、大江佐国が許《(もと)》につかはしける

よみ人しらず

1183 山のはに入《い》りにし夜《よ》はの月なれどなごりはまだにさやけかりけり

太皇太后宮東三条に渡《わた》りたまひたりける頃《ころ》、その御堂《みだう》に宇治前太政大臣の扇《あふぎ》の侍《(はべり)》けるに書《か》き付《つ》けける

伊勢《せ》大輔

1184 つもるらん塵《ちり》をもいかではらはまし法《のり》にあふぎの風のうれしさ

〇照しもはてで　一晩中照らしおわらないで。▽釈尊が涅槃に入ったわけをいぶかる歌。あるいはこの歌を詠んだ夜は実際に望月が雲に隠れたか。

1182 世を照らす月(釈尊)が隠れた夜中は、人々は皆闇に惑ったことでしょう。伊勢大輔集。〇よを照す月　釈尊の比喩。〇かくれにしさ夜中　仏が涅槃に入られた夜。〇闇　「迷ひ」の比喩。「月」「夜中」の縁でいう。→八六七・一〇三六。▽涅槃に居合せた人々の悲しみを想像した歌。

1183 夜の月は山の端に入ってしまったけれども、余光はなおもさやかにさしています。釈尊は入滅されたけれども、その教えは今でもしっかり遺っています。〇大江佐国　通直の男。掃部頭従五位上。詩人として知られ、本朝無題詩その他に作品が存する。生没年未詳。〇山のはに入りにし夜はの月　涅槃に入った釈尊の比喩。〇なごり　月の沈んだあとの余光。釈尊の残した教え(遺教、遺法)の比喩。「僧肇法華翻経後記云、仏日西入、遺耀将レ及二東北一、茲典在二縁於東北一、汝慎伝弘、この文の心にてかくよめるなるべし」(八代集抄)。▽遺法が伝わっていることをたたえる歌。永承七年(一〇五二)末法に入るとした末法思想を否定するような歌といえる。

1184 仏法に逢うことは嬉しい。何とかしてこの扇の風で積っているであろう心の塵を払いたい。伊勢大輔集。〇太皇太后宮　四条宮寛子。→一一四六。〇東三条　東三条院。「二条南ノ町西、南北二町」(拾芥抄)という。跡は現、京都市中京区。〇宇治前太政大臣　藤原頼通。〇塵　煩悩や罪を喩える。〇法にあふぎ　「遇ふ」に「扇」を掛ける。「水無月の晦がたに六波羅の説経聞きにまかりたる人の扇を取り替へてやるとて／白露におきまどはすな秋来とも法に扇の風はことなり」(和泉式部続集)。▽仏法に結縁する喜びを歌う。

懺法おこなひ侍《はべ》りけるに、仏《ほとけ》にたてまつらんとて、周防内侍のもとに菊を乞《こ》ひ侍りけるに、おこせて侍《はべ》りける返《かへ》り事《ごと》に　弁乳母

1185 八《や》重《へ》菊《ぎく》にはちすの露《つゆ》をおきそへてこゝのしなまでうつろはしつる

太皇大后宮五部大乗経供養せさせ給《(たまひ)》けるに、法華経にあたりける日《ひ》よめる　康資王母《〈ノオホキミノハヽ〉》

1186 咲《さ》きがたきみのりの花《はな》におく露《つゆ》やや《ゝ》がてころもの玉《たま》となるらん

故土御門右大臣の家《いへ》の女房、車三《くるまみ》つに相乗《あひの》りて菩提講《ぼだいかう》にまい《(ゐ)》り《(はべり)》て侍けるに、雨《あめ》の降《ふ》りければ、二《ふた》つの車《くるま》は帰《かへ》り侍《はべ》りにけり、いま一《ひと》つの車《くるま》に乗《の》りたる人、講《かう》にあひてのち、帰《かへ》りにける人のもとにつかはしける　よみ人しらず

1187 もろともに三《みつ》の車《くるま》に乗《の》りしかど我は一味《いちみ》の雨《あめ》にぬれにき

1185 八重咲きの菊に蓮の露まで置き添えて、九品浄土の世界までうつろうようにしてくださり、有難うございました。○懺法　罪を懺悔する儀式。○はちすの露　蓮花の露。蓮花は西方極楽浄土を象徴する花。露は菊の色を変える(うつろわす)ものとされる。→二三五。○こゝのしな　九品往生、九品浄土などの九段階。「八重菊」と数の語で縁語。○うつろはしつる　移動させの意と菊の色を変えさせの意を掛けていう。▽仏に奉る花を贈られたことへの謝礼の歌。

1186 滅多に咲かない御法の花(得がたい法華経)に置く露(芽生えた菩提心)は、そのまま衣の裏の宝珠(仏性)となるのであろうか。康資王母集。○太皇大后宮　四条宮寛子。○五部大乗経　華厳経・大集経・大品般若経・法華経・涅槃経の総称。天台宗でいう。○咲きがたきみのりの花　「みのりの花」は法華経の比喩。「咲きがたき」とは逢いがたいことの意で言う。またこの句で優曇華の花のイメージもあるか。○露　僅かに芽生えた菩提心、発心をいうか。○ころもの玉　法華経七喩の第五、衣裏繫珠の譬によっていう。▽法華経の趣旨歌。

1187 法華経に説く三車そのまま、ご一緒に三輛の車に乗りましたが、あなた方は先に帰ってしまったので、残ったわたしたちだけが有難い一味の雨に逢いました。○故土御門右大臣　源師房。○菩提講　極楽往生を念じて法華経を講ずる法会。○三の車　法華経七喩の第一、三車一車の譬(火宅の譬)によっていう。「羊車、鹿車、牛車、今在二門外一、可二以遊戯一、汝等於二此火宅一、宜二速出来一、随二汝所一レ欲、皆当レ与レ汝」(法華経二・譬喩品)。○一味の雨　同じ味わいの雨水。万物万人を差別しない同一の仏法の比喩。法華経七喩の第三、三草二木の譬に見える語句に基づく表現。「物をのみ思ひの家を出でて降る一味の雨に濡れやしなま

月輪観をよめる　僧都覚超

1188 月の輪《わ》に心をかけしゆふべよりよろづのことを夢《ゆめ》と見《み》るかな

維摩経十喩の中《なか》に、此身芭蕉の如《ごと》しといふ心を　前大納言公任

1189 風吹《ふ》けばまづやぶれぬる草《くさ》の葉《は》によそふるからに袖《そで》ぞつゆけき

同喩の中に、此《こ》の身《み》水月の如《ごと》しといふ心を　小弁

1190 つねならぬわが身《み》は水《みづ》の月なればよにすみとげんことも思《おも》はず

三界唯一心　伊世中将

1191 ちる花《はな》もをしまばとまれ世《よ》の中《なか》は心のほかの物とやは聞《き》く

し」(和泉式部続集)。▽法会の歌。「我は悟りをば得つとよめる也」(和歌童蒙抄)。

1188 月輪を心に観じた夕べからは、万法を夢のようにはかないと見るよ。〇月輪観　密教の観法。描かれた月輪に向かい結跏趺坐して、自身の心が月輪のごとしと観ずる。〇月の輪　月輪観を和らげていう。〇心をかけし　「輪」の縁語で「かけ」という。〇ゆふべ　「月」の縁語。〇夢　空、無、仮虚の比喩として言う。「ゆふべ」の比喩。▽仏典の思想を詠んだ歌。

1189 風が吹くと真先に破れてしまうもろい草の葉に我が身をなぞらえるだけで、袖は涙で湿っぽくなるよ。公任集。〇維摩経十喩　依他(たた)十喩とも言い、この身が他に依存して実体がないことを、聚沫・泡・焔・芭蕉・幻・夢・影・響・浮雲・電に喩える。維摩経・方便品に見える。〇此身芭蕉の如し　「是身如二芭蕉一中無レ有レ堅」(維摩経)。〇風吹けばまづやぶれぬる草　芭蕉を間接的に言った。「芭蕉葉」は古今集・物名歌の題にもなっている。〇よそふるからに　「からに」は…するだけでの意。「軀」の意の「から」を響かせるか。〇つゆけき　「草の葉」の縁語。▽維摩経の趣旨を詠んだ歌。

1190 無常な我が身は水に映る月のようなものだから、いつまでもこの世に澄んで(住んで)いられるとも思わない。〇同喩　これは依他八喩のうちか。八喩ではこの身が仮であることを、幻事・陽焔・夢境・鏡像・光影・谷響・水月・変化の八種に喩える。〇すみとげん　「住み」に「水」の縁語「澄み」を掛ける。▽仏典の比喩を詠んだ歌。

1191 散る花も惜しんだならば散ることをやめておくれ。この世の中には心以外の物があると聞いてはいないのだから。〇三界唯一心　三界(欲界・色界・無色界。生ある者が住む全世界)のあらゆる現象は一心から現れ出たものである、すべて

化城喩品

1192 こしらへて仮《かり》の宿《やど》りにやすめずはまことの道《みち》をいかで知《し》らまし　赤染衛門

1193 道《みち》とほみなか空《ぞら》にてや帰《かへ》らまし思《おも》へば仮《かり》の宿《やど》ぞうれしき　康資王母

五百弟子品

1194 ころもなる玉《たま》ともかけて知《し》らざりき酔《ゑ》ひさめてこそうれしかりけれ　赤染衛門

寿量品

1195 鷲《わし》の山へだつる雲《くも》や深《ふかゝ》からんつねにすむなる月を見《み》ぬかな　康資王母

の存在は心によってのみ存在するということ。華厳経に説く思想。▽仏典の思想を詠んだ歌。

1192 なだめすかして疲れた旅人(衆生)を仮の宿に休息させなかったら、どうして本当の道(悟りの道)を知ることができるだろうか。赤染衛門集。○化城喩品　法華経三・化城喩品。法華経七喩の第四、化城の喩が説かれる。「衆人皆疲惓、而白二導師一言、我等今頓乏、於此欲二退還一、導師作二是念一、此輩甚可レ愍、如何欲三退還、而失二大珍宝一、尋時思二方便一、当レ設二神通力一、化二作大城郭一、荘二厳諸舎宅一、周帀有二園林、渠流及浴池、重門高楼閣一、男女皆充満、即作二是化一已、慰レ衆言勿レ懼、汝等入二此城一、各可レ随レ所レ楽、諸人既入レ城、心皆大歓喜、皆生二安穏想一、自謂二已得一レ度」。▽法華経の趣旨を詠んだ歌。ここから二六までは、いわゆる品経和歌の歌群。

1193 もしもこの宿がなかったら、道(悟るまでの過程)が余りにも遠いので途中で引き返して(挫折して)しまうであろう。思えばこの仮の宿は嬉しいことだ。▽法華経の趣旨歌。

1194 自分自身が衣の裏に宝珠(仏性)を懸けているとはついぞ知らなかった。酔い(迷い)が覚めて嬉しいよ。赤染衛門集、四句「夢さめてこそ」。○五百弟子品　法華経四・五百弟子受記品。ここで「譬如三貧窮人、往二至親友家一、其家甚大富、具設二諸餚饍一、以二無価宝珠一、繫二著内衣裏一、嘿与而捨去、時臥不三覚知二」と、衣裏繫珠の譬が説かれる。○酔ひ　迷いの比喩。▽法華経の趣旨歌。

1195 霊鷲山を隔てる雲(煩悩)が深いのであろうか。いつも澄んでいるという月(釈尊)は見えないよ。康資王母集。○寿量品　法華経六・如来寿量品。釈迦如来は久遠常住不滅であり、入滅は衆生を救う方便であることを説く。○鷲の山　霊鷲山、鷲峰山のこと。釈尊が法華経を説いたとされる所。

普門品　　　　前大納言公任

1196 世《よ》をすくふうちにはたれか入《い》らざらんあまねき門《かど》は入しさゝねば

書写の聖《ひじり》結縁経供養し侍《(はべり)》けるに、人〳〵あまた布《ふ》施《せ》送《おく》り侍《はべ》りける中《なか》に、思《おも》ふ心やありけん、しばし取《と》らざりければよめる

遊女宮木

1197 津《つ》の国《くに》のなにはのことか法《のり》ならぬ遊《あそ》び戯《たはぶ》れまでとこそ聞《き》け

誹諧歌

題不知《(しらず)》　　　　読《よみ》人不知《(しらず)》

1198 笛《ふえ》の音《ね》の春おもしろくきこゆるは花ちりたりと吹《ふ》けばなりけり

○雲　煩悩の比喩。○つねにすむなる月　釈尊の比喩。「なる」は伝聞の助動詞。▽法華経の趣旨歌。如来寿量品の偈「常在霊鷲山」の心。

1196 み仏が世を救ううちには誰が入らないということがあるだろうか。余すところない広い門はとざされていないのだから。公任集、四句「あまねき門を」。○普門品　法華経八・観世音菩薩普門品。○うち　下の「入ら」とともに「門」の縁語。○あまねき門　「普門」を和らげていう。普門品に「若有下衆生、聞二是観世音菩薩品、自在之業、普門示現、神通力一者上、当レ知是人、功徳不レ少」とある。○さゝねば　「門」の縁語で「さゝね」という。▽法華経の趣旨歌。

1197 この世の中で何のことが仏法でないといえるでしょうか。遊び戯れまでも讃仏乗の因となると聞いています。ですから遊女である私の布施もお受けください。○書写の聖　書写山円教寺。性空。寛弘四年(一〇〇七)三月十日没。「書写」は書写山円教寺。○津の国の　「なには」の枕詞のごとく用いた。○なにはのこと　何かの事柄。すべてのこと。「難波」を掛ける。「津の国のなには思はず山城のとはに逢ひ見んことをのみこそ」(古今・恋四・よみ人しらず)。○遊び戯れまで　「乃至童子戯、聚沙為仏塔、如是諸人等、皆已成仏道」(法華経一・方便品)。八代集抄は「維摩経云、至二博奕戯処一、輒以度レ人、この文の心にや」という。▽布施を受けてくれるよう訴えた歌。「宮木が歌かとよ、遊び戯れまでと申したることの侍るは、いとかしこし」(山家心中集・跋)。

誹諧歌　古今和歌集巻第十九雑体で立てられている歌の種類。院政期歌学で大きな争点となっている。奥義抄・下などを参照。

1198 笛の音がおもしろく聞えるのは、「ちりたり」「花が散ってしまった」と吹くからだなあ。○

橘季通陸奥国《みちのくにゝ》に下《くだ》りて、武隈《たけくま》の松を歌によみ侍（はべり）けるに、二木《ふたき》の松を、人問《とゝ》はばみきと答《こた》へんなどよみて侍けるを聞《きゝ》てよみ侍ける　　僧正深覚

1199 武隈《たけくま》の松はふた木《き》をみきといふはよくよめるにはあらぬなるべし

題不知（しらず）　　源道済

1200 咲《さ》かざらばさくらを人のお（を）らましやさくらのあたはさくらなりけり

藤原実方朝臣

1201 まだ散《ち》らぬ花もやあるとたづねみんあなかましばし風に知《し》らすな

隣《となり》より三月三日に、人の桃《もゝ》の花を乞《こ》ひたるに　　大江嘉言

ちりたり　「散りたり」に笛の譜を口ずさむ時の言葉「ちりたり」を掛ける。「「たけふ、ちちりちちり、たりたんな」など、掻き返しはやりかに弾きたる」(源氏物語・手習)。▽春に聞く笛の音に興じた歌。笛の譜の口ずさみを詠み入れたところが誹諧的。

1199 武隈の松は二本の松なのに、季通が「みきと答へん」と歌ったのは、よく詠んだとはいえないであろう。○武隈の松　一〇四一の歌をさす。○よくよめる　→一〇四一。○人問はばみきと答へん　一〇四一の歌をさす。○よくよめる　→一〇四一。○人問はばみきと答へん

「ふた木」「みき」に続いて、数の「四」を響かせるか。▽著名な歌を揶揄した歌。掛詞という和歌の技巧をあえて無視して、事実に反するからという点のみで悪い歌と決めつけているところが誹諧的。

1200 咲かなければ桜を人が手折るだろうか。桜のあだかたきは桜自身だったのだ。○あた　仇。敵。▽花を折る人を花にあだするものとする常識に逆らった歌。理屈にならないような理屈と「さくら」の語の反復が誹諧的。

1201 まだ散らない花があるかもしれないと、尋ね歩いてみよう。しい、静かに、しばらく風に花の在りかを知らせるな。小大君集、二・三句「花は尋ねば尋ねてん」の異文がある。▽花を尋ねる心を詠む。「あなかま」という口頭語的な語感の語を用いている点が誹諧歌らしい。小大君集では「又、道信の君、実方君に、三月中十日のほど／散り残る花はありやとうちむれてみ山隠れを尋ねてしがな」に対する「御返し」。従って、作者は道信か実方か決めがたい。

1202 桃の花が庭に立っているので、家主の私まで色好みと人が見るのでしょうか。大江嘉言集、三句「あるじとて」。○三月三日　上巳の節句。「三月三日は、うらうらとのどかに照りたる。桃の花の今咲き始むる」(枕草子)。○すける物　好色な者。桃の実が「酸ける」を連想するか。「梅の

1202
桃《もゝ》の花宿《やど》に立《た》てればあるじさへすける物とや人の見るらむ

三条大政大臣のもとに侍《(はべり)》ける人の娘《むすめ》を忍《しの》びて語《かた》らひ侍けるを、女の親《おや》はしたなく腹立《はらた》ちて、娘《むすめ》をいとあさましくなんつみけるなどいひ侍けるに、三月三日かの北《きた》の方三日《かたみか》の夜《よ》の餅食《もちゐく》へとて出《いだ》して侍けるに

実方朝臣

1203
三日《みか》の夜《よ》のもちゐ《(ひ)》は食《く》はじわづらはし聞《き》けばよどのに母子《はゝこ》つむなり

六月祓をよめる

和泉式部

1204
思《おも》ふことみなつきねとて麻《あさ》の葉《は》を切《き》りに切《き》りてもはらへつるかな

花咲きてののちの身なればやすき物とのみ人のいふらむ」(古今・雑体・よみ人しらず)、「桃の花すき物どもを西王がそのわたりまで尋ねにぞやる」(蜻蛉日記・中)。▽桃を植えているが好色ではないと弁明した歌。桃の花から色好みを連想した発想と「すける物」という表現が誹諧的。あるいは隣人は女性なのでわざと興じて言ったか。

1203 三日夜の餅は食うまい。めんどうだ。聞くところによると、淀野で母子草を摘んでいる(寝所で母親が子＝娘をつねっている)そうだから。実方朝臣集。○三条大政大臣　藤原頼忠。実方朝臣集には「小一条なる人のむすめ」という。なお、→尖七。○あさましくなんつみける　あきれるほどひどくつねった。折檻したのである。○三日の夜の餅　新婚後第三日目の夜に出す祝いの餅。○よどの　山城国の歌枕。淀の野に夜殿(寝所)を掛ける。○母子　母と子の意に母子草を掛ける。○つむ　「摘む」と「抓む」の掛詞。▽聟として遇されることを拒む歌。俊頼髄脳にも見える。掛詞やテーマそのものが誹諧的。

1204 思い悩むことはみな尽きてしまえというので、麻の葉をさんざんに切ってお祓いをしたよ。和泉式部集、五句「はらひつるかな」。○六月祓　六月晦日に行われる大祓。夏越の祓。荒和の祓。→三㗊。○麻の葉　六月祓で祓の具として、大幣に切麻を用いる(江家次第七)。「麻…あさのは(六月祓具)」(八雲御抄三)。▽六月祓の歌。「切りに切りても」という表現が誹諧的か。世諺問答に、六月祓にはこの歌を「詠ずべし」と「法性寺の関白の御記」にあるという。「麻の葉に思ふ事をば撫でつけて六月はつる御祓をぞする」(堀河百首・荒和祓・源師時)はこの作を意識するか。

1205 あなたがお貸しになった夜着を、織女は蒜くさくて返したことでしょうか。○蒜　アサツ

1205
蒜食《ひるく》い《(ひ)》て侍《(はべり)》ける人の、いまは香《か》も失《う》せぬらむと思ひて人のもとにまかりたりけるに、なごりの侍《(はべる)》にや、七月七日につかはしける　皇太后宮陸奥

君が貸すよるの衣をたなばたは返《かへ》しやしつるひるくさくして

1206
小一条院、入道太政大臣の桂なる所《ところ》にて歌よませたまひけるに、紅葉をよみ侍《(はべり)》ける　堀川右大臣

もみぢ葉《ば》はにしきと見ゆと聞《き》きしかど目《め》もあやにこそけふは散《ち》りぬれ

1207
紅葉の散《ち》りはてがたに風いたく吹《ふ》き侍《(はべり)》ければよめる　増基法師

落《を》ちつもる庭《には》をだにとて見る物をうたてあらしの掃《は》きに掃《は》くかな

キ、ニンニクなどの類。薬用に服することもあった。○君が貸すよるの衣　七月七日二星に衣を貸すと称して手向ける風習があった。「七夕に貸せる衣の露けさにあかぬけしきを空に知るかな」(堀河百首・七夕・源国信)、「七夕に脱ぎて貸しつる花染めの衣は露に返すなりけり」(続詞花・秋上・平実重)などの例がある。○ひる　「蒜」に「よる」の対語「昼」を掛ける。「ささがにの振舞ひしるき夕暮にひるますぐせといふがあやなさ」(源氏物語・帚木)でも同じ掛詞が用いられている。▽蒜の臭いのする人を揶揄した歌。掛詞やテーマ自体が誹諧的。

1206 紅葉は錦と見まごうと聞いたけれども、錦ではなくて綾ではないか、御子のおいでになられた今日は紅葉が目もあやに散ったよ。入道右大臣集、五句「けふはなりぬれ」。○入道太政大臣　藤原道長。○桂なる所　山城国の歌枕。「桂殿」という山荘があった(入道右大臣集)。○目もあやに　まばゆいほどに。「にしき」の縁語「綾」を掛け、「にしき」と対になる。▽散る紅葉に興じた歌。見立てと掛詞が誹諧的。

1207 せめて紅葉が散り積っている庭だけでも眺めていたいと思って見ているのに、いやになってしまうな、激しい山風がむやみやたらに掃きまくるよ。増基法師集、五句「ふきはらふらん」。▽庭に散り敷いた紅葉を山風が吹き散らすのを惜しむ歌。山風を風流心なく掃除する人のように見立てた擬人法と「掃きに掃く」という表現が誹諧的。

1208 大原山の炭をくださるというお志がたくさんおありならば、あなたの思いを添えてよこしてください。それで火をおこすまでです。○大原山　山城国の歌枕。洛北の大原か。炭焼きが盛んであった。「多し」を掛ける。「君を我が思ふ心は大原やいつしかとのみ炭焼かれつつ」(詞花・恋下・藤原相如)。○おもひ　「炭」の縁語「火」を掛ける。

人の、炭《すみ》たてまつらむ、いかゞといひたりければよめる

読《よみ》人不知《(しらず)》

1208 心ざし大原《おほはら》山の炭《すみ》ならばおもひをそへておこすばかりぞ

題不知《(しらず)》

天台座主源心

1209 雲井にていかであふぎと思《おも》ひしに手《て》かくばかりもなりにけるかな

法師の扇《あふぎ》を落《おと》して侍《(はべり)》けるを返《かへ》すとて

和泉式部

1210 はかなくも忘《わす》られにけるあふぎかな落《お》ちたりけりと人もこそ見れ

題不知《(しらず)》

1211 さならでも寝《ね》られぬ物《(もの)》をいとゞしくつきおどろかす鐘《かね》の音《おと》かな

○おこす　よこす意の「遣(ぉ)こす」と火や炭を「熾す」の掛詞。▽炭をもらってもいいという意志を表示した歌。相手の好意に対して、もらう側が尊大に構えて注文を付けているところが誹諧的か。

1209 空でどうかしてあおごうと思ったが、手を掛ける(手に持つ)程度だったなあ。宮中で何とかして逢いたいと思っていたが、手紙を書くだけに終ってしまったよ。○あふぎ　「扇」と「逢ふ」の掛詞。「雲井にていかであふぎ」は「月隠㆓重山㆒兮、擎㆑扇喩㆑之」(和漢朗詠集・雑・仏事)への連想もあるか。○手かく　「手掛く」に「手(手跡・筆跡)書く」を掛ける。▽逢えずに手紙を送るだけの恋の歌。掛詞の表現が誹諧的か。「名を惜しみ人頼めなる扇かな手かくばかりの契りならぬに」(狭衣物語四・狭衣帝)にはこの歌の影響があるか。

1210 はかないことに持主に忘れられてしまった扇ですね。持主のお坊様は堕落したと他人が見るかもしれませんよ。和泉式部集、「法師の来て、扇落していきたるに、やるとて」。和泉式部続集、「いと暑き頃扇ども張らせて、外なるはらからどものがりやるとて」。○忘られにけるあふぎ　班婕妤の「怨歌行」(文選)以来、秋になると扇が忘れられることを、男に飽きられて忘れられる女に譬えて言う。○落ちたりけり　堕落したなあ。「名にめでて折れるばかりぞをみなへし我おちにきと人に語るな」(古今・秋上・遍昭)。▽落し物をした僧侶を揶揄する歌。下句が諧諧的。

1211 いろいろなことを思い悩むと、そうでなくても寝られないのに、撞いて(突いて)一層目を覚まさせる鐘の音よ。和泉式部続集、「と思ふほどに、鐘の声もすれば」。○さならでも　そうでなくても。「鐘」の縁語「鳴ら」を掛けるか。○つきおどろかす　「突き」に「撞き」を掛ける。「おどろかす」は目を覚まさせる、「寝られぬ」とは矛盾し

七月ばかりに月の明《あかゝ》かりける夜、女のもとにつかはしける

小将藤原義孝

1212 忘《わす》れてもあるべき物《(もの)》をこのごろの月夜《よゝ》よいたく人なすかせそ

三条院御時上殿居《うへとのゐ》すとて、近《ちか》く侍《(はべり)》ける人枕《まくら》を落《おと》してまかり出《い》でにければ、書《か》き付《つ》けて殿上につかはしける

小大君

1213 道芝《みちしば》やを《(お)》どろの髪《かみ》にならされてうつれる香《か》こそくさまくらなれ

人の草合《くさあはせ》しけるに、朝顔《あさがほ》鏡草《かゞみぐさ》など合《あは》せけるに、鏡草《かゞみぐさか》勝ちにければよめる

よみ人しらず

1214 負《ま》けがたのはづかしげなるあさがほをかゞみ草《ぐさ》にも見《み》せてけるかな

た表現。「え起き侍らざりける夜の夢に、をかしげなる法師のつきおどろかしてよみ侍りける」(拾遺・哀傷)。▽夜、鐘の音に目覚めてしみじみと聞き入る女の歌。内容はまじめな釈教的なものだが、矛盾した表現が誹諧的。和泉式部続集の歌日記ふうの部分に見え、某年十月六日夜の歌。

1212 あなたのことを忘れていたらよかったのに。この頃の月夜よ、ひどく私をその気にさせないでおくれ。まるで、あなたが「尋ねていらっしゃい」と言っているような良夜なのだから。義孝集、初句「忘れても〈かからでも イ〉」、三句「この頃の〈はイ〉」。○人なすかせそ　人の気をそそらないで。▽女に求愛する男の歌。「月夜よし夜よしと人に告げやらば来てふに似たり待たずしもあらず」(古今・恋四・よみ人しらず)を念頭に置いて、言外に「訪れてもいいか」という心を含む。下句が誹諧的。

1213 道芝として生い茂ったおどろならぬ、おどろに乱れた髪に馴らされて、枕にしみついている匂いがくさくて、これが本当のくさ枕です。小大君集「上、殿ゐすとて、お前に近く候ふ人々、あやしきくれの枕を落して出でたるに書き付けたるを、人々殿上にやりたり」。○三条院　小大君は三条院の女蔵人。○をどろの髪　いばらのように乱れた髪。「をどろ」は「草」の縁語。○うつれる香　うつり香。○くさまくら　「草枕」に「臭し」を掛ける。▽落し物に関して落し主を揶揄する歌。発想自体と、とくに卑俗な形容詞「臭し」を暗示する下句の掛詞が誹諧的。

1214 負けた方の恥しそうな朝顔(朝の寝起きの顔)を、鏡草(鏡)に見せてしまったなあ。○草合　左右に分れて種々の草の優劣を争う遊び。○朝顔　牽牛子、現在のアサガオか。○鏡草　ガガイモか。古事記・上に少名毘古那神が乗って来る

1215 入道摂政かれ〴〵にてさすがに通《かよ》ひ侍《(はべり)》ける頃《ころ》、帳の柱《はしら》に小弓の箭《(や)》を結《むす》び付《つ》けたりけるを、ほかにて取《と》りにおこせて侍《はべ》りければ、つかはすとてよめる

大納言道綱母

思《おも》ひ出《い》づることもあらじと見《み》えつれどやといふにこそおどろかれぬれ

1216 人の、長門《ながと》へいまなむ下《くだ》るといひければよめる

能因法師

白波《しらなみ》の立《た》ちながらだに長門《ながと》なる豊浦《とよら》の里《さと》のとよられよかし

1217 乳母《めのと》せんとてまうできたりける女の乳《ち》の細《ほそ》う侍りければよみ侍《(はべり)》ける

大江匡衡朝臣

はかなくも思《おも》ひけるかなちもなくて博士《はかせ》の家《いへ》の乳母《めのと》せんとは

「天の羅摩(かがみ)船」はガガイモの実である(久保田『花のもの言う』)。○はづかしげなるあさがほ 草の朝顔に朝の寝起きの顔の意をこめる。「御様のいと恥しげなるに、わが朝顔の思ひ知らるれば」(紫式部日記)。○かゞみ草 「鏡」に見立てていう。「朝顔のうつるばかりの鏡草思ひかかるは負くるなるべし」(相如集)。▽草合に興じた歌。

1215 私はあなたのことなど思い出すこともあるまいと思っていましたが、あなたが、「やッ」と声をお掛けになったので、はっと思い出しました。蜻蛉日記・上、一・三句「時もあらじと思へども」。○入道摂政 藤原兼家。○かれ〴〵にて 訪れもとだえがちで。○帳 帳台。魔除けに結び付けたかという。帳台付近に物を結び付けた例は「帳の帷子の紐に文を結び付けたりける」(古今・哀傷)という例がある。なお、→五三六詞書。○小弓 遊戯のための小さい弓。雀弓。雀小弓。貴族などの間で行われた。○ほかにて よそにいて。○やといふ 「矢」に感動詞「や」を掛ける。▽天暦十年(九五六)秋頃の詠。よその女の家から持ち物を取りによこした冷い夫に対する皮肉。下句の掛詞が誹諧的。

1216 白波が立つように立ちながらでも、長門の豊浦の里に下られる前に、私の所へちょっとお寄りください。能因集「則長朝臣、今なむ長門へ下るといひおこせたるに」。○人 家集によれば橘則長。→九五四。○長門 長門国。山口県の西部と北部。○白波の 「立ち」の枕詞としていう。○豊浦の里 長門国の国府があった。○とよられよかし ちょっとお寄りなさい。「れ」は尊敬の助動詞だが、普通の和歌では敬語を用いない。用いている点口語的といえる。▽旅立つ人との別れを惜しむ歌。「ながら」と「ながと」、「とよら」と「とよられよ」の同音反復の技巧が誹諧的。

1218 返《かへ》し　　　　　　　　　　　赤染衛門

さもあらばあれ山と心しかしこくはほそぢにつけてあらす許《(ばかり)》ぞ

出家以後譲二与

一小男拾遺為相二了

二桑門 判

1217 乳(智)も出ないで博士である私の家の乳母をしようなどとは、心浅くも思ったものだな。○乳の細う侍りければ　乳の出が悪かったので。○ちもなくて　「乳」に「智」を掛ける。○博士の家　ここでは文章博士の家である大江家をさす。「すさまじき物　…博士のうちつづき女児むませたる」(枕草子)。「博士」のような漢語は普通の和歌には用いない。▽乳の出の悪い乳母を慨嘆した歌。「ち」の掛詞と自ら「博士の家」と誇らしげに言ったところが誹諧的。

1218 しかたありません、大和心さえ賢ければ、細い智恵(細乳)があるという理由で置いておくだけです。○さもあらばあれ　「遮莫」の訓読語。底本注記「おほかたのといふもあり」。○山と心　大和心。漢才に対する和魂で、実際的な才覚や能力などをいう。○かしこくは　匡衡が「ち(智)もなくて」と言ったのに対して言う。○ほそぢ　乳の出が細い(少ない)乳房。▽慨嘆する夫をなだめた妻の歌。「さもあらばあれ」という言葉、「博士の家」という漢語を含む表現に対して「大和心」と言い、夫に「ほそぢ」の掛詞で応じているところなどが誹諧的。

一 息子の侍従為相。「拾遺」は侍従の唐名。為相は為家の三男冷泉為相。母は安嘉門院四条(阿仏尼)。権中納言正二位に至る。嘉暦三年(一三二八)七月十七日没、六十六歳。冷泉家の祖。文永八年(一二七一)四月侍従に任ぜられている。時に為家は七十四歳で、死の四年前。

二 「桑門」は出家者の意。「判」は元の本には藤原為家の花押があったのであろう。為家は建長八年(一二五六)二月二十九日出家、時に五十九歳。法名は融覚。

[三]長承三年十一月十九日以ニ[四]故礼部納言自筆本一

書留了、件本奥侮云〻、[五]寛治元年九月十五日

為レ披ニ露世間一、重申ニ下[六]御本一校レ之、先レ是在レ世

本相違歌三百余首不レ可ニ信用一、件本其

由具書ニ[七]目録序一

通俊

[八]朝散大夫藤 判

相伝秘本也

[九]戸部尚書為家

三 一一三四年。長承は崇徳天皇の年号。

四 なき権中納言治部卿藤原通俊の自筆本。「礼部」は治部卿の唐名。

五 一〇八七年。寛治は堀河天皇の治世の初めの年号。

六 白河上皇に奏覧した本。勅撰集としての正本。

七 後拾遺和歌抄目録の序。勅撰集を編纂し終った段階で目録を取る(作製する)ことが普通であった。目録は作者ごとに作者の経歴、入集歌の所在、内容などを略記した、作者部類のごとき性質の書。後拾遺集の場合は目録序のみが伝存する。

八 従五位下の唐名。あるいは藤原俊成か。俊成は長承三年には未だ顕広と名乗っており、従五位下で加賀守、二十一歳であった。

九 民部卿為家。「戸部」は民部卿の唐名。「尚書」は弁官の意だが、「戸部尚書」で民部省の統轄者、すなわち民部卿をさしたか。定家も自称として用いている。為家が民部卿に任ぜられたのは建長二年(一二五〇)九月十六日。

付録

『後拾遺和歌集』異本歌

一　『後拾遺和歌集』の和歌で、底本にはなく異本の類に掲げられている歌を掲げた。
二　本文は、『新編国歌大観』によるが、漢字を宛てるなど若干の整理を加えた。
三　歌番号は、『新編国歌大観』に従った。
四　（　）は歌集本文において前の歌の詞書・作者名が掲出歌に係ることを示す。

（題《だい》しらず）　　（前大納言公任）

1219 梅《むめ》が枝《え》に降《ふ》り積《つ》む雪は年ごとにふたゝび咲《さ》ける花とこそ思へ

つらかりける女に　　平　兼　盛

1220 難波潟《がた》汀の蘆《あし》のおいのよにうらみてぞ経《ふ》る人の心を

（一条院の御時、皇后宮かくれ給《たま》ひてのち、帳のかたびらの紐《ひも》に結《むす》び付《つ》けられたる文《ふみ》を見《み》付《つ》けたりければ、内《うち》に

も御覧《ご》ぜさせよとおぼしがほに、歌《うたみ》三つ書《か》き付《つ》けられたりける中《なか》に）

1221 煙とも雲ともならぬ身なれども草葉の露をそれとながめよ

司召《つかさめし》の子日《ねのひ》にあたりて侍けるに、按察更衣の局《つぼね》より松を出《いだ》して侍けるを読み侍ける

清原元輔

1222 雪深《ふか》き越《こし》の白《しら》山我なれやたが教《をし》ふるに春を知《し》るらむ

司召《つかさめし》ののち内裏に侍ける内侍のもとにつかはしける

（清原元輔）

1223 心あてにをりしもあらば伝《つた》へなん咲《さ》かで露けき桜《さくら》ありきと

天暦御時御屏風に、小家に卯花ある所をよめる

清原元輔

1224 今日と又後と忘《わす》れじ白妙の卯花咲《さ》ける宿と見《み》つれば

女のがりつかはしける

よみ人しらず

1225 筏おろす杣《そま》山人を問《と》ひつれば此くれをこそよしといひつれ

使来《こ》ざりける先《さき》に許《ゆる》されたりければ、返事

1226 放《はな》れてもかひこそなけれ青馬の取《と》り繫《つな》がれし我が身と思へば

藤原義孝

天暦御時、為平親王北野に子日し侍けるに

1227 いにしへのためしを聞《き》けば八千代まで命を野べの小松なりけり

よみ人しらず

池氷なほ残《のこ》れりといふことを

1228 むら〳〵にこほりのこれる池水にところ〴〵の春や立つらん

大江嘉言

良暹法師の障子に書《か》き付《つ》け侍ける歌

1229 山里のかひも有るかな郭公今年ぞ待《ま》たで初音聞《き》きつる

後拾遺和歌抄目録序

一　撰者藤原通俊が目録に掲げたと考えられている目録序は底本には存しないので、これを付載する伝本のうち、日野本の影印によってこれを掲げた。ただし、他の伝本により校訂した個所がある。

二　読点、返り点は私意による。

後拾遺和歌抄目〔録〕序

承保之比、予為二侍中一、季秋之天、夜閑風涼矣、于レ時艾漏漸転、松容日奏、事及二和語一、須臾命曰、和歌者我国習俗、世治則興、平城天子、修二万葉集一、花山法皇、撰二拾遺抄一、編次之道、永々而存、汝挙二篇目於数家之嘉什一、備二叡覧於万機之余仮一、事出二 勅言一、莫レ不二服膺一、将下就二撰集一、僶俛従上レ事、思而渉レ稔、涼燠屢悛、応徳初年、適昇二八座台一、省仮景、懸二情於緩木杜之詞一、休閑天、沈二思於難波津之詠一、及二清涼之短晷一、逢二天下之忌禱一、以二辟玉一去二趙魏一、毀二翬翟一、以二還啓一令二永止一、愁雲掩二玉輅之飾一、縑〔緗〕不レ披、詞華秘二金谷之句一、泊二乎二年一、漸以網羅、僕従レ春至レ秋、久竄二漳浜一、徒携二砭薬一、不レ尋二筆硯一、明年之春、巻軸甫就、然猶品藻猶予、居諸代謝而已、所二以独案之家因物偏見一也、未レ及二切磋一、通在二人口一、草藁紛紜、錯謬非レ一、撰在二素懐一、乖戻罔極、遂遇二知己一、弁論執議、一加一減、章句無レ改二吟詠之旧書一、乃削二題目一偏任二沿革之新情一、曁二於其善一者、従二其迂去一、略不レ避二之至尊一、無レ嫌二之疋夫一、蓋是古人之格言、前事之不忘也、孟冬仲旬、始経二奏覧一、重以刪定、出入相半、以前流布之書、豈中二諷詠之用一、是以欲レ聞二神襟之褒貶一、俄逢二聖主之遜譲一、貯二良玉於箱中一、憚二披露於世上一、繕写失レ功、遺恨在レ旃、今春仲、有レ勅召見、射山春遊、翫二詞峰於篇上一、汾水秋興、斟二言泉於巻中一、著述之輩、仮註之趣、不レ論二階級之高下一、唯任二時代之遠近一、注載在レ別、副二之帙外一、聖主諸侯、三公九卿、椒房蘭陵、緇素貴賤、都盧三百二十九人之譜系、撃二向後之童蒙一、衆物群情、風雲草木、恋慕怨曠、慶賀哀傷、殺青千二百十八首之篇号、鑑二前代之賢慮一、古人不レ云乎、語二彝倫一者、必求二宗於九疇一、談二陰陽一者、亦研二機於六位一、綜緝之効、其在レ茲乎、勒成二一巻一、名二後拾遺和歌抄目録一、収容待レ時、雖レ得二握翫於青陽之天一、製作達レ先、猶レ定二甄録於玄律之日一、于レ時寛治元年秋八月、重以記レ之、

解説

解説

一

一条天皇の治世が各界にわたって人材に恵まれ、貴族文化が空前といっても過言ではない高まりを見せたことについて、大江匡房は『続本朝往生伝』一条天皇の項で、具体的に人名を列挙しつつ、次のように論ずる。

時の人を得たること、またここに盛となせり。……文士には匡衡、以言、斉名、宣義、積善、為憲、為時、孝道、相如、道済。和歌には道信、実方、長能、輔親、式部、衛門、曾禰好忠。(原漢文)

これらの人々の作品をも載せた、第三番目の勅撰和歌集、『拾遺和歌集』が成立したのは、寛弘二年(一〇〇五)半ばから同四年初め頃の間であったと考えられている。それは寛弘期文化の真直中であった。右に挙げられている歌人達のうち、藤原道信や藤原実方はもはや故人であったけれども、大中臣輔親・和泉式部・赤染衛門などの作歌活動はむしろこれ以後活発になるのである。

一条朝に続く三条・後一条朝は、いわばこの寛弘期文化の余光がなお残り照らしていた時期であろう。しかしながら、万寿四年(一〇二七)藤原道長が没した頃から、摂関家の権勢にも翳りがさしてくるようになる。そして、永承七年

（一〇五二）「今年始入㆓末法㆒」（『扶桑略記』）と考えられるとともに、貴族社会には末法思想が瀰漫していった。藤原頼通が宇治に平等院を開いたのもこの年のことである。

その頼通は長元八年（一〇三五）五月半ば、賀陽院の水閣において、法華三十講を聴聞ののち、兼題の歌合を催している。赤染衛門はおそらく七十の半ばほどにはなっていたであろうが健在で、この歌合において、

　鳴かぬ夜も鳴く夜もさらにほとゝぎす待つとて安くいやはねらるゝ

などの秀歌を詠んでいる。が、一座の話題をさらったのは、夫大江公資と別れたのちとみに歌名の高まった、一品宮脩子内親王家の女房相模の詠であったのであろう。彼女の、

　さみだれは美豆の御牧の真菰草刈りほすひまもあらじとぞ思（夏・二〇六）

という歌が披講された時は、満座がどよめき、その響きは屋外にも及んだという（『袋草紙』）。主催者頼通の弟で和歌に関してはいたく自負していたという頼宗が、

　逢ふまでとせめていのちのをしければ恋こそ人の祈りなりけれ（恋一・六四二）

と詠んで、能因の、

　黒髪の色も変りぬ恋すとてつれなき人にわれぞ老いぬる

という作と合わされて勝ったのもこの時のことであった。

源大納言師房の家に出入していた、頼通の家司層を中核とする受領歌人の集団、和歌六人党の活動が最も盛んであったのは、後冷泉朝の永承・天喜（一〇四六―一〇五八）の頃である。その六人党のいわば盟主である藤原範永は、藤原定頼とともに広沢の遍照寺を訪れて、

すむ人もなき山里の秋の夜は月の光もさびしかりけり(秋上・二五八)

と詠じ、晩年の四条大納言入道公任を感嘆させたというが(『袋草紙』)、天喜四年(一〇五六)四月の『皇后宮春秋歌合』では、

花ならで折らまほしきは難波江の蘆の若葉に降れる白雪(春上・四九)

のような清新な感覚の作を披露している。この集団は、わが命に代えて秀歌を詠ませたまえと神に祈り、

木の葉散る宿は聞き分くかたぞなき時雨する夜も時雨せぬ夜も(冬・三八二)

の秀逸を得たけれども、その身は夭亡したという、源頼実に代表されるような歌の数奇者達、いわゆる好士のグループであった。

範永が遍照寺で佳詠を得たことは先に述べたが、この頼実の家集『故侍中左金吾集』を見ても、彼が遍照寺や栖霞寺、白河寺、梅津、長岡、さらには単に「山里」と呼ばれる場所に赴いて詠歌していることが知られる。梅津にはやはり歌人として知られた源師賢の別業があった。範永は頼通の子で橘俊遠の養子となり、伏見に豪壮な山荘を構えていた伏見修理大夫俊綱のところでも詠歌している。同様の行動は三船の才を誇る源経信にも見られるのである。彼もまた田上に山荘を有していた。

宇治にて人〳〵歌よみ侍けるに、山家旅宿といふ心を

民部卿経信

旅寝する宿はみ山にとぢられてまさきのかづらくる人もなし(雑四・一〇五二)

都人たちはいわば『源氏物語』宇治十帖において先取りされている、人寰の喧噪から遠く隔った幽邃な自然を求め

て、閉塞しつつあった都の外へ、山里へと出ていこう、心を遊ばせようとしていたのである。

白河天皇は日本国が末法に入ったとされた永承七年の翌年、天喜元年六月二十日、未だ東宮であった後三条院の皇子貞仁として誕生した。母は藤原能信女茂子である。

後三条院の東宮時代は極めて長期にわたり、あるいはかつての小一条院のように、東宮位を退くことになるのではないかという懸念すら、一部の人々の間には抱かれたようであるが、治暦四年(一〇六八)四月十九日践祚するや、次々に荘園の整理や度量衡の統一などに代表される政治の改革を断行し、頼通を頂点に戴く摂関家との関係も円滑さを欠くに至った。けれどもその治世は短かく、延久四年(一〇七二)十二月八日皇太子貞仁親王に譲位した。翌五年二月二十日から二十七日まで、石清水八幡宮・住吉社・天王寺に御幸している。二十五日には帰路の船中において、院の側近の臣藤原実政が「春日住吉行旅述懐」の題を献じ、経信が、

脂二金車一兮過二郊野之路一。棹二華船一兮縈二蘆葦之藂一。望二前途之蕭蕭一。占二水郷於千里之晩浪一。顧二帰程之眇々一。隔二華洛於一片之春霞一。(『本朝続文粋』巻十)

という佳句をちりばめた和歌序を書き、生涯の自嘆の歌、

沖つ風吹きにけらしな住吉の松のしづ枝をあらふ白波(雑四・一〇六三)

を詠進した。後三条院自身は、

住吉の神はあはれと思ふらんむなしき舟をさしてきたれば(雑四・一〇六二)

と、降り居の御門としての感懐を述べている。この御幸と歌会の有様は『栄花物語』巻三十八「松の下枝」に詳しく語られている。そして同年五月七日四十歳で崩じた。宇治においてその報に接した頼通は「是末代之賢主也。依リ二本

朝運拙《キニ》早《ク》以《テ》崩御《セル》也」と嘆じたという(『古事談』第一)。こうして白河天皇の時代が到来する。

白河天皇は後三条院の政治姿勢をほぼ継承したようである。勅願寺である法勝寺の一切経供養が雨のためにしばしば延期されたことを憤って、雨を器物に入れて禁獄したという逸話(『古事談』第一)からも窺われるように、天皇の権威を高めることに努め、摂関家に対してはおおむね強い姿勢で臨んだ。承保三年(一〇七六)十月二十四日には久しく絶えていた大井川行幸を挙行し、承暦二年(一〇七八)四月二十八日には内裏において歌合を催している。その大井川行幸においては自ら、

大井川ふるき流れをたづね来て嵐の山の紅葉をぞ見る(冬・三七九)

と詠じた。後に『今鏡』の作者は「昔の心地していとやさしくおはしましき」と評している。また同書は、承暦二年『内裏歌合』についても、「歌人ども時にあひ、よき歌も多く侍るなり。歌のよしあしはさることにて、事ざまの儀式など、えもいはぬことにて、天徳の歌合、承暦の歌合をこそは、むねとある歌合には、世の末まで思ひて侍るなれ」と記している。この歌合では中宮権亮藤原公実が、

君が代にひきくらぶれば子日する松の千年も数ならぬかな(春上・三二)

と天皇の治世をことほぎ、右中弁藤原通俊が、

春のうちは散らぬ桜と見てしがなさてもや風のうしろめたなき(春上・一〇八)

と詠じた。その他、内裏での歌会や作文の会などの記事が当時の記録類に散見される。『和漢朗詠集』に採られた詩句の原詩を大江匡房に調べるよう命じたというこの天皇は(『今鏡』「すべらぎの中」、『歌苑連署事書』)、好文の帝王という姿勢をも示しているのである。

その一方、永保三年(一〇八三)閏六月二日には関白藤原師実家の女房達が企てていた歌合を「過差聞《ノエ》」あるとの理由で止め(『百練抄』)、同年十月十二日には宣旨によって、師実その人の大井川での遊興を止めている(『後二条師通記』)。

このような天皇が自らの治世の頌歌としての勅撰和歌集を後世に遺すことを考えたのは極めて自然のことであろう。『内裏歌合』が催された承暦二年は、『拾遺集』が成立してから既に七十年ほど経ている。その天皇が「近古之名臣」と見なしていた近臣は、藤原通俊や大江匡房であったという(『古事談』第二)。第四番目の勅撰集、『後拾遺和歌集』を撰進したのは、この参議兼右大弁通俊であった。

(久保田淳)

二

藤原通俊は永承二年(一〇四七)、藤原氏の小野宮流、大宰大弐経平の二男として生をうけた。母には他の伝えもあるが、実母は高階成順の女と思われる。『後拾遺集』に多数の和歌が選入された伊勢大輔はその母方の祖母にあたる。通俊は康平二年(一〇五九)十三歳で叙爵し、治暦三年(一〇六七)には東宮(後三条)殿上人となる。以後、父と同じく後三条朝に仕えたが、延久四年(一〇七二)白河天皇の即位とともに、天皇の厚い信任を得て少納言・蔵人・弁官など枢要の職を歴任し、近臣として天皇親裁の補佐の任を怠ることがなかった。承徳三年(一〇九九)五十三歳で没した時の彼の官位は、従二位中納言兼治部卿に達しており、受領に止まった父の経平や兄の通宗のそれをはるかに凌駕するものであった。

通俊がこれほどまでに時の朝廷において重用されたのは、むろん彼の政務官僚としての実務能力、とりわけそれを支える学殖や文才によるところが大きかったものと思われる。しかし、彼を公卿の地位にまで押し上げ、勅撰和歌集の撰者の栄誉に輝かせた真の事由は、しかく単純なものではなかったはずである。後三条・白河両朝におけるいわゆる天皇親裁を目指しての政治動向は、実は、外戚の地位を離れた摂関家の衰微ともあいまって、天皇と天皇をとりまく新勢力による政治権力の確立を目論んだものであったとも言えよう。こうした歴史的な推移のただ中に、通俊もまた好むと好まないとにかかわらず身を置いていた。故実に明るく、宮廷行事を堅実に取り仕切っていた廷臣としての彼の存在は、激動期とも言えるこの時代趨勢の中にあって、親政を推し進める上で欠かすことのできない人材として衆目は一致していたことであろう。通俊の、天皇の近臣として生きた軌跡を振り返ると、彼もまた時代の子に外ならず、その目覚ましい活躍ぶりも、時の要請を受けてのものであったことが実感されるのである。

白河朝における歌界のありかたもまた、こうした政治状況と分かちがたく結び付いていた。この時期、和歌への関心は急速に高まりを見せ、天皇を中心にした歌会、歌合の度数はいちじるしく増大するが、そこに参加した者の多くは職事弁官を経験した侍臣や有力な受領たちなど、親政を推し進める際に積極的な役割を果たした人々であった。これに比して、摂関家主催の歌会などは次第に影をひそめ、歌合行事の企ても間遠になっていく。官界における新しい力関係は、ようやく文芸の世界にも浸透しようとしていたのである。『後拾遺集』の編纂が企図され、撰者として通俊に白羽の矢が立てられたのは、まさにこのような状況の下であった。

古来、藤原通俊が『後拾遺集』の撰者として選ばれたことを不審とする説が絶えない。たしかに、『袋草紙』にも「于㆑時有㆓経信匡房者㆒。此道之英才先達也。不㆑奉㆑之。如何」とあるように、通俊よりは年齢、官位、歌壇的閲歴いずれも上位にあった源経信や、通俊より年長で、有能と目されていた大江匡房を抑えての抜擢であっただけに、批判が渦巻いたのも無理はない。順徳院の『八雲御抄』にいたっては「通俊・匡房は、賢臣こそならびて侍りけれど、歌の道は同日の論にあらず、匡房はまされり」と、歌才の面でも匡房が優位にあったことを明白に表明している。しかしながら、最有力であったと目される経信にしても、父道方が鷹司殿倫子の従弟、高松殿明子の甥にあたることもあり、兄経長とともに広い意味で摂関家の庇護下にあって、白河朝の文治政策の担い手となるにはやや無理があったし、匡房の場合も、承保のころは東宮学士の任にあり、儒者としての色合いが強すぎてこちらも勅撰和歌集の撰者たるにふさわしい人物とはなり得なかったというのが本当のところであったろう。前にも触れたように、『今鏡』(すべらぎの中)の記述によると、「(白河天皇は)唐国の歌をも翫ばせ給へり、朗詠集に入りたる詩の残りの句を四韻ながらたづね具せさせ給ふことも思し召しよりて、匡房の中納言なむ集められ侍りける」とあり、朗詠詩集の撰を匡房にと企図したこともあったらしいから、あるいは天皇には、通俊・匡房の二人に和漢両様の撰集作業をそれぞれ分担して行わせようとの下意があったのかもしれない。

通俊が撰者であることへの世の不満は、結局のところ、歌人としての通俊の実績があまりにも軽少で、勅撰集撰者のそれにふさわしくないとの批判に集約できるだろう。たしかに『古今集』以来、撰者たるもの、実作の伴う真に当代を代表する歌人であることが通例であったから、自らの家集を持たず、歌作四十数首を残すのみの通俊では、現在から見てもなお、単独撰者としてやや小者であるとの印象を拭うことはできまい。しかし、第四勅撰集である『後拾遺集』の史的な定位を図ろうとする現代の読者の立場からすれば、通俊の歌人としての力量はともかく、実際に『後拾遺集』にどのような和歌が選歌され、作品としての『後拾遺集』が一撰集としていかなる達成を見せているかという観点も同時に必要となってくる。その面について結論を先にすると、通俊の歌集編纂の能力は、その見識と博覧ぶりからしても、際立って優れたものであったと評して誤りないものと思う。

例えば『後拾遺集』の秋部上には、奇抜な表現を持つことで名高い、曾禰好忠の一首、

なけやなけ蓬《よもぎ》が杣《そま》のきり〴〵す過ぎゆく秋はげにぞかなしき(二七三)

を載せる。「蓬が杣」の用語が問題にされ、藤原長能から「狂惑のやつ也」と揶揄されたと伝える曰くつきの一首だが、蓬を杣と見上げる視座は、そのままきりぎりすの「目」となって重なり、悲秋の思いを虫に向かって呼びかけるという、いかにも新しい構えの作となっている。ここでは、その新奇とも見える表現が一首の眼目であったはずなのに、その効果が正当に評価されるには、結局この集への入集という事実を待たなければならなかった。この経緯を振り返っても、撰者の選歌に対する自信と眼識のほどをうかがい知ることはできるであろう。

この集に特に顕著な女歌の重視ということについても、同様の見方が可能である。女歌人の集内に占める比重はことさら大きく、全歌数の約三〇%を占めている。この事実を、藤原俊成のいう「多くの歌よみどもの歌積もれる比をひ」(『古来風躰抄』)、すなわち一条朝の後宮を中心とした宮廷女流文学興隆の時期を反映したものと説くことはたやすい。しかし、巻頭にあえて、女流である小大君の作を配置したこと、収載歌人の歌数が、和泉式部六十八、相模三十九、赤染衛門三十二首で入集数の一―三位を占め、さらに四位の能因法師に続いて、五位の伊勢大輔二十六首と、上位のほとんどを女流が占めていることからしても、むしろここには、撰者通俊の強固で一貫した方針が介在したと見るべきであろう。『無名草子』では、「あやしの腰折ひとつ詠みて集に入ることだに、女はいと難かめり」と、勅撰集の選歌に女性への差別があることを歎くが、『後拾遺集』だけにはこの歎きは当たらない。撰集に際しての、通俊の公平で曇りのない鑑識眼を評価すべきであろう。

(平田喜信)

三

『後拾遺集』の撰集経緯については、仮名序と目録序(「後拾遺和歌抄目録」は集の完成後、撰者通俊自身が作製したもので、作者ごとに入集歌の所在、主題などを記し、作者略伝をも付したものと考えられる。現存しないが、その目録の真名序のみが一部の伝本に付載されている。これを目録序という)にかなり詳細に示されている。今それらに従って簡略にまとめると次のようになる。

承保二年(一〇七五)　九月　撰集下命
応徳元年(一〇八四)　通俊参議、九月　中宮崩御
　二年(一〇八五)　資料収集、春—秋　通俊病悩のため中断
　三年(一〇八六)　春　撰集(草稿本)終了、知己の意を汲みつつ加除、九月十六日　完成を奏上、十月　奏覧(奏覧本)、十一月二十六日　白河天皇譲位
寛治元年(一〇八七)　二月　再度の召見(再奏本)

こうして整理して見ると、両序の伝えはまことに整然とした記述であるかのように見えるが、実際にその記述を辿ると、目録序に「『編次之道、永々而存、汝挙二篇目於数家之嘉什一、備二叡覧於万機之余仮一』事出二勅言一、莫レ不二服膺一」とある個所にしても、これと照応すると目される仮名序の「つゐにおほむ遊びのあまりに、敷島のやまとうた集めさせ給ふことあり。拾遺集に入らざる中ごろのをかしき言の葉、藻汐草かき集むべきよしをなむありける。仰せをうけ

たまはる我ら、朝に詔《みことのり》をうけたまはり、夕べにのべのたぶこと、まことに繁し。この仰せ、心にかゝりて思ひながら、年を送ること、こゝのかへりの春秋になりにけり」とある記事にしても、通俊が勅撰和歌集編纂の勅命を拝するくだりは、いささか歯切れの悪い言いまわしとなっていて、真相が明瞭には読み取れない記し方である。勅命が下されたことは叙べられても、「備叡覧於万機之余仮」とは少しくゆとりのある指示のようであるし、「敷島のやまとうた集めさせ給ふこと」「藻汐草かき集むべきよし」とあるのは、将来に備えての資料収集を示唆したに過ぎないようにも読みとれる。しかも、自己の多端ぶりを弁解するのに汲々とした個所もあって、総じて天皇の下命の実態が前面には出ない記述法なのである。例えば『古今集』仮名序の「延喜五年四月十八日に、……に仰せられて、万葉集に入らぬ古き歌、自らのをも、奉らしめ給ひてなむ」や、真名序の「於レ是重有レ詔。部二類所レ奉之歌一。勅而為二二十巻一。名曰二古今和歌集一。」に見られるような、詔勅を受けて直ちに編纂に向かう、君臣一体となった高揚した気分は少しもここには語られてはいない。

ところで、『袋草紙』上巻において藤原清輔は、「但或人伝、私撰レ之後、取二御気色一云々」とわざわざ加注して、『後拾遺集』が通俊の私撰集であったとする説を載せており、『八雲御抄』には順徳院も、「事次通俊所望撰云々」と、通俊が自ら編んだ私撰集を勅撰とすべく天皇に強要したとも読み取れる一説を掲げている。古来、通俊個人の撰集の営みの方が先行し、後にそれが勅撰集化したとする考え方にはかなり根強いものがあるのである。一方に仮名序と目録序の存在があるのであるから、それらの説は妄説として退けられて当然かもしれないが、先に触れたように、実は、仮名序・目録序の曖昧さを含んだ記述自体にも、清輔以下の人々の憶測を許す素地があったのではないか。『後拾遺集』が成立する過程にあっては、こうした仮説を必要とするほどに、撰者通俊の立場は複雑で微妙なものであったということが言えるであろう。この承保二年下命説と私撰説との矛盾をめぐって、かつて上野理氏は「後拾遺集の奉勅から奏覧に到る勅撰の事業は、勅撰か私撰かわからないほど、通俊の主体的な活動による部分が大きかった」(『後拾遺集前後』)と述べられ、両説の止揚をはかられたが、まさにそのあたりが真実に近いところであったものと思われる。

私撰説が浮上したもう一つの要因としては、目録序に「遂遇㆓知己㆒、弁論執議、一加一減」とあるように、撰述の過程において通俊が多くの知己友人に相談しながら事を進めたといういきさつがあげられる。『周防内侍集』には、詞書に「右大弁の後拾遺書きそめられしをり、まづ片端もゆかしくなむと聞こえしかば、いかでか隠さむとて、まだ清書きもせぬを、おこせたりしかば、いとをかしかりしかば」とあって、通俊が清書前の『後拾遺集』を惜しみもせず披見に及んだという事実を伝えている。このほか、『康資王母集』には、「通俊中納言、後拾遺つくるに歌こひ侍りしかば、つかはして侍りしかば、これをなん光にてとてよめる」とあり、また、『二条太皇太后宮大弐集』には、「後拾遺聞こえしころ、良暹が集を妹のおこせて、申すべきところやいかがと妹の申したりしに……兼房の集たづぬとて……」などとあって、通俊だけではなく、その周辺の人物による個人的なレベルでの資料収集がなされた痕跡さえ認められるのである。

後に斎院に立たれた令子内親王に仕え、白河朝の主力歌人であった摂津の家集、『前斎院摂津集』には、

治部卿後拾遺参らせたりし奥に書かれたりし
尋ねずはかひなからましいにしへの代々のかしこき人の玉梓
とかかれたりしを、その御草子に直すべきところありとて申されしに、その奥の歌の返し

せよと仰せられしかば

尋ねつつかき集めずは言の葉もおのがちりぢりくちやしなまし　治部卿

返し

君みよとかきあつめたる玉梓をしるくも風のへだてつるかな

という三首を載せている。応徳三年の奏覧本の奥に添えた通俊の和歌に対して、摂津の詠は天皇に代っての作と思われるが、皇威を称え合った唱和の間にも、「その御草子に直すべきとて申されしに」と、再奏のため請け出した折の詠であることが明らかにされる。

このように、『後拾遺集』の成立に向かって、通俊は諸家の意見に積極的に耳を傾けたのであったが、応徳三年の草稿本完成の段階では早くも源経信に批評を乞い、取捨の相談を行ったらしい。その際の二人の議論は記録されて『後拾遺問答』という書となったというが、現在では佚書となり、『袋草紙』『八雲御抄』『袖中抄』に七首分の問答が残されているにすぎない。この後、奏覧本を対象に再び経信が著した論難書が『難後拾遺』であるという。集中の和歌八十四首についてこまごまと論評し、批判を加えたもので、経信の通俊に対する敵意さえもが感じとれる激しい批判の書となっている。

あたかも紀貫之が『古今集』成立以後、「玄之又玄」と考える三六〇首を抜いて『新撰和歌』を撰したように、通俊もまた、『後拾遺集』から三六〇首を抄出して、『続新撰』と呼ばれる秀歌選を編んだことが、『袋草紙』『和歌現在書目録』『八雲御抄』などの記述によって知られる。しかしながら、これは散佚したらしく、現在においては『後拾遺集』の写本何種かの勘物によって僅かにその片鱗を窺うことができるにとどまる。

（平田喜信）

四

このような過程を経て成った『後拾遺和歌集』は、全二十巻、一二一八首を収めている。『古今和歌集』に倣ってであろう、巻首には仮名序が掲げられている。古写本や藤原清輔の『袋草紙』によれば、「後拾遺和歌抄」というのが本来の書名であったと考えられる。藤原定家は『三代集之間事』において、『拾遺抄』が広くもてはやされたのに対して『拾遺和歌集』は流布しなかったことを述べたのち、

至二于応徳宝暦一、通俊卿撰二後拾遺一之時、雖レ立二二十巻之部一、猶名二後拾遺和歌抄一。是猶庶二幾抄名一之故也。

と言っている。すなわち、「後拾遺和歌抄」という集名は『拾遺抄』を模したものであると解しているのである。あるいはそのようなことであろうか。ただし、上野理氏は「集」「抄」の差は些細なことであり、通俊は「撰」「集」の代りに「抄」を使用する流行に従ったまでのことで、「特別深い意味があったとはおもわれない」(『後拾遺集前後』)と見ておられる。

二十巻の組織は、前半では、四季歌のうち春・秋をそれぞれ上下に分かち、また賀・別(『古今集』などの離別に相当する)・羇旅・哀傷に各一巻を宛てているなどの点は『古今和歌集』を踏襲しているが、後半において、恋を四巻にとどめ、雑に六巻を割いていること、雑六に神祇・釈教・誹諧歌の小見出しを立てていることなどは、本集の特色といえる。雑一から雑五までの五巻は、雑一が述懐乃至は懐旧を主題とした歌群、雑二が恋歌に近い内容のもの、雑三が述懐・慶祝・弔問その他の慰問・懐旧など、雑四が羇旅歌に近い内容の歌群や広く対人関係の歌、雑五も賀歌的

なものを含む対人関係の歌や年中行事、法会などに際しての詠という具合で、いささか雑然とした印象を与える。

一集の中で雑歌の占める割合が大きくなるということは、王朝和歌の一つの傾向であったかもしれない。『古今和歌集』においては雑歌は上下二巻で、別に雑体が設けられるにとどまっていたが、『後撰和歌集』では雑一から雑四までの四巻が宛てられている。『拾遺和歌集』では雑上・雑下の二巻の他に、雑春・雑秋・雑賀・雑恋という巻々を立てている。おそらくこれら先行両集の行き方を受けて、雑に六巻を宛てたのであろう。そして内容的には、雑二は『拾遺集』の雑恋に、雑三は同じく雑賀に近いと言える。

雑六に収められている五十九首は、神祇十九首、釈教十九首、誹諧歌二十一首から成っている。「神祇」という部立は本集で初めて設けられたものであるが、内容的には『古今集』の神遊びの歌や『拾遺集』の神楽歌に近い。ただし、本集では大嘗会関係の和歌は第七の賀に収め、ここに入れていない点は両集のそれらの部と異なっている。

「釈教」という部立も本集で初めて立てられたものであるが、釈教歌そのものは既に『拾遺集』の哀傷の後半部分に収められていた。この部の新設は、先に述べた末法思想の浸透とも無関係ではないであろうが、和歌史的にはこの『拾遺集』における釈教歌重視の姿勢を受け継ぎ、発展させたものであろう。『公任集』『和泉式部集』『赤染衛門集』など、主要歌人の私家集における釈教歌群の重さ、選子内親王の『発心和歌集』のような全篇釈教歌から成っている家集の存在も、撰者通俊にこの部を立てることを促したかもしれない。

誹諧歌は既に『古今集』の雑体に設けられていたものであるが、歌数の上から同集におけるよりは軽い扱いとなっている。しかしながら、藤原道綱母・藤原実方・和泉式部・赤染衛門・能因など、和歌史を飾る重要歌人達の作品中に誹諧的傾向を見出し、これを明示したことは注目してよいであろう。

歌人の範囲について見ると、序文に「おほよそ、古今・後撰二つの集に歌入りたるともがらの家の集をば、世もあがり、人もかしこくて、難波江のあしよし定めむこともはゞかりあれば、これに除きたり」というように、ほぼ『拾遺和歌集』初出の歌人を上限としている。従って、これも前引の部分に引続いていうごとく、『後撰和歌集』の撰者達、梨壺の五人などが時代的に古い作者である。彼等の中では、清原元輔・大中臣能宣の両名が同数の二十六首選ばれて、重視されている。他の三人は源順三首、紀時文二首、坂上望城一首というように、軽い扱いである。

序文に右のごとく言うにもかかわらず、『後撰和歌集』初出の歌人である平兼盛の作品が十七首採られている。このことは早く『袋草紙』において、「如レ序者、古今後撰之作者歌ヲ不レ入レ之。兼盛歌入レ之。是後撰作者也。但非二失錯一歟。彼人拾遺集以後猶存生人也。仍秀歌多之故、竊入レ之歟」と考えている。

一方、作者の下限は、やはり序文に「今の世のことを好むともがらに至るまで」といっているように、撰進当時の現存歌人達である。まず撰集下命者白河天皇は七首、源経信は六首、撰者通俊自身は五首を載せている。後代にやや名の知られた歌人達のうちでは康資王母九首、周防内侍四首などがやや目立つ方であろうか。大江匡房は二首、藤原顕季は一首にとどまっている。次代の代表歌人源俊頼・藤原基俊は一首も採られていない。

村上天皇のいにしえから当代白河天皇まで、すぐれた歌人が輩出し、秀歌が積もっていた。藤原俊成が『古来風躰抄』に、

後拾遺の歌は、かみ村上の御時の梨壺の五人が歌をむねとして、それよりこなた拾遺ののち久しく撰集なくして、世に歌よみは多くつもりにければ、公任卿をはじめとして、長能、道済、道信、実方らの朝臣、女は小大君、泉式部、紫式部、清少納言、赤染、伊勢大輔、小式部、小弁など、多くの歌よみどもの歌つもれる頃をひ撰びけれ

ば、いかによき歌多く侍けん。

というごとくである。

これらの歌人達のうち、本集において最も重んじられているのは和泉式部で、六十八首が選ばれている。既に同時代人によってその優劣がとかく論じられたらしい赤染衛門は三十二首にとどまっている。寛弘期の女歌人としては伊勢大輔も比較的多い方で、二十六首が採られた。しかし、紫式部は三首、清少納言は二首と、通俊はこの二人の散文作家の歌はさほど重視していない。

和泉式部に次いでは、後冷泉朝にはなばなしい作歌活動を展開した相模が三十九首選ばれており、通俊が彼女を高く評価していたことが知られる。同じ時期の作者としては、能因三十一首、藤原頼宗十九首、小弁十五首、藤原範永十四首などが注目される。

梨壺の五人以後、寛弘期頃までの廷臣では、花山院の『拾遺集』撰修を助けたと伝えられる源道済二十二首、藤原長能二十首が厚く遇されている。彼等は藤原公任十九首、藤原実方十四首、大中臣輔親十三首、藤原道信十一首を凌いでいるのである。この時期の地下の歌人では、源重之十四首、恵慶十一首などが多く選ばれた方であろう。

上野理氏は『後拾遺集』の資料とされた歌書の類として、六十五の私家集、三十三の歌合を挙げておられる。そして、歌合から多数の歌を採録している一方、歌会での歌は決して多いとはいえず、屏風歌に至っては『拾遺集』の百四十余首に対して三十六首と激減し、それらもすべて『拾遺集』の歌人の作であることを指摘して、「屏風歌は『後拾遺集』編纂時にはすでに過去のものとなっていた」と言われる(『後拾遺集前後』)。これらの傾向は確かに、王朝貴族の生活の裡に取り込まれていた和歌が文芸として自立してゆく過程にあった、当時の和歌史の状況を反映していると見てよいであろう。

この集に対しては、成立当時から、『難後拾遺』以外にも批判や誹謗があったようである。清輔は『袋草紙』で、まず序が「別様」といわれたこと、次に源頼綱のたいしたこともない歌が多く入れられたことが批判されたと述べ、後者に関しては、頼綱の四首はいずれも優れており、難ずるには当らないとしている。『宇治拾遺物語』などの説話集でも語られて著名なのは、自信作の入集を拒まれた秦兼方が撰者通俊を誇り、津守国基の詠が多く入れられていることから、「小鰺集」なる異名を付けたという話である。国基の詠は三首採られている。ひどく多いとはいえないが、力量に比して優遇されすぎると見られたのであろうか。しかし、

薄墨にかく玉梓と見ゆるかな霞める空に帰るかりがね（春上・七一）

もみぢする桂のなかに住吉の松のみひとりみどりなるかな（雑三・九八七）

などの風情（趣向）は、おそらく通俊の意に叶ったものだったのであろう。

俊成は『古来風躰抄』では、前引の部分に続いて、

されば、げにまことにおもしろく、聞き近く、物に心えたるさまの歌どもにて、をかしくは見ゆるを、撰者の好むすぢや、ひとへにをかしき風躰なりけん、ことによき歌どもはさる事にて、はざまの地の歌の、少しさきざきの撰集に見合はするには、たけのたちくだりにけるなるべし。

と批判し、次いで源経信をさしおいて通俊が撰者となったということも「少しはおぼつかなき事なり」と言い、「かの大納言（経信）の歌の風躰は又ことに歌のたけを好み、古き姿をのみ好める人と見えたれば、後拾遺集の風躰をいかに相違して見え侍りけん」とも述べている。これに近い批判的言辞は鴨長明の『無名抄』にも見出される。順徳院も

通俊を「くちのきかぬ也」（歌の趣意が通らない）と酷評する一方、経信を高く評価し、古代中国の屈原になぞらえている（『八雲御抄』）。

しかしながら、これらの批判は、『古今集』を絶対的な規範と仰ぐ尚古思想と、撰者通俊の歌人としての力量不足（そのこと自体は事実であるが）から生じた、その選歌眼に対する一種の不信感のごときものに影響されている点がないとも言い切れない。およそいわゆる歌屑の皆無な撰集というものは考えられないのであり、前引のような風情の過ぎた歌も時代の一つの意匠であったと見るべきであろう。そして先にも述べたように、むしろ、和泉式部・相模など、女歌人の秀歌を多く載せたこと、あるいは『栄花物語』と関連があるかもしれないが、藤原道雅のようないわば一回性の歌人をも採り上げたことを高く評価すべきであろう。また、能因や先の頼綱、六人党の人々などの、平明な表現のうちに流露する情感を湛えた作品を重視していることは、中世の和歌への道をつけたとも見られるかもしれない。

白居易の詩文の受容例である、

居易初《メテ》到《ル》二香山《ニ》一心をよみ侍りける　藤原家経朝臣

急ぎつゝ我こそ来つれ山里にいつよりすめる秋の月ぞも（秋上・二四八）

長恨歌の絵に、玄宗もとの所に帰りて、虫ども鳴き、草も枯れわたりて、帝歎き給へるかたある所をよめる　道命法師

ふるさとは浅茅が原と荒れはてて夜すがら虫の音をのみぞ鳴く（秋上・二七〇）

文集の蕭々《タル》暗雨打《ツ》レ窓《ヲ》声といふ心をよめる　大弐高遠

恋しくは夢にも人を見るべきを窓うつ雨に目をさましつゝ（雑三・一〇一五）

など、また「王昭君をよめる」歌（雑三・一〇一六―一〇一八）などを収めていることも、漢詩文の和歌への影響という点で注目に価するであろう。

このように多様多彩な歌を盛ることによって、『後拾遺和歌集』は、『古今』『後撰』『拾遺』の三代集によって形作られてきた王朝和歌の展開において、一つの大きな屈折点となったのである。

現在においてもなお、歌人通俊の評価とアンソロジーとしての『後拾遺集』の評価とを同一視して論ずる傾向が皆無とはいえない。しかしながら、今後の研究は、俊成や長明・順徳院その他のいわば経信びいきの人々の発言をも相対的に捉えつつ、撰集としての『後拾遺和歌集』そのものの作品世界の解明にこそ主力を注ぐべきであろう。

（久保田淳）

五

『後拾遺集』の伝本は、現在九十本近くが知られているが、その伝流の実態を見ると、本文の内容に諸本間の決定的と言ってもよいような異同は認められず、八代集の中でも比較的に穏やかな状況であると展望してさしつかえないであろう。

近時、冷泉家所伝の為家相伝本が紹介されて話題を集めたが、この冷泉家本の出現によって、われわれは、撰者自筆本に端を発する平安末書写の最有力の伝本を目の当たりにするという僥倖に恵まれたのであった。この本は「長承三年十一月十九日以故礼部納言自筆本書留了」で始まる奥書を有し、「寛治元年九月十五日為披露世間重申下御本校也」ともあるので、通俊が再奏に供した本を申し受けてさらに校訂を加えた、いわゆる「自筆本」系統の最善本であると目される。かねて俊成の書写になるかと言われたが、調査に当たられた後藤祥子氏によって、書写の朝散大夫藤某の花押その他から、俊成説は否定されている（「為家相伝の後拾遺和歌集について」橋本不美男編『王朝文学――資料と論考――』笠間書院、平成四年）。本書の底本とした宮内庁書陵部蔵一冊本は、従来、この冷泉家本を忠実に写したものと想定されてきたが、今回の為家相伝本原本の出現によって、書陵部本の書写態度は想像を超えるほどに元本に忠実なものであることがあらためて確認された。

『後拾遺集』の流布については、三で扱ったこの集の成立過程と相関させて考えていく必要があるだろう。底本およびその元本である冷泉家本は、奥書によれば、寛治元年（一〇八七）二月の再奏本そのものではなく、九月に通俊がその御本を下げてもらい、善本を世に「披露」するためにさらに校訂を加えた一本の流れだと言う。通俊の何次かにわたる編纂作業においての最終段階を示す、いわば決定版ともいうべき位置にある伝本である。

この系統本に至るまでに、想定できるだけでも、次のような段階での諸本が世にあったものと考えられている。今、後藤氏の整理を参考にしながら示してみよう。

応徳三年（一〇八六）　春、草稿完成→[後拾遺問答本]
　経信・康資王母・周防内侍らに見合わせ→[草稿本]
　伊房清書→[家本]　隆源清書→[隆源清書本]　九月十六日奏上　十月中旬奏覧→[奏覧本]
寛治元年（一〇八七）　二月、再奏→[再奏本]　八月、目録・序奉献　九月十五日、通俊書写→[自筆本]

時期不詳　流布本

従来、諸本の分類は、奥書や仮名序・目録序を参勘しながら、この想定される本のいずれに属するかを測ることに精力が費やされてきたと言ってさしつかえないだろう。松田武夫・上野理・嘉藤久美子・後藤祥子・糸井通浩・藤本一恵らの諸氏による精緻にわたる諸本の調査と分類への試みによって、この集の伝本研究は著しい進展を見せ、その限界や問題点も次第に浮き彫りにされつつある。諸氏の論に共通する認識は、先の表示のように、成立過程はほぼ辿れるものの、そこから推定される純粋な本文を有する伝本は皆無と言ってよいという事実を踏まえたものであり、また、本文はきわめて初期の段階から混態現象を繰り返し、諸本自体の内実は複雑をきわめているため、いずれの立場からの分類も十全なものは期待できないとするものであった。

しかしながら、成立の経緯が比較的明確であり、撰集過程の伝本の証本性が薄いということは、『後拾遺集』にとって、それほど不幸なことであったのだろうか。流布本と異本との間に大きな隔たりがあり、いずれを原態に近いものと見るかも定かでない他の勅撰集にくらべ、少なくとも多くの根元的な諸本の出現に通俊自身が何らかの介在をしたことが明瞭であり、そのことが意識されていた段階からの諸本間の混態であったことが、かえって歌の出入りや恣意による本文の変改に抑制がなされて、結果としてほぼ安定した『後拾遺集』の姿が浮かび上がるという結果をもたらしたとも言えるのではあるまいか。ごく最近も共立女子大図書館蔵本や吉水神社蔵本、穂久邇文庫蔵本などの翻刻や、古筆切の紹介が続いているが、目下のところ、右の見通しに大きく背反する資料は提供されていない。

この段階では、例えば武田早苗氏が、諸本や古筆切の官位表記に着目されて、そこにほとんど異同が見られないことから、かえって現在の官位表記はこの集の成立期の本源的なものではなかったかと推定し、通俊の官人としての意識にまで論及した論稿(「『後拾遺集』作者表記についての一考察」和歌文学研究六十四号)のことが思い起こされる。この論や、歌句の表現のレベルにまで目を向ける糸井通浩氏の論稿(「後拾遺集、伝本と表現の一問題」国語国文五一二号)のように、ある尺度や観点から現存写本の本文を見直すなら、『後拾遺集』の場合は、むしろ本源的な実態に近づく可能性をも秘めているということになるであろう。その意味では、現状では、伝本の整理、系統化をこれ以上に推し進めるよりも、むしろ、成立過程中心の上野氏の整理、現存諸本の混態の実態による後藤氏の整理を両端の軸として、その間の諸本の異同の内質を明らかにする作業が何よりも急がれるであろう。その上で、異同が生じた個々の因を探りながら、表現やイメジャリ、詞書、作者表記の問題など、多方面からのアプローチを不断に繰り返していくことが、伝本を整理していく上での新しい糸口を見いだす契機となるにちがいない。

(平田喜信)

主要参考文献

藤本一恵『太山寺本 後拾遺和歌集とその研究』桜楓社　昭和四十六年
久曾神昇・嘉藤久美子解題『後拾遺和歌集 日野本』汲古書院　昭和四十八年
橋本不美男解題『後拾遺和歌抄・正広詠歌』汲古書院　昭和四十九年
谷山茂・藤本一恵解説・陽明文庫編集『後拾遺和歌集』思文閣　昭和五十二年
糸井通浩編『後拾遺和歌集 伝惟房筆本』青葉図書　昭和五十六年
久曾神昇・奥野冨美子編『穂久邇文庫蔵 後拾遺和歌集と研究』(未刊国文資料)未刊国文資料刊行会　平成二年
糸井通浩・渡辺輝道編『後拾遺和歌集総索引 本文・校異 索引・研究』清文堂　昭和五十一年

西下経一『後拾遺和歌集』（岩波文庫）岩波書店　昭和十五年
新編国歌大観編集委員会『新編国歌大観　第一巻勅撰集編』角川書店　昭和五十八年
久保田淳・川村晃生編『合本八代集』三弥井書店　昭和六十一年
西端幸雄編『後拾遺和歌集総索引』和泉書院　平成四年
顕　昭『後拾遺抄注』寿永二年、吉沢義則編『未刊国文古註釈大系』第六冊　帝国教育会出版部　昭和十二年、久曾神昇編『日本歌学大系』別巻四　風間書房　昭和五十五年
北村季吟『八代集抄』天和二年、山岸徳平編『八代集全註』有精堂　昭和三十五年　他
久松潜一編『八代集選釈』大明堂書店　昭和八年
秋山虔・久保田淳『古今和歌集　王朝秀歌選』尚学図書　昭和五十七年
藤本一恵『後拾遺和歌集㈠―㈣』（講談社学術文庫）講談社　昭和五十八年
川村晃生『後拾遺和歌集』和泉書院　平成三年
藤本一恵『後拾遺和歌集全釈』上巻・下巻　風間書房　平成五年
嘉藤久美子「「後拾遺和歌集」諸本の研究方法に関する再吟味」金城国文　十九巻一号　昭和四十七年九月
後藤祥子「後拾遺和歌集の伝本――その系統と性格――」日本女子大学紀要　文学部第二十二号　昭和四十八年三月
関根慶子『難後拾遺集成』風間書房　昭和五十年
上　野　理『後拾遺集前後』笠間書院　昭和五十一年

新日本古典文学大系 8
後拾遺和歌集

1994年 4月20日　第1刷発行
2007年 9月5日　第4刷発行
2015年 8月11日　オンデマンド版発行

校注者　久保田《くぼた》 淳《じゅん》　平田喜信《ひらたよしのぶ》

発行者　岡本 厚

発行所　株式会社 岩波書店
〒101-8002 東京都千代田区一ツ橋 2-5-5
電話案内 03-5210-4000
http://www.iwanami.co.jp/

印刷／製本・法令印刷

ISBN 978-4-00-730252-7　Printed in Japan

索　　引

初 句 索 引

1) この索引は，『後拾遺和歌集』1218首の，初句による索引である．句に付した数字は，本書における歌番号を示す．

2) 検索の便宜のため，表記はすべて歴史的仮名遣いによる平仮名表記とし，五十音順に配列した．

3) 初句を同じくする歌がある場合は，更に第2句を，第2句も同じ場合は第3句を示した．

人名索引

人名索引には「作者名索引」「詞書等人名索引」を収める.

作者名索引

1) この索引は,『後拾遺和歌集』の作者について,簡単な略歴を記し,該当する歌番号を示したものである.
2) 作者名の表示は,原則として本文記載の名による.ただし,本文が官職名等による表記の場合,男性は実名により,また女性は出仕先を冠さない形で本項目を立て,適宜参照項目を立てた.
3) 配列は,頭漢字を音読し,現代表記の五十音順による.(下記一覧参照)
4) 生没年のうち,生年は多くの場合,没年からの逆算による.没年に異伝がある場合,生年を記さないこともある.
5) 資料は多く「勅撰作者部類」「尊卑分脈」「公卿補任」勅撰集勘物等によったが,特別の場合以外は出所を記さない.

あ	安		寂 周 重 出 俊 駿 順	の	能
い	伊 為 惟 一		小 少 尚 章 上 信 深	は	馬 白 範
う	宇		新 親	ひ	美 備
え	永 叡 越 円	す	帥	へ	兵 遍 弁
か	下 加 花 家 嘉 雅 快	せ	井 正 西 成 斉 政 清	ほ	保 輔 法 望
	絵 懐 覚 閑 関		盛 聖 静 赤 節 選 前	め	命 明
き	季 紀 基 規 貴 義 宮	そ	素 相 増 則	ゆ	右 有 遊
	匡 教 近	た	大 堪	よ	陽
く	具 堀	ち	致 筑 中 忠 長 朝	ら	頼
け	恵 経 慶 兼 顕 元 源	つ	通	り	陸 隆 良 涼 倫
こ	後 御 公 広 光 行 好	て	定	れ	麗 連 蓮
	江 孝 皇 高 康 国	と	土 東 棟 統 藤 童 道	ろ	六
さ	左 佐 宰 斎 三 山	な	内	わ	和
し	四 師 紫 資 時 式 実	に	入		

あ・い・う・え

安法《あんぽう》 嵯峨源氏.俗名は源趁.生没年未詳.父は内匠頭従五位下適,母は大中臣安則女.曾祖父は河原左大臣源融だが,その家系は適の頃より凋落の途を辿った.出家の時期・事情等は未詳.天元6年(983)3月,天王寺別当に任ぜらる.長く融の造営になる河原院の一隅に在住.後撰集時代の源順・清原元輔・恵慶・平兼盛から,源兼澄・源重之・源道済・大江嘉言・能因にいたるまでの幅広い歌人たちが出入りし,風雅な文化圏を形成した.家集『安法法師集』.中古三十六歌仙の1人.拾遺集初出. 286, 1080

伊家《これいえ》 藤原.永承3年(1048)生,応徳元年(1084)7月17日没.享年は37歳(尊卑分脈),44歳(弁官補任)の2説がある.父は周防守正四位下公基,母は摂津守藤原範永女.承暦元年(1077)右少弁,以下民部大輔,蔵人を兼ねて,正五位下右中弁に至る.康平6年(10

63) 10 月 3 日『丹後守公基朝臣歌合』，承保元年(1074)(2 年とも)内裏御会，承暦 2 年 4 月 28 日『内裏歌合』，同 30 日『内裏後番歌合』などに出詠．後拾遺集初出．　157

伊賀少将《いがのしようしよう》　生没年未詳．父は縫殿頭従五位上藤原顕長．帥内大臣藤原伊周の孫．母は頼通家女房という．はじめ後朱雀院中宮嫄子に出仕．伊賀少将の女房名は父が伊賀守であった時に出仕した事に由来するというが，顕長が伊賀守として見えるのは長元 4 年(1031)(小右記・同 3 月 8 日条)頃の事なので，嫄子の中宮冊立前，遅くとも長元末ごろまでには嫄子のもとに上がっていたか．長暦 3 年(1039) 8 月に嫄子が崩御してのちは，その女祐子内親王家の女房となる．後冷泉院の乳母をつとめたとの説もある(勅撰作者部類)．四条宮下野と交友があり，『四条宮下野集』にもその名が見える．後拾遺集に 2 首，金葉集に 1 首入集．　119, 946

伊周《これちか》　藤原．儀同三司と号す．幼名小千代．天延 2 年(974)生，寛弘 7 年(1010) 1 月 28 日没，37 歳．父は中関白道隆．母は高内侍と呼ばれた高階成忠女，貴子．兄道頼が祖父兼家の養子となったため家嫡となる．道雅の父．中宮定子は妹．正暦 5 年(994)内大臣に至り，翌年内覧の宣旨を得たが，長徳 2 年(996)弟隆家が花山院に矢を射かけた事件により，大宰権帥に左遷された．翌年召還され，長保 3 年(1001)本位に復帰し，寛弘 5 年には准大臣となる．藤原公任・斉信と並ぶ当代屈指の漢詩人で，『毛詩』に訓点を施し，『本朝麗藻』等に多数の詩文を残す．家集『儀同三司集』は散佚．後拾遺集初出．　529, 1158

伊世中将《いせのちゆうじよう》　生没年未詳．父は，伊勢守藤原孝忠(早稲田大学本勘物)．後拾遺集作者教円の姉妹．上東門院彰子の女房(早稲田大学本勘物，栄花物語・衣の珠)．後拾遺集にのみ入集．　1191

伊勢大神宮《いせだいじんぐう》　主たる神の宮は天照坐皇大御神を祀る皇大神宮と，豊受大御神を祀る豊受大御神宮．その起源については，『日本書紀』では垂仁天皇 25 年に鎮座したと伝えられるが，一方では，在来の地方神の社が，皇室の祖神と結びつき，取ってかわられたとする説もある．また皇祖神天照大神に対し，豊受大神は，雄略天皇が天照大神の夢告をうけ，比治の真名井で八乙女が祀るトユケの神を迎えたものという．　1160

伊勢大輔《いせのたいふ》　生没年未詳．父は大中臣輔親．曾祖父頼基以来の大中臣重代歌人の 1 人であり，高階成順(長久元年〔1040〕没)の妻として康資王母・筑前乳母ら次代の女流歌人を儲ける．寛弘 4, 5 年(1007-8)ごろ出仕した道長女中宮彰子(後の上東門院)を長く主家とし，その後宮の殷賑の一端を担った．後朱雀・後冷泉朝の歌合隆盛期には，代表的女流歌人として数々の歌合に出詠．天喜 4 年(1056)『皇后宮春秋歌合』では，仮名日記の記者をつとめており，長元 5 年(1032) 10 月 18 日『上東門院菊合』の仮名日記もその手になるかと推測されている．康平 3 年(1060)大僧正明尊九十賀の杖歌献詠を最後の消息とする．家集『伊勢大輔集』．中古三十六歌仙の 1 人．後拾遺集初出．　32, 33, 176, 188, 213, 234, 276, 295, 336, 349, 368, 442, 580, 585, 596, 670, 717, 1004, 1028, 1074, 1115, 1118, 1120, 1144, 1182, 1184

伊房《これふさ》　藤原．通称朱雀帥．長元 3 年(1030)生，嘉保 3 年(1096) 9 月 16 日没，67 歳．行成の孫．父は参議行経．母は土佐守源貞亮女．永保 2 年(1082)治部卿，寛治 2 年(1088)大宰権帥を兼ねる．正二位下権中納言に至るが，同 8 年に解官．死の直前，正二位に復した．世尊寺流の能書家として著名で，承暦 2 年(1078) 4 月 28 日『内裏歌合』では左方清書をつとめる．後拾遺集の浄書を通俊に依頼されたが，自詠が 1 首しか採られなかったことから拒否したという(袋草紙)．後拾遺集初出．　1171

為基《ためとき(ためもと)》　大江．生没年未詳．父は参議正三位斉光．母は大隅守桜嶋忠信女(勘物)．定基(寂昭)は弟，大江匡衡は従兄弟．三河守，摂津守を経て，永祚元年(989)図書権頭となり，まもなく出家．若き日の赤染衛門との熱烈な恋愛や，生涯を通じての交際が『赤染衛門集』により知られる．『中務集』には出家後の贈答がみえる他，大江為基，清胤僧都や藤原公任との交流も知られる．『性空上人遺続集』に詩が所収され，『続本朝往生伝』に没時の様子等が語られてもいる．拾遺集初出．　974

為義《ためのり(ためよし)》　橘．生年未詳，寛仁元年(1017) 10 月 26 日没．父は近江掾内蔵助道文．子に義通，孫に為仲・資成．橘三位と称された資

業母は叔母．長和4年(1015)正四位下．最終官は但馬守．道長家の家司．長保3年(1001)東三条院四十賀屛風和歌詠進，同5年『左大臣家歌合』に出詠．『本朝麗藻』には詩も見える．能書家でもあった．源兼澄と交流．後拾遺集初出．　307, 526

為経《ためつね》　惟宗．有心判事と号す(陽明本勘物)．生没年未詳．父は大隅守行利．外記大夫，刑部小判事を歴任．長元8年(1035)1月叙爵．後拾遺集にのみ入集．　261

為言《ためのぶ》　菅原．菅和歌もしくは菅五と号した(勘物)．生没年未詳．伝未詳．父は三河守正五位下為理．後拾遺集に1首のみ入集しているが，『新撰朗詠集』では「藤為信」とある．この他，金葉集，後葉集，続詞花集に重出する為信の作1首があるが，彼の作かは明らめ難い．　90

為光《ためみつ》　藤原．通称は法住寺太政大臣，後一条太政大臣．諡号恒徳公．天慶5年(942)生，正暦3年(992)6月16日没，51歳．父は右大臣師輔．母は醍醐天皇皇女雅子内親王．一条摂政伊尹は異母兄，多武峰少将高光は同母兄．道信・斉信らの父．正暦2年太政大臣に至る．正一位を追贈される．娘忯子を花山院に入内させ寵愛を受けるが，永観2年(984)に忯子が薨じたため落胆し，法住寺で法師に勝るほどの修行をして過したという．主催した歌合が二度現存．日記『法住寺相国記』．後拾遺集初出．　1105

為時《ためとき》　藤原．生没年未詳．ただし，寛仁2年(1018)1月21日までは生存．父は刑部大輔雅正．母は三条右大臣藤原定方女．堤中納言兼輔は祖父，為頼・為長と兄弟，紫式部は娘．永観2年(984)12月8日，式部大丞となるが，花山天皇の退位・出家にともない長い散位期間を過ごした．長徳2年(996)1月25日下国淡路守となるやいなや申文を提出し，28日大国越前守に転じた．寛弘8年(1011)越後守，長和5年(1016)4月三井寺で出家．長保3年(1001)東三条院四十賀屛風歌詠進，同5年『左大臣家歌合』に出詠．菅原文時の門に学び文人として名をなし，その作品は『本朝麗藻』等に所収されている．後拾遺集初出．147, 639, 834

為正《ためまさ》　藤原．生没年未詳．伝未詳．大和守正五位下令門の男(彰考館本勘物)とも，合間の男(尊卑分脈)とも伝える．筑後守，従五位下(彰考館本勘物)．後拾遺集にのみ入集．469

為政《ためまさ》　善滋(慶滋とも)．本姓は賀茂．善博士・外記大夫などと称さる．生年未詳．長元5年(1032)3月27日以前没．文章博士能登守保章の男．『池亭記』の著者保胤は伯父，相模は姪，保憲女は従姉妹．大外記・式部少輔等を歴任し，寛弘8年(1011)大内記．寛仁2年(1018)文章博士，従四位上に至る．小野宮実資の家司．長和5年(1016)11月後一条天皇の大嘗会で，主基方屛風歌の作者．詩人として著名で作文会・歌会の題や序等を提出・作成し，『本朝続文粋』『本朝麗藻』『和漢朗詠集』などにその一部が見える．拾遺集初出．832

為盛女《ためもりのむすめ》　藤原．生没年未詳．父は越前守従四位下為盛．母は前上野介正五位下藤原仲文女(陽明本勘物)．三河守従四位下源経相に嫁ぎ，経宗・経季を儲けた人物か．後拾遺集入集歌のみが知られるが，この1首も『二十巻本歌合』，『栄花物語』では，作者に異伝がある．　451

為善《ためよし》　源．生年未詳，長久3年(1042)10月1日没．父は播磨守国盛．母は越前守源致書女(勘物)．経信母は姉妹，信明は祖父，道済とは従兄弟．三河守・備後守・備前守や玄蕃助などを歴任．寛仁2年(1018)道長女の威子立后に際し，中宮権大進に任じられ，のち中宮亮となる．大江公資・能因・出羽弁と交流があった．後拾遺集にのみ入集．　154, 252, 285, 424, 489, 857, 1046, 1102

為仲《ためなか》　橘．生年未詳，応徳2年(1085)10月21日没．長保3,4年(1001–2)頃の出生と推定されている．父は筑前守義通．母は信濃守藤原挙直女(陽明本勘物)．為義は祖父．太皇太后宮亮，正四位下に至った．能因・相模を師とし，橘俊綱・源経信・四条宮下野・周防内侍・良暹・素意らと親交を持った．後年和歌六人党に加えられたという．風流に執した姿が『無名抄』などに説話として残る．家集『橘為仲朝臣集』．後拾遺集初出．　533, 980

為長《ためなが》　藤原．生没年未詳．但し『為頼集』から為頼が没した長徳4年(998)以前に没したことが確認できる．寛和2,3年(986–7)頃の没か．父は刑部大輔雅正．母は三条右大臣藤原定方女．堤中納言兼輔は祖父，為頼・為時とは兄弟．天元3年(980)陸奥守に任ぜられ

た．五位に至る．後拾遺集に 1 首のみ入集．この他『拾遺抄』『拾遺集』の諸本に為頼と混同して記される 1 首があるが，『為頼集』や『小大君集』から，為長の和歌と考えられる．1065

為任《ためとう》　藤原．惟宗とも．伊予入道と号す．生年未詳，寛徳 2 年(1045)射殺された(尊卑分脈)．父は大納言済時．母は皇太后宮亮源能正女とも，源兼忠女とも伝える．右少弁・左少弁・右中弁などを経て，長和 3 年(1014) 1 月伊予守に任じられ，寛仁元年(1017)まで在任した．後拾遺集にのみ入集．　993

為頼《ためより》　藤原．生年未詳，長徳 4 年(998)没．父は刑部大輔雅正．母は三条右大臣藤原定方女．祖父に堤中納言兼輔，姪に紫式部がいる．安和 2 年(969)東宮少進，天延元年(973)春宮権大進に任じられ，のち左衛門権佐，丹波守・摂津守等を歴任するが，花山天皇退位とともに不遇をかこち，長徳 2 年太皇太后宮大進に至る．歌合出詠など，歌人として活躍し，当時歌壇の中心であった藤原頼忠をはじめ，藤原公任・具平親王・藤原長能・恵慶・小大君らとの幅広い交際が知られる．家集『為頼集』．拾遺集初出．　237, 1153

惟規《のぶのり》　藤原．生年未詳，寛弘 8 年(1011)没．天禄 3 年(972)頃の生まれか．父は散位従五位下為時．母は常陸介藤原為信女．紫式部の同母弟(一説に兄)．長保末(-1004)頃までに少内記をつとめ，寛弘 4 年 1 月兵部丞兼蔵人．その後式部丞をつとめたが，寛弘 8 年春，父が越後守に任じられた際ともに下向，越後にて病没した．斎院中将は恋人．政務には失態も目立ち(小右記・寛弘 5 年 7 月 17 日条など)実務官肌ではなかったようだが，死に臨んでなお歌に執するような風流人の面貌が『俊頼髄脳』『今昔物語集』の逸話に伝えられている．家集『藤原惟規集』．後拾遺集初出．　466, 729, 764

一宮紀伊《いちのみやのきい》　→紀伊

一宮駿河《いちのみやのするが》　→駿河

一条天皇《いちじようてんのう》　名は懐仁．法諱精進覚，法号妙覚．天元 3 年(980) 6 月 1 日生，寛弘 8 年(1011) 6 月 22 日没，32 歳．第 66 代天皇．円融天皇第 1 皇子，母は藤原兼家女，東三条院詮子．永観 2 年(984)立坊．寛和 2 年(986) 7 歳で即位．以後寛弘 8 年まで 25 年の長きにわたる在位の間，公任・行成ら四納言や，清少納言・紫式部と賢臣・才媛が輩出，文化の豊饒の時代を展開した．自らも漢詩文に造詣が深く，『本朝麗藻』『類聚句題抄』などにその作をとどめる．後拾遺集初出．　543, 583

一条天皇皇后宮《いちじようてんのうこうごうぐう》　定子．貞元元年(976)生，長保 2 年(1000) 12 月 16 日没，25 歳．父は中関白藤原道隆，母は高階成忠女貴子．伊周の妹．永祚 2 年(990) 2 月 11 日一条天皇の女御として入内，同年 10 月には中宮となる．高階家ゆずりの才気で一条帝の寵愛を受けるが，長徳元年(995)道隆の死を機とする中関白家の没落と命運をともにした．長保 2 年 2 月 25 日皇后．一条帝との間に敦康・脩子・媄子を儲けたが，媄子出産がもとで死去．後拾遺集初出．　536, 537

宇治前太政大臣《うじさきのだいじようだいじん》　→頼通

永胤《えいいん》　雲林院供奉と号す(陽明本勘物)．生没年未詳．父は左馬助従五位上藤原栄光．後拾遺集 840 番の詞書にいう『近江守泰憲三井寺歌合』の他に康平 6 年(1063)『丹後守公基朝臣歌合』にも出詠．後拾遺集にのみ入集．164, 381, 840

永源《ようげん》　生没年未詳．父は肥後守藤原敦舒．母は阿波守惟任の乳母(陽明本勘物)で，後拾遺集には惟任の代作をつとめた歌も見える(666 番)．藤原義孝と兄弟．観世音寺前別当．後拾遺集初出．　81, 141, 254, 645, 666, 674, 844

永成《ようじよう》　生没年未詳．西若と号す．父は越前守源孝道(孝道の孫とも)．その弟に下野守政隆．四条宮下野は姪．律師に至る．後拾遺集初出．　657

叡覚《えいかく》　俗名藤原信綱，蔵人入道と号す(陽明本勘物)．生没年未詳．父は右小弁正五位下定成．母は信濃守挙直女．後拾遺集に 4 首．なお金葉集に頼綱との連歌(二奏本 656 番，『俊頼髄脳』にも)の見える信綱は在俗時の叡覚その人とも．　209, 288, 605, 718

越前《えちぜん》　大宮越前．生没年未詳．父は従四位下越前守源経宗．母は筑前守高階成順と伊勢大輔の女．同じく後拾遺歌人の後三条院越前は同母姉妹である．四条宮寛子家女房．後拾遺集にのみ入集．　340

越前《えちぜん》　後三条院越前．生没年未詳．父は従四位下越前守源経宗．母は高階成順と伊勢大輔の女で後拾遺歌人の兼俊母．後三条院女房．後拾遺集にのみ入集．　1089

円昭《えんしょう》　円松とも．生没年未詳．父母未詳．伝には未詳な点が多い．『撰集抄』では，清水寺宝日聖人として見え，播磨の明石にてみすぼらしい物乞い僧に身をやつしているところを法印澄明に見つけられ遁走したなど，逸話が伝えられている．後拾遺集にのみ入集．
1014

か・き・く・け・こ

下野《しもつけ》　四条宮下野・四条太皇太后宮下野などとも．生没年未詳．父は従五位下下野守源政隆．小一条院寵愛の瑠璃女御はその姉妹にあたるという（下野その人と見る説もある）．後冷泉天皇皇后四条宮寛子家女房．寛子入内の永承 5 年（1050）に出仕か．永承 6 年『六条斎院歌合』，天喜 4 年（1056）『皇后宮春秋歌合』，治暦 2 年（1066）『皇后宮歌合』に出詠．治暦 4 年の後冷泉天皇崩御と寛子落飾後に出家．『四条宮下野集』は，出家後の自撰とみられる．和歌六人党の範永・経衡・頼家や経信・為仲・筑前らと交友関係にあった．後拾遺集初出．
943

加賀左衛門《かがのさえもん》　生没年未詳．出自には疑問が多いが，勘物の伝える加賀守但波奉親女説が最も有力である．母は未詳．はじめ入道一品宮脩子内親王家の女房であったが（勘物），脩子にというよりはその養女延子（頼宗女）に仕えたらしく，延子の後朱雀後宮入内（長久 3 年〔1042〕）に付き従い，以後長く延子を主家とした．出羽弁・源経信・橘為仲ら当代歌人との交友が諸家集に見えるほか，延子甥の子として幼時より延子に親しんだ行尊とも贈答をとどめている（行尊大僧正集）．永承 5 年（1050）『前麗景殿女御歌合』はじめ多くの歌合に参加．後拾遺集初出．　8, 124, 843, 1024

花山天皇《かざんてんのう》　名は師貞．法名入覚．安和元年（968）10 月 26 日生，寛弘 5 年（1008）2 月 8 日没，41 歳．第 65 代天皇．冷泉天皇第 1 皇子，母は一条摂政伊尹女，懐子．安和 2 年立太子．永観 2 年（984）即位．寛和 2 年（986）6 月，藤原兼家・道兼父子らの策謀により宮中を出奔，退位・出家した．播磨書写山・叡山・熊野などをめぐり，正暦 3 年（992）頃帰京，伊尹邸東院に住す．東宮時代より和歌を好み，在位・退位後を通じてしばしば歌合を主催．その周辺には実方・公任・長能・道信・好忠・道命阿闍梨・戒秀といった歌人たちの姿があった．公任の『拾遺抄』から『拾遺集』への増補過程には院とその周辺の歌人（とりわけ長能）が関与するという．『前十五番歌合』『後十五番歌合』にも深い関わりを持つとも．家集『花山院御集』は散佚．後拾遺集初出（ただし拾遺集・恋五に「読人不知」として 1 首入る）．
128, 441, 503, 522, 1117

家経《いえつね》　藤原．正暦 3 年（992）生，天喜 6 年（1058）5 月 18 日没，67 歳．父は藤原広業．参議有国の孫．母は下野守安部信行女．長和五年（1016）文章得業生，以下右少弁等を経て，万寿 3 年（1026）文章博士，長元元年（1028）には右衛門権佐を兼任．正四位下式部権大輔に至る．和漢兼作の学儒歌人で，永承 4 年（1049）『内裏歌合』，同 5 年『祐子内親王家歌合』に出詠，また後冷泉天皇の大嘗会和歌作者をつとめた．道長の命により万葉集を書写したという（仙覚本万葉集奥書）．家集『家経朝臣集』．後拾遺集初出．　248, 291, 383, 482

嘉言《よしとき》　弓削，のち大江に復姓．生年未詳，寛弘 7 年（1010）没．父は大隅守従五位下仲宣．正言・以言らと兄弟．文章生から長保 3 年（1001）弾正少忠となり，寛弘 6 年対馬守として下向，翌年同地にて没す．正暦 4 年（993）5 月 5 日『帯刀陣歌合』，長保 5 年 5 月 15 日『左大臣家歌合』などに出詠．道済や能因と親しく，詠作上においても影響を与えあった．中古三十六歌仙の 1 人．家集『大江嘉言集』．拾遺集初出．　53, 62, 145, 197, 449, 476, 572, 610, 1043, 1202

雅通《まさみち》　源．丹波中将とも．生年未詳，寛仁元年（1017）7 月没．父は時通．母は但馬守尭時女．永延元年（987）祖父源雅信の養子となった．寛弘 3 年（1006）四位蔵人で少将を兼ね，同 5 年敦成親王（後一条天皇）家の家司，長和元年（1012）中将にて丹波守を兼ねる．同 3 年任国に下向，同 4 年出家．『伊勢大輔集』『和泉式部集』から彼女達との交流が知られる．『和泉式部日記』中の「源少将」はこの人．『拾遺往生伝』に往生の様が記されている．後拾遺集にのみ入集．　84

雅通女《まさみちのむすめ》　生没年未詳．源雅通女．後冷泉天皇乳母で備前典侍と称され，後拾遺集に 1 首入集している者や，『栄花物語』馨子内親王の乳母とは姉妹か．後拾遺集にのみ入集．
884

快覚《かいかく》　治安 2 年（1022）の出生か．没年未詳．

父は中宮大進従五位下藤原保相(勅撰作者部類では俊相). 母は式部卿為平親王家女房という(陽明本勘物). 三井寺園城寺の阿闍梨. 延久5年(1073)3月, 頼豪より伝法灌頂を受く. 承暦4年(1080)二会講師. 永保元年(1081)大乗会講師をつとめ, 同年辞退. 同じ頼豪付法の弟子には行尊ほか勅撰歌人の公円らがおり, 快覚自身も和歌に造詣が深く, 当時は三井寺の歌仙と称されたという. 後拾遺集にのみ入集. 419

絵式部《えしきぶ》 生没年未詳. 父は散位従五位下平繁兼. 母は一条院女御義子の乳母子. 前中宮女房. 絵図が巧みであったので絵式部と称したという(以上陽明本勘物). 後拾遺集にのみ入集. 524

懐円《かいえん》 生没年未詳. 父は筑前守源道済. 叡山法師. その伝は不明な点が多いが後拾遺集所載歌の大中臣輔親邸を来訪し詠歌した逸話(839番)や, 赤染衛門・懐寿とともに「王昭君」題を詠じていること(1018番)などがわずかながらその交友圏を窺わせる. また歌僧良暹と親しかったようで, 「郭公ながなく」や「関の岩角」の語をめぐって良暹の誤りを指弾した話などが『袋草紙』に見える. 後拾遺集にのみ入集. 504, 839, 1018

懐寿《かいじゅ》 天禄元年(970)生, 万寿3年(1026)4月28日, 57歳(58歳とも). 父母未詳. 天台宗延暦寺の僧. 天元5年(982)12月22日得度. 興良入室の弟子. また覚雲僧都に入室. 寛弘8年(1011)権律師, 治安3年(1023)少僧都となる. 寛仁3年(1019)9月道長が東大寺で受戒した際の騎馬前駆僧のうちにその名が見える他, 法華八講, 法華三十講はじめ道長関係の仏事にしばしば奉仕するなど, 摂関家とのつながりが深かったようである. 後拾遺集にのみ入集. 1017

覚超《かくちょう》 俗姓巨勢氏. 兜率僧都と号す. 長元7年(1034)1月没, 73歳. 但し興福寺蔵『僧綱補任』では75歳, 彰考館蔵『僧綱補任』では83歳. 和泉国大鳥郡の人. 叡山横川の学僧. 慈恵大師良源の直弟子. 源信が主導した念仏結社, 横川楞厳院二十五三昧会の根本結衆の1人. 貞元元年(976)10月21日登壇受戒. 横川井上の慶祐阿闍梨に伝法灌頂を受く. はじめ兜率院に居たが, のち横川楞厳院に移る. 長元元年法橋, 同2年権少僧都, 同4年辞退. 台密, 川の流の流祖で, 天台の事相に関する多くの著作がある. 後拾遺集にのみ入集. 1188

閑院贈太政大臣《かんいんぞうだいじょうだいじん》 →能信

関白前左大臣《かんぱくさきのさだいじん》 →師実

季通《すえみち》 橘. 季道とも. 生年未詳, 康平3年(1060)没. 父は陸奥守則光. 母は橘行平女(陽明本勘物). 則長・光朝法師と兄弟. 式部丞, 蔵人を経て, 駿河守従五位下に至る. 『今昔物語集』に剛勇譚を残す. 後拾遺集初出. 560, 1041

紀伊《きい》 一宮紀伊・祐子内親王家紀伊とも. 生没年未詳. 父については散位平経重(勅撰作者部類), 平経方(尊卑分脈)の2説が伝わる. 母は祐子内親王家小弁. 紀伊守藤原重経(紀伊入道素意)の妻(袋草紙上巻, 和歌色葉には妹ともいわれる). 母と同じく後朱雀帝皇女高倉一宮祐子内親王家に出仕. 長久2年(1041)『祐子内親王家歌合』(名所題), 承暦2年(1078)『内裏後番歌合』, 寛治8年(1094)『高陽院七番歌合』, 『堀河院艶書合』等多くの歌合に出詠, 『堀河百首』の作者ともなった. 家集『一宮紀伊集』. 後拾遺集初出. 688

紀伊式部《きいしきぶ》 生没年未詳. 父は紀伊守従五位上藤原俊忠. 上東門院女房. 上野に下るとき宮から扇を賜わる. 後拾遺集・新千載集に各1首. 404

基長《もとなが》 藤原. 長久4年(1043)生, 没年未詳. 一説に嘉承2年(1107)11月21日没. 父は内大臣能長. 母は源済政女. 延久5年(1073)正二位, 永保2年(1082)権中納言に至る. 寛治5年(1091)弾正尹, 承徳2年(1098)出家. 後拾遺集初出. 988

基房《もとふさ》 藤原. 生没年未詳. 一説に康平7年(1064)没. 父は権中納言朝経. 母は備後守奉職女. 長元2年(1029)1月父の申任により, 阿波守. 正四位下常陸守. 延信王と死別した康資王母を妻とし, 孫で, 郁芳門院安芸と呼ばれた女子を養女としたらしい. 常陸国に下向した際の逸話が残る. 後拾遺集にのみ入集. 1130

規子内親王《きしないしんのう》 天暦3年(949)生, 寛和2年(986)5月15日没, 38歳. 村上天皇第4皇女. 母は斎宮女御徽子. 大斎院選子の異母姉. 天禄3年(972)8月には源順を判者に据え, 『女四宮歌合(野宮歌合)』を主催. 天延3年(975)2月斎院に卜定され, 翌々年母徽子とともに伊勢下向. 永観2年(984)斎宮退下.

後拾遺集にのみ入集.　1093

貴船明神《きぶねみょうじん》　京都市左京区鞍馬貴船町にある貴船神社の神．貴船神社は玉依姫が祠を開いたのがその始まりと伝えられるが，創建年代は不明．河社・河上社とも称された．主神は罔象女神．高罔神・闇罔神とも．賀茂川の水源貴船川沿いに鎮座する事から平安遷都後は特に水神として尊崇され，弘仁 9 年(818) 5 月 8 日大社に列し，同年 6 月 21 日従五位下の神階を授けられる．保延 6 年(1140) 7 月 10 日正一位に至る．平安から中世にかけてしばしば朝廷による祈雨・止雨のための奉幣がなされた．　1163

義懐《よしちか》　藤原．法名悟真，受戒後の名を寂真．飯室入道と号す．天徳元年(957)生，寛弘 5 年(1008) 7 月 17 日没，52 歳．父は一条摂政伊尹．母は代明親王女，恵子女王．兄に挙賢・義孝．永観 2 年(984)正三位，寛和元年(985)同母姉懐子所生の花山天皇即位により権中納言になり，寛和 2 年 6 月 10 日『内裏歌合』の判者をつとめるが，同月 22 日天皇に伴い出家．比叡山の飯室安楽寺で隠棲．後拾遺集初出．　1034

義孝《のりたか》　藤原．本名克孝か．寛弘年間(1004–12)生と推測されている．没年未詳．父は敦舒．母は藤原朝野女．永源法師と兄弟．康平元年(1058)に伊勢守在任．同 3 年大神宮御厨の焼失と，祭主・目代らを殺害した罪により，土佐(一説に隠岐)に配流された．入集歌の詞書によれば頼通の勘事を受けたことがあったらしく，あるいは頼通の家司であったか．勅撰入集歌は，同名異人少将義孝詠との混同があるとされるが，彼の詠は後拾遺集入集歌のみと推定される．　149, 151, 1051

義孝《よしたか》　藤原．後少将・夕少将とも．天暦 8 年(954)生，天延 2 年(974) 9 月 16 日没，21 歳．父は一条摂政伊尹．母は代明親王女，恵子女王．兄弟に挙賢・義懐，姉に冷泉天皇女御懐子．行成の父．天禄 2 年(971)少将，同 3 年正五位下．天延 2 年 9 月 16 日疱瘡により兄挙賢が朝に，義孝は夕に卒した．美貌の貴公子の早逝は当時から世の衆目を集め，多くの説話が残っている．中古三十六歌仙の 1 人．家集『義孝集』．『義孝日記』は，散佚．入集歌人に同名異人がおり，新古今集以降で混同が見られるが，ほとんどが彼の詠と考えられる．拾遺集初出．　567, 598, 599, 600, 669, 947, 1212

義忠《のりただ》　藤原．生年未詳，長久 2 年(1041)没．一説に 58 歳．父は為文．平惟仲女，大和宣旨を妻とした．少内記・大内記などを経て，長暦 3 年(1039)権左中弁，長久 2 年大和守在任中吉野川で水死．後朱雀天皇の東宮学士・侍読を勤め，その労により参議従三位を追贈された．博学で，万寿 2 年(1025)に主催した『東宮学士義忠歌合』では歌題をはじめ，いたるところに彼の趣味教養が反映されている．後一条・後朱雀天皇大嘗会の作者でもあり，長元 6 年(1033)頼道白河殿子日には和歌序を記し，また『和漢兼作集』などにも作品を残している．同時代の漢学者日野三位資業にライバル意識をもっていたという．後拾遺集初出．350

義通《よしみち》　橘．生年未詳，治暦 3 年(1067) 2 月 17 日没．父は為義．母は周防守大江清通女(陽明本勘物)．為仲・資成の父．寛弘 5 年(1008)蔵人所雑色として見え，美濃守・因幡守・筑前守を歴任．長元 8 年(1035)『賀陽院水閣歌合』で中宮大進として方人を務めている．後拾遺集にのみ入集．　385

義定《のりさだ(よしさだ)》　藤原．大宮先生と称さる．生没年未詳．父は織部正従五位下定通．母は上総守平惟時女(早稲田大学本勘物)．『通俊次第(魚魯愚抄)』は，応徳 2 年(1085)壱岐守に補任と記す．入集歌について良暹法師は「女牛に腹つかれたる類ひか」(袋草紙)と述べており，和歌に対し素人と見られていたらしい．後拾遺集にのみ入集．　985

宮木《みやぎ》　生没年未詳．母は遊女今裳．元一条摂政女房(以上早稲田大学本勘物)．難波辺りの遊女で，歌が巧みであったらしい．後拾遺集にのみ入集．　1197

匡衡《まさひら》　大江．天暦 6 年(952)生，寛弘 9 年(1012) 7 月 16 日没，61 歳．一説に，17 日没，60 歳とも．父は右京大夫重光．母は一条摂政家女房，参河．赤染衛門を妻とし，挙周・江侍従を儲けた．為基・定基(寂昭)とは従兄弟，匡房は曾孫．永祚元年(989)文章博士，正暦 2 年(991)侍従，長徳 3 年(997)東宮学士，長保 3 年(1001)正四位下，寛弘 7 年(1010)式部大輔に至る．一条天皇・三条天皇二代の侍読も勤めた．詩才に秀れ，『本朝文粋』などに多数の作品が所収されているが，それらは身の不遇を嘆いたものが多い．藤原実資と親し

く，病の重くなった寛弘9年6月妻子の眷顧を依頼した．中古三十六歌仙の1人．家集『匡衡集』，詩集『江吏部集』．後拾遺集初出．
272, 719, 883, 937, 973, 1138, 1217

匡房《まさふさ》 大江．江匡房・江中納言・江帥・江都督・江大府卿とも．唐名は満昌．長久2年(1041)生，天永2年(1111) 11月5日没，71歳．父は大学頭成衡．母は文章博士橘孝親女．曾祖父母に大江匡衡・赤染衛門がいる．後三条・白河・堀河天皇3代の侍読．寛治8年(1094)権中納言・従二位，永長2年(1097)大宰権帥に任じられ，翌年下向，康和4年(1102)赴任賞により正二位．長治3年(1106)再任されたが病を理由に赴任しなかった．天永2年大蔵卿にも任じられた．幼少の頃から神童の誉れが高かった当代無比の碩学鴻儒で，故実書『江記』，『江家次第』をはじめ『遊女記』『江談抄』『続本朝往生伝』など多くの著述を残している．和歌にも秀れ，白河・堀河・鳥羽3代の大嘗会和歌作者であり，承暦2年(1078)『内裏歌合』をはじめ多数の歌合に出詠，自邸においても催し，歌会で彼に勝つのは源義家の頰を打つのに等しいと言われた．万葉集に加点，『詳和歌策』からは彼の歌論の一端が窺える．家集に『江帥集』．後拾遺集初出．
120, 571

教円《きょうえん》 天元元年(978)生，永承2年(1047) 6月10日没，70歳．父は伊勢守従四位下藤原孝忠．花山法皇入室の弟子．実因・陽生・戒秀の弟子．治安3年(1023)法橋，以下権大僧都，恵心院阿闍梨等を経て，長暦2年(1038)大僧都，同3年第28代天台座主，同4年には法成寺権別当を兼ねる．万寿4年(1027) 9月三条院皇太后宮妍子死去の折には受戒師，三十五日供養の講師をつとめ，また長元4年(1031)上東門院住吉御幸の際には経供養講師．唯識論を誦したとき春日明神が現れ舞を舞ったという(元亨釈書，江談抄1)．後拾遺集にのみ入集． 1159

教成《のりしげ》 平．生没年未詳．父は重義(一説に重茂)．和歌六人党の1人棟仲は弟．蔵人所雑色・左衛門尉・紀伊守を歴任．長暦2年(1038)の『源大納言家歌合』に出詠．承暦4年(1080)出家．後拾遺集に1首のみ入集． 590

近衛姫君《このえのひめぎみ》 生没年未詳．父は越前守良宗(尊卑分脈)．後拾遺集のみ入集歌の作者を兵衛姫君とする本文もある． 942

具平親王《ともひらしんのう》 後中書王・六条宮・千種殿などと称さる．応和4年(964) 6月19日生，寛弘6年(1009) 7月28日没，46歳．村上天皇の第7皇子．母は代明親王女，庄子女王．康保2年(965)親王宣下をうけ，永延元年(987)中務卿となり，寛弘4年二品に叙せられたが，その一生は不遇であった．幼い頃から慶滋保胤・橘正通に師事し，博学多才の人で，篳篥は相伝の人．書・箏にも巧みで，昭陽殿八曲を撰した．著書に仏教書『弘決外典鈔』や，医術の書『黄耆帖』がある．『詩十体』『六帖抄』撰者，『性空上人伝』の著者とも伝える．藤原公任と人麻呂貫之優劣論を闘わし，それが機縁となり『三十六人撰』が成立したという逸話は有名．詩文集は散佚し，『本朝麗藻』『本朝文粋』等に作品が残るのみ．家集『具平親王集』も，現存は伝寂然筆の古筆断簡7首のみ．拾遺集初出． 127, 891

堀河女御《ほりかわにょうご》 藤原延子．生年未詳，寛仁3年(1019) 4月10日没．父は左大臣藤原顕光．母は村上天皇第5皇女，盛子内親王．小一条院の御息所となり皇子なども儲けるが，東宮退位事件後，寵愛が道長の娘寛子に移ったため悲嘆して没し，父顕光と伴に悪霊となり祟ったと伝えられる．後拾遺集初出． 990, 991

堀川太政大臣《ほりかわだいじょうだいじん》 →兼通

堀川右大臣《ほりかわうだいじん》 →頼宗

恵慶《えぎょう》 生没年未詳．父母未詳．寛和(985–987)頃の人で，播磨講師を務めた(勘物，和歌色葉等)という以外その閲歴はほとんど不明．河原院の安法と親しく，河原院には頻繁に出入りし，風雅の場を通して紀時文・大中臣能宣・同輔親・清原元輔・源重之・平兼盛らとの交を結んだ．ほか女流歌人中務とも交友がある．応和2年(962)『河原院歌合』に参詠．また花山院・源高明・藤原道兼・同頼忠・同公任ら貴顕にも知遇を得ていた．内裏三尺御屏風・道兼の粟田山庄障子和歌など，障屏画歌を中心に晴の歌も少なくない．曾禰好忠の百首歌に応和した百首歌を家集『恵慶法師集』にとどめる．中古三十六歌仙の1人．拾遺集初出． 210, 236, 253, 280, 347, 461, 510, 774, 1000, 1084, 1166

経衡《つねひら》 藤原．寛弘2年(1005)生，延久4年(1072) 6月20日没，68歳．ただし家集から承保4年(1077) 10月3日以降の没とする説

もある．父は中宮大進公業．母は藤原敦信女．資業は叔父．長元4年(1031)蔵人となるが，同6年(1033)左近少将資房に狼藉し，殿上を追われた．その後，兵部少輔などを経て，天喜2年(1054)筑前守・正五位下に至る．後三条天皇大嘗会，前関白頼通八十賀，後三条天皇祇園社行幸等に和歌を献じた．和歌六人党の1人．散佚したが，『経衡十巻抄』の撰者．家集『経衡集』．後拾遺集初出．　64, 75, 325, 343, 356, 411, 1054, 1170

経章《つねあき》　平．生年未詳，承保4年(1077)8月大流行していた赤もがさ(疱瘡)により没．父は伊予守正四位下範国．母は丹後守高階業遠女．一宮紀伊は姪．蔵人左衛門尉を経て，従四位下，春宮亮に至る．長元8年(1035)『賀陽院水閣歌合』に左方小舎童，員刺として見え，『袋草紙』は歌が召されなかったことを不審とする．『出羽弁集』は加賀権守時代の贈答歌を載せる．後拾遺集にのみ入集．　65, 609

経信《つねのぶ》　源．帥大納言・桂大納言・源都督とも．長和5年(1016)生，永長2年(1097)閏1月6日大宰権帥として任地で没，82歳．父は正二位民部卿道方．母は播磨守源国盛女で，後拾遺集以下に入集．俊頼の父．承保4年(1077)正二位，寛治5年(1091)大納言に至る．同8年大宰権帥となり，翌年7月下向．詩歌や管弦，特に琵琶に秀れ，有職故実にも通じていた．叙景歌に新境地を開き，当代歌壇の第一人者として活躍したが，白河朝では政治的に疎外された．後拾遺集編纂に際し，通俊と論議を交わしていたことは，『後拾遺問答』の逸文から窺える．『難後拾遺』の作者という．『本朝無題詩』『本朝文集』などに漢詩文も見える．また，『都督亜相草』(通憲入道蔵書目録所載)は散佚したが，自筆の『琵琶譜』が現存しており，日記に『帥記』がある．家集『大納言経信集』．後拾遺集初出．　30, 450, 725, 810, 1052, 1063

経信母《つねのぶのはは》　源．通称大納言経信母，帥大納言母．晩年は出家し高倉尼上と称さる．生没年未詳．ただし，天喜4年(1056)12月没か．父は播磨守正四位下源国盛．母は越前守源致書女．祖父に信明，兄弟に為善．姉妹に上総乳母．民部卿正二位源道方に嫁し，経長・経信らを儲ける．道長の女彰子か威子に仕えたか．琵琶・琴にも秀でていた．出羽弁や加賀左衛門らとの交流が知られる．家集『帥大納言母集』は長文の後記を有し，彼女の逸話を伝えている．後拾遺集初出．　324

経任《つねとう》　源．長保2年(1000)生，長元2年(1029)没，30歳．父は木工頭従四位上源政職．息に政成がいる．後拾遺集に1首のみ入集しており，それから六位蔵人を経て，五位となったことが分かる．『小右記』にその名が見える．　978

経輔《つねすけ》　藤原．寛弘3年(1006)生，永保元年(1081)8月7日没，76歳．父は大宰権帥隆家．母は伊予守源兼資女．中関白道隆の孫．永承6年(1051)正二位，治暦元年(1065)権大納言に至る．延久2年(1070)出家．長元8年(1035)『賀陽院水閣歌合』では左の頭，永承4年(1049)『内裏歌合』，天喜4年(1056)『皇后宮春秋歌合』などに方人・念人として参加している．『古事談』は殿上の淵酔で俊家が経輔を打った話を伝える．後拾遺集初出．　752

経隆《つねたか》　源．生年未詳，康平元年(1058)没．父は権中納言源道方．母は播磨守国盛女．宮内卿経長・大納言経信とは兄弟．常陸介・備前守・信濃守等を歴任．後拾遺集にのみ入集．　895

慶意《けいい》　寛弘3年(1006)生，治暦3年(1067)2月30日没，62歳．父は文章得業生藤原章輔．母は土佐守源季随女．天台宗延暦寺の僧．天台座主慶円大僧正に入室，また良円の弟子．治暦2年12月29日権律師となる．後拾遺集にのみ入集．　733

慶尋《けいじん》　駿河律師と称す．生没年未詳．父は従五位下駿河守平業任．天台宗の僧．後拾遺集のみ入集．　407

慶暹《けいせん》　百光房と号す．正暦4年(993)生，康平7年(1064)4月24日没，72歳．父は宇佐大宮司大中臣公宣(勅撰作者部類)．大中臣輔親の養子．伊勢の国の人という．叡山の僧．康平2年7月20日，67歳にして権律師となるが翌年には辞退．康平3年，師明尊九十賀では杖歌の返歌を詠じた．観念上人で，金色の阿字を前に，墨書きの阿字を後ろに掛けて観相したところ墨の阿字が金色に変じたという．後拾遺集初出．　313, 429, 743, 1180

慶範《けいはん》　生没年未詳．父は右京亮従五位下致行．大外記中原致時孫．横川大供奉．後拾遺集初出．　179, 479, 1157, 1181

兼家《かねいえ》　藤原．法名如実．法興院・東三条殿・

大入道殿などと称さる．延長7年(929)生，永祚2年(990)7月2日没，62歳．父は右大臣師輔．母は藤原経邦女，贈正一位盛子．時姫腹に道隆・道兼・道長・冷泉天皇女御超子・円融天皇皇后詮子，倫寧女に道綱，国章女との間に三条天皇女御綏子などの子女がいる．寛和2年(986)摂政，永祚元年太政大臣となる．豪放磊落で政略にもたけており，花山天皇を退位させ，一条天皇を即位させて，藤原氏栄華を掌中に帰した．また兄兼通との確執は様々な逸話となって伝えられている．拾遺集初出．　472, 813, 822, 824

兼経《けんけい》　生没年未詳．伝不詳．勘物は，花山院殿上法師と伝える．後拾遺集のみに入集．　1064

兼綱《かねつな》　藤原．永延2年(988)生，天喜6年(1058)7月29日没，71歳．父は粟田関白道兼．母は大蔵卿藤原遠量女とする説と，大宰大弐国光女とする説がある．紀伊守を経て三条天皇の長和3年(1014)5月16日27歳で蔵人頭となるが，在任わずかにして免職され，以後官位は思うにまかせなかった．右中将正四位下．後拾遺集にのみ入集．　983

兼俊母《かねとしのはは》　生没年未詳．父は筑前守高階成順．母は伊勢大輔．康資王母や筑前乳母，通俊母らは同母姉妹にあたる．従四位下越前守源経宗の室となり，兼俊を儲けた．後拾遺集にのみ入集．　989, 1133

兼盛《かねもり》　平．生年未詳，正暦元年(990)12月28日没．父は篤行王．光孝天皇皇子是忠親王の孫．但し王氏とするには異論もある．天暦4年(950)臣籍に下り，平姓を賜わる．天慶9年(946)従五位下．天暦4年越前権守，以後山城介，大監物を経て，康保3年(966)従五位上．不遇の人で，康保4年受領を望み申文を奉るが，十余年に亘り国司拝任の事はなく，天元2年(979)再び申文を奉って，ようやく駿河守となる．天徳4年(960)『内裏歌合』，貞元2年(977)『三条左大臣殿前栽歌合』，寛和2年(986)『皇太后宮歌合』などに出詠．永観3年(985)円融院子の日の御幸の際には和歌題および序を献じた．三十六歌仙の1人．家集『兼盛集』．後撰集初出だが後撰入集歌の作者名表記には疑問がある．　7, 50, 97, 109, 110, 133, 228, 251, 271, 360, 426, 427, 430, 638, 656, 786, 986

兼長《かねなが》　源．本名は重成．生没年未詳．父は右馬権頭道成．母は平親信女．備前守・讃岐守等を経て正五位下に至る．和歌六人党の1人．長久2年(1041)『弘徽殿女御歌合』，同年『源大納言家歌合』，永承4年(1049)『内裏歌合』に参詠．また永承5年『祐子内親王家歌合』では空席をめぐり経衡と競詠したという(袋草紙)．後拾遺集にのみ入集．　46, 376, 483, 538, 1132

兼澄《かねずみ》　源．光孝源氏．生没年未詳．推定では天暦9年(955)生まれとも．父は信孝．祖父公忠，伯父信明はともに三十六歌仙．東宮帯刀・蔵人・式部丞・左衛門尉・若狭守等を経て従五位上加賀守に至る．長保3年(1001)「東三条院四十賀屛風歌」や寛弘9年(1012)「大嘗会主基方屛風歌」等に詠進，また長保5年『左大臣家歌合』にも名を連ねるなど道長時代の専門歌人として重用された．大中臣能宣の女婿．拾遺集初出．　20, 88, 428, 431, 488, 621, 1168

兼通《かねみち》　藤原．諡号忠義公．通称堀河太政大臣．延長3年(925)生，貞元2年(977)11月8日没，53歳．父は九条右大臣師輔．母は藤原経邦女，盛子．伊尹・兼家と兄弟．朝光の父．天延2年(974)太政大臣に至る．同母弟兼家との確執は有名で『大鏡』などに詳しい．『蜻蛉日記』は道綱母への返歌に窮したと伝える．恋愛関係にあった本院侍従の家集『本院侍従集』には兼通との贈答歌が多数存在するが，これらを虚構と見る説もある．後拾遺集初出．　500

兼平母《かねひらのはは》　生没年未詳．父は中納言藤原定頼．母は従三位源済政女．はじめ太政大臣藤原信長の室となる．信長は公任女すなわち定頼の姉妹を母とするという関係にあったが，この結婚はあまり長続きしなかったらしい(栄花物語・煙の後)．のち正二位中納言藤原経季の妻となり，従四位上右少将兼平を儲けた．後拾遺集にのみ入集．　917

兼房《かねふさ》　藤原．長保3年(1001)生，延久元年(1069)6月4日没，69歳．父は中納言兼隆．母は源扶義女．粟田関白道兼孫．右少将などを経て寛仁2年(1018)頃中宮権亮のち中宮亮，長元2年(1029)に正四位下となり以後没するまでその位にあった．備中・播磨・讃岐・美作・丹後等の国司を務める．長元8年『賀陽院水閣歌合』，永承4年(1049)『内裏歌合』などに出詠，天喜2年(1054)播磨守時代には自ら歌

合(『播磨守兼房朝臣歌合』)を主催. 官位は思うに任せなかったが歌道への執心は強く，夢中人丸の姿を見てその像を絵師に描かせ拝んだという，人麻呂影供の先駆けともいうべき逸話をとどめている. 能因と親しく相模・為仲・出羽弁らとも交友，江侍従との間には一女を儲けた. 後拾遺集初出. 190, 337, 345, 380, 620, 996, 1057

兼明親王《かねあきらしんのう》 前中書王・御子左大臣とも. 延喜 14 年(914)生，永延元年(987) 9 月 26 日没，74 歳. 醍醐天皇第 16 皇子，母は藤原菅根女，淑姫. 源高明の異母弟. はじめ源姓を賜り，臣籍に下って天禄 2 年(971)左大臣に至る. 藤氏の他氏排斥が続くなか，関白兼通の策略により貞元 2 年(977) 4 月 24 日勅により親王に復し，二品中務卿となる. 以後政治の実際から遠ざかることを余儀なくされた. 晩年は嵯峨亀山に隠棲. 『本朝文粋』その他に詩文を多く収める. 後拾遺集にのみ入集. 1154

顕季《あきすえ》 藤原. 天喜 3 年(1055)生，保安 4 年(1123) 9 月 6 日没，69 歳. 父は美濃守隆経. 母は白河天皇の乳母従二位親子. 閑院実季の養子. 六条藤家の祖. 六条修理大夫と称さる. 応徳 3 年(1086)院別当. 寛治 8 年(1094)から保安 3 年(1122)の長期間修理大夫を務めつつ，讃岐・尾張・播磨などの国司を歴任，天仁 2 年(1109)大宰大弐となる. 非参議正三位に至る. 白河院近臣として，政界・歌界双方で力を揮う. 承暦 2 年(1078)『内裏歌合』，『郁芳門院根合』『堀河院艶書合』等に出詠. 『堀河百首』の作者. 人麻呂影供和歌会を催行，影供和歌の創始となる. 家集『六条修理大夫集』. 後拾遺集初出. 631

顕基《あきもと》 源. 法名円照. 号横川. 長保 2 年(1000)生，永承 2 年(1047) 9 月 3 日没，48 歳. 父は大納言俊賢，母は藤原忠尹(一説に忠君)女. 関白頼通の猶子となる(栄花物語). 長元 2 年(1029)に参議となり，従三位権中納言に至る. 長元 9 年 4 月 22 日(21 日とも)，後一条天皇の崩御を機に出家. 以後は入寂まで大原に住した. 在俗の頃より「罪なくして配所の月を見ばや」と常に語ったという逸話は，顕基の風雅の士としての面貌を伝えて著名. 後拾遺集初出. 106, 1029

顕綱《あきつな》 藤原. 讃岐入道とも. 生没年未詳. 没年について，『尊卑分脈』は「康和 5 年 6 月 27 日，75 歳」とするが，翌年の『左近権中将俊忠朝臣家歌合』に詠出しており，嘉承 2 年(1107)ごろ没したらしい. 父は大納言道綱男参議兼経. 母は藤原順時女，弁乳母. 後三条天皇の皇子有佐を養子とし，実子に和泉守道経・堀河院乳母伊予三位兼子・『讃岐典侍日記』の作者長子などがいる. 丹波・讃岐・但馬守等を歴任，正四位下に至ったが，康和 2 年(1100)ごろ出家したらしい. 寛治 8 年(1094)『高陽院七番歌合』，嘉保 2 年(1095)『郁芳門院前栽合』などに参加. 家集『顕綱朝臣集』. 後拾遺集初出. 59, 921, 1098

顕房《あきふさ》 源. 六条右大臣と称す. 長暦元年(1037)生，寛治 8 年(1094) 9 月 5 日没，58 歳. 父は土御門右大臣師房. 母は道長女尊子. 永保 3 年(1083)右大臣，寛治 8 年従一位，のち贈正一位. 院政期歌人顕仲・国信らの父. また一女賢子は関白頼通男藤原師実(顕房従兄弟)の養女として白河院に入内，堀河天皇を儲けた. 天喜 4 年(1056) 5 月頭中将時代には歌合(『六条右大臣家歌合』)を主催，承暦 2 年(1078) 4 月『内裏歌合』，寛治 7 年 5 月『郁芳門院根合』では判者をつとめるなど，院政期歌壇の一翼をになった. 後拾遺集初出. 436, 440, 662, 698

元慶《げんけい》 生没年未詳. 父は対馬守従五位上藤原茂規と伝える(早稲田大学本勘物・勅撰作者部類). 筑前大山寺の別当. 同じく後拾遺歌人の実源法師と交友があったか. 撰集当時から所収歌作者には異説があり(『難後拾遺』は良暹とする)，元慶その人についても不明な点が多い. 後拾遺集にのみ入集. 178

元真《もとざね》 藤原. 生没年未詳. 父は清邦. 天慶 3 年(940) 12 月玄蕃允，同 8 年(945)大允，天暦 6 年(952)3 月修理少進，天徳 5 年(961)正月 7 日従五位下，康保 3 年(966)丹波介に至る. 天暦 10 年(956)『宣耀殿女御瞿麦歌合』，天徳 4 年『内裏歌合』をはじめ，天暦 11 年の師輔五十賀屏風，朱雀院御屏風，内裏障子絵など種々の歌合・屏風歌等に詠進していたことが知られる. 三十六歌仙の 1 人. 家集『元真集』. 後拾遺集初出. 76, 107, 773, 807, 808, 969, 984

元任《もととう》 橘. 生没年未詳. 父は永愷(能因法師). 後冷泉院の少内記で，その労により永承元年(1046)に叙爵. 勅撰入集歌等から藤原資業・同兼房との交流が知られる. 後拾遺集

初出. 83, 244

元輔《もとすけ》 清原. 延喜8年(908)生, 永祚2年(990)任地にて没, 83歳. 父は春光. 母は高利生女(彰考館本勘物). 深養父は祖父, 清少納言は娘. 天元元年(978)従五位上, 寛和2年(986)肥後守に至る. 天暦5年(951)撰和歌所寄人となり梨壺の五人の1人として万葉集の訓点作業と, 後撰集撰集に携わった. 天徳4年(960)『内裏歌合』, 天延3年(975)『一条大納言家歌合』, 貞元2年(977)『三条左大臣殿前栽歌合』などに出詠した. 三十六歌仙の1人. 家集『元輔集』. 拾遺集初出. 22, 24, 54, 129, 139, 266, 314, 327, 353, 361, 415, 437, 445, 446, 587, 677, 716, 756, 770, 783, 791, 852, 890, 933, 971, 1086

源縁《げんえん》 生没年未詳. 父は藤原邦任か(国任とも). 叡山僧(尊卑分脈). 延久4年(1072)3月19日『気多宮歌合』, 承保3年(1076)11月14日『前右衛門佐経仲歌合』, 永保2年(1082)4月19日『出雲守経仲歌合』に出詠. 越後の国に住し, 越後君と称したと言う(陽明本勘物). 後拾遺集初出. 112, 116, 279

源賢《げんけん》 幼名は美女丸. 多田法眼・摂津法眼・八尾法眼などと号す. 貞元2年(977)生, 寛仁4年(1020)6月18日没, 44歳. 父は源満仲, 母は近江守源俊女. 頼光同母弟. 長徳2年(996)延暦寺阿闍梨, 長和元年(1012)元慶寺別当, 同2年法橋を経て, 寛仁元年法眼に至る. 家集『源賢法眼集』を存する他, 後拾遺の撰集資料ともなった私撰集『樹下集』(散佚, 全20巻・仮名序を有したという)の編者にも当てられている. 後拾遺集にのみ入集. 374, 1126

源心《げんしん》 西明房と号す. 天禄2年(971)生, 天喜元年(1053)10月11日没, 83歳. 父は奥州太守平基衡とも(本朝高僧伝). 母は陸奥守平元平女. 長元4年(1031)権律師. 以後律師, 権少僧都を経て永承3年(1048)第30代天台座主. 永承5年(1050)に大僧都となる. また法成寺別当をつとめた. 覚慶・院源の弟子. 特に院源は母方の伯父にあたる. 後拾遺集初出. 294, 1209

後三条院越前《ごさんじょういんえちぜん》 →越前

後三条天皇《ごさんじょうてんのう》 名は尊仁. 長元7年(1034)7月18日生, 延久5年(1073)5月7日没, 40歳. 第71代天皇. 後朱雀天皇第2皇子, 母は三条天皇皇女, 禎子. 東宮にあること24年. 摂関家を外戚としない帝として, 治暦4年(1068)から延久4年の在位の間に延久の荘園整理令など摂関家の弱体化につとめ, 次代院政期の礎を築いた. 退位後の延久5年2月, 住吉御幸において催された御幸和歌が, 後三条院におけるほとんど唯一の和歌事跡だが, その意義は院政期歌壇の出発点とも評価されている. 後拾遺集初出. 922, 1062, 1090

後朱雀天皇《ごすざくてんのう》 名は敦良. 寛弘6年(1009)11月25日生, 寛徳2年(1045)1月18日没, 37歳. 第69代天皇. 一条天皇第3皇子, 母は関白道長女, 上東門院彰子. 寛仁元年(1017)8月9日, 9歳で立太子. 長元9年(1036)4月17日受禅, 7月10日に即位し, 寛徳2年1月16日まで在位. 東宮時代に入内した道長の女尚侍嬉子には親仁親王(後冷泉天皇), 同じく三条院皇女禎子には尊仁親王(後の後三条天皇)を儲ける. また即位後は頼通養女中宮嫄子(敦康親王女), 頼宗女延子らも入内し, 後宮は華やかであった. 後拾遺集初出. 604, 715, 897

後冷泉天皇《ごれいぜいてんのう》 名は親仁. 万寿2年(1025)8月3日生, 治暦4年(1068)4月19日没, 44歳. 第70代天皇. 後朱雀天皇第1皇子, 母は関白道長女, 嬉子. 長暦元年(1037)13歳で立太子. 寛徳2年(1045)に即位し, 治暦4年まで在位. 永承4年(1049)11月9日『内裏歌合』をはじめとして, 永承6年春『内裏歌合』, 同5月5日『内裏根合』などの主催者となる. 後拾遺集初出. 454, 714, 845

御製《ぎょせい》 →白河天皇

公円母《こうえんのはは》 生没年未詳. 父は二条関白藤原教通. 母は小式部内侍. 後拾遺歌人の静円の同母姉妹. 後拾遺所収歌は藤原定頼との恋歌だが, 『尊卑分脈』によれば公円の父は定頼男の正二位権中納言経家. 公円は天喜元年(1053)の生まれ(僧綱補任)であるので, 定頼が寛徳2年(1045)に没してのち, 経家と関わりを持ったか. 後拾遺集にのみ入集. 771

公経《きんつね》 藤原. 生没年未詳. 父は宮内少輔正五位下成尹. 母は前伊勢守従四位下源元忠女. 後拾遺集にのみ入集. 105

公資《きんより》 大江. 生没年未詳. 長暦4年(1040)6月25日以前には没したか. 父は薩摩守清言. 母は伊周家女房とも(勘物). 一条朝期の代表的文人以言は父方の叔父にあたり, 以言の養

子との伝えもある(勘物). 外記・式部少輔等を経て従四位下兵部権大輔に至る. 相模・遠江などの国司. 寛仁4年(1020)の相模国下向にともなった妻相模とは, のちに破鏡. また能因や範永ら当代歌人と親交があった. 長元8年(1035)『賀陽院水閣歌合』に出詠. 後拾遺集初出. 195, 267, 399

公実《きんざね》 藤原. 三条大納言と号す. 天喜元年(1053)生, 嘉承2年(1107) 11月14日没, 55歳. 父は後閑院大納言実季, 母は経平女. 治暦4年(1068)叙爵, 左兵衛佐・蔵人頭等を経て, 承暦4年(1080)参議, 応徳3年(1086)権中納言, 康和2年(1100)正二位権大納言に至る. 嘉承2年11月12日出家. 承保2年(1075) 9月『内裏歌合』, 同3年「大井川行幸」, 承暦2年『内裏歌合』, 『郁芳門院根合』『堀河院艶書合』『堀河百首』などの作者となったほか自邸歌会催行. 俊頼・基俊を庇護し, 堀河院近臣グループの中核として活躍した. 『堀河百首』の勧進者とも目さる. 家集『公実集』は, 陽明文庫蔵「予楽院臨書手鏡」に断簡のみ伝わる. 後拾遺集初出. 31, 249

公信《きんのぶ》 藤原. 貞元2年(977)生, 万寿3年(1026) 5月15日没, 50歳. 父は太政大臣藤原為光. 母は摂政伊尹女. 兄大納言斉信の猶子となる. 一条天皇の蔵人をつとめ, 蔵人頭, 内蔵頭などを経て, 長和2年(1013)参議. 検非違使別当, 治安元年(1021)八月左兵衛督, 従二位権中納言に至る. またその間, 敦良親王(後朱雀天皇)の東宮権大夫をつとめた. 後拾遺集にのみ入集. 914

公成《きんなり》 藤原. 閑院左兵衛督, 滋野井の頭中将, 滋野井の兵衛督などとも. 長保元年(999)生, 長久4年(1043)没, 45歳. 父は中納言藤原実成. 母は藤原陳政女. 祖父閑院の太政大臣公季に愛されて養子となる. 蔵人頭, 左中将, 春宮権亮などをつとめて, 万寿3年(1026) 28歳で参議. 長元3年(1030)より左兵衛督, 同7年より検非違使別当を兼ねた. 従二位権中納言に至る. その通称「滋野井」は, 滋野井に住む女(備中守藤原知光女と推定される)を妻としたことに依るらしいが, その妻に儲けた女が, のち藤原能信の養女となり, 東宮時代の後三条院に入内して貞仁親王(白河院)らを儲けた茂子である. 長元8年『賀陽院水閣歌合』で左方念人をつとめた他, 『栄花物語』の伝える治安3年(1023) 8月土御門殿歌会(「御裳着」), 万寿元年(1024) 9月19日駒競の後宴和歌会に歌をとどめている. 後拾遺集にのみ入集. 622

公任《きんとう》 藤原. 四条大納言とも. 康保3年(966)生, 長久2年(1041) 1月1日没, 76歳. 父は廉義公頼忠. 母は醍醐天皇第3皇子中務卿代明親王女, 厳子. 清慎公実頼の孫. 天元3年(980)元服, 正五位下. 正暦3年(992)参議, 寛弘6年(1009)権大納言, 同9年正二位に至る. 万寿3年(1026)に出家し, 北山長谷に隠棲. 一条朝期四納言の1人で, 三舟の才をうたわれた才人. 『拾遺抄』撰集の他, 歌学書『新撰髄脳』『和歌九品』, 私撰集『金玉集』『深窓秘抄』『如意宝集』(断簡のみ), 秀歌撰『前十五番歌合』『後十五番歌合』(花山院撰とも), 『三十六人撰』, 秀句秀歌撰『和漢朗詠集』, 音義書『大般若経字抄』, 有職故実書『北山抄』と編著書は多岐多数にのぼる. また後代の歌書その他から, 今は散佚した『古今集注』『四条大納言歌枕』『歌論議』の存在も知られる. 家集『公任集』. 拾遺集初出. 52, 56, 257, 268, 359, 377, 417, 434, 497, 501, 628, 982, 1031, 1035, 1072, 1113, 1114, 1189, 1196

広経《ひろつね》 大江. 生年未詳, 寛治3年(1089)没か(勅撰作者部類). 父は相模守公資. 母は主税助従五位下中原奉平女(陽明本勘物). 下野守・河内守・伊勢守を歴任. 散佚歌学書『上科抄』を撰す. 後拾遺集にのみ入集. 516

光源《こうげん》 生没年未詳. 父母未詳. 叡山法師. 後拾遺集にのみ入集. 1179

光成《みつなり》 源. 生没年未詳. 父は致書. 上総乳母は妹. 後朱雀院が東宮時の蔵人. 長和3年(1014)敦明親王の雑人と乱闘, 追捕の宣旨を受けている. 藤原定頼の家人で, 『定頼集』にその名が見える. 後拾遺集にのみ入集. 487

光朝母《こうちょうのはは》 父は因幡守橘行平. 陸奥守橘則光の妻. 後拾遺所載の2首は, いずれも則光とともに陸奥に赴任していた折の詠だが, 則光が陸奥守であったのは, 寛仁3年(1019)前後のこと. 則光の男のうち, これを37年遡る天元5年(982)生まれの則長や, その同母弟季通らの母は別人(清少納言か)と推定されているので, 光朝母は則光の後半生に妻となったと考えられる. 後拾遺集にのみ入集. 2, 721

行成《ゆきなり》 藤原. 「こうぜい」とも. 天禄3年

(972)生，万寿 4 年(1027)没，56 歳．父は右近衛少将義孝．母は中納言源保光女．父義孝が早逝後，祖父伊尹に養育された．長和 2 年(1013)正二位，寛仁元年(1017)中納言．寛仁 4 年(1020)権大納言に至った所から，その日記を『権記』，書を「権跡」と言う．道長にも重用された能書家で，室町時代末にいたる世尊寺流の祖．三蹟のひとりとして讃えられ，現在に至るまでその筆跡は珍重されている．博学多才で朝儀典礼に通じ，一条朝の四納言の 1 人とされるが，『大鏡』では「和歌の方や少しおくれたまへりけむ」と記す．著書に『東宮年中行事』．後拾遺集初出．　542

好忠《よしただ》　曾禰．生没年未詳．「好忠百首」の序，前田家本『恵慶法師集』によれば天徳末年 30 余歳であったことから，延長 8 年(930)以前数年の内の出生かと推定される．長保 5 年(1003)『左大臣家歌合』を，最後の消息とする．父母の名も未詳で，その他，伝には不明な点が多い．長期間六位の丹後掾であったことから，曾丹後・曾丹と呼ばれたという．貞元 2 年(977)『三条左大臣殿前栽歌合』，天元 4 年(981)『小野宮右衛門督君達合』，花山院主催の寛和 2 年(986)『内裏歌合』などに出詠．大中臣能宣・源順・同重之・同兼澄らと親しく交わり，また，河原院にも関わりを持ったらしい．終生卑官に甘んじたが，百首歌や三百六十首歌といった定数歌の展開，俗語・万葉語を駆使した独自の詠風によって同時代・後代の歌人達に多大な影響を与えた．中古三十六歌仙の 1 人．家集『曾丹集(好忠集とも)』．拾遺集初出．　42, 169, 204, 220, 227, 273, 421, 775, 872

江侍従《ごうのじじゅう》　生没年未詳．父は大江匡衡．母は赤染衛門．はじめ道長家に出仕，のち道長の女枇杷皇太后宮妍子とその女陽明門院禎子に仕えた．道長出仕時代に夫とした高階業遠とは寛弘 7 年(1010)に死別．そののち藤原兼房と関わりを持ち，後拾遺歌人少輔を儲けたと言う(勘物)．左大臣源俊房の乳母とする伝えもある(勘物)．長暦 2 年(1038)『源大納言家歌合』はじめ同時代歌合に活躍する「侍従乳母」は，同一人とも．後拾遺集初出．　292, 460, 588, 841, 856, 1044

孝善《たかよし》　藤原．青衛門と称さる．生年未詳．寛治 2 年(1088)没か(勅撰作者部類)．父は長門守貞孝．母は実政家女房(勘物)．左衛門尉となる．承暦 2 年(1078)『内裏歌合』では家忠，寛治 7 年『郁芳門院根合』では経実の代作をしており，師実家に連なる存在であったか．勅撰作者であることを誇った話や，国基と張り合っていたという逸話が残り，少し「嗚呼の気あり」と評される．良暹・俊綱らとの交流が知られる．後拾遺集初出．　77, 387, 422, 1077, 1094

皇后宮美作《こうごうぐうのみまさか》　→美作

皇太后宮陸奥《こうたいごうぐうのみちのく》　→陸奥

高遠《たかとお》　藤原．大弐高遠とも．天暦 3 年(949)生，長和 2 年(1013) 5 月 16 日没，65 歳．父は参議右衛門督斉敏．母は播磨守藤原尹文女．小野宮実頼は祖父．実資は弟，佐理・公任は従兄弟．寛弘元年(1004)大宰大弐に至り，のち正三位に叙せられたが，寛弘 6 年(1009)訴により公務を停止されて上洛したという．康保 3 年(966)『内裏前栽合』，貞元 2 年(977)『三条左大臣殿前栽歌合』，寛和 2 年(986)『内裏歌合』に出詠し，また自邸でも歌合を催した．笛にも堪能で，一条天皇の師であった．花山院・右大臣顕光・右近らとの幅広い交際が知られる．中古三十六歌仙の 1 人．家集『大弐高遠集』．拾遺集初出．　158, 215, 250, 521, 577, 690, 1015, 1135

高内侍《こうのないし》　名は貴子．儀同三司母，帥殿母上とも．生年未詳，長徳 2 年(996) 10 月没．父は式部卿高階成忠．学儒高階家にふさわしい才女で，漢詩文にもよく通じていたと言う．円融天皇の時に典侍をつとめたことから高内侍と称された．中関白藤原道隆の室となり，伊周・一条天皇皇后定子・隆家・淑景舎女御原子らを儲ける．永祚 2 年(990)正三位．長徳元年(995)道隆の死を機に出家，同 2 年伊周・隆家の配流など打ち続く不幸の中で生涯を閉じた．拾遺集初出．　701, 906

高明《たかあきら》　源．西宮殿・帥殿・四条などとも．延喜 14 年(914)生，天元 5 年(982)閏 12 月 16 日没，69 歳．醍醐天皇の皇子．母は更衣源周子．村上天皇の中宮安子の妹，藤原師輔の女を妻とした．道長が妻とした高松殿明子は娘．安和 2 年(969) 3 月安和の変により筑紫に配流．天禄 3 年(972)召還されたものの，政界には復帰せず葛野に隠棲した．一世源氏としてときめきながら，その悲運の生涯は光源氏のモデルにも擬される．琵琶・笛にも秀れ，秘伝相承に名が見える．源順との親交が

知られる．有職故実の書『西宮記』の著者．他撰家集『西宮左大臣御集』．後拾遺集初出．　528, 652, 653, 675, 766, 778, 805, 806, 811, 812

康資王母《やすすけおうのはは》　伯母・四条宮筑前とも．生没年未詳．ただし，長治3年(1106)大江匡房が大宰権帥に任じられた時の贈答が，年代の判明する最終詠で，当時80歳を越え高齢であったという．父は高階成順．母は伊勢大輔．大中臣家重代歌人の1人．筑前乳母・源兼俊母は妹．後冷泉院皇后四条宮寛子に仕えた．神祇伯延信王に嫁し，神祇伯康資王を生んだ．のち常陸守藤原基房の妻となり，郁芳門院安芸と呼ばれる義理の孫娘を養女としたらしい．多数の歌合に出詠，関与した可能性も高いが，異伝も多く存する．甥通俊は後拾遺集編纂に際し歌を求めており，また寛治8年(1094)『高陽院七番歌合』では判者源経信とその判をめぐって交わした消息文などが残る．説話等で有名な常陸下りは康平年間(1058-65)頃と推定される．中古三十六歌仙の1人．家集『康資王母集(伯母集)』．後拾遺集初出．　525, 581, 726, 728, 1088, 1134, 1186, 1193, 1195

国基《くにもと》　津守．治安3年(1023)生，康和4年(1102)7月7日没，80歳．父は基辰．母は神主頼信女という．康平3年(1060)住吉社39代神主となる．延久元年(1069)叙爵．白河院政に親近，藤原顕季・同公実ら白河院側近の歌人たちと積極的に交を結ぶ．また橘俊綱の伏見邸サロンとも関わりが深く，そこでの交わりを通じて良暹・成助らと親しい関係にあった．『丹後守公基朝臣歌合』『気多宮歌合』などに出詠．晩年の自撰とおぼしき『津守国基集』を存する．後拾遺集初出．　71, 409, 987

国行《くにゆき》　藤原．生没年未詳．父は内匠頭従五位上有親．父も後拾遺歌人．右衛門府生竹田種理の養子となり竹田大夫と号したという(陽明本勘物)．従五位上諸陵頭．永承5年(1050)11月催行と推定される『橘俊綱家歌合』には，能因らとともに座を連ねたらしい．能因に私淑し，陸奥下向の際には「都をば霞と共に立ちしかど秋風ぞ吹く白河の関」の歌を思って，白河関で衣服をただしたという(俊頼髄脳，袋草紙)．ほか筑紫にも下向．後拾遺集初出．　260, 403, 506, 527, 975

国房《くにふさ》　藤原．生没年未詳．紀伊権守従四位下惟光孫．父は玄蕃頭範光．従五位下石見守に至る．承保4年(1077)8月22日出家(水左記)．藤原道雅八条山荘和歌会や，橘俊綱の伏見邸歌会に参詠．好士たちの風雅な集いを志向した数寄の歌人であった．天喜4年(1056)5月『六条右大臣家歌合』に見える国房はその人とも．現存しないが彼の纏めた和歌故実書が，子孫に伝えられていたと言う(袋草紙)．後拾遺集初出．　408, 660, 722, 782, 1038

さ・し・す・せ・そ

左衛門督北方《さえもんのかみきたのかた》　生没年未詳．『勅撰作者部類』は「大納言源俊賢室」とするが，これには疑問がある．すなわち俊賢に左衛門督の閲歴はなく，かわって後拾遺集撰進当時その職にあった者として，土御門右大臣師房男源師忠を当てる推測もなされている．師忠室には判明する限りでも，蔵人少将俊長女，修理大夫橘俊綱女，藤原良綱女らがあるが，そのいずれかは不明．後拾遺集にのみ入集．　1045

左大臣《さだいじん》　→俊房

佐経《すけつね》　大江．一説に伴とも．生年未詳．ただし，康平3年(1060)没か(旧部類)．父は為国．母は石見守従五位下卜部為親女(陽明本勘物)．右衛門大夫，検非違使大夫，左衛門尉など各伝に異同が見られる．後拾遺集にのみ入集．　239

宰相《さいしょう》　粟田宰相とも．生没年未詳．父母未詳．大安寺別当明祐法師の姉．四条中宮諟子に仕えた．なお，明祐の女は諟子の父頼忠との間に頼任を儲けており，その出自家は頼忠家と浅からぬ関わりにあったらしい．後拾遺集にのみ入集．　944

斎院中将《さいいんのちゅうじょう》　→中将

斎院中務《さいいんのなかつかさ》　→中務

斎宮女御《さいぐうのにょうご》　徽子女王．承香殿女御とも．延長7年(929)生，寛和元年(985)没，57歳．父は三品式部卿重明親王．母は摂政関白太政大臣藤原忠平女，寛子．承平6年(936)斎宮に卜定され，天慶8年(945)母の喪により退下．天暦2年(948)に村上天皇に入内，同3年には女御となる．また同年第4皇女規子内親王を儲けた．康保4年(967)村上帝の崩御により宮中を退出．天延3年(975)規子内親王が斎宮に卜定され翌貞元元年野宮入り，2年には伊勢に群行するが徽子はひそかにこれ

となり，尊子と結婚．白河天皇中宮賢子は，孫．寛仁4年(1020)元服，臣籍に降下．延久元年(1069)右大臣，同6年従一位に至る．和漢に長じ，永承4年(1049)『内裏歌合』の判者をつとめ，承保3年(1076)には「大井河行幸和歌」の序を奉った．和歌六人党や女房歌人による歌合を，自邸にてしばしば主催した他，『六条斎院歌合』を後見．一部が伝存する日記『土右記』，有職故実書『叙位除目抄』(散佚)の作者．後拾遺集初出．　146, 222

紫式部《むらさきしきぶ》　生没年未詳．本名香子説もあるが存疑．天禄元年(970)，天延元年(973)等の出生説が，また長和3年(1014)，寛仁3年(1019)，長元4年(1031)没年説がある．父は越後守藤原為時．母は摂津守藤原為信女．堤中納言兼輔は曾祖父．母に幼くして死別し，長徳2年(996)父に同行し，任国越前に下るが，同4年単身帰京，藤原宣孝と結婚して大弐三位(賢子)を儲ける．長保3年(1001)夫と死別し，この後『源氏物語』を執筆しはじめた．寛弘2年(1005)頃中宮彰子のもとに出仕，以後も執筆は続けられた．寛弘5年の敦良親王誕生の記事を中心とした『紫式部日記』を著してもいる．中古三十六歌仙の1人．家集『紫式部集』．後拾遺集初出．　10, 104, 433

資業《すけなり》　藤原．通称日野三位，法名素舜(寂)．永延2年(988)生，延久2年(1070)8月24日没，83歳．父は参議従二位有国．母は橘仲遠女，橘三位徳子．家経・経衡は甥．後一条天皇の東宮学士などを経て，寛徳2年(1045)従三位，永承元年(1046)式部大輔．寛仁(1017–21)頃以降は頼通の家司的存在で，長元8年(1035)5月16日の『賀陽院水閣歌合』では中心的役割を果たしている．また後冷泉天皇の大嘗会和歌の作者も務め，自家歌合を催す他，『本朝文集』等にも作品を残すなど和漢の才に秀でていた．能因とは文章生からの知友であり，あるいはパトロン的存在か．永承6年(1051)出家し，以後日野に隠栖し，法界寺薬師堂を建立，法界寺文庫を設けた．『江談抄』などに逸話が残る．後拾遺集初出．
453, 458, 459, 531

資綱《すけつな》　源．寛仁4年(1020)生，永保2年(1082)1月2日没，63歳．父は権中納言顕基．母は藤原実成女．閑院の大臣公季は曾祖父．延久2年(1070)正二位，承暦4年(1080)中納言に至る．永承4年(1049)の『内裏歌合』や，『侍臣詩合』に参加するなど，和歌漢詩文に通じた宮廷文人で，『和漢兼作集』の作者でもある．後三条天皇の葬送の際には「御骨を懸け奉」ったと伝えられる(古事談)．『康資王母集』や『弁乳母集』に贈答が見える．後拾遺集初出．　335, 358, 523

資成《すけしげ》　橘．大和入道と号す(勘物)．生没年未詳．応徳3年(1086)出家．父は美濃守義通．祖父に為義，同母兄に，為仲がいる．大和守，遠江守をつとめた．小規模だが『頼資資成歌合』を主催し，『関白殿蔵人所歌合』に出詠したらしい．その生涯は同名の源資成との混乱があり明らめ難い点も多い．一説に『四条宮下野集』に為仲とともに登場する「よししげ」をこの人に擬す．後拾遺集にのみ入集．
187

資仲《すけなか》　藤原．治安元年(1021)生，寛治元年(1087)11月12日没，67歳．父は大納言資平．母は近江守(春宮亮)藤原知章女．『堀河百首』の作者顕仲の父，日記『春記』の筆者資房は兄．延久4年(1072)権中納言，同5年正二位に至ったが，承暦4年(1080)大宰権帥に転じた．宮廷文人の1人で，『殿上詩合』『内裏歌合』など，後冷泉朝期の詩・歌壇で活躍．『節会抄』『青陽抄』の著作や，私撰集『資仲後拾遺』は，散佚．『康資王母集』『橘為仲朝臣集』に贈答歌が見える．後拾遺集初出．　10
49

資通《すけみち》　源．寛弘2年(1005)生，康平3年(1060)8月23日没，56歳．父は従三位修理大夫済政．母は摂津守源頼光女．師賢の父．永承5年(1050)大宰大弐，天喜5年(1057)従二位に至る．神楽・催馬楽の源流を継承した，重代の管弦者で，郢曲・琵琶・和琴・笛に長じ，源経信の琵琶の師でもある．和漢にも優れ，『太宰大弐資通卿家歌合』を主催するほか，『中右記部類紙背漢詩集』に3首の漢詩も見えている．また，鞠にも秀いでていた．伊勢大輔・相模・藤原経衡らと交流があった．『更級日記』中で孝標女と春秋論を交わした貴公子は，この人．『続古事談』『続教訓抄』『文机談』等に逸話を残す．後拾遺集初出．　223, 375

時綱《ときつな》　源．生没年未詳．父は肥後守信忠．母は河内守源頼信女．長久4年(1043)9月文章生として弓場殿試を受け，治暦3年(1067)3月の作文に正六位上大学権助と記される．承暦年間に肥後守．寛治2年(1088)大宰大弐

藤原実政が八幡宮の神輿を射た事件に連座した罪で，安房国に配流された．惟宗孝言・大江佐国らと並び称された当代の代表的詩人で，『新撰朗詠集』などに作品を残す．『時綱草』1巻があったが散佚．後拾遺集初出． 302

時文《ときふみ》 紀．生年未詳，長徳2,3年頃(996-7)没．父は貫之．母は藤原滋望女．天暦4年(950)蔵人となり，少内記，大内記などを経て従五位上に至る．能書家で，天暦5年に撰和歌所寄人に任じられ，梨壺の五人の1人として万葉集の読解と，後撰集の撰進に携わった．永観3年(985)円融院子の日の御遊に歌人として召され，また，永観2年円融院大井川御遊には和歌序を奉っているが，古来歌人としての評価は著しく低い．恵慶法師や安法法師，清原元輔らと交際．後拾遺集初出． 586, 1085

時房《ときふさ》 藤原．生没年未詳．父は上野介(守)成経．母は紀伊守源致時女(勘物)．蔵人，皇后宮大進，従五位下(勘物)．承保2年(1075)『殿上歌合』，永保2年(1082)『出雲守経仲歌合』，永保3年(1083)『後三条院四宮侍所歌合』，永保3年『媞子内親王家歌合』，永長元年(1096)『権大納言家歌合』などに名が見える「藤原時房」は，同時代の同名異人「阿波守惟任の男」の可能性もあるが，詳細は不明．後拾遺集初出． 1177

式部命婦《しきぶのみょうぶ》 生没年未詳．父は筑後権守従五位下藤原信尹．母は式部卿敏貞親王家の女房という．後冷泉院の女房．後拾遺集に贈答歌の載る源師賢との間に東寺長者大僧正寛助(天喜5年〔1057〕出生)を儲けた他，源顕房との間に従一位師子を儲けた(栄花物語・布引の滝)．上の女房として，四条宮寛子後宮とも交流があり，『四条宮下野集』にもしばしばその名がみえる．天喜4年(1056)4月30日『皇后宮春秋歌合』に出詠した小式部命婦は，同一人とも．後拾遺集初出． 561, 966

実季《さねすゑ》 藤原．長元8年(1035)生，寛治5年(1091)12月24日没，57歳．父は権中納言右兵衛督公成．母は淡路守定佐女．公実・保実・仲実・堀河天皇妃苡子らの父．また顕季は猶子．姉茂子は後三条天皇東宮時代の寵妃で，白河天皇の母．永承元年(1046)12歳で叙爵．治暦2年(1066)ようやく従四位下と前半生の官途は滞りがちであったが，治暦4年に後三条天皇が即位して後は，一躍栄進，延久4年(1072)参議，承保元年(1074)権中納言，承暦4年(1080)権大納言等を経て，正二位按察大納言に至る．延久5年(1073)後三条上皇住吉御幸に従駕，御幸和歌に1首を詠ず．後拾遺集にのみ入集． 155

実源《じつげん》 万寿元年(1024)生，嘉保3年(1096)1月23日没，73歳．肥後の国の人．叡山僧．寛治5年(1091)3月8日，法印仁源の譲により権律師となる．歌好きの僧侶であったらしく，『袋草紙』には，説法の際ざわめく群衆を，歌で一喝して鎮めたなどの逸話が伝えられている．なお後拾遺集所載歌中作者に異説のある「わが宿の垣根な過ぎそ」(夏・178番)について，その作者が元慶であるよし通俊に伝えたのはこの実源であるという．後拾遺集初出． 613

実綱《さねつな》 藤原．長和元年(1012)生，永保2年(1082)3月23日没，71歳．父は従三位資業．母は備後守藤原師長女．文章博士．大学頭などをへて，正四位下式部大輔に至る．また但馬・美濃・伊予などの国司をつとめた．儒者として『本朝無題詩』『本朝続文粋』に詩篇を残すほか，長元8年(1035)『賀陽院水閣歌合』にも方人として座を連ねる．後拾遺集初出． 853

実政《さねまさ》 藤原．寛仁2年(1018)生，寛治7年(1093)2月18日没，76歳．父は従三位資業．母は加賀守源重文女．文章博士．延久4年(1072)左中弁，承暦4年(1080)参議左大弁となり，式部大輔・勘解由長官を兼ねる．至従二位．承暦2年『内裏歌合』では献題，かつ左方歌人として出詠．また後三条，白河と2代の天皇の大嘗会和歌作者をつとめた．応徳元年(1084)大宰大弐となるが，寛治2年(1088)八幡宮神輿を射たかどでその地の神民に直訴され，伊豆配流となる．後拾遺集初出． 95, 1169

実誓《じっせい》 天禄3年(972)生，万寿4年(1027)7月7日没，56歳．天台宗延暦寺の僧．出自は詳らかでないが，母は一条院女御元子(藤原顕光女)の乳母であった．寛和2年(986)10月9日得度受戒．覚慶・院源の弟子．寛弘8年(1011)権律師，寛仁3年(1019)権少僧都，治安3年(1023)少僧都となる．また慈徳寺別当をつとめた．後拾遺集にのみ入集． 322

実方《さねかた》 藤原．生年未詳，長徳4年(998)没．父は従五位上侍従貞時．母は左大臣源雅信女．

左大臣師尹の孫．父の早世により，叔父小一条大将済時の養子となる．天禄3年(972)左近将監，以後侍従・左近少将・右馬頭などを経て正暦4年(993)従四位上，同5年左近中将に至る．長徳元年陸奥守として赴任，同4年任地で没した．寛和2年(986)6月花山天皇主催の『内裏歌合』に出詠，早い時期から花山院の寵厚い側近歌人の1人であったらしい．藤原公任・同道信・同道綱・同宣方らと親交が深かったほか，清少納言や小大君ら当代の女流達とも親しい間柄であった．この貴公子が僻地陸奥の国司を拝命した事については，行成への狼藉がもとでの左遷とする伝えもあるが(古事談)，自ら願っての任もしくは名誉ある拝任と見る説もある．『後十五番歌合』に入る．中古三十六歌仙の1人．家集『実方朝臣集』．拾遺集初出．　564, 566, 570, 612, 706, 707, 957, 1082, 1124, 1136, 1137, 1139, 1201, 1203

寂昭《じゃくしょう》　寂照とも．俗名は大江定基．参河入道・参河聖などとも．応和2年(962)生，長元7年(1034)没，73歳．父は参議大江斉光．三河守従五位下に至るが，愛妾の死により無常を観じて発心し，永延2年(988)4月26日出家(百練抄)(寛和2年[986]説もあり)．慶滋保胤(寂心)に師事してともに山城如意輪寺に住す．また天台僧として源信を師とするとともに，真言の小野僧正仁海にも師事しており，天台・真言両宗を修めた篤学の士であった．長保5年(1003)入宋(元亨釈書は長保2年説)．彼の地において入滅す．蘇州の僧録司に任じられ，円通大師の号を与えられた．後拾遺集初出．　498

周防内侍《すおうのないし》　平．本名仲子．長元末(-1037)頃の出生で，天仁2年(1109)頃出家し，ほどなく70余歳で没した(江帥集)．父は和歌六人党の1人，周防守棟仲．母は加賀守源正職女で，後朱雀院女房小馬内侍(勘物)．男兄弟に朝範，金葉集作者の忠快がいる．通説では後冷泉朝から出仕し，後三条・白河・堀河天皇の4代に仕えた．『堀河院艶書合』など多数の歌合に出詠．従二位親子・藤原顕季・讃岐典侍・弁乳母・堀河院中宮上総等，交際範囲も広く，藤原通俊からは清書前の後拾遺集を披露されていることが，家集『周防内侍集』に見える．後拾遺集初出．　562, 765, 888, 979

重之《しげゆき》　源．生没年未詳．長保年間(999-1004)に60歳余で没したか．父は三河守従五位下兼信．伯父の参議兼忠の猶子となる．冷泉天皇東宮時代に帯刀先生，康保4年(967)10月右近将監，同月左近将監，同11月従五位下，貞元元年(976)相模権守，以後肥後・筑前等の国司を務め，長徳元年(995)ごろ陸奥守として赴任する藤原実方に随行，同地にて没した．貞元2年『三条左大臣殿前栽歌合』，寛和元年(985)「円融院子の日行幸和歌」などに歌をよせている．また帯刀先生時代に，『和歌現在書目録』で百首歌の創始とされる『重之百首』を東宮に献じている．家集『重之集』．三十六歌仙の1人．拾遺集初出．　168, 216, 219, 447, 515, 597, 685, 827, 972, 976, 1061, 1116, 1128, 1152

重如《しげゆき》　山口．生没年未詳．父母未詳．河内国の人という以外，実伝はつまびらかでない．後拾遺集初出．　1167

出雲《いずも》　生没年未詳．父は前出雲守正五位下藤原成親．母は前筑前守正五位下永道女．右馬権頭従五位上藤原資経の妻．後一条院中宮威子の女房．永承3,4年(1048-9)『六条斎院歌合』，天喜3年(1055)『六条斎院禖子内親王家物語歌合』などに出詠．後拾遺集にのみ入集．　551

出羽弁《いでわのべん》　生年は長徳2年(996)，寛弘4年(1007)の2説がある．没年未詳．父は平季信．はじめ後一条院中宮威子に出仕，威子崩後はその女章子内親王に仕えた．さらに六条斎院禖子内親王に仕えたとする説もある．永承から承暦にかけて頻繁に催行された『六条斎院歌合』に多数その名の見える斎院出羽を出羽弁その人と見るかどうかは禖子内親王家出仕説ともからめて説のわかれるところである．天喜3年(1055)『六条斎院禖子内親王家物語歌合』では中宮の出羽弁として「あらばあふよのと嘆く」物語(散佚)を提出．また『栄花物語』続編作者にも擬せられている．藤原範永・同経衡・源経信ら男性歌人，相模・加賀左衛門ら女流と幅広い交友を持った．家集『出羽弁集』．後拾遺集初出．130, 557, 593, 1099, 1101

俊綱《としつな》　橘．伏見修理大夫とも．長元元年(1028)生，寛治8年(1094)7月14日没，67歳．父は関白藤原頼通．母は従二位源祇子．讃岐守橘俊遠の養子となる．のち，藤原氏に復姓したとも伝えられる．修理大夫，正四位上に至る．和歌だけでなく笛・笙・琵琶などにも秀

で，水石幽奇の邸を伏見に営み，歌合，歌会を催すなど風雅風流に執した．能因•源経信•藤原通俊をはじめ，和歌六人党やその周辺の人々との交流が知られ，当代歌壇に隠然とした勢力を持つ，パトロン的存在であり，一時期源俊頼の養父でもあった．『作庭記』の著者．後拾遺集初出．　4, 208, 400, 1146

俊宗《としむね》　橘．生年未詳．永保3年(1083)8月22日没．父は肥後守俊経．母は橘義通女(早稲田大学本勘物)．金葉集には俊宗母や俊宗女の詠を所収する本文も存す．太皇太后宮少進となる．入集歌から六位蔵人であったことが分かる．後拾遺集にのみ入集．　981

俊房《としふさ》　源．法名は寂俊．長元8年(1035)生，保安2年(1121)11月12日没，87歳．父は土御門右大臣師房．母は道長女，尊子．堀河左大臣．後拾遺集初出．　661

駿河《するが》　一宮駿河．生没年未詳．父は駿河守正五位下源忠重．母は美濃国の人と伝えられる(勘物)．一品宮祐子内親王家女房．『夫木和歌抄』巻22所載歌により，『祐子内親王家歌合』(名所題)に出詠したことが推測される．後拾遺集にのみ入集．　86

順《したがう》　源．延喜11年(911)生，永観元年(983)没，73歳．父は左馬允挙．天暦7年(953)43歳にしてようやく文章生となる．同10年勘解由判官．民部少丞，東宮蔵人，民部大丞等を経て康保3年(966)下総権守．のち和泉•能登(天元2年[979])の国司をつとめた．従五位上に至る．和漢いずれにも秀でた兼作の人．承平(931–938)年中，勤子内親王のため『倭名類聚抄』を選進．天暦5年撰和歌所寄人となり，梨壺の五人として，万葉集の訓読(いわゆる古点)及び後撰集撰集に従事す．天徳4年(960)『内裏歌合』に出詠，天禄3年(972)『女四宮歌合』では判者をつとめた．ほか康保3年には，「馬毛名合」を主催．また『扶桑集』『本朝文粋』『和漢朗詠集』などに詩文が見える．『宇津保物語』『落窪物語』の作者にも擬せられる．三十六歌仙の1人．『前十五番歌合』に入る．家集『順集』．曾禰好忠らと親しく，好忠に和した百首歌など連作歌や，「双六盤歌」など遊戯歌を多くとどめる．拾遺集初出．　425, 559, 1013

小一条院《こいちじよういん》　名は敦明．正暦5年(994)5月9日生，永承6年(1051)1月8日没，58歳．三条天皇第1皇子，母は藤原済時女，娍子．長和5年(1016)1月29日，父三条院の強固な意志により立坊．しかし父の没後は道長の圧力に抗しきれず寛仁元年(1017)8月9日東宮を辞退，院号を授かる．東宮時代の妃は顕光の女延子だが，辞退後間もなく道長の女寛子(高松殿腹)と結婚し，以後は道長の庇護下にあった．寛子の同母兄頼宗は特に院に親近，万寿2年(1025)に寛子が没して後は，頼宗女を妻とした．長久2年(1041)出家．『袋草紙』に連歌が載る．後拾遺集初出．　918

小左近《こさこん》　生没年未詳．後拾遺集の勘物類によれば散位従五位下中原経相の女で同じ後拾遺作者新左衛門の姉という．また勘物は「三条院女房」とするが，長和5年(1016)生まれの経信と恋愛贈答を交わし(続古今入集歌)，治暦2年(1066)源経成没時に弔問歌を送っていること(後拾遺集552番)に照らせば，寛仁元年(1017)没の三条院に仕えたとするのはやや無理があるか．後拾遺集初出．　240, 552, 898

小右近《こうこん》　鴨氏(勘物)．生没年未詳．三条殿こと贈従二位源祇子家女房．後拾遺集にのみ入集．　321

小侍従命婦《こじじゆうのみようぶ》　生没年未詳．父は加賀守藤原正光．母は大中臣能宣女か．前常陸介従四位上藤原家房の母，外舅大中臣輔親の猶子となり，大中臣家ゆかりの伊勢にちなんで，浜荻侍従と称したと言う(陽明本勘物)．入道一品宮脩子内親王家の女房．後拾遺集にのみ入集．　545, 546

小式部《こしきぶ》　生没年未詳．「下野守藤原義忠女」(勅撰作者部類)とする伝えがあるが，これには疑問もある．永承3, 4年(1048–9)頃の『六条斎院歌合』，天喜3年(1055)『六条斎院禖子内親王家物語歌合』など禖子家関係の催しに多く出詠．禖子の同母姉祐子内親王家の女房という(勅撰作者部類)．天喜3年『六条斎院禖子内親王家物語歌合』での「逢坂越えぬ権中納言」(『堤中納言物語』の1編)の作者．後拾遺集初出．　863, 873

小式部内侍《こしきぶのないし》　生年未詳，万寿2年(1025)11月没．その頃25–29歳か．父は陸奥守橘道貞．母は和泉式部．寛弘6年(1009)頃，母が中宮彰子に出仕した際，ともに出仕したとみられる．道長の男教通に愛され，静円(木幡僧正)，公円母を儲けたが，ほか藤原範永•滋野井頭中将公成らとも交渉があった．公成

との間に儲けた頼仁の出産がもとで没す．家集も存せず，残された歌も少ないが，著名な「大江山いくのの道の」をめぐる説話はじめ，その才知を讃える歌話は多い．後拾遺集初出．1001

小大君《こおおぎみ》　訓みは「こおほぎみ」「こおほいぎみ」とも．東宮左近・三条院女蔵人左近とも称す．生没年未詳．贈答歌の年次考証から，天暦4年(950)前後の出生で寛弘初め(1004–)頃まで在世かと推定されている．出自未詳．陽明本勘物は「或書云，三品式部卿重明親王女，母貞信公女」の伝えを載せる．三条院東宮時代の女蔵人を務めたという(三十六人歌仙伝)．少将時代の朝光と恋愛．ほか平兼盛・藤原実方・同道信・同為頼・同高光・同統理・寂昭(大江定基)・源頼光・馬内侍ら貴顕・諸歌人と幅広く交友を持った．長保4年(1002)『故東三条院追善八講菊合』に出詠．『前十五番歌合』に入る．家集『小大君集』．三十六歌仙の1人．拾遺集初出．　1, 455, 889, 1005, 1213

小馬命婦《こまのみようぶ》　童名狛，俗称小馬．生没年未詳．父は摂津守藤原棟世．母は清少納言．円融天皇皇后媓子女房の小馬命婦(拾遺集初出)は別人．上東門院彰子の女房．後拾遺集にのみ入集．　908

小弁《こべん》　生没年未詳．父は越前守藤原懐尹．母は越前守源致書女(勘物)というが，懐尹女説には疑問も呈されており，出自には不明な点が多い．後朱雀帝皇女祐子内親王家に仕え，宮の小弁とも称さる．祐子内親王家紀伊の母．歌合の初出は長元5年(1032)『上東門院菊合』だが，永承から天喜にかけての禖子内親王家の歌合を活躍の場とした．特に天喜3年(1055)『六条斎院禖子内親王家物語歌合』において「岩垣沼」(散佚)を提出したことで著名．出羽弁と交友があった．後拾遺集初出．　15, 67, 91, 191, 203, 238, 247, 655, 803, 862, 874, 875, 900, 995, 1190

小野宮太政大臣女《おののみやだいじようだいじんのむすめ》　生没年未詳．父は小野宮太政大臣藤原実頼．後拾遺集所収歌は西宮左大臣源高明との恋愛贈答である．後拾遺集にのみ入集．　654

少将井尼《しようしようのいのあま》　生没年未詳．父母未詳．伝の詳細は不明だが，三条天皇大嘗会の御禊が行なわれた寛弘9年(1012)閏10月以前には出家，大原に隠棲していたらしい(後拾遺集1118番)．出家後も伊勢大輔・和泉式部とそれぞれ贈答歌を交わすような上東門院彰子家女房らとの交友深さから，もと彰子家女房か，あるいは三条帝への御代がわりの頃という出家時期を勘案すれば，一条天皇に仕えた上の女房でその崩御を機に出家したか．後拾遺集初出．　896, 1119

少将内侍《しようしようのないし》　生没年未詳．父は能登守藤原実房．母は祭主大中臣輔親女．白河院女房．金葉集所収歌詞書から，はじめ後冷泉天皇に仕えた事が窺える．後拾遺集初出．　945, 965

少輔《しようゆう》　生没年未詳．父は中宮亮藤原兼房．母は江侍従．江侍従は前夫高階業遠と寛弘7年(1010)に死別，兼房との再婚は治安年間(1021–24)と推定されており，少輔の出生も治安・万寿をさほど下らない頃と考えられる．主殿頭公経朝臣が中務少輔のとき妻となり，少輔と称した．その出仕先については陽明本勘物の右大臣家，『和歌色葉』の左大臣家と2つの所伝がある．右大臣とすれば源顕房，左大臣とすればその兄の俊房．後拾遺集にのみ入集．　397, 505

尚忠《なおただ》　藤原．生没年未詳．父は吉信．六位春宮少進・越後介となる．『花山院歌合』に出詠している人物か．入集は後拾遺集のみで道命法師との贈答歌．『道命阿闍梨集』にも見える．　181

章行女《あきゆきのむすめ》　生没年未詳．父は従四位下中宮亮阿波守高階章行．母は安芸守平為政女(早稲田大学本勘物)．大弐三位の夫で後拾遺作者の成章は，祖父にあたる．後拾遺集所収歌によれば，藤原兼房の男の相模守従四位下兼仲と恋仲にあったらしい．後拾遺集初出．692

上総大輔《かずさのたいふ》　生没年未詳．父は春宮大進高階成行．同じく後拾遺歌人の成章は叔父，また成章の妻に大弐三位がいる．寛仁元年(1017)上総介となった菅原孝標に伴われて下向．すなわち『更級日記』に「継母なりし人」として登場するのが上総大輔その人で，文学的素養のある華やかな女性として孝標女にも慕われていたようである．寛仁4年(1020)上京，その直後に孝標とは別れ，上総大輔の女房名で後一条天皇中宮威子に再出仕した．後拾遺集にのみ入集．　959

上総乳母《かずさのめのと》　生没年未詳．父は越前守従四位下源致書．後朱雀天皇の梅壺女御生子の乳

母. 前上総介源著(こ)信の妻となったので, 上総乳母と称したとも(勘物). 後拾遺集にのみ入集. 242

上東門院《じようとうもんいん》 名は彰子. 法名清浄覚. 永延2年(988)生, 承保元年(1074)没, 87歳. 父は藤原道長. 母は源雅信女, 倫子. 長保元年(999) 12歳で一条天皇に入内. 翌年立后. 寛弘5年(1008)に第2親王敦成, 同6年に第3親王敦良(後の後一条・後朱雀天皇)を儲け, 国母となる. 寛弘8年一条院崩御にあい皇太后. 万寿3年(1026)出家し院号を賜る. 後拾遺集初出. 569, 1030

上東門院新宰相《じようとうもんいんしんさいしよう》 →新宰相

上東門院中将《じようとうもんいんちゆうじよう》 →中将[1]

信寂《しんじやく》 俗名俊平(信平とも). 生没年未詳. 父は前尾張守高階助順. 高階成忠孫. 丹後守従四位上に至る(勘物). 出家後飯室に住したことが, 後拾遺入集歌の詞書から窺える. 後拾遺集初出. 金葉集では, 俗名で三奏本のみに入集. 413

信宗《のぶむね》 源. 院中将と称さる. 生年未詳, 承徳元年(1097)没. 父は小一条院. 母は下野守源政隆女, 瑠璃女御. 左中将・民部大輔・備中守等を歴任した. 伊勢大輔・周防内侍・四条宮下野との交際が知られる. 後拾遺集初出. 595

深覚《しんかく》 禅林寺大僧正, 石山大僧正などと号す. 天暦9年(955)生, 長久4年(1043)没, 89歳. 東寺長者. 勧修寺長吏. 父は九条右大臣藤原師輔. 母は醍醐天皇皇女, 康子内親王. 正暦3年(992)東大寺別当, 以後同別当職には4度にわたり着任. 長保4年(1002)権少僧都となって以後, 大僧都, 権僧正等を経て治安3年(1023)には勧修寺長吏. 高徳験者の聞こえ高く, 東寺長者に補し, 大僧正に至る. 長元4年(1031)大僧正を辞退. 長久4年9月14日禅林寺において入滅. 危篤に陥った教通を, 碁を打って治したなど, 洒脱な人柄をしのばせる逸話が多い. 後拾遺集初出. 378, 866, 1199

新左衛門《しんさえもん》 童名は良宇太. 生没年未詳. 父は散位従五位下中原経相. 同じ後拾遺歌人の小左近の妹. 図書頭季綱の妻. はじめ後朱雀院の梅壺女御生子に仕え, のち関白頼通家の女房となる. 長暦2年(1038)晩冬に催行された『源大納言家歌合』に出詠している新衛門はその人とも. 後拾遺集にのみ入集. 246, 297, 907

新宰相《しんさいしよう》 生没年未詳. 父は参議従三位藤原広業. 母は, 早稲田大学本勘物の「同家経朝臣」に従えば, 下野守安部信行女. 『栄花物語』「蜘蛛の振舞」で, 藤原通房病没の際北の方と弔問歌を交わす「宰相の君」は, その人かとされる. 後拾遺集にのみ入集. 1070

親範《ちかのり》 源. 生年未詳. 寛徳2年(1045) 7月30日没. 父は道済. 父を道済の男, 懐国(円の誤りか)とも伝える(尊卑分脈). 母は, 主計頭従四位下小槻忠臣女(陽明本勘物). 文章得業生を経て, 大内記従五位下に至る. 長暦2年(1038)『源大納言家歌合』, 長久2年(1041)『源大納言家歌合』に出詠. 能因との交際が知られる. 後拾遺集にのみ入集. 309

帥前内大臣《そちのさきのないだいじん》 →伊周

帥内大臣《そちのないだいじん》 →伊周

井手尼《いでのあま》 橘三位清子. 生没年未詳. 父は大納言橘好古. 『栄花物語』「玉の台」では「いにしへは」の作者は, 「山の井尼」とする. 典侍. 寛弘7年(1010) 1月20日, 従三位に叙せらる. 三条天皇に仕えた. 藤原道隆との間に好親(号井手少将入道)を儲けたほか, 道隆男山の井の大納言道頼とも関わりがあったらしく, 小一条院妃寛子女房の大納言の君は, 橘三位と道頼の女という. 「山の井尼」の呼称はこの道頼との関係に, また「井手尼」は橘氏創建の井手寺で出家もしくは在住した事に由来するかと推定されている. 後拾遺集にのみ入集. 1019

正家《まさいえ》 平. 生年未詳, 延久5年(1073)没か(勅撰作者部類). 父は出羽守正済. 母は長門守藤原信繁女. 後拾遺集にのみ入集. 1127

正言《まさとき》 弓削, のち大江に復姓. 生年未詳. 寛仁5年(1021)没か. 父は大隅守仲宣. 兄弟に以言・嘉言. 正暦4年(993)には勘解由判官, 寛弘3年(1006)には大学允. また出雲守も勤めたか. 『小右記』などから正暦4年(993)に藤原伊周の使いとして藤原実資邸を何度か訪問していることが知られ, 中関白家に近い人物であったらしい. 伊周の左遷に際しても従ったか. 弟嘉言とともに能因とも親しく交わり, 『能因集』や『玄々集』にその名が見える. 後拾遺集初出. 38, 496

西宮前左大臣《にしのみやさきのさだいじん》 →高明

成元《なりもと》 橘. 和歌橘大夫・烏大夫と号す. 生没

年未詳．父は能因の子孫にあたる忠元の伝があるが，能因の孫で，忠元と兄弟と想定する説もある．永保元年(1081)近江少掾に任じられた．天喜6年(1058)，康平6年(1063)の『丹後守公基朝臣歌合』や，延久4年(1072)『気多宮歌合』，寛治5年(1091)『従二位親子歌合』等に出詠．後拾遺集初出．　137

成助《なりすけ》　賀茂．大池神主と号す．長元7年(1034)生，永保2年(1082)没，49歳．父は賀茂神主成真．永承5年(1050)賀茂社権禰宜，同6年賀茂社神主となる．天喜4年(1056)従五位下に叙せられた．住吉の神主津守国基や良暹と昵懇で，橘俊綱の邸宅にも出入りしていた．入集歌から勅勘を蒙ったことが知られる．家集『成助集』は，古筆断簡1葉(3首)が伝わるのみ．いわゆる賀茂家歌人群の先達とされる．後拾遺集初出．　27, 58, 80, 849

成章《なりあきら》　高階．欲大弐と称された．正暦元年(990)生，天喜6年(1058)大宰府で没，69歳．父は春宮亮業遠．母は修理大夫業尹女，修理少進紀重平女，修理大夫業平女と3説あるがいずれとも決し難い．紫式部の女，大弐三位を妻とした．紀伊守・肥後守・阿波守・伊予守などを経て，天喜2年大宰大弐に任じられ，同6年正三位に至る．後拾遺集にのみ入集．　962

斉信《ただのぶ》　藤原．右金吾と号す．康保4年(967)生，長元8年(1035)3月23日没，69歳．父は恒徳公，法住寺太政大臣為光．母は左少将藤原敦敏女．道信は異母弟．長保3年(1001)実母兄を越えて権中納言に任じられる．寛弘5年(1008)正二位，寛仁4年(1020)大納言に至る．藤原公任・源俊賢・藤原行成とともに一条朝の四納言と称さる．寛和2年(986)『内裏歌合』に出詠の他，多数の詩会にも参加しており，源道済に鷹司殿屏風の詩を絶賛されてもいる．作品は『本朝麗藻』『本朝文粋』などに見える．『慈慧大僧正伝』の著者．また朗詠・管弦にもすぐれ『紫式部日記』や『枕草子』では貴公子として賞讃されている．後拾遺集初出．　113

政義《まさよし》　中原．生年未詳，永承2年(1047)没．父は大隅守重頼．左少史を経て，五位大外記．後拾遺集にのみ入集．　658

政成《まさなり》　源．生年未詳，永保2年(1082)没．父は経任．式部大丞・式部大夫・勘解由判官を勤めた．後拾遺集にのみ入集．　637, 747

清家《きよいえ》　藤原．生没年未詳．父は摂津守範永．母は但馬守能通女，但馬と称す．伊賀守従五位上(陽明本勘物．尊卑分脈では従四位上)．後冷泉院皇后寛子の宮の少進，のち皇太后宮大進をつとむ．天喜4年(1056)4月30日『皇后宮春秋歌合』では，六位の少進として左方念人として座を連ねたが，同歌合には父範永・母但馬ともに左方に出詠している．また伊賀のほか相模・加賀などの国司をつとめた．後拾遺集にのみ入集．　121

清基《せいき》　生没年未詳．伝未詳．父は石清水権別当栄春．栄春親弟子．母は石清水少別当大中臣定海女(石清水祠官系図)．石清水少別当となる．後拾遺集にのみ入集．　63

清少納言《せいしようなごん》　康保3年(966)頃出生，治安・万寿年間(1021–28)頃没と推定される．父は清原元輔．男兄弟に拾遺集作者戒秀，姉に藤原理能の妻らがいる．天元4年(981)頃橘則光と結婚，則長を儲ける．正暦4年(993)頃一条天皇の中宮定子に出仕し，和漢の才を発揮して，後宮の花形女房となるが，長保2年(1000)定子が崩じたのを期に宮仕えを辞したらしい．この前後に藤原棟世と結婚し，後拾遺歌人小馬命婦を儲けた(範永朝臣集)．晩年は，元輔の旧居「月の輪」に住んだか．重代の家柄に生れたことを重荷に感じていたらしい．随筆『枕草子』，家集『清少納言集』．中古三十六歌仙の1人．後拾遺集初出．　939, 1155

清成《せいせい》　寛弘7年(1010)生，治暦3年(1067)7月13日没，58歳．父は法印元命．母は鎮西松浦殿．師主を法成寺入道大相国，学師を木幡定基大僧都と伝える(石清水祠官系図)．長元10年(1037)3月9日元命に譲られて別当となる．天喜4年(1056)法印．康平5年(1062)4月別当を弟子清秀に譲り，即日検校に補せられる．『経衡集』(232・233番)に「八幡別当清成」と経衡との贈答が見え，年来の知己であったことが知られる．後拾遺集にのみ入集．　363

清仁親王《きよひとしんのう》　生年未詳，長元3年(1030)7月6日没．花山院皇子．母は平祐忠女平子．平子の母中務(歌人中務とは別人)が花山院との間に儲けた昭登との年齢関係から，長徳4, 5年(998–9)頃の出生とも．四品弾正尹．長保6年(1004)昭登とともに，裕福な祖父冷泉院の親王として宣下され，冷泉院第6皇子となる．わが子の将来を思う花山院の強力な

要請によるという．寛弘 8 年(1011) 8 月 23 日元服，叙四品．兄宮昭登と成人後も居を共にし，長和 2 年(1013) 4 月 25 日，三条邸を焼け出されて以後は，北山辺に 2 人で住したと言う(小右記・長和 3 年 5 月 11 日条)．後拾遺集にのみ入集．　846

盛少将《さかりのしようしよう》　生没年未詳．父は蔵人式部丞藤原貞孝．母は円融院乳母子，周防命婦．三条院女房(以上陽明本勘物)．但し『和歌色葉』は盛少将自身を「円融院乳母子，周防命婦以侍，名盛，同院女房」とする．雅通との恋愛贈答(85 番)を考えると円融院女房とするには年齢に問題があるか．なお父貞孝は天元 4 年(981) 9 月 4 日殿上間において頓死(日本紀略)，異例の出来事として『今昔物語集』『宇治拾遺物語』などに説話化されている．後拾遺集にのみ入集．　85, 828

聖梵《せいぼん》　生没年未詳．出自未詳．長元 9 年(1036)竪者．『和歌色葉』等に延暦寺から東大寺に移住したとあるのは，入集歌の詞書に拠ったものか．後拾遺集にのみ入集．　858

静円《じようえん》　長和 5 年(1016)生，延久 6 年(1074) 5 月 11 日没，59 歳．父は二条関白教通．母は小式部内侍．木幡権僧正．定基大僧都の弟子．長久 2 年(1041)入壇受職．永承 3 年(1048) 12 月 26 日に権律師となり，以後権少僧都・権大僧都を経て延久 2 年(1070) 5 月 9 日権僧正に至る．その間法成寺の権別当，木幡浄妙寺の別当をつとめた．母譲りの才もあってか歌に造詣が深く，長能歌の難語「そみかくた」を釈したという逸話もある(奥義抄)．また行尊との贈答歌も残るが(行尊大僧正集)，貴顕僧侶歌人として同じ園城寺僧の行尊・公円らにとっての先達的存在であった．後拾遺集初出．　45, 762

赤染衛門《あかぞめえもん》　生没年未詳．推定では天徳元年(957)—康保元年(964)の出生で，長久 2 年(1041)以後没とも．赤染時用女だが，実父は母の先夫平兼盛といわれる(袋草紙)．道長室鷹司殿倫子(源雅信女)に出仕．大江為基・大原少将源時叙らとも交渉を持つが(家集)，貞元(976–978)年中に大江匡衡と結婚．挙周・江侍従らを儲けた．長元 6 年(1033)「倫子七十賀屏風歌」の詠進，同 8 年『賀陽院水閣歌合』への出詠など，晩年に至るまで歌界の中核を支えた．中古三十六歌仙の 1 人．家集『赤染衛門集』．『栄花物語』正篇の作者にも擬せられる．拾遺集初出．　14, 68, 193, 194, 264, 275, 352, 410, 438, 439, 491, 511, 592, 594, 646, 680, 696, 710, 712, 859, 935, 1012, 1016, 1058, 1069, 1073, 1083, 1091, 1140, 1192, 1194, 1218

節信《ときのぶ》　藤原．生年未詳，寛徳元年(1044)没．河内権守となる．初めて能因に会った時，宝物である「長柄の橋をけずったかんなくず」をしめされたのに対し，節信は懐中からひからびた蛙を取り出し，「井手の蛙」だと言って，たがいに感激したという(袋草紙)．入集歌から筑紫に下った娘の存在が知られる．後拾遺集初出．　41, 494

選子内親王《せんしないしんのう》　大斎院とも．応和 4 年(964) 4 月 24 日生，長元 8 年(1035) 6 月 22 日没，72 歳．村上天皇の第 10 皇女．母は藤原師輔女，中宮安子．天延 2 年(974) 6 月 25 日三品に叙せられ，同 3 年(975)第 16 代斎院に卜定された．以来，長元 4 年(1031) 9 月 22 日老病を理由に退下(28 日落飾)するまで，円融・花山・一条・三条・後一条の 5 代，57 年間にわたって勤仕した．いわゆる大斎院サロンを形成し，歌合を催した．『大斎院前の御集』『大斎院御集』からはそのはなやかな日常生活が窺える．神に仕える身ながら仏教に帰依し仏に結縁を願った家集『発心和歌集』もある．拾遺集初出．　40, 468, 579, 1026, 1107, 1109, 1123

前中宮出雲《さきのちゆうぐういずも》　→出雲

素意《そい》　俗名は藤原重経．紀伊入道と号す．生年未詳，寛治 8 年(1094) 2 月 29 日没．父は越前守藤原懐尹．権中納言藤原重尹とも．母は大中臣輔親女．一説に源致書女(勘物)．祐子内親王家紀伊を妻(袋草紙)とも妹(和歌色葉)とも伝える．従五位下紀伊守に至るが，康平 7 年(1064)粉河寺で出家．延久 3 年(1071)多武峰に入り，永保 3 年(1083)和泉国に移る．永承 4 年(1049)『六条斎院歌合』に出詠，出家後にも『多武峰往生院千世君歌合』の判者をつとめたり，『従二位親子歌合』に出席している．橘為仲，良暹と昵懇．後拾遺集の作者であることを誇った逸話が残っている(袋草紙)．後拾遺集初出．　60, 259, 305, 402, 940, 998, 1036

相如女《すけゆきのむすめ》　藤原．生没年未詳．伝不詳．父は出雲守相如．『尊卑分脈』には兵庫頭藤原隆資の母と，加賀守源兼澄女で歌人命婦乳母の母の両方に「相如女」とあるが，同一人か不明．

『栄花物語』「見果てぬ夢」にも収載された，後拾遺集入集の1首のみが知られる．　565

相方《すけかた》　源．生年未詳，長徳4年(998)以降没(権記)．父は六条左大臣重信．母は中納言藤原朝忠女．播磨・備後守などを経て，長徳2年権左中弁となる．拾遺集初出．　1106

相模《さがみ》　生没年未詳．正暦末(-995)頃の出生で康平4年(1061)以後の没かと推定される．父未詳．母は慶滋保章女．母は源頼光と再婚．はじめ三条天皇中宮妍子に出仕．乙侍従はその頃の呼称かと思われる．長和年間(1012-17)に大江公資と結婚，寛仁4年(1020)その相模赴任に同行．女房名相模はこれに由来するが，秩満上京後公資とは破鏡．上京後入道一品宮脩子内親王家に再出仕．長元8年(1035)『賀陽院水閣歌合』をはじめとして多数歌合に出詠した．和泉式部・能因など先輩歌人から，後続の和歌六人党，出羽弁・源経信に至るまで幅広い交際を持った．家集は流布本の他，独詠歌のみで綴った特異な構成の『思女集』『異本相模集』を存す．中古三十六歌仙の1人．後拾遺集初出．　175, 206, 214, 370, 389, 401, 474, 475, 547, 549, 640, 643, 678, 679, 695, 702, 740, 753, 754, 758, 789, 795, 796, 814, 815, 816, 825, 830, 880, 881, 915, 930, 936, 941, 951, 954, 955, 1141, 1150

増基《ぞうき》　廬主と号す．生没年未詳．ただし，家集『いほぬし(増基法師集)』から，天暦10年(956) 10月1日庚申の詠が知られる．藤原朝忠・源雅信(重信か)らと昵懇．『大和物語』や後撰集の「増基法師」とは別人．中古三十六歌仙の1人．後拾遺集初出．　186, 392, 464, 508, 512, 730, 768, 1020, 1068, 1076, 1174, 1207

則成《のりしげ》　源．生没年未詳．父は道成．母は平親信女．和歌六人党の1人，兼長とは兄弟．文章生・蔵人・式部丞などを歴任．従五位下弾正大弼．後拾遺集にのみ入集．　614

則長《のりなが》　橘．天元5年(982)生，長元7年(1034)没，53歳．父は陸奥守則光．母は清少納言と伝える．正五位下，越中守．『枕草子』に則長の恋人から相談を受けた清少納言が，則長に歌を詠んでやる逸話が見える．『清少納言集』には則長の詠歌もある．入集歌の詞書(560番)から相模との婚姻関係を想定する説もある．後拾遺集初出．　301, 312, 478

た・ち・つ・て・と

大宮越前《おおみやえちぜん》　→越前

大弐三位《だいにのさんみ》　本名，藤原賢子．藤三位・越後弁・越後弁乳母とも．長保元年(999)頃の出生，永保2年(1082)頃の没と推定される．父は藤原宣孝．母は紫式部．上東門院彰子に出仕，藤原頼宗・定頼らの上流貴族に愛され，また源朝任とも交際があったが，藤原兼隆に嫁し，後の後冷泉天皇の乳母となる．のちに大宰大弐高階成章と結婚し，天皇即位に際し従三位典侍に至る．長元5年(1032)『上東門院菊合』，永承4年(1049)『内裏歌合』，永承5年『祐子内親王家歌合』などに出詠．家集『大弐三位集』．後拾遺集初出．　143, 202, 290, 348, 391, 709, 792, 997, 1100

大輔命婦《たいふのみょうぶ》　生没年未詳．大臣女と称したと伝え，母は小輔命婦という中宮女房であったという(栄花物語〔勘物〕)．もと源雅信家女房であったが，倫子に従い藤原道長家に入り，彰子入内の際，信望の篤い古参女房であったことが『紫式部日記』『栄花物語』の記述から窺える．万寿3年(1026)彰子落飾に際し，出家．後拾遺集に越前守藤原景理への恋歌が入集しているのみ．　682

大和宣旨《やまとのせんじ》　生没年未詳．父は中納言平惟仲．母は藤原忠信女(陽明本勘物)．左京大夫藤原道雅と結婚し，少僧都に至った観尊の他，一女を儲けたが，離別して三条天皇中宮妍子に出仕．のち大和守藤原義忠の妻となった．永承4年(1049)『六条斎院歌合』に出詠の大和や，天喜3年(1055)『六条斎院禖子内親王家物語歌合』の際に「菖蒲かたひく権少将」(散佚)を提出した大和，『栄花物語』「蜘蛛の振舞」中で出羽弁と共に歌を詠じている宣旨，また『橘為仲朝臣集』の「中宮の大和の君」，『出羽弁集』の「山と」など同時代に同人と考えられる人物が存在するが，いずれとも決し難い．後一条天皇中宮威子宣旨で章子内親王の乳母との混同もあるが，これは「宮の宣旨」と呼ばれる別人であったらしい．後拾遺集にのみ入集．　550, 735, 809

堪円《たんえん》　生没年未詳．伝不詳．延暦寺阿闍梨．伊予国人．『左経記』長元7年(1034) 11月30日の条に「慈覚門徒」としてその名が見える．後拾遺集にのみ入集．　473

致時《むねとき》　中原．天徳4年(960)生，寛弘8年

(1011)7月8日没(地下家伝)，52歳．父は有象．永観2年(984)大外記，永延元年(987)博士に任じられる．肥前守，信濃守，伊勢守を歴任．従四位上．後拾遺集の入集歌のみが知られる．　82

筑前乳母《ちくぜんのめのと》　生没年未詳．父は筑前守高階成順．母は伊勢大輔．姉妹に康資王母，兼俊母らがいる．延久元年(1069)斎宮に卜定された俊子内親王の乳母(陽明本勘物)．『和歌色葉』では名誉歌仙に選ばれているが，後拾遺集に1首と，金葉集に採入されている1首のみが現存．　300

中宮内侍《ちゅうぐうのないし》　→内侍

中将1《ちゅうじょう》　生没年未詳．父は左京大夫藤原道雅．母は山城守正五位下藤原宣孝女という．後拾遺所載歌5首中4首までが東山長楽寺に住していたときの詠で，長楽寺中将とも称された(顕昭・後拾遺抄注)．上東門院彰子の女房．少将尼と号したというが(陽明本勘物)，長元4年(1031)上東門院石清水・住吉詣でに名を連ねる「少将の尼君」(栄花物語・殿上の花見)はその人か．また永承6年(1051)催行と目される，『六条斎院歌合』にみえる道雅三位女は同一人物とする説もある．中古三十六歌仙の1人．後拾遺集にのみ入集．　66, 92, 344, 1040, 1110

中将2《ちゅうじょう》　生没年未詳．父は斎院長官源為理．母は大江雅致女．和泉式部の姪にあたる．時の斎院選子内親王家に出仕したことが『大斎院御集』に見える．おなじく選子家に仕えた中務は同母妹とされる．紫式部の兄弟，藤原惟規と恋愛関係にあった．後拾遺集初出．　851

中将尼《ちゅうじょうのあま》　生没年未詳．父は大和守従五位上清時．高階明順に嫁し，成順を生んだという．『匡衡集』『赤染衛門集』にその詠歌が多数見られる．『道綱母集』にも贈答があり，『玄々集』にも1首採歌されている．後拾遺集にのみ入集．　1129

中納言女王《ちゅうなごんのにょおう》　生没年未詳．父は小一条院．一説に，小一条院女房．関白師実の女房とも．母は伊賀守従五位下源光清の女で，源式部．中納言藤原通任の猶子となり中納言と号したという．嘉保元年(1094)『高陽院七番歌合』，永長元年(1096)『中宮権大夫家歌合』，長治元年(1104)『左近衛権中将俊忠朝臣家歌合』に出詠している「中納言の君」の作を勅撰集では彼女の和歌として入集しており，同一人物とすると，源頼綱に嫁し，金葉集歌人仲正を儲けた女性か．後拾遺集初出．　298

中務《なかつかさ》　生没年未詳．父は斎院長官為理．母は大江雅致女か．斎院中将の同母妹．『大斎院御集』に登場する祭の使「おやなど斎院のひとなりける」中務典侍はその人か．後拾遺集初出．　339, 850

中務典侍《なかつかさのすけ》　生没年未詳．父は藤原興方．藤原惟風の妻で，三条天皇中宮藤原妍子の乳母となる．本名藤原高子，後に改名して灑子となった人物とは別人か．後拾遺集にのみ入集．　878

忠家《ただいえ》　藤原．小野宮と号す．長元6年(1033)生，寛治5年(1091)11月7日没，59歳．父は権大納言長家．母は源高雅女，従三位懿子．俊成の祖父．承暦4年(1080)大納言に至る．周防内侍の『百人一首』歌をめぐるエピソードで名高い．後拾遺集初出．　736

忠家母《ただいえのはは》　従三位源懿子．生没年未詳．父は中宮亮源高雅．美濃守基貞の女(今鏡)とも．権大納言藤原長家の室となる．長元6年(1033)忠家を出生．後拾遺集初出．　761

忠信女《ただざねのむすめ》　宇治．生没年未詳．伝不詳．後拾遺集に1首のみ入集しているが，これを忠信母の作とする伝もある．　833

忠命《ちゅうみょう》　寛和2年(986)生，天喜2年(1054)3月1日没，69歳．天台寺門宗智証系の門徒で，三井寺の僧．また延暦寺にいたこともあったらしい．治安元年(1021)5月法華三十講講師をはじめ，道長の仏事や上東門院彰子，関白頼通らの仏事には必ず勤仕している．朝廷・後宮でも重用され，長久2年(1041)には法橋上人に叙せられた．和歌六人党との交際も知られる．『寺門高僧記』は「三井歌仙」と伝え，『袋草紙』に三井寺の僧で実弟増珍が，重代の家柄でありながら和歌が苦手であったという逸話を残す．後拾遺集初出．　196, 544

長家《ながいえ》　藤原．幼名，小若君．三条民部卿と称さる．寛弘2年(1005)8月20日生，康平7年(1064)11月9日没，60歳．御子左家の祖．父は御堂関白道長．生母は源高明女，高松殿明子．鷹司殿倫子の猶子となる．行成女・斉信女を妻とするが，いずれとも死別．忠家は息．万寿元年(1024)正二位に叙せられ，同5年24歳で権大納言となるが，のち昇進せず没するまで留任．政治家として頭角を現

わしえず，自邸で歌会，詩会を催すなど文壇のパトロン的存在となった．長元8年(1035)『賀陽院水閣歌合』等に出詠．家集が存したらしい(夫木和歌抄)が現存しない．後拾遺集初出．　93, 224, 393, 855

長国《ながくに》　中原．生年未詳，天喜2年(1054) 12月没．父は大隅守重頼．藤原頼方女を妻とした．外記から大外記に至った．寛徳元年(1044)但馬介として，宋国商客の対応にあたったことが分かる．肥前守として『太宰大弐資通卿家歌合』に出詠．『中右記部類紙背漢詩集』『和漢兼作集』等に作品が残る．『江談抄』に説話あり．後拾遺集初出．　952

長国妻《ながくにのつま》　生没年未詳．伝不詳．父は石見守藤原頼方．後拾遺集にのみ入集．　868

長済《ちようさい》　万寿元年(1024)生，永保2年(1082)没，59歳．父は藤原家経．母は中宮大進藤原公業女．姉妹に通俊の兄通宗の妻がいる．東大寺律師．真福寺律師ともいう．承暦4年(1080)律師．『散木奇歌集』に連歌上句の作者としてその名が見える．後拾遺集の他，金葉集には母の夢の中で詠じた和歌1首が入集．200, 395, 1023

長算《ちようさん》　正暦3年(992)生，天喜5年(1057)没，66歳．父は，少納言従四位下朝典(朝忠・朝範の伝もある)．母は，筑前守藤原兼清女(兼法女とも)．天台宗，延暦寺の僧．長元元年(1028) 11月に法成寺で行われた藤原道長の法会で，講師を勤めている．長久2年(1041)権律師，永承5年(1050)に権少僧都，慈徳寺別当，法興院別当などを経て，天喜3年(1055)権大僧都．『小右記』『左経記』にその名が見える．後拾遺集にのみ入集．　420

長能《ながよし》　藤原．「ながとう」とも．天暦3年(949)頃の出生，長和年間(1012–17)没と推定されている．父は伊勢守倫寧．母は刑部大輔源認女．『蜻蛉日記』の作者道綱母の弟．天元5年(982)右近将監，永観2年(984)蔵人となる．以降近江少掾・図書頭・上総介・伊賀守などを歴任した．花山院春宮時代の帯刀先生でもあり，院の恩顧をうけて歌壇の重鎮として活躍し，拾遺集編纂にも関与したか．また能因の師と伝えられ，歌道師承の始まりとされる．自作の和歌を藤原公任に非難され死に至ったなど歌道に執する逸話が伝わる．中古三十六歌仙の1人．『道綱母集』の編者ともいう．家集『長能集』．拾遺集初出．　11, 47, 160, 256, 274, 289, 306, 323, 338, 467, 615, 713, 797, 818, 829, 931, 1022, 1122, 1164, 1165

長房《ながふさ》　藤原．本名師光．長元3年(1030)生(一説に長元2年)，康和元年(1099) 9月没，70歳．父は権大納言経輔．母は日野三位藤原資業女．承保4年(1077)正三位，永保3年(1083)参議に至り，のち大蔵卿・大宰大弐等を歴任．永承4年(1049)・永承6年・承暦2年(1078)の『内裏歌合』などにも参加・出詠した．『出羽弁集』にその名が見える．『袋草紙』は秀歌3首を持っていることを自慢した話を伝える．後拾遺集初出．　351, 837

朝光《あさみつ》　藤原．閑院大将と号す．天暦5年(951)生，長徳元年(995) 3月20日没，45歳．父は関白太政大臣兼通．母は醍醐天皇皇子有明親王女，従二位能子(一説に昭子とも)．応和3年(963)叙爵，父の鍾愛を受け順調に昇進，天延2年(974) 24歳にして参議，貞元2年(977)権大納言となるが，同年父が没して以後は官位も停滞した．正二位大納言に至る．権門歌人として活躍，また自ら歌合も催行したらしい(天延3年〔975〕2月・堀河中納言家歌合)．家集『朝光集』には小大君・馬内侍ら後宮女房らとの恋愛贈答や，小一条済時・大江為基・藤原高光らとの交友が伝えられている．拾遺集初出．　541, 948

朝任《あさとう》　源．号三条別当．永祚元年(989)生，長元7年(1034) 9月16日没，46歳．左大臣源雅信孫．父は大納言時中．母は参議藤原安親女．蔵人頭，左中将などをつとめて治安3年(1023) 12月参議．万寿3年(1026)，右兵衛督を兼ね，長元2年(1029) 1月，従三位に至る．治安3年8月，大宮彰子が土御門邸に遷御した折の和歌会(栄花物語・御裳着)や，万寿元年高陽院駒競の行幸後宴和歌(同・駒くらべの行幸)などで歌を奉っている．後拾遺集にのみ入集．　934

朝範《ちようはん》　治安3年(1023)生，承暦2年(1078)没，56歳．父は周防守平棟仲．母は但馬守橘則隆女．異母妹に周防内侍がいる．比叡山にて出家し，承保3年(1076)律師となる．後拾遺集にのみ入集．　953, 1039

通俊《みちとし》　藤原．永承2年(1047)生，承徳3年(1099) 8月16日没，53歳．父は大宰大弐経平．実母は高階成順女．藤原家業女で経平正室の猶子となった．通宗は兄．応徳元年(1084)参議右大弁，寛治8年(1094) 6月権中納

言，同年12月治部卿・従二位に至る．白河天皇の側近として信厚く，大江匡房と並び称せられ，「近古の名臣」とも讃えられたが，歌人としては当代歌壇長老の源経信には及び難く，後拾遺集撰者となったことについて様々な憶測・論議を呼んだ．承保2年(1075)『殿上歌合』，承暦2年(1078)『内裏歌合』など多数の歌合に出詠，応徳3年『故若狭守通宗朝臣女子達歌合』では判者を務めた．大江佐国を漢詩文の師とし，『中右記部類紙背漢詩集』などに作品を残している．著作『通俊卿記』『叙位除目私記』『除目抄』『通俊抄』『通俊次第』『幄中抄』などがあったらしいが散佚．後拾遺集初出．　108, 136, 346, 532, 731

通宗《みちむね》　藤原．長久元年(1040)前後に出生か．応徳元年(1084)4月没．父は大宰大弐経平．母は高階成順女．通俊は弟．子に後拾遺集の清書をしたと言われる隆源，歌人の二条太皇太后宮大弐がいる．天喜元年(1053)右兵衛佐の職にあったが，少納言藤原能季と争い除籍された．承保4年(1077)周防守となるが，永保元年(1081)父経平と商宋忠孫との密交の一件により若狭守に左遷．極位は正四位下．延久4年(1072)『気多宮歌合』を主催，承暦2年(1078)『内裏後番歌合』に代作歌人として出詠．永保3年『後三条院四宮侍所歌合』では判者をつとめている．藤原経衡・藤原範永・良暹・源縁・津守国基らとの交流が知られる．後拾遺集初出．　122, 140, 171, 303

通房《みちふさ》　藤原．幼名長君．宇治大将と号す．万寿2年(1025)生，長久5年(1044)流行病にて没，20歳．宇治関白頼通の嫡男．母は右兵衛督源憲定女．参議を経ずして長暦3年(1039)権中納言，正二位，長久3年(1042)権大納言に至る．土御門右大臣師房の女を妻とした．早世した貴公子を悲嘆する周囲の様は『栄花物語』「蜘蛛の振舞」に詳しい．後拾遺集初出．　245

通頼《みちより》　藤原．生年未詳，正暦4年(1080)没か(勅撰作者部類)．父は右少弁雅材．従五位下，加賀権守．世に五位摂政と呼ばれた惟成と兄弟か．拾遺集の道頼はこの人とも．後拾遺集にのみ入集．　617

定季《さだすえ》　源．長久3年(1042)10月2日没．父は正三位参議頼定．母は橘輔正女．従五位上右少将に至る．後拾遺集にのみ入集．　668

定成《さだしげ(さだなり)》　坂上．生年未詳，寛治2年(1088)3月没か．父は範親．母は和泉国の人という．従五位上河内守．明法博士．主計管師．後拾遺集にのみ入集．　115, 138

定輔女《さだすけのむすめ》　生没年未詳，父は藤原定輔朝臣．後拾遺集にのみ入集．　591

定頼《さだより》　藤原．四条中納言と称さる．長徳元年(995)生，寛徳2年(1045)1月19日没，51歳．父は大納言公任．母は村上天皇皇子昭平親王女．寛弘4年(1007)叙爵，右中弁・蔵人頭を経て寛仁4年(1020)参議，長元2年(1029)権中納言，長久3年(1042)正二位，同4年兵部卿を兼ねる．同5年病のため出家．長元8年『賀陽院水閣歌合』に出詠．自撰部と他撰草稿部をあわせもつ一類本と他撰再稿本を含む二類本の2種の家集を存す．中古三十六歌仙の1人．後拾遺集初出．　114, 144, 162, 225, 357, 365, 477, 486, 502, 847, 929, 956, 1011, 1055

定頼母《さだよりのはは》　生没年未詳．父は村上天皇第9皇子入道四品昭平親王．母は多武峰少将高光女．永観2年(984)に昭平親王が出家して後は，粟田関白道兼の養女となる．正暦初年(990–)頃，公任と結婚．定頼・教通室(弘徽殿女御生子母)らを儲けた．血族には出家者が多いが，自身も長和元年(1012)，女と教通の結婚の頃にはすでに出家している．尼上として，公任とともにながく子らを後見した．後年は，娘婿教通の小二条邸に身をおいたようである(栄花物語)．後拾遺集初出．　563

土御門右大臣《つちみかどうだいじん》　→師房

土御門右大臣女《つちみかどうだいじんのむすめ》　生没年未詳．父は右大臣源師房．母は藤原道長女．右大将通房の妻となるが，通房は20歳で夭折する．後拾遺集初出．　576

土御門御匣殿《つちみかどみくしげどの》　本名光子．生年未詳，万寿3年(1026)没．父は大蔵卿藤原正光．母は西宮左大臣源高明女(勅撰作者部類)との伝がある他，対御方と称したともいう(陽明本勘物)．三条院皇太后宮妍子の女房で，三条天皇が土御門殿行幸の時に，叙位．権中納言兼左兵衛督従二位藤原公信の室となる．『栄花物語』「衣の珠」に病気・逝去の記事がみえる．後拾遺集にのみ入集．　142, 960

東三条院《とうさんじょういん(ひがしさんじょういん)》　藤原詮子．応和2年(962)生，長保3年(1001)閏12月22日没，40歳．父は法興院関白兼家．母は摂津守藤原中正女，時姫．天元元年(978)円融天皇に

入内し梅壺女御，同3年懐仁親王(後の一条天皇)を出生，寛和2年(986)皇太后，正暦2年(991)円融法皇崩御により出家，院号宣下．一条天皇を動かし，道長を関白の位に付けた．寛和2年(986)『皇太后宮歌合』を催した．また長保3年には四十賀屏風が道長により企図された．後拾遺集初出．　1003

棟仲《むねなか》　平．生没年未詳．康平2年(1059)まで生存か．父は安芸守重義．母は藤原高節の養女となった藤原道隆女．兄に教成，子に周防内侍仲子，律師朝範．万寿2年(1025)7月蔵人検非違使として丹生使を勤める．長暦3年(1039)内侍所御神楽に，長久元年(1040)9月の神楽にも歌人として召されている．因幡・周防守を歴任，従五位上に至る．和歌六人党の1人．長暦2年・長久2年の『源大納言家歌合』に出詠．歌合の講師を勤めた折に，論難されると偽作の証歌を詠み上げたという逸話が残る．後拾遺集にのみ入集．　589, 1066

統理《むねまさ》　藤原．生没年未詳．父は祐之．天台座主明快は甥．少納言従五位上に至る．拾遺集・哀傷部公任歌(1336番)の詞書等から，正暦6年(995)頃出家し，滋賀に住んでいたと推測される．後拾遺集にのみ入集．　1032

藤三位《とうさんみ》　藤原親子．治安元年(1021)生，寛治7年(1093)10月21日没，73歳(中右記)．父は大和守親国．母は伊豆守従五位上高階光衡女(陽明本勘物)．隆経に嫁し，顕季を儲ける．知綱母亡きあとただ1人の白河院乳母として政界に隠然とした勢力を持ち，地下の出では異例の従二位に上った．寛治7年白河院は親子病の危急を聞き，度々見舞に駆けつけている(中右記)．周防内侍との親交が知られる．寛治5年『従二位親子歌合』を主催．後拾遺集にのみ入集．　37, 444

童木《わらわぎ》　生没年未詳．父母未詳．後拾遺集にのみ入集．　684

道雅《みちまさ》　藤原．幼名は松君．荒三位・悪三位とも．正暦3年(992)生，天喜2年(1054)7月20日没，63歳(62歳とも)．父は儀同三司伊周．母は大納言源重光女．妻にのち義忠妻となり大和宣旨と号した女性が知られ，娘に上東門院中将がいる．長和5年(1016)斎宮退下直後の皇女当子に通い三条院の怒りを買い，寛仁元年(1017)院に勘当され，万寿3年(1026)中将も免ぜられて右京権大夫に貶された．のち，寛徳2年(1045)左京大夫，永承6年(1051)備中権守となる．中関白家没落の中にあって粗暴無頼の奇行が多く伝わるが，晩年は西八条邸に閑居し，和歌六人党を中心に，受領歌人らと障子絵合に代表される雅会を催して，数寄に徹したらしい．中古三十六歌仙の1人．後拾遺集初出．　742, 748, 749, 750, 751

道綱母《みちつなのはは》　藤原．傅殿母上・右大将道綱母・右近大将道綱母とも．一般に，長徳元年(995)5月没，60歳と推定されている．父は伊勢守倫寧．母は刑部大輔源認女．同母弟に長能，姪に『更級日記』の作者菅原孝標女らがいる．天暦8年(954)藤原兼家と結婚，翌年道綱を生む．著作『蜻蛉日記』は，兼家との結婚生活を中心に，天延2年(974)までの21年間のことを記している．本朝三美人の1人とされ，和歌にも秀れていた．小一条左大臣藤原師尹五十の賀の屏風歌の他，寛和2年(986)『内裏歌合』に道綱の代作を，正暦4年(993)『帯刀陣歌合』にも詠進．中古三十六歌仙の1人．家集『傅大納言殿母上集』．拾遺集初出．　700, 823, 869, 870, 894, 903, 1215

道済《みちなり》　源．生年未詳，寛仁3年(1019)任国筑前で没．父は能登守方国．祖父に信明，息に懐円．文章生より長徳4年(998)宮内少丞，長保3年(1001)蔵人，寛弘元年(1004)式部大丞，長和4年(1015)筑前守兼大宰少弐となり，寛仁2年(1018)正五位下に至る．激しやすい性格から「船路君」と称されたという．大江以言の弟子．『本朝麗藻』等に詩文が収録されている他，東三条院詮子四十賀の屏風や，長保5年『左大臣家歌合』にも詠進している和漢兼作の人．『拾遺集』の編纂に関与したらしい．能因・高遠らとの交流が知られる．中古三十六歌仙の1人．歌学書『道済十体(「和歌十体」とも)』は『忠岑十体』を抄出したもので道済撰とすることには疑問も持たれている．家集『道済集』．拾遺集初出．　125, 126, 135, 177, 255, 316, 318, 341, 406, 463, 484, 485, 534, 535, 647, 780, 794, 804, 949, 992, 1059, 1200

道信《みちのぶ》　藤原．天禄3年(972)生，正暦5年(994)7月11日没，23歳．父は法住寺太政大臣為光．母は一条摂政伊尹女．寛和2年(986)兼家の養子として凝花舎で元服．左近中将，従四位上に至る．藤原実方・公任・為頼

の他，藤原済時女・小大君・小弁らとの交流が知られる．容貌・心情ともに秀れ，いみじき和歌の上手であった早世の才子は，花山院女御婉子を実資と争った話をはじめとして『今昔物語集』などに多くの逸話を残す．中古三十六歌仙の1人．家集『道信朝臣集』．拾遺集初出．　69, 465, 470, 644, 671, 672, 673, 676, 767, 798, 968

道成《みちなり》　源．生年未詳，長元9年(1036)没．父は則忠．母は，長門守正五位下藤原由忠女(陽明本勘物)．息に則成・兼長がいる．寛弘7年(1010)に若狭守，のち信濃守，因幡守，隠岐守等を歴任．東宮少進などもつとめ，正四位下右馬権頭に至る．家集『道成集』．後拾遺集にのみ入集．　578

道長《みちなが》　藤原．御堂関白・法成寺などとも．法名行観・行覚．康保3年(966)生，万寿4年(1027) 12月4日没，62歳．父は兼家．母は摂津守藤原中正女，時姫．永延元年(987)従三位，参議を経ずして同2年権中納言となる．長徳元年(995)兄道隆・道兼の相次ぐ薨去の後，伊周を退け，姉詮子の助力により内覧宣旨をうけて，右大臣・氏長者となる．長和5年(1016)摂政，寛仁元年(1017)従一位太政大臣に至るが，翌2年太政大臣を辞し，出家．一家から三后を出し，三代の天皇の外戚となって，藤原氏全盛時代を築きあげた．寛弘年間(1004–12)には多くの作文会を催し，作詩もしている．また和歌にも関心を示し，長保5年(1003)『左大臣家歌合』を主催した．和漢の書の収集にも務める一方，自ら書写もし，道長筆の『親神楽和琴秘譜』が現存．出家後は法成院の造営など多くの仏事に携わった．日記『御堂関白記』，家集『御堂関白集』．拾遺集初出．　17, 416, 1103, 1108, 1112

道命《どうみょう》　道命阿闍梨と称さる．天延2年(974)生，寛仁4年(1020) 7月4日没，47歳．父は大納言藤原道綱．母は中宮少進源広女．永延元年(987)比叡山延暦寺に入山，天台座主慈恵大僧正(良源)の弟子となった．誦経の名手としても知られる．嵯峨法輪寺に住し，長保3年(1001)延暦寺総持寺阿闍梨，長和5年(1016)天王寺別当．幼少から花山院とは親しい間柄であった．和泉式部との交際をはじめとして希代の好色であったなど様々な逸話の持ち主でもある．中古三十六歌仙の1人．家集『道命阿闍梨集』．後拾遺集初出．　103, 182, 198, 199, 270, 618, 626, 627, 633, 663, 772, 785, 885, 886, 887, 1075

な・に・の

内侍《ないし》　山井中務・中宮内侍と号す．生没年未詳．父は藤原有家．母は越前守雅致女．高階泰仲の母．小一条院女御寛子の女房であったが，後に関白頼通家に出仕し，後冷泉天皇皇后章子内親王が立后した際には掌侍となった．入集歌の詞書から，高階成棟(558・958番)や加賀左衛門と親交があり，晩年尼になったこと(1025番)がわかる．後拾遺集のみに入集．386, 558, 958, 1025

内大臣《ないだいじん》　→師通

入道摂政《にゅうどうせっしょう》　→兼家

入道前太政大臣《にゅうどうさきのだいじょうだいじん》　→道長

能因《のういん》　俗名橘永愷．法名融因，後に能因．肥後進士・古曾部入道と称さる．永延2年(988)生，永承5,6年(1050–1)頃没か．父は長門守元愷か．実父は系譜上祖父にあたる忠望とも．子に橘元任と女子1人がいた．文章生となったが，長和2年(1013)出家，摂津の難波・児屋・古曾部などに住み，奥州をはじめ諸国を旅した．生涯を通じ歌人達との幅広い交流が知られ，藤原長能とは師弟関係にあり師伝相承の始まりとされる他，和歌六人党の指導者的な立場にあったといわれる．歌道執心の姿が説話として伝えられている．中古三十六歌仙の1人．私撰集『玄々集』，歌学書『能因歌枕』を著した．『八十島記』『題抄』は，散佚．また『枕草子』には「能因所伝本」と称される系統の本文が伝存．自撰家集『能因集』．後拾遺集初出．　39, 43, 98, 117, 118, 167, 189, 201, 218, 226, 243, 287, 296, 366, 384, 394, 405, 452, 507, 514, 517, 518, 519, 553, 624, 651, 788, 893, 1042, 1172, 1216

能信《よしのぶ》　藤原．長徳元年(995)生，康平8年(1065) 2月9日没，71歳．父は道長．母は源高明女，高松殿明子．頼宗・長家と同腹．正二位権大納言に至る．三条天皇皇女禎子(後朱雀帝妃)の宮の大夫を長く勤め，寛徳2年(1045)御代がわりの折には禎子男尊仁親王(後三条帝)の立坊に尽力．以後も春宮大夫の職にあって，養女茂子(閑院公成女，白河天皇母)を後宮に入れるなど後三条擁立に勤めた．後三条の世を見る事なく没したが，天皇即位ののち正一位太政大臣を贈らる．白河院

は能信を「大夫殿」と尊称したという(今鏡). 後拾遺集初出. 443

能宣《よしのぶ》 大中臣. 号は三条. 延喜21年(921)生, 正暦2年(991)8月没, 71歳(一説に正暦3年没, 70歳とも). 父は頼基. いわゆる大中臣家重代歌人の1人. 息子に輔親がいる. はじめ蔵人所に勤務し, 天暦5年(951)その労により讃岐権掾となるが, のち家職を継いで伊勢神宮に奉仕した. 天延元年(973)第28代祭主, 寛和2年(986)正四位下に至る. 天暦5年村上天皇の命により和歌所の寄人として万葉集訓読と後撰集撰進の作業に携わった. 安和元年(968), 天禄元年(970)には冷泉・円融帝の大嘗会の和歌を詠進した他, 多数の歌合に出詠した. 三十六歌仙の1人. 清原元輔・曾禰好忠・源順らとの交流が家集『能宣集』から窺える. 円融・花山両帝に家集を召された. 拾遺集初出. 5, 6, 9, 19, 34, 51, 73, 96, 134, 152, 163, 174, 185, 232, 284, 310, 328, 354, 396, 520, 641, 648, 649, 723, 1149, 1151

能通《よしみち》 藤原. 生没年未詳. 父は皇太后宮権大夫永頼. 母は木工頭宣雅女. 寛弘4年(1007)内蔵権頭, 長和3年(1014)太皇太后宮亮, 寛仁元年(1017)右馬頭となる. その間, 淡路・甲斐・備後などの国司を歴任. 従四位下但馬守に至る. 摂関家殷賑受領の1人で, 寛弘5年敦成親王誕生の際には家司別当に任じられている. 特に道長男教通に近しく, その家司として終生奉仕したらしい. 『造興福寺記』永承2年(1047)2月21日の記事を最後の消息とする. なお通憲入道信西は, その四代の後胤にあたる. 後拾遺集にのみ入集. 623, 705

は・ひ・へ・ほ

馬内侍《むまのないし》 「むま」・中宮内侍とも. 生没年未詳. 父は源致明. 叔父時明の養女となったか. 『和歌色葉』は拾遺集歌人の隆円を子と伝えるが, 疑わしい. 村上朝で斎宮女御徽子に, 円融朝には媓子に, 花山朝では選子内親王に, また, 一条天皇中宮定子にも出仕した. 藤原朝光や藤原道隆をはじめ, 藤原道長・同公任・同実方ら多くの権門貴族達との華やかな交際が知られるが, 晩年は出家して宇治に隠棲したと言われる. 中古三十六歌仙の1人. 家集『馬内侍集』がある他, 『大斎院前の御集』から40余首の和歌が知られる. 拾遺集初出. 70, 606, 630, 769, 876, 904, 923, 932, 938, 1021, 1047, 1097

白河天皇《しらかわてんのう》 名は貞仁. 天喜元年(1053)生, 大治4年(1129)7月7日没, 77歳. 第72代天皇. 後三条天皇第1皇子. 母は藤原公成女で, 藤原能信の養女となった, 贈皇太后茂子. 延久元年(1069)立坊. 同4年即位. 応徳3年(1086)11月26日に譲位し, 以後堀河・鳥羽・崇徳の3代にわたって院政を敷く. 嘉保3年(1096)落飾, 法皇となる. 大井河行幸和歌, 承保3年(1076)『殿上歌合』, 承暦2年(1078)『内裏歌合』『郁芳門院根合』『鳥羽殿北面歌合』などを主催. 後拾遺集・金葉集の下命者. 後拾遺集初出. 277, 283, 315, 362, 379, 632, 1050

範永《のりなが》 藤原. 津入道と号す. 生没年未詳. 父は尾張守中清. 母は藤原永頼女. 小式部内侍との間に娘を儲けている. 春宮少進・伯耆守・尾張守・大膳大夫・但馬守・阿波守・摂津守などを歴任し, 延久2年(1070)頃出家. 和歌六人党の1人として受領層歌人らの指導者的立場にあった. また相模ら女流歌人をも含めた広範な交遊関係が知られる. 藤原公任が讃した詠草を錦の袋に納めて重宝としたなどの逸話が残る. 家集『範永朝臣集』. 後拾遺集初出. 23, 49, 207, 258, 304, 367, 372, 373, 456, 848, 867, 902, 1053, 1178

範永女《のりながのむすめ》 藤原. 尾張と号す. 生没年未詳. 父は範永. 母は小式部内侍. 堀河右大臣家の女房. 承香殿女御にも仕えたか(難後拾遺). 後拾遺集にのみ入集. 819

美作《みまさか》 生没年未詳. 父は美作守従四位上源資定. 母は斎院出羽弁(陽明本勘物). 始め六条斎院禖子内親王家に出仕, のち後冷泉院皇后四条宮寛子の女房となる. 永承から承暦にかけての『六条斎院歌合』に20回にわたり出詠した他, 承暦2年(1078)4月30日『内裏後番歌合』にも歌を寄せている. 後拾遺集に2首, 金葉集三奏本に1首入集. 79, 183

美作三位《みまさかのさんみ》 藤原豊子. 宰相の君, 弁の宰相の君, 讃岐の宰相とも. 生没年未詳. 父は右大将道綱. 道命阿闍梨の妹. 讃岐守大江清通に嫁し, 後年美作守となった定経を儲けた. 彰子付きの女房として出仕し, 寛弘5年(1008)敦成親王(後一条院)の乳母となり, 後年, 三位に叙せられた. 長元9年(1036)院崩御に伴い, 落飾. この間, 寛弘6年敦良親王誕生

の際には御湯奉仕，治安3年(1023)禎子内親王の裳着では髪上げの役を，長元3年章子内親王の袴着にも列席，また中宮威子の髪上げに奉仕するなど道長家の重要な女房として活躍した．『紫式部日記』では，式部と最も親しく，美しい中宮女房として描かれている．『赤染衛門集』から赤染とも昵懇であったことが知られる．後拾遺集にのみ入集．　582

備前典侍《びぜんのすけ》　生没年未詳．父は源雅通．後冷泉天皇乳母．備前守兼長の妻となる．後拾遺集に雅通女として1首入集している人物や，『栄花物語』に登場する馨子内親王乳母の雅通女とは姉妹か．後拾遺集にのみ入集．　184

兵衛内侍《ひょうえのないし》　生没年未詳．父は信濃守源守信・信濃守源隆俊・信濃守隆信と諸説あるが，いずれとも決し難い．『栄花物語』の兵衛内侍，『権記』の兵衛内侍，『御堂関白記』の兵衛典侍と同一人物とも．また一連の『六条斎院歌合』に出詠した兵衛に擬する説もある．『定頼集』『範永朝臣集』にも同じ名が見える．後拾遺集に1首，新千載集の1首(定頼との贈答歌)もこの人か．　913

遍救《へんぐ》　生年未詳．長元3年(1030) 10月12日没．多くは，枇杷左大臣藤原仲平男と伝えるが，『栄花物語』には仲平は子がなかったという．天台宗，左京の人．長元元年少僧都．『続本朝往生伝』は桓舜・貞円・日序に加え，四傑と記す．『無動寺検校次第』の遍救は，遍教のこと．後拾遺集にのみ入集．　741

弁乳母《べんのめのと》　藤原明子．生没年未詳．父は加賀守藤原順時．母は肥後守紀敦経女．参議藤原兼経の室となり，顕綱を儲ける．讃岐典侍は孫女．長和2年(1013)禎子内親王(陽明門院)の乳母となる．藤原頼通や道綱との親交も伝えられるが，後年，頼通歌壇では疎隔され晴の場での詠出は少ない．反面，白河朝では承保3年(1076)『大井河行幸和歌』に出詠，承暦2年(1078)『内裏歌合』で孫家通の和歌を代作するなど活躍した．『玉葉集』の「二条院宣旨」と同一人とする説もあるが疑問．家集『弁乳母集』があり，江侍従・周防内侍・命婦乳母らとの交流も知られる．後拾遺集初出．　61, 72, 779, 899, 1056, 1071, 1185

保昌《やすまさ》　藤原．天徳2年(958)生，長元9年(1036)没，79歳．父は右京大夫致忠．母は醍醐天皇の皇子源元明女．輔尹は従兄弟．寛弘末年か長和初め(1012–)頃に，和泉式部を妻とする．円融朝で蔵人をつとめた．父は殺人を犯し，兄弟の保輔も強盗・傷害で悪名高く，捕らえられて獄中で自害した中にあって，肥後・大和・丹後・摂津守などを歴任できたのは，道長家の家司としての忠勤の賜物であったという．長元元年，大和金峰山の僧100人余りが内裏陽明門で保昌の非法を訴えた．武勇の人であったといわれる一方，能因法師ら歌人達とも交流があり，薫香にも詳しかった．後拾遺集にのみ入集．　448

輔尹《すけただ》　藤原．生年未詳．寛仁5年(1021)頃没か．父は従五位上尾張守興方．大納言藤原懐忠の養子となる．一説には，従五位下正家の猶子とも．正暦4年(993)頃六位蔵人式部丞となる．この時道兼の家人であった(権記)．木工頭に至る．長保5年(1003)『左大臣家歌合』や，東三条四十賀・頼通大饗など道長周辺において活躍し，『後十五番歌合』にも選ばれた．また，『本朝麗藻』に漢詩が見え，『江談抄』で「輔尹挙直一双者」とたたえられた詩人でもある．藤原斉信・同公任・能因・大中臣輔親らとの幅広い交際も知られる．家集に『輔尹集』があり，寛仁2年(1018)までの詠歌を確認できる．『拾遺集』「佐忠」，『枕草子』の「蔵人すけただ」とは別人か．後拾遺集初出．　16

輔弘《すけひろ》　大中臣．長元元年(1028)生，康和5年(1103)以降没．父は神祇権大副輔宣(輔宗とも)．母は大江公資女．男子2人と金葉集作者の娘1人がいる．神祇権大副，従五位上に至る．康和5年(1103)豊受宮放火と落書の罪で，佐渡に配流され，以降の消息は不明．天喜4年(1056) 5月『六条右大臣家歌合』に出詠している．後拾遺集初出．　170, 212, 744

輔親《すけちか》　大中臣．天暦8年(954)生，長暦2年(1038) 6月22日，月次使として伊勢下向の途中没，85歳．父は正四位下祭主能宣．母は越後守藤原清兼女．いわゆる大中臣家重代歌人の1人で，娘に伊勢大輔がいる．他に，後拾遺歌人の慶暹法師を猶子，少将内侍を孫と伝える．長保3年(1001) 2月伊勢神宮祭主，治安2年(1022)神祇伯，長元9年(1036)には大中臣家としてははじめて正三位に至る．源重之・同兼澄・清原元輔・恵慶らと親しく交わった．三条天皇以下3代にわたり，大嘗会和歌を詠進．長元8年『賀陽院水閣歌合』の判者．中古三十六歌仙の1人．没後，家人によって

編纂された家集『輔親卿集』がある．拾遺集初出．　89, 462, 490, 493, 619, 625, 664, 720, 892, 961, 1060, 1087, 1161

法円《ほうえん》　天徳4年(960)生，寛弘7年(1010)2月4日没，51歳．天延2年(974)出家．興福寺の僧．寛弘2年(1005)第15代法琳寺別当．後拾遺集初出．　161

法住寺太政大臣《ほうじゆうじだいじようだいじん》　→為光

望城《もちき》　坂上．茂材とも．法名明径．生年未詳，貞元3年(978)頃没か．父は是則．康保4年(967)少外記，安和2年(969)大外記，天禄元年(970)従五位下．天暦5年(951)万葉集訓読と後撰集撰進の勅により梨壺の五人の1人に任じられた．天徳4年(960)『内裏歌合』にも当代一流歌人と共に出詠しているが，『八雲御抄』では紀時文とともに酷評されている．御書所預をつとめたことや，外記に任じられていることからすると，歌人としてよりも実務官吏として秀れていたらしい．拾遺集初出．　74

め

命婦乳母《みようぶのめのと》　源憲子．生没年未詳．父は源兼澄．母は藤原相如女．三条天皇皇女禎子内親王(陽明門院)の乳母．長和2年(1013)に叙爵．のち加階される．藤原道隆の男，周頼の妻．『公任集』にその歌が見え，『栄花物語』にも4首所収され，うち後拾遺集に1首のみ入集．　540

明快《みようかい》　梨本大僧正・蓮実坊と号す．延久2年(1070)3月18日没，86歳(84歳とも)．父は文章博士藤原俊宗．統理は叔父．延暦寺僧．長暦元年(1037)阿闍梨から権律師に任ぜられ，後朱雀天皇護持僧を勤める．永承4年(1049)天王寺別当，同5年権大僧都，同7年法性寺座主，天喜元年(1053)天台座主となり法成寺別当を兼ねる．同2年法印大僧都，同3年僧正，康平3年(1060)大僧正に至る．後拾遺集初出．　977

明衡《あきひら》　藤原．永祚元年(989)生，治暦2年(1066)10月18日没，78歳か．父は敦信．母は良峰英材女(一説に橘恒平女とも)．寛弘元年(1004)文章院入学，18年ののち対策及第．起家文人ゆえに官途はめぐまれたものでなかったが，永承4年(1049)頃出雲守を経て，晩年天喜4年(1056)には式部少輔・文章博士・東宮学士(後三条院)・大学頭を歴任した．従四位下に至る．後冷泉期を代表する学者・詩人であり，『本朝無題詩』や『本朝続文粋』に多くの詩・文をとどめる他，『本朝文粋』はじめ『明衡往来(雲州往来)』，『新猿楽記』などの編著書を著す．後拾遺集にのみ入集．　166, 423

ゆ・よ

右大臣《うだいじん》　→顕房

右大臣北方《うだいじんのきたのかた》　名は隆子．六条右大臣源顕房室．寛治3年(1089)9月28日没，46歳(一説に36歳)．父は権中納言源隆俊．宇治大納言隆国の孫に当たる．母は但馬守源行任女か．顕房室となった経緯については，父隆俊が婿を選ぶに当たり，俊房・顕房いずれにすべきか相人に諮ったところ，顕房は子孫が栄えると出たため彼に決したと言う(今鏡・うたたね)．顕房との間に久我太政大臣雅実・白河天皇中宮賢子らを儲けた．後拾遺集初出．　28, 87, 554

有親《ありちか》　藤原．生没年未詳．父は伊予守従五位下元尹．加賀守・右馬助，また東三条院判官代をつとめた．従五位上内匠頭に至る．笛を好み，笛大夫と称したという．後拾遺集にのみ入集．　793

遊女宮木《ゆうじよみやぎ》　→宮木

陽明門院《ようめいもんいん》　禎子内親王．長和2年(1013)生(この時の様は『栄花物語』「蒼み花」に詳しい)，寛治8年(1094)没，82歳．三条天皇の皇女．母は藤原道長女，中宮妍子．弁乳母，江侍従が仕えた．万寿4年(1027)に東宮(後朱雀天皇)に入内し，後三条天皇や良子・娟子内親王を儲ける．長元10年(1037)2月13日中宮，同年3月1日皇后となるが，頼通の後見により敦康親王女嫄子が入内したことから長久元年(1040)12月までの4年間参内しなかった．寛徳2年(1045)後朱雀院崩御により出家，永承6年(1051)皇太后，治暦4年(1068)太皇太后，延久元年(1069)院号を賜る．後拾遺集初出．　861

ら・り・れ・ろ

頼家《よりいえ》　源．生没年未詳．ただし和歌六人党内での年齢関係から寛弘4年(1007)前後の出生と推定される．承保2年(1075)以後没．父は摂津守頼光．母は中納言平惟仲女(実父は藤原忠信とも)．長元8年(1035)1月蔵人に

補され，備中・越中・筑前守等を経て従四位下に至る．頼通家家司．和歌六人党の1人．長暦2年(1038)・長久2年(1041)の『源大納言家歌合』はじめ『橘義清歌合』『関白殿蔵人所歌合』『左京大夫八条山庄障子絵合』に出詠，また越中守時代に頼家名所合を催行している．後拾遺集初出．　281, 331, 369, 412, 838, 1125

頼家母《よりいえのはは》　源．生没年未詳．その父を陽明本勘物は従三位藤原忠信，『尊卑分脈』は中納言平惟仲とするが，実父は忠信で，忠信出家後姉が惟仲の妻であった縁から惟仲の養女となったかと推察されている．頼光とのあいだに和歌六人党の頼家を儲けた．後拾遺集にのみ入集．　608

頼慶《らいけい》　別所供奉(陽明本勘物)．生没年未詳．後拾遺集にのみ入集．　418

頼言《よりとき》　高岳．生没年未詳．父は飛騨守従五位下相如．阿波守従五位下．後拾遺集にのみ入集．　94

頼光《よりみつ》　源．幼名文殊丸．天暦2年(948)生，治安元年(1021)7月19日(24日とも)没，74歳．但し享年を68歳とする説もある．満仲の長子．母は近江守源俊女．和歌六人党の頼家の父．摂関道長の家司．摂津・但馬・美濃・伊予などの国司を歴任，財を以て道長家に奉仕した．春宮権亮，左馬権頭，内蔵頭を経て正四位下に至る．和歌に親しむ風流人でもあり，小大君・長能・実方・匡衡・赤染衛門ら同時代歌人達と交流．また相模の母が再婚した相手でもある．清和源氏直系にふさわしく『酒呑童子』はじめ数々の武勇伝・説話が伝えられている．拾遺集初出．　607

頼綱《よりつな》　源．多田歌人と号す．永長2年(1097)没．出家時嘉保3年(1096)の年齢を73歳とする『尊卑分脈』の伝えに従えば生年は万寿元年(1024)となる．父は美濃守頼国．母は尾張守藤原仲清女．金葉集歌人源仲正の父．後冷泉帝時代に蔵人をつとめ，以後越後守・下総守・三河守を歴任，従四位下に至る．異母兄頼実をはじめ，父方の叔父頼家，母方の叔父範永と和歌六人党と近しい関係にあった．永承年間の『六条斎院歌合』以下，嘉保元年(1094)『高陽院七番歌合』まで6度の歌合に出詠．後拾遺集初出．　231, 371, 636, 665

頼実《よりざね》　源．長和4年(1015)生，長久5年(1044)6月7日没，30歳．父は美濃守頼国．母は播磨守藤原信理女．長久4年，任蔵人．従五位下左衛門尉．和歌六人党の1人で，同じく六人党の頼家は叔父にあたる．源師房に親近，その土御門邸にしばしば出入りしていたことが家集より窺える．長暦2年(1038)及び長久2年(1041)の『源大納言家歌合』に名を連ねる．身に代えて神に秀歌を乞い夭折したとの逸話を持つ．家集『故侍中左金吾集』がある．後拾遺集初出．　221, 332, 382, 1067, 1145

頼宗《よりむね》　藤原．幼名いは君．堀川右大臣・入道右大臣と号す．正暦4年(993)生，康平8年(1065)2月3日没，73歳．父は御堂関白道長．母は源高明女，明子．康平3年右大臣に至る．後冷泉期歌壇の指導者的存在で，永承4年(1049)『内裏歌合』をはじめ多数の歌合に出詠，判者も務めており，公任に次ぐ歌人と自負していたという．家集『入道右大臣集』．後拾遺集初出．　29, 131, 132, 180, 229, 241, 262, 311, 342, 364, 388, 642, 781, 826, 842, 911, 1010, 1143, 1206

頼俊《よりとし》　源．生没年未詳．父は肥前守従五位上頼房．母は嬉子(後朱雀院の尚侍で後冷泉院母)家女房という(早稲田大学本勘物)．祖父頼親の猶子となる(尊卑分脈)．従五位陸奥守．その女は一生嫁がず浄土を慕って往生を遂げたという(続本朝往生伝39)．後拾遺集にのみ入集．　1156

頼成《よりしげ》　中原．生没年未詳．父は主税頭従四位下貞清．母は従五位下林重親女．淡路守従五位下に至る．「承暦3年(1079)に至る」(勅撰作者部類)．後拾遺集にのみ入集．　492

頼成妻《よりしげのつま》　生没年未詳．父は散位従五位下菅原為言．関白頼通家女房．天喜4年(1056)4月30日『皇后宮春秋歌合』では「少納言」の女房名で左方に出詠．後拾遺集にのみ入集．36, 787

頼通《よりみち》　藤原．宇治殿と号す．正暦3年(992)生，延久6年(1074)2月2日没，83歳．父は関白道長．母は源雅信女，倫子．寛仁元年(1017)摂政，後一条・後朱雀・後冷泉3代の摂関を務める．至従一位．延久4年1月29日出家．和歌重視政策により，後朱雀・後冷泉朝期における和歌の興隆を実現した立役者である．長元8年(1035)『賀陽院水閣歌合』，永承4年(1049)『内裏歌合』，同5年『祐子内親王家歌合』，同6年『内裏根合』，天喜4年(1056)『皇后宮春秋歌合』などの実質的な後援者

であり，晴儀歌合隆盛を支えた．長久(1040–44)頃および延久(1069–74)頃の2度にわたる家集集成(『赤染衛門集』以下範永・経衡・為仲・下野らの集)や『類聚歌合』10巻本集成(天喜4年—治暦4年[1068])などの事業を果たす．後拾遺集初出．　192

陸奥《みちのく》　生没年未詳．父は陸奥守藤原朝光朝臣．後拾遺集にのみ入集．　738, 1205

隆家《たかいえ》　藤原．幼名阿古．大炊帥と号す．天元2年(979)生，長久5年(1044)1月1日没，66歳．父は中関白道隆．母は高内侍と称された高階成忠女，貴子．伊周は兄，定子は姉．長徳元年(995)異例の抜擢で中納言に至る．同2年花山院に矢を射かけたという罪で出雲権守に左降されたが，病のため但馬に逗留し，長徳4年帰京．長保4年(1002)権中納言に再任，寛弘6年(1009)中納言となるが，長和3年(1014)眼病の治療のため自ら大宰権帥を望み赴任し，刀伊の来寇に遭ったが，よく防いだ．資性剛直と評さる．後拾遺集初出．　530, 994

隆経《たかつね》　藤原．寛弘6年(1009)頃生，延久4年(1072)9月以降まもなく没したと推測されている．父は従四位上右中弁頼任．母は伊予守藤原済家女．白河天皇の乳母，親子を妻とした．息に修理大夫顕季がいるが，実は藤原能信の落胤との伝もある．正四位下に至る．四条宮下野や藤原範永ら和歌六人党との交流が知られる．歌壇的活動を裏付ける資料は少ないが，散佚私撰集『三巻撰』の撰者(和歌現在書目録，八雲御抄)の伝から推すと，歌学者的側面を持ちあわせていたか．曾孫藤原清輔の『袋草紙』には「歌の家六条藤家」が，隆経より始まる事を意識した発言が見える．後拾遺集初出．　12, 78, 683

隆綱《たかつな》　源．長久4年(1043)生，承保元年(1074)9月26日没，32歳．父は宇治大納言隆国．母は左大弁(参議)源経頼女．承保元年(1074)正三位に至る．天喜4年(1056)『皇后宮春秋歌合』に侍従として参加．後三条天皇が，隆綱の書いた定文を見て，その器量に感嘆した逸話が『古事談』等に残る．『四条宮下野集』に下野との贈答歌が見える．源経信との交際も知られる．後拾遺集初出入集．　727

隆国《たかくに》　源．幼名宗国．宇治大納言と称す．寛弘元年(1004)生，承保4年(1077)7月9日没，74歳．父は正二位権大納言俊賢．母は右兵衛督藤原忠尹女．祖父に高明，兄に顕基，息に隆綱がいる．頼通とは昵懇で重用され，治暦3年(1067)権大納言に至る．その人となりの豪放さは，『古事談』など多数の説話が伝える．散佚した『宇治大納言物語』の編者とされる．また浄土教典の要文を収録した『安養集』の編著者でもある．『四条宮下野集』には下野からの贈歌が見える．後拾遺集初出．　556

隆資《たかより》　藤原．武蔵入道観心と号す(和歌色葉)．生年未詳，康和元年(1099)没か．父は右近将監頼政または安隆で頼政とは兄弟ともいう．母は出雲守藤原相如女．武蔵守，従五位下．長久2年(1041)『弘徽殿女御歌合』『倫子百和香歌合』に出詠．永承6年(1051)5月5日『内裏根合』にも出詠したか．承暦4年(1080)兵庫の頭であった時，陸奥守の延任を許された為仲に「八十路になりぬるに」という和歌を贈っている(橘為仲朝臣集)．後拾遺集初出．　205, 629

隆成《たかなり》　藤原．生没年未詳．父は備中守隆光．母は但馬守源国挙女．隆方は兄．永承6, 7年(1051–2)に蔵人．永承6年5月5日『内裏根合』に宿侍として参加．後拾遺集にのみ入集．　263

隆方《たかかた》　藤原．但馬弁と称す．長和3年(1014)生，承暦2年(1078)任国で没，65歳．父は備中守隆光．母は但馬守源国挙女．祖父に紫式部の夫宣孝がいる．隆成は弟．治暦元年(1065)右中弁，同5年権左中弁，承暦元年但馬守．実政を陵辱したことがもとで越官された事や，自身の所能十八の中に囲碁を入れ，嘲笑された逸話などが残る．日記『但記(隆方朝臣記)』がある．『出羽弁集』『四条宮下野集』に贈答歌が見える．後拾遺集にのみ入集(風雅集に1首重出)．　667, 865

良基《よしもと》　藤原．万寿元年(1024)生，承保2年(1075)任地大宰府にて没，52歳，53歳とも．父は良頼．母は源経房女．祖父に藤原隆家がいる．延久2年(1070)従二位，同3年大宰大弐となる．永承6年(1051)『内裏根合』に宿侍として参加，この時右近衛少将．後拾遺集にのみ入集．　759

良経《よしつね》　藤原．生年未詳，康平元年(1058)没．父は大納言行成．母は源泰清女．妹の1人は長家に嫁すが15歳で没した．寛弘8年(10

11)元服．越前守•伯耆守•尾張権守などを歴任．長元8年(1035)の『賀陽院水閣歌合』真名序に方人で「左馬頭」として見え，また「民部大輔」と記されて和歌も詠んでおり，この1首が後拾遺集に入集しているのみ．　217

良成《よしなり》　高橋．生没年未詳．出自不詳．六位．祐子内親王家侍．『日本紀略』に安芸守として名が見え，治暦3年(1067)『備中守定綱朝臣家歌合』に和歌が記されている．後拾遺集にのみ入集．　760

良勢《りようせい》　生没年未詳．長徳4年(998)頃から康平7年(1064)頃か．父母未詳．比叡山延暦寺の僧．大門供奉と号し筑紫に住したという(陽明本勘物)．後拾遺集にのみ入集．　481

良暹《りようせん》　生没年未詳．父母未詳．但し母は実方家童女白菊とする伝えもある(勘物)．叡山僧．祇園別当．長暦2年(1038)9月『源大納言家歌合』をはじめとして『弘徽殿女御歌合』，『鷹司殿倫子百和香歌合』，永承6年5月『内裏根合』などに出詠．また橘俊綱の伏見邸での歌会にしばしば参会，同じく伏見邸サロンに集う賀茂成助•津守国基らと交を結んだ．ほか橘為仲•素意•懐円とも親しく，これら歌友とのあいだに多くの逸話を伝えている．晩年は大原に隠棲し康平7年(1064)頃に没したらしい．私撰集『良暹打聞』を編み，家集も存したというがいずれも現存しない．後拾遺集初出．　111, 123, 159, 211, 278, 308, 330, 333, 355, 457, 513, 659, 836, 1037

涼《すずしき(すずし)》　生没年未詳．後に源少納言と号す．散位従五位下源頼範女．母は式部卿敦貞親王家女房．二条前太政大臣家女房．前中宮女房薄の母(以上陽明本勘物)．天喜6年(1058)8月『丹後守公基朝臣歌合』(二十巻本)では後拾遺集入集歌の作者を「若乳母」と記す．治暦3年(1067)3月15日『備中守定綱朝臣家歌合』にも「若乳母」の和歌が見られるが，同一人か．後拾遺集にのみ入集．　282

倫寧《ともやす》　藤原．生年未詳，貞元2年(977)没．父は従五位下左馬頭惟岳．母は山城権守恒基王女．子に長能•道綱母らが，孫に孝標女などがいる．中務少丞，右衛門尉などを経て，天暦8年(954)陸奥守を振り出しに，常陸•河内•丹波•伊勢守等を歴任した．有能な官吏，理財家であったようで，後年小野宮実頼の別当に任じられているのはその手腕を買われたためか．天延2年(974)源順•藤原為雅•橘伊輔と連名でしたためられた奏状が，『本朝文粋』に採録されている．後拾遺集にのみ入集．471

麗景殿前女御《れいけいでんさきのにようご》　藤原延子．長和5年(1016)生，嘉保2年(1095)6月9日没，80歳．父は右大臣藤原頼宗．母は内大臣藤原伊周女．寛仁4年(1020)11月27日に母方の縁者に当たる入道一品宮脩子内親王の養女となる．長久3年(1042)3月26日後朱雀天皇に入内．正子内親王を儲けたが，寛徳2年(1045)後朱雀崩御により退出．永承5年(1050)父頼宗の後見により史上初の歌絵合(『前麗景殿女御歌合』)を主催．なお歌僧行尊は甥基平の子に当たるが，基平没後幼少時代の行尊を猶子としたと伝えられる(元亨釈書他)．後拾遺集にのみ入集．　584

連敏《れんびん》　生没年未詳．長徳(995-999)頃の人という(陽明本勘物)．後拾遺集の所収歌より，筑紫に下向した経験(495番)や，源頼国と交際があったらしいこと(1131番)が窺えるが，その他の伝については詳らかでない．後拾遺集にのみ入集．　495, 1131

蓮仲《れんちゆう》　生没年未詳．父は佐渡守正六位上為信．良岑宗貞の裔という(早稲田大学本勘物)．比叡山僧．六角堂の別当．若き日の明快座主に私淑し，思いがけなく知遇を得たうれしさに歌を奉った話や，いったん絶命しかけたが蘇生して歌を詠じた話(いずれも袋草紙)など，和歌に通じ機知に富んだ人柄を偲ばせる歌話が伝えられている．後拾遺集にのみ入集．1148, 1175

六条斎院宣旨《ろくじようさいいんせんじ》　推定では長保(999-1004)頃の出生．寛治6年(1092)2月22日没．父は右馬権頭正四位下源頼国．頼綱や和歌六人党の頼実らは兄弟．初め藤原高定の妻となり，のち宇治大納言源隆国の妻となるかと推定されている．六条斎院禖子内親王家の女房で，25度に及ぶ『六条斎院歌合』に16回出詠．同家の物語合では「玉藻に遊ぶ権大納言」(散佚)を提出している．『狭衣物語』の作者にも擬せられる．後拾遺集初出．　1096, 1111

わ

和泉式部《いずみしきぶ》　雅致女式部•江式部とも．生没年未詳．生年は諸説あるが天元初め(978-)頃が有力．父は越前守大江雅致．母は越中守平保衡女とされる．出仕については，すでに少

女時代より「御許丸」の童名で，父母ともに縁の深い冷泉皇后昌子内親王に仕えたとする説と，帥宮邸入り以前に出仕を考えない説とに見解が分かれる．長徳初め(995-)頃橘道貞と結婚，同3年小式部内侍を儲ける．長保元年(999)道貞任和泉守の際，ともに下向．女房名「和泉式部」はこれに由来する．弾正宮為尊親王との恋愛に次いで，為尊死後は弟宮敦道と長保5年4月より交渉，12月には敦道邸に迎えられるが，この間の経緯は『和泉式部日記』の題材となった．なお為尊親王との恋を虚構とする立場もある．敦道との間に寛弘2年(1005)ごろ石蔵宮を儲ける．同4年10月敦道死去．同6年頃道長女中宮彰子に出仕．寛弘末から長和頃藤原保昌と結婚，寛仁4年(1020)頃には保昌の任国丹後に同行した．長保3年権中納言斉信屏風歌，寛仁2年頼通大饗の料の屏風歌を下命さる．長元8年(1035)『賀陽院水閣歌合』歌人にはその名がなく，それ以前に没したか．家集に『和泉式部集』(正集)，『和泉式部続集』・宸翰本・松井本・雑種本．『和泉式部日記』も自作説が有力．中古三十六歌仙の1人．拾遺集初出．　13, 25, 35, 48, 57, 100, 101, 102, 148, 150, 165, 293, 299, 317, 334, 390, 414, 509, 539, 568, 573, 574, 575, 611, 635, 681, 691, 703, 711, 745, 746, 755, 757, 763, 776, 777, 790, 799, 800, 801, 802, 817, 820, 821, 831, 909, 910, 912, 919, 920, 924, 925, 926, 927, 950, 963, 964, 967, 999, 1007, 1008, 1009, 1095, 1142, 1162, 1204, 1210, 1211

詞書等人名索引

1) この索引は,『後拾遺和歌集』の詞書・左注等に見える人物について,簡単な略歴を記し,該当する歌番号を示したものである.

2) 名前の標示・表記・配列その他は,作者名索引の場合と同様である.

3) 作者名索引に重出する人物の説明は省略し,記述の末尾に「→作者」と付記した.

い	伊 威 為 惟 一	し	四 師 資 侍 時 式 実	に	二 入
う	宇		寂 周 脩 重 出 俊 順	の	能
え	円 延 遠		書 小 少 松 章 承 上	は	馬 禖 白 範 繁
お	王		信 新 親	へ	遍
か	花 佳 家 嘉 賀 雅 懐	せ	正 生 西 成 斉 性 清	ほ	保 輔 望
	覚 貫 寛 関		静 赤 先 染 宣 選 嫥	め	明
き	季 基 貴 嬉 義 居 挙		前	も	茂
	匡 教	そ	相 則 粟 村	ゆ	右 祐
く	具 堀	た	大 太 泰 第	よ	陽 鷹
け	恵 経 景 妍 兼 賢 顕	ち	中 忠 長 朝	ら	頼
	元 玄 源 嫄	つ	通	り	陸 隆 良 倫
こ	五 後 公 后 弘 行 皇	て	定 媞 天	れ	冷 麗
	高 国 今	と	土 当 東 棟 藤 道 敦	ろ	六
さ	左 佐 済 斎 三	な	奈 内	わ	和

い・う・え・お

いもうとの女御《いもうとのにょうご》 →懐子

伊尹《これまさ(これただ)》 藤原.一条摂政と号す.諡は謙徳公.延長2年(924)生,天禄3年(972)11月1日没,49歳.父は右大臣師輔,母は武蔵守藤原経邦女,盛子.子に少将義孝,孫に権大納言行成がある.正二位摂政太政大臣に至る.後撰集の撰集にあたり撰和歌所の別当を勤めた.家集に『一条摂政御集』がある.後撰集初出. 567, 1105

伊賀少将《いがのしょうしょう》 551. →作者

伊勢大輔《いせのたいふ》 375, 1088, 1181. →作者

威子《いし》 藤原.藤壺中宮と称さる.長保元年(999)生,長元9年(1036)9月6日没,38歳.道長3女,母は左大臣源雅信女,倫子.彰子・妍子の同母妹.寛仁2年(1018)3月後一条天皇に入内,同年4月女御.同年10月16日には中宮となり,太皇太后彰子,皇太后妍子と共に一家からの三后並立と喧伝された.二条院(章子内親王)の母. 551, 1100, 1102

為家《ためいえ》 高階.長暦2年(1038)生,嘉承元年(1106)11月17日没,69歳.父は大宰大弐成章,母は未詳.六位蔵人,兵衛佐,周防守,播磨守,近江守,備中守などを歴任,正四位下に至る.承保3年(1076)頃,関白藤原師実の布引の滝御覧に随行,詠歌す.承暦2年(1078)4月『内裏歌合』に出詠. 908

為憲《ためのり》 源.字は源澄.生年未詳,寛弘8年(1011)8月没.父は筑前守忠幹,母は未詳.文章生,蔵人,遠江守,美濃守などを経て,従五位下伊賀守に至る.天禄3年(972)8月『女四宮歌合』に出詠,仮名日記も記す.長保5年(1003)5月『左大臣家歌合』に出詠.源順に師事し『本朝麗藻』などに詩文を残す.『口遊』『三宝絵』『世俗諺文』などを撰した.拾遺集のみ. 465

為光《ためみつ》 重出する拾遺1162詞書では「ためあきらの朝臣」.藤原か.生没年未詳.紀伊守.清原元輔と交渉.『類聚符宣抄』応和4年(964)2月2日文書に「(紀伊国)新司藤原朝臣為光」として見える人物か.なお彰考館本後拾遺集勘物は紀伊守為光について「藤守義男」と記す.これは参議藤原守義(896–974)男として知られる従四位下美作守の「為昭」をいうか. 445.

為時《ためとき》 466, 764. →作者

為正《ためまさ》 468. →作者

為善《ためよし》　466, 488, 514.　→作者

為仲《ためなか》　989.　→作者

為平親王《ためひらしんのう》　染殿式部卿親王と称さる．天暦6年(952)生，寛弘7年(1010) 11月7日没，59歳．村上天皇第4皇子．母は中宮藤原安子．冷泉天皇は同母兄，円融天皇は同母弟．源高明女と結婚，そのため源氏に権勢が移るのを怖れた藤原師尹・実頼らによって，立太子を妨げられたとされる．　403

為頼《ためより》　891.　→作者

惟正《これただ》　源．延長6年(928)生，天元3年(980) 4月29日没，53歳．父は右大弁相職，母は従五位上源当年(当平)女．天徳5年(961)信濃守．蔵人頭，修理大夫などを経て従三位参議に至る．源重之と交友．　1061

惟仲《これなか》　平．字は平昇．天慶7年(944)生，寛弘2年(1005) 3月14日没(小右記など)，62歳．一説に同年5月24日没(公卿補任・尊卑分脈)．父は従四位上美作介珍材，母は備中国青河郡司貞氏女．女に源頼家母がある．文章生，左大弁などを経て従二位中納言に至る．長保3年(1001)より大宰権帥に任ぜられ，大宰府で客死した．　608

惟任《これとう》　藤原．生没年未詳．父は右大弁美濃守頼明，母は近江守源高雅女．666の作者永源法師の母はこの人の乳母である．上東門院判官代を経て長元4年(1031) 1月11日蔵人となり(左経記)，同年3月28日叙位(小右記)．従四位下阿波守に至る．　666

一条左大臣《いちじょうさだいじん》　→雅信

一条摂政《いちじょうせっしょう》　→伊尹

一条天皇《いちじょうてんのう》　10, 84, 536, 569, 1120, 1124, 1128, 1168.　→作者

一条天皇皇后宮《いちじょうてんのうこうごうぐう》　536, 543, 1124.　→作者

一品宮《いっぽんのみや》　→章子内親王

うれしき　未詳．童女か．源政成(永保2年〔1082〕没)と交渉．　637

宇治前太政大臣《うじのさきのだいじょうだいじん》　→頼通

円融天皇《えんゆうてんのう》　諱は守平，法名は金剛法．天徳3年(959) 3月2日生，正暦2年(991) 2月12日没，33歳．村上天皇第5皇子．母は中宮藤原安子．第64代天皇．安和2年(969)から永観2年(984)まで在位．寛和元年(985) 8月出家．天禄4年(973)『円融院扇合』，永観3年紫野子日御遊などを主催．家集に『円融院御集』がある．拾遺集初出．　541, 583

延喜のひじりの帝《えんぎのひじりのみかど》　醍醐天皇．本名は維城，諱は敦仁．法名は金剛宝．元慶9年(885) 1月18日生，延長8年(930) 9月29日没，46歳．宇多天皇第1皇子，母は内大臣藤原高藤女，胤子．第60代天皇．寛平9年(897)から延長8年まで在位．延喜5年(905)頃，紀貫之らに命じて古今集を撰進させる．延喜13年10月『内裏菊合』などを主催．家集に『延喜御集』がある．後撰集初出．　序

遠古女《とおふるのむすめ》　源．生没年未詳．父は正四位下伊勢守源遠古(参議惟正男)．あるいは従五位下藤原忠家(従四位下伊予介景舒男)の母と伝えられる「伊予守源遠古女」と同人か．大中臣輔親と交渉．　720

王昭君《おうしょうくん》　名は嬙(檣)，字は昭君．王明君，明妃とも称さる．生没年未詳．中国・前漢代元帝の宮女．竟寧元年(前33)元帝の命により匈奴の呼韓邪単于《こかんやぜんう》(に嫁した．画工に賄賂を贈らなかったため，美貌でありながら画工毛延寿《もうえんじゅ》によって肖像画を醜く描かれ，そのために単于の妻に選ばれた悲劇の女性と伝えられる(西京雑記)．　1016

か・き・く・け・こ

花山天皇《かざんてんのう》　序, 5, 11, 250, 323, 338, 1064.　→作者

佳子内親王《かしないしんのう》　富小路斎院と号す．生没年未詳．後三条天皇第6皇女，母は贈皇太后藤原茂子．延久元年(1069)から同4年7月まで斎院を勤める．　183

家経《いえつね》　946, 1144.　→作者

嘉言《よしとき》　475.　→作者

賀縁《がえん》　俗姓未詳．賀延とも．山本房と号す．生没年未詳．天台宗の僧．もと比叡山に住したが，慈覚門徒と対立する智証門徒を率いて，正暦4年(993)大雲寺に移住．長徳年間(995–999)三井寺に入り，竜華院を創設．寛仁年間(1017–21)，僧都教静により入壇灌頂を遂げた．大僧正明尊の師で，能説と伝えられる．　599

雅信《まさのぶ》　源．一条左大臣，また鷹司と号す．法名覚実(覚貞とも)．延喜20年(920)生，正暦4年(993) 7月29日没，74歳．父は宇多天皇第9皇子敦実親王，母は左大臣藤原時平女．娘に藤原道長室倫子がある．従一位左大臣に至る．新古今集に1首のみ入集．　932

懐子《かいし》　藤原．天慶8年(945)生，天延3年

(975) 4 月 3 日没, 31 歳. 父は摂政太政大臣伊尹, 母は恵子女王(代明親王女). 少将義孝は同母弟. 冷泉天皇女御で, 花山天皇の母. 康保 4 年(967)女御, 天延 2 年(974)従二位. 死後, 贈皇太后宮. 拾遺集初出. 598, 600

覚源《かくげん》 諸本は「光源」に作る. 未詳. 265

貫之《つらゆき》 紀. 童名は内教坊阿古久曾. 生年未詳, 天慶 9 年(946)没. 父は茂行(望行とも). 子に時文, 従兄弟に友則がある. 御書所預, 越前権少掾, 大内記, 土佐守などを経て, 従五位上木工権頭に至る. 古今集撰者の 1 人で, 仮名序を執筆. 『是貞親王家歌合』他の歌合詠や屏風歌を多数詠進, 家集に『貫之集』がある. 『土佐日記』の作者, 『新撰和歌』の撰者. 古今集初出. 1084

寛子《かんし》[1] 藤原. 四条宮と号す. 長元 9 年(1036)生, 大治 2 年(1127) 8 月 14 日没, 92 歳. 父は太政大臣頼通, 母は因幡守種成女(贈従二位祇子). 永承 5 年(1050)後冷泉天皇に入内, 翌年皇后となる. 治暦 4 年(1068)出家. 天喜 4 年(1056) 4 月『皇后宮春秋歌合』, 寛治 3 年(1089) 8 月『四条宮扇歌合』などを主催した. 36, 49, 61, 276, 351, 368, 837, 1146, 1178, 1184, 1186

寛子《かんし》[2] 藤原. 高松女御と称さる. 生年未詳, 万寿 2 年(1025) 7 月 9 日没. 父は藤原道長, 母は左大臣源高明女, 明子. 寛仁元年(1017) 11 月, 小一条院と結婚. この結婚は堀河女御藤原延子に苦悩を与えるところとなった. 991

関白前左大臣《かんぱくさきのさだいじん》 →師実

関白前大まうちぎみ《かんぱくさきのおおいまうちぎみ》 →頼通

関白前の大いまうちぎみ《かんぱくさきのおおいまうちぎみ》 →師実

関白前太政大臣《かんぱくさきのだいじょうだいじん》 →師実

季通《すえみち》 1199. →作者

基長《もとなが》 124. →作者

貴船明神《きぶねみょうじん》 1163. →作者

嬉子《きし》 藤原. 寛弘 4 年(1007) 1 月 5 日生, 万寿 2 年(1025) 8 月 5 日没, 19 歳. 道長 4 女, 母は左大臣源雅信女, 倫子. 寛仁 2 年(1018)尚侍, 治安元年(1021) 2 月, 東宮敦良親王(後朱雀院)の妃となる. 万寿 2 年 8 月 3 日, 親仁親王(後冷泉院)を産後間もなく赤斑瘡により病没. 604

義孝《のりたか》 1159. →作者

義孝《よしたか》 598, 599, 600, 1105. →作者

義子《ぎし》 藤原. 弘徽殿女御と称さる. 天延 2 年(974)生, 天喜元年(1053)閏 7 月没, 80 歳. 父は太政大臣公季, 母は醍醐天皇第 7 皇子有明親王女. 中納言実成は同母弟. 長徳 2 年(996), 一条天皇に入内. 従二位に至る. 万寿 3 年(1026) 12 月 18 日出家. 1121

義清《よしきよ》 橘. 生没年未詳. 父は筑前守義通, 母は未詳. 兄弟に為仲, 資成がある. 蔵人, 式部丞, 勘解由次官, 春宮大進, 正五位下. 源兼長・源頼実・源頼家らと親交があり, 初期和歌六人党の 1 人に推定される. 長暦 2 年(1038) 9 月及び長久 2 年(1041) 4 月の『源大納言家歌合』などに出詠. 長久頃『橘義清家歌合』(散佚)を主催した. 331, 1132

義忠《のりただ》 1056, 1091. →作者

義通《よしみち》 478. →作者

居貞親王《いやさだしんのう(おきさだしんのう)》 →三条天皇

挙周《たかちか》 大江. 生年未詳, 永承元年(1046) 6 月没. 父は文章博士匡衡, 母は赤染衛門. 寛弘 3 年(1006)式部少丞, 蔵人となる. 同 5 年敦成親王(後一条天皇)の御湯殿読書を勤め, ついで同親王家家司, 東宮学士となる. 寛仁 3 年(1019) 2 月には和泉守. 文章博士, 正四位下式部大輔に至る. 『本朝文粋』等に詩作が伝わる. 1069

匡衡《まさひら》 582, 594, 892. →作者

匡房《まさふさ》 438. →作者

教通《のりみち》 藤原. 大二条殿と号す. 長徳 2 年(996)生, 承保 2 年(1075) 9 月 25 日没, 80 歳. 父は道長, 母は左大臣源雅信女, 倫子. 公任女を室とし, 小式部内侍を妾とした. 従一位関白に至る. 永承 5 年(1050) 6 月『祐子内親王家歌合』などに参加. 玉葉集のみ. 911, 1001, 1114, 1122

教通妻《のりみちのめ》 藤原. 長保 3 年(1001)頃生, 治安 4 年(1024) 1 月 6 日没, 24 歳ほどか. 父は大納言公任, 母は村上天皇第 9 皇子昭平親王女. 中納言定頼は同母兄. 寛弘 9 年(1012) 4 月, 教通と結婚. 教通との間に後朱雀院女御生子, 太政大臣信長, 権大納言信家らを儲けるが, 治安 3 年 12 月男児出産の後間もなく病没. その死の様子は『栄花物語』「後悔の大将」に詳しい. 417, 563

具平親王《ともひらしんのう》 1046. →作者

堀川右大臣《ほりかわうだいじん》 →頼宗

恵慶《えぎょう》 152, 986. →作者

恵子女王《けいしじょおう》 桃園宮と称さる. 延長 3 年(925)生, 正暦 3 年(992) 9 月 27 日没, 68 歳.

父は醍醐天皇第3皇子代明親王，母は未詳．一条摂政藤原伊尹に嫁し，少将義孝・冷泉天皇女御懐子らを生む．拾遺集初出．　598, 599

経衡《つねひら》　1006．→作者

経成《つねしげ》　源．寛弘6年(1009)生，治暦2年(1066)7月11日没，58歳．父は備前守長経，母は淡路守藤原時方女(一説に右京大夫藤原遠基女)．修理大夫，左兵衛督などを経て権中納言正二位に至る．　552

経長《つねなが》　源．寛弘2年(1005)生，延久3年(1071)6月6日没，67歳．父は民部卿道方，母は播磨守源国盛女．大納言経信は同母弟．宮内卿，左大弁を経て正二位権大納言に至る．永承5年(1050)6月『祐子内親王家歌合』などに参加．金葉集のみ．　207

景理《かげまさ》　大江．応和3年(963)生，長元元年(1028)8月24日没，66歳．父は伊賀守通理，母は未詳．大輔命婦を妻とした．右少弁，河内守を経て寛弘8年(1011)五位蔵人．翌9年右中弁となる．長和3年(1014)従四位下，任備前守．死亡時は摂津守だが，越前守任官時は未詳．　682

妍子《けんし》　藤原．枇杷殿と称さる．正暦5年(994)生，万寿4年(1027)9月14日没，34歳．道長次女，母は左大臣源雅信女，倫子．寛弘元年(1004)尚侍となり，同8年三条天皇に入内，女御となる．翌9年には中宮，寛仁2年(1018)10月16日に皇太后となり，太皇太后彰子，中宮威子と併せ一家からの三后並立と持て囃された．陽明門院(禎子内親王)の母．　540, 548, 549, 588, 899

兼家《かねいえ》　426, 427, 471, 700, 869, 870, 903, 1215．→作者

兼綱《かねつな》　578．→作者

兼仲《かねなか》　藤原．長暦元年(1037)生，応徳2年(1085)5月21日没，49歳．父は中宮亮兼房，母は中宮亮源高雅女(一説に大宰大弐藤原惟憲女)．天喜4年(1056)4月『皇后宮春秋歌合』に列席(当時右兵衛佐)．左少将，相模守を勤め従四位下に至る．　692

兼房《かねふさ》　856, 929．→作者

兼頼《かねより》　藤原．小野宮中納言と号す．長和3年(1014)生，康平6年(1063)1月11日没，50歳．父は右大臣頼宗，母は内大臣藤原伊周女．正二位権中納言に至る．　882

賢子《けんし》　源・藤原．天喜5年(1057)生，応徳元年(1084)9月22日没，28歳．父は右大臣源顕房，母は権中納言源隆俊女．太政大臣藤原師実の養女となり，延久3年(1071)3月東宮貞仁親王(白河天皇)に入内．同6年中宮となる．敦文親王・媞子内親王・善仁親王(堀河天皇)らの母．白河天皇に寵愛され，その死は天皇の激しく悲嘆するところとなった．　87, 523

顕房《あきふさ》　212．→作者

元子《げんし》　藤原．承香殿女御と称さる．生没年未詳．父は左大臣顕光，母は村上天皇第5皇女，盛子内親王．長徳2年(996)一条天皇に入内，女御となる．長保2年(1000)従三位，寛弘2年(1005)従二位．同8年の一条天皇崩御の後左兵衛督源頼定の室となる．寛仁4年(1020)8月18日出家．拾遺集初出．　957

元真《もとさだ》(《もとざね》)　清原．『順集』によれば「もとざね」．生没年未詳．『尊卑分脈』によれば深養父男であるが，元輔の両親と伝えられる下総守春光・高利生女を父母とするか．元輔の弟．学生．『天徳三年八月十六日闘詩行事略記』に蔵人所衆の1人として名が見える．　559

元輔《もとすけ》　序, 152, 559, 931．→作者

玄宗《げんそう》　姓は李，名は隆基．廟号は玄宗．垂拱元年(685)8月5日生，宝応元年(762)4月5日没，78歳．父は睿宗，母は昭成順聖皇后竇氏．唐朝第6代皇帝．先天元年(712)から天宝15年(756)まで在位．その治世は「開元の治」と称えられたが，『長恨歌』の題材ともなった楊貴妃への寵愛が安禄山の乱を招き，失意の晩年であった．　270

源心《げんしん》　498．→作者

嫄子《げんし》　藤原．弘徽殿中宮と称さる．長和5年(1016)7月19日生，長暦3年(1039)8月28日没，24歳．父は一条天皇第1皇子敦康親王，母は具平親王女．藤原頼通養女．長元10年(1037)1月後朱雀天皇に入内，同年3月中宮となる．長暦2年(1038)祐子内親王を出産．同3年8月19日，禖子内親王を出産後程もなく死亡した．　551, 897

五節の命婦《ごせちのみょうぶ》　生没年未詳．太山寺本後拾遺集の注記「入道一品宮女房号冷命婦」によれば，脩子内親王の女房．『秦筝相承血脈』に「麗景殿女御女房／又号嵯峨命婦」と伝えられる「五節命婦」も同一人の可能性あるか(延子は脩子内親王の養女)．　1096

後一条天皇《ごいちじょうてんのう》　諱は敦成．寛弘5年(1008)

9月11日生，長元9年(1036)4月17日没，29歳．一条天皇第2皇子，母は藤原道長女，彰子(上東門院)．第68代天皇．長和5年(1016)から長元9年まで在位．その誕生の様子は『紫式部日記』『栄花物語』「初花」に，崩御の経緯は『栄花物語』「着るは侘しと歎く女房」に詳しい．　433, 551, 569, 588, 593, 1029, 1107, 1109

後三条天皇《ごさんじょうてんのう》　183, 423, 442, 562, 888, 921, 1089, 1090, 1169, 1170.　→作者

後朱雀天皇《ごすざくてんのう》　434, 551, 715, 861, 898, 902, 977.　→作者

後冷泉天皇《ごれいぜいてんのう》　36, 49, 86, 111, 276, 351, 368, 458, 459, 561, 562, 584, 837, 888, 977, 980, 981, 1099, 1100, 1102, 1110, 1178.　→作者

公基《きんもと》　藤原．治安2年(1022)生，承保2年(1075)2月没，54歳．父は春宮亮保家，母は大膳大夫菅野敦頼女．藤原範永女を妻とした．蔵人，右少将，皇太后宮亮，丹後守などを勤め正四位下に至る．天喜6年(1058)8月『丹後守公基朝臣歌合』，康平6年(1063)10月『丹後守公基朝臣歌合』を主催した．　282

公資《きんより》　356, 448, 489, 516, 640, 915.　→作者

公俊《きんとし》　高階．生没年，出自未詳．後三条天皇の延久2-3年(1070-71)六位蔵人，右兵衛少尉，左衛門少尉を勤める．1090

公任《きんとう》　序, 127, 416, 974, 1112.　→作者

后の宮《きさいのみや》　→寛子[1]

弘徽殿中宮《こきでんのちゅうぐう》　→嫄子

弘徽殿女御《こきでんのにょうご》　→義子

弘徽殿女御《こきでんのにょうご》　→生子

行資《ゆきより》　橘．生没年未詳．父は右中弁為政，母は未詳．大炊亮を経て長徳2年(996)蔵人に任ぜらる．のち式部丞を兼ねるが長徳4年叙位により蔵人罷免．従四位上伊予守に至る．長保5年(1003)5月『左大臣家歌合』に出詠．拾遺集に1首入集する「たちばなのゆきより」と同人の可能性が高い．　914

行親《ゆきちか》　平．生没年未詳．父は武蔵守行義，母は未詳．治安元年(1021)8月29日，蔵人に補せらる．左衛門尉，検非違使，中宮大進，右衛門権佐などを勤め，正五位下に至る．長元6年(1033)，関白藤原頼通の白河院子日興宴に列席している(袋草紙)．　913

行親女《ゆきちかのむすめ》　平．生没年未詳．父は右衛門権佐行親，母は未詳．左中弁藤原隆方の妻となり，永承4年(1049)参議為房，また左衛門少尉家実を産む．　667

行成《ゆきなり》　939.　→作者

皇后宮《きさいのみや》　→寛子[1]

皇后宮《こうごうぐう》　→一条天皇皇后宮

皇后宮《こうごうぐう》　→茂子

皇太后宮《こうたいごうぐう》　→妍子

高遠《たかとお》　689.　→作者

高松女御《たかまつのにょうご》　→寛子[2]

高倉の一宮《たかくらのいちのみや》　→祐子内親王

高定《たかさだ》　藤原．高貞とも．生没年未詳．父は正四位下讃岐守定輔，母は美濃守源頼国女(異説もあり)．1096の作者六条斎院宣旨は妻か．従四位下，大膳亮，右近将監，阿波守．長久3年(1042)10月2日，左近少将源定季(668番作者)を射殺した．　1096

高明《たかあきら》　1000.　→作者

国章《くにのり》　藤原．延喜19年(919)生，寛和元年(985)6月23日没，67歳．享年75歳とも．父は参議元名，母は大納言藤原扶幹女．大宰大弐を経て従三位皇后宮権大夫に至る．清原元輔と親交．拾遺集初出．　890

国房《くにふさ》　源．生没年未詳．父は後拾遺集作者の淡路守定季，母は未詳．従五位上，駿河守．1156.

今上《きんじょう》　→白河天皇

さ・し・せ・そ

左衛門蔵人《さえもんのくろうど》　未詳．女蔵人．少将藤原義孝(954-974)と交渉．　947

左京の君《さきょうのきみ》　未詳．「左京の馬」(紫式部日記)とも．もと内裏女房．一条天皇女御藤原義子(弘徽殿女御)に仕え，寛弘5年(1008)11月の五節の折，藤原実成(義子の同母弟)の舞姫の介添役となった．　1121

佐国《すけくに》　大江．寛弘9年(1012)頃生，応徳末(-1087)から寛治(1087-94)にかけて没か．父は従四位上大学頭通直，母は未詳．文章生，大外記を経て従五位上掃部頭に至る．後拾遺集撰者藤原通俊の漢学の師で撰集に助力，三代集の目録を作ったと伝えられる．また大江匡房らと万葉集に次点を加えた．『本朝無題詩』『本朝続文粋』等に詩作が伝わる．　1183

佐理《すけまさ》　藤原．天慶7年(944)生，長徳4年(998)7月没，55歳．父は左少将敦敏，母は参議藤原元名女．小野宮太政大臣実頼の孫．兵部卿，大宰大弐を勤め正三位に至る．応和2年(962)5月『内裏歌合』，貞元2年(977)8

月『三条左大臣殿前栽歌合』に出詠．能筆で知られ，三蹟の1人に数えられる．　1128

済時《なりとき》　藤原．小一条大将と号す．天慶4年(941) 6月10日生，長徳元年(995) 4月23日没，55歳．父は左大臣師尹，母は右大臣藤原定方女．三条帝皇后娍子は娘．右大将，左大将を経て正二位大納言に至る．康保3年(966)閏8月『内裏前栽合』，貞元2年(977) 8月『三条左大臣殿前栽歌合』などに出詠．拾遺集初出．　976, 1065, 1104

斎院《さいいん》　→佳子内親王

斎院《さいいん・いつき》　→選子内親王

斎院《さいいん》　→禖子内親王

斎院中将《さいいんのちゅうじょう》　→中将

斎宮《いつき》　→嫥子内親王

斎宮《いつきのみや》　→娟子内親王

斎宮《さいぐう》　→当子内親王

三条院の皇后宮《さんじょういんのこうごうぐう》　→妍子

三条太政大臣《さんじょうだいじょうだいじん》　→頼忠

三条天皇《さんじょうてんのう》　29, 449, 455, 548, 549, 1032, 1103, 1118, 1213.　→作者

四条大納言《しじょうだいなごん》　→公任

四条の宮《しじょうのみや》　→寛子

師尹《もろまさ》　藤原．小一条左大臣と号す．延喜20年(920)生，安和2年(969) 10月15日没，50歳．父は太政大臣忠平，母は右大臣源能有女，昭子．子に済時・宣耀殿女御芳子がある．正二位左大臣に至る．康保3年(966)閏8月15夜『内裏前栽合』に出詠．後撰集のみ．　852

師賢《もろかた》　369, 552, 966.　→作者

師実《もろざね》　440, 456, 661.　→作者

師通《もろみち》　120, 440.　→作者

師房《もろふさ》　252, 285, 309, 320, 325, 370, 1187.　→作者

資業《すけなり》　1172.　→作者

資通《すけみち》　930.　→作者

資良《すけよし》　藤原．生没年未詳．父は丹波守保相，母は未詳．蔵人，皇后宮権大進，伊賀守，皇后宮権亮，丹波守，尾張守を歴任．天喜4年(1056) 4月『皇后宮春秋歌合』右方念人に「権大進資良朝臣」として名が見える．　321, 945

侍従内侍《じじゅうのないし》　出自・生没年未詳．上東門院彰子の女房．『栄花物語』「根合」では「殿守の侍従」として見える．藤原範永と交友．　902

侍従の尼《じじゅうのあま》　未詳．藤原範永と交友．広沢に住す．「侍従内侍」の出家後の名か．　867

時文《ときぶみ》　序, 1086.　→作者

式部《しきぶ》　→和泉式部

式部卿の親王《しきぶきょうのみこ》　→敦康親王

実成《さねしげ》　藤原．天延3年(975)生，寛徳元年(1044) 12月10日没，70歳．父は太政大臣公季，母は醍醐天皇第7皇子有明親王女．一条天皇女御(弘徽殿女御)義子の同母弟．正二位中納言に至る．　1121, 1123

実範女《さねのりのむすめ》　藤原．生没年未詳．父藤原実範は但馬守能通男．治安3年(1023)文章得業生．従四位上大学頭文章博士に至る．康平5年(1062) 10月，老齢のため大学頭・文章博士を辞退した．この実範の女には散位藤原知仲の母と文章得業生藤原広実の母とが知られるが，これらとは別人か．　665

実方《さねかた》　1081, 1138.　→作者

実方女《さねかたのむすめ》　藤原．生没年未詳．父は左中将実方，母は未詳．伝未詳．左兵衛督藤原公信，蔵人橘行資と交渉．『尊卑分脈』で知られる実方女は文章博士菅原在良の母のみである．　914

実頼《さねより》　藤原．小野宮太政大臣と称さる．諡は清慎公．小野宮流の祖．昌泰3年(900)生，天禄元年(970) 5月18日没，71歳．父は太政大臣忠平，母は宇多天皇皇女，源順子．従一位摂政太政大臣に至る．天徳4年(960)『内裏歌合』では判者を勤めた．家集に『清慎公集』がある．後撰集初出．　24

寂昭《じゃくしょう》　497.　→作者

周防内侍《すおうのないし》　37, 444, 1185.　→作者

脩子内親王《しゅうしないしんのう》　入道一品宮と称さる．長徳2年(996) 12月16日生，永承4年(1049) 2月7日没，54歳．一条天皇第1皇女，母は藤原道隆女，皇后定子．治安4年(1024) 3月3日出家．長久年間(1040–44)に2度の歌合を主催したと伝えられる．　545, 546, 636, 1150

重義《しげよし》　平．生没年未詳．万寿2年(1025) 7月12日生存(小右記)．父は参議親信，母は未詳．子に後拾遺集作者教成・棟仲がある．藤原道長の家司．長保3年(1001)から寛弘元年(1004)頃まで上野介．従四位下，安芸守．　589

重信《しげのぶ》　源．六条左大臣と号す．延喜22年(922)生，長徳元年(995) 5月8日没，74歳．父は宇多天皇第9皇子敦実親王，母は左大臣藤原時平女．一条左大臣雅信の同母弟．子に致方・相方らがある．正二位左大臣に至る．

1106

出羽弁《いでわのべん》　424, 556, 1102.　→作者

俊綱《としつな》　23, 79, 231, 387, 457, 658, 659, 942.　→作者

俊実《としざね》　源．永承元年(1046)生，元永２年(1119)６月８日没，74歳．父は権中納言隆俊，母は但馬守源行任女，美乃．後拾遺集作者右大臣北方(源顕房室隆子)は姉妹．蔵人頭•右兵衛督を経て正二位権大納言に至る．寛治７年(1093)５月『郁芳門院根合』に出詠．金葉集初出．　554

順《したがう》　序．　→作者

書写の聖《しよしやのひじり》　→性空上人

小一条院《こいちじよういん》　595, 958, 960, 990, 991, 1206.　→作者

小一条の大臣《こいちじようのおおいまうちぎみ》　→師尹

小一条右大将《こいちじよううだいしよう》　→済時

小式部内侍《こしきぶのないし》　568, 911.　→作者

小弁《こべん》　810, 873, 875, 1111.　→作者

小野宮の太政大臣《おののみやのだいじようだいじん》　→実頼

小将井尼《しようしようのいのあま》　1118.　→作者

少納言《しようなごん》　未詳．選子内親王女房で，『大斎院御集』に登場する．『八代集抄』は拾遺集作者「御乳母少納言」と同人と見て「天暦の御乳母」と注するが存疑．正四位下藤原陳政の姉妹，参議安親の女か．天徳４年(960)３月『内裏歌合』右方女房方人の「少納言」，貞元２年(977)８月『三条左大臣殿前栽歌合』に出詠の「少納言」と同人か．　579

松君《まつぎみ》　→道雅

章子内親王《しようしないしんのう》　二条院と号す．万寿３年(1026)12月９日生，長治２年(1105)９月17日没，80歳．後一条天皇第１皇女，母は藤原道長女，中宮威子．長暦元年(1037)皇太子親仁親王(後冷泉天皇)に入内，永承元年(1046)中宮となる．後冷泉院没後の治暦５年(1069)出家．　714, 759, 1099, 1100, 1102

承香殿《じようきようでん》　→元子

上東門院《じようとうもんいん》　349, 561, 902, 977, 1026, 1029, 1070, 1074, 1109, 1110, 1115, 1120, 1121, 1122.　→作者

信宗《のぶむね》　596.　→作者

信長《のぶなが》　藤原．九条と号す．治安２年(1022)生，寛治８年(1094)９月３日没，73歳．父は関白左大臣教通，母は藤原公任女．917番歌作者藤原兼平母(藤原定頼女)を室とするが離別．承暦４年(1080)太政大臣，寛治２年従一位に至る．新勅撰集に１首のみ入集．　917

新少納言《しんしようなごん》　未詳．天喜４年(1056)４月『皇后宮春秋歌合』左方方人として見える「新少納言」と同人か．　1090

親王《みこ》　→清仁親王

正子内親王《せいしないしんのう》　押小路斎院と号す．寛徳２年(1045)４月20日生，永久２年(1114)８月20日没，70歳．．後朱雀天皇第６皇女，母は右大臣藤原頼宗女，延子．永承５年(1050)４月26日，この内親王のために母延子が『前麗景殿女御歌合』(別名『正子内親王絵合』)を主催．天喜６年(1058)６月から延久元年(1069)７月まで斎院を勤める．　175

正済《まさなり》　平．生没年未詳．父は伊勢守維衡，母は未詳．正五位下，出羽守．子に後拾遺集作者正家がある．　1127

生子《せいし》　藤原．弘徽殿女御と称さる．長和３年(1014)８月17日生，治暦４年(1068)８月21日没，55歳．父は関白教通，母は藤原公任女．長暦３年(1039)12月後朱雀天皇に入内，同年閏12月には女御となる．天喜元年(1053)３月出家．長久２年(1041)２月『弘徽殿女御歌合』を主催．新古今集初出．　46, 159, 657

西宮のおほいまうちぎみ《にしのみやのおおいまうちぎみ》　→高明

成資《なりすけ》　藤原．生没年未詳．父は美濃守庶政，母は大外記菅野忠輔女．従四位下大和守に至る．長元４年(1031)９月上東門院住吉•石清水御幸に同行か．『左経記』長元９年(1036)５月29日条には「散位成資」として名が見える．大和守任官時は治暦２年(1066)１月以前．皇太后宮陸奥と交渉．　738

成順《なりのぶ》　高階．法名乗蓮．筑前入道と称さる．生年未詳，長暦４年(1040)８月14日没．父は播磨守明順，母は後拾遺集作者中将尼か．伊勢大輔を妻とし，康資王母•筑前乳母•源兼俊母(いずれも後拾遺歌人)を儲けた．左衛門尉，蔵人，式部大丞を歴任し，万寿２年(1025)任筑前守．帰京後の長元５年(1032)頃出家．その講筵には幅広い階層の人々が参集したという．　558, 585, 717, 1027, 1129

成助《なりすけ》　987.　→作者

成章《なりのり》(なりあきら)　1173.　→作者

成信《なりのぶ》　源．号は照中将．入道の中将と称さる．天元２年(979)生，没年未詳．父は村上天皇第３皇子致平親王，母は左大臣源雅信女．

藤原道長室倫子の甥で，道長猶子となる．従四位上右近衛権中将兼備中守に至るが，23歳の長保3年(1001)2月4日，左少将藤原重家とともに三井寺において突然出家した．藤原公任と親交． 1035

成尋《じょうじん》 俗姓藤原．善慧大師と号す．寛弘8年(1011)生，永保元年(1081)没，71歳．父は中将藤原実方男(叡山阿闍梨義賢か)，母は大納言源俊賢女．7歳で岩倉大雲寺に入る．のち関白藤原頼通の護持僧となる．延久4年(1072)3月渡宋，天台山・五台山を巡拝する．宋朝の信任が厚く帰国できぬまま没した．詞花集初出． 499

成尋母《じょうじんのはは》 源．永延2年(988)頃生，没年未詳．延久5年(1073)5月生存．父は権大納言源俊賢，母は未詳．藤原実方男と結婚，成尋及び律師となった男子を儲けるが間もなく夫と死別．成尋は五台山巡拝のため延久4年(1072)3月渡宋．老齢の身で息子と離別したこの前後の時期の心情を記したのが家集『成尋阿闍梨母集』である．千載集初出． 499

成棟《なりむね》 高階．生年未詳，長久2年(1041)3月27日没．父は筑前守成順，母は未詳．内匠助．小一条院，中宮内侍と交渉． 558, 958

斉信民部卿の女《ただのぶみんぶきょうのむすめ》 藤原．生年未詳，万寿2年(1025)8月29日没．父は大納言斉信，母は藤原佐理女か．父の鍾愛を受け，治安2年(1022)頃民部卿藤原長家と結婚．懐妊中に赤斑瘡を患い，万寿2年8月27日男児を早産(のち死亡)，2日後に没す．同年9月15日，遺骸が法住寺に移送された．この間の経緯は『栄花物語』「衣の珠」に詳しい． 855

性空上人《しょうくうしょうにん》 書写上人と称さる．俗名は橘方角．延喜10年(910)生，寛弘4年(1007)3月10日没，98歳．父は美濃守橘善根，母は源氏．36歳にして出家．修行の後播磨国書写山に円教寺を開く．花山院を始め藤原道長，藤原実資，和泉式部，遊女宮木ら幅広い階層の帰依者を持った．新古今集初出． 522, 1197

清家《きよいえ》 732. →作者

清時《きよとき》 源．生没年未詳．父は左近中将英明，母は大納言藤原道明女．学生，蔵人を経て従五位上大和守に至る．娘に後拾遺集作者中将尼がある． 1129

清少納言《せいしょうなごん》 707. →作者

清仁親王《きよひとしんのう》 847. →作者

静範《せいはん》 俗姓藤原．讃岐上座と号す．生没年未詳．父は讃岐守藤原兼房，母は未詳．興福寺の僧．延久3年(1071)—永保2年(1082)頃秋『多武峰往生院千代君歌合』に出詠．康平6年(1063)3月成務天皇陵を盗掘した科で同年10月17日伊豆に流され，治暦2年(1066)7月2日赦された． 996

赤染衛門《あかぞめえもん》 198, 582, 883, 934. →作者

先帝《せんてい》 →後冷泉院

染殿式部卿の親王《そめどのしきぶきょうのみこ》 →為平親王

宣方《のぶかた》 源．生年未詳，長徳4年(998)8月23日没．父は左大臣重信，母は左大臣源高明女．従四位上右中将に至る．藤原実方と親交があり，『実方朝臣集』にも登場する．康保3年(966)閏8月『内裏前栽合』に出詠か． 1136

選子内親王《せんしないしんのう》 21, 29, 339, 1107. →作者

媋子内親王《せんしないしんのう》 寛弘2年(1005)生，永保元年(1081)6月16日没，77歳．具平親王3女，母は為平親王2女．長和5年(1016)2月19日斎宮に卜定され，寛仁2年(1018)に伊勢下向．長元9年(1036)まで斎宮を勤める．のち藤原教通と結婚した． 1160

前斎院《さきのさいいん》 →媞子内親王

相如《すけゆき》 藤原．生年未詳，長徳元年(995)5月29日没．父は右中将助信，母は和泉守藤原俊連女．権中納言敦忠は祖父．娘は後拾遺集作者．天延2年(974)補蔵人，正五位下出雲守に至る．清原元輔・大中臣能宣・藤原道信らと交友．粟田右大臣藤原道兼の家司を勤めた．家集に『相如集』がある．詞花集初出． 565

相模《さがみ》 114, 356, 545, 546, 560. →作者

則光《のりみつ》 橘．康保2年(965)生，没年未詳．父は駿河守敏政，母は花山院の乳母(右近か)．清少納言，光朝法師母を妻とし，子に則長・季通・光朝らがある．長徳元年(995)補蔵人，同4年従五位下．寛仁3年(1019)頃陸奥守として任国に下向．従四位上に至る．金葉集のみ． 477, 721, 954, 1041, 1155

則長《のりなが》 560, 954. →作者

粟田右大臣《あわたのうだいじん》 →道兼

村上天皇《むらかみてんのう》 諱は成明．天暦の帝と称さる．法名は覚貞．延長4年(926)6月2日生，康保4年(967)5月25日没，42歳．醍醐天皇第14皇子，母は藤原基経女，穏子．第62代天皇．天慶9年(946)から康保4年まで在位．天暦5年(951)，梨壺に撰和歌所を設置し，

源順らに万葉集読解と後撰集撰進を行わせた．また天徳 4 年(960)『内裏歌合』などを主催．家集に『村上御集』がある．後撰集初出．序，54, 129, 314, 319, 327, 353, 415, 425, 871, 901
村上の女三宮《むらかみのおんなさんのみや》　→保子内親王

た・ち・つ・て・と

大弐三位《だいにのさんみ》　980, 996.　→作者
大まうちぎみ《おおいまうちぎみ》　→頼通
大和宣旨《やまとのせんじ》　549.　→作者
太皇太后宮《たいこうたいごうぐう》　→寛子 1
太政大臣《だいじょうだいじん》　→忠平
太政大臣《だいじょうだいじん》　→信長
泰憲《やすのり》　藤原．寛弘 4 年(1007)生，承暦 5 年(1081) 1 月 4 日没，75 歳．父は春宮亮泰通，母は紀伊守源致時女，従三位隆子．近江守，左大弁，権中納言，民部卿などを歴任し，正二位に至る．天喜元年(1053) 5 月『近江守泰憲三井寺歌合』を主催．　18, 156, 172, 840
第一親王《だいいちのみこ》　→敦文親王
中関白《なかのかんぱく》　→道隆
中宮《ちゅうぐう》　→威子
中宮《ちゅうぐう》　→賢子
中宮《ちゅうぐう》　→嫄子
中宮《ちゅうぐう》　→上東門院
中宮内侍《ちゅうぐうのないし》　→内侍
中将《ちゅうじょう》　764.　→作者
忠平《ただひら》　藤原．小一条太政大臣，五条殿と号す．諡は貞信公．元慶 4 年(880)生，天暦 3 年(949) 8 月 14 日没，70 歳．父は太政大臣基経，母は仁明天皇第 4 皇子人康親王女．従一位関白太政大臣に至る．延長 5 年(927)頃秋『東院前栽合』を主催．後撰集初出．　9
長家《ながいえ》　1115.　→作者
長能《ながよし(ながとう)》　243, 891.　→作者
長房《ながふさ》　184.　→作者
朝光《あさみつ》　687, 916.　→作者
通宗《みちむね》　33, 112.　→作者
通俊《みちとし》　979.　→作者
通房《みちふさ》　576, 900.　→作者
定季《さだすえ》　1156.　→作者
定輔《さだすけ》　藤原．生没年未詳．父は左大弁説孝，母は中宮亮藤原元尹女．娘に後拾遺集作者がある．長和 4 年(1015)頃から寛仁初年(1017–)にかけて上野介．ほか讃岐守，陸奥守などを勤め，正四位下に至る．『左経記』長元 8 年(1035) 3 月 25 日条に「播磨守定輔朝臣」として名が見える．　884
定頼《さだより》　348, 435, 640, 735, 753, 771, 809, 846, 936, 951, 1010.　→作者
媞子内親王《ていしないしんのう》　郁芳門院と号す．承保 3 年(1076) 4 月 5 日生，嘉保 3 年(1096) 8 月 7 日没，21 歳．白河天皇第 1 皇女，母は中宮賢子．承暦 2 年(1078) 8 月から応徳元年(1084) 9 月まで斎宮を勤める．寛治 5 年(1091)堀河天皇准母となる．永保 3 年(1083) 10 月『媞子内親王家歌合』，寛治 7 年(1093) 5 月『郁芳門院根合』などを主催．　136, 436
天暦《てんりやく》　→村上天皇
土御門右大臣《つちみかどうだいじん》　→師房
当子内親王《とうしないしんのう》　長保 2 年(1000)生，治安 2 年(1022)没，23 歳．三条天皇第 1 皇女，母は左大将藤原済時女，娍子．長和元年(1012)斎宮に卜定される．同 5 年 9 月に任を終え帰京す．寛仁元年(1017) 4 月に左京大夫藤原道雅との密通が発覚し，母娍子のもとに引き取られる．同年 11 月出家．　748
東宮《とうぐう》　→三条天皇
東宮《とうぐう》　→後朱雀天皇
東宮《とうぐう》　→後冷泉天皇
東三条院《とうさんじょういん》　125, 428.　→作者
棟政《むねまさ》　未詳．大斎院女房「少納言」は姉妹．太山寺本・陽明文庫伝為家筆本には「陳政」とある．藤原陳政は生没年未詳．父は参議安親，母は未詳．内蔵頭，春宮亮，播磨守，冷泉院判官代などを勤め，正四位下に至る．天徳 4 年(960) 3 月『内裏歌合』右方方人として名が見える．　579
棟利《むねとし》　藤原．生年未詳，永観 2 年(984)没．父は伊賀守保方，母は未詳．兄弟に清少納言の夫棟世がある．東宮少進，備後守，紀伊守，備中守などを勤め従四位上に至る．　971
藤三位《とうさんみ》　→繁子
道雅《みちまさ》　64, 411, 1158.　→作者
道兼《みちかね》　藤原．粟田関白，町尻関白，二条関白と号す．また七日関白と称さる．応和元年(961)生，長徳元年(995) 5 月 8 日没，35 歳．父は太政大臣兼家，母は摂津守藤原中正女，時姫．長徳元年 4 月 27 日関白となるが，僅か 11 日後に死去．拾遺集初出．　147, 565
道綱《みちつな》　藤原．傅大納言と号す．天暦 9 年(955)生，寛仁 4 年(1020) 10 月 16 日没，66 歳．父は太政大臣兼家，母は伊勢守藤原倫寧女(『蜻蛉日記』作者)．右大将，大納言，東宮

傅などを勤め正二位に至る．寛和 2 年(986) 6 月『内裏歌合』に参加，寛弘 4–7 年(1007–10)頃冬『傅大納言道綱歌合』(散佚)を主催．詞花集初出． 710, 883

道綱母《みちつなのはは》 471． →作者

道済《みちなり》 226, 697． →作者

道信《みちのぶ》 570． →作者

道長《みちなが》 16, 197, 420, 544, 932, 1019, 1107, 1114, 1206． →作者

道貞《みちさだ》 橘．生年未詳，長和 5 年(1016) 4 月 16 日没．父は播磨守仲遠，母は未詳．長徳 3 年(997)頃和泉式部と結婚，同 4 年頃小式部内侍を儲ける．長保元年(999)和泉守，ついで太皇太后宮(昌子内親王)権大進に任ぜらる．程もなく和泉式部と離別．寛弘元年(1004)任陸奥守．同年閏 9 月，新たな妻子と共に任国に下向した． 491

道命《どうみよう》 161, 181, 877, 1092． →作者

道隆《みちたか》 藤原．中関白と号す．また後入道関白・南院殿・町尻殿・二条と号す．天暦 7 年(953)生，長徳元年(995) 4 月 10 日没，43 歳．父は太政大臣兼家，母は摂津守藤原中正女，時姫．高階成忠女貴子(高内侍)との間に伊周・隆家・定子を儲ける．正二位関白に至る． 680, 701, 859, 906, 1014

敦儀親王《あつのりしんのう》(あつよししんのう) 石蔵式部卿宮と号す．長徳 3 年(997) 5 月 19 日生，天喜 2 年(1054) 7 月 11 日没，58 歳．三条天皇第 2 皇子，母は左大将藤原済時女，娍子．敦明親王(小一条院)は同母兄．長和 2 年(1013) 6 月中務卿，寛仁 4 年(1020) 1 月式部卿となる．長元 3 年(1030) 9 月出家． 1103

敦康親王《あつやすしんのう》 長保元年(999) 11 月 7 日生，寛仁 2 年(1018) 12 月 17 日没，20 歳．一条天皇第 1 皇子，母は藤原道隆女，皇后定子．嫄子女王(頼通養女)の父．長保 2 年に生母定子と死別，以後道隆 4 女御匣殿・中宮彰子・頼通の後見を受く．長和 4 年(1015) 10 月 6 日，頼通・頼宗らと大井に遊覧す．同 5 年式部卿となる． 364

敦貞親王《あつさだしんのう》 長和 3 年(1014) 10 月 6 日生，康平 4 年(1061) 2 月 8 日没，48 歳．父は三条天皇第 1 皇子敦明親王(小一条院)，母は左大臣藤原顕光女，延子．祖父三条天皇の子となる．三品，中務卿，式部卿． 1150

敦道親王《あつみちしんのう》 帥宮と称さる．天元 4 年(981)生，寛弘 4 年(1007) 10 月 2 日没，27 歳．冷泉天皇第 4 皇子，母は太政大臣藤原兼家女，超子．正暦 4 年(993)大宰帥．長保 5 年(1003) 4 月和泉式部との交際が始まり，12 月には自邸東三条院南院での同居に至る．自邸で作文会を催し，内裏詩宴に列座するなどすぐれた詩人でもあった．新古今集初出． 573

敦敏《あつとし》 藤原．延喜 12 年(912)生，天暦元年(947) 11 月 17 日没，36 歳．父は小野宮太政大臣実頼，母は左大臣藤原時平女．子に能筆の佐理がある．天慶 6 年(943)五位蔵人に補せらる．正五位下左少将に至る．後撰集に 1 首のみ入集． 437

敦文親王《あつぶみしんのう》 承保元年(1074) 12 月 26 日生，同 4 年(1077) 9 月(8 月説もあり) 6 日没，4 歳．白河天皇第 1 皇子，母は中宮賢子(右大臣源顕房女，太政大臣藤原師実猶子)．承保 2 年親王となる．疱瘡の流行により夭折，周囲の涙を誘った． 436, 440

な・に・の

奈良の帝《ならのみかど》 平城天皇．諱は安殿．日本根子天推国高彦と称さる．宝亀 5 年(774) 8 月 15 日生，天長元年(824) 7 月 7 日没，51 歳．桓武天皇第 1 皇子，母は贈太政大臣藤原良継女，乙牟漏．第 51 代天皇．延暦 25 年(806)から大同 4 年(809)まで在位．平安時代にはこの天皇が万葉集を撰集したと考えられていたらしい．古今集・続後拾遺集に入集． 序

内《うち》 →村上天皇

内侍《ないし》 1024． →作者

内侍の督《ないしのかみ》 →嬉子

内大臣《ないだいじん》 →師通

内大まうちぎみ《うちのおおいまうちぎみ》 →師通

二条院の御方《にじよういんのおんかた》 →章子内親王

二条院《にじよういん》 →章子内親王

二条前太政大臣《にじようさきのだいじようだいじん》 →教通

二条前太政大臣妻《にじようさきのだいじようだいじんのめ》 →教通妻

二条のさきのおほいまうちぎみ《にじようのさきのおおいまうちぎみ》 →教通

入道一品宮《にゆうどういつぽんのみや》 →脩子内親王

入道摂政《にゆうどうせつしよう》 →兼家

入道前太政大臣《にゆうどうさきのだいじようだいじん》 →道長

入道前太政大臣《にゆうどうさきのだいじようだいじん》 →頼通

入道の中将《にゆうどうのちゆうじよう》 →成信

能因《のういん》 序, 476, 482, 483, 496． →作者

能宣《よしのぶ》 序, 892． →作者

能通《よしみち》 944． →作者

は・へ・ほ

馬内侍《むまのないし》 879. →作者

禖子内親王《ばいしないしんのう》 六条斎院と号す．長暦3年(1039) 8月19日生，嘉保3年(1096) 9月13日没，58歳．後朱雀天皇第4皇女，母は中宮嫄子．寛徳3年(1046) 3月から天喜6年(1058) 4月まで斎院を勤める．少女期より背中に腫瘍を病むが雅事を好み，永承3年(1048)頃から承暦2年(1078)頃にかけて20箇度以上の歌合を主催した．詞花集初出． 92, 183, 247, 873, 875, 1111

白河天皇《しらかわてんのう》 28, 87, 346, 379, 442. →作者

白居易《はくきょい》 字は楽天，号は香山居士．大暦7年(772) 1月20日生，会昌6年(846) 8月没，75歳．父は李庚，母は陳氏．中国中唐の詩人．貞元16年(800)若くして進士に及第．翰林学士などを勤める．元和10年(815)江州司馬に左遷されたが，これを契機にますます活発な詩作を続けた．詩文集『白氏文集』がある． 248

範永《のりなが》 118, 732. →作者

繁子《はんし》 藤原．藤三位と称さる．生没年未詳．父は右大臣師輔，母は未詳．一条天皇の乳母．右大臣藤原道兼との間に一条天皇女御尊子を儲ける．道兼の没後中納言平惟仲と再婚．寛弘8年(1011) 6月の一条天皇崩御の後出家，好明寺に住した． 583

遍昭(照)《へんじょう》 俗名良岑宗貞．花山僧正と号す．弘仁7年(816)生，寛平2年(890) 1月19日没，75歳．父は大納言安世，母は未詳．子に素性法師がある．蔵人頭，従五位上に至るが嘉祥3年(850) 3月，仁明天皇崩御により出家，天台宗の僧となる．元慶3年(879)権僧正，仁和元年(885)僧正．元慶寺座主．六歌仙また三十六歌仙の1人．古今集初出．序

保子内親王《ほうしないしんのう》 村上の女三宮と称さる．天暦3年(949)生，永延元年(987) 8月21日没，39歳．村上天皇第3皇女，母は左大臣藤原在衡女，正妃．規子内親王の異母姉で，『斎宮女御集』にも登場する．寛和2年(986)頃，摂政就任直後の藤原兼家と結婚したが，程もなく出家，没したと伝えられる． 1093

保昌《やすまさ》 999. →作者

輔親《すけちか》 448, 461, 704, 839, 1160. →作者

輔長《すけなが》 大中臣．生年未詳，寛治2年(1088) 7月没．父は従五位下神祇大副輔宣，母は大江公資女であろう．父輔宣は輔親弟宣理の子で，輔親猶子となった．ために輔長は輔親の孫．従五位下，神祇権少副に至る． 448

望城《もちき》 序. →作者

め・も

明尊《みょうそん》 俗姓は小野．志賀僧正と号す．天禄2年(971)生，康平6年(1063) 6月26日没，93歳．父は兵庫頭奉時．道風は祖父．天台宗の僧．寛仁元年(1017)権律師，長元4年(1031)大僧都，長暦2年(1038)大僧正．永承3年(1048) 8月11日天台座主となるが，同13日辞退．康平3年11月26日，関白藤原頼通の主催により九十賀が行われた．新勅撰集初出． 429

茂子《もし》 藤原．滋野井女御と称さる．生年未詳，康平5年(1062) 6月22日没．父は権中納言公成，母は淡路守藤原定佐女．権大納言藤原能信の養女となる．永承3-4年(1048-49)頃，東宮尊仁親王(後三条天皇)に入内．聡子内親王・貞仁親王(白河天皇)らを産むが東宮女御のまま没．延久5年(1073) 5月贈皇后． 922

ゆ・よ

右大臣《うだいじん》 →顕房

祐子内親王《ゆうしないしんのう》 高倉一宮と号す．長暦2年(1038) 4月21日生，長治2年(1105) 11月7日没，68歳．後朱雀天皇第3皇女，母は中宮嫄子(敦康親王女，藤原頼通養女)．禖子内親王は同母妹．幼時に母と死別，頼通の庇護を受く．延久年間(1069-74)に出家．寛治元年(1087)頼通室隆姫所領の高倉第を伝領さる．永承5年(1050) 6月『祐子内親王家歌合』などを主催． 86, 119, 131, 143, 188, 192, 290

陽明門院《ようめいもんいん》 460, 588, 715. →作者

鷹司殿《たかつかさどの》 →倫子

ら・り・れ・ろ

頼家《よりいえ》 1023. →作者

頼光《よりみつ》 889. →作者

頼綱《よりつな》 734. →作者

頼国《よりくに》 源．生年未詳，天喜6年(1058)没．父は正四位下頼光，母は伊予守藤原元平女．満仲は祖父．兄弟に頼家，子に頼実・頼綱・六条斎院宣旨らがある．蔵人，左衛門尉，讃岐守，紀伊守などを勤め正四位下に至る．

734, 1131

頼清《よりきよ》　源．生没年未詳．父は鎮守府将軍頼信，母は未詳．歌人相模の養父頼光の甥．長元4年(1031)3月安芸守(小右記・同年同月8日条)．陸奥守，肥後守を歴任，従四位下に至る．永承3年(1048)3月2日に「前陸奥守」として見える(造興福寺記)ことから，それ以前にかの任を終え，程もなく肥後守補任か．　474

頼宗《よりむね》　106, 792.　→作者

頼忠《よりただ》　藤原．三条太政大臣と号す．諡は廉義公．延長2年(924)生，永延3年(989)6月26日没，66歳．父は太政大臣実頼，母は左大臣藤原時平女．従一位太政大臣に至る．貞元2年(977)8月『三条左大臣殿前栽歌合』，永延年間(987-989)『太政大臣頼忠石山寺歌合』(散佚)を主催．　251, 957, 1203

頼通《よりみち》　113, 117, 118, 193, 206, 217, 224, 241, 265, 359, 429, 451, 642, 875, 897, 989, 1053, 1112, 1143, 1159, 1184.　→作者

陸奥《みちのくに》　未詳．一条天皇皇女脩子内親王の女房．　636

隆経《たかつね》　404, 1077.　→作者

良勢《りようせい》　480.　→作者

良暹《りようせん》　27, 77, 1036, 1038, 1094, 1157.　→作者

倫子《りんし》　源．鷹司殿と号す．康保元年(964)生，天喜元年(1053)6月11日没，90歳．父は一条左大臣雅信，母は中納言藤原朝忠女，穆子．永延元年(987)12月藤原道長と結婚．頼通・教通・彰子・妍子・威子・嬉子を産む．長元6年(1033)11月28日，賀陽院において頼通の主催により七十賀和歌が催された．新勅撰集初出．　14

冷泉天皇《れいぜいてんのう》　諱は憲平．天暦4年(950)5月24日生，寛弘8年(1011)10月24日没，62歳．村上天皇第2皇子，母は中宮藤原安子．第63代天皇．天暦4年立太子，康保4年(967)から安和2年(969)まで在位．家集に『冷泉院御集』がある．　168, 441, 1116

麗景殿女御《れいけいでんのにようご》　842.　→作者

六条左大臣《ろくじようさだいじん》　→重信

六条前斎院《ろくじようさきのさいいん》　→禖子内親王

六条中務親王《ろくじようなかつかさしんのう》　→具平親王

わ

和泉式部《いずみしきぶ》　491, 1163.　→作者

地 名 索 引

1) この索引は，『後拾遺和歌集』の詞書・左注や歌詞など，本文に見られる地名や寺社名・邸宅などについて，簡単な説明を加え，歌番号を示したものである．詞書・左注については，「詞」や「左」などの略称に歌番号を付した形とした．

2) 見出しは通行の漢字で表記し，現代仮名遣いで読みを示し，配列はその五十音順によった．

3) 関連するものはなるべく一括するようにし，必要に応じて，→で参照項目を指示した．国名を伴った地名は，原則として国名を除いた形で立項した．

4) 歌詞については，初出を，万葉・古今・後撰・拾遺・後拾遺の略称で示した．歌番号は，万葉は旧国歌大観，それ以外は新編国歌大観による．

5) 歌枕の判別資料として，歌書の記載を示した．略称と底本は以下の通り．

「能因」 能因歌枕(『三田国文』第5号)
「初学」 和歌初学抄(日本歌学大系第2巻)
「五代」 五代集歌枕(日本歌学大系別巻1)
「八雲」 八雲御抄(日本歌学大系別巻3)

また，必要に応じて下記も参照した(底本はいずれも新編国歌大観)．

「夫木」 夫木和歌抄
「名寄」 歌枕名寄

あ 行

明石《あかし》・**明石の浦**《あかしのうら》 播磨国の歌枕．兵庫県明石市．月の「明かし」に掛ける．明石海峡は早く万葉に「明石の門(と)」と歌われた．月の名所とされるのは『源氏物語』明石巻の影響もあるか．「明石の浦」が能因・初学・五代・八雲．523, 524, 529. 詞 522, 523, 529

安積の沼《あさかのぬま》 陸奥国の歌枕．福島県郡山市日和田町西方付近かというが，未詳．古今 677「花かつみ」の詠以来，菰や菖蒲が詠まれる．「浅い」を掛ける．初学・五代・八雲． 207

朝倉《あさくら》 筑前国の歌枕．福岡県朝倉郡，斉明天皇の朝倉橘広庭宮が置かれた地．神楽歌「朝倉」により「朝倉や木丸殿(きのまろどの)」と続け，「名のり」を響かせる．「朝暗」を掛ける．後拾遺初出，平安中期以後詠まれる．「朝倉山」が能因・夫木・名寄． 1081. →木の丸殿《きのまろどの》

朝の原《あしたのはら》 大和国の歌枕．奈良県北葛城郡，「片岡」に含まれる丘陵．「明日」を掛ける．若菜の名所で，立春に注目される．雁・時鳥・雉子の鳴く地としても詠まれる．古今初出．能因・五代・八雲． 47. →片岡《かたおか》

蘆の浦《あしのうら》 摂津．大阪市．八雲が後撰 1262 を証歌として浦の項に入れる．難波の浦の一部か．「蘆」を掛ける． 476

蘆の屋《あしのや》 摂津国の歌枕．神戸市東部から芦屋市・伊丹市までを含む一帯．『伊勢物語』87段に見える．万葉初出だが平安中期以降に詠まれる．「蘆屋の里(あしやのさと)」が八雲・夫木・名寄．507

飛鳥川《あすかがわ》・《あすかのかわ》 大和国の歌枕．奈良県高市郡高取山に発し奈良盆地を流れる川．万葉以来流れの激しい川として多く詠まれ，古今 933 で淵瀬の変わりやすさを詠むことが定着．世の無常・恋の無常に喩えられる．「明日」を掛けることも．能因・初学・五代・八雲． 696

東《あずま》 東国，逢坂の関以東を指す．後拾遺では遠江・常陸などについて用いられている．歌詞としては掛詞で詠まれる．万葉初出．728, 937. 詞 464, 508, 725, 1133

東路《あずまじ》 東国への道，主として東海道・東山道を指すが，東国諸国をも指す．逢坂の関以東，春の来る方角でもあった．後拾遺では近江・美濃・信濃・遠江・相模・常陸・陸奥について用いられている．万葉初出． 3, 93, 195, 508, 515, 516, 725, 748, 915, 941, 1133, 1136. 詞 515

阿蘇社《あそのやしろ》 阿蘇神社．肥後国一宮．熊本県阿

蘇郡一の宮町．健磐竜命以下12神を祀る．景行紀に見え，古代の土地神に阿蘇山の火山信仰が合体して成立したという．　詞1173

安達《あだち》　陸奥国の歌枕．福島県二本松市・安達郡にまたがる安達太良《あだたら》山の麓．真弓を産し「引く」「矯む」と詠まれる．馬の産地とも．古今初出，八雲(安達原)．　279, 976, 1137

あちふの池《あちふのいけ》　未詳．五代で872を掲げ国不審とし(異文注記あり)，八雲は池の項に「あし(らィ)ふの(後拾．河上也．好忠)」と載せる．万葉928「味経乃原《あちふのはら》」・1062「味原宮《あちふのみや》」を大阪市天王寺区味原町に比定する説があり，同地には近世まで「味原池」があった．名寄は「洗池(正字未決，暫用歌詞，或阿羅布)」とし未勘国に分類．　872

綾川《あやかわ・あやのかわ》　讃岐国の歌枕．香川県綾歌郡・坂出市を北西流し瀬戸内海に注ぐ．讃岐国府(坂出市府中町)近くを通る．後拾遺初出，初学・五代・八雲・名寄に載るが，例歌は少ない．387．詞387

嵐山《あらしのやま》　山城国の歌枕．京都市西京区嵐山．大井川の南岸に位置し，山腹に法輪寺がある．初出の拾遺210公任歌が有名で，紅葉の名所．「嵐」を連想．能因・初学・五代・八雲．　379．→小倉山《おぐらのやま》

荒磯海《ありそうみ》　岩が多く波の荒い海岸をいう普通名詞か．万葉3959(家持)に「越の海の荒磯の波」と詠まれ，五代・八雲・名寄が越中とするのに従えば，富山県氷見市から高岡市にかけての富山湾岸とも．尽きないことに「浜の真砂」を詠む．　796

有馬の湯《ありまのゆ》　有馬温泉．摂津．神戸市北区，六甲山の北斜面．舒明紀・万葉にも見え，都に近い古くからの湯治場として多くの人々が訪れた．初学・八雲．　詞185

有馬山《ありまやま》　摂津国の歌枕．神戸市北区有馬町付近の山々．多く「猪名」との組合せで詠まれる．有馬温泉がある．万葉初出だが後拾遺の先行例は少ない．初学・五代・八雲．　709

阿波《あわ》　南海道の1国．上国．徳島県．国府・国分寺は徳島市国府町．　詞732, 1130

粟津野《あわづの》　近江国の歌枕．大津市膳所付近，瀬田川河口西岸一帯．古代より交通の要衝．屏風歌に詠まれ，多く「逢はず」を掛ける．後撰初出，初学・五代・八雲．　45

飯室《いいむろ》　近江．大津市，比叡山延暦寺横川の一谷．横川中堂の南東麓にある．本堂は良源の弟子尋禅(藤原師輔男)の私房を前身とする不動堂．　詞413．　→比叡山《ひえのやま》・横川《よかわ》

伊賀《いが》　東海道の1国．下国．三重県西北部．国府・国分寺は上野市．　詞488

生の松《いきのまつ》**・生の松原**《いきのまつばら》　筑前国の歌枕．福岡市西区の博多湾沿いの松原．壱岐神社がある．筑紫の名所として九州に下る人の送別に詠まれることが多い．「生き」「行き」を掛け，「松」の縁で常緑・千代を詠む．拾遺初出，初学(筑後)，八雲．　469, 474, 1128

生田の杜《いくたのもり》　摂津国の歌枕．神戸市中央区の生田神社．以前は現在地より北にあったと伝える．多く「生く」「行く」を掛ける．後拾遺初出，能因・初学・五代・八雲．　732, 1140

生駒山《いこまやま・いこまのやま》　大和・河内国の歌枕．奈良県と大阪府の境を成す山地で，主峰は標高642メートル．大和から河内への交通路にあたり，すでに万葉で恋人が越え来る山として，また雲のかかる山として西側からの望見が詠まれたが，平安時代は中期以降詠まれる．能因・初学・五代・八雲．　167, 513

いさら川《いさらがわ》　近江国の歌枕．古今(元永本)に「犬上のとこの山なるいさら川」とあり，「いさや川」の転じたものか．『古今六帖』『長能集』『源氏物語』朝顔巻に見える．「いさや川」は滋賀県霊仙山に発し，彦根市にあった松原内湖に注いでいた芹川という(万葉初出，五代・八雲)．いずれも「いさ」を導く枕詞・序詞に用いられることが多い．　序

石山《いしやま》　石山寺．近江国の歌枕．大津市，瀬田川の西岸．聖武天皇の勅願で建立され，奈良時代末に良弁が増改築した．真言宗，本尊は観世音菩薩．平安時代は京に近い観音霊地として貴族が頻繁に参詣した．『蜻蛉日記』『和泉式部日記』『源氏物語』関屋巻他に見える．能因・八雲．　詞500, 594, 717, 752, 944, 1142

伊豆《いず》　東海道の1国．下国．静岡県南部と東京都伊豆諸島．国府・国分寺は三島市．令制で重罪人の流刑地とされ，『延喜式』では遠流の地に指定された．　詞996

和泉《いずみ》　五畿内の1国．下国．大阪府南部．国府・国分寺は和泉市．『枕草子』「受領は」に見える．　詞509, 1069

出雲《いずも》　山陰道の1国．上国．島根県東半部．国府・国分寺は松江市．古代出雲神話の舞台．『古事記』『日本書紀』に素戔嗚尊が「八雲立つ出雲八重垣」と詠んだと見え，古今・仮名序に

引かれた．万葉にも詠まれる．　496. 詞 496, 530

伊勢《いせ》　東海道の 1 国．大国．三重県の大部分．国府・国分寺は鈴鹿市．伊勢神宮のある地として古くから開けた．万葉以来和歌に詠まれる．多気郡明和町に斎宮寮が置かれていた．詞 136, 720, 748, 1159, 1160.　→大神宮《だいじんぐう》

石上《いそのかみ》　大和国の歌枕．奈良県天理市布留町付近．石上神宮があり，平安時代は風雨祈願の奉幣を受けた．「古る」「降る」に掛かる枕詞として，また古いものとして詠まれる．万葉初出，能因・初学・五代・八雲．　序, 367

一条院《いちじょういん》　山城．京都市上京区飛驒殿町付近．一条南・大宮東，2 町(拾芥抄)．旧藤原伊尹・為光邸を東三条院詮子が伝領，一条天皇から後冷泉天皇まで，内裏焼亡の際に里内裏となった．一条天皇は当院で崩御．寛弘 6 年(1009)を始め焼失・再建を繰り返した．　詞 592

井手《いで》　山城国の歌枕．京都府綴喜郡井手町．京と奈良を結ぶ交通路上に位置し，山吹と蛙の名所．「居て」を掛ける．古今初出，『伊勢物語』『大和物語』などに見える．「井手の里」が五代・八雲(大和)．　157, 964

出羽《いでわ》　東山道の 1 国．上国．山形・秋田両県．国府は酒田市または秋田市，国分寺は酒田市または東田川郡．　詞 519

猪名野《いなの》・猪名の笹原《いなのささはら》　摂津国の歌枕．北摂山地に発し兵庫県伊丹市を流れる猪名川下流域の原野．平安時代には牧があり，貴族の遊猟地でもあった．「猪名野」は万葉で有馬山とともに詠まれ，初学・八雲に見える．また「猪名の柴原(しばはら)」が神楽歌に見え八雲に載る．「猪名の笹原」は後拾遺初出．　420, 709

猪名の柴山《いなのしばやま》　摂津国の歌枕．兵庫県宝塚・川西市，大阪府池田・箕面市一帯の山の総称．万葉初出の「猪名山」に「富士の柴山」が合わされて成ったという(抄注)．猪名は都から西国へ下る途上にあたり，雪が詠まれた．枕詞「息長鳥」を受ける．後拾遺初出，八雲．　408

稲荷《いなり》　伏見稲荷大社．　詞 1166.　→稲荷山《いなりやま》

稲荷山《いなりやま》　山城国の歌枕．京都市伏見区深草．伏見稲荷大社がある．上・中・下社の三峰から成り，「三つ」と詠まれた．2 月初午の稲荷詣はしばしば屏風歌の題となり，主に神への祈願を詠む．『蜻蛉日記』『枕草子』に見える．拾遺初出，能因・初学・八雲．　1166

伊吹《いぶき》　伊吹山．美濃・近江国の歌枕．岐阜県揖斐郡と滋賀県坂田郡にまたがる．『古事記』『日本書紀』に見え，山岳信仰の対象であった．『古今六帖』以降詠まれ，能因・初学・八雲に見える．『袖中抄』の下野国説ならば栃木県吹上町の小丘で，『能因歌枕』に「伊吹の松山」が見える．「さしも草」の詠歌での産地は判然としないが，『延喜式』に全国屈指の薬草収納地として美濃・近江両国が挙げられ，初学・八雲も近江・美濃とする．「言ふ」を掛ける．後拾遺初出．　612

今宮《いまみや》　今宮神社．山城．京都市北区紫野今宮町．大己貴命などを祭る．疫病流行時に御霊会の行われる地であった船岡山の北麓に，長保 3 年(1001)創建された．以後 5 月の今宮社御霊会が定着．　左 1165.　→船岡《ふなおか》

伊予《いよ》　南海道の 1 国．上国．愛媛県．国府・国分寺は今治市．　詞 482, 483, 531, 1172

石清水《いわしみず》　石清水八幡宮．山城国の歌枕．京都府八幡市の男山に鎮座．山腹に湧水があり祀られる．清和天皇の時に宇佐八幡宮を勧請，祭神は応神天皇他．平安京西南の鎮護国家の神として奉幣を受け，貴顕の参詣が相次いだ．神意に寄せ「汲む」と詠まれる．後拾遺初出，能因・八雲．　1174. 詞 1176.　→八幡《やわた》

岩代の尾上《いわしろのおのえ》・岩代の森《いわしろのもり》　紀伊国の歌枕．和歌山県日高郡南部町．万葉 141 有間皇子歌(古今六帖 2900)により「結び松」が有名で，「松」「結ぶ」「解く」と詠まれる．また「言はじ」を掛ける．「尾上」「森」の形は後拾遺初出．初学(松)・五代(杜)・八雲(野・杜)．　774, 1049

磐余野《いわれの》　大和国の歌枕．奈良県桜井市西部から橿原市にわたる．「磐余」は万葉から詠まれた．「言はれ」の掛詞のほか，野の景物である萩・霧・露とともに詠まれる．後拾遺初出，五代・八雲．　305. 詞 305

右近の馬場《うこんのばば》　山城．京都市上京区馬喰町，北野天満宮の南．右近衛府の馬場で，競べ馬などが行われた．　詞 180, 1020

宇佐《うさ》　宇佐八幡宮．豊前国一宮．大分県宇佐市．全国八幡宮の総本宮．応神天皇などを祀る．醍醐天皇の代より，3 年に一度の奉幣の勅使(宇佐の使)が派遣された．　詞 478, 526

宇治《うじ》　山城国の歌枕．京都府宇治市．平安京の東南に位置し，山城・大和間の交通の要衝．宇治川が流れ，藤原頼通など貴族の別荘も多

く遊覧の地であった．『蜻蛉日記』『更級日記』に見え，『源氏物語』宇治十帖の舞台．万葉初出，八雲(里)．　詞 343, 385, 386, 1052

宇治川《うじがわ》　山城国の歌枕．京都府宇治市．琵琶湖に発する瀬田川の下流で巨椋池に注いでいた．網代が有名で，「氷魚」に「日を」を掛け，また急流・浪・紅葉が詠まれる．『源氏物語』宇治十帖では重要な役割を担う．万葉初出，能因・初学・五代・八雲．　386

内の宮《うちのみや》　内宮(ないくう)．伊勢神宮のうちの皇大神宮．三重県伊勢市宇治館町．　詞 1160．　→大神宮《だいじんぐう》

有度浜《うどはま》　駿河国の歌枕．静岡市・清水市にまたがる有度山の南崖下一帯．東遊・駿河舞発祥の地と伝える．『古今六帖』から詠まれ，多く同音で「疎し」を導く．後拾遺初出，能因・初学・五代・八雲．　1172

梅津《うめつ》　山城．京都市右京区梅津．四条通の西端，桂川東岸一帯の地．貴族の山荘が営まれた．八雲(里)．　詞 369

雲林院《うりんいん》　山城．京都市北区紫野にあった天台宗寺院．もと淳和天皇の離宮が元慶寺別院となる．寛和年間(985–987)念仏寺が造られ，菩提講が行われた．古今に詠まれ，桜の名所．八雲(雲の林)．　詞 111

うるま　美濃国の歌枕．岐阜県各務原市鵜沼と愛知県犬山市を結ぶ，東山道上の木曽川の渡し(重之集では「土岐郡」)．「売る」を掛ける．後拾遺初出，「うるまの渡」が初学・五代・八雲・名寄に載るが，例歌は少ない．　515．詞 515

越後《えちご》　北陸道の 1 国．上国．新潟県．持統天皇の代に越の国を三分し成立．国府・国分寺は上越市．　詞 466, 533．　→越《こし》

越前《えちぜん》　北陸道の 1 国．大国．福井県北部．持統天皇の代に越の国を三分し成立．国府は武生市，国分寺は未詳．　詞 578, 682．　→越《こし》

老曾の森《おいそのもり》　近江国の歌枕．滋賀県蒲生郡安土町，奥石神社の森．『古今六帖』2893 に「思ひ出でつる」と詠まれるが，後拾遺初出．時鳥が詠まれ，また「老い」を掛ける．能因・初学・五代・八雲．　序, 195．詞 195

逢坂《おうさか》　近江国の歌枕．大津市逢坂付近．逢坂の関を指すことが多い．万葉初出．　278, 280, 632, 741, 748, 941．詞 20, 466．　→逢坂の関《おうさかのせき》

逢坂の関《おうさかのせき》　近江国の歌枕．大津市逢坂付近．京と近江の境を成す逢坂山山麓に置かれた．8 世紀末の停廃後 9 世紀に復活，固関使派遣の記事がある(文徳実録他)．東国への都の玄関で，駒迎えで出迎える地であった．「逢ふ」を掛け恋歌に多く詠まれる．「走り井」「関の清水」があり，また「関守」「越ゆ」「とどむ」と詠まれた．古今初出，能因・初学・五代・八雲．　4, 279, 466, 490, 500, 676, 723, 915, 937, 939．詞 632, 723, 939

近江《おうみ》　東山道の 1 国．大国．滋賀県．国府は大津市，国分寺は大津市または甲賀郡．醍醐天皇以来大嘗会の悠紀国となる．「逢ふ身」を掛ける．万葉初出．　序, 644．詞 18, 156, 172, 458, 510, 840

近江の海《おうみのうみ》　近江国の歌枕．滋賀県の琵琶湖．「逢ふ身」を掛け，また淡水湖ゆえに「海松布(見る目)・貝(甲斐)がない」と詠む．恋歌に用いられることが多い．万葉初出，初学・五代・八雲．　717, 830

大荒木の森《おおあらきのもり》　山城国の歌枕．京都市伏見区淀本町，また左京区静市市原町とも．万葉の「大荒木」は大和国，奈良県五條市今井町とされる．古今 892 により「刈る人のない下草」に寄せ嘆老が詠まれるが，延喜 5 年(905)の屏風歌(拾遺 136)を始めしばしば屏風歌の夏の題材になった．五代・八雲・夫木・名寄(いずれも山城)．　228

大井《おおい》・**大井川**《おおいがわ》　山城国の歌枕．桂川の上流，京都市西京区嵐山付近の称．多くの貴顕が舟逍遥に訪れ，宇多天皇や白河天皇の行幸は有名．紅葉・井堰・榑(くれ)，材木を運ぶ筏が詠まれる．古今初出，能因(山城・若狭)，初学・五代・八雲．　364, 365, 377, 379, 904, 1059．詞 364, 365, 377, 379, 973

大江の岸《おおえのきし》　摂津国の歌枕．大阪市中央区．淀川旧河口，渡辺津の一部．後拾遺初出，例歌は多くない．五代・八雲．　513．　→渡辺《わたのべ》

大蔵山《おおくらやま》　近江国の歌枕．滋賀県甲賀郡水口町の古城山．「大蔵」の連想で詠まれる．しばしば大嘗会和歌の題に用いられた．拾遺初出，五代・八雲．　459．詞 459

大沢の池《おおさわのいけ》　山城国の歌枕．京都市右京区嵯峨大沢町，大覚寺の東．もとは嵯峨院の苑池．「多し」「生け」を掛ける．古今初出，初学・五代・八雲．　916．　→大覚寺《だいかくじ》

大原《おおはら》 山城国の歌枕. 京都市左京区大原と西京区大原野. 前者は洛北の山間地で雪が詠まれ, また薪炭の産地で炭焼・炭竈が景物. 延暦寺別院の三千院・勝林院等がある. 後者は洛西小塩山山麓の大原野神社の縁で詠まれる. 但し二者の判別は難しいことが多い. 古今初出(万葉の同名地は大和). 五代・八雲. 1037. 詞 1036, 1118. →大原野《おおはらの》・大原山《おおはらやま》・小塩山《おしおのやま》

大原野《おおはらの》 大原野神社. 山城. 京都市西京区大原野. 長岡京遷都時に藤原氏の氏神である春日明神を勧請, 嘉祥3年(850)現社地に移す. 王城鎮護の神として重んじられ, 皇室の行幸啓や摂関家の社参が相次いだ. 2月・11月の大原野祭には奉幣使が派遣された. 初学・八雲. 詞 1171. →大原《おおはら》・小塩山《おしおのやま》

大原山《おおはらやま》 山城国の歌枕. 京都市左京区大原の一帯の山. また西京区大原野の小塩山一帯. 炭・松を詠むほかに「多し」を掛ける. 後拾遺初出, 能因・初学・五代・八雲. 414, 437, 1038, 1208. →大原《おおはら》・小塩山《おしおのやま》

大山寺《おおやまでら》 筑紫. 未詳. 一説に, 大宰府政庁の東, 三戒壇の1つとして西海道の仏寺を統轄した観世音寺(福岡県太宰府市)の称か, あるいはその末寺かという(萩谷朴). 詞 178

奥郡《おくごおり》 陸奥らしいが未詳. 奥地の意の普通名詞か. 『八代集抄』は「陸奥の北の方へぞ近き所を云とぞ」とする. 「氷」を響かせる. 詞 721

小倉の家《おぐらのいえ》 雄蔵殿(おぐらどの). 山城. 前中書王兼明親王が引退後, 嵯峨に営んだ山荘. 大井川畔, 「亀山」(現小倉山か)の麓にあった. 『本朝文粋』「兎裘賦」(巻1), 「山亭起請」(巻12)等にその様子が描かれる. 詞 1154

小倉山《おぐらのやま・おぐらやま》 山城国の歌枕. 京都市右京区嵯峨の小倉山・亀山と, 大井川を挟んだ嵐山(西京区)の総称か(森本茂). 貴族の別業があり逍遥の地であった. 「小暗し」を掛け, 紅葉・鹿・霧が詠まれる. 古今初出, 能因・初学・五代・八雲. 232, 292. 詞 232

小塩山《おしおのやま・おしおやま》 山城国の歌枕. 京都市西京区, 大原野神社の西の山. 藤原氏に関わる賀歌に松が詠まれる. 初学・八雲に「大原野」と注し, 洛西の大原の決め手にされやすいが, 一説に洛北大原の翠黛山・金毘羅山も「小塩山」と呼ぶという(森本茂). 1118・1119の「大原」住人少将井の尼は, 洛北大原の景物である炭竈を詠んだ大原歌も残しており(続詞花 894＝新古今 1641), 洛北・洛西のいずれか決めがたい. 古今初出, 能因・五代も. 1118, 1119. →大原《おおはら》・大原野《おおはらの》・大原山《おおはらやま》

雄島磯《おじまのいそ》 普通名詞か. 後拾遺初出, 先行例未見. 八雲(伊勢. 陸奥歟), 夫木・名寄(陸奥)に見え, 陸奥国の歌枕, 松島の1(宮城県宮城郡)とされた. 海人が詠まれる. 827. →松島《まつしま》

緒絶の橋《おだえのはし》 陸奥国の歌枕. 宮城県古川市三日町. 一説に現在地の上流, 古代の砂礫地帯を流れる数条の浅瀬に渡した橋群とも(佐佐木忠慧). 万葉 3815 の誤読により生じたともいう(奥村恒哉). 『源氏物語』藤袴巻に見えるが, 後拾遺初出. 縁が絶えることに, また「橋」の縁で「踏む」と詠まれる. 初学・五代・八雲・夫木・名寄. 751

音無川《おとなしがわ》 紀伊国の歌枕. 和歌山県東牟婁郡・西牟婁郡境北部に発し, 熊野本宮大社(旧社地)で熊野川に注ぐ. 参詣者はこの川を徒渉して禊とし, 本宮に入った. 「音がない」と詠まれる. 拾遺初出, 能因(豊前), 初学・八雲. 詞 1076

音羽山《おとわのやま》 山城国の歌枕. 京都市山科区, 逢坂山の南. 近江との国境を成し, 逢坂の関とともに詠まれる. 時鳥・霞が景物. 古今初出, 能因(山城・近江), 初学・五代・八雲. 4

小野山《おののやま》 山城国の歌枕. 京都市左京区大原の東の連山をいうか. 小野は雪深い隠棲の地として『伊勢物語』83段に見え, 『源氏物語』夕霧巻の舞台にもなる. 炭焼・炭竈が詠まれる. 後拾遺初出, 初学・八雲. 401

姨捨山《おばすてやま》 信濃国の歌枕. 長野県更埴市・更級郡・埴科郡・東筑摩郡の境にある冠着山. 初出の古今 878 より「慰めがたい」ことに, また月の名所として詠まれる. 「姨捨つ」を掛けることもあり, 『大和物語』『俊頼髄脳』等に棄老伝説が見える. 能因・初学・五代・八雲. 533, 848, 1091. 詞 533. →更級《さらしな》

尾駮《おぶち》 陸奥国の歌枕. 青森県上北郡六ヶ所村付近か. 荒馬の産地として詠まれる. 「小斑」を掛ける. 後撰初出, 例歌は少ない. 八雲(尾駮の牧). 278, 954

朧の清水《おぼろのしみず》 山城国の歌枕. 京都市左京区大原草生町. 水の清澄さ, 水に映ずる月が詠まれる. 後拾遺初出, 先行例未見. 五代・八雲・夫木・名寄. 1036, 1037

尾張《おわり》　東海道の1国．上国．愛知県西半部．国府•国分寺は稲沢市．　詞 511

か　行

甲斐《かい》　東海道の1国．上国．山梨県．国府は東山梨郡または東八代郡，国分寺は東八代郡．万葉初出．　詞 404

甲斐の白根《かいのしらね》　甲斐国の歌枕．山梨•長野•静岡の県境にある白根三山か．雪深い山として，また同音の「知らね」を導くなど，詠み方は「越の白山」に通ずる．後拾遺初出，能因•初学．「甲斐嶺(かいがね)」は古今初出，五代•八雲．　404

鏡山《かがみやま》　近江国の歌枕．滋賀県蒲生郡竜王町と野洲郡野洲町の境にある．大嘗会和歌や屛風歌の題によく用いられた．「鏡」の縁で「曇る」「映る」「見る」と詠まれる．古今初出，能因•初学•五代•八雲．　510. 詞 510

春日《かすが》　春日大社．大和．奈良市春日野町，御蓋山西麓．古くから地主神信仰のあった地に神護景雲2年(768)鹿島社の武甕槌命他4神を勧請，藤原氏の氏社となる．2月•11月申日の春日祭には勅使を迎え，賀茂祭と並ぶ盛大な官祭になった．平安中期に春日行幸や氏長者の社参も始まり，発展が図られた．八雲(社)．　詞 1112, 1114, 1178

春日野《かすがの》**•春日の野辺**《かすがののべ》　大和国の歌枕．奈良市春日野町，春日山西麓一帯．春日大社がある．古今以来若菜摘みが詠まれ，残雪が組み合わされる．万葉初出，能因(大和•筑前)，初学•五代•八雲．　34, 35, 824, 1113.　→春日の原《かすがのはら》•飛火《とぶひ》

春日の原《かすがのはら》　大和国の歌枕．後拾遺初出，五代•八雲．　1112, 1114.　→春日野《かすがの》

春日山《かすがやま》　大和国の歌枕．奈良市東方，御蓋山•花山などの総称．春日大社の背後に位置し，藤原氏の象徴として賀歌に松が，また春を迎える山として霞•残雪•雲が詠まれた．万葉初出，初学•五代•八雲．　452

葛城の神《かずらきのかみ》　大和国の歌枕．奈良県御所市葛城山麓に一言主神社がある．一言主は役行者に葛城•金峰山間の架橋を命ぜられ，醜貌を恥じて夜のみ従事したところ，行者の怒りをかい橋は途絶したという説話が，『三宝絵』『俊頼髄脳』等に見える．「夜の契り」と詠まれる．拾遺初出，初学•五代．　261

葛城山《かずらきやま》　大和国の歌枕．奈良県御所市を中心に南北にのびる金剛山脈一帯．未完の久米路橋の説話が有名．多く恋歌に「岩橋」とともに「中絶ゆ」と詠まれる．万葉初出，能因•初学•五代•八雲．　758.　→葛城の神《かずらきのかみ》

片岡《かたおか》　大和国の歌枕．奈良県北葛城郡北西部から大和高田市北部にかけての丘陵．万葉初出，平安以降「朝の原」が詠まれる．能因•八雲．　47.　→朝の原《あしたのはら》

勝間田の池《かつまたのいけ》　所在未詳．万葉 3835 は大和，奈良市の唐招提寺•薬師寺付近かという．初学•名寄は美作とし，岡山県勝田郡勝間田付近．他に五代(下野)，八雲(下総)，夫木(美作•下総)．平安中期以降，水鳥も棲まない埋没した池として詠まれる．　1053. 詞 1053

桂《かつら》　山城国の歌枕．京都市西京区桂，桂川西岸．貴族の山荘が営まれ，歌人•文人の交遊の場となった．「月の桂」が詠まれる．拾遺初出，八雲(里)．　1060. 詞 207, 328, 380, 1060, 1206

神の園《かみのその》　1170.　→祇園《ぎおん》

神山《かみやま》　山城国の歌枕．京都市北区上賀茂，上賀茂神社の北の山．その付近の山々の総称とも．磐座があるとされる．榊•葵•樒•時鳥が詠まれる．後拾遺初出，初学•八雲．　169, 183.　→賀茂《かも》

亀井《かめい》　摂津国の歌枕．大阪市，四天王寺境内の湧水で，同寺の霊水．貴顕も参詣の折に立ち寄った．水の清澄が詠まれる．後拾遺初出，能因•初学•五代•八雲．　1071. 詞 1071.　→天王寺《てんのうじ》

亀岡《かめのおか》**•亀山**《かめやま》　近江国の歌枕．大津市御陵町，長等山東麓．一説に野洲郡野洲町の鏡山北端とも(森本茂)．古今初出で能因•初学•五代•八雲に載る「亀山」は山城で，京都市右京区の小倉山東南の山を指すが，いずれも「亀」から長寿を祈る賀歌に詠まれる．　458. 詞 458

賀茂《かも》**•賀茂御社**《かものみやしろ》**•賀茂社**《かものやしろ》　山城国の歌枕．京都市北区の賀茂別雷神社(上賀茂社)と左京区の賀茂御祖神社(下鴨社)．賀茂氏の氏神が前身だが，平安時代は伊勢神宮に次ぐ王城鎮護の社として重んじられ，斎院を置き斎王を皇女より任じた．陰暦4月の賀茂祭(葵祭)は随一の官祭として盛大を極め，『源氏物語』葵巻の題材にもなる．木綿襷•葵が詠まれる．万葉に見えるが古今初出，能因•五代•八雲．　1080. 詞 183, 649, 849, 987, 1078, 1109

出，平安中期以降詠まれる．五代・八雲・名寄，夫木(神，出羽・筑前)． 519. 詞 519

賀茂川《かものかわ》 山城国の歌枕．京都市北区に発し上賀茂社の西を通り，下鴨社の南で高野川と合流，平安京の東側を南下し桂川に合流する．賀茂社との縁が深く禊の場でもあった．「立つ」を伴って「波」を詠み，後拾遺以降「千鳥」を詠む．万葉では木津川の称かといい，後撰初出か．初学・五代・八雲． 1014, 1109

高陽院《かやのいん》 山城．京都市上京区米屋町から中京区丸太町．中御門南・堀川東，南北 2 町(拾芥抄)．もと賀陽親王邸を，藤原頼通が治安元年(1021)に自邸として拡張．長暦 3 年(1039)焼失，翌年再建．豪壮華麗さで知られ，しばしば歌合が催されたが，天喜 2 年(1054)に焼失し，康平 3 年(1060)の再建後は専ら天皇の里内裏となった． 詞 117, 241, 845. 左 265

唐国《からくに》 225. →唐土《もろこし》

河原院《かわらのいん》 山城．京都市下京区本塩竈町付近．六条坊門南・万里小路東，8 町(拾芥抄)．源融の邸宅で，豪壮な邸内に陸奥の塩竈を模したことは有名．融の没後宇多院の仙洞御所にもなったが，10 世紀には寺になり融の子孫の安法法師が居住，歌人文人に交流の場を提供した．賀茂川の氾濫でしばしば荒廃した． 詞 97, 253, 1043

閑院《かんいん》 山城．京都市中京区古城町付近．二条南・西洞院西，1 町(拾芥抄)，東三条殿と堀河院の間に位置した．もと藤原冬嗣邸で，兼通・朝光・公季らが伝領．花山院の東宮時代，その居所となったことがある． 詞 250

函谷関《かんこくかん》 中国河南省霊宝県．秦が東方防衛のために置いた古関．日没に閉じ鶏鳴とともに開いた．孟嘗君の「函谷鶏鳴」の故事(史記)が有名． 詞 939

紀伊《きい》 南海道の 1 国．上国．和歌山県と三重県南部．国府は和歌山市，国分寺は和歌山県那賀郡．『枕草子』「受領は」に見える． 詞 445, 1131 →紀の国《きのくに》

祇園《ぎおん》 現，八坂神社．山城．京都市東山区祇園町．平安時代は二十二社の 1 つ．旧祭神は牛頭天王．創祀は諸説あるが，10 世紀初頭，南都僧による社殿建立か．天延(973–976)以降天台別院となる．延久 2 年(1070)焼失，翌年再建された． 詞 1170

象潟《きさかた》 出羽国の歌枕．秋田県由利郡象潟町．鳥海山北西麓にかつて南北に潟があった．恨む恋に，また「海士の苫屋」を詠む．後拾遺初

紀の国《きのくに》 万葉初出． 445. →紀伊《きい》

木の丸殿《きのまろどの》 筑前国の歌枕．福岡県朝倉郡，朝倉橘広庭宮．百済出兵時(661 年)の斉明天皇の行宮で，丸木の建造という．神楽歌「朝倉」(天智天皇御製として新古今 1689)により，「名のる」と詠まれる．後拾遺初出，名寄． 1082, 1083. →朝倉《あさくら》

木の丸殿《きのまろどの》 大和．奈良県天理市喜殿町．古代の中ツ道沿いに位置(旧山辺郡喜殿)．中ツ道は吉野参詣にも利用された． 詞 1083

吉備の中山《きびのなかやま》 備中国の歌枕．岡山市吉備津，旧備前・備中国境に位置する．麓に備前国一宮吉備津彦神社と備中国一宮吉備津神社がある．初出の古今 1082 に「真金吹く」と詠まれ，古くは美作の中山神社(津山市)を指すとも．初学・五代・八雲． 971

貴布禰《きぶね》 貴船神社．山城．京都市左京区鞍馬貴船町．祭神は水をつかさどる闇龗神(高龗神とも)．賀茂川上流の貴船川畔に位置し，祈雨祈晴・諸事祈願成就の神として崇敬された．「船」を掛け「渡す」と詠む．後拾遺初出，五代(社)． 1177. 詞 1162, 1177.

京《きょう》 山城．平安京．京都市． 詞 464, 572, 719, 764, 994, 1006, 1140. →都《みやこ》

九条家《くじょうのいえ》 山城．堀河右大臣藤原頼宗の別邸．所在未詳．京都市南区か． 詞 106

熊野《くまの》 紀伊半島南部，熊野修験道の霊場．最初は，崇神帝代の創建と伝える本宮・熊野坐神社(和歌山県東牟婁郡本宮町)と新宮・熊野速玉大社(新宮市)が中心で，11 世紀頃熊野那智大社(那智勝浦町)が遷祀され三山となった．嶮峻・困難な地ながら平安前期から貴顕の参詣があり，院政期以降三山の仏教化に伴い上皇の御幸が相次いだ．「み熊野」が能因・初学・八雲． 詞 503, 504, 505, 595, 885, 1064, 1068, 1076

鞍馬《くらま》・**鞍馬山**《くらまのやま》 山城国の歌枕．京都市左京区鞍馬本町．鞍馬寺がある．本尊毘沙門天，延暦 15 年(796)創建と伝え，寛平(889–898)から真言宗，天永(1110–13)以降天台宗．平安京北方の守護神として崇敬された．『更級日記』に見える．「暗し」を掛けて詠まれる．後撰初出，能因・初学・八雲． 850. 詞 850

胡《こ》 古代中国から見た異民族の国．漢代では匈奴を指す．「此」を掛ける．後拾遺初出．

1017

香山《こうざん》 中国河南省洛陽県にある山．白居易が晩年隠棲し，自ら「香山居士」と号した．詞 248

子恋の杜《ここいのもり》 伊豆国の歌枕．静岡県熱海市伊豆山か．伊豆山権現がある．「子恋ひ」を掛け，子を偲ぶ親の比喩として哀傷歌に多く詠まれる．時鳥が景物．拾遺初出，初学(山城)，五代・八雲． 996, 997

越《こし》 北陸地方．越前・越中・能登・加賀・越後の総称．福井・石川・富山・新潟の諸県．万葉初出，能因に「北国をば越といふ」と見える．詞 560, 764, 1157

五条なる所《ごじょうなるところ》 山城．未詳．京都市下京区か．一説に藤原公任室で定頼母の住居とも．詞 357

古曾部《こそべ》 摂津．大阪府高槻市古曾部町付近．能因が出家後に住んだ地として知られた(詞花 334 他)． 詞 167

こつかみの浦《こつかみのうら》 阿波国の歌枕．徳島県鳴門市木津か．後拾遺初出，他例未見．五代・名寄，八雲(河内)． 1130. 詞 1130

昆陽《こや》 摂津国の歌枕．兵庫県伊丹市付近，猪名野とも重なるか．蘆が景物，「小屋」「来や」「此や」を掛ける．拾遺初出，夫木(難波のこや)・名寄(難波篇)． 507, 691, 959． →猪名野《いなの》

昆陽の池《こやのいけ》 摂津国の歌枕．兵庫県伊丹市昆陽池．天平期(729–749)に行基が築造したと伝える．氷が詠まれる．後拾遺初出，初学・八雲・夫木・名寄(難波・猪名篇)． 420． →昆陽《こや》

さ 行

嵯峨野《さがの》 山城国の歌枕．京都市右京区嵯峨，小倉山や大井川に囲まれた野．古今以来秋の花見に人々が訪れ，女郎花・萩が詠まれる．大覚寺や雄蔵殿など貴顕の山荘が多い．後拾遺初出，能因・初学・五代・八雲． 80. 詞 80, 1132

相模《さがみ》 東海道の 1 国．上国．神奈川県の大部分．国府は海老名市，伊勢原市または中郡，国分寺は海老名市． 詞 195, 915

讃岐《さぬき》 南海道の 1 国．上国．香川県．国府は坂出市，国分寺は綾歌郡． 詞 387, 486

佐保川《さほがわ》 大和国の歌枕．奈良市東方の春日山付近に発し，平城京を西南流し初瀬川と合流する．万葉以来の景物・千鳥が，古今以降多く霧と組み合わされる．能因・初学・五代・八雲． 388

佐屋形山《さやかたやま》 筑前．福岡県宗像郡，鐘の岬の先端．舟の「屋形」の縁で詠まれる．後拾遺初出，夫木(周防・備前・筑前)，名寄(未勘国，或筑前)． 532. 詞 532

更級《さらしな》 信濃国の歌枕．長野県更級郡・更埴市・埴科郡一帯を指すか．姨捨山があり，月の名所．「然らじな」を掛ける．古今初出，能因．「更級山」が初学・五代・八雲． 1091． →姨捨山《おばすてやま》

三条の家《さんじょうのいえ》 藤原長家の邸宅．御子左邸．山城．京都市中京区倉本町付近．三条坊門南・大宮東(拾芥抄)．醍醐天皇皇子兼明親王の旧邸を長家が伝領．庭園が有名で，人々が松樹泉石を賞でたことが『本朝続文粋』『出羽弁集』に見える． 詞 1115

しかすが・しかすがの渡《しかすがのわたり》 三河国の歌枕．愛知県宝飯郡小坂井町，豊川を渡す東海道の要衝．屏風歌に多く詠まれ，『更級日記』に見える．「さすがに」の意を掛ける．拾遺初出，初学・五代・八雲． 517. 詞 517

志賀の浦《しがのうら》 近江国の歌枕．大津市唐崎から柳が崎一帯，琵琶湖の西南岸．浦風・浦浪が詠まれる．万葉は「志賀津(の浦)」．能因・五代・八雲． 419, 717, 752

志賀の山越《しがのやまごえ》 山城・近江国の歌枕．京都市左京区北白川から崇福寺(志賀寺)を通り大津市北部に至る山道．平安中期まで同寺の伝法会に伴い通行が盛んであった．屏風歌の題に頻用されたが，歌詞に詠まれるのは平安中期以降．紅葉・霞のほか，古今 115 貫之歌以来桜が多く詠まれる．後拾遺初出．八雲(志賀山)． 137

信濃《しなの》 東山道の 1 国．上国．長野県．国府は上田市または松本市，国分寺は上田市．万葉初出． 1127. 詞 514, 1061, 1127

信太の森《しのだのもり》 和泉国の歌枕．大阪府和泉市葛の葉町．信太森神社がある．『古今六帖』1049 以来楠・千枝，転じて葛が詠まれる．時鳥への注目は後拾遺以降．後拾遺初出，能因・初学・五代・八雲． 189

信夫《しのぶ》・**信夫郡**《しのぶのこおり》 陸奥国の歌枕．福島市．古今 724 が『伊勢物語』初段にも引かれ有名．「偲ぶ」を掛ける．「信夫の里」が能因・初学・五代・八雲． 893. 詞 893

下野《しもつけ》　東山道の1国．上国．栃木県．国府は栃木市，国分寺は下都賀郡．　詞 516

書写《しょしゃ》　書写山．播磨．兵庫県姫路市，山頂に円教寺がある．10世紀末性空が入山し創建．天台宗，本尊は如意輪観世音菩薩．山岳霊場・観音霊場として名高く，花山法皇を始め貴顕が参詣した．　詞 522, 1197

白河《しらかわ》**・白河院**《しらかわいん》　山城国の歌枕．白河は比叡山麓に発し北白川を西南に流れ三条辺で賀茂川に注いでいた川．またその流域の北白川(京都市左京区)をいうことが多い．色の「白」を響かせ，陸奥の「白河の関」に寄せて詠むこともある．桜の名所．白河院を始め貴族の別業が営まれた．白河院は左京区岡崎法勝寺町付近，藤原良房の別業を基経以下道長・頼通・教通と伝領．観桜宴が催され，花見行幸もあった．古今初出，能因・初学・五代・八雲．119, 146. 詞 93, 114, 119, 146, 902

白河の関《しらかわのせき》　陸奥国の歌枕．福島県白河市旗宿に史跡があるが，創設・比定地未詳．9世紀の太政官符に名が見える．東山道で陸奥国の入口．「白」「関」の縁で，また山城の「白河」との連想で詠まれる．拾遺初出，能因・初学・五代・八雲．　93, 477, 518. 詞 518

末の松《すえのまつ》**・末の松山**《すえのまつやま》　陸奥国の歌枕．比定地に諸説あり，宮城県多賀城市八幡説は13世紀まで溯れるがそれ以前は未詳．初出の古今・東歌1093を踏まえ，本来越えないはずの「浪が越す」ことに恋人の不実を喩えることが多い．また「松」の縁で賀歌にも詠まれる．初学・五代・八雲．　472, 474, 705, 770

周防《すおう》　山陽道の1国．上国．山口県東南部．国府・国分寺は防府市．　詞 122

墨俣《すのまた》　尾張・美濃の国境にあった墨俣川の渡し場．岐阜県安八郡墨俣町付近．古代には木曾川・長良川等の合流点で，東海・東山両道への水陸交通の要衝であった．『更級日記』に見える．一説に道の分岐点の意の普通名詞で，長野県下伊那郡阿智村，東山道と三州街道の分岐点を指すという(滝沢貞夫)．　詞 514

須磨《すま》**・須磨の浦**《すまのうら》　摂津国の歌枕．神戸市須磨区．古く須磨の関が置かれていたらしい．古今962行平歌などから，「藻塩」「海人」を取り合わせることが多い．「恋をす」や「こりずま」とも詠む．万葉初出，「浦」が初学・五代・八雲．　520, 652, 1054. 詞 520, 1054

住の江《すみのえ》　摂津国の歌枕．大阪市住吉区付近の海岸．万葉初出，能因・初学・五代・八雲．156, 1065, 1068.　→住吉《すみよし》

住吉《すみよし》**・住吉神**《すみよしのかみ》**・住吉社**《すみよしのやしろ》　摂津国の歌枕．大阪市住吉区付近．住吉大社がある．摂津国一宮，祭神は筒男三神他．創祀時は海に臨んでいた．正殿は20年毎に造替．平安時代は祈雨・海上の神，和歌の神として重んじられ，貴顕が熊野詣の途次などに参詣した．神木の松が景物で，「久し」いことに詠まれる．また浪・風が詠まれ，「住み良し」を掛ける．古今初出，能因，「社」が初学・五代・八雲．序, 719, 987, 1062, 1063, 1069, 1167, 1175, 1176. 詞 1062, 1064, 1065, 1066, 1068, 1069, 1070, 1074, 1077, 1167, 1175, 1176

住吉の浦《すみよしのうら》　摂津国の歌枕．大阪市住吉区付近の海岸．後拾遺初出，八雲．　446, 1064.　→住吉《すみよし》

住吉の岸《すみよしのきし》　摂津国の歌枕．大阪市住吉区付近の海岸．松の他「忘れ草」が景物．「来し」を掛ける．万葉初出(「すみのえ」と訓)，能因・五代・八雲．　740, 1066, 1067.　→住吉《すみよし》

駿河《するが》　東海道の1国．上国．静岡県中部．国府・国分寺は静岡市．　詞 1156

関《せき》　普通名詞だが，逢坂の関をいうことが多い．　511. 詞 490.　→逢坂の関《おうさかのせき》

関の清水《せきのしみず》　近江国の歌枕．大津市逢坂付近か．逢坂の関にあったらしい．拾遺初出，能因．　632, 741.　→逢坂の関《おうさかのせき》

関山《せきやま》　普通名詞だが，逢坂の関があった逢坂山をいうことが多い．　詞 511.　→逢坂の関《おうさかのせき》

世尊寺《せそんじ》　山城．京都市上京区栄町．一条北・大宮西(拾芥抄)．長保3年(1001)藤原行成が自邸内に建立．同地は貞純親王旧邸で，桃園にあった．桃園は元来内膳司所管の果樹園で，主として桃の木が植えられた．　詞 130

禅林寺《ぜんりんじ》　山城．京都市左京区永観堂町，東山の麓．仁寿3年(853)空海の弟子真紹が藤原関雄の山荘を購入し創建．承暦年間(1077–81)に永観が浄土念仏の道場とするまでは真言宗であった．現在永観堂とも．　詞 281

袖師の浦《そでしのうら》　出雲国の歌枕．松江市の宍道湖岸．八雲・夫木．一説に駿河国，静岡県清水市の庵原川河口付近とも．「袖」の縁で詠まれる．後拾遺初出，先行例未見．歌書では他に五代(伊勢)，名寄(志摩・出雲)．　660

園原《そのはら》　信濃国の歌枕．長野県下伊那郡阿智

村.『古今六帖』3019(新古今 997)より伏屋・帚木が詠まれる. 遠望では梢のある帚木が近くではわからないという伝承が『俊頼髄脳』等に見え,『源氏物語』帚木巻に引かれる.「同胞(はらから)」「其の腹」を掛ける. 後拾遺初出, 能因・八雲. 941, 1127

た 行

大覚寺《だいかくじ》 山城. 京都市右京区嵯峨大沢町. 真言宗大覚寺派大本山. 嵯峨天皇の離宮嵯峨院を, 皇女の淳和后正子が貞観 18 年(876)寺院にした. 苑池大沢池の北畔に「なこその滝」があり, 拾遺 449 公任歌は有名. 詞 1058

大神宮《だいじんぐう》 伊勢神宮. 三重県伊勢市. 天照大神を祀る皇大神宮(内宮)と豊受大神を祀る豊受大神宮(外宮)並びに別宮等の総称. 太陽神と皇祖神という性格を併せ持ち, 6 世紀には成立したとされる. 律令時代には国家祭祀の神として重んじられ, 私幣を禁じ, 斎王として皇女を派遣. 斎宮寮を多気郡に置いた. 詞 136

高砂《たかさご》 播磨国の歌枕. 兵庫県高砂市・加古川市, 加古川河口付近.「高砂の尾上」と続けることが多い. 長寿の「松」に老残を詠む. ほかに鹿・桜が景物. また同音で「高し」を導く. 小高い砂山の意の普通名詞もあり, 識別が難しいものもある. 古今初出, 催馬楽に見える. 能因・初学(松), 名寄. 五代(尾上)・八雲(山)は疑義を注する. 120, 282, 287, 985, 1106. 詞 985, 1106

武隈の松《たけくまのまつ》 陸奥国の歌枕. 近世以降宮城県岩沼市に比定されるが, 未詳. 初出の後撰,『重之集』『橘為仲朝臣集』によると幾度か枯れて植え継がれた.「二木」とされる.「松」の縁で「千歳」と, また「待つ」を掛けて詠まれる. 能因・初学・五代・八雲. 1041, 1042, 1199. 詞 1041, 1042, 1199

竜田川原《たつたがわら》**・竜田の川**《たつたのかわ》 大和国の歌枕. 奈良県の生駒山地を南流し生駒郡斑鳩町で大和川に注ぐ. 一説に合流点以西の大和川本流を指すとも. 初出の古今以来紅葉の名所で, み室の山との組合せが多い. また「立つ」「裁つ」の縁で白浪・夏衣を詠む. 能因・初学・五代・八雲. 176, 220, 366

玉江《たまえ》 越前または摂津. 前者は福井市花堂, 後者は大阪府高槻市三島江. 初学・五代は摂津とするが,『俊頼髄脳』が 219 を越前とし, 夫木は両国併記, 八雲・名寄は「夏刈の玉江」を越前,「三島江の玉江」を摂津と区別する. いずれも「蘆を刈る」ことが詠まれる. 万葉初出. 219

玉川の里《たまがわのさと》 摂津国の歌枕か. 大阪府高槻市, 淀川右岸. 先行の「玉川」例は武蔵(万葉・拾遺)・陸奥(古今六帖・能因集)だが, 後世卯花との組合せは摂津とされた. 後拾遺初出, 初学(摂津), 五代(陸奥), 八雲(陸奥・摂津), 夫木(陸奥・山城), 名寄(陸奥・武蔵・山城). 175

たまなきの里《たまなきのさと》 未詳.「魂無きの里」の普通名詞とも. 平安和歌では他に『匡房集』436 があるが, それは「(光る)玉」の意で詠んでいる. 後拾遺初出, 名寄(未勘国). 575

丹後《たんご》 山陰道の 1 国. 中国. 京都府北部. 国府・国分寺は宮津市. 詞 282, 999

丹波《たんば》 山陰道の 1 国. 上国. 京都府中部と兵庫県東部. 国府は京都府亀岡市または船井郡, 国分寺は亀岡市. しばしば大嘗会の主基国となる. 詞 457

ちかの浦《ちかのうら》 肥前または陸奥国の歌枕か. 五代・八雲・名寄は 673 を証歌に肥前とする.「血鹿島」が『古事記』『日本書紀』に見え, 長崎県五島列島の総称. 万葉 894 憶良歌に「智可能岫(ちかのさき)」とある. 陸奥の方は『古今六帖』1797・1799 に「陸奥のちかの塩竈」,『道綱母集』に「陸奥のちかの浦」と詠まれ, 宮城県塩竈市の海岸を指すか. 夫木は「摂津又陸奥或肥前」.「近し」を掛ける. 後拾遺初出. 673

筑後《ちくご》 西海道の 1 国. 上国. 福岡県西南部. 文武天皇 2 年(698)筑紫国から分立. 国府・国分寺は久留米市. 詞 468. →筑紫《つくし》

筑前《ちくぜん》 西海道の 1 国. 上国. 福岡県中部. 文武天皇 2 年(698)筑紫国から分立. 国府・国分寺は太宰府市. 詞 1129. 左 1006. →筑紫《つくし》

ちひろの浜《ちひろのはま》 紀伊国の歌枕. 和歌山県日高郡南部町の千里浜か.「千尋」から広い浜として賀歌に詠まれる. 後撰「伊勢の海の千尋の浜」, 初学も伊勢とする. 紀伊としては拾遺初出(後拾遺重出), 五代. 八雲・夫木・名寄は両国併記. 445

長楽寺《ちようらくじ》 山城. 京都市東山区円山町. 双林寺北・祇園東(拾芥抄). 創建未詳. 平安時代は天台宗延暦寺別院. 長楽寺山中腹に位置し, 市街を一望でき, 文人・歌人の逍遥の場とな

った． 詞 38, 66, 92, 344, 1040

束間の湯《つかまのゆ》 信濃．長野県松本市の白糸温泉，また浅間温泉ともいわれ未詳．天武紀に「東間温湯」と見える．夫木． 詞 1061

月の輪《つきのわ》 山城．京都市東山区今熊野．また同市右京区嵯峨清滝，月輪寺付近(森本茂)．清原元輔の家があった．「月」を連想．後拾遺初出． 1060. 詞 152, 1060

筑紫《つくし》 多く筑前・筑後を指すが，九州全体をいうこともある．大宰府が置かれ，大陸との交通の拠点．また貴顕が権帥として左遷される流罪地でもあり，西の果ての地というイメージがあった．「心尽くし」を掛ける．万葉初出． 495, 561, 748. 詞 178, 473, 479, 480, 494, 495, 497, 520, 521, 526, 527, 528, 529, 532, 561, 577, 1000, 1006, 1128, 1135, 1158

筑波嶺《つくばね》 常陸国の歌枕．茨城県真壁郡・つくば市・新治郡にまたがる山で，男体・女体の二峰から成る．古くから信仰を集め，『古事記』『日本書紀』『常陸国風土記』や万葉を始め多く詠まれた．君主の恩寵の比喩の他，「付く」を掛け，「つくづく」を導く．能因・初学・五代・八雲． 序

筑摩江《つくまえ》**・筑摩江の沼**《つくまえのぬま》 近江国の歌枕．滋賀県坂田郡米原町，琵琶湖東岸にあった入江．古く御厨(みくりや)が置かれて三稜草(みくり)が詠まれ，また底の深さや菖蒲が詠まれる．後拾遺初出，初学・五代・八雲． 211, 644

筑摩の神《つくまのかみ》 筑摩神社．近江国の歌枕．滋賀県坂田郡米原町の琵琶湖岸にある．祭神は御食津神など．女が自分の関係した男の数だけ土鍋をかぶり神輿に従う「鍋冠祭」が有名．拾遺初出，初学・五代． 1098

対馬《つしま》 西海道の1国．下国．長崎県の一部で，九州の北西にある島．国府・国分寺は下県郡．大陸交通の要地． 詞 475, 476

津の国《つのくに》 摂津国とも．五畿内の1国．上国．大阪府北西部と兵庫県東南部．国府・国分寺は大阪市．難波・住吉があり，また平安京への水上の玄関である淀川が流れていた．万葉初出． 43, 476, 691, 958, 959, 1140, 1197. 詞 43, 167, 476, 507, 513, 719, 732, 1140

天王寺《てんのうじ》 四天王寺．摂津．大阪市天王寺区．聖徳太子の発願により建立され，太子信仰の中心となった．本尊は救世観音．平安時代は天台宗で，院政期には極楽浄土に通じるとして西門信仰が流行．また高野参詣の途次にあたり，摂関家等も参詣した． 詞 1071, 1073

唐《とう》 詞 497, 498. →唐土《もろこし》

東三条《とうさんじょう》**・東三条院**《とうさんじょういん》 山城．京都市中京区上松屋町付近．二条南町西・南北2町(拾芥抄)．閑院の東隣．藤原良房邸に始まり重明親王を経て兼家・道隆・道長・頼通と藤氏氏長者が伝領．道長の頃までは本院・南院が独立しており，片方が上皇・東宮・后妃の御所や里内裏に用いられた．焼亡と再建を繰り返し，頼通の代で2院が一体化され，ここで立后した頼通女寛子に譲られた． 詞 61, 455, 584, 1184

遠江《とおとうみ》 東海道の1国．上国．静岡県西半部．国府・国分寺は磐田市．浜名湖がある． 詞 465, 489, 516, 915

とだえの丸橋《とだえのまろばし》 中途で切れた丸木橋の意の普通名詞か．五代・八雲は橋の項に挙げるが，前者は地名から除くとし，後者は疑義を注記．夫木は国名なしで載せる．恋の「途絶え」を掛け，自称の「麿」を導く．後拾遺初出． 789

飛火《とぶひ》**・飛火野**《とぶひの》 大和国の歌枕．奈良市春日野町．春日野の異称とも，またその一部を指すとも．和銅5年(712)春日烽(とぶひ)設置の記事がある(続日本紀)．野守・若菜が詠まれ，「問ふ日」を掛ける．古今初出，初学・八雲． 33, 824. →春日野《かすがの》

富雄川《とみのおがわ》 大和国の歌枕．生駒山地北部に発し，奈良県生駒郡斑鳩町で大和川に合流する．初出の拾遺 1351 に見える聖徳太子伝説で有名(日本霊異記他)．清澄・永続が詠まれる．古今・真名序にも．能因・初学・八雲． 1071

豊浦の里《とよらのさと》 長門国の歌枕．山口県下関市南東部．長門国府の所在地．同音で「と寄る」を導く．後拾遺初出，初学・五代・八雲． 1216

鳥辺野《とりべの》**・鳥辺山**《とりべやま》 山城国の歌枕．京都市東山区，阿弥陀ヶ峰山麓一帯．平安京の代表的な葬墓地．藤原道長を始めここで葬られた貴顕・后妃は多い．哀傷歌に荼毘の煙が詠まれた．『源氏物語』夕顔・葵巻にも見える．拾遺初出，「鳥辺山」が能因(とりふ山)，初学・五代・八雲． 544, 545

な 行

中川《なかがわ》 山城国の歌枕．賀茂川から分かれ，東京極大路に沿って鴨川の西を流れていた京極川の二条以北の称．『安法法師集』に渇水記

事があるが，『蜻蛉日記』には天延初め(973–)頃の増水の様子が見え，先後は未詳．男女の仲を掛ける．後拾遺初出，初学・八雲． 966

長谷《ながたに》 山城．京都市左京区岩倉長谷町，岩倉盆地の東北部．藤原公任が晩年山荘を営み，ここで出家した．八雲． 詞 1035

長門《ながと》 山陽道の 1 国．中国．山口県西北部．国府・国分寺は下関市．万葉初出． 1216. 詞 1216

長柄《ながら》**・長柄橋**《ながらのはし》 摂津国の歌枕．大阪市北区，淀川下流．弘仁 3 年(812)の架橋記事があり(日本後紀)，以後損壊・再架を繰り返したらしい．古い・朽ちたものとして長寿・老残が詠まれ，橋柱が注目された．「無から」「永らふ」「乍ら」を掛ける．能因・初学・五代・八雲． 426, 958, 1072, 1073, 1074. 詞 426, 1072, 1073

勿来の関《なこそのせき》 陸奥国の歌枕．福島県いわき市勿来町の関跡は疑問視され比定地未詳．8–9 世紀の記録が残る菊多関の異称説もあるが，創設未詳．屏風歌に詠まれ，多く「な来そ」を掛け，越え難いものとして詠まれた．後撰初出，能因(遠江)，初学・五代・八雲． 3

南殿《なでん》 紫宸殿．山城．京都市上京区．平安京内裏の正殿で，朝賀や即位・節会などが行われた．南階下の東西に左近の桜，右近の橘が植えられた．拾遺に見える． 詞 94, 255

ななくりの出湯《ななくりのいでゆ》 『大納言経信集』や五代によれば伊勢国，三重県久居市榊原温泉．初学・八雲・夫木は信濃国とし，長野県上田市別所温泉，上高井郡山田温泉とも．「湧く」と詠む．『枕草子』(能因本)に見え，後拾遺初出． 643

難波《なにわ》 摂津国の歌枕．大阪市付近．淀川と旧大和川が合流して大阪湾に注いでいた．内陸部に潟湖があったともいう．平安京への水上の玄関であり，天王寺・住吉社の参詣に人々が訪れた．大嘗会の翌年には難波津に勅使が派遣され八十島祭が行われた．「住吉」「長柄」と組み合わされることが多い．蘆・潮が詠まれ，「何」を掛ける．万葉初出，能因． 43, 476, 595, 719, 1073, 1197. 詞 41, 595, 958, 1067, 1077, 1144

難波江《なにわえ》 摂津国の歌枕．大阪湾岸か．拾遺初出，初学・五代・八雲． 序, 49. →難波《なにわ》

難波潟《なにわがた》 摂津国の歌枕．大阪湾岸か．万葉初出，五代・八雲． 44, 389. →難波《なにわ》

難波の浦《なにわのうら》 摂津国の歌枕．大阪湾の海岸．「心(うら)」を掛ける．古今初出，能因・初学・五代・八雲． 596. →難波《なにわ》

涙川《なみだがわ》 涙が溢れ流れることを川に見立てた普通名詞とされる．「涙」「川」の縁で詠まれる．「流る」に「泣かる」を掛け，「袖」「汲む」「浮かぶ」「沈む」「水脈」「淵瀬」など．古今初出，三代集は恋歌が多い．後撰 1327，五代・八雲・夫木・名寄は伊勢とする． 550, 587, 802, 984

奈良《なら》 大和．平城京のあった地として奈良市辺を指すのが普通だが，ここは東大寺を指す．奈良市雑司町．華厳宗大本山，本尊盧舎那仏．聖武天皇発願で，天平勝宝 4 年(752)大仏開眼供養．官大寺でなくなった平安時代にも，三戒壇の 1 つとして勢力を保った． 詞 858

鳴海の浦《なるみのうら》**・鳴海の渡**《なるみのわたり》 尾張国の歌枕．名古屋市緑区鳴海，天白川流域に入江があった．「(遥か)なる身」「恨み」を掛ける．『更級日記』に見える．後拾遺初出，平安中期以降詠まれる．五代(紀伊)，八雲(紀・尾張歟)，名寄(尾張)． 730. 詞 730

錦の浦《にしきのうら》 志摩国の歌枕か．三重県度会郡紀勢町．神武即位前紀に熊野の「丹敷浦」が見え，一説に紀伊，和歌山県東牟婁郡那智勝浦町．「錦」から「かづく」と詠まれる．後拾遺初出，用例は少ない．能因(石見)，初学(志摩)，五代・名寄(伊勢)，八雲(出雲)． 1075. 詞 1075

西の京《にしのきょう》 右京．山城．平安京の朱雀大路より西側の部分．京都市中京区・下京区の千本通以西と右京区東南部．低湿地が多く住宅は少なかった(慶滋保胤「池亭記」他)． 詞 347

西宮《にしのみや》 山城．源高明邸．京都市中京区壬生森町付近．四条北・皇嘉門院大路西(拾芥抄西京図)，朱雀院と淳和院の間にあった．文人の賞でる豪壮風流な邸だったが，安和 2 年(969)の高明左遷直後に焼亡，後は廃墟となった．慶滋保胤「池亭記」に詳しい． 詞 1000

西八条の家《にしはちじょうのいえ》 山城．藤原家経の山荘．所在未詳．京都市下京区か． 詞 1144. →八条家《はちじょうのいえ》

能登《のと》 北陸道の 1 国．中国．石川県北部．国府・国分寺は七尾市． 詞 112, 485

は 行

博多《はかた》 筑前．福岡市．8 世紀中頃から「博多津」が大宰府の要害として重視された．鴻臚館が置かれるなど，大陸との外交・貿易の拠点となる． 詞 1135

箱崎の松《はこざきのまつ》　筑前国の歌枕．福岡市東区の博多湾沿岸にかつて松原があり，筥崎八幡宮の神木とされていた．「松」の縁で長寿が詠まれる．拾遺初出，初学・五代・八雲(箱崎)．　1129

走井《はしりい》　近江国の歌枕．大津市大谷町．逢坂の関近くにあった湧水．「走る」を響かせる．拾遺初出，初学・五代・八雲．　500．詞 500

八条家《はちじょうのいえ》　山城．藤原道雅の山荘．所在未詳．朱雀大路付近の西八条かという(井上宗雄)．京都市下京区か．歌会が催され，和歌六人党周辺の歌人が出入りした．　詞 64, 411

初瀬《はつせ》　長谷寺．大和．奈良県桜井市，初瀬山山腹．真言宗豊山派総本山．本尊は十一面観音．聖武帝代に観音堂を建立．平安時代には現世利益を祈願する観音霊場として，多くの貴顕や女性が参詣．『蜻蛉日記』『枕草子』『更級日記』に見え，『源氏物語』玉鬘巻では重要な舞台となる．八雲．　詞 501, 1083

はばかりの関《はばかりのせき》　陸奥国の歌枕．宮城県柴田郡ともいうが未詳．「憚り」の名に注目され詠まれる．『枕草子』に見え，後拾遺初出．五代・八雲・夫木・名寄．　序, 694, 1136

柞の森《ははそのもり》　山城国の歌枕．京都府相楽郡精華町祝園．紅葉の名所．京と奈良を結ぶ交通路上に位置する．後拾遺初出，平安中期以降詠まれる．能因・初学・五代・八雲．　342

浜名の橋《はまなのはし》　遠江国の歌枕．静岡県浜名郡新居町か．浜名湖から外海に通ずる浜名川に架けてあった．貞観4年(862)の修造以来損壊と改架を重ねる．入江に架かる橋という印象があり，屏風歌に詠まれた．『更級日記』に見える．拾遺初出，能因・初学・五代・八雲．　516．詞 516

原の池《はらのいけ》　未詳．初学・五代・八雲・夫木・名寄が摂津とし，大阪府高槻市原か(萩谷朴)．一説に武蔵国幡羅郡(埼玉県深谷市)とも．古今六帖・風俗歌「鴛鴦」に見え，玉藻が詠まれる．後拾遺初出．　422

播磨《はりま》　山陽道の1国．大国．兵庫県西南部．国府・国分寺は姫路市．　詞 522, 523, 985, 994, 1106

比叡山《ひえのやま》　近江．滋賀県と京都府の境をなす山嶺．これを山号とする天台宗総本山延暦寺がある．延暦寺は奈良時代末最澄の開創，平安初期に三塔十六谷の組織が確立した．平安京の鬼門に位置し王城鎮護として信仰を集める．「山」とも．　詞 1148．　→山《やま》・飯室《いいむろ》・横川《よかわ》

東山《ひがしやま》　山城．京都市東山区，鴨川の東に南北に連なる山々の総称．山麓に貴族の別業が営まれ，白河など花の名所があった．　124

肥後《ひご》　西海道の1国．大国．熊本県．国府は下益城郡または熊本市，国分寺は熊本市．　詞 474, 1132, 1173

備前《びぜん》　山陽道の1国．上国．岡山県東南部．古くは吉備国(きびのくに)の一部だったが，天武天皇の頃分立．国府は岡山市，国分寺は赤磐郡．　詞 424

常陸《ひたち》　東海道の1国．大国．茨城県の大部分．国府・国分寺は石岡市．『古今六帖』3360「東路(あづまぢ)の道の果てなる常陸帯」と詠まれ，東国の辺境とされた．　詞 525

備中《びっちゅう》　山陽道の1国．上国．岡山県西部．古くは吉備国(きびのくに)の一部だったが，天武天皇の頃分立．国府・国分寺は総社市．しばしば大嘗会の主基国となる．　詞 971

日吉の御神《ひよしのみかみ》**・日吉の社**《ひよしのやしろ》　近江国の歌枕．大津市坂本の山王総本宮日吉大社．地主神を祭る東宮と，天智天皇が三輪明神を勧請した西宮から成る．平安時代は延暦寺の守護神となり，延久3年(1071)の後三条天皇行幸以降貴顕の参詣が相次いだ．「日」を掛ける．拾遺初出，五代・八雲．　1169．詞 1169

広沢《ひろさわ》　山城．京都市右京区嵯峨，朝原山麓に遍照寺があった．花山天皇の発願で永祚元年(989)創建，真言宗御室派．寛仁初め(1017–)頃は荒廃していたらしい．その南に広沢の池があり，遍照寺建立時の開削と伝えるが，それ以前の屏風歌に見える．藤原公任頃から月に注目され，『寝覚』の舞台にもなった．「広沢の池」が能因(播磨)，初学・八雲．　詞 258, 867

吹上の浜《ふきあげのはま》　紀伊国の歌枕．和歌山市紀ノ川旧河口付近．粉河・高野・熊野参詣の途上にある景勝地．「風の砂(いさご)を吹き上ぐれば霞のたなびく様」(公任集)と見え，浪・風・砂が詠まれる．『宇津保物語』吹上巻の舞台．古今初出，能因・初学・五代・八雲．　504．詞 504

富士の高嶺《ふじのたかね》　富士山．駿河国の歌枕．静岡・山梨県境にある日本最高峰の火山．万葉でその偉容に注目，『竹取物語』『伊勢物語』『更級日記』に見える．噴火の記録も散見され(長元5年〔1032〕他)，平安和歌では煙の絶え

ない山として「恋」「思ひ」に「火」を掛け，恋歌に多く詠まれた．能因・初学・五代・八雲．825

伏見《ふしみ》　山城．橘俊綱の山荘があった．京都市伏見区桃山町か．延久年間(1069–74)の造営で，寛治7年(1093)に焼亡した．風雅を極めた広大な屋敷として知られ，俊綱が当代三名勝の1つと自賛したと伝える(今鏡)．しばしば歌会が催され，歌人・貴顕が訪れた．詞79, 1146

伏見の里《ふしみのさと》　山城国の歌枕．京都市伏見区．「臥し身」を掛ける．万葉「伏見が田居」．能因・初学・五代・八雲．なお「菅原や」に続けて詠まれる大和の「伏見の里」(奈良市菅原町)もあるが，後拾遺時代は俊綱の伏見山荘の関連で山城詠が増えた．79, 1146

船岡《ふなおか》　山城国の歌枕．京都市北区紫野，今宮神社の南にある丘陵．大内裏の真北にあたる．都人の遊覧の地．また疫病流行時に御霊会が行われた．拾遺初出，能因・初学・五代・八雲．詞29. 左1165

舟木の山《ふなきのやま》　未詳．美濃とする五代・八雲・夫木・名寄に従えば岐阜県本巣郡糸貫町だが，「楽浪や」に続く『顕輔集』『隆信集』の例は近江で滋賀県近江八幡市かという．「舟」から「帆」「漕がる」，紅葉・郭公が詠まれる．後拾遺初出，先行例未見．346

伯耆《ほうき》　山陰道の1国．上国．鳥取県西部．国府・国分寺は倉吉市．「帚木」を掛ける．後拾遺初出．876. 詞876

法興院《ほうこういん》　山城．京都市中京区清水町付近か．二条北・京極東(拾芥抄)．藤原兼家が正暦元年(990)の出家後，自邸二条院を寺とした．道隆が周忌の法要を営み，さらに同3年，院内に積善寺を移建した．詞1014

法住寺《ほうじゅうじ》　山城．京都市東山区三十三間堂廻り町付近．法性寺北(拾芥抄)．藤原為光が女忯子の死を契機に建立，永延2年(988)落慶供養．寺域が4町に及ぶ荘厳な寺院だったが，長元5年(1032)焼亡．詞855

法成寺《ほうじょうじ》　山城．京都市上京区荒神口以北．近衛北・京極東(拾芥抄)．藤原道長が出家後，自邸土御門殿の東隣に建立．寛仁4年(1020)の無量寿院(阿弥陀堂)造営に始まり，治安2年(1022)金堂以下の落慶に伴い法成寺と改称．寺域は東西2町南北3町に及ぶ．詞1019

法輪《ほうりん》　法輪寺．山城．京都市西京区嵐山の中腹．一説に和銅6年(713)行基の開創．真言宗，本尊虚空蔵菩薩．多くの貴族が参詣した．詞161, 1059

菩提樹院《ぼだいじゅいん》　山城．京都市左京区吉田神楽岡町．長元9年(1036)後一条天皇崩御後，母の上東門院が建立．翌長暦元年落慶供養．天皇の御影を遺骨とともに安置した．詞593

堀江《ほりえ》　摂津国の歌枕．『日本書紀』に仁徳天皇が難波江の水を大阪湾に流入させるため開掘したと伝える．現大川(天満川)ともいうが未詳．難波にあり，蘆が景物．舟で漕ぎ行くものとして詠まれる．万葉初出，能因・初学・五代・八雲．476, 506. 詞506．→難波《なにわ》

ま　行

益田の池《ますだのいけ》　大和国の歌枕．奈良県橿原市西池尻付近にあったとされる灌漑用人工池．弘仁14年(823)築造．蓴菜(ぬなは)が景物でその縁で「繰る」を導く．また「増す」を掛け，多く恋歌に詠まれる．拾遺初出，能因・初学・五代・八雲．803

松が浦《まつがうら》・**松の浦**《まつのうら》　讃岐国の歌枕か．香川県坂出市，青海川の旧河口にあった松山津．「待つ」を掛け，風・浪が詠まれる．後拾遺初出，能因(安芸)，五代・八雲・名寄(讃岐)．486, 487

松島《まつしま》　陸奥国の歌枕．宮城県宮城郡の松島湾か．『古今六帖』『源氏物語』須磨・夕霧巻に見えるが，平安前期の詠歌は少ない．松・海人が詠まれる．後拾遺初出，能因・初学・八雲，五代(伊勢)．827

松尾《まつのお》・**松尾山**《まつのおやま》　山城．京都市西京区嵐山の松尾大社．祭神は大山咋神と市杵島姫命．もと秦氏の氏神が朝廷の守護神とされ，一条天皇以降行幸が相次いだ．松尾山はその裏山で，大社の旧鎮座地がある．五代・八雲．1168. 詞1168

松山《まつやま》　讃岐国の歌枕．香川県坂出市．国府の外港ともいえる松山津があった．多く「松」を掛け常緑が詠まれる．後拾遺初出，能因・初学・八雲．486．→松が浦《まつがうら》

真野の継橋《まののつぎはし》　摂津国の歌枕．神戸市長田区真野町付近か．万葉490(古今六帖1618)に「真野の浦の淀の継橋」とある．途絶える橋として詠まれる．五代・八雲・夫木・名寄．ただし八雲は下総としても載せ，あるいは「真間の継橋」(万葉3387)と混同して成ったか

(川村晃生). 後拾遺初出. 880

三井寺《みいでら》 園城寺. 近江. 大津市. 琵琶湖西岸にある天台寺門宗の総本山. 本尊は弥勒菩薩. 天武天皇頃の創建と伝え, 貞観4年(862)円珍により延暦寺別院となったが, 円仁門徒との対立から10世紀末に独立. 平安後期には歌合が催された. 詞 18, 156, 172, 741, 840

三笠山《みかさのやま・みかさやま》 御蓋山. 大和国の歌枕. 奈良市東方, 春日山の西峰. 「傘」を掛け, 「雨」「さす」と詠まれる. 麓に春日大社があり, 藤原氏の象徴としても詠まれた. また近衛の異名. 万葉初出, 能因・初学・五代・八雲. 927, 1114, 1143, 1178. →春日《かすが》・春日山《かすがやま》

三河《みかわ》 東海道の1国. 上国. 愛知県東部. 国府・国分寺は豊川市. 詞 514

み熊野の浦《みくまののうら》 紀伊国の歌枕. 三重県南部から和歌山県にかけての熊野灘に面する海岸. 浜木綿が有名で「重ぬ」「幾重」と詠まれた. また「浦」で「恨み」を導く. 万葉初出, 初学・八雲(紀伊), 五代(伊勢). 序, 885. →熊野《くまの》

御坂《みさか》 信濃国の歌枕. 長野県下伊那郡と岐阜県中津川市の境にある神坂峠. 東山道の信濃国の入口に当たり, 交通の要路ながら険峻な道として知られていた. 万葉初出. 514. 詞 514

三島江《みしまえ》 摂津国の歌枕. 大阪府高槻市から摂津市にわたる淀川西岸一帯. 蘆・薦のほか「見し間」を掛けて詠まれる. 万葉初出だが平安時代は拾遺以降に詠まれた. 天王寺参詣の途上にあたる. 初学・五代・八雲. 42

三島明神《みしまのみょうじん》 大山祇(おおやまずみ)神社. 愛媛県越智郡大三島町. 伊予国一宮. 越智氏の氏神が起源とみられるが創建未詳. 瀬戸内海交通の要路に位置し, 平安時代以降海の守護神・武の神として信仰を集めた. 詞 1172

美豆の御牧《みずのみまき》 山城国の歌枕. 京都市伏見区淀美豆町から久世郡久御山町にあった朝廷の牧. 多く駒を詠む. 淀に近接し, 真菰・菖蒲も詠まれる. 後拾遺初出, 初学・五代(摂津), 八雲. 206

陸奥《みちのく》・**陸奥国**《みちのくに》 東山道の1国. 大国. 福島・宮城・岩手・青森県. 国府は宮城県多賀城市, 国分寺は仙台市. 馬・弓の産地. 都から遥か離れた東国であり, 歌枕への興味をかきたてる地でもあった. 万葉初出. 279, 751, 954, 976, 1137. 詞 2, 471, 474, 477, 484, 491, 518, 721, 893, 954, 1041, 1042, 1136, 1137, 1138, 1155, 1199

水無瀬川《みなせがわ》 川床のみで水の見えない伏流をいう普通名詞とされるが, 地名とすれば摂津または山城国の歌枕. 大阪府三島郡島本町を流れ淀川に注ぐ. 水があまり流れないものとして多く人事に寄せて詠まれる. 万葉初出, 能因・初学・名寄(山城), 五代・八雲(摂津), 夫木(山城・摂津・大和). 1092

みなと 「猪名湊(いなのみなと)」か. 摂津. 兵庫県尼崎市, 猪名川の河口. 万葉, 神楽歌に見える. 八雲. 詞 296. →猪名野《いなの》

美濃《みの》 東山道の1国. 上国. 岐阜県南部. 国府は不破郡, 国分寺は大垣市. 詞 734

みのうの浦《みのうのうら》 未詳. 「身の憂」を掛ける. 後拾遺初出, 平安和歌の他例未見. 五代(国不審), 八雲(石見), 名寄(筑前, 不審注記あり). 1097

美作《みまさか》 山陽道の1国. 上国. 岡山県北部. 和銅6年(713)備前国から分立. 国府・国分寺は津山市. 詞 118, 1057

み室の山《みむろのやま》 大和国の歌枕. 奈良県生駒郡斑鳩町, 竜田川と大和川の合流地の丘陵. 一説に生駒郡三郷町竜田大社西南の山. 本来は神の降臨する山の意の普通名詞で, 万葉では多く三輪山や雷丘を指す. 古今以降竜田川と組み合わされ紅葉の名所. 初学・五代・八雲. 366

御裳濯川《みもすそがわ》 伊勢国の歌枕. 三重県伊勢市. 剣峠・逢坂峠に発し伊勢湾に注ぐ五十鈴川の別称. 内宮の前を通り, 斎王の禊の場であった. 内宮の象徴として清澄が詠まれる. 後拾遺初出, 初学・五代・八雲. 450

宮城野《みやぎの》 陸奥国の歌枕. 仙台市東方の広範な一帯. 古今694・1091により「もとあらの萩」「露」が有名. また「宮」を掛ける. 能因・初学・五代・八雲. 289

都《みやこ》 平安京. 山城. 京都市. 「花の都」と詠まれる花の美しい華やかな都市であり, 貴族にとって「ふるさと」であった. 地方・洛外の地名と対照して詠まれることが多い. 三代集に詠まれるが, 後拾遺で急増. 38, 39, 92, 100, 103, 186, 401, 424, 462, 463, 464, 465, 466, 490, 496, 504, 508, 509, 511, 512, 518, 522, 523, 524, 525, 526, 527, 530, 531, 534, 572, 583, 720, 764, 850, 851, 972, 1041, 1070, 1128, 1133, 11

34, 1138, 1146, 1165. 詞 720.　→京《きょう》

み吉野《みよしの》　「吉野」の美称．大和国の歌枕．奈良県吉野郡．山間の地であり，「吉野山」が多く詠まれる．万葉初出，能因(肥後)，初学・五代・八雲．　10.　→吉野山《よしのやま》

み吉野の山《みよしののやま》　5.　→吉野山《よしのやま》

三輪の社《みわのやしろ》**・三輪山**《みわのやま》　大和国の歌枕．奈良県桜井市三輪．三輪山を神体山として西麓に大神神社がある．『古事記』『日本書紀』・万葉に見え，大和国一宮．神婚説話があり，古今 982 が『古今六帖』4276 で三輪明神の神詠とされ有名．「しるしの杉」と人の来訪を詠む．また「見」を掛ける．初学・五代・八雲．　738, 739, 940. 詞 940

武蔵野《むさしの》　武蔵国の歌枕．東京都・埼玉県・神奈川県東部を含む広大な原野．古今 867 より紫草・草が詠まれる．『伊勢物語』に見え，『源氏物語』の主題とも関わる．一方で古今 821 の荒涼としたイメージがあり，『更級日記』に見える．万葉初出，能因・初学・五代・八雲．　427. 詞 427

紫野《むらさきの》**・紫の野**《むらさきのの》　山城．京都市北区．平安京北方一帯の野で，皇室・貴族の遊猟地．賀茂斎院があった．また西の一部蓮台野は平安中期以降葬地となる．後拾遺初出，能因・初学・五代・八雲．　541, 1164. 詞 541, 1109

望月《もちづき》　信濃国の歌枕．長野県北佐久郡．信濃十六牧の 1 つで，毎年 8 月に馬を献上した．駒迎えが屛風歌に多く詠まれ，満月の意を掛ける．後撰初出，能因・初学・八雲．　278, 280

唐土《もろこし》　中国の呼称．万葉初出．　序, 933. 詞 499.　→唐《とう》

や　行

山《やま》　比叡山．近江．古今初出．　512, 858, 1022, 1148, 1169. 詞 858, 1022, 1148, 1157.　→比叡山《ひえのやま》

山崎《やまざき》　摂津・山城．大阪府三島郡島本町から京都府乙訓郡大山崎町にかけての淀川沿岸．山陽道の駅・橋，淀川水運の津があり，平安京と西国を結ぶ交通の要衝．古今，『土佐日記』に見える．　詞 572

山科《やましな》**・山科の里**《やましなのさと》　山城国の歌枕．京都市山科区か．近江路が通り，石山寺参詣の途次にあたる．「止まじ」を掛けて詠まれる．『蜻蛉日記』に見える．万葉初出，能因(遠江)，初学・五代・八雲．　1142. 詞 1142

山階寺《やましなでら》　興福寺の旧称．大和．奈良市登大路町．法相宗大本山，本尊は釈迦如来．天智 8 年(669)藤原鎌足の創建，平城遷都に伴い奈良に移る．藤原氏の氏寺として繁栄し，数度の焼失後も復興，平安後期には春日社も配下に収めた．「三笠山」が詠まれる．　詞 1143, 1179

大和《やまと》　外国，特に唐土に対していう日本．　序

大和《やまと》　五畿内の 1 国．大国．奈良県．国府は大和郡山市または高市郡．　国分寺は奈良市の東大寺．　詞 738

八幡《やわた》**・八幡宮**《やわたのみや》　石清水八幡宮．　詞 996, 1174.　→石清水《いわしみず》

横川《よかわ》　近江．大津市．比叡山延暦寺の三塔の 1 つで東塔・西塔の北に位置する．円仁の堂塔建立に始まり，良源によって天禄 3 年(972)両塔から独立．浄土教思想の中心となった．　詞 1029　→比叡山《ひえのやま》・飯室《いいむろ》

吉野川《よしのがわ》　大和国の歌枕．大台ヶ原に発して奈良県吉野郡吉野町辺を西流し，下流は紀ノ川になる．平安和歌では多く恋歌にその激流を詠み，また同音で「よし」を導く．万葉初出，能因・初学・五代・八雲．　序

吉野山《よしのやま》　大和国の歌枕．奈良県吉野郡，金峯山を含む一帯の山．上代に離宮の営まれた故京であり，山奥の隠遁の地のイメージが強かったが，平安中期以降貴顕の御嶽詣が盛行．古今以来，雪・霞が多く詠まれ立春詠も多い．平安中期以降桜の名所として定着，雲との見立てが見られる．万葉初出，能因・初学・五代・八雲．　121.　→み吉野の山《みよしののやま》

淀野《よどの》　山城国の歌枕．京都市伏見区淀付近，木津川・宇治川・桂川の合流地点．多く恋歌に「夜殿」を掛け，菖蒲・真菰・馬草が詠まれる．拾遺初出，五代・八雲．　212, 685, 1203

ら　行

竜門《りゅうもん》**・竜門の滝**《りゅうもんのたき》　大和．奈良県吉野郡吉野町の竜門岳の山腹に竜門川の滝があり，かつて滝を中心として竜門寺があった．平安時代は名刹として知られる．古今に見える．　詞 1055, 1056

霊山《りょうせん》　霊山寺．山城．京都市東山区清閑寺霊山町．霊山(霊鷲山《りょうじゅせん》)中腹にあった現正法寺の前身．元慶 8 年(884)創建という．天台宗延暦寺に属した．『更級日記』に見える．

詞 553

冷泉院《れいぜいいん》　山城．京都市中京区二条城町．大炊御門南・堀川西(拾芥抄)．旧称冷然院．弘仁年間(810–824)嵯峨天皇の後院として造営された．焼亡と再建を繰り返し，冷泉上皇が後院としていた天禄元年(970)にも焼亡，寛弘 5 年(1008)に再建された．上皇の崩御後は荒廃，後冷泉天皇が永承 6 年(1051)に改築し里内裏とした．　詞 454

六条《ろくじょう》　山城．六条右大臣源顕房邸．京都市下京区銭屋町付近．六条北・室町西(百練抄)．金葉 589 詞書に「泉などほりて」とあり，池が自慢であったか．　詞 28

六条の家《ろくじょうのいえ》　山城．藤原師実の別邸．京都市下京区．六条北・万里小路西(拾芥抄図)．白河天皇の六条内裏の東隣に位置．「六条水閣」と呼ばれ．大きな南池があった(太田静六)．　詞 456

六条の家《ろくじょうのいえ》　山城．大中臣輔親邸．京都市下京区上柳町付近．六条南・室町東(拾芥抄)．苑池を天橋立に似せて造り(十訓抄)，「海橋立」と号した．観月のために寝殿の南廂をささなかったと伝える(袋草紙)．　詞 839

六波羅《ろくはら》　六波羅蜜寺．山城．京都市東山区轆轤町．応和 3 年(963)空也上人の草創と伝え，空也没後は天台宗．本尊は十一面観音．法華講を催す道場として人々の崇敬を集めた．詞 1141

わ　行

和歌の浦《わかのうら》　紀伊国の歌枕．和歌山市紀ノ川の旧河口付近．高野・熊野参詣の途次にあたる名勝．万葉 919 の赤人歌が古今・仮名序に引かれるが，平安中期には「若」を掛け年齢によせて詠まれる．能因・初学・五代・八雲．　1131

鷲の山《わしのやま》　霊鷲山(りょうじゅせん)．古代インド摩掲陀(まがだ)国の首都王舎城の東北．釈迦が常に説法している所として『法華経』寿量品に見える．多く釈迦を月に喩えて詠む．拾遺「霊山(りょうぜん)」，後拾遺初出，平安中期から詠まれた．八雲．　1195

渡辺《わたのべ》　摂津．大阪市中央区．淀川旧河口，大阪湾に面した一帯に存した津．古くから瀬戸内海交通の要衝で，平安時代は国府の外港となる．天王寺・住吉社・高野・熊野参詣における乗船地でもあった．後拾遺初出，例歌は少ない．　513．　→大江の岸《おおえのきし》

渡川《わたりがわ》　三途の川．冥土に行く途中で渡るという．生死の境目とされた．初出の古今 829 により「かへる」と詠む．　598

千葉義孝『後拾遺時代歌人の研究』勉誠社　平成三年
川村晃生『摂関期和歌史の研究』三弥井書店　平成三年
平田喜信『平安中期和歌考論』新典社　平成五年
松田武夫『勅撰和歌集の研究』日本電報通信社出版部　昭和十九年